국외한국전적 1-3

러시아와 영국에 있는 한국전적 3
애스턴의 조선어 학습서 *Corean Tales*

러시아와 영국에 있는 한국전적 3

애스턴의 조선어 학습서 *Corean Tales*

2015년 8월 13일 초판 1쇄 인쇄
2015년 8월 25일 초판 1쇄 발행

발행 국외소재문화재재단
기획·편집 국외소재문화재재단
필자 허경진, 유춘동
주소 04517 서울특별시 중구 통일로 92 에이스타워 12층
전화 02-6902-0756
홈페이지 http://www.overseaschf.or.kr

펴낸곳 도서출판 보고사
주소 02859 서울특별시 성북구 보문동7가 11번지 2층
전화 02-922-5120~1(편집부) 02-922-2246(영업부)
팩스 02-922-6990
메일 kanapub3@naver.com
홈페이지 http://www.bogosabooks.co.kr

ISBN 979-11-5516-441-9 93810
정가 18,000원

이 도서의 국립중앙도서관 출판예정도서목록(CIP)은 서지정보유통지원시스템 홈페이지(http://seoji.nl.go.kr)와 국가자료공동목록시스템(http://www.nl.go.kr/kolisnet)에서 이용하실 수 있습니다.(CIP제어번호: CIP2015021599)

국외한국전적 1-3

러시아와 영국에 있는 한국전적 3
애스턴의 조선어 학습서 *Corean Tales*

국외소재문화재재단 편

국외소재문화재재단
Overseas Korean Cultural Heritage Foundation

발간사

국외소재문화재재단은 2013년부터 국외 박물관과 미술관, 도서관 및 개인 소장자를 대상으로 우리 전문가들을 현지에 파견하여 문화재의 현황을 파악하고 조사하는 실태조사 사업을 실시하고 있습니다. 이러한 노력의 일환으로 재단은 2014년 정책연구용역과제를 시행하여 러시아와 영국 소재 한국전적을 조사하였고, 그 결과를 엮어 '국외 한국전적' 총서 3권을 펴내게 되었습니다.

조사단(책임연구원 유춘동, 선문대 역사문화콘텐츠학과 교수)은 구한말 해외로 반출된 조선시대 전적 가운데 주한 영국공사였던 윌리엄 애스턴(William George Aston, 1841~1911)의 수집본이 소장된 러시아의 상트페테르부르크 동방학연구소와 영국의 케임브리지대학 도서관 및 상트페테르부르크 국립대학을 중점 조사했습니다. 더불어 조사 과정에서 한국전적이 소장된 것으로 확인된 런던대학 동양아프리카대학(SOAS)도 조사하게 되어 2개국 4기관에서 총 377종 2,029책을 확인하였습니다.

러시아의 상트페테르부르크 동방학연구소의 소장품은 기왕에 일부 조사된 바 있으나 나머지 3기관은 국외소재 한국문화재 통계에 집계되지 않은 기관으로서 현황파악 및 조사가 필요한 상황이었습니다.

러시아 상트페테르부르크 국립대학은 러시아에서 가장 오래된 대학으로 1724년에 설립되었고 1890년대부터는 조선주재 외교관양성을 위해 조선어 교육을 실시하였습니다. 그 때문에 소장본들이 조선어 학습과 밀접한 관계를 가지고 있습니다. 상트페테르부르크 동방학연구소의 전신은 러시아 학술아카데미 동양필사본연구소로 1818년에 아시아박물관 내 연구기관으로 설립되었습니다. 1950년 연구소가 수도인 모스크바로 이동하면서 상트페테르부르크 동방학연구소는 지부가 되어 근대이전의 중요한 고서들의 보관, 연구를 담당하게 되었습니다. 동방학연구소에는 애스턴과 조선에서 외교 고문으로 활동했던 파울 폰 묄렌도르프(Paul Georg von Möllendorff, 1848~1901)가 수집한 고소설 및 한일관계를 다룬 다수의 책들이 소장되어 있습니다.

영국 케임브리지대학 도서관은 영국 6대 납본(納本) 도서관의 하나로, 일본학 컬렉션으로도 유명합니다. 한국전적은 애스턴 사후 그의 장서 중 일본서를 양도받는 과정에서 일부가 섞여 들어갔던 것으로 보입니다. 런던대학 SOAS는 한국어 또는 한국 미술과 고고학, 법학 등 한국을 주제로 한 도서를 다수 소장하고 있습니다. 대부분이 근현대 자료이며, 남북한 자료가 혼재되어 있다는 것이 특징입니다. SOAS에서는 고소설을 중심으로 1910년 이전 간행된 전적류 32종 48책을 확인하였습니다. 케임브리지대학 도서관에서는 애스턴의 장서 목록과 함께 한국어를 학습했던 방식을 보여주는 메모지 등의 자료를 새롭게 확인하였습니다. 또한 중국서 혹은 일본서로 잘못 분류되어 있던 한국전적을 찾아내었으며, 미국인 선교사 드류(A. Damer Drew, 1859~1926)가 기증한 초기 성경 관련 자료도 확인할 수 있었습니다.

'국외한국전적' 총서 『러시아와 영국에 있는 한국전적』은 총 3권으로 구성되었습니다. 제1권은 4개 기관에서 조사 완료된 한국전적 총

목록이며 제2권은 현지조사를 바탕으로 한 연구논문집입니다. 마지막 제3권은 애스턴이 수집하여 현재 러시아 상트페테르부르크 동방학연구소에 기증한『조선설화(Corea Tales)』입니다.『조선설화』는 흥미로운 11개의 단편들을 묶은 책으로 조선어 교사였던 김재국이 애스턴의 조선어 학습을 위해 제작한 책으로 알려져 있습니다.

총서가 발간되기까지 국내외 많은 분들의 도움이 컸습니다. 유춘동 책임연구원을 비롯하여 조사단의 허경진, 이혜은, 백진우, 권진옥 공동연구원의 노고가 없었다면 이런 귀중한 단행본은 발간될 수 없었을 것입니다. 연구자들이 성실하게 조사에 임하고 보고서 발간 과정에서 최선을 다해 주었기 때문에 순조롭게 짜임새 있는 보고서가 나올 수 있었습니다. 러시아 상트페테르부르크 국립대학과 동방학연구소, 영국의 케임브리지대학 도서관 및 동양아프리카대학의 모든 관계자에게도 깊은 감사의 뜻을 전합니다. 특히 러시아의 아델라이다 트로체비치(Adelaida. F. Trotsevich) 교수와 국립대학의 아나스타샤 구리예바(Anastacia. A. Guryeva) 교수의 협조와 배려는 각별했습니다. 마지막으로 2014년 정책연구용역을 총괄한 최영창 조사연구실장을 비롯하여 조사연구실 직원들에게도 감사의 뜻을 표합니다.

이 보고서가 앞으로 국외소재 한국전적에 관심 있는 기관과 개인에게 널리 이용되기를 바랍니다.

2015년 8월

국외소재문화재재단

이사장 안휘준

일러두기

1. 이 단행본은 국외소재문화재재단이 2014년 실태조사 정책연구용역과제로 진행한 '구한말 해외반출 조선시대 전적 현황 조사 연구: 주한 영국공사 애스턴 소장본을 중심으로'(책임연구원 유춘동) 결과를 국외한국전적 총서로 펴낸 것이다.
2. 총서명은 '러시아와 영국에 있는 한국전적'이며 다음과 같이 총 세 권으로 구성되었다. 1-1 자료편: 목록과 해제, 1-2 연구편: 자료의 성격과 가치, 1-3 애스턴의 조선어 학습서 Corean Tales
3. 이 책의 저본은 러시아 상트페테르부르크 동방학연구소에 소장된 애스턴의 『Corean Tales』와 『雪冤』이다.
4. 이 책은 해제, 원문, 영인본으로 이루어져 있다.
5. 러시아 상트페테르부르크 동방학연구소에서는 『Corean Tales』와 『雪冤』을 각각 다른 책으로 분류해 놓았다. 그러나 두 책은 한 권으로 묶일 수 있다. 그 이유는 일정한 간격을 두고 필사했고 소제목만 다르게 붙였기 때문이다. 따라서 이 책에서는 원본의 성격을 고려하여 『Corean Tales』라고 제목을 붙였다. 아울러 필요에 따라서 『Corean Tales』 내에 『雪冤』이라는 사실을 밝혔다.
6. 이 책은 원본을 그대로 입력했다. 다만 마침표, 대화표시(답), 띄어쓰기, 책 표시 등은 교주자가 가독성을 높이기 위해서 붙인 것이다.
7. 원본에서 명백한 오류나 오식(誤識)일 경우 표시나 각주를 통해 밝혔다. 아울러 필사할 때 내용이 반복되는 부분은 저본이 있을 것이라는 추정 하에 표시를 해 놓았다.
8. 원문은 영인본과의 대조를 위해 각 장의 첫 글자 부분에 〈1a〉, 〈1b〉식으로 장수 표시를 해 두었다.

차례

해제

애스턴의 조선어 학습서 『Corean Tales』의 성격과 특성

허경진 · 유춘동

I. 서론

애스턴(W.G. Aston, 1841~1911)은 대한제국 시기에 영국 총영사(總領事)를 역임했던 인물로 당대 외국인 사이에서 이름난 조선전적(朝鮮典籍) 수집가였다.[1] 언어학자이기도 했던 그는 '조선어와 조선문학'의 특성을 밝히기 위하여 많은 자료를 수집했다. 그리고 이를 바탕으로 여러 편의 논문도 발표하였다.[2] 하지만 국내에서는 이러한 애스턴의 행적이나 그가 수집했던 장서(藏書)에 대한 연구가 거의 이루어지지 않았다.

애스턴이 수집했던 조선전적은 현재 영국 케임브리지 대학과 러시

1 모리스 쿠랑도 『한국서지』를 쓰면서 애스턴의 장서를 활용했음을 볼 수 있다. 모리스 쿠랑, 이희재 역, 『한국서지(Bibliographie Coréenne)』, 서울: 일조각, 1994, pp.1~3.

2 W.G. Aston, "Writing, Printing and the Alphabet in Korea," *The Journal of the Royal Asiatic Society of Great Britain and Ireland*, Vol. 1, 1895. ; 이 논문의 성격과 가치는 김민수가 논한 바 있다. 김민수 외, 『외국인의 한글 연구』, 서울: 태학사, 1999.

아 상트페테르부르크 동방학연구소에 나뉘어 소장되어 있다. 이 글에서 살필 『Corean Tales』[3]는 러시아 상트페테르부르크 동방학연구소에 있는데 접근의 어려움으로 인하여 최근까지 이 책은 국내 연구자들에게 제목만 알려진 상황이었다. 따라서 책 제목만으로 내용을 추정하여 대한제국 시기의 많은 외국인에 의하여 채집되고 간행되었던 '설화집(說話集)'의 하나일 것으로 언급되기도 하였다.[4] 그러나 이전부터 러시아의 조선문학 연구자인 A.F 트로체비치와 A.A 구리예바 교수가 이 책을 다루었고,[5] 러시아 유학생 울리아나가 한국에서 『Corean Tales』를 본격적으로 소개하였다. 울리아나에 의하면 이 책은 채집된 설화집이 아니라 애스턴의 조선어 교사였던 김재국이라는 인물이 애스턴의 조선어 학습을 위하여 만들어 준 이야기책이라고 한다.[6]

국내에서는 『Corean Tales』가 최근에야 존재와 성격이 알려졌기에 이 책에 대한 연구가 거의 없었다. 그러나 이 책은 원 소장자였던 애스턴을 비롯하여, 여러 외국인 학자들에 의하여 논의된 바 있다. 애스턴은 이 책에 실린 이야기를 토대로 조선어의 특성, 조선의 풍속 등을 언급하였고,[7] 엘리셰예프는 이 책을 "조선 민중문학의 대표적인 작품",

---

3 『Corean Tales』는 '조선설화', '조선이야기', '조선민담', '조선야담' 등으로 번역할 수 있다. 참고로 러시아에서는 이 책을 '조선야담'이라 번역하여 부르고 있다.

4 조희웅, 『이야기 문학 가을갈이』, 서울: 글누림, 2008.

5 Ким Чегук, *Корейские новеллы, Петербургское востоковедение*, 2004.

6 코뱌코바 울리아나, 「애스톤 문고 소장 『Corean Tales』에 대한 고찰」, 『서지학보』 32, 서지학회, 2008.

7 W.G. Aston, "Corean Popular Literature," *Transaction of the Asiatic Society of Japan* Vol XVIII, Tokyo, 1890. ; W.G. Aston, "Chhoi-Chung: a Korean Marchen," *Transaction of the Asiatic Society of Japan*, 1900.

“중세문학에서 근대문학으로의 이행하는 시기의 단편 장르의 진화 과정을 보여주는 중요한 작품”으로 평가하였다.[8] 이외에도 몇 편의 연구 성과가 있었는데, 종합한다면 ‘19세기말 20세기 초, 조선의 언어·사회·풍속·문학의 특징을 보여주는 중요한 자료’라고 정리할 수 있다.

두 필자는 2009년 5월에 러시아 상트페테르부르크 동방학연구소를 방문하여 트로체비치와 구리예바 교수의 도움을 받아 이 책을 직접 열람하였다. 당시 이 책과 함께 조선어 교사였던 김재국이 애스턴을 위하여 필사해 준 여러 자료도 함께 볼 수 있었다. 김재국은 『Corean Tales』뿐 아니라, 『표민대화(漂民對話)』, 『교린수지(交隣須知)』와 같이 일본에서 만들어진 조선어 학습서, 『이언(易言)』 등의 조선어 단어-어휘집 등을 『Corean Tales』보다 먼저 필사해서 애스턴에게 주었고, 마지막으로 이 책을 만들었다.[9]

단언하기는 어렵지만 김재국은 당시 주변에서 구할 수 있었던 이야기책을 전사(轉寫)하면서 이 책을 만든 것이 아닐까 추정하고 있다. 애스턴의 메모를 보면 김재국이 당시 프랑스 선교사들로부터 들었던 『여우의 재판(Reineke Fuchs)』과 같은 우화(寓話)를 잘 이해할 수 있을 것이라고 하였다.[10] 따라서 『Corean Tales』에 실린 이야기들은 김재

8 Рифтин Б.Л, *Зарождение и развитие классических вьетнамской новеллы Повелитель демонов ночи. М,* 1969.

9 애스턴 소장본이었던 『표민대화(漂民對話)』와 『교린수지(交隣須知)』는 기시다 후미타카, 편무진 교수에 의하여 소개된 바 있다. 岸田文隆·편무진, 「隣語大方 解題」, 『W.G. Aston 旧蔵·京都大学文学部所蔵 隣語大方 解題, 索引, 原文』, 不二文化, 2005. ; 岸田文隆·편무진, 「漂民対話 解題」, 『W.G. Aston 旧蔵·京都大学文学部所蔵 漂民対話 解題, 本文, 索引, 原文-』, 不二文化, 2006. 그러나 『Corean Tales』와 관련된 일련의 문제는 다루지 못했다.

10 애스턴은 그의 조선어 교사였던 김재국을 다음과 같이 소개했다. “Corean Tales by

국이 서양의 우화에서 영감을 받은 재미있고도 교훈적인 내용에 착안하여 조선의 옛이야기들을 부연·윤색하였고, 애스턴의 이해를 돕기 위해 한자(漢字)를 병기하거나 순 우리말일 경우에는 동의어(同義語)나 주(註)를 다는 방식으로 만들었다고 보인다. 이 책의 저본이 무엇이었는가는 현재까지 확인할 수 없었지만 애스턴 소장본 중 소설책 대부분이 세책본(貰冊本)이었던 점을 생각해본다면 세책본을 활용했을 가능성이 높다.

현재의 관점으로 보자면 그는 '한국학(韓國學)의 원조(元祖)'라고 할 수 있다. 따라서 애스턴의 행적과 그가 수집했던 자료는 19세기 후반에서 20세기 초까지의 조선어와 조선문학의 실상을 이해하는 데 도움을 줄 수 있다. 또한 모리스 쿠랑(Maurice Courant), 제임스 게일(James Scarth Gale), 호러스 알렌(Horace Newton Allen)과 같은 외국인들이 어떤 과정을 통해 조선어와 조선문학과 관련된 연구 성과를 이룰 수 있었는지를 밝힐 수 있어서 중요하다.

이 글은 본래 19세기 말 외국인들의 조선에서의 행적, 특히 조선문학에 대한 관심이 어떠한 목적에서 시작되었으며 그 성과는 무엇이었는지를 살피려는 입장에서 기획된 것이다. 이 논의는 외국인이 만든 '한국학 관련 서적'이나 '설화집' 등이 어떤 방식으로 어떻게 만들어졌는지에 대한 질문의 답을 찾는 과정이기도 하다. 본 논문에서는 애스

---

kim Che Kuk (my Corean teacher) a christian, which will account for the Reineke Fuchs story no doubt introduced by the French missionaries.(나의 조선어 선생인 기독교인 김재국에 의해 씌어진 〈Corean Tales〉는 프랑스 선교사에 의해 소개된 〈Reineke Fuchs〉를 의심 없이 설명할 것이다.)" 김재국이 어떤 인물이었고 어떤 활동을 했는지 현재로서는 관련 기록의 부재로 찾아보기가 어렵다. 다만 1920년대 『조선직원록』에 김재국이라는 인물이 있다. 동일 인물인지의 여부는 좀 더 확인해 보아야 할 것이다.

턴의 소장본이었던 『Corean Tales』의 내용을 소개하고 검토하면서 이와 관련된 여러 시사점들을 제시하는 것에서 의의를 찾고자 한다.

Ⅱ. 『Corean Tales』의 서지와 편찬 과정

김재국이 애스턴의 조선어 학습을 위하여 필사해 준 『Corean Tales』는 〈사진 1〉과 같이, 매 작품마다 '제목(題目)－부제(副題)－내용[本文]－평(評)'의 형식으로 되어 있다. 제목과 부제의 경우 한글과 한자(漢字)를 병기하였고, 내용은 매면 10행, 행당 18~25자 내외로 썼으며, 내용의 이해를 돕기 위하여 순우리말이나 난해한 단어에는 주(註)를 달아놓았다. 그리고 이야기의 마지막에는 김재국이 직접 평(評)을 붙였고, 자신이 필사했던 시기와 장소(〈사진 2〉)를 기록하였다.

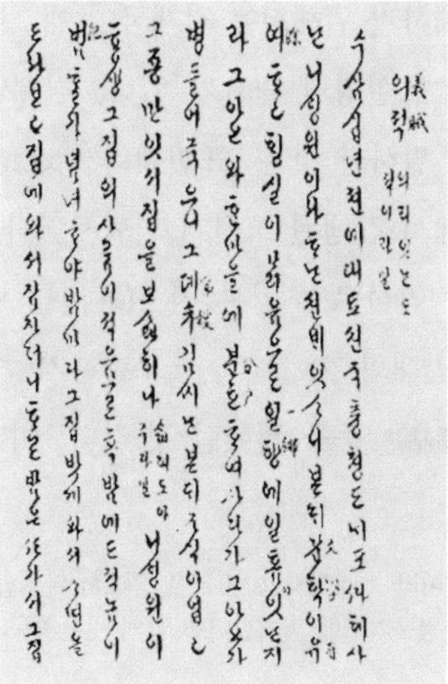

〈사진 1〉 「의적」의 첫 장

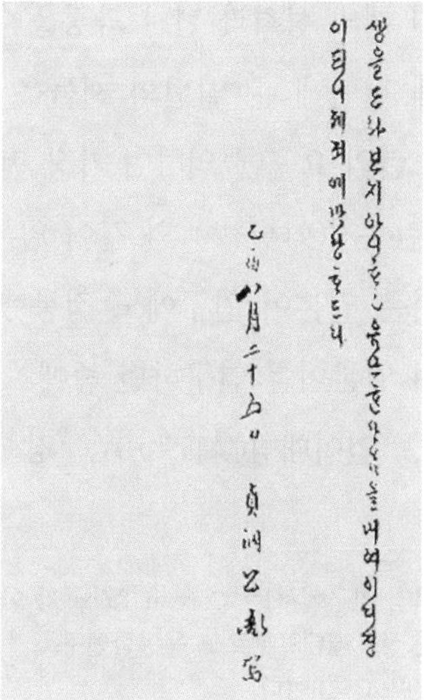

〈사진 2〉 「의적」의 마지막 장

김재국은 총 11편의 이야기를 시간과 장소를 달리하며 필사하였다. 필사기에 의거하여 이야기의 선후를 정리해보면 먼저 「친사간상젼[雪冤]」 1편을 乙酉(1885) 六月日 미동(美洞)에서 필사했고, 두 달 후인 乙酉(1885) 八月初七日 정동(貞洞)에서 「멸샤긔(滅邪記)」, 「최경 비리호숑(非理好訟)」, 「니김량셩긔(李金兩姓記)」, 「용지취과(用智娶寡)」 4편을 필사해 주었다. 이후 20여 일이 지나 乙酉(1885) 八月二十五日에는 「젼쟝호(傳掌虎)」, 「ᄆᆡ립음쥬(賣笠飮酒)」, 「걸인시혜(乞人施惠)」, 「ᄇᆡᆨ호산군식랑(白虎山君食狼)」, 「니ᄉᆡᆼ계쥬(李生戒酒)」, 「의적(義賊)」 6편을 정동에 있던 영국공아관(英國公衙館)에서 필사했다. 김재국이 필사한 11편의 이야기들은 애스턴이 후에 양장(洋裝)하여 두 권의 책으로 만들었다. 이때 「친사간상젼[雪冤]」 한 권, 나머지 10편의 이야기 모두를 한 권으로 묶었다. 마지막으로 애스턴은 『Corean Tales』라고 직접 제목을 붙였다.[11]

이 책의 성격과 편찬 과정을 이해하기 위해서는 김재국이 애스턴을 위해 필사해 준 일련의 책들을 함께 설명할 필요가 있다. 김재국이 애스턴의 요구에 의하여 가장 먼저 필사한 것은 『표민대화(漂民對話)』, 『교린수지(交隣須知)』와 같이 일본에서 간행된 조선어 회화서였다. 애스턴은 일본어 연구에도 정통했던 인물로,[12] 일본 영사(領事)를 역임하며 일본어를 연구하던 중에 『표민대화(漂民對話)』, 『교린수지(交隣須知)』, 『인어대방(隣語大方)』, 『강화(講話)』 등을 접했던 것 같다. 이때부

---

11 선행 연구에서는 『Corean Tales』가 한 권이라 소개했지만 이 글을 통해서 바로잡기로 한다. 상트페테르부르크 동방학연구소 소장 청구기호에 의거한다면 앞의 것은 B-34, 뒤의 것은 C-13이다.

12 W.G. Aston, *A Grammar of the Japanese Spoken Language*, BiblioBazaar, 2008.

터 조선어에도 깊은 관심을 갖고 꾸준히 공부했던 것으로 여겨진다. 그 결과 『승정원일기』와 헐버트의 기록에서 볼 수 있듯이, 상당한 수준의 조선어 능력을 갖고 있었고, 따로 조선어 통역관 없이 왕을 접견할 수 있을 정도로 자유롭게 조선어를 구사할 수 있었다.[13]

이러한 애스턴이 조선에 입국한 뒤로 가장 먼저 했던 일 중의 하나는 자신이 일본에서 보았던 『표민대화(漂民對話)』나 『교린수지(交隣須知)』가 얼마나 조선어의 언어 현실을 반영하고 있는지, 그리고 두 책이 만들어졌던 시기와 대조하여 어떠한 변화가 있었는지를 확인해 보고자 한 것이다. 그래서 조선어 교사 김재국을 따로 고용하여 이와 관련된 작업을 전개해 나갔다.

애스턴이 그의 조선어 교사였던 김재국을 어떤 과정을 거쳐 채용하였고, 어떤 인물이었는지 현재로서는 자세히 알 수 없다. 다만 앞서 언급했던 것처럼 애스턴이 남긴 메모를 보면 “그가 기독교인이면서 프랑스 선교사로부터 소개된 (서양의) 민담집을 잘 이해했던 사람”[14]이라 하였다. 아마도 김재국은 당시의 다른 조선어 교사나 조선어 통역관과 다르게 서양의 설화(說話)에 대한 이해, 더 나아가 조선의 옛이야기에 정통했었던 인물로 보인다.

---

13 『승정원일기』에 언급된 애스턴 관련 기사는 총 6건이다. 이 중에서 그의 조선어 능력을 보여주는 대목은 다음과 같다. “통역은 어떻게 하는가?” 하니, 김병국이 아뢰기를, “애스턴[阿須頓]이 우리나라 말을 좀 알기 때문에 그를 시켜서 전어(傳語)하도록 하였습니다.” 하였다. 『승정원일기』 고종 21권, 21년(1884) 4월 7일. ; H. B. 헐버트 지음, 신복룡 옮김, 『대한제국멸망사』, 서울: 집문당, 1999. ; 김동진, 『파란 눈의 한국혼 헐버트』, 참좋은친구, 서울: 2010.

14 각주 10)번 참조. “Corean Tales by kim Che Kuk (my Corean teacher) a christian, which will account for the Reineke Fuchs story no doubt introduced by the French missionaries.”

애스턴과 김재국이 처음 만났던 시기는 김재국이 필사해 준 책의 필사기를 통해서 대략 갑신년(甲申年, 1884) 11월 23일 전후였던 것으로 보인다. 애스턴이 김재국에게 처음 부여했던 작업은 자신이 일본에서 읽었던 『표민대화(漂民對話)』와 『교린수지(交隣須知)』를 필사하는 일이었다. 그러나 이때, 두 책을 당시의 입말[口語]과 현실을 반영하여 고쳐 쓰게 하였다. 이렇게 처음 필사된 책이 애스턴 소장본인 『조선어 회화서』이다.[15] 김재국이 어떤 방식으로 책을 필사했는지는 다음의 예문을 통해서 확인된다.

[예 1]

[1] 以前 못 보왓ᄂᆡ. 자ᄂᆡ들은 意外에 漂流 ᄒᆞ옵다가 죽키 苦生을 ᄒᆞ엿ᄉᆞᆸᄂᆞᆫ가 시브외 나도 傳語官이온ᄃᆡ 今船은 同官ᄂᆡ 問情時任의 當ᄒᆞ여 왓ᄉᆞ오니 내 올 ᄎᆞ례 아니로되 傳語官 所任의 이셔 朝鮮사ᄅᆞᆷ이 漂泊을 든나마 아니보기ᄂᆞᆫ 人事之道의 맛당치 아니ᄒᆞ매 내 사던 ᄆᆞ올의셔 二百 里만 隔ᄒᆞ여 잇ᄉᆞ오나 暫間 보고져 ᄒᆞ여 부러 왓ᄂᆡ.

[1′] 젼에 못 뵈야쏘. 당신네가 의외에 초풍ᄒᆞ여 작키 고싱되여 쓰릿가. 나는 역관인데 이번 동관의 문졍소임의 당ᄒᆞ여 와쏘. 나 올 ᄎᆞ례는 아니라도 역관 소임으로 조션사람 초풍ᄒᆞᆫ 말 듯고 아니와 보는 거시 인ᄉᆞ에 범연ᄒᆞ기로 잠간 보려고 부러 와쏘.

제시한 예문을 보면 『표민대화』에 나오는 어려운 말은 쉬운 말로 고쳤고, 가능한 입말[口語]에 가깝게 썼음을 알 수 있다. 이러한 방식으로 김재국은 『표민대화』와 『교린수지』의 내용을 고치며 필사하였다.

---

15 원래 무제(無題)였던 것을 러시아 동방학연구소에서 『조선어 회화서』라는 가제(假題)를 새로 붙였다. 이 책의 청구기호는 C-5이다.

특이한 점은 서울 지역의 풍속이 나오면 좀 더 자세히 내용을 기술했다는 점이다.

[예 2]

[2] 아모리 ᄒᆞ여도 京地ᄂᆞᆫ 그 者들 노ᄅᆞᆺ을 ᄀᆡ경ᄒᆞᄂᆞᆫ 사ᄅᆞᆷ도 잇습고 (…후략…)

[2′] 셔울은 사람이 만은 고지로 광ᄃᆡ 쇼리도 듯고 쥴 타는 구경도 ᄒᆞ고 돈 쥬는 사람이 만코 (…후략…)

위의 예문을 보면 『표민대화』와는 다르게 서울의 풍속을 구체적으로 기술한 것을 볼 수 있다. 서울의 풍속을 이처럼 자세히 기술했던 이유는 애스턴의 요구였을 수도 있지만 김재국이 서울 사람으로 자세한 묘사가 가능했기 때문이기도 하다. 이러한 방식으로 『표민대화』와 『교린수지』를 필사해 주었던 김재국은 필사기를 통해서 자신의 생각을 애스턴에게 제시하였다.

[예 3]

이 웃말은 지끔 말이로되 일은 녯날 닐이 만으니 상고ᄒᆞ기 어렵고 요긴ᄒᆞ지도 안이ᄒᆞ니 아마 쓸데 업게쏘. 그러나마 우션 보기는 편ᄒᆞᆯ 터이오, 그러나 글노 쓰는 말이 암만 쉬운 말이라도 입으로 ᄒᆞ는 말과 좀 다를 밧게 슈가 업스니 그거시 걱정이오.

제시한 예문을 보면 애스턴의 요구대로 『표민대화』와 『교린수지』를 실정에 맞게 보완하면서 옮겨 쓰기는 하였지만 조선의 풍속이 옛날과 비교하여 많이 변했고 문어(文語)와 구어(口語)에는 차이가 있어서 걱정이라는 항변을 했다.[16] 이러한 김재국의 말에 애스턴이 어떻게 반응했는지는 알 수 없지만 애스턴은 이후 조선어의 단어-숙어 등을 정리하는 작업을 시켰다. 이렇게 만들어진 책이 우리말 단어-숙어 정리집인 『이언(易言)』이다. 그리고 이러한 작업의 마지막이 '조선의 옛이야기(Corean Tales)'를 필사하는 것이었다.

이 책을 보면 기존에 보았던 설화집의 형태와는 다르게 내용만 기술되어 있는 것이 아니라, 한자(漢字)를 병기하거나 주(註)를 달고, 또 이야기마다 내용의 이해를 돕기 위하여 평(評)이 제시되었다. 이는 조선어 단어와 숙어의 정확한 의미, 우리말의 용례와 입말[口語]의 특성, 이야기로 구현되는 조선의 문화와 풍속 등을 이해하기 위해서였던 것으로 보인다. 이렇게 만들어진 책이 바로 현재 우리가 볼 수 있는 『Corean Tales』이다. 따라서 이 책은 이러한 편찬 과정을 염두에 두고 수록된 작품의 양상과 특징을 파악해야 할 것이다.

Ⅲ. 『Corean Tales』의 수록된 이야기의 양상과 특성

앞서 언급했던 것처럼 두 권의 『Corean Tales』에 실린 이야기는 총 11편이다. 이야기의 각 편을 정리하면 다음과 같다.

16 岸田文隆, 「隣語大方 解題」, 『W.G. Aston 旧蔵·京都大学文学部所蔵 隣語大方 解題, 索引, 原文』, 不二文化, 2005. ; 岸田文隆, 「漂民対話 解題」, 『W.G. Aston 旧蔵·京都大学文学部所蔵 漂民対話 解題, 本文, 索引, 原文一』, 不二文化, 2006.

편명/분량	내 용
친사간상전 [雪冤] 17장	서울(백동)과 시골(고양)에 살던 두 양반은 매파를 통하여 혼사를 이루었다. 두 집안에서는 매파에게 혼인을 하면 사례금을 준다고 약속했었지만 약속을 지키지 않았다. 이에 매파는 복수를 결심해서 두 집안을 이간질시킨다. 두 집안의 아버지들에게 각각 두 사람이 이야기를 잘하다가 갑자기 사람을 때리는 광증(狂症)이 있다고 했다. 이 말을 들은 사돈은 서로 만나기를 꺼려하고 만난 후에는 서로 몽둥이로 상대방을 때리는 지경에까지 이르렀다. 이후 두 사돈은 매파의 계교 때문인 것을 알고, 매파를 후히 대접했다.
멸샤긔 (滅邪記) 58장	뱀은 목정승의 딸이 아름답다는 말을 듣고 인간이 되어 혼인하려했다. 뱀의 친구인 여우가 이를 말리지만 듣지 않고 인간으로 변하여 목정승에게 접근한다. 목정승은 인간으로 변신한 뱀을 사위로 삼으려한다. 이때 목정승 집안에서 일하던 왕우가 정체를 알아차리고 여러 계략을 통하여 끝내 뱀을 퇴치한다. 그리고 이후에는 목정승의 사위가 되고 큰 벼슬에 오르게 된다.
최경 비리호숑 (非理好訟) 26장	최모와 김기는 친구사이로 김기는 최모에게 일만 냥을 빌려주었다. 최모는 장사에 실패하고 돈을 되갚지 못하자 병이 든다. 이에 김기는 최모를 찾아가 악착같이 돈을 받으려한다. 그래서 최모는 화병으로 죽는다. 이후에도 김기는 돈을 되돌려 받으려 악착같이 행패를 부리고 관가에 고발까지 한다. 이에 최모의 아들 최경은 한성부의 서리와 짜고 소장(訴狀)을 위조하여 반대로 김기를 처벌받게 한다. 형벌을 받게 된 김기는 이후 개과천선하고 가난한 사람들에도 재물을 베푼다.
니김량셩긔 (李金兩姓記) 54장	초야(初夜)를 치루려던 신랑이 자신을 죽이겠다는 협박을 듣고는 신부와 파혼한다. 이후 신랑은 과거에 급제하여 암행어사가 되었고 이 문제를 해결하기 위하여 신부의 집을 찾게 된다. 그래서 자신을 협박했던 것이 계모의 간계로 일어난 것임을 알고 되고 계모를 징치하며 다시 신부와 혼인을 하게 된다.
용지취과 (用智娶寡) 11장	지혜를 써서 과부에게 혼인한 이야기
젼쟝호 (傳掌虎) 5장	호랑이가 계속 사람들 사이에서 전해지는 내력(來歷)
ᄆᆡ립음쥬 (賣笠飮酒) 4장	건망증이 심한 사람의 이야기

편명/분량	내　용
걸인시혜 (乞人施惠) 4장	가난한 선비가 의로운 행동을 통하여 결국에는 부자가 된다는 이야기
ᄇᆡᆨ호산군식랑 (白虎山君食狼) 7장	여우가 이리의 모함에 빠져 호랑이에게 죽을 위기에 처했다가 지혜를 발휘하여 위기에서 벗어나고 자신을 모함에 빠트린 이리를 죽인다는 이야기
니싱계쥬 (李生戒酒) 15장	형이 주색에 빠진 동생을 여러 기지로 학문에 정진케 하여 개과천선시키는 이야기
의적(義賊) 11장	모함에 빠진 선비를 도적이 증언을 통해 구해낸다는 이야기

「친사간상젼」은 혼인에 대한 사례금을 받지 못한 매파가 원한을 품고 사돈끼리 싸우게 한다는 혼인담 유형, 「멸샤긔」는 인간으로 변한 뱀(구렁이)을 지혜로 물리친다는 동물-지략담 유형, 「최경 비리호숑」은 악인을 선인으로 변화시키는 선불선 유형, 「니김량셩긔」는 초야에 가출한 신랑담, 「용지취과」는 점쟁이를 매수하여 과부와 혼인하는 혼인담, 「젼장호」는 호랑이가 여러 사람들 손에서 손으로 전해지는 유래담, 「ᄆᆡ립음쥬」는 건망증이 심한 선비의 소화(笑話), 「걸인시혜」는 가난한 선비가 선의 구현으로 복을 받는다는 보은담, 「ᄇᆡᆨ호산군식랑」은 여우를 모함한 늑대가 도리어 호랑이에게 죽임을 당한다는 동물-우화담이다. 「니싱계쥬」는 술과 여자를 좋아했던 동생이 형의 계략으로 개과천선하여 재상(宰相)에까지 오르게 한다는 계략담, 마지막으로 「의적」은 모함에 빠져 죽을 위기에 처한 선비를 위하여 도둑이 나서서 해결하는 의인담이다.

이 이야기들을 보면 대부분 민담(民譚)에 속하는 것들이다. 아울러 선행연구에서 정리해 놓은 설화 유형으로 분류해본다면 인물담(人物

譚), 지략담(智略譚), 이물담(異物譚), 사건담(事件譚), 이합담(離合譚), 소사(笑事), 선불선(善不善), 유래(由來)에 속하는 것들이다.[17] 이처럼 『Corean Tales』의 내용은 대부분 우리에게 친숙한 것들이다.

그러나 각 편을 기존에 알려진 것들과 대조해보면 세부적인 내용에서 큰 차이가 있고, 짧은 분량이 확대된 것도 있다. 「친사간상젼」의 경우, 이와 비슷한 유형의 이야기는 대부분 집안끼리 서로 싸우고 파경(破鏡)으로 끝나지만 이 이야기에서는 서로 화해하고 매파에게도 사례금을 준다는 행복한 결말로 끝난다. 「멸샤긔」에서는 뱀(구렁이)을 퇴치하는 과정에서 온갖 지혜가 동원되고 또 이 과정에서 뱀의 친구였던 여우와 매가 등장하여 뱀(구렁이)을 응징하는 내용 또한 등장한다. 그리고 「최경 비리호숑」에서 악인을 선인으로 변화시키는 과정에서 구체적으로 당시의 한성부 서리를 등장시켜 이와 짜고 소장(訴狀)을 위조하여 고리대금업자를 응징한다는 당대 현실을 반영하는 내용을 첨가시켰다. 그리고 「니김량셩긔」에서는 초야에 가출한 신랑이 암행어사가 되어 문제를 해결한다는 점에서 새로운 유형을 첨가시켰고 마지막 「젼쟝호」는 기존에 알려진 여러 호랑이 이야기와는 다른 새로운 이야기가 소개되었다. 아울러 이야기의 배경은 모두 우리나라로 설정해 놓았다.[18]

이러한 변개나 새로운 내용의 첨가 및 확대가 선행본을 그대로 따른

17 서대석, 「문헌설화의 제재별 분류안」, 『조선조문헌설화집요 Ⅰ-Ⅱ』, 서울: 집문당, 1990, pp.672~681.

18 작품의 배경을 모두 조선으로 하고 있다. 예를 들어 각 작품의 서두를 적어보면 다음과 같다. 됴션국 평양 도읍 시절에, 수삼십 년 젼에 대됴션국 츙청도 ᄂᆡ포 ᄯᅡ헤 사ᄂᆞᆫ 니ᄉᆡᆼ원이라 ᄒᆞᄂᆞᆫ 션ᄇᆡ 잇ᄉᆞ니, 수ᄇᆡᆨ 년 젼에 경셩京城에 사ᄂᆞᆫ 션ᄇᆡ 잇ᄉᆞ니 셩이 니씨라, 수ᄇᆡᆨ 년 젼에 됴션국 도셩 안헤 사ᄂᆞᆫ 최모ㅣ라 ᄒᆞᄂᆞᆫ 쟈ㅣ.

것인지의 여부는 앞으로 좀 더 탐구해야 할 과제이다. 그러나 김재국은 선행본을 가져다가 필사하면서 적절히 내용을 변개하거나 부연-확장시켰던 것으로 보인다. 이는 김재국의 언급을 통해서 확인된다.

이ᄂᆞᆫ ᄂᆞᆷ을 해ᄒᆞ려ᄒᆞ야 아첨ᄒᆞᄂᆞᆫ 사ᄅᆞᆷ을 경칙ᄒᆞᄂᆞᆫ 말이니, 사ᄅᆞᆷ이 ᄂᆞᆷ을 해ᄒᆞ려 ᄒᆞ면 도로혀 제가 해ᄅᆞᆯ 밧ᄂᆞᆫ 거시니, 이 일희의 여호를 죽이려 ᄒᆞ다가 제가 죽ᄂᆞᆫ 것과 엇지 다ᄅᆞ리오? 가히 삼가지 아니ᄒᆞᆯ가? <u>다시 ᄉᆡᆼ각ᄒᆞ오니 ᄇᆡᆨ호산군이 아니오 ᄉᆞᄌᆞ의 리약이오니 감ᄒᆞ옵쇼셔.</u> <18장 앞면>

대망의 흉녕ᄒᆞᆷ이나 여호의 간교ᄒᆞᆷ이나 그 독ᄒᆞᆷ을 의론ᄒᆞ면 사ᄅᆞᆷ을 해ᄒᆞ기ᄂᆞᆫ 일반이오, ᄯᅩ 그 지각이 업ᄉᆞᆷ도 일반이ᄃᆡ 엇지 어나 거ᄉᆞᆫ 션(善)ᄒᆞ고, 어나 거ᄉᆞᆫ 악(惡)ᄒᆞ다 ᄒᆞ리오? ᄯᅩ 쳔년응(千年鷹)과 뢰화승(雷花僧)은 더옥 허황ᄒᆞ니, 일뎡코 다 밋지 아닐 거시로ᄃᆡ, 장장(長長)하일(夏日)의 더위(熱)ᄅᆞᆯ 물니치기ᄅᆞᆯ 위ᄒᆞ고 ᄯᅩ 어학(語學)에ᄂᆞᆫ 써(忌)릴 거시 업ᄂᆞᆫ 고로 <u>진실ᄒᆞᆫ 말 모양으로 쓰나 도로혀 ᄉᆡᆼ각ᄒᆞ니 붓그럽도다</u>. <100장, 앞-뒷면>

제시한 예문은 「ᄇᆡᆨ호산군식량」과 「멸샤긔」에 김재국이 평(評)을 붙인 것이다. 「ᄇᆡᆨ호산군식량」에 대한 평을 하면서 이야기가 원래 범이 주인공이 아니라 사자라는 언급을 했고, 「멸샤긔」에서는 “장장 하일의 더위ᄅᆞᆯ 물니치기ᄅᆞᆯ 위ᄒᆞ고 ᄯᅩ 어학에ᄂᆞᆫ 써릴 거시 업ᄂᆞᆫ 고로 진실ᄒᆞᆫ 말 모양으로 쓰나 도로혀 ᄉᆡᆼ각ᄒᆞ니 붓그럽도다”와 같이 필사의 대상이었던 저본에 대한 불만을 적고 있다. 이러한 예는 앞서 언급했던 『표민대화』와 『교린수지』에서의 언급과 일치한다.

또한 『Corean Tales』를 보면 선행본의 흔적이 여러 곳에서 발견된다. 예를 들어, 『Corean Tales』의 40장 뒷면, 78장 앞면을 보면 동일한 글자가 두 번 반복되는 오류가 있다. 이것은 필사자가 저본(底本)을 전사(轉寫)하는 과정에서 생기는 흔한 오류이다.[19] 따라서 김재국은 선행본을 가져다가 적절히 내용을 변개하거나 부연–확장하면서 이 책을 만든 것으로 생각된다.[20] 여기에 변개–부연–확장의 방법은 애스턴이 남긴 메모에 의거한다면 프랑스 선교사들에게 소개받았던 『여우의 재판(Reineke Fuchs)』의 선례를 따르거나[21] 이에 착안하여 이야기책을 만든 것으로 보인다.

문제는 이 책의 선행본이나 저본이 무엇이었을까 하는 점이다. 앞 장에서 〈사진 1, 2〉로 제시한 것처럼 이 책은 매 면 일정한 행수로 필사되어 있고, 마지막 부분에는 자신이 필사한 곳의 동(洞)을 표시하고 있다. 이것은 세책본의 외형적인 특징을 그대로 따른 것이다. 19세기에서 20세기 말, 조선을 방문했던 외국인의 정동(貞洞) 일대에 세책점이 많았다는 증언과[22] 애스턴이 소장했던 소설 자료가 대부분 세책본이라는 점을 생각해본다면 김재국이 필사해준 『Corean Tales』는 세책본을 저본으로 필요한 내용을 적절히 고쳤을 가능성이 높아 보인다.

문제는 왜 이야기책을 마지막으로 필사해주었는가 하는 점이다. 이 책의 내용을 보면 모두 재미있는 이야기들이지만 한편으로는 조선의

---

19 류탁일, 『한국문헌학연구』, 서울: 아세아문화사, 1993.

20 한 가지 더 생각할 수 있는 가능성은 구연자의 이야기를 채록하여 정리한 본을 다시 필사했을 경우이다.

21 괴테가 중세 유럽 시대에 널리 유포된 '여우 이야기'를 바탕으로 재창작한 민담집(民譚集)이라고 한다. 막스 뤼티 지음, 김홍기 옮김, 『유럽의 민담』, 서울: 보림, 2005, p.12.

22 정성화·로버트 네프, 『서양인의 조선살이, 1882–1910』, 서울: 푸른역사, 2008.

사회, 문화, 풍속 등을 보여주는 것들이 주를 이룬다. 가장 대표적인 예가 「친사간상전」이다. 이야기를 보면 당대 혼인의 과정, 매파의 역할, 양반의 화법, 서울과 시골(고향)의 차이는 물론 등장인물의 생생한 모습이나 발화를 볼 수 있다.

[1] 녯적에 ᄒᆞᆫ 션비ᄂᆞᆫ 아ᄃᆞᆯ을 나하 잘 길너 ᄀᆞᄅᆞ치고, ᄒᆞᆫ 션비ᄂᆞᆫ ᄯᆞᆯ을 나하 잘 길너 ᄀᆞᄅᆞ쳐셔 만금ᄀᆞᆺ치 보호ᄒᆞ며, 아ᄃᆞᆯ 둔 집은 며ᄂᆞ리ᄅᆞᆯ 구ᄒᆞ고 ᄯᆞᆯ 둔 집은 녀셔ᄅᆞᆯ 구ᄒᆞ나 피ᄎᆞ의 아지 못ᄒᆞ니, 통혼ᄒᆞᆯ 수 업ᄂᆞᆫ 즁에 아ᄃᆞᆯ 둔 집 셩은 김씨ᄃᆡ ᄒᆞ로ᄂᆞᆫ 즁ᄆᆡᄒᆞᄂᆞᆫ 계집이 와셔 문안드리고 이말 뎌말 ᄒᆞ기ᄅᆞᆯ (…후략…)

[2] 너ᄂᆞᆫ 미리 샹급이니 힝하ㅣ니 ᄒᆞ고 토삭 몬져ᄒᆞᄂᆞᆫ고나. 셰속말에 즁ᄆᆡ가 잘ᄒᆞ면 술이 세 잔이오 잘못ᄒᆞ면 뺨을 세 번 맛는다 ᄒᆞ니 (…후략…)

[3] ᄉᆡ골도 됴흔 ᄃᆡ가 만ᄉᆞ오나 다 서울만 못ᄒᆞᆫ ᄃᆞᆺ 시부옵고 인물과 풍쇽이 슌후ᄒᆞ오나 가샤와 의복 음식지졀의 ᄌᆞ미가 적은 ᄃᆞᆺ ᄒᆞ오며 (…후략…)

[4] 부ᄎᆡ로 모긔ᄅᆞᆯ 쫏치며 (…후략…)

[5] 서울 리약이 (…후략…)

[6] 즁ᄆᆡ가 긔가 막혀 가슴이 벌덕벌덕ᄒᆞ야 욕이나ᄒᆞ고 시브ᄂᆞ 냥반을 욕ᄒᆞ엿다가ᄂᆞᆫ 됴치 아닌 광경이 날 터히니 ᄒᆞᆯ 수 업고 그만두고 (…후략…)

[7] 즁ᄆᆡᄅᆞᆯ 향ᄒᆞ여 말ᄒᆞᄃᆡ 혼인이라 ᄒᆞᄂᆞᆫ 거시 인력으로 못ᄒᆞᄂᆞᆫ 거시니 하나님이 뎡ᄒᆞ여 주시ᄂᆞᆫ 거신ᄃᆡ 엇지 그 한미의게 과히 샤례ᄒᆞ리오 (…후략…)

[8] 사돈기리 뎌러케 싸홀진대 뉘 아ᄃᆞᆯ놈이 아ᄃᆞᆯ과 ᄯᆞᆯ을 나하셔 쟝가드리고 ᄉᆡ집 보내여셔 ᄂᆞᆷ과 ᄂᆞᆷ이 사돈ᄒᆞᆯ 개아ᄃᆞᆯ ᄀᆞᆺᄒᆞᆫ 놈이 잇게노, 나ᄂᆞᆫ 과갈지친이나 ᄎᆞ저셔 남취녀가 ᄒᆞ깃네 ᄒᆞ고 싸홈을 말닌 후 (…후략…)

각 편의 이야기들을 통해서 애스턴이 무엇에 관심을 두었는지를 유추해 볼 수 있다. 이야기는 짧은 분량의 이야기에서부터 단편소설에 맞먹는 분량을 지닌 것들로 필사되어 있다. 이 중 「니싱계쥬」, 「멸샤긔」, 「최경 비리호숑」, 「니김량셩긔」, 「친사간상젼」 등은 고소설로도 손색이 없는 내용의 완결성과 분량을 지니고 있다. 이들 이야기에는 모두 말미에 김재국의 평(評)이 달려 있다. 따라서 재미와 교훈을 고려하면서 빠른 시간 내에 조선의 문화와 특성을 알리는 어학 공부의 일환으로 이야기를 정리했던 것으로 보인다.[23]

현재도 그렇지만 외국어 학습 방법 중의 하나로 소설 읽기가 권장된다.[24] 조선어 단어, 숙어를 어느 정도 알고 있던 애스턴이었기에 이야기를 통한 조선어 학습은 당연한 수순이었으리라 여겨진다.

이상과 같이 『Corean Tales』의 서지와 편찬 과정, 이 책에 수록된 이야기의 양상과 특성 등을 살펴보았다. 다음 장에서는 이 책과 관련된 몇 가지 문제를 다루려 한다.

Ⅳ. 『Corean Tales』와 관련된 몇 가지 문제들

김재국이 애스턴에게 필사해 준 『Corean Tales』에는 다음과 같은

23 이를 위하여 당대 입말[口語]에 치중하여 이야기를 필사하였다. 이는 애스턴의 평에서도 볼 수 있다. “Told not current literary popular style of narrative, but in ordinary colloquial(현재 유행하는 문어체 서술 스타일이 아닌 구어체로 말해진 것).”

24 허경진, 「고소설 필사자 하시모토 쇼요시의 행적」, 『동방학지』 112, 2001. ; 정병설, 「18·19세기 일본인의 조선소설 공부와 조선관: 〈최충전〉과 〈임경업전〉을 중심으로」, 『한국문화』 35, 2005.

서술 형식이 보인다.

[1] 신랑이 ᄃᆡ답ᄒᆞᄃᆡ, 과연 신방(新房)에 괴이ᄒᆞᆫ 일이 잇습ᄂᆡ다.

<문>: 므슴 일이냐? 밧비 말ᄒᆞ여라.

<답>: 저와 신부(新婦)ㅣ ᄒᆞᆫ 방에 잇ᄉᆞ와 촉불을 물니기 젼에 엇더ᄒᆞᆫ 사나ᄒᆡ 소ᄅᆡ가 창호(窓戶) 밧게 나며 큰 칼ᄂᆞᆯ이 창호에 들어와서 사ᄅᆞᆷ은 샹ᄒᆞ지 아니 ᄒᆞ엿ᄉᆞ오나 그 놈의 흉악ᄒᆞᆫ 말ᄉᆞᆷ이 너희 둘이 아모 ᄯᆡ라도 내 ᄉᆞᆫ에 죽으리라 ᄒᆞ온즉 이 소ᄅᆡᄅᆞᆯ 듯고야 엇지 그방에서 잠잘 슈가 잇습ᄂᆞ닛가? 그 연고로 나와서 녯ᄌᆞᆸᄂᆞ이다. <126장, 앞-뒷면>

[2] 아씨, 그 ᄉᆞ이 안녕 ᄒᆞ옵시오.

<답> 나ᄂᆞᆫ 별 연고 업시 잘 잇네. ᄌᆞ네ᄂᆞᆫ 우엔 사ᄅᆞᆷ이며, 어ᄃᆡ 사ᄂᆞᆫ고.

<답> 이 한미(老婆)ᄂᆞᆫ 여긔셔 ᄇᆡᆨ 리 밧긔 사옵ᄂᆡ다. 집이 가난ᄒᆞ여 ᄂᆞᆷ의 얼골을 보고 그 신셰(身世)가 됴코 됴치 아님을 판단ᄒᆞ야 아모 사ᄅᆞᆷ이라도 그 오지 아닌 일과 지나간 몬저 일을 미리 말ᄒᆞ옵ᄂᆞᆫ 샹쟈ㅣ오니, 아씨ᄭᅴ셔도 샹을 뵈시고 돈이나 만히 주옵시면 됴켓습ᄂᆡ다.

<문> ᄌᆞ네가 샹을 잘 본다ᄒᆞ니 돈을 얼마나 줄고

<답> ᄒᆞ나 보ᄂᆞᆫ 갑시 ᄒᆞᆫ 량 돈이올시다. <181장 뒷면>

예문 [1], [2]는 「니김량셩긔」와 「용지취과」에 나오는 등장인물들의 대화이다. 등장인물이 주고받은 대화를 〈문〉과 〈답〉으로 구분하여 발화자와 수신자를 구별해 놓았다. 이야기에서 이처럼 주인공들의 대화를 문답으로 구분하는 형식은 신소설(新小說)의 등장으로 만들어진 형식으로 잘 알려져 있다.[25] 그러나 김재국이 애스턴에게 만들어 준 『Corean Tales』를 보면 이 책이 필사되었던 1885년에 이미 이러한

모습으로 이야기를 구성해 나갔음을 볼 수 있다.

그리고 『Corean Tales』에 실린 「빅호산군식랑」은 『죠션그리스도인회보』, 『대한그리스도회보』, 『한성순보(漢城旬報)』에 실린 이야기의 내용과 형식 면에서 유사함을 확인할 수 있다. 옛날이야기를 개작하고 윤색하는 방식, 편집자의 평(評)이 추가되는 모습은 거의 일치한다.[26] 최근 근대소설의 기원을 근대계몽기에 산출된 신문이나 잡지와 같은 근대 매체에 실린 이야기에서 찾고 있는데,[27] 역시 이러한 유형의 이야기가 이미 1885년 무렵에 존재했던 것을 알 수 있다.

애스턴, 쿠랑, 게일, 알렌과 같은 조선에 입국했었던 외국인들이 남긴 기록을 보면 그들이 대부분 조선어 통역관이나 조선어 교사를 소개받았던 사실이 드러나 있다. 그들은 다양한 목적에서 조선에 관한 정보를 수집하였고, 간행한 서적의 간행사에도 으레 조선어 교사에게 많은 도움을 받았다는 서술이 등장한다. 이러한 점 등을 『Corean Tales』와 연관지어 정리해보자면, 19세기 말에서 20세기 초에 외국인에 의하여 경쟁적으로 간행되었던 조선의 옛이야기 책은 서양인 선교사들로부터 신식 교육을 받았거나 서양의 이야기를 알았던 이들, 곧 조선어 교사들에 의해 가공되었다는 점이다. 이러한 가능성을 고려하여 구한말에 간행된 외국인들의 조선 관련 서적들을 검토한다면, 책의 간행 목적이나 특징들을 정확하게 읽을 수 있으리라 생각된다. 애스턴

---

25 전광용, 『신소설 연구』, 서울: 새문사, 1990. ; 황정현, 『신소설 연구』, 서울: 집문당, 1997.

26 김영민, 구장률, 이유미, 『근대계몽기 단형 서사문학 자료전집』 상-하, 서울: 소명출판, 2003.

27 김영민, 『한국 근대소설사』, 솔, 1997. ; 김영민, 『한국 근대소설의 형성 과정』, 서울: 소명출판, 2005.

소장본 『Corean Tales』는 이러한 문제를 규명하는 데 있어서 대단히 중요한 자료라고 할 수 있다. 이와 관련된 자세한 논의는 별고에서 다루기로 한다.

원문

『Corean Tales』

젼쟝호(傳掌虎) [젼ᄒᆞᄂᆞᆫ 범이라 말]

<1a>이젼에 ᄒᆞᆫ 사ᄅᆞᆷ이 길을 가더니, 압헤 큰 산이 잇고 그 산 허리[腰]에 놉흔 고ᄀᆡ가 잇ᄂᆞᆫᄃᆡ, 왼편이며, 올흔 편에, 각ᄉᆡᆨ[各色] 나무와 쏫치며 향긔로온 풀이 ᄀᆞ득ᄒᆞ고 나는 ᄉᆡ와 긔ᄂᆞᆫ 즘승이 이리 뎌리 왕ᄅᆡ[往來]ᄒᆞ며 층층[層]ᄒᆞᆫ 바회에 옥 ᄀᆞᆺᄒᆞᆫ 물이 흘너 산 아ᄅᆡ ᄯᅥ러지니 일만 구슬이 ᄢᅱᄂᆞᆫ ᄃᆞᆺᄒᆞ며, 그 물이 모혀셔 큰 못술 닐우고 그 못가에 고기 잡ᄂᆞᆫ 늙은이의 한가이 안저셔 세 발[三丈] 낙시ᄃᆡ[釣竿]를 노코 노ᄅᆡᄅᆞᆯ 브ᄅᆞ며, 그 건너 나무 뷔여지고 가ᄂᆞᆫ 초부[樵夫]의 쉬**<1b>**파람[嘯] 소ᄅᆡ에 정신이 희미ᄒᆞ야 풍경[風景]만 탐ᄒᆞ야 길가ᄂᆞᆫ 슈고ᄅᆞᆯ 닛고 혹 안지며, 혹 ᄒᆡᆼ[行]ᄒᆞ야 두어 리ᄅᆞᆯ 가더니, 그 길 왼편에 적은 길이 잇서 ᄀᆞ장 험[險]ᄒᆞ거ᄂᆞᆯ ᄉᆡᆼ각ᄒᆞᄃᆡ,

'이 길은 어ᄃᆡ로 통ᄒᆞᆫ 길인고?'

ᄒᆞ고 바회 우희 안저셔 쉬려ᄒᆞᆯ 즈음에 나무 ᄉᆞ이로 보니, 범과 사ᄅᆞᆷ이 서로 마조[對] 셧ᄂᆞᆫ지라[立]. ᄆᆞᄋᆞᆷ에 이샹ᄒᆞ여 두어 거름을 옴겨 가셔 ᄌᆞ세히 본즉 나히 이십여 셰 된 ᄋᆞᄒᆡ가 ᄒᆞᆫ 숀으로 범의 목을 ᄃᆞᆫᄃᆞᆫ이 쥐고 ᄒᆞᆫ 숀으로 겻헤 션 큰 나뭇가지를 붓들고 셧ᄂᆞᆫᄃᆡ, 그 모양을 숣혀보니 범도 긔운이 진**<2a>**ᄒᆞ여 뒤ㅅ 발만 ᄯᅡ헤 ᄃᆞ히고 셧고, 그 ᄋᆞᄒᆡ도 긔운이 진ᄒᆞ야 서로 ᄇᆞ라보고 셧ᄉᆞᆫ즉 그 형셰가 둘 즁에 ᄒᆞ나히 몬져 긔운이 나면 ᄒᆞ나히 죽을 디경이라. 이 사ᄅᆞᆷ이 근본 긔운도 ᄆᆡ우 잇고 용ᄆᆡᆼᄒᆞᆫ 사ᄅᆞᆷ이러니, 이 모양을 보고 사ᄅᆞᆷ을 구ᄒᆞ여 두려ᄒᆞ여 갓가이 가니, 그 ᄋᆞᄒᆡ 비러 ᄀᆞᆯᄋᆞᄃᆡ,

"어ᄃᆡ 계옵신 량반이 옵신지 모ᄅᆞ오ᄃᆡ 쇼동이 나무ᄅᆞᆯ 버히다가

이 범을 만나온즉 엇지 ᄒᆞ올 슈가 업ᄉᆞ와 이 모양이 되엿ᄉᆞ오니, 이제ᄂᆞᆫ 긔운이 진ᄒᆞ와셔 이 놈을 붓들고 잠간 ᄉᆞ이라도 잇**<2b>**ᄉᆞ올 슈가 업ᄉᆞ오니, 쇼동의 ᄃᆡ신으로 잠간 붓들고 셔셔 계시면 쇼동이 이놈을 ᄯᆞ려 죽일 거시니 ᄆᆞ옴에 엇더ᄒᆞ옵시닛가?"

ᄒᆞ거ᄂᆞᆯ 이 ᄉᆞᄅᆞᆷ이 ᄃᆡ답ᄒᆞᄃᆡ,

"그러케 ᄒᆞ여라."

ᄒᆞ고 그 ᄋᆞ희ᄅᆞᆯ ᄃᆡ신ᄒᆞ여 그 범의 목을 ᄃᆞᆫᄃᆞᆫ이 쥐고 셧시니, 그 범이 움즉이지 못ᄒᆞᄂᆞᆫ지라. ᄌᆡ촉ᄒᆞᄃᆡ,

"내가 갈 길이 밧부니 밧비 이놈을 죽여라."

ᄒᆞᆫᄃᆡ, 그 ᄋᆞ희 ᄃᆡ답ᄒᆞᄃᆡ,

"쇼동이 즉금 그 놈을 노핫ᄉᆞ온즉[放] 팔과 숀에 오히려 긔운이 업ᄉᆞ오니, 잠간 더 기ᄃᆞ리 옵쇼셔. 다ᄅᆞᆫ ᄃᆡ로 가셔 이 놈 죽일 긔계[器械]ᄅᆞᆯ 가저오리라."

ᄒᆞ고 어ᄃᆡ로 가더니, 두어 시 동안[間]에 도**<3a>**라오지 아니ᄒᆞᄂᆞᆫ지라. 이 ᄉᆞᄅᆞᆷ이 ᄯᅩᄒᆞᆫ 긔운이 진ᄒᆞ여 이 범을 죽일 슈도 업고 노ᄒᆞᆯ 슈도 업서, 만일 노흐면 이 범이 샹ᄒᆞᆯ 터히라 ᄉᆡᆼ각ᄒᆞᄃᆡ,

'내가 가ᄂᆞᆫ 길이나 갓더면 됴ᄒᆞᆯ 거ᄉᆞᆯ 그 ᄋᆞ희의 목숨을 구원[救]ᄒᆞ여 주려ᄒᆞ다가 그 ᄋᆞ희ᄂᆞᆫ 구ᄒᆞ고 나ᄂᆞᆫ 죽게 되엿ᄉᆞ니, 이러ᄒᆞᆫ 일이 셰상에 ᄯᅩ 잇ᄂᆞ냐?'

ᄒᆞ고 그 ᄋᆞ희를 소ᄅᆡ 질너 브ᄅᆞᄃᆡ 도ᄆᆞ지 ᄃᆡ답이 업ᄂᆞᆫ지라. 이ᄯᅢ에 범이 긔운이 다시 조곰[小] 도라와셔 제 몸을 요동[搖動]ᄒᆞ려ᄒᆞ야 황금[黃金] ᄀᆞᆺᄒᆞᆫ 눈을 브릅ᄯᅳ고 쥬홍[朱紅]ᄀᆞᆺᄒᆞᆫ 입을 버리며 소ᄅᆡ를 벽녁[霹靂]ᄀᆞᆺ치ᄒᆞ니, 이 ᄉᆞᄅᆞᆷ이 본**<3b>**ᄃᆡ 겁이 업ᄂᆞᆫ ᄉᆞᄅᆞᆷ인 고로 과히 무서워 ᄒᆞ지ᄂᆞᆫ 아니나 팔과 숀에 긔운은 진ᄒᆞ여 가ᄂᆞᆫ지라. ᄆᆡ우 위

티ᄒᆞ여 근심ᄒᆞᆯ 즈음에 그 ᄋᆞ희ᄂᆞᆫ 아니오고 ᄒᆞᆫ 즁놈이 동편 길노 나오며 나무가 만ᄒᆞᆫ즉 이 사ᄅᆞᆷ과 범을 잘 보지 못ᄒᆞ고 ᄒᆞᆯ노 말ᄒᆞᄃᆡ,

"어ᄃᆡ셔 범의 소ᄅᆡ가 나더니, 내가 차지ᄃᆡ 다시 소ᄅᆡ도 아니 나고 눈에 뵈지도 아니ᄒᆞ니 괴이ᄒᆞᆫ 일이로다."

ᄒᆞ며 이리 기웃[窺] 뎌리 기웃 ᄒᆞ거ᄂᆞᆯ 이 사ᄅᆞᆷ이 십분[十分] 다ᄒᆡᆼᄒᆞ여 급히 브ᄅᆞᄃᆡ,

"대ᄉᆞ[大師]ᄂᆞᆫ 사ᄅᆞᆷ을 살녀 주시오!"

ᄒᆞ니, 그 즁이 놀나며 밧비 와서 보니 사ᄅᆞᆷ이 죽을 디경이라. 이 즁도 긔운은 만ᄒᆞᆫ 놈이로**〈4a〉**대 무ᄉᆞᆷ 긔계ᄂᆞᆫ 업ᄂᆞᆫ지라. ᄯᅩ ᄉᆡᆼ각ᄒᆞ니 즁의 법에 도모지 무어시던지 죽이며 샹ᄒᆞ지 못ᄒᆞᄂᆞᆫ 법이오, ᄯᅩ ᄉᆡᆼ각ᄒᆞᆫ즉 더 범을 붓들고 잇ᄂᆞᆫ 사ᄅᆞᆷ의 긔운이 다ᄒᆞ야 범을 놋칠 ᄃᆞᆺᄒᆞ고 범은 긔운이 새로워[新] 가ᄂᆞᆫ지라. 밧비 와서 범을 그 사ᄅᆞᆷ ᄃᆡ신으로 붓들며 닐오ᄃᆡ,

"여보시오[사ᄅᆞᆷ 브ᄅᆞᄂᆞᆫ 말] 내 말을 드ᄅᆞ시오. 우리 즁의 법은 제 숀으로 무어시던지 살상[殺傷]ᄒᆞ지 못ᄒᆞᄂᆞᆫ 법인즉 내가 친히 죽이지 못ᄒᆞ니, 이 범을 내가 ᄃᆡ신으로 붓들 터히니 말을 잠간 쉬고 어ᄃᆡ가서 병긔[兵器, 춍이나 칼이나 창 ᄀᆞᆺᄒᆞᆫ 것]ᄅᆞᆯ 엇어 가지고 와셔 이 범을 죽이시오."

ᄒᆞ거ᄂᆞᆯ 이 사ᄅᆞᆷ이 범을 노**〈4b〉**코 멀니 다라나며 닐오ᄃᆡ,

"너ᄂᆞᆫ 불경[佛經, 부쳐의 글]만 닑고 ᄆᆡᆼᄌᆞ[孟子]의 글은 닑지 아니 ᄒᆞ엿ᄂᆞ냐? ᄆᆡᆼᄌᆞ라 ᄒᆞᄂᆞᆫ 글에 말ᄒᆞ기ᄅᆞᆯ '사ᄅᆞᆷ이 칼노 사ᄅᆞᆷ을 죽이고 ᄀᆞᆯ오ᄃᆡ 내가 사ᄅᆞᆷ을 죽이지 아니ᄒᆞ고 칼이 사ᄅᆞᆷ을 죽엿다 ᄒᆞ면 진실노 사ᄅᆞᆷ이 죄가 업고 칼이 죄가 잇ᄉᆞ랴?' ᄒᆞ엿시니, 네가 즉금 그와 ᄀᆞᆺ도다. 내가 네 말을 듯고 이 범을 죽이면 나ᄂᆞᆫ 오히려 죄가 업서도 너ᄂᆞᆫ 나를 식혀셔 살상을 ᄒᆞ엿슨즉 죄가 네게 잇슬 거시니 너ㅣ 엇지 불경 경계에 죄를 아니 범ᄒᆞ엿다 ᄒᆞ겟ᄂᆞ냐? 그런 고로 너ᄅᆞᆯ 내가 위ᄒᆞᆷ으로 이 범을 아니 죽일<5a>ᄲᆞᆫ 아니라, 이 범이 ᄒᆞᆼ샹 사ᄅᆞᆷ마다 젼ᄒᆞ여 오ᄂᆞᆫ 법이니 그리 알고 븟들고 잇다가 ᄯᅩ 다ᄅᆞᆫ 사ᄅᆞᆷ을 만나거든 나와 ᄀᆞᆺ치 그 사ᄅᆞᆷ의게 젼ᄒᆞ라."

ᄒᆞ고 도망ᄒᆞ여 가니 이 연고로 이 범의 별명[別名]이 "젼쟝호[傳掌虎]ㅣ"라 ᄒᆞ다.

이제 셰상에 사ᄅᆞᆷ이 혹 ᄂᆞᆷ의 은혜ᄅᆞᆯ 닙고 도로혀 은혜ᄅᆞᆯ 비반ᄒᆞ여 은혜 닙힌 사ᄅᆞᆷ을 해롭게 ᄒᆞᄂᆞᆫ 놈이 잇다ᄒᆞ니 의심컨대 이 범을 ᄂᆞᆷ의게 젼ᄒᆞ던 놈의 뎨ᄌᆞ[弟子, 生徒 ᄀᆞᆺᄒᆞᆫ 말]ㅣ가 ᄒᆞ노라.

ᄆᆡ립음쥬(賣笠飮酒)

<5b>사ᄅᆞᆷ이 총명[聰明]ᄒᆞ면 모든 일에 민쳡[敏]ᄒᆞ고 그러치 못ᄒᆞ면 모든 일에 졍신이 업서 그ᄅᆞᆺᄒᆞ기가 쉬오니, 그런 고로 녯적에 ᄒᆞᆫ 사ᄅᆞᆷ이 ᄒᆞᆼ샹 졍신이 업서 아모리 요긴ᄒᆞᆫ 일이라도 ᄒᆞᆼ샹 니저ᄇᆞ려[忘棄] 그ᄅᆞᆺᄒᆞᆷ으로 무슴 일을 당ᄒᆞ여 혹 니줄가 ᄒᆞ여 ᄆᆞ음에 굿게 긔록ᄒᆞ려 ᄒᆞ더니, ᄒᆞᆫ 날은 니웃집[隣家]으로 가다가 대변[大便]이 급ᄒᆞᆫ지라. ᄉᆞᆲ혀보니 뒤ㅅ간이 잇거ᄂᆞᆯ ᄉᆡᆼ각ᄒᆞᄃᆡ,

'내가 근본 졍신이 됴치 못ᄒᆞᆫ 사ᄅᆞᆷ이니, 쓴 갓슬 다ᄅᆞᆫ 곳에 버서두고 대변 후[後]에 혹<6a>니저ᄇᆞ리면 ᄂᆞᆷ의게 실톄[失體, 톄면을 일타 말

이라]될 거시니 내 쓴 갓ᄉᆞᆯ 뒤보ᄂᆞᆫ 뒤ㅅ간 위희 두고 뒤 본 후에 니러날 ᄯᅢ에 갓시 머리와 ᄒᆞᆫ가지로 부딋치거든[着] 갓시 잇ᄂᆞᆫ 줄ᄂᆞᆫ ᄉᆡᆼ각ᄒᆞ고 그 갓ᄉᆞᆯ 가지고 뒷간에 나와 다시 쓰고 그 집에 가리라.'
ᄒᆞ야 갓ᄉᆞᆯ 버서 ᄉᆞᆫ에 들고 뒤ㅅ간에 들어가서 뒤ㅅ간 우희 두고 그 아릐 안저셔 ᄯᅩᆼ을 다 누고 니러셜제 무어시 제 머리ᄅᆞᆯ 치거ᄂᆞᆯ 눈을 들어 보니 갓시 잇ᄂᆞᆫ지라. 이 사ᄅᆞᆷ이 ᄉᆡᆼ각ᄒᆞᄃᆡ,

'오ᄂᆞᆯ 내가 됴ᄒᆞᆫ 물건 ᄒᆞ나를 엇엇고 나 엇던 사ᄅᆞᆷ이 이러케 됴ᄒᆞᆫ 갓ᄉᆞᆯ 여긔 두고 니저 ᄇᆞ리고 갓ᄂᆞᆫ고?'

ᄒᆞ며 그 갓ᄉᆞᆯ 쓰지 아니ᄒᆞ고 뒤ㅅ〈6b〉간 밧게 나오니, 이ᄯᅢ에 제 벗 ᄒᆞ나히 지나 가다가 보니 이 사ᄅᆞᆷ이 갓ᄉᆞᆯ 쓰지 아니ᄒᆞ고 ᄉᆞᆫ에 들고 가ᄂᆞᆫ지라. ᄉᆡᆼ각ᄒᆞᄃᆡ,

'나ㅣ 이 사ᄅᆞᆷ을 ᄉᆡᆼ각ᄒᆞ니 본ᄃᆡ 정신이 됴치 못ᄒᆞ야 니저 바리기ᄅᆞᆯ 잘 ᄒᆞᄂᆞᆫ 사ᄅᆞᆷ인즉 반ᄃᆞ시 제 갓ᄉᆞᆯ ᄂᆞᆷ의 갓신줄노 알고 쓰지 아니코 어ᄃᆡ로 들고 가ᄂᆞᆫ 거시로다.'

ᄒᆞ고 그 벗을 블너 ᄀᆞᆯ오ᄃᆡ,

"이 사ᄅᆞᆷ 나ᄅᆞᆯ 보쇼."

ᄒᆞ니, 그 벗이 도라보거ᄂᆞᆯ 인ᄒᆞ야 무ᄅᆞᄃᆡ,

"ᄌᆞ네가 그 우엔 갓ᄉᆞᆯ ᄉᆞᆫ에 들고 어ᄃᆡ로 급히 가노?"

ᄒᆞ니 그 벗이 ᄃᆡ답ᄒᆞᄃᆡ,

"이 사ᄅᆞᆷ아, 내 말을 드러 보쇼. 내가 뒤ㅅ간에셔 뒤ᄅᆞᆯ 다 보고 니러셔니〈7a〉무어시 머리ᄅᆞᆯ 치기로 본즉 이 갓시 뒤ㅅ간 우희[혹 지붕에] 잇ᄂᆞᆫ 고로 가져오네. 그러나 엇더ᄒᆞᆫ 사ᄅᆞᆷ인지 모ᄅᆞᄃᆡ 정신이 나만도 못ᄒᆞ여셔 이 갓ᄉᆞᆯ 뒤ㅅ간에 버셔 두고 갓ᄉᆞ니 그 사ᄅᆞᆷ이 십여 량[十餘 兩] 실물[失物]을 ᄒᆞ엿네."

ᄒᆞ거ᄂᆞᆯ 뭇던 벗이 속으로 웃고 ᄀᆞᆯᄋᆞᄃᆡ,

"ᄌᆞ네가 오ᄂᆞᆯ 됴흔 갓ᄉᆞᆯ 엇엇순즉 본ᄃᆡ ᄌᆞ네 물건이 아니니 그 갓ᄉᆞᆯ 헐가[歇價]로 팔고 그 돈이 몃량이 되던지 오ᄂᆞᆯ 우리 둘이 술과 고기를 만히 사셔 먹ᄂᆞᆫ 거시 됴흘 ᄃᆞᆺᄒᆡ?"

ᄒᆞ니 갓 엇은 사ᄅᆞᆷ이 흔연[欣然, 됴흔 모양]이 ᄃᆡ답ᄒᆞ고 갓 업ᄂᆞᆫ 사ᄅᆞᆷ을 구ᄒᆞ야 륙칠[六七] 량 밧아셔 술 집에 가셔 술**<7b>**과 고기ᄅᆞᆯ 사셔 슬토록 먹은 후에 그 벗이 무ᄅᆞᄃᆡ,

"이 사ᄅᆞᆷ아, ᄌᆞ네ᄂᆞᆫ 오ᄂᆞᆯ 무ᄉᆞᆷ 연고로 이런 큰 술집 사ᄅᆞᆷ이 만ᄒᆞᆫ 곳에 갓ᄉᆞᆯ 쓰지 아니ᄒᆞ고 톄면[體面] 업시 와서 붓그러온 줄도 모ᄅᆞᄂᆞᆫ가?"

ᄒᆞ니, 이 말을 듯고 ᄉᆞᆫ으로 머리ᄅᆞᆯ ᄆᆞᆫ져보니 갓시 업ᄂᆞᆫ지라. 그제야 ᄭᆡᄃᆞᆺ고 놀나 ᄀᆞᆯ오ᄃᆡ,

"내 머리가 젼보다 ᄀᆞ바야온[輕] ᄃᆞᆺᄒᆞᄃᆡ ᄭᆡᄃᆞᆺ지 못ᄒᆞ엿더니, 뒤ㅅ간에셔 엇은 갓시 내 갓신 줄을 모ᄅᆞ고 가지고와 파라 먹엇고나."

ᄒᆞ며 그 친구ᄅᆞᆯ ᄭᅮ지ᄌᆞᄃᆡ,

"이놈아, 나ᄅᆞᆯ 만날 ᄣᅢ에ᄂᆞᆫ 아모 말도 아니 ᄒᆞ엿다가 이제야 그런 말을 ᄒᆞ니 이리ᄒᆞᆷ**<8a>**은 다ᄅᆞᆫ 연고ㅣ 아니라 즘즛 그런 줄을 알고도 내 술과 고기ᄅᆞᆯ 먹으려ᄒᆞ야 이제야 말ᄒᆞᄂᆞᆫ 거시니 너 먹은 술갑과 고기갑ᄉᆞᆯ 너ㅣ 다 내여라."

ᄒᆞ고 서로 싸호니, 술집에 잇ᄂᆞᆫ 모든 사ᄅᆞᆷ이 이 연고ᄅᆞᆯ 알고 다 ᄉᆞᆫ을 치며 크게 웃더라.

걸인시혜(乞人施惠)

<8b> 녯적에 ᄒᆞᆫ 션ᄇᆡ 잇ᄂᆞᆫᄃᆡ ᄆᆡ우 가난ᄒᆞ기로 비러먹ᄂᆞᆫ 즁에 그 얼골이 ᄒᆞᆼ샹 사ᄅᆞᆷ 보기에 됴치 아니ᄒᆞ야 아모리 잘 먹고 됴흔 옷ᄉᆞᆯ 닙을지라도 빌어먹ᄂᆞᆫ[乞人] 사ᄅᆞᆷ의 모양을 면치 못ᄒᆞᆯ지라. 그런 고로 사ᄅᆞᆷ마다 닐오ᄃᆡ,

"뎌 사ᄅᆞᆷ은 평ᄉᆡᆼ[平生] 비러먹을 사ᄅᆞᆷ의 모양이니, ᄒᆞᆫ ᄣᆡ라도 잘 살 슈가 업ᄉᆞ리라."

ᄒᆞ다. 이 션ᄇᆡ 근본 ᄆᆞ음이 조출ᄒᆞ야 ᄂᆞᆷ의 물건을 틔ᄭᅳᆯ만ᄒᆞᆫ 거시라도 욕심을 내지 아니ᄒᆞ고 ᄂᆞᆷ의 곤[困]ᄒᆞᆫ 거ᄉᆞᆯ 보면 제가 당ᄒᆞᆫ 일과 ᄀᆞᆺ치 근심ᄒᆞ여 제 힘이 부족ᄒᆞᆫ ᄐᆞᆺᄉᆞ로 도아주지 못ᄒᆞᆷ**<9a>**을 한ᄒᆞ고 탄식ᄒᆞ더니, ᄒᆞᆫ 날은 어ᄃᆡ가셔 밥도 못 엇어 먹고, ᄯᅩ 잠잘 곳이 업서 이집 뎌집에 가서 자기를 쳥ᄒᆞ나 집쥬인들이 허락ᄒᆞ지 아니ᄒᆞᄂᆞᆫ지라. ᄒᆞᆯ 슈 업서셔 산즁[山中]에 뷘 졀[寺, 즁의 집]을 차저셔 가보니 즁이 ᄒᆞ나도 업고 절이 퇴락[頹落]ᄒᆞ여 바람과 비ᄅᆞᆯ 피ᄒᆞᆯ 슈 업ᄂᆞᆫ ᄃᆡ[處]라. 그러ᄒᆞ나 ᄒᆡ가 저셔 어두오니 엇지 다ᄅᆞᆫᄃᆡ로 향ᄒᆞ야 가리오? 그 곳에셔 이리뎌리 ᄃᆞ니다가 발에 무어시 걸니거ᄂᆞᆯ 괴이히 넉여셔 ᄌᆞ세히 본 즉, 무어신지 모ᄅᆞᄃᆡ ᄆᆡ우 긴히 봉[封]ᄒᆞᆫ 거시라. 풀고 보니 황금으로 ᄭᅮᆷ인 ᄯᅴ[帶]니, 일픔[一品] ᄌᆡ샹[宰相]이 가지ᄂᆞᆫ 거시어ᄂᆞᆯ 도**<9b>**로 봉ᄒᆞ여 ᄒᆞᆫ 곳에 두고 ᄉᆡᆼ각ᄒᆞᄃᆡ,

'엇더ᄒᆞᆫ 사ᄅᆞᆷ이 뎌러ᄒᆞᆫ 됴흔 ᄯᅴᄅᆞᆯ 일허 ᄇᆞ리고 갓ᄂᆞᆫ고? 그 ᄯᅴᄅᆞᆯ 보니 갑시 슈삼 쳔 량이 될 터이니, 혹 엇더ᄒᆞᆫ 사ᄅᆞᆷ의 ᄂᆞᆷ의 거ᄉᆞᆯ 젼ᄒᆞ려 ᄒᆞ다가 일헛ᄉᆞ면 더욱 그 쥬인의게 도적이라 말을 듯고 그

갑술 무러줄 거시니, 엇더ᄒᆞ던지 그 님쟈ᄅᆞᆯ 차저셔 주면 됴켓시나 누군지 알 슈 업도다.'

ᄒᆞ고 탄식ᄒᆞ며 조곰도 욕심을 내지 아니ᄒᆞ더니, 조곰 잇다가 드ᄅᆞᆫ즉 그 절 문 밧긔셔 우ᄂᆞᆫ 소ᄅᆡ가 나거ᄂᆞᆯ ᄉᆞᆲ혀보니 엇더ᄒᆞᆫ 새악시[閨女]가 울며 무어ᄉᆞᆯ 찻ᄂᆞᆫᄃᆡ 나히 십 륙칠 셰 즈음 되엿ᄂᆞᆫ**<10a>**지라. 뷘 절이오, ᄯᅩ 밤이 되얏ᄉᆞ니 그 새악시가 무서워ᄒᆞᆯ가하여 ᄀᆞ만이 무ᄅᆞᄃᆡ,

“엇더ᄒᆞᆫ 새악시가 엇지ᄒᆞ여 울며 무어ᄉᆞᆯ 찻ᄂᆞ냐?”

ᄒᆞ니 그 새악시 일변 놀나며 일변 ᄃᆡ답ᄒᆞᄃᆡ,

“나ᄂᆞᆫ 본ᄃᆡ 일픔[一品] 직샹[宰相]의 ᄯᆞᆯ노 집에 괴이ᄒᆞᆫ 병으로 슈삼 년 ᄉᆞ이에 모친과 ᄋᆞ아들이 다 죽고 다만 부친과 나만 잇더니 부친[아바지가]이 ᄯᅩ 수일 젼에 샹ᄉᆞ[喪事] 나셧기로 집이 본ᄃᆡ 가난ᄒᆞ야 장ᄉᆞᄅᆞᆯ 지얼 슈 업ᄉᆞ와셔 오ᄃᆡ[五代] 샹젼[相傳]ᄒᆞ던 황금보대[黃金寶帶]ᄅᆞᆯ 팔면 장ᄉᆞᄅᆞᆯ 지낼 터히 옵기로 그 거ᄉᆞᆯ 가지고 여긔ᄅᆞᆯ 지나옵더니, 일허ᄇᆞ리고 혹 여긔 잇ᄂᆞᆫ가 ᄒᆞ야 다시 와 찻ᄉᆞ오나 형용도 보**<10b>**지 못ᄒᆞ오니 ᄆᆞ음에 답답ᄒᆞ야 견될 슈 업ᄂᆞ니다.”

ᄒᆞ거ᄂᆞᆯ 이 션ᄇᆡ 그 말을 듯고 블샹이 넉여 그 엇은 씌ᄅᆞᆯ 내여주며 닐오ᄃᆡ,

“밧비 가지고 가셔 ᄆᆡ매ᄒᆞ야 장ᄉᆞᄅᆞᆯ 지내게 ᄒᆞ라.”

ᄒᆞ니 그 새약씨 ᄇᆡᆨᄇᆡ[百拜] 샤례ᄒᆞ고 간 후에 이 션ᄇᆡ의 일이 ᄆᆞ음의 원ᄒᆞᄂᆞᆫ 대로 되여 일국[一國]에 웃듬 부쟈ㅣ 되엿다ᄒᆞ니, 사ᄅᆞᆷ이 착ᄒᆞᆫ 일을 ᄒᆞᆫ 후에 ᄇᆞ라ᄂᆞᆫ 거시 잇고, 악ᄒᆞᆫ 후에ᄂᆞᆫ ᄇᆞ랄 거시 업ᄂᆞᆫ 거시니, 즉금 세샹에 혹 부귀ᄒᆞᆫ 사ᄅᆞᆷ들이 부귀ᄒᆞᆯᄉᆞ록 욕심이 더옥 불 니러나 ᄃᆞᆺᄒᆞ야 ᄂᆞᆷ의 거ᄉᆞᆯ 불의[不義]로 은근이 ᄲᅢ아ᄉᆞ려 ᄒᆞᄂᆞᆫ 이

가 잇ᄉᆞ니, 엇지 이런 사ᄅᆞᆷ<11a>을 ᄃᆡᄒᆞ게 되면 붓그럽지 아니ᄒᆞ리오? 대저 이 우희 비러먹든 션ᄇᆡ가 수삼 쳔 금 듸ᄂᆞᆫ 보ᄇᆡᄅᆞᆯ 보고 그 님ᄌᆞᄅᆞᆯ 차저 주며 ᄯᅩ 깁흔 산즁[山中] 뷘 졀[空寺]에 밤이 되여 고요ᄒᆞᆫ 가온ᄃᆡ 쏫다온 새악시ᄅᆞᆯ ᄃᆡᄒᆞ여 털ᄭᅳᆺ[毫末]만치도 더러온 ᄒᆡᆼᄉᆞᄅᆞᆯ 움즉이지 아니ᄒᆞ니 즉금 셰쇽 경박ᄌᆞ[輕薄子] ㅣ 드ᄅᆞ면 오히려 그 션ᄇᆡᄅᆞᆯ 치쥰[痴蠢]이라 ᄒᆞᆯ 거시니[치쥰 어리셕고 쥰쥰ᄒᆞ다 말] 나ᄂᆞᆫ 오히려 그 션ᄇᆡᄅᆞᆯ 비방[誹謗]ᄒᆞᄂᆞᆫ 쟈ᄅᆞᆯ 치쥰이라 ᄒᆞ노라.

ᄇᆡᆨ호산군식낭(白虎山君食狼)

<11b>이젼에 어나 곳인지ᄂᆞᆫ 모ᄅᆞᄃᆡ 흰 호랑이 ᄒᆞ나히 잇서셔 모든 즘승 즁 님군이 되어 졍ᄉᆞᄅᆞᆯ ᄒᆞᄂᆞᆫᄃᆡ, 먹을 거술 만히 진샹[進上]ᄒᆞ면 됴하ᄒᆞ고 그러치 아니ᄒᆞ면 죽이ᄂᆞᆫ지라. 어나 즘승이 그 위엄을 무서워 아니ᄒᆞ리오. 그러ᄒᆞᆫ 즁에 ᄇᆡᆨ호산군이 산녕ᄒᆞ라 나갓다가 엇더ᄒᆞᆫ 포슈의게 춍을 맛고 도라오니 비록 과히 샹치 아니ᄒᆞ엿ᄉᆞ나 화약과 텰환의 독ᄒᆞᆫ 긔운이 몸에 들어 밤과 ᄂᆞᆯ에 평안치 못ᄒᆞ니 모든 즘승이 다 가셔 문안ᄒᆞ야 위로ᄒᆞᆯ제 온갓 먹을 거술 예비ᄒᆞ고 <12a>혹 그 ᄆᆞ음이 변ᄒᆞ면 무죄ᄒᆞᆫ 신ᄒᆞᄅᆞᆯ 무러 죽일가ᄒᆞ여 겁내며 쇼심ᄒᆞ더니, 이째에 여호가 무슴 일이 잇서셔 들어와 문안을 못ᄒᆞᆫ지라. ᄇᆡᆨ호산군이 ᄉᆡᆼ각ᄒᆞᄃᆡ,

'다ᄅᆞᆫ 신하ᄂᆞᆫ 다 와서 내게 문안도 ᄒᆞ고 먹을 음식도 만히 주ᄃᆡ 여호ᄂᆞᆫ ᄒᆞᆫ번도 와서 문병도 아니ᄒᆞ니 괴이ᄒᆞ도다.'

ᄒᆞ고 ᄒᆞ로ᄂᆞᆫ 모든 신하ᄅᆞᆯ ᄃᆡᄒᆞ여 셩낸 소ᄅᆡ로 무ᄅᆞᄃᆡ,

"이 ᄉᆞ이에 여호ᄅᆞᆯ 구경[보다]도 못 ᄒᆞ겟시니 괴이ᄒᆞᆫ 일이로다. 님군과 부모ᄂᆞᆫ ᄒᆞᆫ가지라 부모ㅣ 병이 잇ᄉᆞ면 반ᄃᆞ시 그 ᄌᆞ식이 밤과 낫에 겻흘 ᄯᅥ나지 아니ᄒᆞ고 유식과 약을 예비ᄒᆞ여 권ᄒᆞ〈12b〉야 ᄌᆞ식의 도리ᄅᆞᆯ 다ᄒᆞᄂᆞ니 신하ㅣ들 엇지 다ᄅᆞ리오? 내가 병든지 ᄉᆞ오일이 되도록 여호놈이 ᄒᆞᆫ 번도 와서 문병ᄒᆞᄂᆞᆫ 일이 업ᄉᆞ니 신하가 되어 님군을 셤기ᄂᆞᆫ 도리가 엇지 이러ᄒᆞ리오?"

ᄒᆞ니, 이ᄯᅢ에 일희[狼]라 ᄒᆞᄂᆞᆫ 즘승이 겻헤 잇ᄉᆞ니 이놈의 셩졍[性情]이 표한[慓悍]ᄒᆞ고 싀긔ᄒᆞ여 ᄂᆞᆷ을 ᄒᆞᆼ샹 해ᄒᆞᄂᆞᆫ 즁에 더옥 여호와 서로 불목[不睦]ᄒᆞᆫ지라. ᄇᆡᆨ호산군이 여호ᄅᆞᆯ 됴하 아니ᄒᆞ여 ᄭᅮ짓ᄂᆞᆫ 양을 보고 이ᄯᅢᄅᆞᆯ 타셔 해ᄒᆞ려ᄒᆞ야 간ᄉᆞ히 아쳠[阿諂]ᄒᆞ여 알외오ᄃᆡ,

"여호가 본ᄃᆡ 셩픔이 간ᄉᆞᄒᆞ고 요망ᄒᆞ와 아모ᄅᆞᆯ 의론치 말고 속이기ᄅᆞᆯ 잘ᄒᆞ오며 ᄯᅩ 무슴 음식이던지 만흐나〈13a〉적으나 제 욕심만 ᄎᆡ오고 님군을 공경ᄒᆞ지 아니ᄒᆞ오며 그 ᄲᅳᆫ 아니오라 ᄯᅢ마다 대왕ᄭᅴ셔 욕심이 만타ᄒᆞ고 자조 비방ᄒᆞ오니 그 놈은 가히 용셔[容]ᄒᆞ야 세샹에 살녀두지 못ᄒᆞ올 놈이오니 이번에 그 놈이 들어 오옵거든 극률[極律]을 써서 만조각에 ᄭᅳᆫ저 죽여지이다."

ᄒᆞ거ᄂᆞᆯ 산군이 이 말을 듯고 ᄆᆞᄋᆞᆷ에 크게 노[怒]ᄒᆞ여 ᄃᆡ답ᄒᆞᄃᆡ,

"네 알외ᄂᆞᆫ 말이 내 ᄆᆞᄋᆞᆷ과 합당[合當]ᄒᆞ니 그리ᄒᆞ리라."

ᄒᆞ고 흰나롯[鬚, 슈염]ᄉᆞᆯ 거ᄉᆞ리고 여호의 오기ᄅᆞᆯ 기ᄃᆞ리더라.

이ᄯᅢ에 여호가 저 먹을 음식을 각쳐[各處]로 ᄃᆞᆫ니며 구ᄒᆞ다가 그 벗 여호ᄅᆞᆯ 만나니 그 벗 여호ㅣ 무러 ᄀᆞᆯ오ᄃᆡ,

"ᄌᆞ네가 이 ᄉᆞ이 무슴 일〈13b〉에 밧바셔 대왕이 병황이 계신ᄃᆡ ᄒᆞᆫ번 문안도 아니ᄒᆞ엿나. ᄌᆞ네가 이제ᄂᆞᆫ 죽을 거시니 ᄉᆡᆼ각ᄒᆞ여 깁히 숨어 세상에 ᄃᆞ니지 마쇼."

ᄒᆞ니 이 여호ㅣ 놀나 연고ᄅᆞᆯ 무ᄅᆞ니, 그 벗 여호ㅣ ᄇᆡᆨ호산군의 병든 ᄉᆞ졍과 일희[狼]의 아쳠ᄒᆞ던 말을 ᄌᆞ세히 닐ᄋᆞ니, 여호ㅣ ᄭᅬ스럽게 우셔 ᄀᆞᆯ오ᄃᆡ,

"ᄌᆞ네ᄂᆞᆫ 나를 위ᄒᆞ여 겁내지 말고, 나ㅣ 대왕ᄭᅴ 가서 나ᄂᆞᆫ 죽지 아니ᄒᆞ고 나ᄅᆞᆯ 죽이려ᄒᆞ고 아쳠ᄒᆞ던 뎌 ᄉᆡ긔 만ᄒᆞᆫ 일희 놈의 죽ᄂᆞᆫ 거ᄉᆞᆯ 보고 그 뒤에 내가 엇더케 슬긔만ᄒᆞᆫ 줄을 ᄌᆞ네도 알 거시니 그 ᄯᅢ에ᄂᆞᆫ 내게 항복ᄒᆞ리?"

ᄒᆞ니, 그 벗 여호가 그 연고ᄅᆞᆯ 아<14a>지 못ᄒᆞ고 다만 ᄀᆞᆯ오ᄃᆡ,

"ᄌᆞ네가 만일 살진대 내 ᄆᆞ음에 ᄀᆞ장 됴켓ᄉᆞ니, 밧비 계교ᄅᆞᆯ 힝ᄒᆞ야 일희놈을 죽여 그 아쳠ᄒᆞᆫ 원슈ᄅᆞᆯ 갑쇼."

ᄒᆞ고 가니라. 이 여호ㅣ 쳔쳔이 거러 ᄇᆡᆨ호산군 잇ᄂᆞᆫ 굴[窟] 압헤 오니, 모든 즘승이 산군 잇ᄂᆞᆫ 좌우[左右]에 잇서 위엄이 엄슉ᄒᆞ야 머리ᄅᆞᆯ 드지 못ᄒᆞ고 다 업ᄃᆡ여 잇ᄂᆞᆫ지라. 여호ㅣ 그 즁 아ᄅᆡ ᄌᆞ리에셔 ᄭᅮᆯ어 절ᄒᆞ며 문안ᄒᆞᄃᆡ,

"쇼신이 그 ᄉᆞ이 일이 잇ᄉᆞ와 일ᄌᆞᆨ이 와서 문안 ᄒᆞ옵지 못ᄒᆞ온 죄가 죽ᄉᆞ오나 앗갑지 아니ᄒᆞ와이다."

ᄒᆞ니, 산군이 눈을 크게 ᄯᅳ고 소ᄅᆡᄅᆞᆯ 우레[雷]ᄀᆞᆺ치ᄒᆞ여 ᄭᅮ지져 ᄀᆞᆯᄋᆞᄃᆡ,

"이놈아 네가 무ᄉᆞᆷ 낫ᄉᆞ로[面] 나ᄅᆞᆯ 와 보<14b>ᄂᆞ냐?"

ᄒᆞ며 곳 죽이려 ᄒᆞ거ᄂᆞᆯ 여호ㅣ 다시 니러나 절ᄒᆞ고 알외오ᄃᆡ,

"대왕ᄭᅴ셔 하교[下敎]ᄅᆞᆯ 이러ᄐᆞᆺ ᄒᆞ옵시ᄂᆞᆫᄃᆡ 쇼신이 다시 알외옵기 황송ᄒᆞ오나 두어 마ᄃᆡ 쥬ᄉᆞ[奏事]ᄅᆞᆯ 용납 ᄒᆞ옵신 후에 죽이옵시던지, 살니옵시던지 하교 ᄒᆞ옵쇼셔."

ᄒᆞ니, 산군이 호령[號令, 엄히 소리ᄒᆞ다]ᄒᆞᄃᆡ,

"너ㅣ 무ᄉᆞᆷ 말이 잇ᄂᆞ냐? 밧비 말ᄒᆞ여라. ᄒᆞᆫ 말이라도 리에 당ᄒᆞ지 아니ᄒᆞ게 ᄒᆞ면 네 가족을 벗기며 ᄲᅧᄅᆞᆯ ᄲᅦ히고 살[고기]을 쯧고 창ᄌᆞ를 내여 님군을 속히ᄂᆞᆫ 죄 벌노 념통을 너흐러 ᄇᆞ리리라."

ᄒᆞ거ᄂᆞᆯ 여호ㅣ 조곰도 겁내지 아니ᄒᆞ고 간ᄉᆞᄒᆞᆫ ᄆᆞᄋᆞᆷ을 가**<15a>**다듬어 ᄂᆞᆷ 보기에 ᄀᆞ장 ᄎᆞᆷ된 말노 ᄭᅮᆷ여 알외ᄃᆡ,

"쇼신이 녯글을 보오니 군신[君臣]과 부ᄌᆞ[父子]ㅣ 셰샹에 웃듬이온즉 신하ㅣ 님군을 셤기매 츙셩[忠]을 다ᄒᆞ야 제 몸이 죽을 디경에 니ᄅᆞ러도 님군을 위ᄒᆞ고 ᄌᆞ식도 힘이 다ᄒᆞᆯ지라도 부모ᄅᆞᆯ 공경ᄒᆞ야 효[孝]ᄒᆞ라 ᄒᆞ엿ᄉᆞ온즉 쇼신이 오늘날 대왕 압희셔 죽을 줄을 몬저 알앗ᄉᆞ오나 만일 죽기ᄅᆞᆯ 피ᄒᆞ오면 대왕의 환후[患候, 병환이라]ᄅᆞᆯ 평복ᄒᆞ시게 ᄒᆞ올 길이 업ᄉᆞᆸ기로 쇼신이 죽기ᄂᆞᆫ 니저 ᄇᆞ리옵고 대왕의 환후ㅣ 급ᄒᆞ옵시다 말ᄉᆞᆷ을 듯ᄉᆞᆸ고 그ᄣᅢ에 곳 와**<15b>**서 뵈옵고 문안 ᄒᆞ옵고 시브오ᄃᆡ 그러케 ᄒᆞ오면 대왕을 위ᄒᆞ야 급히 약을 구ᄒᆞ옵지 못ᄒᆞ겟ᄉᆞᆸ기로 인ᄒᆞ야 약을 구ᄒᆞ기ᄅᆞᆯ 위ᄒᆞ야 ᄉᆞ면으로 ᄃᆞᆫ니옵다가 이제야 들어 왓ᄉᆞ오니, 엇지 죽기를 무서워ᄒᆞ야 대왕을 셤기ᄒᆞᆫ 도리ᄅᆞᆯ 도라보지 아니 ᄒᆞ오릿가? 그러ᄒᆞ온즉 죽어도 맛당ᄒᆞ온 일에 죽ᄉᆞ오면 츙셩[忠]과 효도[孝]ᄅᆞᆯ 일허 ᄇᆞ리지 아니ᄒᆞᄂᆞᆫ 거시오니, 죽이려 ᄒᆞ옵시거든 알외옵ᄂᆞᆫ 약 말ᄉᆞᆷ이나 드ᄅᆞ신 후에 죽이시고, 그 약이나 진어[進御, 먹다, 잡숫다] ᄒᆞ옵시고 신이 죽은 후라도 환후ㅣ 평복 ᄒᆞ옵시면 이거시**<16a>**신의 지극ᄒᆞ온 원[願]이오니 통촉ᄒᆞ옵쇼셔."

ᄒᆞᄂᆞᆫ지라. 산군이 듯더니, 압발노 슈염을 어로ᄆᆞᆫ지며 무어ᄉᆞᆯ ᄉᆡᆼ각ᄒᆞᄂᆞᆫ 톄ᄒᆞ야 눈을 감고 조곰 잇다가 다시 눈을 ᄯᅳ며 압발노 ᄯᅡ흘 허븨

며[掘] 소ᄅᆡᄒᆞ여 ᄀᆞᆯ오ᄃᆡ,

"내가 괴악ᄒᆞᆫ 말을 듯고 너ᄅᆞᆯ 그ᄅᆞᆫ 신하로 알앗더니, 즉금 네 말을 드ᄅᆞ니 진실노 츙신이로다. 그러나 어ᄃᆡ 가셔 무ᄉᆞᆷ 약을 구ᄒᆞ엿ᄂᆞ냐?"

ᄒᆞ니, 여호ㅣ 알외ᄃᆡ,

"쇼신이 엇더ᄒᆞᆫ 명의[名醫]ᄅᆞᆯ 보고 대왕ᄭᅴ셔 산ᄒᆡᆼ[山行] ᄒᆞ시다가 포슈놈의 약털에 샹ᄒᆞ여 계시다 ᄒᆞ옵고 졍셩으로 뭇ᄌᆞ오니, 그 의원이 말ᄉᆞᆷᄒᆞ오ᄃᆡ 그 대왕ᄭᅴ셔 즉금 츈츄[春秋, 나히라] 만흐신 터**<16b>** 힌즉 긔운과 혈[血]이 부족[不足]ᄒᆞ신ᄃᆡ 과히 샹ᄒᆞ여 계시니, 만일 그 기운과 피ᄅᆞᆯ 도라보지 아니ᄒᆞ고 약털의 독긔만 업게ᄒᆞ면 이ᄂᆞᆫ 병의 근본은 다ᄉᆞ리지 아니ᄒᆞ고 그 ᄭᅳᆺ[末]만 다ᄉᆞ림이니 그러케ᄒᆞ면 오ᄅᆡ지 아니ᄒᆞ여 그 병환이 다시 발ᄒᆞᆯ 거시니, 그 ᄯᅢ에ᄂᆞᆫ 아모리 됴ᄒᆞᆫ 약이 잇서도 쓸 ᄃᆡ 업서 즉금 잘 곳친 이만 못ᄒᆞ니, 그 잘 곳치ᄂᆞᆫ 법은 즘승의 고기로 그 ᄇᆡᄅᆞᆯ 부ᄅᆞ도록 먹어 긔운과 피ᄅᆞᆯ 셩ᄒᆞ게 ᄒᆞ고 그 가족으로 샹ᄒᆞᆫ 곳에 붓치면 몃 날이 못 되여 아조 나흐시고 그 후에 다시 발ᄒᆞᆯ 념녀가 업ᄉᆞᆯ 거시니**<17a>**그 즘승은 일희니, 그 고기오 가족이 신통ᄒᆞᆫ 약이니 급히 구ᄒᆞ여 쓰라 ᄒᆞ옵기로 알고 왓ᄉᆞᆸᄂᆞ이다."

ᄒᆞᆫᄃᆡ, 산군이 이 말을 듯고 일변 깃버ᄒᆞ며, 일변 셩내여 일희ᄅᆞᆯ ᄇᆞ라보고 ᄭᅮ지ᄌᆞᄃᆡ,

"이놈! ᄭᅬ스럽고 간ᄉᆞᄒᆞᆫ 놈아. 너ㅣ 무ᄉᆞᆷ 연고로 이러케 나ᄅᆞᆯ 위ᄒᆞ여 슈고로이 ᄉᆞ면으로 ᄃᆞᆫ니며 명의를 차저셔 약을 구ᄒᆞ려ᄂᆞᆫ 츙신을 해ᄒᆞ려 ᄒᆞ며 내게 아쳠ᄒᆞ여 죽이게 ᄒᆞ엿ᄂᆞ냐? 네 말대로 내가 여호를 죽엿더면 내가 ᄇᆞᆰ지 못한 님군이 될 번 ᄒᆞ엿고나! 너ㅣ 님군을 속히ᄂᆞᆫ 죄가 클 ᄲᅳᆫ 아니라, ᄯᅩ 신통ᄒᆞᆫ 약이 된다ᄒᆞ니, 이러나 뎌러나 너ᄂᆞᆫ 죽기〈17b〉ᄅᆞᆯ 면치 못ᄒᆞᆯ ᄂᆞᆷ이니, 너ㅣ 죽어도 나ᄅᆞᆯ 원망치 말나."

ᄒᆞ고 곳 ᄃᆞᆯ녀들어 그 일희ᄅᆞᆯ 쇠갈고리[鐵鉤] ᄀᆞᆺᄒᆞᆫ ᄐᆞᆸ[爪]으로 잡아[웅크다] 압헤 것구ᄅᆞ치고[倒] 쇠못[鐵釘] ᄀᆞᆺᄒᆞᆫ 니[齒]로 무러 ᄯᅳ드니, 일희 인ᄒᆞ야 죽다 ᄒᆞ니라.

이ᄂᆞᆫ ᄂᆞᆷ을 해ᄒᆞ려ᄒᆞ야 아쳠ᄒᆞᄂᆞᆫ ᄉᆞᄅᆞᆷ을 경ᄎᆡᆨ[警]ᄒᆞᄂᆞᆫ 말이니, ᄉᆞᄅᆞᆷ이 ᄂᆞᆷ을 해ᄒᆞ려 ᄒᆞ면 도로혀 제가 해ᄅᆞᆯ 밧ᄂᆞᆫ 거시니, 이 일희의 여호를 죽이려 ᄒᆞ다가 제가 죽ᄂᆞᆫ 것과 엇지 다ᄅᆞ리오? 가히 삼가지 아니ᄒᆞᆯ가?

다시 ᄉᆡᆼ각ᄒᆞ오니, ᄇᆡᆨ호산군이 아니오, ᄉᆞᄌᆞ[獅子]의 리약이오니 감ᄒᆞ옵쇼셔.

니ᄉᆡᆼ계쥬(李生戒酒)

〈18a〉수ᄇᆡᆨ 년 젼에 경셩[京城]에 사ᄂᆞᆫ 션비 잇ᄉᆞ니, 셩이 니씨라. ᄒᆞᆼ샹 술만 먹고 잡된 계집을 샹관ᄒᆞ여 글공부도 변변이 아니ᄒᆞ고 가ᄉᆞ[家事]ᄂᆞᆫ 도라보지 아니ᄒᆞ니, 인ᄒᆞ야 패악[悖惡]ᄒᆞᆫ 사람이 된지라. 그 형은 ᄉᆞᄅᆞᆷ되옴이 단정ᄒᆞ고 쇼년에 등과ᄒᆞ여 벼ᄉᆞᆯ이 참판[參判]에 니ᄅᆞ럿다가 평안감ᄉᆞ[平安監司]ᄅᆞᆯ ᄒᆞ니, 온 집이 크게 깃버ᄒᆞᄂᆞᆫ 즁에 그 ᄋᆞ아[弟] 니ᄉᆡᆼ이 더옥 됴하ᄒᆞ니, 이 연고ᄂᆞᆫ 평안도 감영[監營]에 기ᄉᆡᆼ[妓]도 만코 ᄯᅩ 감홍로[甘紅露]라 ᄒᆞᄂᆞᆫ 쇼쥬[燒酒]가 잇ᄉᆞ므로 니싱이 만일 그곳에 가면 계집도 샹관ᄒᆞ기 됴코 술도 잘 먹〈18b〉겟ᄉᆞᆫ즉 엇지 깃버ᄒᆞ지 아니리오? 그 형이 평안도로 가ᄂᆞᆫ 날에 그 아오[弟]ᄅᆞᆯ 블너 무ᄅᆞᄃᆡ,

“내가 평안도로 간 후에 너ᄂᆞᆫ 어나 ᄯᅢ에 오겟ᄂᆞ냐?”

ᄒᆞ니, ᄃᆡ답ᄒᆞᄃᆡ,

“금년 칠월 초 십일노 가서 뵈오리다.”

ᄒᆞ니, 감ᄉᆞㅣ ᄀᆞᆯ오ᄃᆡ,

“브ᄃᆡ 그날에 오면 됴히 서로 보겟시니, 어긔지 말아.”

ᄒᆞ고 길을 ᄯᅥ나셔 평안 감영으로 가 도임[到任]ᄒᆞᆫ 후, 오륙일 된 후에 기싱[妓]을 뎜고[點考]ᄒᆞ야 그 듕에 졀묘[絶妙, ᄆᆡ우 아ᄅᆞᆷ다온]ᄒᆞᆫ 기싱ᄒᆞ나ᄅᆞᆯ ᄀᆞᆯᄒᆡ여 죵용이 부탁ᄒᆞᄃᆡ,

“나ㅣ 너ᄅᆞᆯ 쓸 곳이 잇ᄉᆞ니, 내 말대로 ᄒᆞ야 일이 되면 돈 일쳔량을 샹급[賞給]ᄒᆞ리라.”

ᄒᆞ며 므슴 계교ᄅᆞᆯ ᄀᆞᄅᆞ치고, ᄯᅩ 모든 하〈19a〉인 즁에 민쳡[敏捷]ᄒᆞᆫ 놈 수십 명을 ᄀᆞᆯᄒᆡ여 므슴 계교ᄅᆞᆯ ᄀᆞᄅᆞ쳐 그 아오 오ᄂᆞᆫ 곳으로 보내니라.

이ᄯᅢ에 니싱이 셔울 잇서셔 평안도로 오기ᄅᆞᆯ 밧바ᄒᆞ다가 긔약ᄒᆞᆫ ᄯᅢ가 되매 나귀ᄅᆞᆯ 타고 하인 ᄒᆞ나만 ᄃᆞ리고 ᄂᆞ려가다가 평양[平壤] 감영을 다 못 가셔 삼십 리 즈음에 큰 길가에 ᄒᆞᆫ 쥬막[酒幕]이 잇고, 그 쥬막에 술 파ᄂᆞᆫ 계집이 흰 옷술 닙엇는ᄃᆡ, 얼골이 보던 즁 뎨일이오, ᄯᅩ 그 집도 정결ᄒᆞ고 음식이 ᄆᆡ우 조촐ᄒᆞ여 ᄒᆞ나히라도 됴치 아니ᄒᆞᆫ 거시 업는지라. 하인을 분부ᄒᆞ여 나귀ᄅᆞᆯ 잡으라 ᄒᆞ고, ᄂᆞ린 후에 그 쥬막에 들〈19b〉어가셔 다시 볼ᄉᆞ록 쥬모[酒母]의 얼골과 태도[態]ㅣ 더옥 아ᄅᆞᆷ다온지라. 인ᄒᆞ야 술을 쳥ᄒᆞ며 희롱ᄒᆞᄂᆞᆫ 말노 슈작[酬酌]ᄒᆞ니, 그 계집이 마치 이젼에 보던 사ᄅᆞᆷᄀᆞᆺ치 정 잇게 문답ᄒᆞ니, 니싱은 본ᄃᆡ 탕ᄌᆞ[蕩子]ㅣ라. 술이 취ᄒᆞᆯᄉᆞ록 연ᄒᆞ야 더 먹으며 그 계집도 술을 권ᄒᆞ야 온갖 더러온 말노 서로 긔롱ᄒᆞ니, ᄒᆡ가 임의 지고 황혼[黃昏]이 된지라. 그 하인이 기ᄃᆞ릴 슈 업서셔 가기ᄅᆞᆯ ᄌᆡ촉ᄒᆞ니, 니싱이 호령ᄒᆞᄃᆡ,

“너ㅣ 엇지ᄒᆞ야 ᄌᆡ촉을 과히 ᄒᆞᄂᆞᆫ고? 너ᄂᆞᆫ 샐니 평양 읍ᄂᆡ 가서 삼문[三門]밧긔 어나 술집에 잇다가 나ᄅᆞᆯ 기ᄃᆞ려셔 ᄅᆡ일 오시에 맛나게<20a>ᄒᆞᄃᆡ, 너ㅣ 믄저 션화당[宣化堂]에 들어가서 나 온 줄을 ᄉᆞㅅ도씌 알외지 말나.”

ᄒᆞ니, 하인이 ᄃᆡ답ᄒᆞ고 가니라.

니싱이 그 계집과 ᄒᆞᆫ가지로 ᄆᆞ음을 노코 온갖 리약이ᄅᆞᆯ ᄒᆞ며 됴ᄒᆞᆫ 술과 아ᄅᆞᆷ다온 안쥬[肴]ᄅᆞᆯ 만히 먹으며 즐거워ᄒᆞ니, 그 계집은 본ᄃᆡ 감ᄉᆞ가 보낸 챵기라. 언약대로 아모조록 니싱을 취ᄒᆞ도록 술을 먹이려ᄒᆞ니, 싱이 엇지 그 쐬ᄅᆞᆯ 알니오? 정신을 차리지 못ᄒᆞ고 그 방에 누어 코[肴] 고으ᄂᆞᆫ 소ᄅᆡ 우레 ᄀᆞᆺᄒᆞ니, 세상 일을 ᄭᆡᄃᆞᄅᆞᆯ 슈 업ᄂᆞᆫ 즁에 감ᄉᆞ가 언약ᄒᆞ여 보낸 수십여 명[數十 餘 名] 나졸이 그 술집에 와서 그 계집의게 니싱의 술 취ᄒᆞᆫ 거ᄉᆞᆯ 알고 그 술이 다 ᄭᆡ여 정<20b>신을 ᄭᆡᄃᆞᆺ기 젼에 여러 놈이 큰 소ᄅᆡᄒᆞ며 돌녀들어 니싱을 쇠사슬[鐵索]노 결박[結縛]ᄒᆞ며 그 팔과 ᄃᆞ리ᄅᆞᆯ 들고 소ᄅᆡ 지ᄅᆞ며 어ᄃᆡ로 잡아가ᄂᆞᆫ 모양으로 압헤서 잡아 다ᄅᆡ며 뒤에셔 밀며 풍우[風雨]ᄀᆞᆺ치 모라가니[驅去], 이ᄯᆡ에 니싱이 술이 거의 ᄭᆡ여갈 ᄃᆡ경에 이 일을 당ᄒᆞ니, 오히려 술이 다시 취ᄒᆞᄂᆞᆫ 즁에 눈을 ᄯᅥ보니 이젼에 보지 못ᄒᆞ던 거시니, 엇던 놈은 얼골이 푸ᄅᆞᆫ 빗치오, ᄯᅩ 엇던 놈은 얼골이 이샹ᄒᆞ게 붉고, ᄯᅩ 엇던 놈은 그 얼골이 먹[墨]빗보다 더 검고 ᄯᅩ

각각 이샹ᄒᆞ고 흉악ᄒᆞᆫ 빗ᄎᆞ로 온술 넙엇ᄂᆞᆫᄃᆡ, 혹 머리털을 헤치고 이샹ᄒᆞᆫ 칼과 창을 가지고, ᄯᅩ 엇**<21a>**더ᄒᆞᆫ 놈은 쇠로 만든 릉쟝을 가지고 뎌희 등이 말ᄒᆞᆯ ᄯᅢ에ᄂᆞᆫ 그 말이 무숨 말인지 모ᄅᆞᄃᆡ, 혹 엇더ᄒᆞᆫ ᄯᅢ에ᄂᆞᆫ 니싱을 잡아 염나대왕[閻羅大王, 불셔(佛書)에 ᄀᆞᆯ오ᄃᆡ 셔속에 옥이 잇고 ᄯᅩ 님군이 잇ᄉᆞ니 염나대왕이라]ᄭᅴ 가서 이 사ᄅᆞᆷ이 셰샹에 잇술 적에 술과 계집만 됴하ᄒᆞ고 부모와 형의게 잘못ᄒᆞᆫ 죄로 디옥에[불셔에 ᄶᅡ 속에 옥이 잇셔 잘못ᄒᆞᄂᆞᆫ 악인을 그 속에 너허 벌ᄒᆞᆫ다ᄒᆞ다] 보내기ᄅᆞᆯ 판단ᄒᆞᆫ다 ᄒᆞᄂᆞᆫ 말이 들니ᄂᆞᆫ지라. 니싱이 취즁[醉中]이나 싱각ᄒᆞ니, 제가 죽어셔 귀신의게 잡히여 오ᄂᆞᆫ 모양인즉 겁나고 무서워 다시 졍신이 업ᄂᆞᆫ지라. 그러나 아조 죽지ᄂᆞᆫ 아니 ᄒᆞ엿ᄉᆞ니, 마치 ᄭᅮᆷᄭᅮᄂᆞᆫ 것과 ᄀᆞᆺᄒᆞ야 모든 거시 다 이샹ᄒᆞᆫ 즁**<21b>**에 귀가에 바람소릐만 나게 밧비 잡아가더니, ᄒᆞᆫ 곳에 니ᄅᆞ러 ᄯᅩ 눈을 ᄯᅥ보니, 불 빗치 하ᄂᆞᆯ에 다ᄒᆞᆫ ᄃᆞᆺ ᄒᆞ고 산도 ᄀᆞᆺ고 구름도 ᄀᆞᆺ고 ᄒᆞᆫᄃᆡ서 무숨 괴이ᄒᆞᆫ 소릐나며, “ᄋᆡ고! ᄋᆡ고!” ᄒᆞ니, 이ᄂᆞᆫ 사ᄅᆞᆷ을 형벌ᄒᆞ야 그 고로옴을 견ᄃᆡ지 못ᄒᆞᄂᆞᆫ 악셩[惡聲]이라. 니싱이 싱각ᄒᆞᄃᆡ,

‘내가 ᄎᆞᆷ으로 죽어셔 디옥에 왓시니, 이 일을 엇지ᄒᆞ면 됴흘고? 나ㅣ 셰샹에 잇술제 즁놈들이 닐오ᄃᆡ, ᄶᅡ 속에 옥이 잇서 악ᄒᆞᆫ 사ᄅᆞᆷ을 염나대왕이 잡아다가 결단ᄒᆞᆫ 후에 죄 지은대로 옥에 너허 형벌을 ᄒᆞᆫ다ᄒᆞ기의 내가 ᄒᆞᆼ샹 거즛말이오, 속히난 말이라 ᄒᆞ여더니 즉**<22a>**금 와서 보니, 그 말이 거즛말이 아니로다.’

ᄒᆞ고 근심ᄒᆞᆯ 즈음에 그 귀졸[鬼卒]들이 무어시라 ᄒᆞ며 서로 즛거리더니, ᄯᅩ ᄀᆞᆯ오ᄃᆡ,

“이 죄인이 큰 죄인이니, 디옥 즁에 ᄀᆞ장 됴치 아닌 곳을 ᄀᆞᆯ희여 가도고 온갖 형벌을 범죄ᄒᆞᆫ대로 ᄒᆞᆯ 거시니, ᄒᆞᆫ 시ᄀᆞᆨ이라도 평안ᄒᆞ게 두지 못ᄒᆞ리라.”

ᄒᆞ고 ᄃᆞᆯ녀들어 여러 놈이 그 팔과 ᄃᆞ리ᄅᆞᆯ 들어 이리 뎌리 구을니며 악ᄒᆞᆫ 소ᄅᆡ로 죽일 ᄃᆞᆺ시 호령ᄒᆞ니, 엇지 졍신이 온젼ᄒᆞ리오? 그런 즁에 ᄯᅩ 잡아가지고 ᄒᆞᆫ 곳에 가니, 졍신이 어ᄌᆞ러온 가온ᄃᆡ 눈을 들어 본즉, 놉ᄃᆡ 우희 님군의 모양으로 옷 닙은 쟈 열히라. 상[床]에 거[居]**〈22b〉**러 안졋고 그 압헤 ᄒᆞᆫ 관원이 문셔 ᄎᆡᆨ[죄 긔록ᄒᆞᆫ ᄎᆡᆨ이라]을 가지고 셧ᄂᆞᆫᄃᆡ,[불셔에 ᄀᆞᆯ오ᄃᆡ ᄯᅡ 속에 열대왕(大王)이 잇고, 사ᄅᆞᆷ의 죄ᄅᆞᆯ 긔록ᄒᆞᄂᆞᆫ 직칙을 맛ᄒᆞᆫ 이ᄂᆞᆫ 최판관(崔判官)이라 ᄒᆞ니라. 거ᄌᆞᆺ말이라] 귀졸들이 크게 소ᄅᆡᄒᆞᄃᆡ,

“쇼인[小人] 등[等]이 셰상에 나가셔 즉금 평안감ᄉᆞ의 아오 니ᄉᆡᆼ의 혼을 잡아 왓ᄉᆞᆸᄂᆡ라.”

ᄒᆞ고 그 십왕[十王] 잇ᄂᆞᆫ ᄃᆡ하[臺下]에 ᄭᅮᆯ녀 안치고 귀졸이 좌우에셔 붓들고 ᄯᅩ 십여 귀졸[十餘鬼卒]이 온갖 형벌ᄒᆞ고 ᄆᆡ와 긔계ᄅᆞᆯ 니ᄉᆡᆼ의 압헤 ᄶᅵ치니, 니ᄉᆡᆼ이 더옥 겁나ᄂᆞᆫ 즁에 그ᄎᆡᆨ 가지고 잇ᄂᆞᆫ 관원이 목소ᄅᆡᄅᆞᆯ 가다듬어 무ᄅᆞᄃᆡ,

“너ᄂᆞᆫ 엇지ᄒᆞ야 셰상에 나셔 글공부나 다ᄅᆞᆫ 됴ᄒᆞᆫ 일은 아니ᄒᆞ고, 다만 술만 먹고 계집**〈23a〉**만 됴하ᄒᆞ여 부모와 형을 근심ᄒᆞ게ᄒᆞ며 ᄭᆡᄃᆞᆺ치 못ᄒᆞ고 졈졈 그ᄅᆞᆫ 노ᄅᆞᆺ만 ᄒᆞᄂᆞ냐? 네 죄가 즁대[重大]ᄒᆞᆷ으로 쳔만 년[千萬年]이라도 나가지 못 ᄒᆞᆯ 흉악ᄒᆞᆫ 옥에 가도고 온갖 형벌노 네 죄ᄅᆞᆯ 벌ᄒᆞᆯ 거시니, 그리 알어라.”

ᄒᆞ며, 니ᄉᆡᆼ이 셰상에셔 잘못ᄒᆞᆫ 거ᄉᆞᆯ 그 ᄎᆡᆨ에 긔록ᄒᆞᆫ 것ᄀᆞᆺ치 닑으니, 니ᄉᆡᆼ이 ᄉᆡᆼ각ᄒᆞ매 ᄒᆞ나도 틀님이 업ᄂᆞᆫ지라. 아모리 ᄉᆡᆼ각ᄒᆞ나 발명[發明]ᄒᆞᆯ 말이 업고 속일 슈도 업ᄂᆞᆫ지라. 업ᄃᆡ여 ᄀᆞᆫ[懇]졀이 비ᄃᆡ,

“의신[矣身. 죄인이 스ᄉᆞ로 닐ᄏᆞᆺᄂᆞᆫ 말]이 과연 달니 알외올 말ᄉᆞᆷ이 업

ᄉᆞᆸᄂᆞ이다. 그러ᄒᆞ오ᄂᆞ 의신이 셰샹에 잇ᄉᆞ올 ᄯᅢ에 혹 엇더ᄒᆞᆫ 즁의게 디<23b>옥과 염나대왕이라 ᄒᆞᄂᆞᆫ 말솜을 드럿ᄉᆞ오나 이러ᄐᆞ시 ᄎᆞᆷ된 줄은 몰나 ᄉᆞᆸ더니, 즉금 당ᄒᆞ와 보온즉 진실ᄒᆞ와 의심이 업ᄉᆞ오니, 과연 미련 ᄒᆞ옵고 어두온 인ᄉᆡᆼ[人生]이 술과 계집에 ᄲᅡ저셔 부모와 형의게 득죄ᄅᆞᆯ 만히 ᄒᆞ엿ᄉᆞ오니 죽으나 누구ᄅᆞᆯ 원망ᄒᆞ릿가마ᄂᆞᆫ 즉금 다시 ᄉᆡᆼ각ᄒᆞ온즉 의신이 만 번 죽어도 앗갑지 아니ᄒᆞ오ᄃᆡ, 늙은 부모ㅣ 의신 죽은 후에 밤낫으로 통곡 ᄒᆞ옵고 ᄯᅩ 안ᄒᆡ와 형의 설워ᄒᆞᄂᆞᆫ 모양이 보ᄂᆞᆫ ᄃᆞᆺ 가련[可憐]ᄒᆞ오니, 어지신 덕ᄐᆡᆨ으로 의신을 ᄒᆞᆫ 번만 다시 혼[魂]과 육신[肉身]이 합[合]ᄒᆞ야 셰샹에 다시 살게 ᄒᆞ옵시면 부모의 슬퍼<24a>ᄒᆞ며 형과 안ᄒᆡ의 설워ᄒᆞᄂᆞᆫ ᄆᆞᄋᆞᆷ을 위로ᄒᆞ옵고, 다시 됴흔 사ᄅᆞᆷ이 되어 죄ᄅᆞᆯ 짓지 아니 ᄒᆞ올 거시니, 다시 살녀 주옵쇼셔."

ᄒᆞ고 통곡[痛哭]ᄒᆞ며 슬피 비니, ᄃᆡ샹[臺上]에셔 이 비ᄂᆞᆫ 소ᄅᆡᄅᆞᆯ 듯고 ᄌᆞᆷᄌᆞᆷ[默]ᄒᆞ더니, 염왕이라 ᄒᆞᄂᆞᆫ 쟈ㅣ 문셔[文書] ᄎᆡᆨ 가진 관원의게 무ᄉᆞᆷ 말을 ᄒᆞᄂᆞᆫ지라. 그 관원이 니ᄉᆡᆼ의게 분부ᄒᆞᄃᆡ,

"네가 이러ᄐᆞ시 이젼 죄ᄅᆞᆯ 뉘웃고 다시 곳쳐 됴흔사ᄅᆞᆷ이 되어 부모와 형과 안ᄒᆡ의게 득죄ᄒᆞ지 아니리라 ᄒᆞ니, 너ㅣ 진실노 이러케 ᄒᆞᆯ 터히면 아ᄅᆞᆷ다온 일이나 그러나 만일 네 혼과 육신이 다시 합ᄒᆞ야 산 후에 ᄯᅩ다시 이젼 ᄒᆡᆼ실을 ᄒᆞ면 즉금 아니 노하<24b>보내ᄂᆞᆫ 것만도 못ᄒᆞᆫ지라. 네 말을 엇지 밋으리오? 너ㅣ 즉금 이 말을 ᄇᆡ반치 아니ᄒᆞᄂᆞᆫ ᄯᅳᆺ으로 슈표[手標] ᄒᆞ나ᄅᆞᆯ 써 밧치면 너ᄅᆞᆯ 다시 살게ᄒᆞᆯ 거시니, 밧비 알외여라."

ᄒᆞ거ᄂᆞᆯ 니ᄉᆡᆼ이 이 말을 듯고 ᄇᆡᆨᄇᆡ[百拜] 샤례ᄒᆞ며 언약을 ᄇᆡ반ᄒᆞ지 아니ᄒᆞᄂᆞᆫ ᄯᅳᆺ으로 ᄃᆞᆫᄃᆞᆫ이 ᄆᆡᆼ셔[盟誓]ᄒᆞ야 쓰고 일홈을 두어 올니니,

ᄃᆡ상에셔 문셔ᄅᆞᆯ 밧아보고 ᄯᅩ다시 분부ᄒᆞᄃᆡ,

"너ᄅᆞᆯ 맛당이 극형[極刑]ᄒᆞᆯ 거시로ᄃᆡ 모ᄅᆞᄂᆞᆫ 연고로 범죄[犯罪]ᄒᆞ엿다 ᄒᆞ기로 용셔ᄒᆞ여 세상에 다시 내여 보내ᄂᆞᆫ 거시니, 이후ᄂᆞᆫ ᄆᆡ우 쇼심ᄒᆞ여 지내여라."

ᄒᆞ고 하인을 호령ᄒᆞ여 "내여 보내여라." ᄒᆞ니, 귀졸이 ᄃᆞᆯ녀들더니 처**<25a>**음과 ᄀᆞᆺ치 ᄯᅩ ᄉᆞ지[肢手足]ᄅᆞᆯ 잡고 두루며[揮] 풍우[風雨]ᄀᆞᆺ치 나오ᄂᆞᆫ 즁에 큰소ᄅᆡᄅᆞᆯ 연ᄒᆞ여 지ᄅᆞ고 ᄯᅩ 슈풀ᄀᆞᆺᄒᆞᆫ 속에셔 흉악ᄒᆞᆫ 소ᄅᆡ가 나니, 이ᄂᆞᆫ 죄인의 형벌 밧고 못 견ᄃᆡᄂᆞᆫ 소ᄅᆡ도 ᄀᆞᆺ고 ᄯᅩ 모진 즘승이 인물[人物]을 살상[殺傷]ᄒᆞᄂᆞᆫ 소ᄅᆡ도 ᄀᆞᆺᄒᆞ야 눈으로 보지ᄂᆞᆫ 못ᄒᆞᄃᆡ, 듯기에 무서온지라. 인ᄒᆞ야 정신이 어ᄌᆞ러워 긔운이 ᄯᅩ 허질 ᄃᆞᆺᄒᆞ니, 엇지 무어술 분별ᄒᆞ며 ᄯᅩ 그 술집으로 오ᄂᆞᆫ 줄을 엇지알니오? 이 하인들이 니싱을 그 술집에 ᄃᆞ려다가 누히니, 아조 정신이 업서거의 죽을 ᄃᆞᆺᄒᆞᆫ지라. 그 기싱ᄃᆞ려 닐오ᄃᆡ,

"이 셔방[書房]님ᄭᅴ셔 정신이 과히 업ᄉᆞ시니, 브ᄃᆡ 쇼**<25b>**심ᄒᆞ여 구원ᄒᆞ고 그ᄃᆡ도 우리와 ᄀᆞᆺ치 ᄉᆞ도[使道]의 분부ᄅᆞᆯ 드럿ᄉᆞᆫ즉 다시 ᄒᆞᆯ 말이 업ᄉᆞ나 이런 말을 니 셔방님ᄭᅴ 조곰도 알니지 말고 정신을 차리신 후에 됴흔 말노 위로ᄒᆞᄂᆞᆫ 톄ᄒᆞ고 밤에 죽엇다가 다시 산 모양으로 ᄒᆞ라."

ᄒᆞ고 감영[監營]으로 도라가니라.

이ᄯᅢ에 니싱이 술을 졈졈 ᄭᅵ여 눈을 ᄯᅥ 보니, 날이 ᄇᆞᆰ지 아니ᄒᆞ여 불이 그져 혓ᄂᆞᆫᄃᆡ, 그 계집이 숀과 발을 어로ᄆᆞᆫ지며 눈물을 흘니고 말ᄒᆞᄃᆡ,

"ᄋᆡ고! 이런 됴흔 일도 ᄯᅩ 잇ᄂᆞᆫ가? 셔방님이 밤즁에 알으시도 아니코 졸디에 슈족에 ᄆᆡᆨ[脈]이 업서지며 삼ᄉᆞ 시[三四時] ᄉᆞ이ᄅᆞᆯ 샹ᄉᆞ

[喪]나신 모양이기로 겁이<26a>나서 약을 지어다가 입에 흘녀 너헛더니, 즉금 ᄆᆞ라 나오시니, 이런 다ᄒᆡᆼᄒᆞᆫ 일이 ᄯᅩ 잇ᄂᆞᆫ가?”
ᄒᆞ고 위로ᄒᆞᄂᆞᆫ 말노 여러 번ᄒᆞᄃᆡ,

“어ᄃᆡ가 아푸시닛가? 술만 잡ᄉᆞ시고 ᄇᆡ가 곱하 그러ᄒᆞ시닛가? 셔방님이 만일 내 집에셔 샹ᄉᆞ가 나셧더면 아모 사ᄅᆞᆷ이라도 나ᄅᆞᆯ 의심ᄒᆞ여 죽인 줄노 알터히니 내 모양이 엇더 ᄒᆞ엿슬고?”
ᄒᆞ며 됴하 ᄒᆞᄂᆞᆫ지라. 니ᄉᆡᆼ이 졍신을 차려 그 말ᄂᆞᆫ 듯고 밤에 지낸 일이 ᄯᅩᄒᆞᆫ ᄭᅮᆷ도 ᄀᆞᆺ고 취즁도 ᄀᆞᆺᄒᆞ나 ᄀᆞ마니 ᄉᆡᆼ각ᄒᆞᆯᄉᆞ록 실노 죽어셔 당ᄒᆞᆫ 일ᄀᆞᆺᄒᆞᆫ 즁에 ᄯᅩ 입맛시 약 먹은 입맛시오, 약 내음ᄉᆡ가 코에 오히려 잇ᄉᆞ니, 그 계집의 말<26b>을 엇지 조곰이나[小] 의심ᄒᆞ며, ᄯᅩ 귀졸의게 잡히여 가던 일과 그곳에셔 흉ᄒᆞᆫ 소ᄅᆡ나던 것과 ᄯᅩ 슈표ᄅᆞᆯ 써셔 염나왕의게 준 일이 ᄉᆡᆼ각ᄒᆞᆯᄉᆞ록 무셥고 ᄯᅥᆯ니ᄂᆞᆫ지라. 그러나 이런 말은 도모지 아니ᄒᆞ고 다만 닐오ᄃᆡ,

“내가 본ᄅᆡ 술을 과히 먹으면 그런 일이 죵죵 잇ᄂᆞᆫ지라. 네가 엇지 알니오? 나로 인ᄒᆞ여 그 ᄉᆞ이 ᄆᆡ우 걱졍도 ᄒᆞ고 슈고도 과히 ᄒᆞ엿ᄉᆞ니, ᄆᆞ음에 평안치 못ᄒᆞ다.”
ᄒᆞ고 니러나셔 하인을 브ᄅᆞ니, 평양 감영으로 ᄶᅩ차 보낸 하인과 나귀가 엇지 여긔 잇ᄉᆞ리오? 그 계집이 우ᄉᆞ며 어제 저녁에 ᄭᅮ지져 감영에 보낸 일과 술 먹던 말을 ᄌᆞ세히 ᄒᆞ니, ᄒᆞᆫ 일<27a>도 모ᄅᆞᄂᆞᆫ지라. 그렁뎌렁 날이 아조 ᄇᆞᆰ으니, 그 계집이 밧긔 나가셔 여러 가지 고기와 됴ᄒᆞᆫ 술을 가지고 와서 술에 잔에 ᄀᆞ득히 부어 주며 권ᄒᆞ니, 니ᄉᆡᆼ이 그 젼ᄀᆞᆺᄒᆞᆯ진대 엇지 샤양ᄒᆞ리오마ᄂᆞᆫ 지난밤에 지낸 일을 ᄉᆡᆼ각ᄒᆞ매 ᄆᆞ음이 차고[寒] ᄲᅧ[骨]가 놀난지라[驚]. 엇지 술을 다시 마시리오? 술을 피ᄒᆞ여 도라 안지며 닐오ᄃᆡ,

“네가 나ᄅᆞᆯ 술 권ᄒᆞᄂᆞᆫ 거시 심히 감샤ᄒᆞ나 내가 다시ᄂᆞᆫ 술을 아니 먹기로 ᄆᆡᆼ세[盟] ᄒᆞ엿시니, 권ᄒᆞ지 마라.”

ᄒᆞ고 ᄯᅩ 니러서셔 옷슬 닙고 문에 나가며 ᄒᆞᄂᆞᆫ 말이,

“술인지 계집인지 사ᄅᆞᆷ의 ᄌᆞ식은 다시 각가이 못 ᄒᆞᆯ 거시로다. ᄒᆞ마[幾]터면[거의라 말] 이십[二十]여 셰에 길**<27b>**거리에셔 죽은 송장이 되어 고기 몸은 오작[烏鵲]의 밥이 되고혼은 디옥에 가셔 온갖 혹독[酷毒]ᄒᆞᆫ 형벌을 밧을 번 ᄒᆞ엿고나.”

ᄒᆞ며, 그 계집ᄃᆞ려 닐오ᄃᆡ,

“너도 촌에 살며 농ᄉᆞᄒᆞᄂᆞᆫ고? 지식ᄒᆞ고 질박ᄒᆞᆫ 사나희나 엇어 네 셔방을 삼고 방적[酷毒]을 힘써셔 이젼 ᄒᆡᆼ실을 다 ᄇᆞ리고 새 사ᄅᆞᆷ이 되여 다시 술장ᄉᆞᄒᆞ며 얼골을 아ᄅᆞᆷ답게 ᄭᅮᆷ여 놈의 절믄 사나희ᄅᆞᆯ ᄃᆞᆯ내여 결단내지 말고 나와 ᄀᆞᆺ치 ᄆᆞᄋᆞᆷ을 곳쳐 죽은 뒤에 큰 앙화 면ᄒᆞ기ᄅᆞᆯ 힘써라.”

ᄒᆞ고 뒤도 아니 도라보고 바로 평양으로 향ᄒᆞ여 오다가 그 하인의 영졉[迎接]ᄒᆞᆷ을 만나 감영에 와셔 그 형 감ᄉᆞ의게**<28a>**보이니, 감ᄉᆞ ㅣ 반가와 ᄒᆞ며 집안 평부[平否]ᄅᆞᆯ 뭇고 위션 쥬효[酒肴]ᄅᆞᆯ 내여 먹으라 권ᄒᆞ니, 니ᄉᆡᆼ이 샤양ᄒᆞ야 먹지 아니ᄒᆞ니, 감ᄉᆞ ㅣ 놀나ᄂᆞᆫ 톄ᄒᆞ며 ᄀᆞᆯ오ᄃᆡ,

“나ㅣ 너오기ᄅᆞᆯ 기ᄃᆞ려 됴흔 술을 예비 ᄒᆞ엿더니, 너ㅣ 무ᄉᆞᆷ 연고로 술을 샤양ᄒᆞᄂᆞ냐?”

ᄒᆞ니, 니ᄉᆡᆼ이 ᄃᆡ답ᄒᆞᄃᆡ,

“몸이 편지도 못 ᄒᆞ옵고 ᄯᅩ 술 먹기가 스ᄉᆞ로 슬ᄉᆞ오니, 다시 권ᄒᆞ시지 마옵쇼셔.”

ᄒᆞ거ᄂᆞᆯ 감ᄉᆞㅣ 속으로 우ᄉᆞ며 두어 번 더 권ᄒᆞ니 무가내하[無可奈何]

ㅣ다.[엇지ᄒᆞᆯ 슈 업다 말] 술상을 물이고 다른 음식을 권ᄒᆞ야 먹인 후에 그 동졍[動靜]을 여러 날이 되도록 ᄉᆞᆲ히니, 도모지 술과 계집에 ᄆᆞᄋᆞᆷ이 아조 업ᄂᆞᆫ<28b>지라. 크게 깃버ᄒᆞ더니, ᄒᆞᆫ 날은 니ᄉᆡᆼ이 ᄒᆡᆼ쟝[行裝, 길 ᄃᆞᆫ니ᄂᆞᆫ 거ᄉᆞᆯ 예비ᄒᆞ다]을 차리며 하직 ᄒᆞᄂᆞᆫ지라. 감ᄉᆞㅣ ᄀᆞᆯ오ᄃᆡ,

"너ㅣ 무ᄉᆞᆷ 일이 밧바셔 이러ᄐᆞᆺ 수히 가려ᄒᆞᄂᆞ냐?"

니ᄉᆡᆼ이 ᄃᆡ답ᄒᆞᄃᆡ,

"여러 ᄒᆡᄅᆞᆯ 글공부ᄅᆞᆯ 폐 ᄒᆞ엿ᄉᆞ온 즉 밧비 가셔 글도 닑ᄉᆞᆸ고 집안 일도 다ᄉᆞ리려 ᄒᆞ옵ᄂᆡ다."

ᄒᆞ니, 감ᄉᆞㅣ 크게 깃거 권면[勸勉]ᄒᆞᄃᆡ,

"나ㅣ 오ᄂᆞᆯ이야 네게 한 업시 즐거온 말을 드ᄅᆞ니, 엇지 ᄆᆞᄋᆞᆷ이 평안치 아니 ᄒᆞ겟ᄂᆞ냐? 너ᄅᆞᆯ 위ᄒᆞ여 ᄒᆞᆼ샹 근심ᄒᆞ더니, 네 이 말 ᄒᆞᆫ 마ᄃᆡ에 나의 여러 ᄒᆡ 걱졍ᄒᆞ던 거시 업서지니, 너ㅣ 엇지 졸디에 이러ᄐᆞᆺ 변ᄒᆞ야 됴흔 사ᄅᆞᆷ이 될 줄을 알앗시랴?"

ᄒᆞ고 됴하ᄒᆞ며 됴희며 붓술<29a>만히 주어 보내니, 니ᄉᆡᆼ이 본집에 도라와셔 이젼에 ᄒᆞᆫ가지로 술과 계집을 상관ᄒᆞ던 벗을 도모지 ᄭᅳᆫ허 ᄇᆞ리고 됴흔 션ᄉᆡᆼ을 구ᄒᆞ야 그로 가 글시ᄅᆞᆯ 공부ᄒᆞ니, 근본 ᄂᆞᆷ의게 ᄲᅱ어난 ᄌᆡ조ㅣ 잇ᄉᆞᆷ으로 공부가 쉽게 되여 오륙 년 ᄂᆡ에 셩공ᄒᆞ여 일홈난 션ᄇᆡ 되엿다가 대과[大科]에 참예ᄒᆞ여 웃듬이 되니, 근본 명문거족[名門巨族]이라. 벼ᄉᆞᆯ이 졈졈 놉하 리조참판에 니ᄅᆞ러 ᄯᅩᄒᆞᆫ 평안감ᄉᆞᄅᆞᆯ ᄒᆞ니, 이ᄣᅢ에 그 형은 졍승이 되여 나히 륙십이 넘은지라. 그 ᄋᆞ아의 평안감ᄉᆞ로 ᄂᆞ려감을 당ᄒᆞ야 일변 슬프고, 일변 즐거온지라.그 ᄋᆞ아 ᄂᆞ려가던 젼날 밤<29b>에 형뎨 모히여 평안도 졍치[政]ᄅᆞᆯ 잘ᄒᆞ고 못ᄒᆞᆷ을 의론ᄒᆞ다가 졍승이 하인을 불너 술과 안쥬[肴]ᄅᆞᆯ 가져오라 ᄒᆞ여 압희 노코 그 ᄋᆞ아 평안감ᄉᆞᄃᆞ려 닐오ᄃᆡ,

“우리 형뎨가 서로 ᄯᅥ나면 여러 ᄒᆡ가 될지라. 내가 나히 만흐니 그 ᄉᆞ이에 ᄉᆞ싱존몰[死生存沒]을 엇지알니오? 그런즉 ᄆᆞ음이 비챵[悲悵]ᄒᆞ기 측량 업ᄉᆞ니, 나와 술이나 두어 잔식 먹고 니별ᄒᆞᄂᆞᆫ 거시 맛당ᄒᆞ니, 이 술을 샤양ᄒᆞ지 말나.”

ᄒᆞ고 권ᄒᆞ니, 감ᄉᆞㅣ 녯ᄌᆞ오ᄃᆡ,

“이러틋 ᄒᆞ시ᄂᆞᆫ ᄯᅳᆺ을 엇지 저ᄇᆞ리겟삽ᄂᆞ닛가마(ᄂᆞᆫ) 본ᄃᆡ 뎡ᄒᆞᆫ 쥬의[主意] 굿ᄉᆞ올 ᄲᅳᆫ 아니라 ᄯᅩ 괴이ᄒᆞᆫ 일이 잇ᄉᆞ와 과연 못 먹겟ᄉᆞ오니, 텽명[聽命]치 못 ᄒᆞ옵ᄂᆞᆫ 죄롤 용셔**<30a>**ᄒᆞ옵쇼셔.”

ᄒᆞ거ᄂᆞᆯ 졍승이 이 말을 듯고 ᄀᆞᆯ오ᄃᆡ,

“이젼의ᄂᆞᆫ 나히 적으므로 셰샹 ᄉᆞ의 리해롤 물나셔 쥬식을 삼가지 아니 ᄒᆞ엿거니와 즉금은 로년이라. 엇지 그ᄯᅢ와 ᄀᆞᆺᄒᆞ며 ᄯᅩ 그 ᄉᆞ이 수십 년 ᄉᆞ이롤 슈졸[守拙, 번화치 아닌 모양] ᄒᆞ엿ᄉᆞ니, 다시 엇지 쇼년 ᄯᅢ 일을 시쟉ᄒᆞ며, ᄯᅩᄒᆞᆫ 몸에 즁임[重任]을 ᄯᅴ엇고 ᄆᆞ음이 굿세어 다시 념녀ᄒᆞᆯ 것시 업ᄉᆞ니, 오ᄂᆞᆯ날 형뎨 리별을 당ᄒᆞ여 엇지 두어 잔 술도 ᄂᆞᆫ호지 아니ᄒᆞᆯ고? 형의 고절ᄒᆞᆫ ᄆᆞ음을 저ᄇᆞ리지 말고 먹ᄌᆞ.”

ᄒᆞ니, 감ᄉᆞㅣ 다시 ᄉᆞᆲ어 샤양ᄒᆞ여 왈,

“엇지 이러 ᄒᆞ옵신줄 모ᄅᆞ오릿가마는 괴이히 되온 일이 잇ᄉᆞ와 이리 ᄒᆞ옵ᄂᆡ다. 이젼에 술을 근칠**<30b>**ᄯᅢ에 어ᄃᆡ 가서 술을 다시 아니 먹기롤 즁히 ᄆᆡᆼ셔[盟誓]ᄒᆞ야 뉘게 슈표롤 써셔 주엇ᄉᆞ오니, 그 문셔롤 다시 찻ᄌᆞ와 불 지ᄅᆞ기 젼에ᄂᆞᆫ 술을 감히 먹지 못 ᄒᆞ겟삽ᄂᆡ다.”

ᄒᆞ니, 졍승이 ᄀᆞᆯ오ᄃᆡ,

“그 슈표롤 차지려 ᄒᆞ여도 길이 업셔 찻지 못ᄒᆞ면 오히려 괴이치 아니려니와 즉금이라도 차질 슈가 잇서 가져올 터히면 밧비 차져 불을 노흐면 무어시 관계될가?"

ᄒᆞ니, 감ᄉᆞㅣ ᄀᆞᆯ오ᄃᆡ,

"밧비 차질 슈 업습ᄂᆡ다. 길도 멀고 그 슈표 가진이ᄅᆞᆯ 볼 슈도 업ᄉᆞ온즉 ᄆᆡ우 어렵ᄉᆞ오니, 술은 그만두시고 다ᄅᆞᆫ 거ᄉᆞᆯ 술 ᄃᆡ신으로 먹으면 됴ᄒᆞᆯ ᄃᆞᆺ ᄒᆞ외다."

ᄒᆞ니, 졍승이 웃고 ᄀᆞᆯ오ᄃᆡ,

"그 슈표ᄅᆞᆯ 내가<31a>차질 슈가 잇ᄉᆞ니, 과히 어려올 거시 업ᄉᆞᆯ지라. 잠간 기ᄃᆞ리라."

ᄒᆞ고 적은 샹ᄌᆞ[箱子]ᄅᆞᆯ 열고 무ᄉᆞᆷ 됴희 봉ᄒᆞᆫ 거ᄉᆞᆯ 내여노터니, 그 슈표ᄅᆞᆯ 내여 감ᄉᆞᄃᆞ려 보라 ᄒᆞᄂᆞᆫ지라. 감ᄉᆞ 놀나고 의심ᄒᆞ여 ᄌᆞ셰히 본즉 과연 뎌 ᄯᅢ에 염나왕의게 ᄒᆞ여 준 슈표ㅣ라. 감ᄉᆞㅣ ᄀᆞᆯ오ᄃᆡ,

"셰샹에 이샹ᄒᆞ고 괴이ᄒᆞᆫ 일도 잇습ᄂᆡ다. 제가 술을 ᄭᅳᆫᄒᆞᆯ ᄆᆞ음이 업습더니, 형님ᄭᅴ셔 평안 감ᄉᆞ로 ᄂᆞ려가신 후에 제가 그 뒤에 뵈오려 갈 ᄯᅢ에 평양 읍ᄂᆡ 삼십 리 되ᄂᆞᆫ 디경에셔 술을 과히 먹고 죽엇습더니, 혼이 염나대왕긔 잡히여 가셔 온갖 죄ᄅᆞᆯ 다 닐오며 흉악ᄒᆞᆫ 형벌 밧ᄂᆞᆫ<31b>옥에 가도려 ᄒᆞ옵기로 염왕긔 ᄀᆞᆫ절이 비러 다시 사라나셔 나올 ᄯᅢ에 이 슈표ᄅᆞᆯ ᄒᆞ여 주엇습ᄂᆞᆫᄃᆡ, 형님ᄭᅴ셔 엇더케 이 표ᄅᆞᆯ 엇어셔 샹ᄌᆞ 속에 두셧다가 오날 제게 뵈이시ᄂᆞ닛가?"

ᄒᆞ며 일변 붓그리며 의심ᄒᆞ거ᄂᆞᆯ 졍승이 ᄉᆞᆫ으로 무릅을 치며 크게 웃ᄉᆞ며 닐오ᄃᆡ,

"그ᄯᅢ 염나왕은 곳 나요, 압희 ᄯᅩ 여러 사ᄅᆞᆷ과 하인들은 평양감영의 비쟝과 아젼과 하인 등이라. 그ᄯᅢ에 이 계교가 아니더면 너ㅣ 엇지 오늘날 평안감ᄉᆞㅣ 되엿ᄉᆞ랴? 이 문셔[文書, 표ㅣ라]ᄂᆞᆫ 쓸 ᄃᆡ 업

ᄉᆞ니 씆저 불지ᄅᆞ리라.”
ᄒᆞ고 등잔불에 타이니, 감ᄉᆞㅣ 이제야 그 형이 계교ᄅᆞᆯ 내여 ᄌᆞ가 **<32a>**의 쥬식[酒色, 술과 계집]을 ᄭᅳᆫ케ᄒᆞᆷ을 ᄭᅵᄃᆞᆺ고 다시 니러나 졀ᄒᆞ며 ᄀᆞᆯ오ᄃᆡ,

“만일 형님의 신묘ᄒᆞ신 지혜와 지극ᄒᆞ신 어질미 아니시면 제가 엇지 몸을 보존 ᄒᆞ엿ᄉᆞ오며, 오늘날 평안감ᄉᆞᄅᆞᆯ ᄯᅩ 엇지 ᄒᆞ엿ᄉᆞ오릿가?”
ᄒᆞ며, 형뎨 크게 즐기며 술을 부어 서로 권ᄒᆞ고 평양 ᄂᆞ려가서 술을 다시 금ᄒᆞ고 정치[政治]ᄅᆞᆯ 일홈나게 ᄒᆞ엿다 ᄒᆞ니, 대뎌 어진 부모가 곳 잇ᄉᆞ면 착ᄒᆞᆫ ᄌᆞ식이 잇고, 어진 형이 잇ᄉᆞ면 ᄯᅩᄒᆞᆫ 량션ᄒᆞᆫ ᄋᆞ아가 잇다ᄒᆞ니, 이 두 사ᄅᆞᆷ을 닐음잇가 ᄒᆞ노라.

불가[佛家]의 염왕지셜[閻王之說]이 과연 헛된 거시나니, ᄉᆡᆼ의 형이 헛된 거ᄉᆞᆯ 인ᄒᆞ야 ᄎᆞᆷ 거ᄉᆞᆯ ᄆᆞᆫᄃᆞ라 그 아오의 ᄒᆡᆼ실을**<32b>**곳치게 ᄒᆞᆫ 후에 다시 그 헛된 거ᄉᆞᆯ ᄇᆞᆰ히고 사ᄅᆞᆷ의 ᄎᆞᆷ된 ᄆᆞᄋᆞᆷ과 ᄎᆞᆷ된 일노 사ᄅᆞᆷ의 션을 인도ᄒᆞ야 능히 그 아오ᄅᆞᆯ 됴ᄒᆞᆫ 사ᄅᆞᆷ이 되게 ᄒᆞᆫ 줄을 ᄭᅵᄃᆞᆺ게ᄒᆞ니, 진실노 진실ᄒᆞ고 션ᄒᆞᆫ 사ᄅᆞᆷ이로다. 즉금 부쳐의 도ᄅᆞᆯ 슝상ᄒᆞᄂᆞᆫ 쟈ㅣ 다 그 헛거ᄉᆞᆯ 가져 사ᄅᆞᆷ을 속임으로 그 션[善]이 션이 아니라. 도로혀 허망[虛妄]ᄒᆞᆫ 악이 되니, 엇지 ᄎᆞᆷ으로 착ᄒᆞᆷ이 잇ᄉᆞ리오? 그런 즉 ᄎᆞᆷ션[善]과 거즛 션이 그 근본이 ᄎᆞᆷ 되고 거즛 됨의 ᄃᆞᆯ닌 거신 줄을 가히 알이로다.

의적(義賊) [의리잇ᄂᆞᆫ 도적이라 말]

<33a>수삼십 년 젼에 대됴션국 츙쳥도 ᄂᆡ포 ᄯᅡ헤 사ᄂᆞᆫ 니ᄉᆡᆼ원이라 ᄒᆞᄂᆞᆫ 션비 잇ᄉᆞ니, 본ᄃᆡ 문학[文學]이 유여[有餘]ᄒᆞ고 힝실이 ᄆᆞᆰ음으로 일향[一鄕]에 일홈이 잇ᄂᆞᆫ지라. 그 아오와 ᄒᆞᆫ 마을에 분호[分戶]ᄒᆞ여 사다가 그 아오가 병들어 죽으니, 그 뎨슈[弟嫂] 김씨ᄂᆞᆫ 본ᄃᆡ ᄌᆞ식이 업고 그 죵만 잇서 집을 보ᄉᆞᆲ히나[ᄉᆞᆲ혀 도아주다 말] 니ᄉᆡᆼ원이 ᄒᆞᆼ샹 그 집의 사ᄅᆞᆷ이 적으므로 혹 밤에 도적놈이 범[犯]ᄒᆞᆯ가 념녀ᄒᆞ야 밤마다 그 집 밧게 와셔 ᄉᆞ면을 도라보고 집에 와서 잠자더니, ᄒᆞ로밤은 ᄯᅩ 가서 그집<33b>을 ᄉᆞᆲ혀보니, 문이 잠기지 아니 ᄒᆞ엿ᄂᆞᆫ지라. ᄆᆞᄋᆞᆷ에 괴이히 넉여셔 그 집안 ᄠᅳᆯ에 들어가서 기침ᄒᆞ며 그 뎨슈 김씨ᄅᆞᆯ 블너 말ᄒᆞᄃᆡ,

“이 밤즁에 대문이 열니 엿ᄉᆞ오니, 우엔 일이오닛가? 저녁에 니저ᄇᆞ리고 하인이 문을 아니 잠갓나뵈다. 하인을 ᄭᆡ여셔 무러 보ᄋᆞᆸ쇼셔.”

ᄒᆞ니, 김씨 ᄃᆡ답ᄒᆞᄃᆡ,

“ᄌᆞ셰히 모ᄅᆞ오ᄃᆡ, 하인이 닛고 아니 잠갓나뵈다. 그 하인이 곤ᄒᆞ야 깁히 잠 드럿ᄉᆞ오니, 내가 잠그오리다. 그러나 술이나 ᄒᆞᆫ 잔 잡ᄉᆞᄋᆞᆸ쇼셔.”

ᄒᆞ고 술을 잔에 부어 제 방 안헤 두고 들어와셔, “술을 잡ᄉᆞ오시오.” ᄒᆞ고 쳥ᄒᆞ거ᄂᆞᆯ 니ᄉᆡᆼ원이 힝실이 도타온 사ᄅᆞᆷ이<34a>라. ᄇᆡᆨ일[白日]이라도 아오 업ᄂᆞᆫ 뎨슈의 방에 아니 들어갈 터힌ᄃᆡ, 흑야[黑夜]에 엇지 아오도 업ᄂᆞᆫ 뎨슈의 방에 들어가셔 술을 먹으리오? ᄃᆡ답ᄒᆞ여 ᄀᆞᆯ

오ᄃᆡ,

"술 먹기 슬흐니, 그만 두옵쇼셔."

김씨 ᄯᅩ ᄀᆞᆫ절이 권ᄒᆞ거ᄂᆞᆯ 니ᄉᆡᆼ원이 ᄀᆞᆯ오ᄃᆡ,

"그 술을 문 밧게 노흐시면 먹ᄉᆞ오리다."

ᄒᆞ니, 김씨 마지 못ᄒᆞ여 술을 들고 "밧으라." ᄒᆞᄂᆞᆫ지라. 니ᄉᆡᆼ이 ᄯᅩ 샤양치 못ᄒᆞ여 밧을제 김씨 숀으로 니ᄉᆡᆼ의 숀을 잡고 "방에 들어오라."고 쳥ᄒᆞᄂᆞᆫᄃᆡ 그 옷ᄉᆞᆯ 보니 다 벗고 속옷 ᄒᆞ나만 계우 몸을 ᄀᆞᆯ[掩]히엿거ᄂᆞᆯ 니ᄉᆡᆼ이 놀나 술도 아니 먹고 숀을 빼치며 말ᄒᆞᄃᆡ,

"이 거**<34b>**시 무슴 일이오잇가? 냥반은 말 말고 상한[常漢] 쳔인[賤人]이라도 이러ᄒᆞᆫ 톄면[體面]이 업ᄉᆞᆯ 터이오니, 밧비 내 숀을 노흐시고 방에셔 즘으시[자다]옵쇼셔."

ᄒᆞ고 숀을 빼여 대문을 향ᄒᆞ고 나오니, 김씨 크게 소ᄅᆡᄒᆞᄃᆡ,

"이 마을 사ᄅᆞᆷ들아! 다 내 말을 듯쇼. 아오 업ᄂᆞᆫ 과부[寡婦] 뎨슈[弟嫂]의 방에 밤즁에 들어와셔 억지로 겁[劫]탈ᄒᆞ려ᄒᆞ니, 이런 변도 ᄯᅩ 잇ᄉᆞ랴?"

ᄒᆞ고 소ᄅᆡᄒᆞ니, 그 니웃 모든 사ᄅᆞᆷ들이 다 이 말을 듯고 ᄀᆞᆯ오ᄃᆡ,

"괴이ᄒᆞ다! 그 니ᄉᆡᆼ원이 얌[美]젼ᄒᆞᆫ 터에 ᄒᆡᆼ실이 이러ᄒᆞᆯ 줄을 몰낫더니, 그 뎨슈ᄅᆞᆯ 밤즁에 겁탈ᄒᆞ려 ᄒᆞ엿다ᄒᆞ니, 사ᄅᆞᆷ을 밧겻만 보고ᄂᆞᆫ 됴흔지 그ᄅᆞᆫ지 알 슈 업고나."**<35a>**

ᄒᆞ고 ᄂᆞᆯ이 ᄇᆞᆰ은 후에 그 마을 사ᄅᆞᆷ들이 모이혀[會] 의론ᄒᆞᄃᆡ,

"이 일을 그만 둘 슈 업ᄂᆞᆫ 일이니, 관가에 보ᄒᆞ리라."

ᄒᆞ고 이 연유로 소지[所志]ᄅᆞᆯ 써셔 관사에 보ᄒᆞ니, 관원이 크게 놀나니, ᄉᆡᆼ을 잡아다가 엄히 무ᄅᆞ니, 니ᄉᆡᆼ이 다만 ᄀᆞᆯ오ᄃᆡ,

"죄가 잇ᄉᆞ나 업ᄉᆞ나 임의 이런 말ᄉᆞᆷ이 낫ᄉᆞ온 즉 셰샹에 얼골을 들고 사ᄅᆞᆷ을 ᄃᆡᄒᆞᆯ 슈 업ᄉᆞ오니, 관사의 쳐분대로 죽이시거나 살니시거나 ᄒᆞ옵쇼셔. 달니 알외 올 말ᄉᆞᆷ이 업ᄉᆞᆸᄂᆡ다."
ᄒᆞ니, 관원이 그 말ᄒᆞᄂᆞᆫ 것과 그 모양을 ᄉᆞᆲ혀보니, 니ᄉᆡᆼ이 조곰도 겁내ᄂᆞᆫ 모양이 업고 ᄯᅩ 보기에 어진 션ᄇᆡ 모양이라, 형벌도 아니ᄒᆞ고 ᄌᆞ세히 ᄉᆞ획ᄒᆞ니<35b>도모지 아모 말도 아니ᄒᆞ고 "죽여 주옵쇼셔." ᄒᆞᄂᆞᆫ 말 ᄡᅳᆫ이라. 관원이 크게 의심ᄒᆞᄃᆡ,

"이 사ᄅᆞᆷ을 보니 어진 션ᄇᆡ의 모양이오, ᄯᅩ ᄒᆞᆫ 마ᄃᆡ도 죄ᄅᆞᆯ 놈의게 미뢰지 아니ᄒᆞ니, 필경 무ᄉᆞᆷ 연고ㅣ 잇도다. 그러ᄒᆞ나 그 동리 ᄇᆡᆨ셩들의 소지가 이러ᄒᆞ니, 죄가 업다 ᄒᆞᆯ 슈도 업고, 잇다 ᄒᆞᆯ 슈도 업ᄉᆞ니, 아즉 옥에 가도고 기ᄃᆞ려 결단ᄒᆞ리라."
ᄒᆞ고 가도니, 셰샹 사ᄅᆞᆷ이 다 "니ᄉᆡᆼ은 죽ᄂᆞᆫ 사ᄅᆞᆷ이라." ᄒᆞ더라.

이ᄶᅢ에 맛춤 츙쳥도 어ᄉᆞ가 그 니ᄉᆡᆼ 사ᄂᆞᆫ 고ᄋᆞᆯ에 와셔 온갓 일을 탐텽ᄒᆞ더니, ᄒᆞ로ᄂᆞᆫ 그 니ᄉᆡᆼ의 이 말을 듯고 그 일을 알 길이 업서셔 근심ᄒᆞ다가 어ᄃᆡᄅᆞᆯ 지나갈 제 길에셔 ᄒᆞᆫ 사ᄅᆞᆷ이 절ᄒᆞ며<36a>문안ᄒᆞ거ᄂᆞᆯ 본ᄅᆡ 아지 못ᄒᆞᄂᆞᆫ 사ᄅᆞᆷ인 즉,

"우엔 사ᄅᆞᆷ이냐?"
ᄒᆞ고 무ᄅᆞ니, 그 사ᄅᆞᆷ이 녯ᄌᆞ오ᄃᆡ,

"무ᄉᆞᆷ 알외올 말ᄉᆞᆷ이 잇ᄉᆞ오니, 뎌리로 잠간 ᄒᆡᆼᄎᆞ ᄒᆞ옵셔. 사ᄅᆞᆷ 업ᄂᆞᆫᄃᆡ로 가시면 됴흘 ᄃᆞᆺᄒᆞ외다."
ᄒᆞ거ᄂᆞᆯ 어ᄉᆞㅣ 괴이히 넉여 허락ᄒᆞ고 죵용ᄒᆞᆫ ᄃᆡ로 가니, 그 사ᄅᆞᆷ이 ᄭᅮᆯ어 녯ᄌᆞ오ᄃᆡ,

"쇼인이 어ᄉᆞ ᄉᆞㅅ도ㅣ 옵신 줄을 아옵고 황송ᄒᆞ오나 죽기ᄅᆞᆯ 무릅ᄡᅳ옵고 알외올 일이 잇ᄉᆞ와 이리ᄒᆞ오니, 쇼인의 알외 옵ᄂᆞᆫ 말ᄉᆞᆷ을 듯ᄌᆞ옵신 후에 쇼인을 죽이시던지 살니옵시던지 통촉ᄒᆞ여 ᄒᆞ옵쇼

셔."

ᄒᆞ거ᄂᆞᆯ 어ᄉᆞㅣ 일변 ᄌᆞ개[自家]의 어ᄉᆞᅟᅵᆫ 줄 알믈 괴히이 넉이<36b>고 ᄯᅩ 므ᄉᆞᆷ 일이 잇ᄂᆞᆫ가ᄒᆞ여 ᄀᆞᆯ오ᄃᆡ,

"너ㅣ 이왕 내가 어ᄉᆞᅟᅵᆫ줄 알고 므ᄉᆞᆷ 일이 잇서 고ᄒᆞ려 ᄒᆞ거든 밧비 말ᄒᆞ여라."

ᄒᆞ니, 이 사ᄅᆞᆷ이 알외오ᄃᆡ,

"쇼인이 이 고을 옥에 간음지ᄉᆞ[姦淫之事]로 잡혀 애ᄆᆡ히[죄 업다 말] 죽게 된 니싱원님의 원통ᄒᆞ온 일을 ᄇᆞᆰ히 알외여 구ᄒᆞ옵ᄌᆞ ᄒᆞ옵고, 감히 녯ᄌᆞ오니 ᄌᆞ세히 통촉 ᄒᆞ옵쇼셔. 쇼인이 본ᄃᆡ 가난ᄒᆞ와 농ᄉᆞ지을 본젼도 업ᄌᆞ온 즉, 농ᄉᆞ도 못ᄒᆞ고 쟝ᄉᆞ도 못ᄒᆞ오니, ᄒᆞᆫ 날에 ᄒᆞᆫ ᄢᆡᄅᆞᆯ 먹을 슈가 업ᄉᆞ온 즉, ᄆᆞ음이 변ᄒᆞ와서 처음으로 도적질ᄒᆞᆯ ᄆᆞ음을 두옵고 즉금 옥에 가든 니싱원의 아오의 집에 사나희가 업ᄉᆞ옵기로 그 문을 열고 그 안방에 ᄀᆞ만히 들어가<37a>셔 그 벽장[壁欌]에 들어가셔 무ᄉᆞᆷ 물건을 도적ᄒᆞ올 ᄢᆡ에 그 니싱원이 그 집 ᄯᅳᆯ에 들어와서 문이 열녓다 ᄒᆞ고 그 과부 뎨슈의게 연고ᄅᆞᆯ 뭇고 잘 잠그라 ᄒᆞ며 본집으로 도라가려 ᄒᆞ올 제 그 뎨슈가 술을 청ᄒᆞ며 방으로 들나 ᄒᆞ온즉, 그 니싱원이 샤양ᄒᆞ며 방에 들어오지 아니ᄒᆞᆫ즉 그 과부가 술을 들고 밧으라 ᄒᆞ온즉, 그 니싱원이 밧지 아니코 노흐라 ᄒᆞ니, 마지 못ᄒᆞ야 문 밧게 노트니, 니싱원이 그 술잔을 잡을제 그 과부ㅣ 니싱원의 숀을 ᄃᆞᆫᄃᆞᆫ이 잡고 노치 아니며 방으로 억지로 ᄡᅳ을제 그 과부의 몸에 다만 속옷 ᄒᆞ나히오, ᄯᅩ 밤즁에 아오도 업ᄂᆞᆫ 뎨<37b>슈의 방이온즉 샹놈이라도 못 들어가 오려든 ᄒᆞ믈며 량반의 톄면에 엇지 그 방에 들어갈 슈가 잇삽ᄂᆞᆫ잇가? 연고로 니싱이 의심ᄒᆞ고 술도 아니 먹고 숀을 ᄲᅢ혀 밧비 나오려ᄒᆞ며, 그 뎨슈ᄅᆞᆯ

향ᄒᆞ여 도리로 닐ᄋᆞ고 나가오니, 그 과부ㅣ 인ᄒᆞ여 붓그럽고 분ᄒᆞᆷ을 못 니긔여 도로히 그 니ᄉᆡᆼ원을 욕ᄒᆞ오며 ᄭᅮ짓고 그 니웃 사ᄅᆞᆷ들노 ᄒᆞ여곰 니ᄉᆡᆼ원이 저ᄅᆞᆯ 겁탈ᄒᆞ려 ᄒᆞᄂᆞᆫ 줄노 소릐질너 알게 ᄒᆞ오니, 니ᄉᆡᆼ원은 본ᄃᆡ 슈신[修身]도 잘 ᄒᆞ옵고 ᄯᅩ 제 집의 대변[大變]이라 죄가 잇ᄉᆞ나 업ᄉᆞ나 망ᄒᆞᆯ 터히온즉 도모지 그 죄ᄅᆞᆯ 니ᄉᆡᆼ원이 다 담당[擔當]ᄒᆞ여 죽으려ᄒᆞ고, 관가에 잡혀 가서도 저ᄂᆞᆫ 죄가〈38a〉업다 ᄒᆞ옵ᄂᆞᆫ 말ᄉᆞᆷ이 업시 죽기만 ᄌᆞ청[自請]ᄒᆞ오니, 이ᄂᆞᆫ 그 뎨슈의 일홈을 샹ᄒᆞ지 말고 저만 죽으려 ᄒᆞ옴인즉 쇼인이 ᄉᆡᆼ각ᄒᆞ오매 셰상에 이런 착ᄒᆞᆫ 량반이 업ᄉᆞᆯ듯 ᄒᆞᄋᆞᆸ기로 쇼인도 그 량반의 일을 보옵고 ᄆᆞᄋᆞᆷ이 감동ᄒᆞ와 도적질 시작ᄒᆞᆫ 거ᄉᆞᆯ 뉘웃ᄉᆞᆸ고 다시ᄂᆞᆫ 주려 죽을지라도 아니 ᄒᆞ려ᄒᆞ와 그 집 물건을 ᄒᆞ나히라도 아니 가지고 나오려 ᄒᆞ옵더니, ᄀᆞ만이 ᄉᆡᆼ각ᄒᆞ온즉 그 니ᄉᆡᆼ원이 그 뎨슈의 ᄐᆞᆺᄉᆞ로 죽게 될 터히오라 불가불 니ᄉᆡᆼ원을 구ᄒᆞ여 주려ᄒᆞ오면 아모 빙거가 업서셔ᄂᆞᆫ 구ᄒᆞ기가 어렵ᄉᆞ옵기로 그 벽장에 잇ᄂᆞᆫ 면쥬[綿紬] 두 필을 가지고 나〈38b〉와서 혹 그 니ᄉᆡᆼ원이 죽을디경이 되옵거든 쇼인이 그 일을 눈으로 친히 보온 표ᄅᆞᆯ ᄆᆞᆫᄃᆞᆯ녀 ᄒᆞ옵고, 즘ᄌᆞᆺ 면쥬ᄅᆞᆯ 가지고 나왓ᄉᆞ오니, 실노 그 거ᄉᆞᆯ 파라서 쇼인이 먹ᄌᆞ고 ᄒᆞᆫ 거시 아니오니, ᄇᆞ라ᄋᆞᆸ건대 어ᄉᆞ ᄉᆞᆺ도ᄭᅴ셔 이거ᄉᆞᆯ 표ᄅᆞᆯ 삼으시옵고 그 니ᄉᆡᆼ원의 목숨을 살녀 주ᄋᆞᆸ시기ᄅᆞᆯ ᄇᆞ라ᄋᆞᆸᄂᆞ이다."

ᄒᆞ고 봉ᄒᆞᆫ 거ᄉᆞᆯ 풀고 면쥬ᄅᆞᆯ 밧치며 ᄯᅩ 알외ᄃᆡ,

"쇼인은 도적질을 시작ᄒᆞ려 ᄒᆞ든 죄가 잇ᄉᆞ오니, 어ᄉᆞ ᄉᆞᆺ도의 통촉 ᄒᆞ옵시기만 ᄇᆞ라ᄋᆞᆸᄂᆞ이다."

ᄒᆞ거ᄂᆞᆯ 어ᄉᆞㅣ 이 말을 듯고 일변 놀나며, 일변 깃버ᄒᆞ여 분부ᄒᆞᄃᆡ,

"진실노 네 말 ᄀᆞᆺᄒᆞᆯ진대 셰상에 별 일이로다. 나도〈39a〉이 소문을 드럿ᄉᆞ나 그 시비곡직[是非曲直]을 ᄌᆞ세히 몰낫더니, 네 말을 드ᄅᆞᆫ즉 다시 의심ᄒᆞᆯ 거시 업ᄉᆞ니, 내가 칠팔 일후면 읍ᄂᆡ에 가서 모든 일을 결쳐[決處]ᄒᆞ려ᄒᆞ니, 너ㅣ 그 읍ᄂᆡ 삼문 밧긔 ᄃᆡ령ᄒᆞ엿다가 나의 브ᄅᆞᄂᆞᆫ 녕을 듯고 들어와서 그 일을 결단ᄒᆞ게 ᄒᆞ여라. 만일 이러케ᄒᆞ면 네 공이 적지 아니ᄒᆞ리라."

ᄒᆞ니, 도적이 ᄃᆡ답ᄒᆞ고 물너가니라.

어ᄉᆞㅣ 이 고을과 뎌 고을에서 잡힌 죄인들을 모다 이 고을에 가도고, 칠월 일이 되매 니ᄉᆡᆼ원 갓친 고을에 들어가서 본관[本官]과 ᄃᆡ좌[對坐]ᄒᆞ고 모든 죄인을 잡아 다ᄉᆞ릴ᄉᆡ, 본관ᄃᆞ려 무ᄅᆞᄃᆡ,

"이 고을에 사ᄂᆞᆫ**<39b>**니모가[모ᄂᆞᆫ 아모 사ᄅᆞᆷ이라 말이라] 간음지ᄉᆞ로 옥에 갓치여 여러 날이 되도록 그 죄ᄅᆞᆯ 결단치 못 ᄒᆞ엿다 말이 잇ᄉᆞ니 그러ᄒᆞ오?"

본관이 ᄃᆡ답ᄒᆞᄃᆡ,

"과연 잇ᄉᆞ외다."

어ᄉᆞㅣ 왈,

"그 엇지ᄒᆞᆫ 연고로 결단치 못ᄒᆞ엿소?"

본관이 ᄀᆞᆯ오ᄃᆡ,

"그 니반[니ᄂᆞᆫ 셩씨오, 반은 량반이라]의 일이 쉽게 결단ᄒᆞ올 슈가 업ᄉᆞ와셔 아즉 가도아두엇습ᄂᆡ다. 그 본 동리[본 마을]의 소지ᄅᆞᆯ 보고 그 동리 ᄇᆡᆨ셩의 말을 드ᄅᆞ면 그 니반이 죽엄즉ᄒᆞᄃᆡ, 그 니반의 모양과 말을 보고 드ᄅᆞ면 곳 죄가 업ᄂᆞᆫ 것 ᄀᆞᆺᄉᆞ옵기로 못 결단ᄒᆞ엿습ᄂᆡ다."

ᄒᆞ거ᄂᆞᆯ 어ᄉᆞㅣ ᄀᆞᆯ오ᄃᆡ,

"그러ᄒᆞᆯ ᄃᆞᆺᄒᆞ오."

ᄒᆞ더라. 어ᄉᆞㅣ 읍ᄂᆡ에 죄인**<40a>**을 잡아 올녀 결단ᄒᆞ기 젼에 그 도적이 니싱원의 뎨슈의 집에셔 도적ᄒᆞ여 온 면쥬 두 필을 가지고 그 도적의 말이 ᄎᆞᆷ된지 거즛된지 알고져ᄒᆞ야 친히 그 집을 무러 차저가서 문에셔 하인을 브ᄅᆞ니, 계집 하인이 나오ᄂᆞᆫ지라. 어ᄉᆞㅣ ᄀᆞᆯ오ᄃᆡ,

"이 면쥬 두 필을 사라."

ᄒᆞ니, 그 계집 하인이 밧아 보고 놀나 ᄀᆞᆯ오ᄃᆡ,

"이샹ᄒᆞᆫ 일이로다. 이 물건이 우리ᄃᆡᆨ 아씨ᄭᅴ셔 벽장에 두셧다가 일허ᄇᆞ린 면쥬와 다ᄅᆞᆷ이 업고나."

ᄒᆞ고 가지고 안흐로 들어가서 그 과부 김씨의게 뵈니, 그 과부 김씨 보고 크게 소ᄅᆡᄒᆞ여 왈,

"이 면쥬가 아모 날 밤에**<40b>**에[선행본이 있어 필사한 흔적] 우리 집 대문이 열니이고 그 이튼날 별쟝을 보니 면쥬가 업기로 원통ᄒᆞ더니, 엇던 도적놈이 가저다가 반ᄃᆞ시 이 사ᄅᆞᆷ의게 판 거시니, 이거ᄉᆞᆯ 그 사ᄅᆞᆷ의게 주지 말나."

ᄒᆞ며 ᄭᅮ짓거ᄂᆞᆯ 어ᄉᆞ 이 모양을 보니, 그 도적의 말을 다시 의심ᄒᆞᆯ 거시 업ᄂᆞᆫ지라. 그 계집죵이 나와서 ᄀᆞᆯ오ᄃᆡ,

"그 면쥬 두 필이 ᄃᆡᆨ의셔 일흔 거신즉 아니 주니 그러케 알나."

ᄒᆞ거ᄂᆞᆯ 어ᄉᆞㅣ ᄀᆞᆯ오ᄃᆡ,

"과연 길에셔 엇더ᄒᆞᆫ 놈이 팔기로 갑시 싸기의 샷더니, 일이 과연 이러ᄒᆞᆯ진ᄃᆡ 내 엇지 그 물건이 쳔 냥 앗친들 도로 ᄃᆞᆯ나ᄒᆞ리오? 그리ᄒᆞ라."

허락ᄒᆞ고 도라오며 그 도적의 의긔[義氣]ᄅᆞᆯ 탄식ᄒᆞ여 아ᄅᆞᆷ다**<41a>**이 넉이며 그 과부의 패역ᄒᆞᆷ을 절분[切忿]ᄒᆞ여 읍ᄂᆡ에 와서

모든 죄인을 다 잡아 올녀 결단ᄒᆞᆫ 뒤에 니ᄉᆡᆼ원을 잡아 올녀보니, 밧겻 모양이 과연 착ᄒᆞᆫ 션ᄇᆡ의 태도[態]ㅣ 잇고 털ᄭᅳᆺ 만치도 겁내ᄂᆞᆫ 거동이 업서 보기의 쟝쟈[長者]의 긔샹[氣像]이어ᄂᆞᆯ 속으로 탄복ᄒᆞ고 불샹이 넉이나 그 ᄒᆞᄂᆞᆫ 모양을 보려ᄒᆞ여 엄ᄒᆞᆫ 모양으로 호령ᄒᆞ며 ᄭᅮ지ᄌᆞᄃᆡ,

"너ㅣ 션ᄇᆡ되여 맛당이 국법이 지엄[至嚴]ᄒᆞᆫ 줄을 알 터힌ᄃᆡ, 너ㅣ 엇지ᄒᆞ야 큰 죄ᄅᆞᆯ 범ᄒᆞ고 죽기ᄅᆞᆯ 스ᄉᆞ로 즐겨ᄒᆞᄂᆞ냐? 밧비 알외여라."

ᄒᆞ니, 니ᄉᆡᆼ이 ᄀᆞᆯ오ᄃᆡ,

"죄민[罪民]은 죽을 ᄲᅳᆫ이오, 달니 알외 올 말ᄉᆞᆷ이<41b>업ᄉᆞ오니, 다시 뭇지 말으시고 죽여 주옵쇼셔."

ᄒᆞ거늘 어ᄉᆞㅣ ᄀᆞᆯ오ᄃᆡ,

"잇ᄂᆞᆫ 죄ᄅᆞᆯ 업다ᄒᆞ고 업ᄂᆞᆫ 죄ᄅᆞᆯ 잇ᄂᆞᆫ 모양으로 ᄒᆞ야 공ᄉᆞᄅᆞᆯ 어ᄌᆞ럽게 ᄒᆞᄂᆞᆫ 거시 오히려 죄 우희 죄ᄅᆞᆯ 더ᄒᆞᆷ이니, 나ㅣ 임의 너의 죄 잇고 업슴을 알앗시니, 아즉 기ᄃᆞ리라."

ᄒᆞ고 ᄂᆞᆯ닌 하인 륙칠 인을 ᄀᆞᆯᄒᆡ여,

"뎌 니반의 뎨슈 김씨ᄅᆞᆯ ᄒᆞᆫ시 안헤 잡아오라."

ᄒᆞ니, 하인이 가서 잡아오니, 그 동리 사ᄅᆞᆷ들이 무슴 일인지 모ᄅᆞ더리(라). 삼문[三門]이 요란ᄒᆞ며,

"그 죄인을 잡아왓ᄂᆞ냐?"

ᄒᆞ니, 하인이 김씨ᄅᆞᆯ 맛즘 잡아온지라. 어ᄉᆞㅣ 위엄을 엄히 베풀고 그 과부ᄅᆞᆯ 형틀에 올녀 ᄃᆞᆫᄃᆞᆫ이 ᄆᆡ고 큰 형쟝[刑杖]으로 ᄆᆡ우 치며 분부ᄒᆞᄃᆡ,

"이 일을 네가 음<42a>난ᄒᆞᆫ ᄆᆞᄋᆞᆷ을 내여 스ᄉᆞ로 붓그러옴으로

일을 됴치 아니케 ᄆᆞᆫ둘고 죄 업ᄂᆞᆫ 사ᄅᆞᆷ을 도로혀 죽게ᄒᆞ니, 네 죄ᄂᆞᆫ
내가 임의 다 알앗시니, 더 무ᄅᆞᆯ 거시 업ᄉᆞ나 네 입으로 ᄌᆞ세히 알외
여 모든 사ᄅᆞᆷ 압헤 분명이 알게ᄒᆞ여라.”
ᄒᆞ고, 하인을 분부ᄒᆞ여 엄히 치ᄃᆡ 도로혀 발악ᄒᆞ고 고ᄒᆞ지 아니ᄒᆞ
니, 어ᄉᆞㅣ 크게 노ᄒᆞ여 삼문 밧긔 가셔 그 도적을 불너오라 ᄒᆞ여
압헤 세우고 ᄀᆞᆯ오ᄃᆡ,
“뎌 계집이 그날 밤에 엇더케 ᄒᆞ던 일을 고ᄒᆞ라.”
ᄒᆞ니, 그 도적이 그 계집을 ᄭᅮ지ᄌᆞ며 그날 밤에 니ᄉᆡᆼ원의게 ᄒᆞ던
일을 낫낫치 다 말ᄒᆞ며 욕ᄒᆞ니, 김씨 ᄒᆞᆯ 말이 업서 잠잠 ᄒᆞᄂᆞᆫ지라.
어ᄉᆞㅣ 대로ᄒᆞ여 크게 ᄭᅮ짓<42b>고 다시 죽도록 친 후에 곳 삼쳔
리 밧긔 귀향 보내여 죽기ᄭᆞ지 풀니지 못ᄒᆞ게 ᄒᆞ고, 인ᄒᆞ야 그 니ᄉᆡᆼ
원과 그 도적을 서로 형뎨[兄弟]되게 ᄒᆞ고, ᄯᅩ 니ᄉᆡᆼ원의게 닐너 ᄀᆞᆯ오
ᄃᆡ,
“드ᄅᆞ니 네가 부쟈ㅣ라 ᄒᆞ니, 만일 뎌 ᄇᆡᆨ셩이 아니더면 너ㅣ 목숨
을 보존ᄒᆞ기 어려올지라. 엇지 그 ᄇᆡᆨ셩의 은혜ᄅᆞᆯ 갑지 아니ᄒᆞ랴?
그런즉 네 돈과 밧술 일반[一半]을 ᄂᆞᆫ호아 뎌 ᄇᆡᆨ셩을 주어 잘 살게ᄒᆞ
고 평ᄉᆡᆼ에 그 은혜ᄅᆞᆯ 니저ᄇᆞ리지 말나.”
ᄒᆞ니, 니ᄉᆡᆼ원이 ᄃᆡ답ᄒᆞ고 그 말대로 ᄒᆞ니라.

이 일은 진실ᄒᆞᆫ 일이니, 대뎌 사ᄅᆞᆷ이 제 죄ᄅᆞᆯ ᄂᆞᆷ의게 미뢰여 죽
을 디경에 너허도 죄가 크거든 ᄒᆞ믈며 제 ᄐᆞᆺᄉᆞ로 륜<43a>상을 도
라보지 아니ᄒᆞ고 음난ᄒᆞᆫ ᄆᆞ음을 내여 이 디경이 되니, 제 죄에 맛
당ᄒᆞ도다.

–乙酉(1885) 八月 二十五日 貞洞 公衙寫

멸사긔(滅邪記)

〈43b〉됴션국 평양[平壤] 도읍[都邑] 시졀[時節]에 숑도[松都] 북산[北山] 밋ᄒᆡ 큰 굴[窟]이 잇고, 그 굴 속에 두 요괴로온 즘승이 잇ᄉᆞ니, ᄒᆞ나흔 큰 ᄇᆡ암이오, ᄒᆞ나흔 여호ㅣ라. 다 수쳔 식 묵어 졉사[接邪]ᄒᆞ여 요괴로온 일을 만히ᄒᆞ더라. ᄒᆞᆫ 날은 대망[大蟒]이 사ᄅᆞᆷ의 모양을 ᄒᆞ고 셰상에 나갓다가 들어와셔 여호ᄅᆞᆯ 보고 말ᄒᆞᄃᆡ,

"나ㅣ 평양에 가셔 도라가 드ᄅᆞ니, 즉금 좌의정[左議政] 목졍승[睦政丞] 집에 텬하[天下] 졀ᄉᆡᆨ[絶色]이 잇ᄂᆞᆫᄃᆡ, 이ᄂᆞᆫ 곳 목졍승의 무남독녀[無男獨女]ㅣ라. 여러 ᄌᆡ상들이 구혼ᄒᆞᄃᆡ 듯지 아니ᄒᆞ고 인물과 ᄌᆡ조가 그 ᄯᆞᆯ과 ᄀᆞᆺᄒᆞᆫ 이ᄅᆞᆯ 구ᄒᆞ려ᄒᆞ나 셰상에 그 ᄶᅡᆨ이 업ᄂᆞᆫ지라. 나ㅣ〈44a〉ᄀᆞ만이 ᄉᆡᆼ각ᄒᆞ니, 이 ᄉᆞ이에 별 일이 업서 무미[無味]ᄒᆞ기 측량 업ᄉᆞ니, 작란[作亂]으로 그 집에 가셔 쟝가ᄅᆞᆯ 들고 시브니, 형의 ᄯᅳᆺ이 엇더ᄒᆞ뇨?"

여호ㅣ ᄃᆡ답ᄒᆞᄃᆡ,

"나ᄂᆞᆫ 무식[無識]ᄒᆞᆫ 거시라, 무어ᄉᆞᆯ 알니오마ᄂᆞᆫ 이젼 어룬의 말ᄉᆞᆷ을 드ᄅᆞ니, 사ᄅᆞᆷ은 사ᄅᆞᆷ기리 혼인ᄒᆞ고 즘승은 즘승기리 ᄶᅡᆨ이 되어야 리[理]에 맛당ᄒᆞ다 ᄒᆞᄂᆞᆫ 말ᄉᆞᆷ도 듯고, ᄯᅩ 나의 소경녁[所經歷]으로 말ᄒᆞ여도 혹 우리 동관이 지각 업시 그런 둥ᄉᆞ에 덤벙이다가 되도 못ᄒᆞ고 ᄅᆡ죵에 제 몸ᄭᆞ지 와셕죵신[臥席終身]을 못ᄒᆞ엿시니, ᄌᆞ네도 몸을 보존ᄒᆞ려 ᄒᆞ거든 그런 ᄉᆡᆼ의[生意]ᄅᆞᆯ 말고 이 굴이나 즉희고 잇쇼. ᄌᆞ네가 년고[年高]도 ᄒᆞ거니와 망녕이로ᄉᆡ."

ᄒᆞ니, 대망이 이 말을 듯고 심ᄉᆞ가 불〈44b〉평[不平]ᄒᆞ여셔 몸을 굼

틀거리며 닐오ᄃᆡ,

“우리가 동혈[洞穴]에 수천 년을 거쳐 ᄒᆞ엿신즉 뉴[類]ᄂᆞᆫ 달나도 졍의[情意]ᄂᆞᆫ 동포[同胞]ㅣ나 다ᄅᆞᆷ이 업기로 의론ᄒᆞ엿더니, 일이 아모조록 되게ᄂᆞᆫ 아니ᄒᆞ고 못 되도록 말ᄒᆞ며 ᄯᅩ 와셕죵신[臥席終身]을 ᄒᆞ겟ᄂᆡ 못 ᄒᆞ겟ᄂᆡ ᄒᆞ고 샹셔[祥瑞]롭지 아닌 말을 ᄒᆞ니 이거ᄉᆞᆫ 다ᄅᆞᆷ이 아니오 투긔지심[妬忌之心]이라. 문의[問議]ᄒᆞᆫ 내가 도로혀 지각[知覺]이 업도다.”

ᄒᆞ고 ᄭᅩ리로 ᄯᅡᆼ을 치며 몸즛ᄉᆞᆯ ᄒᆞ니, 여호ㅣ 이 거동을 보니 어히 업ᄂᆞᆫ지라. 압발을 벗드ᄃᆡ고 안ᄌᆞ셔 나롯ᄉᆞᆯ[髮] 실누거리고 하픠 읍ᄒᆞ며 ᄭᅬ스러온 말노 달내ᄃᆡ,

“그 므슴 망발[妄發]인고? 우리가 모양은 달나도 ᄆᆞ음과 ᄯᅳᆺ은 ᄒᆞᆫ 가지라. 이ᄣᅢᄭᆞ지 서로 ᄆᆞ음을 ᄒᆞᆫ 번도**<45a>**밧고아 본 일도 업고, 말 ᄒᆞᆫ마ᄃᆡ도 피ᄎᆞ[彼此]에 거ᄉᆞ린 일이 업ᄂᆞᆫᄃᆡ 오ᄂᆞᆯ 날에 당ᄒᆞ여 나의 금옥[金玉]ᄀᆞᆺ치 권ᄒᆞᄂᆞᆫ 말을 달니 알아 듯고 졈지[少] 아닌[不] 터에 ᄃᆡ답을 불쾌[不快]이 ᄒᆞ니 내가 무안[無顔]ᄒᆞ기 측량 업네마ᄂᆞᆫ 나ㅣ ᄯᅩ ᄒᆞᆫ 말[一言]ᄒᆞᆷ세. 내가 이ᄣᅢᄭᆞ지 경녁[經歷]ᄒᆞᆫ 일이 별노 만치 아니ᄒᆞᄃᆡ, 대개 아ᄂᆞᆫ 일은 ᄇᆞᆰ이 알고 리해[利害]ᄅᆞᆯ 마련ᄒᆞ여 내 몸이나 ᄂᆞᆷ의 몸이나 리ᄒᆞᆯ ᄃᆞᆺ ᄒᆞᆫ 일이면 발분망식[發憤忘食]ᄒᆞᄂᆞᆫ 셩품이라. ᄌᆞ네가 해로오면 나도 해롭고, ᄌᆞ네가 리로오면 나도 리로올 터에 만일 ᄌᆞ네게 조곰이라도 리ᄒᆞᆫ 일이면 내가 말닐 리가 잇ᄂᆞᆫ가? ᄯᅩ 만물[萬物] 즁[中]에 사ᄅᆞᆷ이 지령[至靈]ᄒᆞᆫ 터히언마ᄂᆞᆫ 내가 젼에 사ᄅᆞᆷ의 집집마다 ᄃᆞᆫ니면셔 먹을 거ᄉᆞᆯ 구ᄒᆞᆯ제**<45b>**깁히 ᄀᆞᆷ초아 둔 고기며 쟝속에 든 ᄃᆞᆰᄀᆞᆺᄒᆞᆫ 거ᄉᆞᆯ ᄒᆞ나도 들니지[遺] 아니ᄒᆞ고 깁히 뭇은 송장이라도 내 솜씨[手]에 셩ᄒᆞ야 나지 못ᄒᆞᆯ 디경이 되니, 뫼 님쟈마다 일슈산 영포슈ᄅᆞᆯ 삭내여 가지고 나ᄅᆞᆯ 잡으려ᄒᆞᆯ ᄯᅢ에 내 신셰가 위ᄐᆡ롭기 말 못되나 근본 략간 ᄭᅬ가 잇기로 피ᄒᆞ여나니, ᄉᆞᄅᆞᆷ들이 말ᄒᆞ기ᄅᆞᆯ 셰상에 듬은 령물[靈物]이라 ᄒᆞᄂᆞᆫ지라. 일노 볼진대 내가 그리 미련치 아닌 줄은 가지[可知]라. 그러나 셰상 안헤ᄂᆞᆫ ᄉᆞᄅᆞᆷ을 당ᄒᆞᆯ 거시 업ᄉᆞᆫ즉 내가 즉금ᄭᆞ지 숨통을 보존 ᄒᆞ엿시ᄃᆡ 금일이 엇더ᄒᆞᆯᄂᆞᆫ지 ᄅᆡ일이 엇더ᄒᆞᆯᄂᆞᆫ지 가위[可謂] 시각[時刻] ᄃᆡ변[大變]인즉 도모지 죄라 ᄒᆞᄂᆞᆫ 거시 무서온 거시라. 그런고로 내가 ᄌᆞ네ᄅᆞᆯ 위ᄒᆞ **<46a>**여 나와 ᄀᆞᆺ치 범죄[犯罪]ᄒᆞ여 몸을 위ᄐᆡᄒᆞ게 말나ᄒᆞᆷ이오, ᄯᅩᄂᆞᆫ 나도 대개 침작ᄒᆞ거니와 묵졍승이 당셰[當世]에 지식[知識]이 과인[過人]ᄒᆞᆫ 지상일 ᄲᅳᆫ 아니라, ᄯᅩ 어질기로 유명[有名]ᄒᆞ니, ᄌᆞ고[自古]로 닐ᄒᆞᆫ 말이 어질고 의로온 ᄉᆞᄅᆞᆷ은 어거ᄒᆞᆯ[禦]이 업다ᄒᆞ니 이런 착ᄒᆞᆫ 이ᄂᆞᆫ 부지즁[不知中] 도아주ᄂᆞᆫ 이가 잇셔 해ᄅᆞᆯ 방비[防備]ᄒᆞ고 리로옴을 인도ᄒᆞᄂᆞᆫ지라. ᄌᆞ네가 만일 나의 권ᄒᆞᆷ을 듯지 아니ᄒᆞ고 불의[不義] 힝ᄉᆞ[行事]ᄅᆞᆯ ᄒᆞᆫ 후에 궂즌 일이 잇시면 겻ᄒᆡ셔 보ᄂᆞᆫ 나ᄂᆞᆫ 엇더ᄒᆞ던지 당ᄒᆞᆫ ᄌᆞ네 졍경[情境]이 말 못 되겟기로 이런 말을 ᄒᆞᄂᆞᆫ 거시니, 깁히 헤아려보쇼. 만일 내 말을 아니 듯다가ᄂᆞᆫ 일후에 후회막급[後悔莫及]될 터히니, 알아ᄒᆞ쇼."

ᄒᆞ니 대망이 이 말을 다**<46b>**듯고 더옥 분긔 대발ᄒᆞ여 두 갈ᄂᆡ진 혀ᄅᆞᆯ 느름 느름ᄒᆞ여 소의 머리 ᄀᆞᆺᄒᆞᆫ 대골이ᄅᆞᆯ 두세 네 길식 추여들며 왈학 왈학 여호의게 둘녀들어 맛치 잡아 먹을 ᄃᆞ시 모양이 흉악ᄒᆞ니, 더욱 불인견[不忍見]이라. 큰 소래로 말ᄒᆞᄃᆡ,

"이 간릉[姦能]ᄒᆞ고 ᄭᅬ 만ᄒᆞᆫ 놈아! 나ᄅᆞᆯ 알낭 알낭 속히고 네가 므ᄉᆞᆷ 리ᄅᆞᆯ 도모ᄒᆞ려고 이 말 뎌 말 간ᄉᆞᄒᆞᆫ ᄯᅳᆺ으로 나ᄅᆞᆯ 호리니, 나ㅣ 엇지 네게 속으리오? 나ᄂᆞᆫ 수쳔 년을 이 굴에셔 싱장ᄒᆞ며 ᄉᆞ면팔방

[四面八方]으로 ᄃᆞᆫ녀 보고 드른 일이 젹지 아니ᄒᆞ니, 나ᅟᅵᆫ돌 그다지 미련ᄒᆞ여 놈의게 속으며 ᄒᆞᆯ 만ᄒᆞᆫ 일을 못ᄒᆞᆯ가 우숩고 괴약ᄒᆞᆫ 일도 만토다. 셰샹에셔 나ᄅᆞᆯ 뉘라셔 이리ᄒᆞ여라 뎌리ᄒᆞ여라 ᄒᆞ고 ᄀᆞᄅᆞ치리오? ᄒᆞ고 시븐 거<47a>ᄉᆞᆯ 뎌 ᄊᆞᆯ 사오나온 놈의 요괴로온 말노 그만 둘가."

ᄒᆞ며 됴치 아닌 말노 욕ᄒᆞ며 ᄭᅮ지ᄌᆞ니, 여호ㅣ 이 거동을 보고 ᄉᆡᆼ각ᄒᆞᄃᆡ,

'우리가 아모리 즘승의 말을 드러도 즘승도 분별이 잇서셔 귀쳔이 현슈[懸殊]ᄒᆞ니, 뎌놈이 아모리 잘난 톄ᄒᆞ고 나ᄅᆞᆯ 업수히 넉이나 나ᄂᆞᆫ 셔셔 ᄃᆞᆫ니며 안지며 눕ᄂᆞᆫ 모양이 만물 즁에 귀ᄒᆞᆫ 사ᄅᆞᆷ의 형상과 방불ᄒᆞ고, 뎌놈은 버레와 ᄀᆞᆺ치 ᄯᅡ헤 긔여ᄃᆞᆫ니니 엇지 나와 비기며, 그러치 아닐지라도 내가 의리로 말ᄒᆞ여 뎌ᄅᆞᆯ 위ᄒᆞ거ᄂᆞᆯ 뎌ㅣ 이러틋 나ᄅᆞᆯ 슈욕ᄒᆞ니, 나ㅣ 이 놈을 멀니 ᄯᅥ나셔 보원[報怨]ᄒᆞ리라.'

ᄒᆞ고 인ᄒᆞ여 하직 업시 ᄯᅥ나와셔 부운과 ᄀᆞᆺ치 종젹이 업시 ᄃᆞᆫ니더라. 이ᄯᅢ<47b>에 대망이여호의 가ᄂᆞᆫ 양을 보고 샹쾌히 넉여 혼ᄌᆞ 말ᄒᆞᄃᆡ,

'그 원슈엣 놈이 업ᄉᆞ니 이제ᄂᆞᆫ 내 ᄆᆞ음대로 아모 일이라도 ᄒᆞ겟다. 아모 것도 모ᄅᆞᄂᆞᆫ 거시 쥐저 넘이 아ᄂᆞᆫ 톄ᄒᆞ고 놈의 일을 져희ᄒᆞ더니, 뎌ㅣ 나의 위엄을 보고 무서워 나갓시니 가소[可笑]ㅣ로와 오날 낫즈음 내 모양을 ᄀᆞᆷ초고 롱셰샹[弄世上]이나 ᄒᆞᆫ 번ᄒᆞ여 보리라.'

ᄒᆞ고 곳 변화[變化]ᄒᆞ여 일등[一等] 미남ᄌᆞ[美男子]의 ᄆᆡᆫ도리[樣]ᄅᆞᆯ ᄒᆞ엿시니, 나흔 이팔[二八]이나 된 ᄋᆞ히 모양이오, 의복 범절을 조찰ᄒᆞ게 ᄒᆞ고 바로 평양셩즁[平壤城中]에 들어와서 두루 구경ᄒᆞ다가 그 이튼날 아참 즈음을 당ᄒᆞ여 대궐[闕] 문[門] 압흐로 지나니, 이ᄯᅢ에 목

졍승이 궐ᄂᆡ[闕內]로 나오다가 홀연이 보니, 길가에 엇더ᄒᆞᆫ ᄋᆞ희 셧거ᄂᆞᆯ ᄌᆞ세히 보니 ᄉᆡᆼᄅᆡ[闕內] 칠슌[七旬]에 처음 보ᄂᆞᆫ 인물이라. 일견[一見]에**<48a>**졍신[精神]이 황홀[恍惚]ᄒᆞ여 거의 평교ᄌᆞ[平轎子]에 ᄯᅥ러질 ᄃᆞᆺᄒᆞᆫ지라. 갓가스로[계우] 졍신을 차려 다시 보니, 볼ᄉᆞ록 긔화[奇貨]ㅣ라. 이놈이 이ᄯᅢ에 흉측ᄒᆞᆫ ᄯᅳᆺ으로 괴이ᄒᆞᆫ ᄌᆞᆺ술 은근이 부려 ᄇᆡᆨᄐᆡ[百態]로 목졍승의 눈을 어리우니[迷], 엇지 아니 속으리오? 인ᄒᆞ여 이놈이 거름을 쳔쳔히 ᄒᆞ여 십여 보 즈음 지나가니 목졍승이 ᄆᆞ음에 혜아리ᄃᆡ,

'나ㅣ 녀석 ᄒᆞ나ᄅᆞᆯ 두고 그 쌍을 구ᄒᆞ고져ᄒᆞᄃᆡ 눈에 드ᄂᆞᆫ 사ᄅᆞᆷ이 업더니, 오날 이 ᄋᆞ희ᄅᆞᆯ 보니 오히려 과망[過望]ᄒᆞᆫ ᄃᆞᆺᄒᆞ도다. 아모커나 이 ᄋᆞ희ᄅᆞᆯ 블너 보고 ᄂᆡᄌᆡ[內才]ᄅᆞᆯ 시험ᄒᆞ야 문필[文筆]이 유여[有餘]ᄒᆞ거든 불필타구[不必他求]로 뎡혼[定婚]ᄒᆞ리라.'

ᄒᆞ고 곳 하인의게 분부ᄒᆞᄃᆡ,

"너희들이 밧비 가서 즉금 이리 지나가ᄂᆞᆫ 도령[定婚]님을 뫼시고 ᄃᆡᆨ으로 오라."

ᄒᆞ니, 하인이 ᄃᆡ답ᄒᆞ고 밧비 ᄶᅩᆺ차와**<48b>**공슌이 녯ᄌᆞ오ᄃᆡ,

"도령님씌 알외올 말ᄉᆞᆷ이 잇ᄉᆞ옵ᄂᆞ이다. 즉금 좌의졍 대감[大監]씌셔 분부 ᄒᆞ옵시기ᄅᆞᆯ 도령님을 밧비 뫼시고 오라고 ᄒᆞ셧시니, 밧비 가옵시면 됴흘 ᄃᆞᆺᄒᆞ외다."

ᄒᆞ니, 이놈이 ᄃᆡ답ᄒᆞᄃᆡ,

"나ᄂᆞᆫ 본ᄅᆡ 하향무식[下鄕無識]ᄒᆞᆫ 촌동[村童]인ᄃᆡ 그 대감씌셔 엇지 알으시고 나ᄅᆞᆯ 부ᄅᆞ시며, ᄯᅩ 무ᄉᆞᆷ 연고가 잇ᄂᆞ냐?"

하인이 ᄃᆡ답ᄒᆞᄃᆡ,

"그ᄂᆞᆫ 모로겟ᄉᆞᆸᄂᆡ다마ᄂᆞᆫ 어림에 ᄆᆡ우 요긴ᄒᆞᆫ ᄉᆞ졍이 잇ᄂᆞᆫ ᄃᆞᆺ ᄒᆞ

옵더이다."

이놈이 속ᄆᆞ음에 ᄀᆞ장 깃브나 거족으로ᄂᆞᆫ 대경쇼괴[大驚小怪]ᄒᆞᄂᆞᆫ 모양을 즘즛 짓고 ᄯᅩ 말ᄒᆞᄃᆡ,

"알 수 업ᄂᆞᆫ 일이로고나. 그러나 놉조으신 냥반이 나만 ᄋᆞ희ᄅᆞᆯ 브ᄅᆞ시ᄂᆞᆫ 거술 엇지 거역[拒逆]ᄒᆞ랴? 가ᄌᆞ."

ᄒᆞ고 ᄯᆞ라와셔 목졍승ᄭᅴ〈49a〉뵈오니, 목졍승이 반겨ᄒᆞ며 거쥬[居住]와 셩명을 무ᄅᆞ니, ᄃᆡ답ᄒᆞᄃᆡ,

"쇼동[小童]이 사옵기ᄂᆞᆫ 경샹도[慶尙道] 안동[居住] 태ᄇᆡᆨ산[太白山] 근쳐[近處]ㅣ옵고, 셩명[姓名]은 여장신이라 ᄒᆞ옵ᄂᆞ이다."

ᄒᆞ니, 목졍승이 그 부여조[父與祖]며, 친쳑[親戚]을 ᄯᅩ 무ᄅᆞᆫᄃᆡ, 이놈이 모도 속여셔 ᄭᅮᆷ여 ᄃᆡ답ᄒᆞᆫ 후에,

"ᄯᅩ 무슴 글을 니러ᄂᆞ냐?"

무ᄅᆞ니, ᄃᆡ답ᄒᆞ대,

"변변이 닑은 거시 업ᄉᆞᆸᄂᆞ이다. 대강 글ᄌᆞ나 아오나 무식을 면ᄒᆞᆯ 수야 잇ᄉᆞᆸᄂᆞ닛가?"

쥬인 대감이 말을 드ᄅᆞ며 ᄀᆞ만이 눈치ᄅᆞᆯ 보니 겸[謙]샤ᄒᆞᄂᆞᆫ 거동이라. 더옥 깃버 닐오ᄃᆡ,

"네가 즉금 집에 가기가 멀 ᄲᅳᆫ 아니라 부모 형뎨와 친쳑이 업ᄂᆞᆫ 혈혈단신[孑孑單身]이라. ᄂᆞ려간ᄃᆞᆯ 누구ᄅᆞᆯ 의지ᄒᆞᄌᆞ 말이냐? 그런즉 아즉 내 집에〈49b〉잇서셔 슉식[宿食]ᄒᆞ며 글과 글시ᄅᆞᆯ 공부ᄒᆞ면 됴ᄒᆞᆯ 듯ᄒᆞ다마ᄂᆞᆫ 네 ᄆᆞ음이 엇더ᄒᆞ냐?"

장신이 ᄃᆡ답ᄒᆞᄃᆡ,

"쇼동은 하향 미쳔[微賤]ᄒᆞ온 ᄋᆞ희온ᄃᆡ 대감ᄭᅴ셔 이러케 하렴[下念] ᄒᆞ옵시니, 황송ᄒᆞ옵기 측량 업ᄉᆞ오며 ᄯᅩ 불학무식[不學無識]ᄒᆞᆫ 거

시 혹 존젼[尊前]에 득죄[得罪] ᄒᆞ올가 두렵ᄉᆞ오니, 놉흐신 명을 봉힝[奉行]ᄒᆞ옵지 못 ᄒᆞ올듯 ᄒᆞ외다."

목합[睦閤]이 머리ᄅᆞᆯ 흔들며 닐오ᄃᆡ,

"과히 걱정ᄒᆞ지 말어라. 내가 칠십지년[七十之年]에 아ᄃᆞᆯ ᄌᆞ식이 ᄒᆞ나도 업슨즉 네가 비록 놈의 ᄌᆞ식이나 내 긔츌[己出]과 ᄀᆞᆺ치 넉여 이리ᄒᆞᄂᆞᆫ 거시니, 셜ᄉᆞ[設使] 네가 략간 실[失]수ᄒᆞᄂᆞᆫ 일이 잇기로소니, 내가 너ᄅᆞᆯ 그ᄃᆞ지 허믈 ᄒᆞᆯ쇼냐? 나 ᄒᆞ**<50a>**ᄂᆞᆫ대로만 ᄒᆞ고 다시 ᄉᆞ양ᄒᆞ지 말나."

ᄒᆞ며, 은근 고졀ᄒᆞᆫ 말솜으로 그놈의 ᄆᆞᄋᆞᆷ도 모ᄅᆞ고 권ᄒᆞ니, 이놈이 ᄆᆞᄋᆞᆷ에 ᄀᆞ장 됴흐나 겸샤ᄒᆞ며 ᄉᆞ양ᄒᆞᄂᆞᆫ 톄ᄒᆞ다가 몸을 굽흐리며 녯ᄌᆞ오ᄃᆡ,

"이만 ᄋᆞ희엣 거술 권렴[眷念] ᄒᆞ옵서셔 여러 번 분부ᄒᆞ옵시니, 다시 엇지 거역 ᄒᆞ겟삽ᄂᆞ닛가?"

ᄒᆞ고 깁히 감샤ᄒᆞᄂᆞᆫ 말노 ᄉᆞᆲ여 ᄃᆡ답ᄒᆞ니, 목합이 속도 모ᄅᆞ고 대희ᄒᆞ여 하인을 블너 분부ᄒᆞᄃᆡ,

"뒷쵸당을 ᄆᆞᆰ아케 쓸고 문방ᄉᆞ우[文房四友]ᄅᆞᆯ 차리고 도령님을 거쳐ᄒᆞ게 ᄒᆞ고 상로[床奴] ᄒᆞ나ᄅᆞᆯ 보내여 잘 뫼시고 잇게ᄒᆞ여라."

ᄒᆞ니, 하인들이 대감의 분부도 드ᄅᆞᆯ ᄲᅳᆫ 아니라 그 ᄋᆞ희 비샹[非常]ᄒᆞ여 ᄌᆞ연**<50b>**이 사ᄅᆞᆷ의 정을 낙고ᄂᆞᆫ지라. 명대로 차려노코 여장신을 청ᄒᆞ여 쵸당에 인도ᄒᆞ니, 이놈이 들어와 거쳐ᄒᆞᆫ 후에 ᄉᆞ셔삼경[四書三經]이며, ᄇᆡᆨ가어[百家語]ᄅᆞᆯ 임의 다 아ᄂᆞᆫ지라. 엇지 브졀업시 닑으리오마ᄂᆞᆫ 아모 노ᄅᆞᆺ도 아니ᄒᆞ면 혹 쥬인 대감이 미안[未安]이 알가ᄒᆞ여 혹 줄글도 닑으며 귀글도 읇흐니, 그 강셩[講聲]이 사ᄅᆞᆷ마다 듯던 바에 처음이라. 거문고[琴]며 싱황[生簧], 양금[洋琴] 소래ᄂᆞᆫ

오히려 심히 탁[濁]ᄒᆞ여 듯기에 슬흔지라. 온 집 샹하[上下]와 남녀[男女]ᄅᆞᆯ 무론[無論]ᄒᆞ고 다 졍신을 가다듬어 그 글소래 근칠가 ᄒᆞ며 밤ᄂᆞᆽ으로 쵸당 편으로 귀ᄅᆞᆯ 기우려 칭찬불이[稱讚不已]라. 목졍승이 더옥 ᄉᆞ랑ᄒᆞ여 의식[衣食] 범졀을**<51a>**극진이 보ᄉᆞᆯ피며 혹 부족히 넉일가ᄒᆞ여 방심ᄒᆞ지 못ᄒᆞ더라. 이렁뎌렁 수삼 삭[朔]이 되니, ᄒᆞᆫ 날은 목합이 술을 반취[半醉]ᄒᆞ고 ᄃᆞᆯ을 씌여 뒤 쵸당으로 들어오니, 여장신이 황망이 영졉[迎接]ᄒᆞ야 좌뎡[坐定] 후[後]에 목졍승이 무ᄅᆞᄃᆡ,

"이ᄉᆞ이ᄂᆞᆫ 므슴 글을 닑ᄂᆞ냐? 너ᄅᆞᆯ 위ᄒᆞ야 션싱 ᄒᆞ나ᄅᆞᆯ 뎡ᄒᆞ려ᄒᆞᄃᆡ, 합의ᄒᆞᆫ 사ᄅᆞᆷ이 업서셔 수삼 삭을 연타[延拖]ᄒᆞ여 오니, 답답ᄒᆞ다. ᄯᅩ 이즈음 공고[公故]가 만하셔 ᄂᆞᆽ이면 마을[府]에셔 죵일을 ᄒᆞ다 십히[似] ᄒᆞᆫ즉 밤이면 곤ᄒᆞ기로 ᄒᆞᆫ 번도 너의 글 닑ᄂᆞᆫ 양을 친히 보지 못 ᄒᆞ엿ᄉᆞ니, 오날은 맛촘 곤치 아니ᄒᆞ니 글 두어 장 닑ᄂᆞᆫ 양을 구경ᄒᆞ겟다."

ᄒᆞ고 칙상**<51b>**을 옴겨 압흐로 노코 "닑으라." ᄒᆞ니, 그놈이 명대로 닑을ᄉᆡ 목소래ᄅᆞᆯ 가다듬고 긔운을 씩씩이 ᄒᆞ야 듯기 됴토록 ᄒᆞᆫ 두 장 닑으니, 목태[睦台] 무릅을 손으로 치며 눈을 감고 반우슴을 먹음어 머리ᄅᆞᆯ 조흐며 칭찬ᄒᆞ여 닐오ᄃᆡ,

"네가 글을 잘 닑는다 ᄒᆞ더니, 과연 듯던 말의셔 오히려 지나도다. 글 닑ᄂᆞᆫ 소래ᄅᆞᆯ 드ᄅᆞ니 문리ᄅᆞᆯ 엇엇실 ᄲᅳᆫ 아니라 글 ᄯᅳᆺ을 통쾌히 아ᄂᆞᆫ 모양이 현연[顯然] ᄒᆞ고나."

ᄒᆞ며, 글 ᄯᅳᆺᄲᅳᆫ 아니라 고금[古今]에 국가[國家] 흥망지ᄉᆞ[興亡之事]ㅣ며, 뎨왕[帝王]의 치란[帝王] 등ᄉᆞ[等事]ᄅᆞᆯ 일일[一一]이 문답[問答]ᄒᆞ니, ᄃᆡ답이 흐ᄅᆞᄂᆞᆫ 물 ᄀᆞᆺᄒᆞ여 ᄇᆞᆰ은 의론이 즉금 셰상**<52a>**에 듬은 ᄃᆞᆺ ᄒᆞ고, ᄯᅩ 그 위인이 더욱 찬란[빗나다]ᄒᆞ여 볼ᄉᆞ록 ᄉᆞ랑스러워 ᄌᆞ리

ᄅᆞᆯ 갓가이ᄒᆞ야 숀을 붓들고 말ᄒᆞᄃᆡ,

“나ㅣ 이제 너ᄃᆞ려 긴히 ᄒᆞᆯ 말이 잇ᄉᆞ니, 늙은이ᄅᆞᆯ 헐ᄃᆡ[歇對]ᄒᆞ지 말고 내 말대로 시ᄒᆡᆼᄒᆞ여라.”

말ᄒᆞ고,

“일은 다ᄅᆞᆫ 거시 아니라, 나ㅣ 나히 칠십에 다ᄅᆞᆫ ᄌᆞ식이 업고, 다만 ᄒᆞᆫ ᄯᆞᆯ이 잇서셔 즉금 나히 십칠 셰가 되엿ᄂᆞᆫᄃᆡ 사회ᄅᆞᆯ ᄉᆞ면으로 구ᄒᆞᄃᆡ 도모지 ᄆᆞᄋᆞᆷ에 합당ᄒᆞᆫ 랑ᄌᆞ[郎子]가 업서셔 근심ᄒᆞᄂᆞᆫ ᄎᆞ에 천만 ᄯᅳᆺ밧게 너ᄅᆞᆯ 만나니, 실노 내 ᄆᆞᄋᆞᆷ에 다ᄒᆡᆼᄒᆞ기 측량 업기로 이러틋 내 집으로 청ᄒᆞ엿시니, 너ᄂᆞᆫ ᄉᆞ양치 말고 내 녀식[ᄯᆞᆯ이라]과 셩혼ᄒᆞ여 나의 ᄆᆞᄋᆞᆷ을 즐겁게ᄒᆞ면 이 아니 아ᄅᆞᆷ다온 일이냐?”

ᄒᆞ니,**〈52b〉**장신이 이 말을 드ᄅᆞ매 ᄆᆞᄋᆞᆷ 안헤 즐겁기 측량 업ᄉᆞ나 것ᄎᆞ로 거ᄌᆞᆺ 놀나ᄂᆞᆫ 톄ᄒᆞ며 물너 안저셔 머리ᄅᆞᆯ 숙이고 공슌이 녯ᄌᆞ오ᄃᆡ,

“쇼동이 부모와 친쳑이 업ᄉᆞ와 의지ᄒᆞᆯ ᄃᆡ가 업숩다가 천만 ᄯᅳᆺ밧게 대감ᄭᅴ셔 더럽다 아니 ᄒᆞ옵시고 브ᄅᆞ심을 닙ᄉᆞ와 존귀ᄒᆞᆫ 문 안헤 용납ᄒᆞ오며 호의[好衣] 호식으로 일신이 아모 탈도 업시 잇ᄉᆞ오니, 산ᄀᆞᆺ치 놉고 바다ᄀᆞᆺ치 깁흔 은혜ᄅᆞᆯ ᄲᅧ와 ᄆᆞᄋᆞᆷ에 삭여 어나 ᄯᅢ에나 이 대덕[大德]을 만분[萬分]의 ᄒᆞ나히나 갑흘고 ᄒᆞ옵고 ᄉᆡᆼ각ᄒᆞ오나 됴흔 모ᄎᆡᆨ이 업ᄉᆞ와 근심 ᄒᆞ옵ᄂᆞᆫᄃᆡ 더욱 이러틋 만금[萬金] ᄀᆞᆺᄉᆞ온 규슈로 이 비쳔**〈53a〉**ᄒᆞᆫ 불학 무식ᄒᆞ온 ᄇᆡᆨ셩 ᄋᆞᄒᆡ놈의게 혼ᄉᆞᄅᆞᆯ 의론 ᄒᆞ옵시니, 이 분부ᄂᆞᆫ 쇼동이 과연 열 번 죽ᄉᆞ와도 봉ᄒᆡᆼ치 못ᄒᆞ겟ᄉᆞ오니 황송ᄒᆞ오나 다ᄅᆞᆫ ᄉᆡ상의 놉흔 문호에 통혼[通婚] ᄒᆞ옵시ᄂᆞᆫ 거시 맛당ᄒᆞᆯ가 ᄒᆞ옵니다.”

ᄒᆞ고 굽흐려 니러나지 아니ᄒᆞ니, 이놈의 간교ᄒᆞ고 흉측ᄒᆞᆫ ᄭᅮᆷ이ᄂᆞᆫ

모양이 가통[可痛]이언마ᄂᆞᆫ 이런 눈치ᄅᆞᆯ 도모지 모ᄅᆞ고 목태 다시 닐오ᄃᆡ,

"네 말이 혹 괴이ᄒᆞ지 아니 ᄒᆞ다마ᄂᆞᆫ 나ㅣ 너ᄃᆞ려 ᄒᆞᆫ 번 입을 여러 말ᄒᆞᆫ 후에 다시 곳 칠터이면 엇지 이 말을 시작 ᄒᆞ엿겟ᄂᆞ냐? 내가 쇼시[少時]로브터 아모 일이라도 몬저 경륜ᄒᆞ여 ᄆᆞ음에 작뎡[酌定]ᄒᆞᆫ 후에ᄂᆞᆫ〈53b〉반ᄃᆞ시 시죵[始終]이 여일[如一]ᄒᆞ게 ᄒᆞᆫ지라. 즉금 엇지 곳치며 ᄯᅩ 혼인ᄒᆞ려 ᄒᆞ면 엇지 문호[門戶]의 놉고 ᄂᆞᆺᄌᆞ믈 의론ᄒᆞ겟ᄂᆞ냐? 녜로브터 대쟝[大將]과 졍승[政丞]이 비쳔ᄒᆞᆫᄃᆡ셔 만히 낫ᄂᆞᆫ지라. 너의 ᄌᆡ조ᄅᆞᆯ 보니 미구[未久]에 국가[國家]의 큰 사ᄅᆞᆷ이 될 ᄃᆞᆺ도 ᄒᆞ고, ᄯᅩ 공명을 못ᄒᆞ다 ᄒᆞ여도 착ᄒᆞᆫ 사ᄅᆞᆷ만 되면 됴흔 거시니, 만일 공명을 크게 ᄒᆞᆯ지라도 ᄒᆡᆼᄉᆞ[行事]가 흉패[凶悖]ᄒᆞ여 ᄂᆞᆷ의 춤밧흠을 면치 못ᄒᆞ게 되면 이ᄂᆞᆫ 처음에 공명을 아니 ᄒᆞᆷ만도 못ᄒᆞᆫ 거시라. 나ㅣ 엇지 문미[門楣]가 놉흐며[高] 엿흠[下]을 샹관ᄒᆞ겟ᄂᆞ냐? 너ᄂᆞᆫ 아모 말도 말고 나 ᄒᆞᄂᆞᆫ대로만 ᄒᆞ여라."

ᄒᆞ니,〈54a〉이놈이 ᄀᆞ장 황공ᄒᆞ여 ᄒᆞᄂᆞᆫ 톄ᄒᆞ면셔 소래ᄅᆞᆯ ᄂᆞ족이 ᄒᆞ여 녯ᄌᆞ오ᄃᆡ,

"대감ᄭᅴ셔 이러ᄐᆞ시 분부ᄒᆞ옵시니, 쇼동이 엇지 거ᄉᆞ리겟ᄉᆞᆸᄂᆞ닛가마ᄂᆞᆫ 이러케 ᄒᆞ와셔ᄂᆞᆫ 혹 다ᄅᆞᆫ 사ᄅᆞᆷ의 시비[是非]가 대감 젼에 밋출가 ᄒᆞ오며, 쇼동의 복이 과분[過分]ᄒᆞ와 오히려 몸에 리롭지 못 ᄒᆞ올 ᄃᆞᆺᄒᆞ와셔 황송 ᄒᆞ옵건마ᄂᆞᆫ 알외엿ᄉᆞᆸᄂᆡ다."

ᄒᆞ니, 목태 웃고 닐오ᄃᆡ,

"너ᄂᆞᆫ 잡말 말고 어룬의 지휘대로만 ᄒᆞ려무나."

ᄒᆞ고 인ᄒᆞ여 니러나셔 안흐로 들어가셔 부인의게 이 ᄉᆞ졍을 말ᄒᆞ며 그 ᄋᆞᄒᆡ의 ᄌᆡ능[才能]과 위인의 동탕ᄒᆞᆫ 거동을 층찬[칭찬]ᄒᆞ니, 부인

이 ᄯᅩ**<54b>**ᄒᆞᆫ 대개 아ᄂᆞᆫ 일인즉 깃버ᄒᆞ야 말ᄉᆞᆷᄒᆞᄃᆡ,

"이ᄂᆞᆫ 다 대감씌셔 쥬쟝ᄒᆞ실 일이오니, 엇지 ᄋᆞ녀ᄌᆞ[兒女子]와 의론ᄒᆞ시릿가? 의향대로 ᄒᆞ옵쇼셔."

ᄒᆞ니, 답ᄒᆞᄃᆡ,

"부인의 말ᄉᆞᆷᄒᆞᄂᆞᆫ 거시 리에 오ᄅᆞᆫ 듯ᄒᆞ시ᄃᆡ ᄌᆞ식의 일인즉 엇지 ᄂᆡ외간에 ᄒᆞᆫ마ᄃᆡ 의론이 업ᄉᆞᆯ 수가 잇겟쇼. 아마도 ᄅᆡ죵에 혹 불합ᄒᆞᆫ 일이 잇ᄉᆞ면 나ᄅᆞᆯ 탓ᄒᆞ고 원망ᄒᆞ시려나 보오마ᄂᆞᆫ 이 일은 내가 스ᄉᆞ로 청ᄒᆞ엿ᄉᆞᆫ즉 됴흐나 굿ᄌᆞ나 다시ᄂᆞᆫ 변ᄀᆡᄒᆞᆯ 길이 업ᄉᆞ니, 이후에 혹 불여의[不如意]ᄒᆞᆫ 일이 잇서셔 나ᄅᆞᆯ ᄎᆡᆨᄒᆞ셔도 공슌이 드ᄅᆞᆯ 수 밧게ᄂᆞᆫ 다ᄅᆞᆫ 법이 업쇼."

ᄒᆞ**<55a>**고 크게 웃ᄉᆞ니, 부인이 이 말을 듯고 ᄯᅩᄒᆞᆫ 웃ᄉᆞ며 말ᄒᆞᄃᆡ,

"녯 말ᄉᆞᆷ에 몸은 늙어도 ᄆᆞᄋᆞᆷ은 늙지 아니ᄒᆞᆫ다 말ᄉᆞᆷ을 의심ᄒᆞ엿더니, 오날 대감 말ᄉᆞᆷ을 드ᄅᆞᆫ즉 의심이 풀니ᄂᆞ이다. 대감씌셔 즉금 년셰가 칠순이신ᄃᆡ 쇼시 적에 대ᄉᆞ롭지 아니ᄒᆞᆫ 일을 가지시고 나ᄅᆞᆯ 조롱ᄒᆞ시던 풍도가 그져 계시니, 깁히 ᄉᆡᆼ각ᄒᆞ오면 도로혀 비척[悲慽]ᄒᆞ외다. 그러나 그 랑ᄌᆞ가 됴코 됴치 아니ᄒᆞᆫ 거시 우리 집에 복이 잇고 업ᄉᆞᆷ에 ᄃᆞᆯ닌 거시오니 사ᄅᆞᆷ의 힘으로 못ᄒᆞᆯ지라. 만일 우리게 당치 아닌 사ᄅᆞᆷ이면 셩례 젼에 ᄯᅩ 므ᄉᆞᆷ 일이 잇ᄉᆞᆯ지업ᄉᆞᆯ지 알겟ᄉᆞᆸᄂᆞ닛가?**<55b>**ᄆᆡᄉᆞᄅᆞᆯ 미리 일뎡ᄒᆞ올 터히 못 되ᄂᆞᆫ 거시니, 아모커나 날을 수히 뎡ᄒᆞ여 대ᄉᆞᄅᆞᆯ 지내면 됴ᄒᆞᆯ ᄃᆞᆺᄒᆞ외다."

ᄒᆞ니, 목정승이 부인의 물니치지 아니ᄒᆞᄂᆞᆫ 양을 보고 속ᄆᆞᄋᆞᆷ에 깃버ᄒᆞ여 ᄃᆡ답ᄒᆞᄃᆡ,

"나ᄂᆞᆫ 부인이 그 ᄋᆞ희의 션불션[善不善]도 모ᄅᆞ시고 ᄯᅩ 그 부모와 형뎨가 업ᄉᆞᆷ으로 고독[孤獨]ᄒᆞᆯ ᄲᅳᆫ 아니라 문호가 ᄂᆞ좀으로 허락지 아닐가 의심 ᄒᆞ엿더니, 이러틋 샹쾌히 말슴ᄒᆞ시니 시쇽말에 '사ᄅᆞᆷ은 늙어야 쓴다' 말이 과연 올흔 말이오."

ᄒᆞ고 샤랑으로 나아가 밤을 지내고 이튼날 혼인ᄒᆞᆯ 날을**<56a>**작뎡ᄒᆞᆫ 후에 혼인에 쓸 물건을 긔록ᄒᆞ여 저ᄌᆡ에 보내여 사려ᄒᆞ더니, 홀연 대궐 안흐로셔 하인이 급히 나와 패초ᄒᆞ니, 급히 관복을 닙고 들어가매 임의 령의정[領議政]과 우의[右議]정과 ᄇᆡᆨ관[百官]이 모혓ᄂᆞᆫ지라. 무슴 일노 이리 되엿ᄂᆞᆫ지 알 수 업셔 어젼[御前]에 숣어 문안 후에 나라의셔 하교[下教]ᄒᆞ시ᄃᆡ,

"오날 경을 패초홈은[패초ᄂᆞᆫ 명폐ᄅᆞᆯ 보내여 브ᄅᆞᆷ이라] 다ᄅᆞᆷ이 아니라 즁국에셔 무슴 ᄉᆞ신을 보낸다 ᄒᆞᄂᆞᆫᄃᆡ 바다흐로 온즉 오날 올지, ᄅᆡ일 올지 모ᄅᆞ거니와 만일 온 후에 어려온 일이 잇ᄉᆞ면 엇지ᄒᆞᆯ고? 미리 ᄒᆞᆯ 말은 아니로대**<56b>**이젼에도 혹 무단[無端]이 ᄉᆞ신을 보내여 됴션국에 사ᄅᆞᆷ이 쓸 만ᄒᆞᆫ 이가 잇ᄂᆞᆫ가 업ᄂᆞᆫ가 시험ᄒᆞᆫ 일이 잇ᄉᆞᆫ즉 즉금 별 일이 업시 ᄉᆞ신을 보내ᄂᆞᆫ 거시 의심된지라. 만일 어려온 일이 잇슬진대 ᄇᆡᆨ관 즁에 누가 가히 이 소임을 당ᄒᆞ염 즉ᄒᆞᆫ고? 드러 보고져 ᄒᆞ노라."

목태 니러 절ᄒᆞ고 알외오ᄃᆡ,

"신이 지식이 깁지 못 ᄒᆞ온즉 엇지 일뎡ᄒᆞ여 알외올 수 잇ᄉᆞᆸᄂᆞ닛가? 뎐하[殿下]ᄭᅴ셔 즁국이 됴션에 ᄌᆡ능[才能]이 잇ᄂᆞᆫ 사ᄅᆞᆷ을 시허(험)ᄒᆞᆯ ᄎᆞ로 ᄉᆞ신을 보낸다 ᄒᆞ옵시ᄂᆞᆫ 하교ㅣ 신의 ᄆᆞᄋᆞᆷ에 지극히 합당ᄒᆞ오나 만일 어려**<57a>**온 일이 오면 그ᄯᅢ ᄉᆞ셰ᄅᆞᆯ 보아가며 쳐치ᄒᆞ올 터이오니, 일이 잇기 젼에 엇지 셩심[聖心]을 과히 허비 ᄒᆞ올 수가 잇ᄉᆞᆸᄂᆞᆫ잇가? 만일 ᄉᆞ신이 온 후에 무슴 일이 잇ᄉᆞᆸ던지 신이 죽기로써 당ᄒᆞ올 터히오니, 아즉 수삼 일을 더 기ᄃᆞ려 ᄉᆞ신이 오옵

거든 엇지ᄒᆞᄂᆞᆫ 거동을 보아가며 ᄒᆞ올 밧게 다ᄅᆞᆫ 수 업ᄉᆞ오니, 뎐하
ᄭᅴ셔 근심을 마옵시면 신이 불츙[不忠]을 위션[몬제] 면ᄒᆞ올가 ᄒᆞ옵ᄂᆞ
이다.”

나라의셔 이 말ᄉᆞᆷ을 드ᄅᆞ시고 크게 깃버ᄒᆞ시면셔 하교ᄒᆞ시ᄃᆡ,

“경의 말이 츙셩된 ᄆᆞ음으로 나오니, 혹 어려온 일**<57b>**이 잇ᄉᆞᆫ
ᄃᆞᆯ 무어시 근심ᄒᆞᆯ 바ㅣ리오?”
ᄒᆞ시고 인ᄒᆞ여 됴회ᄅᆞᆯ 파ᄒᆞ시니, ᄇᆡᆨ관들이 각각 졔 집으로 도라갈
ᄉᆡ, 서로 도라보며 ᄀᆞ만이 말ᄒᆞᄃᆡ,

“목졍승이 나라 압희셔 오날 큰 말노 ᄃᆡ답 ᄒᆞ엿시니, 죽으나 사나
담당ᄒᆞ려니와 만일 이번에 ᄉᆞ신이 ᄆᆡ우 어려온 일을 가지고 나와셔
됴션이 ᄌᆡ능으로 ᄒᆞᆯ 수 업게되면 목태의 몸이 위ᄐᆡᄒᆞᆯ 거시니, 이러
케 되면 나라에 욕됨이 ᄀᆞ바얍지 아닐지라. 우리 므ᄉᆞᆷ ᄂᆞᆺᄎᆞ로 벼ᄉᆞᆯ
을 ᄒᆞ며 사ᄅᆞᆷ을 ᄃᆡᄒᆞ리오?”
ᄒᆞ고 근심ᄒᆞ더라.

이ᄯᅢ에 목졍승이 집에 도라와 아모 말도**<58a>**아니ᄒᆞ고 속으로
근심이 발ᄒᆞ여 은근이 ᄯᆞᆯ의 셩혼 못ᄒᆞᆷ을 한ᄒᆞ나 나라 일은 공ᄉᆞㅣ
오, 집의 일은 ᄉᆞᄉᆞㅣ라. 오히려 ᄉᆞ신이 밧비 와셔 일이 어려오나
쉬오나 결단되기ᄅᆞᆯ ᄇᆞ라더니, 수일이 못 되어 ᄒᆡ변관쟝[海邊官長]이
졍부[政府]에 즁국ᄉᆞ신이 온 줄노 쟝계[狀啓] ᄒᆞ엿ᄂᆞᆫ지라. 관원을 보
내여 영졉ᄒᆞ여 예빈시[禮賓寺]로 맛고 황지[皇旨]ᄅᆞᆯ 밧아 나라에 올닌
후 보니, 다ᄅᆞᆫ 일은 업고 일 알고 ᄌᆡ조 잇ᄂᆞᆫ ᄉᆞ신 ᄒᆞ나ᄅᆞᆯ 보내라
ᄒᆞ엿거ᄂᆞᆯ 나라에서도 모ᄅᆞ시고 ᄇᆡᆨ관들도 엇지ᄒᆞᆫ 곡졀인지 몰나 의
심ᄒᆞ며 누구ᄅᆞᆯ 보내면 됴흘고 ᄒᆞ고**<58b>**근심ᄒᆞ니, 목졍승이 어젼
에 ᄭᅮ러 녯ᄌᆞ오ᄃᆡ,

"젼날에 신이 알외온 말ᄉᆞᆷ대로 ᄒᆞ올 거시니, 뎐하ᄭᅴ셔 근심 마옵시고 신이 들어가옵ᄂᆞᆫ ᄉᆞ연으로 답샹표[答上表] ᄒᆞ옵시면 됴켓ᄊᆞᆸᄂᆞ이다."

ᄒᆞ니, 샹이 말ᄉᆞᆷᄒᆞ시ᄃᆡ,

"경의 츙심과 ᄌᆡ조ᄅᆞᆯ 모ᄅᆞᄂᆞᆫ 거시 아니로ᄃᆡ 다만 경이 ᄒᆞᆫ낫 아ᄃᆞᆯ도 업고, ᄯᅩ 나히 칠슌이라. 만일 즁국에 갓다가 됴케 도라오면 다ᄒᆡᆼ이여니와 불ᄒᆡᆼᄒᆞ여 즁로에셔 병이 나던지, 혹 실됴ᄒᆞ여 즁국에 득죄ᄒᆞ면 나라 일과 ᄉᆞᄉᆞ 일에 다 편치 못ᄒᆞᆯ 거시니, 그 연고로 렴녀가 적지 아니ᄒᆞ도다. ᄯᅩ ᄉᆡᆼ각ᄒᆞ면 됴**<59a>**신[朝臣] 즁[中]에 경을 ᄃᆡ신ᄒᆞᆯ 만ᄒᆞᆫ 사ᄅᆞᆷ이 업슨즉 부득불[不得不] ᄒᆡᆼᄒᆞᆯ 수밧게 달니 변통ᄒᆞᆯ 법이 업ᄉᆞ니, 경이 가ᄂᆞᆫ 날브터 내 ᄆᆞᄋᆞᆷ이 편치 못ᄒᆞ리로다."

ᄒᆞ시니, 목졍승이 다시 ᄌᆡ비[再拜]ᄒᆞ고 알외오ᄃᆡ,

"신의 쳔ᄒᆞ온 나히 칠십이 되옵도록 뎐하의 셩덕[聖德]을 닙ᄉᆞ오나 이제ᄭᆞ지 국은[國恩]을 ᄒᆞᆫ 번도 갑지 못 ᄒᆞ엿ᄉᆞ오며, ᄯᅩᄒᆞᆫ 즉금 ᄉᆞ셰ᄅᆞᆯ 보온 즉 조고마ᄒᆞᆫ[적은] 슈고ᄅᆞᆯ 인ᄒᆞ와 대ᄉᆞᄅᆞᆯ 그ᄅᆞᆺ치지 못ᄒᆞ올지라. 셜ᄉᆞ 즁국에 들어간 후에 혹 무ᄉᆞᆷ 어려온 일이 잇ᄉᆞ와셔 신의 ᄌᆡ조ㅣ 업슴으로 죽기**<59b>**에 니ᄅᆞᆯ지라도 이ᄂᆞᆫ 신의 무ᄌᆡ무능[無才無能]ᄒᆞᆫ ᄐᆞᆺ시옵고 ᄯᅩ 즁로[中路]에셔 무ᄉᆞᆷ 병이 나옵던지 바다에셔 풍파[風波]ᄅᆞᆯ 맛나와셔 죽을지리(라)도 이거ᄉᆞᆫ 나라ᄅᆞᆯ 위ᄒᆞ여 죽ᄂᆞᆫ 거시 온즉 오히려 신의게 영광[下念]이오니, ᄇᆞ라옵건대 뎐하ᄭᅴ셔 신을 위ᄒᆞ여 과히 하렴[下念] 마옵쇼셔."

ᄒᆞ니, 샹이 이 말을 드ᄅᆞ시고 그 ᄯᅳᆺ이 츙셩될 ᄲᅳᆫ이 아니라 필경 나라도 욕[辱]되게 아니ᄒᆞᆯ ᄃᆞᆺᄒᆞ매 인ᄒᆞ여 ᄐᆡᆨ일[擇日]ᄒᆞ여 즁국ᄉᆞ신을 보낸 후, 곳 ᄯᅥ나라 ᄒᆞ시니, 목태 나와셔 ᄯᅥ날 ᄒᆡᆼ리[行李]ᄅᆞᆯ 차리며 부

인의게 이 ᄉᆞ연을 말ᄒᆞ고,

"혼ᄉᆞᄂᆞᆫ 내가 도라온 후에 지낼 거시니, 그리 알나."<60a>

ᄒᆞ며 ᄯᅩ 여쟝신 놈을 불너,

"압헤 안즈라."

ᄒᆞ고 즁국 들어가ᄂᆞᆫ 연고와 나온 후에 대ᄉᆞᄅᆞᆯ 지낼 줄노 말ᄒᆞ고 그ᄉᆞ이 공부나 착실이ᄒᆞ여 문쟝 우희 ᄯᅩ 문쟝[文章, 글 잘하다]을 닐우기로 부탁ᄒᆞ니, 이놈이 ᄀᆞ쟝 념녀ᄒᆞᄂᆞᆫ 톄ᄒᆞ여 만 리 바다 길에 ᄒᆡᆼᄎᆞ[行次]ᄒᆞ기가 어려온 줄노 걱정ᄒᆞ면셔 ᄆᆞ음 안흐로ᄂᆞᆫ ᄉᆡᆼ각ᄒᆞᄃᆡ,

'내가 억지로 그 새악시ᄅᆞᆯ 강박ᄒᆞ고 시브나 내가 본ᄃᆡ 세상을 희롱[戱弄]ᄒᆞ려ᄒᆞᆷ으로 이러케 ᄒᆞᆷ인즉 과히 급지 아니ᄒᆞ고, ᄯᅩ 즘승과 사ᄅᆞᆷ이 서로 통ᄒᆞᄂᆞᆫ 일은 녜로브터 듯지 못ᄒᆞᆫ 일인즉 혹 통ᄒᆞ엿다가 만일 내 몸에 리치 못ᄒᆞᆫ 일이면<60b>처음에 아니ᄒᆞᆷ만도 못ᄒᆞᆫ 거시니, 대저 목경승이 도라온 후라도 늣지 아니ᄒᆞ도다.'

ᄒᆞ고 인ᄒᆞ여 됴흔 말노 ᄃᆡ답ᄒᆞ고, 제 방으로 도라가니라.

이ᄣᅢ에 목경승의 집에 왕우ㅣ라 ᄒᆞᄂᆞᆫ 사ᄅᆞᆷ이 잇ᄉᆞ니, 본ᄅᆡ[本來] 목태의 벗의 아ᄃᆞᆯ노 그 부모ㅣ 다 죽고 형뎨와 친쳑이 업ᄉᆞᆷ으로 목태의 집에 와 의지ᄒᆞ고 온갖 일을 쥬쟝ᄒᆞ여 다ᄉᆞ리더니, 목경승이 즁국에 ᄉᆞ신으로 들어감을 보고 ᄯᅥ나기ᄅᆞᆯ 젼긔[前期]ᄒᆞ여 죵용[從容]이 녯ᄌᆞ오대,

"쇼ᄉᆡᆼ이 ᄒᆞᆫ마ᄃᆡ 녯ᄌᆞ올 말ᄉᆞᆷ이 잇ᄉᆞ오니, 통촉 ᄒᆞ옵쇼셔. 쇼ᄉᆡᆼ의 조샹[祖上] 분묘[墳墓, 무덤]가 젼라도[全羅道] ᄃᆡ경[地境] 밧<61a>게 남ᄒᆡ[南海] 셤[島]에 잇ᄉᆞ옵ᄂᆞᆫᄃᆡ, 수십 년을 셩묘[省墓] ᄒᆞ옵지 못 ᄒᆞ엿ᄉᆞ온 즉 금년은 그져 잇지 못 ᄒᆞ올지라. 이러ᄒᆞ온 고로 대감 젼에 알외오니, 이번에 ᄒᆡᆼᄎᆞ ᄒᆞ옵시면 그곳을 지내시올 터이오니, 쇼ᄉᆡᆼ이

그곳ᄭᆞ지 모시고 가셔 ᄇᆡ에 ᄂᆞ려 셩묘 ᄒᆞ옵고 도라오오려ᄒᆞ오니, 통촉 ᄒᆞ옵쇼셔."

목졍승이 이 말을 듯고 놀나 닐오ᄃᆡ,

"네 ᄉᆞ졍이 그러ᄒᆞᆯ ᄃᆞᆺᄒᆞ다마ᄂᆞᆫ 내가 너ᄅᆞᆯ ᄌᆞ식ᄀᆞᆺ치 알고 집일을 모다 맛기고 가려ᄒᆞᄂᆞᆫᄃᆡ 이러ᄐᆞᆺ 청ᄒᆞ니 기셰량난[其勢兩難]이로다.

왕우ㅣ ᄯᅩ 녯ᄌᆞ오ᄃᆡ,

"쇼ᄉᆡᆼ[小生]이 이번에 대감 덕ᄐᆡᆨ으로 그곳을 가옵지 못ᄒᆞ오<61b>면 쇼ᄉᆡᆼ이 다시ᄂᆞᆫ 가기ᄅᆞᆯ ᄉᆡᆼ의[生意]치 못ᄒᆞ올 터이온즉 조샹의 분묘가 바람과 비에 샹ᄒᆞ엿셔도 엇지 ᄒᆞ올 수가 업ᄉᆞ오니, 쇼ᄉᆡᆼ이 듀야[晝夜]에 ᄆᆞᄋᆞᆷ이 편치 못 ᄒᆞ올 ᄲᅮᆫ 아니오라, 조샹ᄭᅴ 불효[不孝]ᄅᆞᆯ 면치 못ᄒᆞ올 ᄃᆡ경이오니, 쇼ᄉᆡᆼ의 ᄃᆡ신으로 착실ᄒᆞᆫ 사ᄅᆞᆷ ᄒᆞ나ᄅᆞᆯ 두옵시고, 쇼ᄉᆡᆼ을 ᄃᆞ려 가옵시면 이후에 죽어도 이 대은을 갑ᄉᆞ오리라."
ᄒᆞ고 ᄋᆡ걸[哀乞]ᄒᆞ니, 목졍승이 ᄒᆞᆯ 수 업서 "그리ᄒᆞ여라." 허락ᄒᆞ고 다ᄅᆞᆫ 이ᄅᆞᆯ 엇어 왕우의 ᄃᆡ신으로 가ᄉᆞᄅᆞᆯ 맛기고 ᄉᆞ신 길을 ᄯᅥ날ᄉᆡ, 나라에 하직ᄒᆞ고 나오니, 문무[文武] 百官이 십리에 나와<62a>젼송[餞送]ᄒᆞ니라. ᄇᆡ에 올나 됴흔 바람을 엇어 십여 일을 ᄒᆡᆼᄒᆞ니, 바다의 호호[浩浩, 너르다] 망망[茫茫, 아득ᄒᆞ다]ᄒᆞᆷ과 산과 셤의 긔괴[奇怪]ᄒᆞᆷ을 보니, 가슴이 샹쾌ᄒᆞ나 늙은 ᄌᆡ샹인 즉 엇지 몸이 슈고롭지 아니리오? 그러나 강잉ᄒᆞ여 혹 글도 읇고 혹 리약이도 식혀 거의 젼라도 바다에 니ᄅᆞ러 왕우ᄅᆞᆯ 블너 닐오ᄃᆡ,

"너 갈 곳이 어ᄃᆡ냐? ᄀᆞᄅᆞ치라."
ᄒᆞ니, 왕우ㅣ 녯ᄌᆞ오ᄃᆡ,

"아즉 그곳이 보이지 아니 ᄒᆞᄋᆞᆸᄂᆡ다."
ᄒᆞ니, 그 이튼날 저녁 ᄣᆡ 즈음에 ᄯᅩ 무ᄅᆞ니, 왕우ㅣ 그ᄣᆡ에ᄂᆞᆫ 말ᄃᆡ답

은 아니ᄒᆞ고 대감ᄭᅴ 녯ᄌᆞ오ᄃᆡ,

"겻헤 사ᄅᆞᆷ을 물니치시면 알외올 말ᄉᆞᆷ이 잇ᄉᆞᆸᄂᆡ다."**<62b>** ᄒᆞ니, 목태 그 슈샹ᄒᆞᆫ[殊常, 이샹ᄒᆞᆫ] 거동을 보고 괴이히 넉여 좌우 사ᄅᆞᆷ을 멀니 물니치고 "말ᄒᆞ라." ᄒᆞ니, 왕우ㅣ 눈물을 흘니며 녯ᄌᆞ오ᄃᆡ,

"쇼ᄉᆡᆼ[小生]이 대감ᄭᅴ 의탁ᄒᆞ온지 십여 년에 태산[泰山] ᄀᆞᆺᄉᆞ온 은혜ᄅᆞᆯ 닙고 도로혀 대감ᄭᅴ 거즛말노 조상의 산소에 온다 ᄒᆞ옵고 속여 존위[尊位]ᄅᆞᆯ 희롱ᄒᆞ온 죄가 만 번 죽ᄉᆞ오나 앗가올 거시 업ᄉᆞᆸᄂᆡ다. 이러케 거즛말노 녯ᄌᆞ온 거시 부득이[不得已]ᄒᆞ와셔 ᄒᆞᆫ 거시오니, 죄ᄅᆞᆯ 용셔 ᄒᆞ옵시고 쇼ᄉᆡᆼ의 말ᄉᆞᆷ을 듯ᄌᆞ옵쇼셔.

〈문〉* "대감ᄭᅴ셔 ᄃᆡᆨ[宅]에 큰 일이 잇ᄉᆞᆸᄂᆞᆫ 거ᄉᆞᆯ 알아 계옵신잇가?"

〈답〉 "이 말이 괴이ᄒᆞ고나. 나ᄂᆞᆫ 과연 모ᄅᆞᆫ다. 네가**<63a>**알거든 밧비 말ᄒᆞ여라."

〈문〉 "대감ᄭᅴ셔 ᄃᆡᆨ에 잇ᄂᆞᆫ 여장신을 무어ᄉᆞ로 아옵시오?"

〈답〉 "사ᄅᆞᆷ이지 무어신고? 네 말이 이샹ᄒᆞ고나. 너ᄂᆞᆫ 무어ᄉᆞ로 아ᄂᆞ냐?"

〈문〉 "ᄅᆡ죵에 ᄌᆞ세이 알외올 터이오니, ᄌᆡ촉 마옵시오. 불구에 ᄃᆡᆨ에 큰 변이 나오면 방비ᄒᆞ올 법이 잇ᄉᆞᆸᄂᆞ잇가?"

〈답〉 "그 우엔 말이냐? 변이 잇ᄉᆞᆯ진대 엇지 방비ᄒᆞ지 아니 ᄒᆞ겟ᄂᆞ냐마ᄂᆞᆫ 온갖 일이 미리 알아야 방비ᄒᆞᄂᆞᆫᄃᆡ 아지도 못ᄒᆞᄂᆞᆫ 일을 엇지 방비ᄒᆞᆯ ᄉᆡᆼ각이나 두겟ᄂᆞ냐?"

〈문〉 "그러ᄒᆞ시겟ᄉᆞᆸᄂᆡ다. 여러 번 녯ᄌᆞᆸᄂᆞᆫ 거시 황송ᄒᆞ외다마ᄂᆞᆫ 마

---

* 원문에는 문으로 되어 있으나, 〈 〉표시는 구분을 위해 표시.

지 못ᄒᆞ와셔 이리 ᄒᆞ옵ᄂᆞᆫ거시오니 용셔ᄒᆞ옵쇼셔. 이번 ᄒᆡᆼᄎᆞ에 **<63b>**즁국 황상이 므슴 일을 하교[下教]ᄒᆞ실지 통촉ᄒᆞ옵시ᄂᆞ닛가?"

〈답〉 "그도 모ᄅᆞ기로 근심이 적지 아니ᄒᆞ다. 엇지 될ᄂᆞᆫ지 미리 알게 되면 됴켓다마ᄂᆞᆫ ᄒᆞᆯ 수 잇ᄂᆞ냐?"

〈문〉 "네가 모든 일을 슈상히 뭇기만 ᄒᆞ니, 필경 므슴 ᄀᆞᄅᆞ칠 일이 잇나보다마ᄂᆞᆫ 기ᄃᆞ리기가 밧부니 어서 말을 ᄌᆞ세이ᄒᆞ여셔 나의 답답ᄒᆞᆫ 가ᄉᆞᆷ을 여러 노하라. 무슴 됴ᄒᆞᆫ 일이 잇ᄂᆞ냐?"

〈답〉 "ᄯᅩ 모든 일의 됴코 됴치 아니 ᄒᆞ옴을 의론치 마옵시고 쇼ᄉᆡᆼ의 말ᄉᆞᆷ대로 ᄒᆞ옵실 터히면 엇지 대감 압희셔 ᄌᆞ셰히 아니 녯ᄌᆞ올 리가 잇ᄉᆞᆸᄂᆞ닛가?"

〈문〉 "네가 본ᄃᆡ 나와 수삼 ᄃᆡ**<64a>**ᄅᆞᆯ 별노 친ᄒᆞᆫ 집 ᄌᆞ식이라. 나와 너 두 ᄉᆞ이에 무어ᄉᆞᆯ 서로 숨겨셔 말을 못ᄒᆞ리오? 나도 네 ᄆᆞ음을 명ᄇᆡᆨ히 알거니와 내 집에 만일 흉ᄒᆞᆫ 일이 잇ᄉᆞ면 네가 힘써셔 내게 해ᄅᆞᆯ 면ᄒᆞ여 줄 줄 안다마ᄂᆞᆫ 즉금 이 몸이 바다 속에 ᄯᅧ 잇고 ᄯᅩ 국ᄉᆞ로 ᄆᆞ음이 편치 못ᄒᆞ야 말 못 되ᄂᆞᆫ 즁에 네가 이러틋 놀나온 말을 ᄒᆞ니, 내 ᄆᆞ음이 ᄀᆞᆺ기가돌과 쇠와 ᄀᆞᆺᄒᆞᆯ지라도 놀나기ᄅᆞᆯ 면치 못ᄒᆞᆯ지라. 그런고로 집에 잇ᄂᆞᆫ 여장신의 일과 즁국에 들어간 후에 무슴 일이 잇고 업ᄂᆞᆫ 거ᄉᆞᆯ 네가 다 아ᄂᆞᆫ 모양ᄀᆞᆺᄒᆞ니, 밧비 말**<64b>**ᄒᆞ여셔 내 ᄆᆞ음의 답답ᄒᆞᆫ 거ᄉᆞᆯ 시훤케ᄒᆞ여라."

〈답〉 "쇼ᄉᆡᆼ이 그런 일을 대감ᄭᅴ 아ᄅᆞ시게 아니려 ᄒᆞ오면 엇지 몬저 그 긔미[幾微]ᄅᆞᆯ 알외엿ᄉᆞ오릿가? 이 일이 다 즁대[重大]ᄒᆞ온 일이온즉 몬저 녯ᄌᆞ온 후에 과연 쇼ᄉᆡᆼ을 의심 ᄒᆞ옵시지 아니 ᄒᆞ옵서야 밋븜이 잇ᄉᆞᆸ고 밋븜[信]이 잇ᄉᆞ와야 일이 잘 되겟ᄉᆞᆸ기로 여러 번 말

ᄉᆞᆷ알외여 대감ᄭᅴ 불경[不敬]ᄒᆞ온 죄ᄅᆞᆯ 엇엇ᄉᆞ오니, 용서ᄒᆞ옵시기ᄅᆞᆯ ᄇᆞ라옵ᄂᆞ이다."

목정승이 이 말을 듯고 일변 놀나며, 일변 ᄎᆡᆨᄒᆞᄃᆡ,

"그 무ᄉᆞᆷ 말이냐? 내가 젼브터 너ᄅᆞᆯ<65a>의심ᄒᆞ고 밋지 아니ᄒᆞᆫ 일이 업ᄉᆞ니, 네가 엇지 나ᄅᆞᆯ 도로혀 이러틋 의심ᄒᆞ엿ᄂᆞ냐? 그러나 뎌러나 어서 말ᄒᆞ여라."

ᄒᆞ니, 왕우ㅣ 녯ᄌᆞ오ᄃᆡ,

"대감ᄃᆡᆨ에 잇ᄂᆞᆫ 여장신은 곳 송악산 밋 굴속에 잇던 수쳔 년 묵은 대망이온ᄃᆡ, 이놈이 졉귀[接鬼]ᄅᆞᆯ ᄒᆞ엿ᄉᆞᆸᄂᆞᆫ지 변화[變化]ㅣ 불측[不測] ᄒᆞ여 요술[妖術]노 셰상을 속이며 작란이 불쇼[不小] ᄒᆞ옵더니, ᄯᅳᆺ밧게 대감ᄃᆡᆨ에 와서 ᄯᅩ 작란ᄒᆞ려 ᄒᆞ온즉 쇼ᄉᆡᆼ이 비록 침작ᄒᆞ오나 그ᄯᅢ나 이ᄯᅢ나 갑ᄌᆞᆨ이 못 녯ᄌᆞᆸ기ᄂᆞᆫ 그놈이 밧게 드러나ᄂᆞᆫ 일은 아모리 비밀이 ᄒᆞ여도 쳔리ᄭᆞ지ᄂᆞᆫ 곳 압희셔 ᄒᆞᄂᆞᆫ 일ᄀᆞᆺ치 아옵고<65b>만일 제 몸에 해로온 ᄃᆞᆺᄒᆞᆫ 일이면 일만 못ᄒᆞ게 ᄒᆞ올 쁜이 아니오라 모진 해ᄅᆞᆯ 사ᄅᆞᆷ의게 ᄭᅵ치오니, 이러ᄒᆞ옴으로 이 ᄇᆡ가 쳔리 밧게 멀니 나오기ᄅᆞᆯ 기ᄃᆞ려셔 대감ᄭᅴ 녯ᄌᆞ오려ᄒᆞ와 감히 조샹 산소에 오노라 녯ᄌᆞᆸ고 대감을 속으시게 ᄒᆞ엿ᄉᆞᆸᄂᆡ다."

〈답〉"일이 이러ᄒᆞ여셔 속힌 거시야 무ᄉᆞᆷ 관계 잇겟ᄂᆞ냐?"

ᄒᆞ고 급히 ᄃᆞᆯ녀들어 왕우의 ᄉᆞᆫ을 잡고 말ᄉᆞᆷᄒᆞᄃᆡ,

"이 일이 이러ᄒᆞ면 무ᄉᆞᆷ 됴ᄒᆞᆫ 모ᄎᆡᆨ으로 그 놈을 죽일고? 내 집이 망ᄒᆞ고 아니 망키ᄂᆞᆫ 네 슈단[手段]에 ᄃᆞᆯ녓ᄉᆞ니, 나ᄅᆞᆯ 살녀다고. ᄯᅩ 그 쁜 아니라 이번 길에 즁<66a>국에 가셔 엇더케ᄒᆞ면 우리 나라이 빗나게ᄒᆞ여 군명[君命]을 욕되게 아니ᄒᆞ랴? 너ᄂᆞᆫ ᄇᆞᄃᆡ 앗기지 말고 ᄂᆞᆺᄂᆞᆺ치 ᄀᆞᄅᆞ쳐 이 늙은 무식ᄒᆞᆫ 속을 여러 주면 이런 큰 덕이 셰샹에 ᄯᅩ 잇ᄉᆞ랴? 이리ᄒᆞ면 네가 내게만 유공ᄒᆞᆫ 사ᄅᆞᆷ이 될 ᄡᅳᆫ 아니라 국가[國家]에도 큰 공을 엇ᄂᆞᆫ 거시니, 공사[公事]에 이런 크게 다ᄒᆡᆼᄒᆞᆷ이 잇겟ᄂᆞ냐? 어셔 어셔 밧비 말ᄒᆞ여라. 엇지ᄒᆞ면 그 놈의 화ᄅᆞᆯ 면ᄒᆞ며 ᄯᅩ우리 ᄯᅥ나온 ᄉᆞ이에 무ᄉᆞᆷ 작변[作變]이 업ᄉᆞ랴?”

〈답〉 “대감씌셔 너무 근심 마옵쇼셔. 녜로브터 요얼[妖孼]이 혹 작란ᄒᆞᆫ 일이 잇서도 다 저만 결단이 낫ᄉᆞ온 즉, 즉<66b>금인돌 다ᄅᆞᆯ 리가 잇습ᄂᆞ닛가? 쇼ᄉᆡᆼ이 혜아리오니, 대감씌셔 도라 ᄒᆡᆼᄎᆞ[行次] ᄒᆞ옵신 후에 그 놈이 장가들어셔 셰상이 제게 속ᄂᆞᆫ 모양을 보고져ᄒᆞ야 희롱ᄒᆞᆷ이오니, 념녀ᄒᆞ실 일이 아니올시다. 도모지 이제 대감씌서 즁국에 ᄒᆡᆼᄎᆞ ᄒᆞ옵시ᄂᆞᆫ 거시 도로혀 공ᄉᆞ[公私]에 다 크게 리로온 일이오니, 쇼ᄉᆡᆼ이 미리 치하[致賀]ᄅᆞᆯ 드리옵ᄂᆡ다.”

ᄒᆞ고 화평[和平]ᄒᆞᆫ 얼골노 반 우숨을 먹음어 보기에 무ᄉᆞᆷ 됴ᄒᆞᆫ 일이 곳 잇ᄂᆞᆫ ᄃᆞᆺᄒᆞᆫ지라. 목졍승이 이 거동을 보매 ᄆᆞᄋᆞᆷ이 취ᄒᆞᆫ ᄃᆞᆺ 밋친 ᄃᆞᆺᄒᆞ야 더옥 밧비 말ᄒᆞᆷ을 ᄌᆡ촉<67a>ᄒᆞ니, 왕우ㅣ 목졍승의 만분[萬分] 시급[時急]ᄒᆞ여 ᄌᆡ촉ᄒᆞᆷ을 보고 저ᄅᆞᆯ 진실이 밋ᄂᆞᆫ 줄을 알아 ᄇᆞᆰ히 녯ᄌᆞ오ᄃᆡ,

“이번에 즁국 황샹씌셔 됴션 ᄉᆞ신을 쳥ᄒᆞ시ᄂᆞᆫ 거ᄉᆞᆫ 다ᄅᆞᆷ이 아니오라 시험ᄒᆞ려 ᄒᆞ심이니 그 시험ᄒᆞᄂᆞᆫ 일은 대감씌셔 황샹씌 뵈옵ᄂᆞᆫ 날에 황샹씌셔 필경 두 가지로 무ᄅᆞ실 거시니, ᄒᆞᆫ 가지ᄂᆞᆫ 즁국에 돌노 ᄆᆞᆫᄃᆞᆫ ᄇᆡ가 업ᄉᆞ니 됴션국의셔 돌노 파셔 큰 ᄇᆡ ᄒᆞᆫ 쳑을 ᄆᆡᆫᄃᆞ러 오라 ᄒᆞ실 거시오, ᄒᆞᆫ 가지ᄂᆞᆫ 즁국에 혹 감을이[日子灾] 과ᄒᆞ면 즁국 디경을 업허 ᄒᆡ빗출 온젼이 가리올 ᄎᆞ일[遮日]이 업셔셔 한지[日子灾]ᄅᆞᆯ 방비ᄒᆞᆯ 수 업다 ᄒᆞ시고<67b>됴션국의셔 ᄎᆞ일 ᄒᆞ나ᄅᆞᆯ ᄆᆞᆫᄃᆞ러 즁국 디방을 일산[日傘, ᄒᆡ빗 가리오ᄂᆞᆫ 물건]과 ᄀᆞᆺ치 가리워 ᄒᆡ빗출 막게ᄒᆞ

여ᄃᆞᆯ나 ᄒᆞ실 거시니, 이 ᄃᆡ답을 못 ᄒᆞ옵시면 됴션에 욕되기 측량 업ᄉᆞ오니, 대감ᄭᅴ셔 엇지ᄒᆞ옵시려 ᄒᆞ옵시ᄂᆞ닛가?"

목졍승이 말을 듯고 더욱 놀나고 괴이히 넉여,

〈문〉 "만일 네 말 ᄀᆞᆺᄒᆞᆯ진대 이 ᄃᆡ답을 엇지ᄒᆞᆯ고? 아마도 내가 죽을 밧긔 다ᄅᆞᆫ 슈가 업겟다. 너ᄂᆞᆫ 엇지ᄒᆞ면 무ᄉᆞ히 될 법을 알터히니, 시훤이 말ᄒᆞ여라."

〈답〉 "사ᄅᆞᆷ의 ᄉᆡᆼᄉᆞ[生死] 화복[禍福]이 하ᄂᆞᆯ님ᄭᅴ ᄃᆞᆯ녀시니, 대감ᄭᅴ셔 이러틋시 겁히 근심ᄒᆞ옵실 일이 아**<68a>**니오니, 쇼ᄉᆡᆼ의 말ᄉᆞᆷ을 허탄ᄒᆞᆫ 말ᄉᆞᆷ으로 ᄇᆞ리지 마옵시면 ᄌᆞ연이 됴흔 일이 잇ᄉᆞ올터히오니, 통촉 ᄒᆞ옵쇼셔. 대강 알외옵ᄂᆞ이다. 대감ᄭᅴ셔 황샹을 뵈오면 쇼ᄉᆡᆼ이 즉금 말ᄉᆞᆷᄒᆞ온대로 하교ᄒᆞ실 터히오니 ᄃᆡ답ᄒᆞ옵시ᄃᆡ, 돌ᄇᆡ와 ᄎᆞ일을 ᄆᆞᆫᄃᆞ러 밧치기가 과히 어렵지 아니ᄒᆞ오ᄃᆡ 부죡ᄒᆞᆫ 물건도 잇ᄉᆞᆸ고 헤아리지 못ᄒᆞᆯ 것도 잇ᄉᆞ오니, 이ᄂᆞᆫ 다 즁국에 힘을 비러야 ᄒᆞ올터히오니 폐하[陛下] 셩의[陛下]에 엇더 ᄒᆞ옵실ᄂᆞᆫ지 하교[下教]ᄅᆞᆯ ᄇᆞ라옵ᄂᆞ이다 ᄒᆞ옵시면 필경 무어시 부죡ᄒᆞ며 무어ᄉᆞᆯ 헤아리지 못ᄒᆞᆯ 거시잇ᄂᆞ냐 ᄒᆞ실 거시니, ᄯᅩ ᄃᆡ답ᄒᆞ**<68b>**옵시ᄃᆡ 돌ᄇᆡ 짓기ᄂᆞᆫ 어렵지 아니ᄒᆞ오나 ᄇᆡ에 ᄃᆞᆺ줄이 업ᄉᆞ오면 못 쓸 터이온ᄃᆡ 이 ᄃᆞᆺ줄은 다ᄅᆞᆫ 거ᄉᆞ로 못 ᄒᆞ옵고 다만 즁국 ᄯᅡ헤 잇ᄂᆞᆫ 십리명ᄉᆞ[十里明沙]로 ᄃᆞᆺ줄을 ᄭᅩ아야 쓸 터히온ᄃᆡ 그 ᄃᆞᆺ줄 ᄭᅩᄂᆞᆫ 법도 본ᄃᆡ 즁국사ᄅᆞᆷ이 안다ᄒᆞ오니, 만일 그러케 아니ᄒᆞ오면 ᄇᆡᄅᆞᆯ 지으나 가저다가 밧칠 슈 업ᄉᆞ오며, ᄯᅩ 나무ᄇᆡ에ᄂᆞᆫ 나무와 ᄀᆞᆺᄒᆞᆫ 뉴의 물건으로 ᄃᆞᆺ줄을 ᄭᅩ오니 이 물건은 다 풀[草]이오니 풀ᄃᆞᆺ줄노 엇지 굿고 굿은 돌ᄇᆡᄅᆞᆯ 어거 ᄒᆞ겟ᄉᆞᆸᄂᆞ잇가? 이러ᄒᆞ온 연고로 ᄇᆡᄅᆞᆯ 가저다가 밧칠 슈단[手段]이 업ᄉᆞ옵고, ᄯᅩ 헤아릴 슈가 업다**<69a>**ᄒᆞ옴은 ᄇᆡ ᄒᆞ옵건대 됴선국 ᄀᆞᆾ ᄉᆞ오면 됴션사ᄅᆞᆷ이 그 동셔남북[東西南北]을 능히 혜아려셔 ᄒᆞ오려니와 샹국[上國]에 당ᄒᆞ온 일이야 이곳에 ᄉᆡᆼ장[生長]치 못 ᄒᆞ온 사ᄅᆞᆷ이 엇지 ᄌᆞ세히 다 알 슈가 잇ᄉᆞ오릿가? 그러ᄒᆞ온즉 폐하ᄭᅴ셔 ᄌᆡ조잇ᄂᆞᆫ 사ᄅᆞᆷ을 가려셔 즁국 동셔남북이 샹거[相距]가 얼마나 되오며 ᄌᆞ흐로[尺量] 자혀 동에셔 셔편은 몃 ᄌᆞ 몃 치[寸]며, 북에셔 남편은 몃 ᄌᆞ 몃 치가 되옵ᄂᆞᆫ지 ᄇᆞᆰ히 혜아려 주옵시면 ᄇᆡ와 ᄎᆞ일을 ᄆᆞᆫᄃᆞ러 밧치겟ᄉᆞ오니, 황숑ᄒᆞ오나 하교 ᄒᆞ옵시기를 ᄇᆞ라옵ᄂᆞ이다 ᄒᆞ옵시면 황샹이 이**<69b>**말슴을 듯ᄌᆞ오시고 됴션국에 됴흔 사ᄅᆞᆷ이 잇다ᄒᆞ시며 크게 칭찬ᄒᆞ신 후에 삼일 동안에 크게 잔치ᄒᆞ여 ᄃᆡ졉ᄒᆞ시고 금은[金銀]과 비단을 만히 ᄉᆞ송[賜送]ᄒᆞ실 거시니, 밧지 마옵시고 알외오대 쇼신이 셔촉 ᄯᅡ헤[西蜀, 今 四川] 므슴 요긴ᄒᆞᆫ 물건을 구ᄒᆞ려가 올 터이온ᄃᆡ 길에셔 각 디방관이 가지 못ᄒᆞ게 ᄒᆞ올 터이오니, 공문[公文] ᄒᆞᆫ 쟝을 주옵셔 셔촉에 가셔 물건을 구ᄒᆞ오면 텬은[天恩]이 더욱 망극[罔極] ᄒᆞ겟ᄉᆞᆸᄂᆡ라 ᄒᆞ시면 일뎡 윤허[允許]ᄒᆞ실 거시니, 그 공문을 가지시고 셔촉으로 가시면 아미산[峩嵋山]이 잇ᄉᆞ오니, 그 산을 믓ᄌᆞ옵셔 차ᄌᆞ 가옵**<70a>**시대 그 산 아래 강이 잇ᄉᆞ오니, 그 강을 건너 동편으로 오리 즈음 가시면 그ᄯᅢ가 ᄉᆞ월 초십일 셕양[夕陽]이 되옵고 그ᄯᅢ에 됴션옷 닙은 즁금이 와셔 대감ᄭᅴ 문안을 드릴 거시오니, 됴흔 말슴으로 그놈을 졉ᄃᆡ[接待]ᄒᆞ시고 쳥ᄒᆞ시ᄃᆡ 쳔년옹(응)[千年鷹]과 뢰화승[雷花繩]을 네게 구ᄒᆞ려 왓ᄉᆞ니 둘나 ᄒᆞ옵시면 그 즁이 두어 번 ᄉᆞ양ᄒᆞ다가 드릴 거시니 밧으시고, 그 셰젼으로 은 삼쳔 량을 주시면 그 즁이 ᄆᆡ우 ᄉᆞ양ᄒᆞ옵다가 밧고 그 후에 쇼싱의 말슴을 ᄒᆞ올 터이오니 그리 아옵고 다시 황샹ᄭᅴ 알현[謁見]ᄒᆞ시고 이리 오시면 쇼싱도 그ᄯᅢ에 여긔 와**<70b>**서 뵈올 터히오니 그ᄣᅢ에 ᄯᅩ 녯ᄌᆞ올 말ᄉᆞᆷ이 잇ᄉᆞᆸ기로 이리ᄒᆞ오니, 즉금 이 압 섬을 표 ᄒᆞ엿다가 쇼식이 일뎡 와서 등후[等候, 기ᄃᆞ리다] ᄒᆞ오리다."

ᄒᆞ고 인ᄒᆞ여,

"다ᄅᆞᆫ 사ᄅᆞᆷ의게 말ᄉᆞᆷ을 알니지 마옵쇼셔."

ᄒᆞ니, 목정승이 놀나셔 가ᄉᆞᆷ이 막힌 ᄃᆞᆺᄒᆞ다가 이 말을 드ᄅᆞ니 ᄅᆡ죵의 일이 잘 되고 못 되기ᄂᆞᆫ 오히려 버금이오, 위션[爲先] ᄆᆞ음이 열니고 정신이 샹쾌ᄒᆞ여 왕우의 등을 두ᄃᆞ리며 칭찬ᄒᆞᄃᆡ,

"내가 너ᄅᆞᆯ 내 집에 십여 년을 ᄒᆞᆫ가지로 거쳐 ᄒᆞ엿시ᄃᆡ, 이러ᄒᆞᆫ 큰 사ᄅᆞᆷ이오, 이샹ᄒᆞᆫ 사ᄅᆞᆷ인 줄을 몰낫고나. 내가 눈이 잇서도 눈에 동**<71a>**ᄌᆞ[瞳子]가 업ᄉᆞᆷ ᄀᆞᆺ도다. 너ㅣ 엇지 이러ᄒᆞᆫ ᄌᆡ조와 지혜ᄅᆞᆯ 가지고 마치 미련ᄒᆞᆫ 사ᄅᆞᆷᄀᆞᆺ치ᄒᆞ야 ᄒᆞᆫ 몸을 보존치 못ᄒᆞ고 내게 의탁ᄒᆞ여 곤욕[困辱]을 밧앗ᄂᆞ냐? 녜로브터 영웅[困辱]과 호걸[豪傑]이 ᄣᅢᄅᆞᆯ 만나 ᄌᆡ조ᄅᆞᆯ 셰샹에 드러내기 젼에ᄂᆞᆫ 빈궁ᄒᆞᆫ 이가 만ᄒᆞᆺ신즉 너도 그와 ᄀᆞᆺ고나. 네가 이러ᄒᆞᆫ 줄을 알앗더면 발서 너ᄅᆞᆯ 나라에 쳔거ᄒᆞ여 놉흔 벼ᄉᆞᆯ을 ᄒᆞ게 ᄒᆞ엿ᄉᆞ련마ᄂᆞᆫ 뉘가 너의 이러ᄒᆞᆫ ᄌᆡ덕[才德]이 잇ᄂᆞᆫ 줄을 알아시리오? 내가 이후에 다 네 말대로만 ᄒᆞᆯ 거시니, 엇지 달니 변ᄀᆡ[變改] ᄒᆞ겟ᄂᆞ냐? 우리 오ᄂᆞᆯ 섬에 ᄂᆞ려셔 조곰 쉬고 ᄅᆡ일 작별**<71b>**ᄒᆞᄌᆞ."

ᄒᆞ고 ᄇᆡᄅᆞᆯ 셤에 ᄃᆡ히고 ᄂᆞ려 ᄒᆡᆼ보[行步]ᄒᆞ며 략간 음식을 ᄆᆞᆫᄃᆞ러 일ᄒᆡᆼ이 먹고 밤을 지낸 후에 샹고의 ᄇᆡᄅᆞᆯ 엇어 왕우ᄅᆞᆯ 서울노 보내며 가ᄉᆞ[家事]ᄅᆞᆯ 부탁ᄒᆞ고 다시 이곳에셔 만나기ᄅᆞᆯ 긔약ᄒᆞ니, 서로 ᄯᅥ나ᄂᆞᆫ 졍이 슬프더라. 왕우ᄂᆞᆫ 서울노 와셔 여장신과 ᄒᆞᆫ가지로 글 지으며 바독 두어 그 ᄆᆞ음을 어ᄌᆞ럽게ᄒᆞ야 다ᄅᆞᆫ 일을 ᄉᆡᆼ각지 못ᄒᆞ게ᄒᆞ니, 그 놈이 비록 음흉[陰凶]ᄒᆞ고 ᄭᅬ 잇ᄂᆞᆫ 놈이나 왕우의 ᄯᅳᆺ을 모ᄅᆞ고

ᄀᆞ장 됴하ᄒᆞ여 제 ᄌᆞ최[흔적]ᄅᆞᆯ 셰상에 알 ᄉᆞᄅᆞᆷ이업ᄂᆞᆫ가 ᄒᆞ나 혹 ᄯᅩ 나타나 사ᄅᆞᆷ이 알가 두려워ᄒᆞ야 념**<72a>**녀ᄒᆞᄂᆞᆫ 고로 아모 노ᄅᆞᆺ[일이라]ᄉᆞᆯ 슈샹[殊常]ᄒᆞ게 아니ᄒᆞ고 다만 목정승이 도라온 후에야 작란 ᄒᆞ려 ᄒᆞ더라.

이ᄯᅢ에 목샹이 즁국에 득달[得達]ᄒᆞ여 황샹ᄭᅴ 뵈올ᄉᆡ, 황샹이 ᄇᆡᆨ관을 모ᄒᆞ시고 됴션국 ᄉᆞ신을 명초[命招]ᄒᆞ시니, 목태 들어가 ᄉᆞᄇᆡ고두[四拜叩頭]ᄒᆞ여 뵈온 즉, 황샹이 먼리 슈고롭게 옴을 위로[慰勞]ᄒᆞ시고 ᄇᆡ와 ᄎᆞ일을 말ᄉᆞᆷᄒᆞ시며 그 두 가지ᄅᆞᆯ 됴션국의셔 능히 지어 드리겟ᄂᆞ냐 ᄒᆞ시니, 목태 드ᄅᆞ매 왕우의 말이 과연 올흔지라. 다시 니러나 절ᄒᆞ고 왕우의 닐오던 말대로 낫낫치 ᄃᆡ답ᄒᆞ니, 황샹이 이 ᄃᆡ답을 드ᄅᆞ시**<72b>**고 일변[一邊] 놀나시며 일병 칭찬[稱讚]ᄒᆞ샤 ᄀᆞᆯ오샤ᄃᆡ,

“나ㅣ ᄉᆡᆼ각건대 됴션국이 쇼국[小國]인즉 별노 긔이[奇異]ᄒᆞᆫ 사ᄅᆞᆷ이 업ᄉᆞᆯ ᄃᆞᆺᄒᆞ나 ᄒᆞᆫ 번 시험코져ᄒᆞ야 너ᄅᆞᆯ 브ᄅᆞᆷ이러니, 이런 어려온 시험을 수히 ᄃᆡ답ᄒᆞ니, 뉘 쇼국에 이런 지혜 잇ᄂᆞᆫ 사ᄅᆞᆷ이 잇ᄉᆞᆯ 줄노 ᄉᆡᆼ각ᄒᆞ엿ᄂᆞ냐? 이 디방이 비록 크고 사ᄅᆞᆷ이 비록 만흐나 너ᄀᆞᆺᄒᆞᆫ 사ᄅᆞᆷ이 업ᄉᆞᆯ ᄃᆞᆺᄒᆞ도다. 실노 쇼국에 정승됨이 앗갑다마ᄂᆞᆫ 디방이 다르고 님ᄌᆞ가 각각 인즉 ᄒᆞᆯ 슈 업도다.”

ᄒᆞ시며, 다ᄅᆞᆫ 말ᄉᆞᆷ을 대강[大綱] 무ᄅᆞ시니, 목정승의 답쥬[答奏]가 흐ᄅᆞᄂᆞᆫ 물ᄀᆞᆺᄒᆞ야 일**<73a>**모 ᄒᆞ도록 말ᄉᆞᆷᄒᆞ매 곤흠을 ᄭᆡᄃᆞᆺ지 못ᄒᆞ시니, 만일 왕우의 ᄀᆞᄅᆞ침과 목태의 식견[識見]이 아니면 누가 능히 이러ᄒᆞ리오? 황샹이 ᄀᆞ만이 ᄉᆡᆼ각ᄒᆞ시니, 이젼[已前]의도 여러 번 됴션 ᄉᆞ신이 즁국에 와서 시험을 당ᄒᆞ야 크고 적은 일을 의론치 말고 별노 그ᄅᆞᆺ쳐 본 일이 업고 오히려 즁국의셔 무ᄉᆡᆨ[無色]ᄒᆞᆷ을 만난 ᄯᅢ가

죵죵[種種] 잇서셔 다시ᄂᆞᆫ 그런 일을 시작ᄒᆞ지 아니ᄒᆞ기로 별노 작뎡ᄒᆞᆫ 일은 업ᄉᆞᄃᆡ 작뎡ᄒᆞᆷ이나 다ᄅᆞᆯ 거시 업시ᄒᆞᆫ 일이 잇다ᄒᆞ더니 과연[果然]ᄒᆞ도다 ᄒᆞ시고 ᄯᅩ 다시 이런 일과 뎌런 일노 번복[飜覆]ᄒᆞ시매 일<73b>호[一毫]도 잘못ᄒᆞᄂᆞᆫ ᄃᆡ답이 업ᄉᆞ니, 황샹이 대희[大喜]ᄒᆞ샤 ᄇᆡᆨ관[百官]을 도라보시고 목졍승의 유식[有識]ᄒᆞᆷ을 칭찬ᄒᆞ시며 이제ᄂᆞᆫ 다시 무ᄅᆞᆯ 말이 업ᄉᆞ니, 됴션왕ᄭᅴ 신하 잘 둔 거ᄉᆞᆯ 하례ᄒᆞᄂᆞᆫ ᄯᅳᆺ으로 글월을 닷가 보내ᄃᆡ, 삼일 대연을 ᄇᆡ셜[排設]ᄒᆞ야 먼리 온 회포[懷抱]ᄅᆞᆯ 위로ᄒᆞ라 ᄒᆞ시고 됴회ᄅᆞᆯ 파[罷]ᄒᆞ시매 목샹이 물너나와 ᄀᆡᆨ관[客館]에 쉬니, ᄇᆡᆨ관이 ᄎᆞ례로 와서 보고 인ᄉᆞᄒᆞ며 로ᄌᆡ샹[老宰相]이 먼리 와셔 슈고ᄒᆞᆷ을 위로ᄒᆞ니, 목샹이 일일[一一]이 감샤ᄒᆞᆷ을 닐컷더라. 그렁 뎌렁 삼일 대연[大宴]을 지내고 류경[留京]ᄒᆞᆫ<74a>지 십여 일이 되매 왕우의 ᄀᆞᄅᆞ치던 말이 지금ᄭᆞ지 ᄒᆞ나도 어김이 업ᄉᆞᆫ즉 집에 잇ᄂᆞᆫ 여장신 놈의 일이 과연 올흔지라.이 일을 ᄆᆞᆫ득 ᄉᆡᆼ각ᄒᆞ니, 여장신을 시ᄀᆡᆨ으로 죽여 업시ᄒᆞᆯ ᄯᅳᆺ이 불ᄀᆞᆺ치 니러나ᄂᆞᆫ지라. 엇지 ᄒᆞᆫ ᄣᆡᄅᆞᆯ ᄎᆞᆷ으리오?

ᄒᆞ로ᄂᆞᆫ 례부샹셔[禮部尙書]ᄅᆞᆯ 가보니 샹셔ㅣ 말ᄒᆞᄃᆡ,

“어제 대궐에 들어간즉 황샹ᄭᅴ셔 금은[金銀]과 ᄎᆡ단[綵緞]을 대인ᄭᅴ ᄉᆞ송ᄒᆞ시니, 오ᄂᆞᆯ 호부[戶部]의셔 물건을 대인 계신ᄃᆡ로 보내오리다.”

ᄒᆞ거ᄂᆞᆯ 목졍승이 이 말을 듯고 쳔은[天恩]이 감격[감샤]ᄒᆞᆷ을 샤례ᄒᆞ며 말ᄉᆞᆷᄒᆞᄃᆡ,

“폐관[獘官]이 감히 알외올 말ᄉᆞᆷ이 잇ᄉᆞ오니, 용<74b>납ᄒᆞ시오릿가?”

샹셔ㅣ ᄃᆡ답ᄒᆞᄃᆡ,

“대인이 쳥ᄒᆞ시ᄂᆞᆫ 거ᄉᆞᆯ 엇지 ᄉᆞ양ᄒᆞ릿가? 말ᄉᆞᆷ ᄒᆞᄋᆞᆸ쇼셔.”

ᄒᆞ니, 목태 ᄌᆞ긔 집에 ᄉᆞ단[事端]을 대개 말ᄒᆞ며 셔촉에 가셔 물건을 엇어 가야 이 요괴[妖怪]ᄅᆞᆯ 업시ᄒᆞᆯ 줄을 ᄇᆞᆰ이 닐오며,

“만일 공문을 ᄒᆞ여 주시면 이 은혜가 금은을 ᄉᆞ송ᄒᆞ시ᄂᆞᆫ 은혜의셔 ᄇᆡᆨ비가 더ᄒᆞ오니, 이 ᄉᆞ연을 황샹ᄭᅴ 알외시고 물건은 도로 입고[入庫]ᄒᆞ시면 됴켓ᄉᆞᆸᄂᆞ이다.”

ᄒᆞ니, 샹셔ㅣ 이 말을 듯고 말ᄉᆞᆷᄒᆞᄃᆡ,

“이 일이 쉬올 ᄃᆞᆺ ᄒᆞ온 일인즉 념녀 말으시고 ᄅᆡ일을 기ᄃᆞ리ᄋᆞᆸ쇼셔.”

ᄒᆞ고 한담[閑談]ᄒᆞ**<75a>**다가 목졍승이 ᄀᆡᆨ관으로 나와 쉴ᄉᆡ, 과연 ᄉᆞ송ᄒᆞ신 물건이 왓ᄂᆞᆫ지라. 그 이튼날 입궐[入闕]ᄒᆞ여 물건 ᄉᆞ송ᄒᆞ심을 샤례ᄒᆞ며, 일변으로 밧지 아니ᄒᆞᆯ 줄노 알외고 공문을 주ᄒᆞᄂᆞᆫ 말ᄉᆞᆷ을 알외오려ᄒᆞᆯ제, 례부샹셔ㅣ 황샹ᄭᅴ 됴션ᄉᆞ신의 집일과 공문 구ᄒᆞᄂᆞᆫ 소이연[所以然]을 ᄌᆞ세히 알외니, 샹이 놀나시며 말ᄉᆞᆷ[玉音]을 ᄂᆞ리오샤 밧비 공문을 쓰라 ᄒᆞ시고 ᄉᆞ급[賜給]ᄒᆞᆫ 물건은 ᄉᆞ양치 말나ᄒᆞ시며 위로ᄒᆞ시ᄃᆡ,

“경[卿]이 칠십[七十] 로경[老境]에 이런 큰일을 당ᄒᆞ여셔 짐[朕]의 ᄇᆞᄅᆞᆷ으로 가ᄉᆞ[家事]ᄅᆞᆯ**<75b>**젼폐[全廢]ᄒᆞ고 들어왓시니, 진실노 두 나라에 듬은 사ᄅᆞᆷ이로다. 그러ᄒᆞ나 ᄌᆞ세히 알 슈 업ᄉᆞᄃᆡ 그 여장신이라 ᄒᆞᄂᆞᆫ 놈이 그러ᄐᆞ시 흉ᄒᆞᆯ진대 졸연이 졔어ᄒᆞ기 어려온 놈이라. 밧비 셔촉으로 가셔 물건을 구ᄒᆞ여 가지고 곳 와서 짐을 본 후에 밧비 도라가서 그 놈을 업시ᄒᆞ여 위ᄐᆡᆨᄒᆞᆷ을 면ᄒᆞ라.”

ᄒᆞ시니, 목태 텬은을 만만 샤례ᄒᆞ고 나와 공문을 차진 후 곳 길을 지촉ᄒᆞ여 셔촉으로 향ᄒᆞ니, 그 ᄆᆞ음에 근심ᄒᆞ고 밧바ᄒᆞᄂᆞᆫ ᄉᆞ졍은

ᄒᆞᆫ 붓ᄉᆞ로 긔록ᄒᆞ기 어렵도다.

여러 날을 ᄒᆡᆼᄒᆞ여**<76a>**셔촉에 와셔 아미산을 차저 그 밋헤 와보니, 과연 강이 잇ᄂᆞᆫ지라. 그 강을 건너온즉 동편으로 길이 잇ᄂᆞᆫ지라. 목태 ᄉᆡᆼ각ᄒᆞᄃᆡ,

'왕우ᄂᆞᆫ 진실노 긔이ᄒᆞᆫ 사ᄅᆞᆷ이로다. 이런 사ᄅᆞᆷ을 집에 두고도 그 ᄌᆡ조ᄂᆞᆫ 몰낫도다!'

ᄯᅩ ᄉᆡᆼ각ᄒᆞ니,

'오ᄂᆞᆯ이 ᄉᆞ월 초십일인즉 밧비 이 즁을 보아야 쓰겟다.'

ᄒᆞ고 ᄯᅩ 오리 즈음 가셔 ᄉᆞ면을 숣혀보니, ᄉᆡ와 물소래만 들니고 혹 노로와 사슴은 눈에 보이나 사ᄅᆞᆷ은 ᄒᆞ나도 뵈지 아니ᄒᆞ니, ᄆᆞᄋᆞᆷ에 십분[十分] 급ᄒᆞ여 근심ᄒᆞ더니, 홀연 아미산 남편으로셔 ᄒᆞᆫ 즁[僧]이 쳔쳔이 거러 목태ᄅᆞᆯ 향ᄒᆞ여 오거ᄂᆞᆯ 목태**<76b>**심히 깃버셔 압흐로 나아가며 ᄉᆡᆼ각ᄒᆞ니, 이젼에 왕우의 말대로 과연 셕양 ᄯᅢ라. 더옥 신긔히 넉이더라. 이ᄯᅢ에 그 즁이 목샹을 보고 황망[遑忙]이 절ᄒᆞ며 문안을 알외거ᄂᆞᆯ 목샹이 반가와 잠간 답례[答禮]ᄒᆞ고 말ᄉᆞᆷᄒᆞᄃᆡ,

"나ㅣ 만리ᄅᆞᆯ 신고ᄒᆞ여 여긔 옴은 나라 일도 위ᄒᆞᆷ이어니와 ᄯᅩᄒᆞᆫ 가ᄉᆞᄅᆞᆯ 위ᄒᆞ여 대ᄉᆞ[大師]ᄅᆞᆯ 만나고져ᄒᆞᆷ이러니, 대ᄉᆞㅣ 쳔만 ᄯᅳᆺ밧게 이리와셔 서로 만나니, 실노 우연ᄒᆞᆫ 일이 아니로다."

〈답〉 "대감ᄭᅴ셔 존즁[尊重]ᄒᆞ옵신 톄위[體位]로 이러ᄐᆞ시 먼ᄃᆡᄅᆞᆯ 왕림[枉臨] ᄒᆞ옵셔 비쳔[卑賤]ᄒᆞᆫ 이놈을 찻ᄌᆞ와 보옵시니, 쇼승[小僧]**<77a>**이 황송ᄒᆞ와이다."

ᄒᆞ고 목졍승을 인도ᄒᆞ여 됴ᄒᆞᆫ 반셕[盤石] 우희 안게ᄒᆞ고 말ᄉᆞᆷᄒᆞᆯ시 목졍승이 닐오ᄃᆡ,

"내가 너ᄅᆞᆯ 처음 보ᄂᆞᆫᄃᆡ 말ᄒᆞ기 어렵다마ᄂᆞᆫ 불가불 요긴ᄒᆞᆫ 말인즉 엇지 ᄒᆞᆯ 슈 업기로 ᄒᆞᄂᆞᆫ 거시니 허물치 말나."

ᄒᆞ고 왕우의 ᄀᆞᄅᆞ치던 쳔년응과 ᄯᅩ 뢰화승을 쳥ᄒᆞ니, 말슴이 ᄀᆞᆫ졀ᄒᆞ고 ᄯᅳᆺ이 슬픈지라. 이 즁이 말슴을 다 드른 후에 ᄭᅮ러 안저셔 녯ᄌᆞ오ᄃᆡ,

"대감 분부ᄅᆞᆯ 듯ᄌᆞ오니, ᄉᆞ셰가 말 못 되올 ᄲᅳᆫ 아니오라, 셰상에 그런 괴변이 잇ᄉᆞ오릿가? 녜로브터 요긔로온[妖] 거시 정대[正大]ᄒᆞᆫ 군ᄌᆞ[君子]ᄅᆞᆯ 해롭게 ᄒᆞ지 못ᄒᆞ옵고 도로혀 제 몸을**<77b>**해롭게 ᄒᆞ옵ᄂᆞᆫ 거시니, 뎌ㅣ 아모리 ᄌᆡ조가 잇ᄉᆞ온들 엇지 면ᄒᆞ오릿가? 일이 ᄒᆞᆫ 시각도 더딀 슈 업ᄉᆞ오니, 쇼승의 쳐소로 잠간 ᄒᆡᆼᄎᆞ ᄒᆞ옵시면 그 물건을 드릴 거시니 대감 존의[尊意]에 엇더 ᄒᆞ옵시닛가?"

목졍승이 크게 깃버ᄒᆞ야 샤례ᄒᆞ며 즁을 ᄯᆞ라 ᄒᆞᆫ 골작이[洞中]로 들어가니, 긔이ᄒᆞᆫ ᄭᅩᆺ과 이상ᄒᆞᆫ 풀이 좌우[左右]에 둘너잇고 보지 못 ᄒᆞ던 ᄂᆞᄂᆞᆫ ᄉᆡ며 긔ᄂᆞᆫ 즘승이 왕ᄅᆡ[往來]ᄒᆞ니, 진실노 셰상 ᄉᆞ이에 이샹ᄒᆞᆫ 곳이러라. 일리[一里] 즈음 들어가셔 보니 돌노 ᄆᆞᆫᄃᆞᆫ 집이 잇서 ᄆᆡ우 졍결[淨潔]ᄒᆞᆫᄃᆡ 그 즁이 그 집으**<78a>**으로[선행본이 있어 필사한 흔적] 쳥ᄒᆞ야 의ᄌᆞ[倚子]에 안게ᄒᆞᆫ 후에, "잠간 기ᄃᆞ리옵쇼셔." ᄒᆞ고 어ᄃᆡ로 가더니, 두 가지 물건을 가저다가 올니며 녯ᄌᆞ오ᄃᆡ,

"이 물건을 쓰신 후에 ᄃᆡᆨ 뒤동산에 사ᄅᆞᆷ이 업ᄂᆞᆫ ᄯᅢᄅᆞᆯ 기ᄃᆞ려 밤즁에 두옵시면 쇼승이 차저 올 도리가 잇ᄉᆞ오니, 사ᄅᆞᆷ을 부리와 이리 보내시지 마옵쇼셔."

ᄒᆞ거ᄂᆞᆯ 목졍승이 더옥 대희[大喜]ᄒᆞ여 여러 번 감샤ᄒᆞ고 은 삼쳔 냥을 주며 닐오ᄃᆡ,

"이거시 약쇼[弱小]ᄒᆞ나 밧으라."

ᄒᆞ니, 그 즁이 밧지 아니며 녯ᄌᆞ오ᄃᆡ,

"이만 거ᄉᆞᆯ 빌니며 엇지 셰젼을 밧ᄉᆞ오릿가? 셰샹 물건이 다 쓰이ᄂᆞᆫ 곳이 잇ᄉᆞ온즉 그 쓰일 곳으로 이 물건이 잠**<78b>**간 빌니여 가옵ᄂᆞᆫᄃᆡ 쇼승이 무ᄉᆞᆷ 힘드ᄂᆞᆫ 일이 잇ᄉᆞ와셔 이거ᄉᆞᆯ 밧ᄉᆞ오릿가?"
ᄒᆞ고 ᄉᆞ양ᄒᆞᄂᆞᆫ지라. 목정승이 ᄀᆞᆯ오ᄃᆡ,
"나ㅣ 이거ᄉᆞᆯ 셰젼으로 두ᄂᆞᆫ 거시 아니라, ᄆᆞ음과 졍[情]을 표ᄒᆞᄂᆞᆫ 거시니, ᄉᆞ양치 말고 밧으라."
ᄒᆞ니, 그 즁이 마지 못ᄒᆞ여 ᄉᆞ양ᄒᆞ다가 밧은 후에 녯ᄌᆞ오ᄃᆡ,
"귀ᄐᆡᆨ[貴宅]에 왕우가 업ᄉᆞᆸ더면 이 요괴[妖怪]ᄅᆞᆯ 졔어[制禦]ᄒᆞ지 못ᄒᆞ올 번 ᄒᆞ얏ᄉᆞᆸᄂᆡ다."
ᄒᆞ거ᄂᆞᆯ 목태 그제야 왕우의 ᄒᆞ던 말을 ᄊᆡᄃᆞᆺ고 무러 ᄀᆞᆯ오ᄃᆡ,
"왕우가 과연 말ᄒᆞᄃᆡ 여긔와셔 물건을 구ᄒᆞᆯ ᄶᅢ에 그 즁이 왕우의 말을 ᄒᆞ오리다 ᄒᆞ더니, 과연 네가 이 ᄉᆞᄅᆞᆷ을 알고 말ᄒᆞ**<79a>**니, 너ㅣ 엇지 왕우ᄅᆞᆯ 알며 네가 ᄯᅩ 즁국에 잇셔 됴션국 복식을 ᄒᆞ엿시니, 너ᄂᆞᆫ ᄯᅩ 엇더ᄒᆞᆫ ᄉᆞᄅᆞᆷ이냐?"
ᄒᆞ니, 그 즁이 녯ᄌᆞ오ᄃᆡ,
"이 일은 됴션국에 힝ᄎᆞ ᄒᆞ옵셔 요괴ᄅᆞᆯ 쇼멸ᄒᆞᆫ 후에 왕우ᄃᆞ려 무ᄅᆞ시면 알으실 거시오니, 즉금 급ᄒᆞ온 일을 당ᄒᆞ와 엇지 한가ᄒᆞᆫ 말ᄉᆞᆷ을 무르시릿가? 급히 여긔ᄅᆞᆯ ᄶᅥ나옵쇼셔."
ᄒᆞ거ᄂᆞᆯ 목태 ᄉᆡᆼ각ᄒᆞ니, 과연 올ᄒᆞᆫ지라. 인ᄒᆞ여 하직ᄒᆞ고 바로 황셩으로 와셔 황샹ᄭᅴ 뵈오니,황샹이 여러 날 더ᄃᆡ믈 닐오시고 고국으로 도라감을 ᄌᆡ촉ᄒᆞ시며 이후에 됴션국 ᄌᆞ문[諮問]ᄒᆞᆯ ᄶᅢ마다 평부[平否]ᄅᆞᆯ 무ᄅᆞ라**<79b>**라 ᄒᆞ시며 ᄯᅩ ᄀᆞᆯ오샤ᄃᆡ,
"경의 일이 급ᄒᆞ니, ᄅᆡ일노 ᄶᅥ나ᄃᆡ 다시 하즉ᄒᆞ지 말고 가라."
ᄒᆞ시고 ᄌᆞ문을 닷가주시니, 목태 텬은이 감샤ᄒᆞ옴을 닐ᄏᆞᆺ고 ᄉᆞ비[四

拜] 후에 궐문[闕門]에 나와 ᄀᆡᆨ관에 쉬고 밤에 힝쟝을 차려 이튼날 ᄯᅥ나니, ᄇᆡᆨ관이 나와 젼송ᄒᆞ더라. 물가에 나와 ᄇᆡ롤 타니, 됴흔 바ᄅᆞᆷ이 부러 칠팔 일만에 언약ᄒᆞᆫ 셤으로 오니, 왕우ㅣ 과연 미리 와서 기ᄃᆞ리다가 목졍승의 힝ᄎᆞ롤 만나니, 반갑고 반가와 밧비 맛져 셤에 ᄂᆞ릴ᄉᆡ, 목졍승이 왕우롤 보니 십여 년 리별ᄒᆞᆫ ᄌᆞ식보다 더옥 반가온 듯ᄒᆞᆫ지라.<80a>왕우ㅣ 례롤 맛치매 목졍승이 그 숀을 잡고, "그ᄉᆞ이 무고ᄒᆞ냐?" 뭇고 국가[國家]며 집일을 ᄌᆞ셰히 안 후에 죵용ᄒᆞᆫ 곳에 가셔 황샹이 뭇ᄂᆞᆫ 말ᄉᆞᆷ을 ᄃᆡ답ᄒᆞᆫ 일이며, 셔촉에 가셔 두 가지 물건 엇어온 말을 낫낫치 닐ᄋᆞ고,

"이거시 다 네가 아니면 엇지 이러틋 되엿ᄉᆞ리오?"

ᄒᆞ며 무수히 감샤ᄒᆞ니, 왕우ㅣ ᄯᅩᄒᆞᆫ 셩ᄉᆞ됨을 치하[致賀]ᄒᆞ고 녯ᄌᆞ오ᄃᆡ,

"이거시 다 대감ᄭᅴ셔 덕ᄒᆡᆼ이 만흐심으로 된 일이오니, 엇지 쇼ᄉᆡᆼ의게 공이 잇다 말ᄉᆞᆷ ᄒᆞ오시릿가? 불감[不敢]ᄒᆞ와이다."

ᄒᆞ고 인ᄒᆞ야 ᄒᆞ로밤을 여긔셔 더 지내고 이튼날 ᄇᆡ에 올나 경셩[京城]을 ᄇᆞ라고 향ᄒᆞ<80b>여 올제, 왕우ㅣ ᄯᅩ 말ᄉᆞᆷᄒᆞᄃᆡ,

"도모지 여긔 밧긔셔ᄂᆞᆫ 이 일을 다시 말ᄉᆞᆷ도 못 ᄒᆞ옵실 터이옵고 서울 들어간 후에 나라에셔 ᄇᆡᆨ관의게 하교ᄒᆞ시ᄃᆡ 목졍승이 먼리 가서 잘 ᄃᆞᆫ녀 왓ᄉᆞᆯ ᄲᅳᆫ 아니라 나라롤 빗나게 ᄒᆞ고 왓시니 큰 잔치롤 차리고 ᄇᆡᆨ관이 참예ᄒᆞ야 내가 위로ᄒᆞᄂᆞᆫ ᄯᅳᆺ을 뵈라 ᄒᆞ실 거시니, 그ᄯᅢ에 여러 ᄌᆡ샹이 모히실 거시오, ᄯᅩ 여장신 놈의 셩명을 모롤 ᄌᆡ샹이 업ᄉᆞ온즉 필경 보고져ᄒᆞ여 청ᄒᆞ올 거시니, 그ᄯᅢ에 여러 ᄌᆡ샹이 보시ᄂᆞᆫᄃᆡ셔 이놈을 죽이고, 그 일을 말ᄉᆞᆷᄒᆞ여야 명ᄇᆡᆨᄒᆞ올 거시니, 그ᄯᅢ에 무ᄉᆞᆷ 일<81a>이 잇서도 놀나시지 마옵시고 쇼ᄉᆡᆼ의 무ᄉᆞᆷ 일

을 ᄒᆞᄂᆞᆫ대로 맛겨 두옵시기ᄅᆞᆯ ᄇᆞ라ᄋᆞᆸᄂᆞ이다.”

ᄒᆞ니, 목태 닐오ᄃᆡ,

“네가 ᄒᆞᄂᆞᆫ 말과 일이야 무어술 내가 ᄉᆞ양 ᄒᆞ겟ᄂᆞ냐? 너ᄂᆞᆫ 너ᄒᆞ고 시븐대로 ᄒᆞ여라.”

ᄒᆞ고 이 말을 다시 입밧긔 내지 말기로 작뎡ᄒᆞᆫ 후에 여러 날 만에 경셩에 오니, ᄇᆡᆨ관이 나와 맛ᄂᆞᆫ지라. 피ᄎᆞ에 밧가이 보고 위션[爲先] 궐ᄂᆡ[闕內]에 들어가셔 샹ᄭᅴ 뵈오니, 샹이 반갑기 측량 업ᄉᆞ온지라. 밧비 뎐샹[殿上]에 올나 오라ᄒᆞ샤 갓갑게 안즈라 ᄒᆞ시고, 그 ᄉᆞ이 보지 못ᄒᆞ여 그리오시던 말ᄉᆞᆷ과 즁국에 들어가 문답ᄒᆞ던 ᄉᆞ연[事緣]**<81b>**을 무ᄅᆞ시니, 목졍승이 황샹의 무ᄅᆞ시던 일과 ᄃᆡ답ᄒᆞ던 ᄉᆞ연을 ᄌᆞ세히 알외며, ᄯᅩ 황샹의 ᄌᆞ문[諮問]을 올니니, 샹이 ᄌᆞ문을 밧드러 보시매,

“신하ᄅᆞᆯ 잘 두어 군명[君命]을 욕되이 아니ᄒᆞ니, 됴션국왕을 위ᄒᆞ여 하례ᄒᆞ노라.”

ᄒᆞ신 말ᄉᆞᆷ이라. 샹이 크게 깃거ᄒᆞ시ᄂᆞᆫ 즁 ᄯᅩ 알외ᄂᆞᆫ 말ᄉᆞᆷ을 드ᄅᆞ시니, 즐겁기 측량 업스샤 ᄀᆞᆯ오샤ᄃᆡ,

“경의 ᄌᆡ덕을 이왕에도 알앗거니와 이번에 이런 어려온 일을 능히 ᄃᆡ답ᄒᆞ여 내 ᄆᆞᄋᆞᆷ을 깃부게 ᄒᆞ고 나라ᄅᆞᆯ 빗내여 도라오니, 실노 렬셩됴[列聖朝]에 듬은 ᄌᆡ상이로다.”

ᄒᆞ시며 곳 령의졍[領議政]을 도도시고 호조[戶曹]로 금은[金銀]과 비단**<82a>**을 만히 ᄉᆞ송ᄒᆞ시며 삼일 후에 목샹의 집에 큰 잔치ᄅᆞᆯ 차리고 ᄇᆡᆨ관이 ᄒᆞᆫ가지로 가서 로대신[老大臣]이 먼리 ᄃᆞᆫ녀온 일 ᄲᅮᆫ 아니라, 나라에 큰 공을 셰운 치하로 다 참예ᄒᆞ야 즐기라 ᄒᆞ신 후 됴회[朝會]ᄅᆞᆯ 파ᄒᆞ시니, 목샹이 집에 도라오매 부인이며 친쳑이 마저 즐기

ᄂᆞᆫ 거동이 가히 다른 사ᄅᆞᆷ으로써 ᄯᅩᄒᆞᆫ 즐겁게 ᄒᆞ더라. 여장신 놈이 ᄀᆞ장 반가온 톄ᄒᆞ야 밧비 나와 절ᄒᆞ고, ᄀᆡ운을 뭇ᄌᆞ오니, 목졍승이 거ᄌᆞᆺ 반기ᄂᆞᆫ 톄ᄒᆞ여 됴흔 말노, “그 ᄉᆞ이 평안ᄒᆞᆷ을 깃부다.” ᄒᆞ고 이말 뎌말노 문답ᄒᆞ매, 이놈이 더욱 됴하ᄒᆞ여 제 ᄉᆞ졍을 즉금도 모ᄅᆞᄂᆞᆫ<82b>줄노 아니, 왕우ㅣ 겻헤 잇서셔 은근이 웃더라. 얼마 아니되여 나라에셔 ᄉᆞ찬[賜饌]을 만히 봉ᄒᆞ여 보내샤 잔치ᄒᆞᆯ ᄯᅢ에 쓰게ᄒᆞ시니, 목졍승이 만만 칭샤[稱謝]ᄒᆞ고 인ᄒᆞ여 왕우ᄅᆞᆯ 블너 잔치ᄅᆞᆯ 차리게ᄒᆞ니, 이 잔치ᄂᆞᆫ 실노 처음으로 보ᄂᆞᆫ 큰 잔치라. 십만 냥 은을 엇지 앗기리오? 왕우ㅣ 급히 모든 하인을 분부ᄒᆞ여 각ᄉᆡᆨ[各色] 물건을 예비ᄒᆞ여 삼일 안헤 군ᄉᆡᆨ[窘塞]ᄒᆞᆷ이 업ᄉᆞ니, 가히 그 쥬션[周旋]ᄒᆞᆷ이 ᄲᅡᄅᆞ믈 알너라. 잔치날이 다다르매 목졍승이 ᄌᆞ리ᄅᆞᆯ ᄎᆞ례로 뎡ᄒᆞ고 ᄇᆡᆨ관을 맛저 어악[御樂]을 치며 ᄒᆡᆼ쥬[行酒]ᄒᆞ니, 이ᄯᅢ에 다만 잔치에 참예ᄒᆞᄂᆞᆫ<83a>ᄌᆡ샹 ᄲᅳᆫ 아니라, 각 집 하인들과 원근[遠近]에서 온 구경ᄒᆞᄂᆞᆫ 사ᄅᆞᆷ이 몃 쳔 명[幾千名]인지 알니오? 춤추며 노래 브ᄅᆞᄂᆞᆫ 기ᄉᆡᆼ과 ᄌᆡ조ᄒᆞᄂᆞᆫ 광대 놈이 각각 제 힘과 쟝기[長技]ᄭᅥᆺᄒᆞ야 즐김을 도으니, 진실노 쟝[壯]ᄒᆞᆫ 노름이러라. 이ᄯᅢ에 왕우ㅣ ᄀᆞ만이 ᄒᆞᆫ 곳에 안저셔 구경ᄒᆞ며 여장신 놈을 목졍승과 언약ᄒᆞᆫ 대로 이 잔치날 죽이려ᄒᆞ야 ᄉᆡᆼ각ᄒᆞ더니, ᄒᆞᆫ ᄌᆡ샹이 술이 반취[半醉]ᄒᆞ여 목졍승ᄭᅴ 쳥ᄒᆞᄃᆡ,

“듯ᄉᆞ오니 대감ᄃᆡᆨ에 ᄀᆡ이ᄒᆞᆫ ᄋᆞᄒᆡ 잇서셔 대감이 사회ᄅᆞᆯ 삼ᄂᆞᆫ다 ᄒᆞ오니, 그 ᄋᆞᄒᆡᄅᆞᆯ 나오라ᄒᆞ여 보게ᄒᆞ시면 엇더 ᄒᆞ오릿가?”

목태 ᄃᆡ답ᄒᆞ고 하인으로 여장신을 블너, 나<83b>오라 ᄒᆞ니, 이놈이 어ᄃᆡ 숨어셔 잔치ᄅᆞᆯ 구경ᄒᆞ다가 목졍승의 브ᄅᆞᆷ을 듯고 곳 나와 좌즁[座中]에 셔니, 목졍승이 여러 ᄌᆡ샹ᄭᅴ 절ᄒᆞ야 뵈오라 ᄒᆞ니, 이놈이 공순이 절ᄒᆞ며 ᄎᆞ례로 뵈올ᄉᆡ, 모든 ᄌᆡ상이 이놈의 얼골과 동지[動止]ᄅᆞᆯ 보니 진실노 보든 바에 처음이라. 다 놀나며 목졍승ᄭᅴ 득인[得人] 잘 ᄒᆞᆷ을 치하ᄒᆞ며 그 ᄌᆡ조ᄅᆞᆯ 시험ᄒᆞ려ᄒᆞ여 글을 지으라 ᄒᆞ니, ᄒᆞᆫ ᄀᆡᆨ[一刻] ᄉᆞ이에 이삼십 귀 글을 짓ᄂᆞᆫᄃᆡ, 그 글이 녯적 문쟝[文章]이라도 밋지 못ᄒᆞᆯ지라. 만좌[滿座] 졔ᄀᆡᆨ[諸客]이 뉘 아니 칭찬ᄒᆞ리오? 목졍승은 것[外]흐로 됴ᄒᆞᆫ 모양으로 여러 ᄌᆡ상의 치하ᄅᆞᆯ 밧으나 속**<84a>**으로ᄂᆞᆫ 닝쇼[冷笑]ᄒᆞ더라. 이러케 즐기며 노니[遊], 엇지 ᄒᆡ가 느졋시믈 알니오? 낫이 지나가고 임의 신시[申時]라. 왕우ㅣ 그제야 이놈의게 무슴 법을 ᄒᆡᆼᄒᆞ니, 이놈이 무어ᄉᆞ로 결박[結縛]ᄒᆞᆫ 것과 ᄀᆞᆺ치 ᄉᆞ지[四肢]ᄅᆞᆯ 쓰지 못ᄒᆞ고 누가 구을니ᄂᆞᆫ[轉] ᄃᆞ시 스ᄉᆞ로 뜰 가온ᄃᆡ 업드러저셔 소ᄅᆡ 지ᄅᆞᄃᆡ, 온 몸이 모다 ᄋᆞᆲ흐고나.

"ᄋᆡ고 죽겟고나! 이ᄅᆞᆯ 엇지ᄒᆞᆯ고? ᄋᆡ고 머리야! ᄋᆡ고 허리야! ᄋᆡ고 ᄑᆞᆯ이야! ᄋᆡ고 다리야! ᄋᆞᆲ흐기도 몹시 ᄋᆞᆲ흐다!"

ᄒᆞ며 온몸을 조곰도 움즉이지 못ᄒᆞ고 죽을 ᄃᆞᆺᄒᆞᆫ지라. 모든 손님이 이 거동을 보고 서로 도라보며 말ᄒᆞᄃᆡ,

"괴이ᄒᆞᆫ 일이로다. 이 ᄋᆞ희**<84b>**가 즉금으로 변ᄒᆞ야 죽을 모양이 되니, 이런 괴이ᄒᆞᆫ 일이잇ᄂᆞᆫ가?"

ᄒᆞ고 쥬인 대감을 보니, 목졍승의 거동이 이거ᄉᆞᆯ 보고 별노 걱졍이 업서 우ᄉᆞ며 말ᄒᆞᄂᆞᆫ 거시 평샹ᄒᆞᆫ지라. 몬저 ᄋᆞ희ᄅᆞᆯ 보려ᄒᆞ여 청ᄒᆞ던 ᄌᆡ상이 더옥 괴이히 넉여 압헤 갓가이 안지며브ᄅᆞᄃᆡ,

"이 대감 내 말을 들어보시오. 오ᄂᆞᆯ 보니 대감이 대단이 이샹[異常]ᄒᆞ시오. 뎌 ᄋᆞ희가 졸디에 죽을 병이 들어서 ᄉᆞ경[死境]에 니ᄅᆞ럿거ᄂᆞᆯ 대감은 본 톄도 아니ᄒᆞ시고 태연이 계시니 그 우엔 일이시오? 밧비 청심원[淸心元]이나 소합환[蘇合丸]이나 몃 ᄀᆡ던지 먹이시오. 뎌러케 알타가ᄂᆞᆫ ᄒᆞᆫ 시 안헤 죽겟쇼. 어서<85a>밧비 먹이시오. ᄯᅩ 드ᄅᆞ니 셩 밧긔 사ᄂᆞᆫ 니의[李醫]라 ᄒᆞᄂᆞᆫ 사ᄅᆞᆷ이 당시[當時] 명의[名醫]라 ᄒᆞ니, 밧비 블너보시오."

ᄒᆞ며 권ᄒᆞ니, 목졍승이 우ᄉᆞ며 ᄃᆡ답ᄒᆞᄃᆡ,

"대감의 말ᄉᆞᆷ이 괴이ᄒᆞ지 아닌 말ᄉᆞᆷ이오마ᄂᆞᆫ 너무 걱졍 말으시고, 이 술이나 두어 잔 더 잡ᄉᆞ오시고, 그 일은 나ㅣ 알아 쳐치ᄒᆞᆯ 거시니 그만 계시오. 하ᄂᆞᆯ의도 측량치 못ᄒᆞᆯ 바람과 비가 졸디에 잇고 만승지위[萬乘之位]에 계신 황뎨[皇帝]도 졸디에 큰 병이 나ᄂᆞᆫᄃᆡ, 조고마ᄒᆞᆫ 범인[凡人]이 엇지 졸디에 병이 잇ᄉᆞᆫ들 그ᄃᆞ지 놀나셔 오ᄂᆞᆯ 나라에셔 주신 귀ᄒᆞᆫ 잔ᄎᆡᄅᆞᆯ 맛업시 지내릿가?"

ᄒᆞ고 하인을 블너 분부ᄒᆞᄃᆡ,

"뎌 도령님인지 무어신지 오ᄂᆞᆯ<85b>잔ᄎᆡ 음식을 탐ᄒᆞ여 먹고 체증[滯症]이 나셔 여러 위 ᄌᆡ샹 압헤셔 실례[失禮]ᄒᆞ니, 그 무ᄉᆞᆷ 톄면[體面]이냐? 뎌러ᄐᆞᆺᄒᆞᆫ 급ᄒᆞᆫ 병에 엇지 의원을 청ᄒᆞ겟ᄂᆞ냐? 체증병에ᄂᆞᆫ 누가 말ᄒᆞ기ᄅᆞᆯ 황금탕[黃金湯, ᄯᅩᆼ을 ᄂᆡᆼ슈에 셧근 것]이 뎨일 됴타ᄒᆞ더라. 뒤간[厠] 겻헤 ᄭᅳ어다가 노코 급히 ᄯᅩᆼ물이나 ᄒᆞᆫ 그ᄅᆞᆺ 먹이거나 말거나 ᄒᆞ여라. 그 모양보기 슬타."

ᄒᆞ니, 하인이 분부ᄅᆞᆯ 듯고 마지 못ᄒᆞ여 ᄭᅳ어가려고 ᄒᆞᆯ제 약 먹이기ᄅᆞᆯ 권ᄒᆞ던 ᄌᆡ샹이 우스며 급히 만류[挽留]ᄒᆞ여 ᄀᆞᆯ오ᄃᆡ,

"이 대감아, 나ㅣ ᄉᆡᆼ각ᄒᆞᆫ즉 ᄃᆡᆨ[宅]에 약이 적지 아니ᄒᆞᆯ ᄃᆞᆺᄒᆞ고, ᄯᅩ 이번 즁국에셔도 별약을 가저 왓ᄉᆞᆯ ᄃᆞᆺᄒᆞ거ᄂᆞᆯ 엇지ᄒᆞ<86a>여 쳔인[賤人]과 ᄀᆞᆺ치 이런 샹약[常藥]을 먹이려 ᄒᆞ시오? 아마도 망녕이시오."

ᄒᆞ니, 목졍승이 머리ᄅᆞᆯ 흔들며 닐오ᄃᆡ,

"대감이 ᄌᆞ긔[自己] 망녕은 ᄭᆡᄃᆞᆺ지 못ᄒᆞ시고 도로혀 나ᄃᆞ려 망녕이라고 ᄒᆞ시니, 가히 민망ᄒᆞᆫ 일이오. 병이 급ᄒᆞᆯ진대 아모 거시라도 먹고 나흐면 쾌ᄒᆞᆫ 일이어ᄂᆞᆯ 엇지 약 ᄌᆡ료의 놉고 ᄂᆞ즘으로 귀ᄒᆞ고 쳔ᄒᆞᆷ을 분별ᄒᆞ릿가? 대감ᄭᅴ셔ᄂᆞᆫ 만일 큰병이 잇ᄉᆞ면 ᄒᆞᆫ 쳡 약에 쳔 량[千兩] 만 량[萬兩]ᄒᆞᄂᆞᆫ 약만 ᄌᆞ시고, ᄒᆞᆫ 텹에 오 푼[五分] 륙 푼ᄒᆞᄂᆞᆫ 약은 병이 나흐실지라도 아니 잡ᄉᆞ오실 터히오닛가?"

ᄒᆞ니, 그 ᄌᆡ상이 ᄃᆡ답ᄒᆞᄃᆡ,

"늙으니가 그 ᄋᆞᄒᆡᄅᆞᆯ 위ᄒᆞ여 말 ᄒᆞᆫ마ᄃᆡ ᄒᆞ엿**<86b>**더니, 대패[大敗] ᄒᆞ엿고!"

ᄒᆞ고 우ᄉᆞ니, 좌즁[座中] ᄇᆡᆨ관[百官]이 다 웃고 쥬인 대감도 ᄯᅩᄒᆞᆫ 웃ᄉᆞ며 말ᄒᆞᄃᆡ,

"나와 대감과 서로 친ᄒᆞᆷ이 두터온 연고로 말을 쇼심치 아니ᄒᆞ고 불경[不敬]이 ᄒᆞ엿ᄉᆞ오니 용셔ᄒᆞ쇼셔. 우리 조곰 싸ᄒᆞᆫ 모양ᄀᆞᆺᄒᆞᆯ ᄲᅮᆫ 아니라, 내가 잘못ᄒᆞ엿ᄉᆞᆫ즉 화목ᄒᆞᄂᆞᆫ ᄇᆞ람으로도 술을 먹으려니와 겸ᄒᆞ야 벌쥬[벌쥬ᄂᆞᆫ 벌 ᄃᆡ신으로 밧치ᄂᆞᆫ 술]로 밧칠 터히니, 이 술 ᄒᆞᆫ 잔 잡ᄉᆞ오시오."

ᄒᆞ고 권ᄒᆞ니, 이 ᄌᆡ상이 ᄯᅩᄒᆞᆫ 크게 우ᄉᆞ며 술을 ᄉᆞ양치 아니코 먹은 후 ᄀᆞᆯ오ᄃᆡ,

"대감이 늙엇서도 쇼시 적의 풍태[風態]가 지금도 잇서셔 ᄌᆞ미[滋味]로온 슈작[酬酌]이 만쇼 그려."

ᄒᆞ고 ᄌᆞ가도 술**<87a>**을 드러 권ᄒᆞᆯ ᄌᆞ음에 ᄯᅳᆯ에셔 큰 소래 벽녁ᄀᆞᆺ치 나며 ᄭᅮ지ᄌᆞᄃᆡ,

"오ᄂᆞᆯ 이 잔ᄎᆡ가 나ᄅᆞᆯ 죽이려 ᄒᆞᄂᆞᆫ 잔ᄎᆡ로고나! 이놈 왕우야! 네가 나ᄅᆞᆯ 뢰화승으로 결박ᄒᆞ여 움즉이지 못ᄒᆞ게 ᄒᆞᄂᆞᆫ고나! 나ㅣ 오

ᄂᆞᆯ 잔치에 졍신을 온젼이 써서 너 놈의 작간[作奸]ᄒᆞᄂᆞᆫ ᄶᅬᄅᆞᆯ ᄶᅵᄃᆞᆺ지 못ᄒᆞᆫ 거시 큰 한[恨]이로다. 여긔 모힌 사ᄅᆞᆷ 즁에 아모라도 나ᄅᆞᆯ 위ᄒᆞ여 왕우 놈을 일만 조각으로 ᄶᅳ저죽이고 나ᄅᆞᆯ 구ᄒᆞ면 나의 평ᄉᆡᆼ[平生] 비ᄒᆞᆫ ᄌᆡ조ᄅᆞᆯ ᄀᆞᄅᆞ쳐서 세샹에 당ᄒᆞᆯ 사ᄅᆞᆷ이 업게ᄒᆞᆯ 터히니, 나ᄅᆞᆯ 구ᄒᆞ여 주옵쇼셔."

ᄒᆞ니, 그 소릐 마치 산히 문허지고 바다히 뒤집히ᄂᆞᆫ ᄃᆞᆺᄒᆞ**<87b>**여 귀 막힌 사ᄅᆞᆷ도 능히 드ᄅᆞᆯ ᄃᆞᆺᄒᆞᆫ지라. 모든 ᄌᆡ샹이 이 소릐ᄅᆞᆯ 듯고 졍신이 어ᄌᆞ러워 능히 말을 못ᄒᆞ다가 진뎡[鎭定]ᄒᆞ여 보니, 그 병든 ᄋᆞ희놈의 소릐라. 다 겁이 나서 눈을 크게 ᄯᅳ고 목태ᄅᆞᆯ 향ᄒᆞ여 연고ᄅᆞᆯ 무ᄅᆞ니, 목태 손을 흔들며 ᄀᆞᆯ오ᄃᆡ,

"나ᄂᆞᆫ ᄌᆞ세히 모ᄅᆞ니, 여러분은 다 아즉 평안이 잇서셔 동졍[動靜]을 보옵ᄉᆡ다."

ᄒᆞ니, 여러 ᄌᆡ샹이 다 대경쇼괴[大驚小怪. 크게 놀나 괴이히 넉이다 말]ᄒᆞ여 아모리 ᄒᆞᆯ 줄을 모ᄅᆞ다가 그 즁에 담[膽] 큰 ᄌᆡ샹 ᄒᆞ나히 ᄯᅩ 무ᄅᆞᄃᆡ,

"왕우ㅣ라 ᄒᆞᄂᆞᆫ 사ᄅᆞᆷ은 엇더ᄒᆞᆫ 사ᄅᆞᆷ이며, 뢰화승으로 동혀ᄆᆡ다 말은 엇진 말이며, 평ᄉᆡᆼ 비ᄒᆞᆫ ᄌᆡ조ᄅᆞᆯ ᄀᆞᄅᆞ치다 말**<88a>**이며, ᄯᅩ 그 말소릐가 벽녁소릐에 지난 ᄃᆞᆺᄒᆞ니, 도모지 괴이ᄒᆞᆫ일인즉 우리가 여긔 오래 잇다가 만일 무ᄉᆞᆷ 됴치 아니ᄒᆞᆫ 일이 잇ᄉᆞ면 오히려 ᄲᆞᆯ니 각각 집으로 도라가ᄂᆞᆫ 이만 ᄀᆞᆺ지 못ᄒᆞ리다."

ᄒᆞ거ᄂᆞᆯ 목졍승이 ᄀᆞ만이 ᄉᆡᆼ각ᄒᆞ니,

'이놈의 일이 필경 왕우가 젼 언약대로 여러 사ᄅᆞᆷ이 모힌 ᄣᅢ에 ᄌᆡ조ᄅᆞᆯ 부려 이놈을 죽여셔 세샹이 다 알게ᄒᆞ여 내 ᄯᆞᆯ의 압일을 편케ᄒᆞ려ᄒᆞᆷ이니, 도모지 왕우ᄅᆞᆯ 블너 여러 사ᄅᆞᆷ 압헤셔 뎌 놈을 명ᄇᆡᆨ히 알게ᄒᆞ고 업시ᄒᆞᆯ 만 ᄀᆞᆺ지 못ᄒᆞ다.'

ᄒᆞ고 쳥ᄒᆞᄃᆡ,

"여러 위 로형은 너무 놀나시지 말고 좀간 기ᄃᆞ려 죵말[終末]을 보시ᄂᆞᆫ 거시 됴흘 ᄃᆞᆺᄒᆞ니, 조곰 기ᄃᆞ리시**<88b>**오."

ᄒᆞ고 하인을 분부ᄒᆞ여 왕우ᄅᆞᆯ 부ᄅᆞ니, 왕우ㅣ 그 ᄯᅳᆺ을 알고 밧비 나오니, 목태 여러 ᄌᆡ샹씌 뵈오라 ᄒᆞ니, ᄌᆡ샹들이 무ᄅᆞᄃᆡ,

"그 뉘시오?"

ᄒᆞ니, 목졍승이 왕우의 ᄃᆡ신으로 그 조샹[祖上] ᄅᆡ력[來歷]이며, 그 빈궁ᄒᆞᆫ ᄐᆞᆺᄉᆞ로 나히 이십이 지나도록 쟝가도 못 들고 ᄌᆞ가[自家]의 집에 의탁ᄒᆞᆫ 줄과 그 셩명을 말ᄒᆞ니, ᄌᆡ샹들이 답례ᄒᆞ고 그 ᄋᆞᄒᆡ놈이 왕우의 셩명을 브ᄅᆞ며 한ᄒᆞᄂᆞᆫ 일을 무ᄅᆞ려 ᄒᆞᆯ제, 그 ᄋᆞᄒᆡ놈이 왕우ᄅᆞᆯ 보더니, ᄯᅩ 크게 소ᄅᆡ질너 왈,

"네가 뢰화승으로 나ᄅᆞᆯ 결박[結縛] ᄒᆞ엿시나 만일 쳔년웅이 업ᄉᆞ면 너ㅣ 비록 일 쳔 년을 사라도 나ᄅᆞᆯ 죽이든 못ᄒᆞ**<89a>**리라. 나ㅣ 즉금 비록 반[半]은 죽게 되엿셔도 너ᄅᆞᆯ 과히 두려워ᄒᆞ지 아니ᄒᆞᆫ다마ᄂᆞᆫ 네가 심ᄉᆞ[心事]가 부졍[不精]ᄒᆞ여 무죄ᄒᆞᆫ 나ᄅᆞᆯ 해ᄒᆞ려 ᄒᆞ니, 가통! 가통이로다! 나ㅣ ᄉᆞ방에 널니 ᄃᆞᆫ닐 ᄯᅢ에 별노 나ᄅᆞᆯ 항거[抗拒]ᄒᆞᆯ 놈이 업더니, 너ᄂᆞᆫ 우엔 놈이건대 감히 나ᄅᆞᆯ 이러케 욕을 보이ᄂᆞ냐? 너ㅣ 나ᄅᆞᆯ 급히 노흐면 내 곳으로 도라가고 네 목숨을 보존케 ᄒᆞ려니와 그러치 아니면 나ㅣ 너ᄅᆞᆯ 만 조각에 내여 죽이리라."

ᄒᆞ거ᄂᆞᆯ 모든 ᄌᆡ샹과 구경ᄒᆞᄂᆞᆫ 쟈ㅣ 이 말을 듯고 더욱 의심ᄒᆞ여 일ᄉᆞᆺ출 보려ᄒᆞ니, 엇지 도라가리오? 왕우ㅣ 이 말을 듯고 ᄂᆡᆼ쇼[冷笑]ᄒᆞ며 여러 ᄌᆡ샹 압헤 ᄭᅮᆯ어 안저서**<89b>**죵용이 말ᄉᆞᆷᄒᆞᄃᆡ,

"뎌놈이 쇼ᄉᆡᆼ을 한ᄒᆞ여 욕ᄒᆞᄂᆞᆫ ᄉᆞ단은 갑자기 다 녯ᄌᆞ올 슈 업ᄉᆞ올 ᄲᅳᆫ 아니라, ᄯᅩ 그 놈의 긔운이 감치 아니 ᄒᆞ엿ᄉᆞ온즉 무ᄉᆞᆷ 변이

잇ᄉᆞᆯ지 모ᄅᆞ오니, 좀간 기ᄃᆞ리옵시면 그 진위[眞僞]ᄅᆞᆯ 알으실 터이오니, 쇼싱의 ᄒᆞᄂᆞᆫ 일을 보옵쇼셔."

ᄒᆞ고 곳 물너 나와 그 놈의 압헤 서셔 ᄉᆞᄆᆡ[袖, 소ᄆᆡ]ᄅᆞᆯ 열며 그 속에 잇ᄂᆞᆫ 쳔년응을 뵈니, 그놈이 이거ᄉᆞᆯ 보더니 무서워ᄒᆞ야 온 몸을 ᄯᅥᆯ며 크게 우니, 그 소ᄅᆡ 웅장ᄒᆞ여 그 근쳐[近處]에 ᄋᆞ히빈 녀인[孕婦]이 락ᄐᆡ[落胎]ᄒᆞᆫ 이 만터라. 좌즁[座中]이 그 흉ᄒᆞᆫ 소ᄅᆡᄅᆞᆯ 듯고 더옥 괴이히 넉여 갓가이 와서 ᄌᆞ세히 볼ᄉᆡ, 이놈이 우름을 근치고 말ᄒᆞᄃᆡ,

"나ㅣ 셰샹에 잇**<90a>**ᄉᆞᆫ지 수쳔 년에 오ᄂᆞᆯᄀᆞᆺ치 곤[困]ᄒᆞᆫ ᄯᅢ가 업더니, 오ᄂᆞᆯ은 무ᄉᆞᆷ 일노 내 목숨이 ᄭᅳᆫ허지ᄂᆞᆫ고? 이제ᄂᆞᆫ 죽으리로다. 나ㅣ 뎌 ᄯᅢ에 그 벗의 권ᄒᆞᆯ 적에 그 말대로 ᄒᆞ엿더면 됴ᄒᆞᆯ 거ᄉᆞᆯ 아니 드ᄅᆞᆫ 거시 한[恨]이로다. 그러나 뎌러나 이 ᄋᆞᄒᆡ 왕우야! 내가 즉금 너ᄃᆞ려 ᄇᆡᆨ 번 쳔 번을 빌지라도 네가 나ᄅᆞᆯ 살녀주지 아닐 터히니, 비러 쓸 ᄃᆡ 잇ᄂᆞ냐? 내 숀이나 ᄒᆞ나ᄅᆞᆯ 쓰게 ᄒᆞ여 주면 여긔 모힌 모든 사ᄅᆞᆷ의게 내 ᄌᆡ조나 보이겟시니, 먹을 ᄆᆞᆫ히 갈고 붓ᄒᆞ나ᄅᆞᆯ 큰 거ᄉᆞ로 ᄀᆞᆯ나다고."

ᄒᆞ니, 왕우ㅣ ᄭᅮ지져 ᄀᆞᆯ오ᄃᆡ,

"너ㅣ 셰샹에 잇ᄉᆞᆫ지 수쳔 년에 무수히 사ᄅᆞᆷ을 속히며, 상ᄒᆡ온 죄 쳔참[千斬] 만륙[萬戮]을 ᄒᆞ여도 죄가 ᄂᆞᆷ**<90b>**을지라. ᄒᆞ믈며 너ㅣ 무ᄉᆞᆷ 흉계로 일국에 어지신 대신 ᄃᆡᆨ에 들어와 감히 옥ᄀᆞᆺᄒᆞ신 규슈ᄅᆞᆯ 희롱ᄒᆞ려ᄒᆞ고 사ᄅᆞᆷ의 모양을 ᄭᅮᆷ여 셰샹을 속히니, 우극가통즁[尤極可痛中]에 ᄯᅩ 무ᄉᆞᆷ 괴술노 사ᄅᆞᆷ을 혹[惑]ᄒᆞ게 ᄒᆞ려 ᄒᆞ여셔 감히 필묵[筆墨]을 쳥ᄒᆞᄂᆞ냐? 그러ᄒᆞ나 너ᄂᆞᆫ 반ᄃᆞ시 죽을 놈인즉 내 엇지 너의 쳥ᄒᆞᄂᆞᆫ 거ᄉᆞᆯ 막으랴."

ᄒᆞ고 인ᄒᆞ여 필묵을 주니, 그 놈이 ᄒᆞᆫ 숀으로 밧아 먹을 만히 무쳐셔

동편 벽에 ᄲᅮ리니[灑] 그 벽이 졸ᄃᆡ에 간 곳이 업고 별셰계[別世界]가 되니, 봄 모양이라. 리화[梨花] 도화[桃花]며 힝화[杏花] 방초[芳草]며 온갖 ᄉᆡ와 나뷔[蝶]며 벌[蜂]이 ᄲᅡᆼᄲᅡᆼ[雙雙]이 왕ᄅᆡᄒᆞ고, ᄯᅩ 붓ᄉᆞᆯ 드러 남편 벽을<91a>향ᄒᆞ여 ᄲᅮ리니, 그 벽이 ᄯᅩ 업서지며 여름 모양이 되고, ᄯᅩ 붓ᄉᆞᆯ 드러 셔편 벽을 향ᄒᆞ여 ᄲᅮ리니, 가을 모양이 되고, ᄯᅩ 붓ᄉᆞᆯ 드러 북편 벽에 ᄲᅮ리니 그 벽이 업서지고 겨을 모양이 되어 ᄒᆡᆫ 눈이 ᄂᆞᆯ니고 바ᄅᆞᆷ이 불며 어름이 ᄉᆞ면에 가득ᄒᆞ니, 곳 셰샹 밧긔 ᄯᅩ 조고마ᄒᆞᆫ[小] 네 셰상이 되어 오히려 이 셰샹보다 더 나흔지라. 모든 ᄌᆡ샹과 여러 구경군이 이거ᄉᆞᆯ 보고 엇지ᄒᆞᆫ 일인지 몰나 서로 도라보며 말을 못ᄒᆞ더라. 이놈이 붓ᄉᆞᆯ 더지고 ᄯᅩ ᄒᆞᆫ 번 크게 우니, 그 소ᄅᆡ 흉악ᄒᆞ고 커셔 귀에셔 피가 날 ᄃᆞᆺᄒᆞ니, 다 놀나 잣바지며 업드러저셔 졍신을 일허ᄇᆞ렷다가 다시 ᄆᆞᄋᆞᆷ을 진뎡ᄒᆞ<91b>여 니러나서 담 큰 톄ᄒᆞ고 ᄯᅩ 죵말을 보려ᄒᆞᆯ식, 왕우ㅣ 모든 ᄌᆡ샹 압헤 몸을 굽히고[屈] 녯ᄌᆞ오ᄃᆡ,

"뎌 놈이 그 붓ᄉᆞ로 그림을 그리옵고 요술[妖術]을 힝ᄒᆞ와 사ᄅᆞᆷ의 눈에 별세상으로 뵈게ᄒᆞ옵ᄂᆞᆫ 거시오니, 뎌 놈이 지금ᄭᆞ지 사ᄅᆞᆷ을 속히ᄂᆞᆫ 거시 모다 이런 일노 ᄒᆞᄂᆞᆫ 거시옵고 별노 ᄎᆞᆷ 됴ᄒᆞᆫ ᄌᆡ조가 아니온즉 ᄡᅳᆯᄃᆡ 업ᄉᆞᆸ고, ᄯᅩ 뎌 놈이 살 계교가 업ᄉᆞ온즉 이러케 ᄒᆞ오면 제 ᄌᆡ조ᄅᆞᆯ 앗겨셔 죽이지 아닐가 ᄒᆞ여 이러케 ᄒᆞ옵ᄂᆞᆫ 거시오니, 도모지 흉ᄒᆞᆫ 계교로 사ᄅᆞᆷ을 속히ᄂᆞᆫ 거시 온즉 불가불 셰샹에 두지 못ᄒᆞ올 흉물이오니, 엇지 일시[一時]ᄅᆞᆯ 살녀두오릿가? ᄉᆞ졍이 이러ᄒᆞ온즉 ᄒᆞᆫ 마ᄃᆡ 말ᄉᆞᆷ을<92a>녯ᄌᆞ오니 알으시옵쇼셔. 쇼ᄉᆡᆼ이 즉금 뎌 놈을 죽이오면 변ᄒᆞ야 흉녕[凶靈]ᄒᆞᆫ 대망이 될 터히온즉 렬위[列位] 대감[大監]ᄭᅴ서 ᄆᆡ오 놀나 읍실 ᄃᆞᆺ ᄒᆞ옵기에 즉금 녯ᄌᆞ오니, 그

놈 죽기 젼에 잠간 피ᄒᆞ옵시면 됴흘 ᄃᆞᆺᄒᆞ와이다."

ᄒᆞ니, 여러 ᄌᆡ샹이 이 말을 듯고 일변 놀나고 일변 의심ᄒᆞ며, ᄃᆡ답 ᄒᆞᄃᆡ,

"우리ᄅᆞᆯ 위ᄒᆞ야 닐ᄋᆞᄂᆞᆫ 말이 감샤ᄒᆞ나 만일 실샹으로 그러ᄒᆞ면 오히려 이 쥬인 대감ᄭᅴ 큰 다ᄒᆡᆼᄒᆞᆷ이오, ᄯᅩ 큰 구경인즉 우리 엇지 피ᄒᆞ리오? 맛당이 기ᄃᆞ려 구경도 ᄒᆞ고, 치하도 ᄒᆞᆯ 터히니 념녀 말고 ᄒᆞ고 시븐 대로 임의[任意] ᄒᆡᆼᄉᆞ[行事]ᄒᆞ라."

ᄒᆞ니, 왕우ㅣ 물너 나와 하인을 분부ᄒᆞᄃᆡ,

"이 샤랑 ᄯᅳᆯ에 잇ᄂᆞᆫ 사ᄅᆞᆷ들이 독샹ᄒᆞᆯ가 념<92b>녀 잇ᄉᆞ니, 다 물니치라."

ᄒᆞ야 멀니 치운 후에 왕우ㅣ "큰 줄과 큰 나무 여러술 가져 오라."

ᄒᆞ여, 나무ᄅᆞᆯ ᄯᆞ헤 깁히 둥굴게 ᄇᆡᆨᄇᆡᆨ히[密密] 박고 큰 줄[繩]노 ᄃᆞᆫᄃᆞᆫ이 얽은 후에 그 놈을 그 안헤 너허 두고 인ᄒᆞ야 ᄉᆞᄆᆡ[袖] 속에 든 쳔년응을 내여 노흐니, 이 ᄆᆡ[鷹]ᄂᆞᆫ 본ᄃᆡ 일쳔 년을 묵은 ᄉᆡ라. 비록 ᄂᆞᆯ즘승이나 지각이 잇고, ᄯᅩ 용ᄆᆡᆼᄒᆞ여 몸이 적으대 능히 범[虎]과 ᄉᆞᄌᆞ[獅子]ᄅᆞᆯ 만나면 두 눈을 ᄲᅢ히고 그 ᄃᆡ골[頭]을 부리[??]로 조아[啄] 죽이ᄂᆞᆫ ᄌᆡ조ㅣ 잇슬 ᄲᅳᆫ 아니라, 능히 모양을 변ᄒᆞᄂᆞᆫ 거ᄉᆞᆯ 아는지라. 이놈이 비록 사ᄅᆞᆷ의 모양과 ᄀᆞᆺ치 ᄒᆞ엿ᄉᆞ나 엇지 사ᄅᆞᆷ으로 알니오? 곳 여장신의게 ᄃᆞ라들제 두<93a>ᄂᆞᆯ기[翼]ᄅᆞᆯ 펴며 공중에 소ᄉᆞ 올나갓다가 그놈의게 ᄲᆞᆯ니 ᄃᆞᆯ녀들어 ᄒᆞᆫ ᄂᆞᆯ개로 니마[頂]ᄅᆞᆯ 치며, ᄒᆞᆫ 발노 ᄲᅣᆷ을 움킈여 마치 희롱ᄒᆞᄂᆞᆫ 모양과 ᄀᆞᆺ치ᄒᆞ니 이놈이 아모리 ᄒᆞᆯ 줄 모ᄅᆞ고 다만 왕우ᄅᆞᆯ 브ᄅᆞ며 소ᄅᆡ 지ᄅᆞᄃᆡ,

"이놈 왕우야! 네가 무죄ᄒᆞᆫ 사ᄅᆞᆷ을 이러케 죽이려ᄒᆞ니, 나 죽은 후에 네가 아모 일도 업스랴? 네가 살인죄로 잡히여 모든 형벌을 밧을 적에 즉금 내 모양에서 ᄇᆡᆨᄇᆡ[百倍]나 더 고로을 터히니, 그ᄣᅢ에ᄂᆞᆫ 오ᄂᆞᆯ 나ᄅᆞᆯ 이러케 욕 뵈인 일을 ᄉᆡᆼ각ᄒᆞ고 뉘웃쳐도 쓸 ᄃᆡ 업ᄉᆞ리라.”

ᄒᆞ며 즉거릴 적에 그 ᄆᆡ가 ᄯᅩ 돌녀들어서 ᄒᆞᆫ 발노 아ᄅᆡ 우희 닙시울[脣]을 합ᄒᆞ여**<93b>**움ᄏᆡ고 ᄯᅩ ᄒᆞᆫ 발노ᄂᆞᆫ 그놈의 코ᄅᆞᆯ 든든이 움ᄏᆡ고 두 ᄂᆞᆯᄀᆡ[翼]ᄅᆞᆯ 춤추 ᄃᆞᆺ[舞]ᄒᆞ며, 갈고리 ᄀᆞᆺᄒᆞᆫ부리로 그놈의 두 눈을 일합[一合]에 ᄲᅢ혀내니[拔], 뎌ㅣ 아모리 용ᄆᆡᆼᄒᆞ고 흉ᄒᆞᆫ 거신돌 두 눈이 ᄲᅡ진 후에 엇지 정신이 잇ᄉᆞ리오? 몸을 흔들며[搖] 이리뎌리 구우니[轉] 그 ᄆᆡ ᄯᅩ다시 ᄂᆞᆯᄀᆡᄅᆞᆯ 펴고 공중에 올나가다가 다시 ᄂᆞ려와서 그놈의 ᄃᆡ골을 조흐니[啄], 이놈이 졈졈 긔운이 진ᄒᆞ매 변ᄒᆞ여 근본 모양이 나타나며, 흉ᄒᆞᆫ 소ᄅᆡᄅᆞᆯ ᄒᆞ니, 그 ᄆᆡ 더옥 셩내ᄂᆞᆫ ᄃᆞᆺᄒᆞ야 ᄲᆞᆯ니 ᄂᆞᆯ며 ᄲᆞᆯ니 돌녀들어, 그놈의 ᄃᆡ골을 조아 헤치니[散], 그놈이 녯적 본 몸이 아조 드러나며 목숨이 진[盡]ᄒᆞᆯ ᄣᅢ에**<94a>**ᄒᆞᆫ 번 다시 용ᄆᆡᆼ을 쓰며 몸을 흔드니[搖動] 큰 나무와 줄노얽은 우리[圍]가 일합에 나무ᄂᆞᆫ 부러지고[折] 줄은 ᄭᅳᆫ허지니, 그놈의 소ᄅᆡ와 나무가 부러지고 줄이 ᄭᅳᆫ허지ᄂᆞᆫ 소ᄅᆡ가 합ᄒᆞ여 나니, 뉘 아니 놀나며 겸ᄒᆞ여 이놈의 몸이 길기[長]ᄂᆞᆫ 륙칠십 쳑[六七十尺]이 ᄂᆞᆷ고 몸통은 삼ᄉᆞ파[三四把]가 되ᄂᆞᆫ 즁에 그 빗치 검고[黑] 누ᄅᆞ고[黃] 푸ᄅᆞ러[靑] 비ᄂᆞᆯ[鱗]ᄀᆞᆺᄒᆞᆫ 거시 마치 수쳔 년 된 솔나무[松] 가족[皮]과 방불[彷佛]ᄒᆞᆫᄃᆡ, 굼틀굼틀ᄒᆞ며 몸즛[動]술 ᄒᆞ니, 보기에 진실노 흉악ᄒᆞᆫ지라. 이ᄯᅢ에 정승[政丞]이며, 판셔[判書]며, 참판[參判]이며, 참의[堂下]며, 승지[承旨]며, 당하[堂下] 미관말직[微官末職]ᄒᆞᄂᆞᆫ 이며 모든 구경ᄒᆞ던 사ᄅᆞᆷ이 모다 놀나고 무서워 ᄒᆞ야 ᄒᆞᆫ 소ᄅᆡᄅᆞᆯ 일시[一時]에 지ᄅᆞ고**<94b>**쥬인 대감의게 하직ᄒᆞᄂᆞᆫ 말도 업시 큰 바다에 대풍[大風] 만난 물결[波]ᄀᆞᆺ치

쫏기여[逐] 허여저[散] 밋쳐 문을 찻지 못ᄒᆞ고 나오니, 업더지고 잣바저셔 샹ᄒᆞᆫ 쟈도 만커니와 그 즁에 ᄌᆡ샹들이 평교ᄌᆞ[平轎子]며, ᄉᆞ인교[四人轎]며, ᄆᆞᆯ[馬]과 나귀[驢]ᄅᆞᆯ 혹 것구로 ᄐᆞ고 오ᄂᆞᆫ 이가 잇ᄂᆞᆫ지라. 서로 닐오ᄃᆡ,

"이샹ᄒᆞ다. 이 ᄆᆞᆯ의 머리가 어ᄃᆡ 잇ᄂᆞᆫ고? 아마도 그 대망[大蟒]이 먹엇나 보다. 그렁 뎌렁 집문에 들어가니 젼[前]에ᄂᆞᆫ 압흐로 ᄒᆞᆼ샹 들어가더니, 오ᄂᆞᆯ은 엇지ᄒᆞ야 뒤[後]로 문을 들어가ᄂᆞᆫ고?"

ᄒᆞ며 ᄌᆞᆺ거리니 ᄆᆞᆯ ᄭᅳ으ᄂᆞᆫ 하인[馬夫]이 그 말을 듯고 정신 차려보니, 제 냥반[兩班]이 ᄆᆞᆯ을 것구로 ᄐᆞᆺᄂᆞᆫ지라. 제 냥반ᄭᅴ 이대로 알외니, 도로<95a>혀 박쟝대쇼[拍掌大笑]ᄒᆞ며 닐오ᄃᆡ,

"나ㅣ ᄋᆞᆯ ᄯᅢ에 그 목졍승 ᄃᆡᆨ이 ᄒᆞᆼ샹 눈에 뵈고 우리 집은 뵈지 아니ᄒᆞ더니, ᄎᆞᆷ으로 ᄉᆡᆼ각ᄒᆞ니 ᄆᆞᆯ을 것구로 ᄐᆞᆫ 연고ㅣ로다."

ᄒᆞ니, 누ㅣ 웃지 아니ᄒᆞ리오? 이러ᄒᆞᆫ 이가 ᄒᆞ나둘 ᄲᅳᆫ이 아니러라. 목졍승 집에서도 마치 큰 난리ᄅᆞᆯ 당ᄒᆞᆫ ᄃᆞᆺᄒᆞ여 이놈이 아조 죽엇ᄉᆞ나 ᄆᆞᄋᆞᆷ을 진뎡치 못ᄒᆞ여 밤을 계우 지내고, 이튼날 근동 ᄇᆡᆨ셩을 식혀 이놈의 죽은 거술 멀니 치워셔 불을 질너 업시ᄒᆞ니라. 그ᄯᅢ에 와셔 참예ᄒᆞᆫ ᄌᆡ샹들이 됴회에 들어가셔 이 말ᄉᆞᆷ을 탑젼[榻前]에 알외니, 샹이 드ᄅᆞ시고 일변 놀나시며 일변 괴이히 녁<95b>이샤 목졍승의게 무ᄅᆞ려 ᄒᆞ실 즈음에 좌우[左右]ᄅᆞᆯ 보시니, 목졍승이 임의 관을 벗고 셤돌[階] 아래 업ᄃᆡ여 죄ᄅᆞᆯ 쳥ᄒᆞ거ᄂᆞᆯ 샹이 의심ᄒᆞ여 무ᄅᆞ시ᄃᆡ,

"경이 무슴 죄가 잇서셔 쳥죄ᄒᆞᄂᆞ뇨?"

ᄒᆞ시니, ᄃᆡ답ᄒᆞ야 알외오ᄃᆡ,

"신이 조고마ᄒᆞᆫ[微少] ᄉᆞ졍을 인ᄒᆞ야 뎐하[殿下]ᄭᅴ 알외 올 말ᄉᆞᆷ을 명빅히 알외지 못ᄒᆞᄂᆞᆫ 죄가 만 번 죽어도 앗갑지[惜] 아니 ᄒᆞ와이다. 그러ᄒᆞ오나 신이 만일 일을 잘 쳐치ᄒᆞ와서 몹쓸거술[惡] 쇼멸[消滅] ᄒᆞ옵기 젼에 말이나 일이나 미리 루셜[漏泄]ᄒᆞ오면 일도 되지 못 ᄒᆞ옵고 도로혀 해ᄅᆞᆯ 밧ᄉᆞ올 터히 옵기로 마<96a>지 못ᄒᆞ와 그 일이 ᄆᆞᆺᄎᆞᆫ 후에 곳 알외옵ᄌᆞ ᄒᆞ옵고 못 알외엿ᄉᆞᆸ더니, 이제ᄂᆞᆫ 일이 무ᄉᆞ히 되엿ᄉᆞᆸ기로 이제야 알외옵ᄂᆞ이다."

ᄒᆞ고 인ᄒᆞ여 ᄌᆞ가[自家]의 ᄯᆞᆯ ᄒᆞ나ᄅᆞᆯ 두고 사회 갈ᄒᆡ던[擇] 말ᄉᆞᆷ과 대망이 사ᄅᆞᆷ이 되어 셰상을 속이ᄂᆞᆫ 거술 모ᄅᆞ고 집에 블너와 사회 삼으려ᄒᆞ던 말ᄉᆞᆷ과 혼인ᄒᆞ려 ᄒᆞ고 그 놈과 혼인 언약ᄒᆞᆫ 후에 즁국 ᄉᆞ신이 나온 즉 혼인을 못ᄒᆞ고 즁국으로 가던 말ᄉᆞᆷ과 벗의 ᄌᆞ식 왕우의 ᄀᆞᄅᆞ침으로 즁국에 가서 황샹의 무ᄅᆞ신 말ᄉᆞᆷ을 ᄃᆡ답ᄒᆞ고, ᄯᅩ 셔촉에 가서 두 가지 물건을 셰젼 주고 엇어와서 그놈을 졔어ᄒᆞᆫ 말ᄉᆞᆷ과 ᄯᅩ 그놈이 밧긔 드러난 일은 쳔리<96b>에 잇서도 듯고 보ᄂᆞᆫ ᄃᆞ시 알므로 부득이[不得已]ᄒᆞ야 일즉이 이런 ᄉᆞ졍을 알외지 못ᄒᆞᆫ ᄉᆞ연을 낫낫치 알외며 우[上]ᄅᆞᆯ 속힌 모양이 됨을 황숑[惶悚]ᄒᆞ야 셤돌에 머리ᄅᆞᆯ 두ᄃᆞ리며 죄ᄅᆞᆯ 쳥ᄒᆞ니, 샹이 쥬ᄉᆞ[奏事]ᄅᆞᆯ 드ᄅᆞ시고 일변 다ᄒᆡᆼ이 넉이시고, 일변 신긔히 넉이샤 ᄂᆡ시[內侍]ᄅᆞᆯ 명ᄒᆞ야 목졍승을 븟드러 뎐샹[殿上]에 올니시고 탄식[歎息]ᄒᆞ여 ᄀᆞᆯ오샤ᄃᆡ,

"녯적에도 요얼[妖孽]이 셰상에 작란[作亂]ᄒᆞ엿다 말은 드럿ᄉᆞ나 경의 당ᄒᆞᆫ 일이 과인[寡人, 王 自稱]이 친히 보고 친히 듯ᄂᆞᆫ 일인즉 다시 의심ᄒᆞᆯ 것도 업도다. 그러나 경의 츙셩이 지극ᄒᆞᆷ을 인ᄒᆞ야 이런 어진 사ᄅᆞᆷ을 엇어서<97a>경의 집일만 무탈[無脫]ᄒᆞᆯ 쁜 아니라, 나라 일을 편안이 ᄒᆞ야 크게 빗내니, 공ᄉᆞ[公私]에 이런 다ᄒᆡᆼᄒᆞᆫ 일이 업슨 즉 그 사ᄅᆞᆷ을 과인이 즉금 보고 시부니, 밧비 입시[入侍]ᄒᆞ라.

명초[命招] ᄒᆞ시겟다.”
ᄒᆞ시고 곳 브ᄅᆞ시니, 정원[政院] 하인이 명을 밧ᄌᆞ와 나가서 브ᄅᆞ니라. 샹이 다시 목정승을 ᄃᆡᄒᆞ여 위로ᄒᆞ시고 ᄀᆞᆯ오샤ᄃᆡ,

“공경[公卿] 이하[以下]로 셰샹에 듬은 구경을 잘 ᄒᆞ엿도다.”
ᄒᆞ시니, 좌우[左右] 졔신[諸臣]이 다 절ᄒᆞ고 업ᄃᆡ여 알외ᄃᆡ,

“이거시 다 뎐하[殿下]ᄭᅴ서 셩덕[聖德]이 만흐심으로 되온 일이오니, 신등[臣等]의 ᄆᆞ옴에 감츅[感祝]ᄒᆞ기롤 측량치 못ᄒᆞ리로쇼이다.”
ᄒᆞ더라. 왕우ㅣ 이ᄯᅢ에 브ᄅᆞ시ᄂᆞᆫ<97b>명을 밧ᄌᆞ와 의관[衣冠]을 갓초고 궐ᄂᆡ에 들어와 샹ᄭᅴ 뵈오니, 샹이 갓가이 오라 ᄒᆞ샤 그 션조[先祖] ᄅᆡ력[來歷]이며, 그 ᄇᆡ혼 ᄌᆡ조롤 무ᄅᆞ시니, 왕우ㅣ 다 알외올ᄉᆡ, 그 겸양[謙讓]ᄒᆞ야 알외ᄂᆞᆫ 말솜이 하문[下問]ᄒᆞ시ᄂᆞᆫ 거ᄉᆞᆯ 감히 당치 못흠으로 황송ᄒᆞ여 답쥬[答奏]ᄒᆞ니, 샹이 ᄀᆡ특이[奇]) 넉이샤 목정승을 보시고 무ᄅᆞ시ᄃᆡ,

“경의 춍명[聰明]으로 엇지ᄒᆞ야 이런 ᄀᆡ지[奇才]롤 집에 두고 몰낫더뇨? ᄌᆞ고[自古]로 영웅호걸[英雄豪傑]이 ᄯᅢ롤 만나지 못ᄒᆞ면 옥[玉]이 진흙[泥土]에 뭇치임[埋] ᄀᆞᆺ치 사ᄅᆞᆷ이 모ᄅᆞᄂᆞᆫ지라. 엇지 원통치 아니ᄒᆞ리오?”
ᄒᆞ시고 글과 글시와 온갓 거ᄉᆞᆯ ᄇᆡ혼대로 다 시<98a>험ᄒᆞ시니, 보시고 드ᄅᆞ시던 바에 처음으로 ᄀᆡ이ᄒᆞᆫ지라. 겸ᄒᆞ야 나라에 큰 공을 셰웟슨즉 크게 공을 갑고 쓰시려ᄒᆞ샤 위션[爲先] 목정승의게 하교[下教]ᄒᆞ시ᄃᆡ,

“왕우의 나히 이십이 넘도록 쟝가롤 못 갓다ᄒᆞ니. 이 사ᄅᆞᆷ이 경의 벗의 ᄌᆞ식일 ᄲᅳᆫ이 아니라 ᄯᅩ 경의 은인[恩人]이오, 그 ᄌᆡ덕이 ᄲᅱ어나니 족히 경의 사회 되염즉ᄒᆞ니, 과인[寡人]이 오ᄂᆞᆯ 즁ᄆᆡ[媒者]되여 권

ᄒᆞᄂᆞᆫ 거시니, 왕우로 사회ᄅᆞᆯ 삼으면 엇더ᄒᆞᆯ고?”

ᄒᆞ신ᄃᆡ, 목태 니러 절ᄒᆞ고 알외오ᄃᆡ,

“신이 ᄯᅩᄒᆞᆫ 이러케 ᄒᆞ오면 됴흘 ᄃᆞᆺᄒᆞ오나 왕우ᄅᆞᆯ 보온 즉 세상에 ᄲᅱ어난 사ᄅᆞᆷ이오니, 신의 ᄯᆞᆯ과 혼인ᄒᆞ기ᄅᆞᆯ 즐겨 아〈98b〉니ᄒᆞᆯ가 ᄒᆞ옵ᄂᆞ이다.”

ᄒᆞ니, 샹이 왕우ᄅᆞᆯ 보시며 하교[下敎]ᄒᆞ시ᄃᆡ,

“네 ᄯᅳᆺ이 엇더ᄒᆞ냐? 바ᄅᆞᆫ대로 알외라.”

ᄒᆞ시니, 왕우 황공[惶恐]ᄒᆞᆷ을 이긔지 못ᄒᆞ여 업ᄃᆡ여 알외ᄃᆡ,

“신이 불학무식[不學無識] ᄒᆞ올 ᄲᅳᆫ이 아니오라, 형세도 가난ᄒᆞ옵고 문호도 미쳔ᄒᆞ온지라. 엇지 일국[一國] 령의정[領議政]의 ᄯᆞᆯ과 결혼[結婚] ᄒᆞ오릿가마ᄂᆞᆫ 대신이 허락ᄒᆞ고 ᄯᅩ 샹의[上意] 이러 ᄒᆞ옵시니, 쇼신을 죽으라 ᄒᆞ옵시ᄂᆞᆫ 명도 거ᄉᆞ리지 못 ᄒᆞ오려든 허물며 이러케 명ᄒᆞ옵심을 엇지 거역[拒逆] ᄒᆞ오릿가? 다만 쇼신의게 너무 태과[太過]ᄒᆞ온 일이온즉 쇼신이 과분[過分]ᄒᆞ와 황숑ᄒᆞᆷ을 이긔지 못ᄒᆞ리로쇼이다.”

ᄒᆞ니, 샹이 우〈99a〉ᄉᆞ시며 ᄀᆞᆯ오샤ᄃᆡ,

“왕후[王侯]와 쟝샹[將相]을 엇지 문호[門戶]의 놉고 ᄂᆞ즘과 가난[貧]ᄒᆞ고 가음열믈[富] 의론ᄒᆞ랴?”

ᄒᆞ시고 인ᄒᆞ여 왕우ᄅᆞᆯ 불ᄎᆞ[不次, 벼슬 ᄎᆞ례ᄅᆞᆯ ᄂᆡ론치 아님이라]로 참판[參判]을 식히시고 혼인을 지촉ᄒᆞ샤 날을 뎡ᄒᆞ여 주시니, 왕우ㅣ ᄒᆞᆯ 일업시 샤은슉비[謝恩肅拜]ᄒᆞ고 혼인날이 다다로매 목정승이 혼구[婚具]ᄅᆞᆯ 차려 ᄂᆡ외빈[內外賓] ᄀᆡᆨ을 모도와 대례[大禮]ᄅᆞᆯ 지내니, 나라에셔 어젼풍[御前風]악을 ᄉᆞ송[賜送]ᄒᆞ시니, 그 영광[榮光]이 됴졍에 ᄋᆞᆺ듬이러라. 왕우 ᄂᆡ외[內外] 화[和]락ᄒᆞ여 금[金]ᄀᆞᆺᄒᆞᆫ 아ᄃᆞᆯ과 옥[玉]ᄀᆞᆺ

ᄒᆞᆫ ᄯᆞᆯ을 나흐며, 벼ᄉᆞᆯ이 ᄯᅩᄒᆞᆫ 령의졍 디위에 잇서 ᄇᆡᆨ셰[百歲]ᄅᆞᆯ 안과[安過]ᄒᆞ다 ᄒᆞ니, 이 말이 반ᄃᆞ시 허황[虛謊]ᄒᆞᆫ 말이나 리약인 고로 쓰노라.

<99b>목졍승이 셔쵹[西蜀]에 가셔 만난 즁놈은 그 대망과 ᄒᆞᆫ가지로 숑도 북산 밋ᄒᆡ 잇던 여호ㅣ라 ᄒᆞ니, 이놈이 그ᄣᅢ에 대망을 죽일 거시로ᄃᆡ, 여러 ᄒᆡᄅᆞᆯ ᄒᆞᆫ 굴혈[窟穴]에 거쳐ᄒᆞ던 졍으로 참아[忍] 죽이지 못ᄒᆞ고, 그 ᄉᆞ이 그놈이 ᄒᆡᆼ실을 곳칠가 ᄒᆞ여 기ᄃᆞ리다가 인ᄒᆞ야 곳치지 아니ᄒᆞᆷ을 보고 놈의 숀을 비러셔 죽인 모양으로 말ᄒᆞ니, 대망의 흉녕[凶靈]ᄒᆞᆷ이나 여호의 간교ᄒᆞᆷ이나 그 독ᄒᆞᆷ을 의론ᄒᆞ면 사ᄅᆞᆷ을 해ᄒᆞ기ᄂᆞᆫ 일반이오, ᄯᅩ 그 지각이 업ᄉᆞᆷ도 일반이ᄃᆡ 엇지 어나 거ᄉᆞᆫ 션[善]ᄒᆞ고, 어나 거ᄉᆞᆫ 악[惡]ᄒᆞ다 ᄒᆞ리오? ᄯᅩ 쳔년응[千年鷹]과 뢰화승[雷花僧]은 더옥 허황ᄒᆞ니, 일뎡코 다 밋<100a>지 아닐 거시로ᄃᆡ, 장장[長長] 하일[夏日]의 더위[熱]ᄅᆞᆯ 물니치기ᄅᆞᆯ 위ᄒᆞ고 ᄯᅩ 어학[語學]에ᄂᆞᆫ ᄶᅥ릴[忌] 거시 업ᄂᆞᆫ 고로 진실ᄒᆞᆫ 말 모양으로 쓰나 도로혀 ᄉᆡᆼ각ᄒᆞ니 븟그럽도다.

최경 비리호송(非理好訟)

<100b>수ᄇᆡᆨ 년 젼에 됴션국 도셩 안헤 사ᄂᆞᆫ 최모ㅣ라 ᄒᆞᄂᆞᆫ 쟈ㅣ 그 벗 김긔라 ᄒᆞᄂᆞᆫ 사ᄅᆞᆷ과 ᄯᅳᆺ이 서로 합ᄒᆞ야 온갖 일을 피ᄎᆞㅣ 도아주며 ᄉᆡᆼᄋᆡ[生涯]의 일을 ᄒᆞ더니, 최모ㅣ 김긔의 돈을 일만 냥을 취ᄒᆞ야 쟝ᄉᆞᄒᆞ다가 랑패ᄒᆞ여 온젼이 갑ᄒᆞᆯ 슈단[手段]이 업ᄂᆞᆫ지라. 이 일

노 인ᄒᆞ야 병이 든지 두어 돌 만에 뎜뎜 즁ᄒᆞ야 니러나지 못ᄒᆞ니, 그 벗 김긔 최모의 병이 말 못 된다 말을 듯고 ᄉᆡᆼ각ᄒᆞᄃᆡ,

‘이 사ᄅᆞᆷ이 내 돈을 지고 병이 들어 죽게되면 내가 엇더케 ᄒᆞ여야 이 돈을 온젼이 밧을고?’

ᄒᆞ고 급<101a>히 그 벗의 집에 와서 병든 인ᄉᆞᄂᆞᆫ ᄒᆞᄂᆞᆫ 톄 마ᄂᆞᆫ 톄 ᄒᆞ고, 크게 소래 지ᄅᆞᄃᆡ,

“이 사ᄅᆞᆷ아! ᄌᆞ네가 내 돈을 지고 갑지 아니ᄒᆞ니, 그런 괴이ᄒᆞᆫ 놈의 일이 잇ᄂᆞᆫ가? 내가 그 돈을 모흘제 옷도 아니ᄒᆞ여 닙고 밥도 아니 지어 먹고 의뎐에 가셔 세 픈 네 픈 주고 ᄯᅴ 뭇은 헛옷ᄉᆞᆯ 사 닙고 보리[麥]로 쥭[鬻]을 쑤어 먹고 수십 년을 경륜ᄒᆞ여 돈 만[錢萬]이나 모흘제 쳔만신고[千辛萬苦]가 들엇네. ᄒᆞᆫ 냥에 ᄒᆞᆫ 돈 변리며, 두 돈 변리며, 밧다가 못 밧으면 변리 우희 변리롤 더ᄒᆞ야 본젼[本錢]이 ᄒᆞᆫ 냥이면 몃히 계변[計邊]ᄒᆞ야 일ᄇᆡᆨ 냥도 밧아 보고 열냥 본젼[本錢]이면 몃히 계변[計邊]ᄒᆞ야 일쳔 냥도 밧을 적에 빗<101b>진 놈들이 이 말 뎌 말ᄒᆞ며 핑계[推託]ᄒᆞ고 아니 갑ᄂᆞᆫ 거술 이 관원의게 청ᄒᆞ고, 뎌 ᄌᆡ샹의게 부탁ᄒᆞ여 돈 진놈들을 이리 뎌리 옴겨서 옥즁에 가도고 온갖 형별을 가초ᄒᆞ야 도적놈ᄀᆞᆺ치 다ᄉᆞ리니, 그ᄯᅢ에 어나 놈이 나롤 아니 무서워 ᄒᆞ엿술고? ᄌᆞ네도 이왕 대개 아ᄂᆞᆫ 일인ᄃᆡ, 즉금 병들믈 핑계ᄒᆞ고 아니 갑흐려ᄒᆞ니, 그거시 우엔 버ᄅᆞᆺ신고? 밧비 즉금으로 돈을 주면 말녀니와 그러치 아니면 ᄌᆞ네가 내게 큰 변을 만날 거시니, ᄉᆡᆼ각ᄒᆞ여ᄒᆞᄃᆡ 나롤 돈으로 샹관ᄒᆞᆫ 거시 큰 불ᄒᆡᆼ이 되엿시니 그러케 알쇼.”

ᄒᆞ니, 최모ㅣ 이 ᄉᆞᄅᆞᆷ의 돈으로 인ᄒᆞ야 병이 낫ᄂᆞᆫᄃᆡ, 이 말과<102a>이 모양을 보니, 만일 돈을 못 갑겟다ᄒᆞ면 곳 사ᄅᆞᆷ을 죽일 ᄃᆞᆺᄒᆞᆫ지라.

가슴에ᄂᆞᆫ 긔운이 막히고 입네ᄂᆞᆫ 말이 나오지 못ᄒᆞ여 엇지ᄒᆞᆯ 줄을 모ᄅᆞ다가 계오 정신을 슈습ᄒᆞ야 ᄃᆡ답ᄒᆞᄃᆡ,

“이 사ᄅᆞᆷ아! ᄌᆞ네와 내가 이ᄯᅢᄭᆞ지 별노 싸ᄒᆞᆫ 일이 업시 지내다가 내가 돈 진 ᄐᆞᆺᄉᆞ로 ᄌᆞ네가 이러ᄐᆞᆺ 셩내여 말ᄒᆞ니, 실상은 내의 잘못 ᄒᆞᄂᆞᆫ 연고ㅣ라. 내가 무슴 말노 ᄃᆡ답ᄒᆞ겟나? 그러나 뎌러나 ᄌᆞ네도 내가 모든 일을 랑패ᄒᆞᆫ 거ᄉᆞᆫ 알 거시니, 내가 ᄌᆡ물이 갑ᄒᆞᆯ 만ᄒᆞᆫ 거시 잇ᄉᆞ면 엇지 ᄌᆞ네가 친히 내 집에 와서 이러케 말ᄒᆞ도록 아니 갑고 잇겟나? ᄯᅩ 겸ᄒᆞ여 신병이 극즁[極重]ᄒᆞᆫ즉 과연<102b>즉금은 엇더케 변통ᄒᆞᆯ 슈 업ᄉᆞ니, 아모리 어려워도 내 병이 나ᄒᆞᆯ ᄯᅢᄅᆞᆯ 기ᄃᆞ려셔 밧으면 은혜가 적지 아니 ᄒᆞ겟ᄂᆡ. 나ᄅᆞᆯ 살녀주쇼.”

ᄒᆞ니, 김긔 더옥 크게 셩내여 ᄭᅮ지ᄌᆞᄃᆡ,

“이놈이 ᄆᆡ우 담[膽] 큰 놈이로다. 네가 즉금 죽을 놈인ᄃᆡ 병낫기ᄅᆞᆯ 기ᄃᆞ리라ᄒᆞ니, 이런 우수온 말도 잇ᄂᆞ냐? 그런 밋친놈의 말은 듯기에 슬흐니, 다시 ᄒᆞ지 말고 내 돈만 다고.”

ᄒᆞ며 무수히 욕ᄒᆞ며 ᄭᅮ지ᄌᆞ니, 최모ㅣ 여러 말노 ᄀᆞᆫ절이 비ᄃᆡ 듯지 아니 ᄒᆞᄂᆞᆫ지라. 최모ㅣ 긔운이 막히고 병이 더욱 즁ᄒᆞ야 금시에 죽을 ᄃᆞᆺᄒᆞᆫ지라. 김긔 이 모양을 보고 ᄉᆡᆼ각ᄒᆞᄃᆡ,

‘이놈의 모양이 오리지 아니ᄒᆞ<103a>야 죽겟시니, 만일 죽으면 놈의 의론이 내가 와서 돈을 ᄃᆞᆯ나ᄒᆞ며 말을 과도이 ᄒᆞᆫ 연고로 병이 더ᄒᆞ여 죽엇다 ᄒᆞᆯ 거시니, 내가 밧비 피ᄒᆞ리라.’

ᄒᆞ고 겁이 나서 집으로 도라온 후에 최모ㅣ 수삼 일만에 죽으니, 최모ㅣ 다ᄅᆞᆫ 아ᄃᆞᆯ이 업서 다만 ᄒᆞ나 ᄲᆞᆫ이라. 비록 쟝가ᄂᆞᆫ 들엇시나 나흔 열네 설(살)이오, 그 일홈은 경이니, 그 텬셩이 효슌ᄒᆞ고 ᄯᅩ 춍명ᄒᆞ고 민쳡ᄒᆞ여 능히 례절[禮節]을 조차 제 부친을 안장[安葬]ᄒᆞᆫ

후에 집에 잇서 슈샹[守喪]ᄒᆞ더니, 이ᄯᅢ에 김긔가 최모의 죽은 통부[訃]ᄅᆞᆯ 보앗ᄂᆞᆫ지라. 친구의 죽은 거ᄉᆞᆫ 블샹이 넉이지 아니ᄒᆞ고 다만 빗준 돈을 못 밧은 거ᄉᆞᆯ 분ᄒᆞ야 됴복[弔服]을<103b>닙고 최모의 집에 와서 됴샹을 ᄒᆞᆯ제, 됴샹밧ᄂᆞᆫ 최셩이가 일변 울며, 일변 드ᄅᆞ니, 김긔의 우ᄂᆞᆫ소ᄅᆡ가 괴이ᄒᆞᆫ지라. ᄌᆞ세히 드ᄅᆞᆫ즉 ᄒᆞᆫ 마ᄃᆡᄂᆞᆫ 우름소ᄅᆡ오, ᄒᆞ(ᄒᆞᆫ)마ᄃᆡᄂᆞᆫ 내 돈이야, 내 돈이야 ᄒᆞᄂᆞᆫ 소ᄅᆡ라. 최경이 모ᄅᆞᄂᆞᆫ 톄ᄒᆞ고 됴샹을 밧은 후에 담비ᄅᆞᆯ 쳥ᄒᆞ며 술을 부어주니, 김긔 소ᄅᆡᄅᆞᆯ ᄆᆡᆼ렬이ᄒᆞ여 왈,

"네 부친이 내 돈을 만 냥 쓴 거ᄉᆞᆯ 즉금으로 갑하야 담비도 먹고 술도 먹으리라. 밧비 가져오나라."

ᄒᆞ거ᄂᆞᆯ 최셩이 ᄉᆡᆼ각ᄒᆞᄃᆡ,

'이 돈을 즉금 다 갑ᄒᆞᆯ 슈가 업고, ᄯᅩ 아니 갑지도 못ᄒᆞᆯ 터이니, 엇지ᄒᆞ면 됴흘고? 집과 셰간을 팔면 삼쳔 량은 되나 이거ᄉᆞᆯ 파라 주고 탕감[蕩減]ᄒᆞ여 달나<104a>ᄒᆞ면 밧지도 아니ᄒᆞ고 온젼이 몰수[沒數]ᄒᆞ여 달나 ᄒᆞᆯ 거시니, 그러케도 못ᄒᆞᆯ 거시오, 아니 준 즉 필경 아문에 졍소[呈訴]ᄒᆞᆯ 거시니, 이 디경이 되면 내가 살 슈 업ᄉᆞᆫ즉 기셰량난[其勢兩難]이로다. 그러나 돈으로 인ᄒᆞ여 이젼 교분[交分]을 도라보지 아니ᄒᆞ고 우리 부친 ᄉᆡᆼ젼ᄉᆞ후[生前死後]에 와서 이ᄃᆞ지 욕을 뵈며 못 견ᄃᆡ게 ᄒᆞ니, 일은 비록 우리 ᄐᆞᆺ시나 그러나 너무 과히 ᄒᆞ니 도모지 권도[權道]ᄅᆞᆯ ᄒᆡᆼᄒᆞ여 이 욕을 면ᄒᆞ고, 후에 잘 갑ᄂᆞᆫ 거시 됴켓다.'

ᄒᆞ고 공슌이 ᄃᆡ답ᄒᆞᄃᆡ,

"시ᄉᆡᆼ[侍生]은 나히 적습고 ᄯᅩ 글ᄌᆞ히나 닑ᄂᆞᆫ 연고로 집일을 모ᄅᆞ온즉 부친의 돈 지신 일을 모ᄅᆞᆯ ᄲᅳᆫ더러 샹관ᄒᆞᆫ 일이 업ᄉᆞ옵ᄂᆡ다.

그러ᄒᆞ오나〈104b〉이ᄉᆞ이 듯ᄉᆞ온즉 ᄃᆡᆨ에 진 돈이 만치 아니ᄒᆞ고 일ᄇᆡᆨ 냥인ᄃᆡ 그 돈을 병환 즁에 갑지 못ᄒᆞ신다ᄒᆞ며, 걱정ᄒᆞ시기로 져도 ᄃᆡᆨ에 갈 돈이 일ᄇᆡᆨ 냥으로 알앗ᄉᆞ온즉 엇지 아니 갑ᄉᆞ올 리가 잇습ᄂᆞ닛가? 그러ᄒᆞ오나 우리 어루신ᄂᆡ[父親] 장ᄉᆞᄅᆞᆯ 지내옵기로 략간 돈이 다 핍진ᄒᆞ와셔 아즉은 갑흘 슈 업ᄉᆞ오니, 두어 ᄃᆞᆯ만 더 기ᄃᆞ리옵쇼셔."

ᄒᆞ니, 김긔 이 말을 듯고 눈을 둥구러케 ᄯᅳ고 손으로 ᄯᆞ흘치며 소ᄅᆡᄅᆞᆯ 놉히 지ᄅᆞ며 ᄭᅮ지져 왈,

"너 이제 열 넘은 설 된 놈이 이런 괴이ᄒᆞᆫ 말을 감히 어룬[長] 압헤셔 ᄒᆞᄂᆞ냐? 네 아비ᄂᆞᆫ 오히려 갑지 못ᄒᆞᆫ〈105a〉다 ᄒᆞ고 내게 빌며 돈수ᄂᆞᆫ 네 모양으로 나ᄅᆞᆯ 속이지 아니ᄒᆞ고 다만 병들어서 못 갑노라 ᄒᆞ더니, 그 ᄌᆞ식 너ᄂᆞᆫ 조고마ᄒᆞᆫ 어린 놈이ᄃᆡ 이런 불측 괴악ᄒᆞᆫ 말을 ᄒᆞ니, 나와 너와 말ᄒᆞ다가ᄂᆞᆫ 긔가 막혀 죽겟시니, 내 집에 도라가서 네 아비가 돈 일만 냥 진 표ᄅᆞᆯ 가지고 어나 아문에 가서 정소ᄒᆞᆯ 거시니, 그 ᄣᅢ에 네가 잡히여 가서 옥에 가도이며, 즁ᄒᆞᆫ ᄆᆡᄅᆞᆯ 맛즐 적의도 일ᄇᆡᆨ 냥만 빗술 젓노라 ᄒᆞ겟ᄂᆞ냐?"

ᄒᆞ고 간다고 말도 아니ᄒᆞ고 밧비 도라가서 문셔[文書]ᄅᆞᆯ 가지고 곳 한셩부에 가셔 아문 셔리[書吏]ᄅᆞᆯ 보고 소지[所志]와 표ᄅᆞᆯ 주며 최경을〈105b〉밧비 잡아다가 엄히 옥에 가도고 즁히 ᄯᆞ리며, 이 돈 일만 냥을 변리ᄭᆞ지 잘 밧아주기ᄅᆞᆯ 부탁ᄒᆞ니, 셔리 그 소지와 돈표ᄅᆞᆯ 밧고 됴하셔 ᄉᆡᆼ각ᄒᆞᄃᆡ,

'일만 냥 밧아줄 송ᄉᆞᄅᆞᆯ 맛핫신즉 이 편과 뎌 편 송ᄉᆞᄒᆞᄂᆞᆫ 사ᄅᆞᆷ의게 돈을 됴히 엇어쓰리라.'

ᄒᆞ고 흔연[欣然] 응락[應諾]ᄒᆞ며 닐오ᄃᆡ,

"나ㅣ 이 일을 ᄆᆡ우 잘ᄒᆞ여 줄 거시니, 렴녀 말나."
ᄒᆞ고 그 소지ᄅᆞᆯ 관원의게 뵈고, 최경을 잡아올 비지[牌旨]ᄅᆞᆯ 써서 인[印]맛처 ᄉᆞ령[使令]놈을 주며 최경을 밧비 잡아오라ᄒᆞ니, ᄉᆞ령이 최경의 집에 와서 최경을 차즈대 ᄃᆡ답ᄒᆞᄂᆞᆫ 사ᄅᆞᆷ이 업더니, 그 집에서 녀인이<106a>안희서 ᄃᆡ답ᄒᆞᄃᆡ,
"오늘 아참에 볼 일이 잇서셔 싀골을 갓슨 즉 수일 후에 도라오겟다."
ᄒᆞᄂᆞᆫ지라. ᄉᆞ령놈이 ᄒᆞᆯ 슈 업서 잡아오지 못ᄒᆞ고 도라와서 그 ᄃᆡ답ᄒᆞ던 말대로 셔리의게 닐ᄋᆞ니, 셔리 이 말을 듯고 관원의게 고ᄒᆞ니, 관원이 분부ᄒᆞᄃᆡ,
"그 최경 이놈은 곳 도적과 다ᄅᆞᆷ이 업ᄉᆞ니, 잡으면 즁히 다ᄉᆞ릴지라. 수일 후에 곳 잡아셔 ᄃᆡ령[待令]ᄒᆞ여라."
ᄒᆞ더라. 그ᄯᅢ에 김긔 최경을 ᄭᅮ짓고 도라왓더니, 최경이 그 도라가ᄂᆞᆫ 양을 보고 ᄉᆡᆼ각ᄒᆞᄃᆡ,
'내가 즉금 집과 물건을 모다 폴면 수삼 천 량이 못 될 터힌즉 그 빗줄 다 갑지도 못ᄒᆞ고<106b>우리ᄂᆞᆫ 죽을 디경이 될 터힌즉 도모지 됴흔 계교ᄅᆞᆯ 내여 아즉 관원과 뎌 돈 쥬인을 속히고 다시 됴흔 ᄉᆡᆼ이[生涯]ᄅᆞᆯ ᄒᆞ야 돈이 만흔 후에 뎌 돈도 다 갑고 나도 부쟈[富者]가 되어 잘 살니라.'
ᄒᆞ고 ᄉᆞ령의 올 줄을 미리 알고 피ᄒᆞ엿다가 이날 셕양[夕陽]에 집으로 와서 자고 이튼날 아참에 돈 오ᄇᆡᆨ 냥과 쌀 열 셤을 삭군의게 지우고, 김긔의 숑ᄉᆞ맛흔 셔리의 집을 차저 가서 문 압희서 쥬인을 브ᄅᆞ며 그 집을 술펴본즉, 삼ᄉᆞ 간 풀집이오, ᄯᅩ 여러 ᄒᆡ가 지나 문허지게 된지라. ᄆᆞᄋᆞᆷ에 ᄉᆡᆼ각ᄒᆞᄃᆡ,

'ᄆᆡ우 가난ᄒᆞᆫ 사ᄅᆞᆷ이로다.'

ᄒᆞ고 년ᄒᆞ여 브ᄅᆞ니, 아모도 ᄃᆡ답ᄒᆞᄂᆞᆫ 이가 업다가 방 속에셔 녀인이 ᄃᆡ**<107a>**답ᄒᆞᄃᆡ,

"오ᄂᆞᆯ 일즉이 아문으로 가셧신즉 어두온 후에야 오겟다."

ᄒᆞ거ᄂᆞᆯ 보지 못ᄒᆞᆯ 줄 알고 그 돈과 그 쌀을 다 그 집에 두고 말ᄒᆞᄃᆡ,

"오ᄂᆞᆯ 어두온 후에 다시 와서 뵈올 거시니, 만일 오시거든 이대로 녯ᄌᆞ오(닐오다)라."

ᄒᆞ고 도라오니라. 셔리 아문에 가서 일을 보다가 도라오니, 제 안ᄒᆡ가 영졉[迎接]ᄒᆞ며 ᄆᆡ우 됴하ᄒᆞᄂᆞᆫ지라. ᄆᆞᄋᆞᆷ에 괴이히 넉여 뭇고져 ᄒᆞ더니, 그 안ᄒᆡ 말ᄒᆞᄃᆡ,

"오ᄂᆞᆯ은 므슴 복으로 돈과 쌀을 만히 엇어서 집으로 보내엿소? 아마도 아문에 ᄆᆡ우 큰 죄인이 왓나 보오. 우리가 이제ᄂᆞᆫ 적은 부쟈가 되엿ᄂᆡ."

ᄒᆞ며 우숨을 금ᄒᆞ지 못ᄒᆞ니, 셔리 괴이히 넉여 그 연고를 무**<107b>**ᄅᆞ니, 그 안ᄒᆡ 더욱 우ᄉᆞ며 왈,

"오ᄂᆞᆯ은 큰 돈을 벌고도 나를 속여 조롱ᄒᆞ려ᄒᆞ야 모ᄅᆞᄂᆞᆫ 톄ᄒᆞ고 그 연고를 무ᄅᆞ시니, 내가 칠팔 셰 된 아ᄒᆡ가 아니어ᄂᆞᆯ 그 ᄭᅬ를 물나서 속겟소."

ᄒᆞ고 밥상을 차려 주며,

"어서 밧비 잡ᄉᆞ시고 도적이 무서우니, 뎌 돈을 다른ᄃᆡ 옴겨두시오."

ᄒᆞᄂᆞᆫ지라. 밤이 된 연고로 돈과 쌀을 못 보앗더니, 그 말을 듯고 참말인 줄노 알고 과연 보니 돈과 쌀이라. 셔리 더욱 의심ᄒᆞ며 밥을 먹고 잇더니, 문 밧긔서 누가 브ᄅᆞ거ᄂᆞᆯ 그 안ᄒᆡ의게 그 사ᄅᆞᆷ이 온다

말은 드ᄅᆞᆫ지라. 그 사ᄅᆞᆷ인 줄 알고 밧비 나가서 보니, 열 놈은 설된 상인[喪人]이라. 인ᄉᆞᄒᆞᆫ 후에 찻ᄂᆞᆫ 연고며<108a>전곡[錢穀] 가져온 연유[緣由]ᄅᆞᆯ ᄌᆞ세히 무ᄅᆞ니, 최경이 ᄃᆡ답ᄒᆞᄃᆡ,

“나ㅣ 긴[緊]히 의론ᄒᆞ올 일이 잇ᄉᆞᆸ기로 로형[老兄]을 뵈오려ᄒᆞ고 왓시니 죵용ᄒᆞᆫ 곳이 잇거든 ᄒᆞᆫ가지로 가셔 말ᄉᆞᆷᄒᆞ면 엇더ᄒᆞ시릿가?”

셔리 “그리ᄒᆞ라.” 허락ᄒᆞ고 안헤 들어가셔 방을 치우고 쳥ᄒᆞ야 안ᄌᆞᆫ 후에 최경이 말ᄒᆞᄃᆡ,

“일젼[日前]에 김긔라 ᄒᆞᄂᆞᆫ 사ᄅᆞᆷ의게 일만 냥 정소와 돈표ᄅᆞᆯ 맛(밧)고 돈 진 사ᄅᆞᆷ 최경을ᄉᆞ령으로 잡으려 ᄒᆞ시다가 그 사ᄅᆞᆷ이 싀골 감으로 잡아오지 못ᄒᆞᆫ 일이 잇ᄉᆞᆸ나닛가?”

셔리 답ᄒᆞᄃᆡ,

“과연 그 일이 잇소.”

최경이 ᄀᆞᆯ오ᄃᆡ,

“그 잡으려 ᄒᆞ시던 최경이가 곳 내오.”

셔리 이 말을 듯고 놀나며 의심ᄒᆞ<108b>여 ᄀᆞᆯ오ᄃᆡ,

“그러ᄒᆞ면 엇지ᄒᆞ야 그 ᄣᅢ에ᄂᆞᆫ 피ᄒᆞ고 즉금은 나ᄅᆞᆯ 차ᄌᆞ시며, ᄯᅩ 돈과 쌀을 만히 보내시니엇지ᄒᆞᆫ 일이오?”

ᄒᆞ거ᄂᆞᆯ 최경이 ᄃᆡ답ᄒᆞᄃᆡ,

“돈과 쌀은 처음 뵈옵ᄂᆞᆫ 례물이오니, 비록 만치 아니ᄒᆞ오나 웃고 밧으심을 ᄇᆞ라옵ᄂᆞ이다. ᄯᅩ 처음에 피ᄒᆞ고 즉금 ᄉᆞᄉᆞ로이 찻ᄌᆞ와 뵈옵ᄂᆞᆫ 일은 과연 연고가 잇ᄉᆞ오니, ᄌᆞ세히 말ᄉᆞᆷᄒᆞ오리다. 쇼뎨[少弟]의 션친이 원ᄅᆡ 뎌 김긔와 셰교[世交]의 친홈이 잇서 서로 싱ᄋᆡᄅᆞᆯ 돌보며[도아주다 ᄠᅳᆺ] 피ᄎᆞ에 돈을 취ᄃᆡᄒᆞ올 적에 뎌 김긔도 우리 돈을 만 금 이만 금[냥과 ᄀᆞᆺᄒᆞᆫ 말]을 지고 혹 이삼 년 ᄉᆞ오 년 ᄉᆞ이에 갑하도 우리 션친[先親]<109a>ᄭᅴ셔 아모 말ᄉᆞᆷ도 아니ᄒᆞ시고 밧으시더니, 우리ᄂᆞᆫ 처음으로 뎌의 돈 만 냥을 진즉 불과 일년에 우리 션친ᄭᅴ셔 병환이 깁히 드셧신즉, 뎌ㅣ 우리 션친이 혹 샹ᄉᆞ 나시면 돈을 못 밧을가 ᄒᆞ고 의심이 동ᄒᆞ여 우리 션친 샹ᄉᆞ 나시던 수일 젼에 와서 문병도 변변이 아니ᄒᆞ고 욕ᄒᆞ며 소ᄅᆡ 질너 돈만 밧비 ᄃᆞᆯ나고 ᄒᆞ온즉 쇼뎨의 션친이 됴흔 말ᄉᆞᆷ으로 ᄀᆞᆫ절이 빌며 병이 나흔 후에 갑흘 거시니 렴녀 말나 ᄒᆞ셔도 더옥 욕ᄒᆞ며 쑤지ᄌᆞ니, 쇼뎨의 션친이 이 디경을 당ᄒᆞ야 병이 더ᄒᆞ고 근심이 니러나 인ᄒᆞ야 샹ᄉᆞ 나시니, 쇼뎨 간신이 ᄋᆡ통[哀痛] 중<109b>수ᄇᆡᆨ 냥 돈으로 장ᄉᆞᄅᆞᆯ 지내고 잇ᄉᆞᆸ다가 일젼에 뎌ㅣ 와서 됴샹을 청ᄒᆞ옵거ᄂᆞᆯ 청ᄒᆞ여 표샹을 밧으며 우ᄂᆞᆫ 소ᄅᆡᄅᆞᆯ 듯ᄉᆞ온즉 우름 소ᄅᆡ ᄒᆞᆫ 마ᄃᆡ ᄒᆞᆫ 후에 ᄋᆡ고 돈아! ᄒᆞᄂᆞᆫ 소ᄅᆡ ᄒᆞᆫ 마ᄃᆡ식 나오니, 쇼뎨 드ᄅᆞᆫ 모양으로 아니ᄒᆞ고 됴샹을 ᄆᆞᆺᄎᆞᆫ 후에 ᄃᆞᆷ비와 술을 ᄌᆞ시기[食]ᄅᆞᆯ 청ᄒᆞ온즉 뎌의 말이 나ᄅᆞᆯ 돈을 주면 먹고, 그러치 아니ᄒᆞ면 아니 먹겟노라 ᄒᆞ고 인ᄒᆞ여 ᄌᆡ촉ᄒᆞ오니, 쇼뎨 이ᄶᅢᄅᆞᆯ 당ᄒᆞ와 ᄉᆡᆼ각ᄒᆞ온즉 뎌ᄅᆞᆯ 일만 냥 본젼이며 몃 ᄃᆞᆯ 변리ᄅᆞᆯ 온젼이 주면 일이 업ᄉᆞ려니와 만일 ᄒᆞᆫ 푼이라도 덜 주ᄂᆞᆫ 폐가 잇ᄉᆞ면 일뎡코 됴치 아니ᄒᆞᆯ 터이오<110a>ᄯᅩ 쇼뎨의 가진 거시 불과 삼쳔냥이 온즉 그 거ᄉᆞ로난 갑흘 슈도 업고, ᄯᅩ 갑흘지라도 우리 여러 식구[食口]가 다 죽을지라. ᄉᆞ셰가 이러ᄒᆞ온즉 아모리 ᄉᆡᆼ각ᄒᆞ여도 다ᄅᆞᆫ 법이 업ᄉᆞᆸ기로 그ᄶᅢ에 뎌ᄅᆞᆯ 보고말ᄒᆞ오ᄃᆡ 돈 일만냥을 진 일이 업고 다만 일ᄇᆡᆨ 냥만 젓노라 ᄒᆞ니, 뎌ㅣ 셩내여 가더니 로형ᄭᅴ 말ᄉᆞᆷᄒᆞ고 소지ᄅᆞᆯ 정ᄒᆞ며 표ᄅᆞᆯ 밧쳣ᄉᆞ오니, 이제ᄂᆞᆫ 쇼뎨의 죽고 사ᄂᆞᆫ 거시 다 로형ᄭᅴ 잇ᄉᆞ온즉 그 연고로 그ᄶᅢ에 피ᄒᆞ여 아니 잡혀 가옵고 다만 로형을 뵈와 이런 말ᄉᆞᆷ을 넷ᄉᆞᆸ고 아모조록 일을 무ᄉᆞ히ᄒᆞ여 주실가ᄒᆞ여 이러틋 차ᄌᆞ와 뵈오니, 쇼뎨ᄅᆞᆯ 죽이시던지 살니**<110b>**시던지 도모지 로형만 내 동포[同胞]와 ᄀᆞᆺ치 밋고 왓ᄉᆞ오니, 혜아려 보시고 살녀 주옵쇼셔."

ᄒᆞ니, 셔리 이 말을 듯고 ᄀᆞ만이 ᄉᆡᆼ각ᄒᆞᆫ즉 여러 ᄒᆡᄅᆞᆯ 한셩부 셔리ᄅᆞᆯ ᄃᆞᆫ녓ᄉᆞᄃᆡ 이러케 만ᄒᆞᆫ 뢰물을 처음으로 밧은지라. 이 일을 잘ᄒᆞ여 주면 됴켓ᄉᆞᄃᆡ, 계교가 업서 머리ᄅᆞᆯ 숙히고 나무 ᄉᆞᄅᆞᆷᄀᆞᆺ치 안저서 아모 말을 아니ᄒᆞ다가 닐ᄋᆞᄃᆡ,

"나ㅣ 진실노 뎌 김ᄀᆡ놈의 ᄒᆡᆼ실이 뮙고 ᄯᅩ 샹쥬[喪人 同]의 일이 블샹ᄒᆞ나 아모리 ᄉᆡᆼ각ᄒᆞ여도 계교가 업ᄉᆞ니, 이 일을 엇지ᄒᆞ면 됴흘고? 괴악ᄒᆞᆫ 뎌 김ᄀᆡ놈이로다. 그놈이 다만 돈 만 알고 친구도 모ᄅᆞ며 의도 업ᄂᆞᆫ 놈이로다. 그러ᄒᆞ나 이놈의 일만**<111a>**냥 표지ᄅᆞᆯ 이왕에 당샹대감[堂上大監]ᄭᅴ서 알으시고 ᄯᅩ 아문의서 표지대로 시ᄒᆡᆼᄒᆞᄂᆞᆫ 거시니, 엇지 일ᄇᆡᆨ냥 젓다ᄒᆞᄂᆞᆫ 말을 밋으리오? 내가 뎌 돈과 ᄊᆞᆯ을 아니 밧을지어(언)정 그 일을 변통ᄒᆞᆯ 슈가 업겟쇼."

ᄒᆞ니 최경이 울며 ᄒᆞᄂᆞᆫ 말이,

"로형이 만일 이 일을 못ᄒᆞ시면 쇼뎨ᄂᆞᆫ ᄒᆞᆯ 슈 업시 죽은 사ᄅᆞᆷ이오니, 이 일을 엇지ᄒᆞ면 됴켓ᄉᆞᆸᄂᆞ닛가? 그러나 그 문셔[文書]ᄂᆞᆫ 로형의게 잇ᄉᆞᆯ 거시니, 잠간 뵈시면 엇더ᄒᆞ오릿가?"

셔리 이 말을 듯고 ᄀᆞᆯᄋᆞᄃᆡ,

"엇지ᄒᆞ여 보려ᄒᆞ시오?"

답ᄒᆞᄃᆡ,

"그 표ᄅᆞᆯ 보면 신통ᄒᆞᆫ 계교가 잇ᄉᆞ오니, 로형과 나만 알고 ᄒᆞᆯ 일이오니 의심 말으시고 잠간 내여 오시오."**<111b>**

ᄒᆞ니, 셔리 그 ᄒᆞᄂᆞᆫ 양을 보려ᄒᆞ여 그 돈표ᄅᆞᆯ 내여 뵈며 말ᄒᆞᄃᆡ,

“므ᄉᆞᆷ 계교ㅣ 잇쇼? 만일 됴ᄒᆞᆫ 계교가 잇ᄉᆞᆯ진대 내가 샹인을 위ᄒᆞ야 힘을 앗기지 아니ᄒᆞᆯ 터이니, 그리 알으시고 말ᄉᆞᆷᄒᆞ시오.”
ᄒᆞ거ᄂᆞᆯ 최경이 공슌이 말ᄒᆞ여 ᄀᆞᆯᄋᆞᄃᆡ,

“본ᄅᆡ 표ᄒᆞᄂᆞᆫ 법이 표ᄅᆞᆯ 써서 돈 님자의게 줄 ᄯᅢ에ᄂᆞᆫ 아모 사ᄅᆞᆷ이라도 본젼이 몃 량이라 ᄒᆞᄂᆞᆫ 글ᄌᆞ[비컨대 이만 량, 삼만 량 등]ᄅᆞᆯ 감히 희미ᄒᆞ게 쓰거나 잘못 쓴 거ᄉᆞᆯ ᄀᆞᆺ(곳)치거나 못ᄒᆞ니, 이 연고ᄂᆞᆫ 혹 적은 돈을 만케ᄒᆞ거나 만ᄒᆞᆫ 돈을 적게ᄒᆞᆫ가 의심ᄒᆞᆷ으로 혹 관가[官家, 아문]에 숑ᄉᆞᄒᆞᆯ ᄯᅢ에도 관원이 의심ᄒᆞ야 결단치 못ᄒᆞᄂᆞᆫ〈112a〉일도 잇고 혹 그 연고로 돈 밧을 사ᄅᆞᆷ이 적게도 밧고 혹 적게 갑ᄒᆞᆯ 사ᄅᆞᆷ이 만히 갑ᄂᆞᆫ 폐가 잇ᄂᆞ니, 오ᄂᆞᆯ 쇼뎨와 로형만 알고 이 표에 일만 량이라 ᄒᆞ고 쓴 일[一]ᄌᆞ와 만[萬]ᄌᆞᄅᆞᆯ 칼노 희미ᄒᆞ게 글고 다시 일[一]ᄌᆞ와 만[萬]ᄌᆞᄅᆞᆯ 쓴 후에 로형ᄭᅴ서 이 문셔(표)ᄅᆞᆯ 가지고 잇다가 ᄅᆡ일 쇼뎨가 아문에 스ᄉᆞ로 갈 거시니, 만일 당상대감[堂上大監]이 나ᄅᆞᆯ 잡아들이고 김긔의 돈을 갑흐라 ᄒᆞ시거든 그ᄯᅢ에 그 표ᄅᆞᆯ 들나고 ᄒᆞ여 내가 볼 ᄯᅢ에 나의 엇더케 말ᄒᆞᄂᆞᆫ 모양을 보아서 그 압헤서 말ᄉᆞᆷ으로 잘 도아주시면 일이 될 ᄃᆞᆺᄒᆞ오니, 로형의 ᄯᅳᆺ에 엇더ᄒᆞ시닛〈112b〉가?”

셔리 ᄃᆡ답ᄒᆞᄃᆡ,

“샹쥬의 말ᄉᆞᆷ이 ᄀᆞ장 유리[有理]ᄒᆞ시고 ᄯᅩ 제 소견[所見]에도 될 ᄃᆞᆺ ᄒᆞ오니, 되나 못 되나 그대로ᄒᆞ여 볼 터히니, 렴녀 말나.”
ᄒᆞ거ᄂᆞᆯ 최경이 인ᄒᆞ여 적은 칼노 일만[一萬] 두 글ᄌᆞᄅᆞᆯ 긁어 ᄇᆞ리고 다시 일만 두 ᄌᆞᄅᆞᆯ 쓰고 ᄌᆞ셰히 보니, 마치 다ᄅᆞᆫ 글ᄌᆞᄅᆞᆯ ᄀᆞᆺ처 쓴 것 ᄀᆞᆺᄒᆞᆫ지라. 셔리도 보고 우서 ᄀᆞᆯ오ᄃᆡ,

“샹쥬의 나히 불과 십오 셰에 능히 이러ᄒᆞᆫ 계교ᄅᆞᆯ 내니, 이후에 나히 만흐면 ᄯᅩ 무슴 큰일을 ᄒᆞ겟쇼? 그러ᄒᆞ나 ᄅᆡ일에 이 일이 엇지 될는지 모ᄅᆞ거니와 브ᄃᆡ 아문에 들어와서 말을 잘ᄒᆞ시오."
ᄒᆞ고 밤이 깁도록 의론ᄒᆞ다가 최경이 하직ᄒᆞ**<113a>**고 집에 도라와서 밤을 지내고 이튼날 아참밥을 먹은 후에 바로 아문에 들어가 ᄌᆞ현[스ᄉᆞ로 가서 보다 말]ᄒᆞ니, 셔리 이대로 당샹ᄭᅴ 알왼대, 당샹이 잡아들여 무ᄅᆞᄃᆡ,

"네가 최경이냐?"

〈답〉 "그러ᄒᆞ와이다."

"네 아비가 김긔의 돈을 일만량을 지고 죽은 후에 네가 김긔의 돈을 다만 일ᄇᆡᆨ량만 젓다고ᄒᆞ며 아니 갑흐려 ᄒᆞᆫ다 ᄒᆞ니, 그 말이 올흔 말이냐?"

〈답〉 "과연 올흔 일이 올쇼이다."

ᄯᅩ 무ᄅᆞᄃᆡ,

"네 아비가 죽기 젼에 일만량으로 표ᄅᆞᆯ 써서 김긔의게 준 거시 분명[分明]ᄒᆞ고 ᄯᅩ 그 문셔[文書]ᄅᆞᆯ 내가 보니 의심이 업거ᄂᆞᆯ 네가 일ᄇᆡᆨ량만 젓다ᄒᆞ니, 적심[賊心]이 아니냐?"

〈답〉 "쇼**<113b>**인의 쳔ᄒᆞᆫ 나히 어리온ᄃᆡ 엇지 이런 큰일을 ᄌᆞ세히 아올 슈가 잇ᄉᆞᆸᄂᆞ닛가? 그러ᄒᆞ오나 쇼인이 다ᄅᆞᆫ 곳에 가서 글을 ᄇᆡᄒᆞ다가 혹 집에 도라오면 쇼인의 아비가 근심ᄒᆞ오ᄃᆡ 쟝ᄉᆞᄒᆞᄂᆞᆫ 일이 다 랑패가 되어 김긔의 돈을 ᄇᆡᆨ량도 갑지 못ᄒᆞ고, ᄯᅩ 다ᄅᆞᆫ 사ᄅᆞᆷ의 돈도 여러 쳔량을 갑지 못ᄒᆞ니, 엇지ᄒᆞᆯ고? ᄒᆞ오며 걱정ᄒᆞ옵고 ᄯᅩ 그 후에 병이 들어서 더욱 근심ᄒᆞ옵다가 죽엇ᄉᆞ온즉 쇼인이 이러ᄒᆞ온 줄만 아옵고 잇ᄉᆞᆸ더니, 김긔가 쇼인의 집으로 됴샹ᄒᆞ라 와서 돈이 일만량이라 ᄒᆞ고 쇼인을 못 견ᄃᆡ게 욕ᄒᆞ고 ᄭᅮ지ᄌᆞ며 ᄯᅩᆯ나 ᄒᆞ옵기로 쇼인이 의심ᄒᆞ여 일만〈114a〉량이라 말이 되지 못ᄒᆞᆫ 말이라 ᄒᆞ옵고 아직은 장ᄉᆞᄅᆞᆯ 지내여 돈이 업ᄉᆞ니 쇼인의 아비 말대로 일ᄇᆡᆨ량을 갑흐리라 ᄒᆞ온즉 김긔가 일만량 표가 잇ᄉᆞ니 표ᄅᆞᆯ 가지고 아문에 가서 정소[呈訴] ᄒᆞ겟노라 ᄒᆞ오며 쇼인을 무수히 ᄭᅮ짓ᄉᆞᆸ고 갓ᄉᆞ오나 쇼인이 엇지 죽은 아비의 말은 비반ᄒᆞ야 밋지 아니 ᄒᆞ옵고 다ᄅᆞᆫ 사ᄅᆞᆷ 김긔의 말만 밋고 돈을 갑흘 리가 잇ᄉᆞᆸᄂᆞ닛가? ᄯᅩ 그 김긔의 셩픔이 다ᄅᆞᆫ 사ᄅᆞᆷ과 ᄆᆡ우 달나서[別] 적은 일을 ᄎᆞᆷ지 못ᄒᆞᄂᆞᆫᄃᆡ 만일 돈이 일만량이 되올 터히오면 엇지 일년ᄭᆞ지 ᄎᆞᆷ앗다가 죽을 ᄯᅢ에 와서 일만량이라 말은 ᄒᆞ지 아니ᄒᆞ고 다만 돈〈114b〉만 ᄃᆞᆯ나다가 그져 가오며, ᄯᅩ 쇼인[小人]의 아비도 쇼인더러 그런 말을 아니ᄒᆞᆯ 리가 잇ᄉᆞᆸᄂᆞ닛가? 명정지하[明政之下]에 통촉[洞燭] ᄒᆞ옵시기ᄅᆞᆯ ᄇᆞ라ᄋᆞᆸᄂᆞ이다."

당샹이 듯더니, 다시 최경을 본즉 나히 과연 십오 셰에 넘지 못ᄒᆞ고 말ᄉᆞᆷ이 유리ᄒᆞᆫ ᄃᆞᆺᄒᆞᆫ지라. ᄯᅩ 분부ᄒᆞᄃᆡ,

"네가 그 표ᄅᆞᆯ 보면 알 터히니 보라."

ᄒᆞ고 셔리ᄅᆞᆯ 블너 "표ᄅᆞᆯ 뵈이라." ᄒᆞ니, 셔리 ᄃᆡ답ᄒᆞ고 표ᄅᆞᆯ 주며 "보라." ᄒᆞᄂᆞᆫ지라. 최경이밧아가지고 이리 뎌리 보다가 그 표ᄅᆞᆯ 밧드러 드리며 알외ᄃᆡ,

"이 표ᄅᆞᆯ 보오니, 다ᄅᆞᆫ 글ᄌᆞᄂᆞᆫ 다 의심ᄒᆞ올 거시 업ᄉᆞ오ᄃᆡ 다만 일만 ᄒᆞᆫ 글ᄌᆞ[一萬 字]가 마치 다ᄅᆞᆫ 글ᄌᆞᄅᆞᆯ 곳처 쓴 것 ᄀᆞᆺᄉᆞ〈115a〉오니, 쇼인이 엇지 이런 비리[非理]로 사ᄅᆞᆷ을 속히고 밧으려 ᄒᆞ옵ᄂᆞᆫ 돈을 갑ᄉᆞ오며, 그 ᄲᅳᆫ 아니오라 뎌 김긔의 ᄒᆡᆼ실이 근본 괴악ᄒᆞ와서 이젼브터 놈의게 략간 돈을 주고 국법[國法]에 뎡ᄒᆞᆫ 변리 밧긔 제ᄉᆞᄉᆞ로이 즁ᄒᆞ게 밧기와 억지로 아니 밧을 돈을 셰가에 쳥과 뢰물

[賂物]을 쓰고 ᄲᅢ앗ᄂᆞᆫ다 ᄒᆞ옵ᄂᆞᆫ 소문이 ᄉᆞ면에 전파[傳播] ᄒᆞ엿ᄉᆞ오니, 이 일을 관가에서 탐지[探知] ᄒᆞ옵시면 ᄌᆞ연[自然] 김긔의 일을 ᄇᆞᆰ이 아옵실 거시니, 통촉 ᄒᆞ옵쇼셔."

ᄒᆞ고 표ᄅᆞᆯ 올니거ᄂᆞᆯ 당샹이 의심ᄒᆞ여 그 표ᄅᆞᆯ ᄌᆞ세히 보니, 과연 다ᄅᆞᆫ 글ᄌᆞᄂᆞᆫ 희미ᄒᆞᆫ 거시 업ᄉᆞᄃᆡ, 일만 만ᄌᆞ ᄒᆞ나만<115b>다ᄅᆞᆫ 글ᄌᆞᄅᆞᆯ 긁어ᄇᆞ리고 일만 만ᄌᆞᄅᆞᆯ 다시 쓴 모양이 잇ᄂᆞᆫ지라. 당샹이 셔리ᄅᆞᆯ 블너서 "ᄌᆞ세히 보라." ᄒᆞᄂᆞᆫ지라. 이 일 맛ᄒᆞᆫ 셔리 그 표ᄅᆞᆯ 오ᄅᆡ 보ᄂᆞᆫ 톄ᄒᆞ다가 당샹ᄭᅴ 알외ᄃᆡ,

"과연 일만 만ᄌᆞ가 다ᄅᆞᆫ ᄌᆞᄅᆞᆯ 칼노 긁고 만ᄌᆞᄅᆞᆯ 쓴 거시 분명ᄒᆞᆯ ᄲᅮᆫ 아니라, 그 김긔라 ᄒᆞ옵ᄂᆞᆫ ᄇᆡᆨ셩이 과연 그 젼브터 비리호숑[非理好訟, 올치 아닌 숑ᄉᆞ라 말]을 잘ᄒᆞᆫ다 ᄒᆞ옵더니, 오ᄂᆞᆯ 이 표ᄅᆞᆯ 보온즉 그 말이 올ᄉᆞ옵고, ᄯᅩ 뎌 ᄇᆡᆨ셩 최경의 나히 어림을 업수히 넉여서 이런 불의지ᄉᆞ[不義之事]ᄅᆞᆯ 힝ᄒᆞ와 우흐로 관가에 무쇼[誣訴]ᄒᆞ야 관뎡[官庭]을 어ᄌᆞ럽게 ᄒᆞ<116a>오며, 아래로 어린 ᄇᆡᆨ셩을 속혀서 큰 ᄌᆡ물을 ᄲᅢ아ᄉᆞ려 ᄒᆞ오니, 과연 뎌 ᄇᆡᆨ셩의 알외ᄂᆞᆫ 말ᄉᆞᆷ이 올ᄒᆞᆫ ᄃᆞᆺ ᄒᆞ옵고, 본 젼 일ᄇᆡᆨ 냥이라 ᄒᆞ옵ᄂᆞᆫ 일ᄇᆡᆨ ᄇᆡᆨᄌᆞᄅᆞᆯ 곳치고 일만 만ᄌᆞᄅᆞᆯ 곳처 쓴 모양이 나타나오니, 통촉ᄒᆞ옵쇼셔."

ᄒᆞ거ᄂᆞᆯ 당샹이 그 표와 최경의 말을 심히 의혹ᄒᆞ야 김긔가 됴치 아닌 ᄇᆡᆨ셩으로 아ᄂᆞᆫ ᄎᆞ에 셔리가 이러 ᄐᆞᆺ 알외니, 그 말이 과연 올흔지라. 크게 셩내여 셔리의게 분부ᄒᆞᄃᆡ,

"김긔놈을 밧비 잡아오ᄃᆡ ᄒᆞᆫ 각[一刻] 안흐로 ᄒᆞ라."

ᄒᆞ니, 셔리 ᄂᆞᆯ낸 ᄉᆞ령 ᄉᆞ오 인[四五人]을 불너, "김긔ᄅᆞᆯ ᄲᆞᆯ니 잡아오나라."<116b>ᄒᆞᆫᄃᆡ, ᄉᆞ령들이 일시에 ᄃᆡ답ᄒᆞ고 ᄲᅧᆯ니 김긔의 집으로 가니라. 이ᄯᅢ에 김긔ᄂᆞᆫ 최경의 잡히여 아문으로 간 줄 알고 됴하서

싱각ᄒᆞᄃᆡ,

'이놈의 부ᄌᆞ[父子]가 내 돈을 아니 갑흐려 ᄒᆞ더니, 이제ᄂᆞᆫ 제 집과 셰간과 뎐장[田庄]을 팔지라도 내 돈은 온젼이 밧으리라. 만일 다 갑지 아니ᄒᆞ거든 ᄉᆞ면으로 청홀지라도 이번[此番]에 ᄒᆞᆫ 푼도 ᄂᆞᆷ기지 말고 다 밧으리라.'

ᄒᆞ고 ᄆᆡ우 즐거워ᄒᆞ더니, 홀연 샤랑문이 열니며 킈 크고 흉악ᄒᆞᆫ ᄉᆞ령 ᄉᆞ오인이 밧비 들어와서 소ᄅᆡ 지ᄅᆞ며 뺨을 처 ᄀᆞᆯ오ᄃᆡ,

"이 사ᄅᆞᆷ놈아! 네가 불의[不義]<117a>힝ᄉᆞ로 ᄂᆞᆷ의 돈을 억지로 잘 빼앗ᄂᆞᆫ다 ᄒᆞ더니, 이놈아! 오ᄂᆞᆯ 관가에 가서 견ᄃᆡ여 보아라. 네 볼기[臀]에 소의 가족을 닙히고 쇠[鐵]ᄅᆞᆯ ᄃᆞ혀도 오ᄂᆞᆯ은 볼기에 고기가 견ᄃᆡ지 못ᄒᆞ리라. 이놈아! 우리가 너 놈의 일노 슈고ᄒᆞ며 여긔 왓시니 례ᄎᆞ[例次] 돈 오십 냥 내여라, 일ᄇᆡᆨ 냥 내여라."

ᄒᆞ며 두ᄃᆞ리니 김긔 이ᄯᅢᄅᆞᆯ 당ᄒᆞ여 곡졀[曲節, 연고 ᄀᆞᆺᄒᆞᆫ 말]을 모ᄅᆞ고 위션 몸이 ᄋᆞᆲ하 견ᄃᆡᆯ 슈 업ᄂᆞᆫ지라. ᄉᆞ령의게 오십 냥 돈을 주며 빌고 ᄒᆞᆫ가지로 아문에 와서 관졍[官庭]에 들어가니, 당샹이 안고 그 압헤 셔리들이 서고 뜰 아래 최경이<117b>ᄭᅮᆯ어[跪] 업ᄃᆡ엿ᄂᆞᆫ지라. ᄉᆞ령이 김긔ᄅᆞᆯ 셤 아래 ᄭᅮᆯ니니, 당샹이 목소래ᄅᆞᆯ ᄆᆡᆼ렬[猛烈]이 ᄒᆞ야 ᄭᅮ지ᄌᆞᄃᆡ,

"뎌 놈은 도적놈이니 형틀[형벌ᄒᆞᄂᆞᆫ 긔계]에 올녀 ᄃᆞᆫᄃᆞᆫ이 동혀 ᄆᆡ고[縛] 그 즁에 큰 ᄐᆡ쟝[笞杖]을 ᄒᆞᆫ 손에 세 ᄀᆡᄅᆞᆯ 잡아 각별[各別, 별노]이 ᄆᆡ우 치ᄃᆡ 제 죄ᄅᆞᆯ 스ᄉᆞ로 고ᄒᆞ도록 치라."

ᄒᆞ니, ᄉᆞ령이 김긔ᄅᆞᆯ 형판[刑板] 우희 팔과 ᄃᆞ리ᄅᆞᆯ ᄃᆞᆫᄃᆞᆫ이 ᄆᆡ며 허리씌ᄅᆞᆯ 풀고 바지[袴]ᄅᆞᆯ 무릅[膝] 아ᄅᆡᄭᆞ지 벗기고 굵은 청ᄐᆡ목[青苔木] 세흘 쥐고 두 놈이 이 편과 뎌 편에 서셔 칠시, 당샹이 분부ᄒᆞᄃᆡ,

"네 죄ᄅᆞᆯ 네가 알 거시니, 죽기ᄅᆞᆯ 면ᄒᆞ려[免] ᄒᆞ거든 바ᄅᆞᆫ**〈118a〉**대로 알외여라."

ᄯᅩ ᄉᆞ령의게 분부ᄒᆞᄃᆡ,

"네 만일 이놈을 헐쟝[歇杖, 헐ᄒᆞ게 치다 말]ᄒᆞ엿다가ᄂᆞᆫ 그 ᄆᆡ로 네가 마질 거시니, 그리 알고 거ᄒᆡᆼ[擧行]ᄒᆞ라."

ᄒᆞ니, 셔리가 이대로 ᄉᆞ령의게 분부ᄒᆞ며 "ᄆᆡ우 치라." ᄒᆞ니, ᄉᆞ령놈이 일시에 ᄃᆡ답ᄒᆞ며 맛ᄆᆡ질노ᄒᆞ며,[둘이 서셔 치다 말] "바로 알외여라! 바로 알외여라!" ᄒᆞ니, 김긔 평ᄉᆡᆼ 처음으로 ᄆᆡᄅᆞᆯ 맛ᄂᆞᆫ지라. ᄋᆞᆲ흐기 심ᄒᆞᆫ 즁에 ᄆᆡᄅᆞᆯ 머므ᄅᆞ지 아니 ᄒᆞ니 엇지 견ᄃᆡ리오? 그 즁에도 ᄉᆡᆼ각ᄒᆞᄃᆡ,

'내가 젼에 빗을 주고 밧을 적에 여러 사ᄅᆞᆷ을 관가에 보내여 이 모양으로 ᄆᆡ질ᄒᆞ며 돈을 밧앗더니, 그 앙화[殃禍]가 즉**〈118b〉**금 내게 도라왓고나.'

ᄒᆞ고 알외ᄃᆡ,

"과연 쇼인이 무ᄉᆞᆷ 죄ᄅᆞᆯ 범ᄒᆞ와서 이 ᄆᆡᄅᆞᆯ 맛ᄉᆞ옵ᄂᆞᆫ지 곡졀을 ᄌᆞ셰히 아올 슈 업ᄉᆞ옵ᄂᆞ이다. 죄나 아옵고 죽어지이다."

ᄒᆞ거ᄂᆞᆯ 당샹이 다시 분부ᄒᆞᄃᆡ,

"내 드ᄅᆞ니 네가 이젼브터 비리호숑ᄒᆞ여 략간 돈을 ᄭᅮ이고 큰 변리ᄅᆞᆯ 밧으며, ᄯᅩ 더 밧아 ᄒᆞᆫ 냥은 열 냥으로 밧고, 열 냥은 ᄇᆡᆨ 냥, 쳔 냥으로 밧고, ᄇᆡᆨ 냥은 만 냥으로 밧아서 즉금 셩즁[城中] 톄일 부쟈가 되고도 오히려 욕심이 차지[滿] 못ᄒᆞ여 뎌 어린 최경을 속혀 ᄌᆡ물을 ᄲᅢ앗ᄉᆞ려ᄒᆞ니, 네가 일뎡코 도적놈이오, ᄯᅩ 네가 뎌 최경의 아비**〈119a〉**와 셰교[世交]ㅣ라 ᄒᆞᄂᆞᆫᄃᆡ 죽은 후에 그 ᄌᆞ식이 만일 빈궁ᄒᆞᆯ진대 네가 힘대로 도아주어 살도록 ᄒᆞᄂᆞᆫ 거시 붕우[朋友]의 신[信]이어ᄂᆞᆯ 너ᄂᆞᆫ 도로혀 략간 돈문셔에 글ᄌᆞᄅᆞᆯ 긁어ᄇᆞ리고 일ᄇᆡᆨ 냥 돈을 일만 만ᄌᆞ로 곳처셔 뎌 어린 ᄇᆡᆨ셩을 속이고 관정[官庭]을 어ᄌᆞ럽게ᄒᆞ니, 너ᄂᆞᆫ 당당이 도적으로 ᄃᆞᄉᆞ릴 놈이라. 엇지 경히 ᄃᆞᄉᆞ려서 다ᄅᆞᆫ 너ᄀᆞᆺᄒᆞᆫ ᄇᆡᆨ셩을 경계ᄒᆞ지 아니 ᄒᆞ겟ᄂᆞ냐? 너ㅣ 이 돈표에 일만 만ᄌᆞ[萬字]ᄅᆞᆯ ᄌᆞ세히 보아라."

ᄒᆞ고 표ᄅᆞᆯ 주니, 김ᄀᆡ 그 표ᄅᆞᆯ 밧아본즉 과연 곳친 거시 분명ᄒᆞᆫ지라. 므슴 말노써 발명[發明]ᄒᆞ리오? 그러나 ᄌᆞᆷᄌᆞᆷᄒᆞ고 잇ᄉᆞ면 더<119b>맛ᄌᆞᆯ가ᄒᆞ여 알외ᄃᆡ,

"쇼인이 이 표ᄅᆞᆯ 밧ᄉᆞ올 ᄶᅢ에 글ᄌᆞ가 다 분명ᄒᆞ옵기로 의심치 아니 ᄒᆞ옵고 밧앗ᄉᆞ오니, 만일 이러ᄒᆞᆯ 줄을 알앗ᄉᆞᆸ더면 그ᄶᅢ에 그 표ᄅᆞᆯ ᄌᆞ세히 보고 밧앗ᄉᆞᆯ 거ᄉᆞᆯ 그러케 못 ᄒᆞ온 거시 ᄒᆞᆫ[恨]이 올셰다."

당샹이 분부ᄒᆞᄃᆡ,

"이놈 드러보아라. 네가 이 표ᄅᆞᆯ 곳치고 표쥬[標主]의게로 미뢰니, [推] 네 죄가 뎜뎜 즁ᄒᆞ여 가ᄂᆞᆫ 줄을 모ᄅᆞᄂᆞ냐?"

ᄒᆞ고 ᄉᆞ령의게 엄히 분부ᄒᆞᄃᆡ,

"뎌 김ᄀᆡ놈이 제 숀으로 표ᄅᆞᆯ 곳쳣다고 ᄒᆞ도록 치라."

ᄒᆞ니, ᄉᆞ령이 다시 ᄆᆡᄅᆞᆯ 잡아 처음보다 더 ᄆᆞᆸ시 치니, 볼기에 살이 ᄶᅥ러지고 피 흘너 ᄯᅡ<120a>헤 ᄀᆞ득ᄒᆞᆫ지라. 김ᄀᆡ 엇지 견ᄃᆡ리오? 속에 ᄉᆡᆼ각ᄒᆞᄃᆡ,

'내가 최모[최경의 父]의 죽기 전후[前後] 돈을 ᄆᆞᆸ시 ᄃᆞᆯ나ᄒᆞ고 그 부ᄌᆞ[父子]ᄅᆞᆯ 과히 박ᄒᆞ게[薄] ᄃᆡ졉 ᄒᆞ엿더니, 오ᄂᆞᆯ 이런 환[患]이 잇고나, 이ᄅᆞᆯ 엇지ᄒᆞᆯ고? 돈은 일뎡 일만 냥이언마ᄂᆞᆫ 이 글ᄌᆞ 곳치고 쓴 일을 도모지 모로겟네. 도모지 셰교 친구 죽기 전후에 내가 돈만 알고 박ᄃᆡᄒᆞᆫ ᄯᅳᆺ시로다. 그 ᄲᅮᆫ 아니라 내가 전후에 ᄒᆞᆫ 일을 ᄉᆡᆼ각ᄒᆞ니, 과연 죽일 놈이로다. 이번에 목숨이 ᄭᅳᆫ허지지 아니면 도모지 녯 ᄒᆡᆼ

실을 ᄇᆞ리고 새로 ᄆᆞ음을 닥가 ᄇᆡᆨ 냥, 쳔 냥을 훗허서 궁ᄒᆞᆫ 친쳑과 가ᄂᆞᆫᄒᆞᆫ**<120b>**벗을 도와 주련마ᄂᆞᆫ 아마도 오ᄂᆞᆯ 내가 죽으리로다.'
ᄒᆞ고 울며 알외ᄃᆡ,

"쇼인이 그 표ᄅᆞᆯ 곳치지 아니 ᄒᆞ엿다 ᄒᆞ와도 빙ᄌᆞᄒᆞ야 알외올 말숨이 업ᄉᆞ온즉 쇼인이 그 글ᄌᆞᄅᆞᆯ 곳쳐 최경의게 돈을 더 밧으려 ᄒᆞ옵ᄂᆞᆫ 죄ᄅᆞᆯ 면치 못 ᄒᆞ올지라. 엇지 원통타고 ᄒᆞ오릿가? 이번에 ᄒᆞᆫ낫 목숨을 살녀 주옵시면 그 돈문셔ᄅᆞᆯ 불틔와 업시ᄒᆞ옵고 셰교의 벗의 ᄌᆞ식을 과히 잘못 ᄃᆡ졉ᄒᆞ온 죄로 다시 ᄒᆞᆫ 푼 돈을 밧지 아니려 ᄒᆞ오니, 살녀 주옵쇼셔. 대감 덕턱에 살아지이다."
ᄒᆞ고 샤죄[謝罪]ᄒᆞ며 ᄀᆞᆫ졀이 비니, 당샹이 본즉 ᄆᆡ도**<121a>**과히 맛고, ᄯᅩ ᄀᆞᆫ졀이 비ᄂᆞᆫ지라. 그제야 분부ᄒᆞ야 형틀에 ᄂᆞ려 "ᄭᅮᆯ녀 안치라." ᄒᆞ고 경계ᄒᆞ여 ᄀᆞᆯᄋᆞᄃᆡ,

"사ᄅᆞᆷ이 셰상에 잇ᄉᆞ면 반ᄃᆞ시 신[信]과 의[義]ᄅᆞᆯ 쥬장ᄒᆞᄂᆞᆫᄃᆡ, 너ᄂᆞᆫ ᄌᆡ물을 인ᄒᆞ야 셰교의 벗도 모ᄅᆞ고 의ᄅᆞᆯ 니저ᄇᆞ리니, 그런 괴이ᄒᆞᆫ ᄇᆡᆨ셩도 잇ᄂᆞ냐? 네 말대로 그 표ᄅᆞᆯ 불지르겟고 ᄯᅩ 최경의 진 돈 일ᄇᆡᆨ 냥을 밧ᄂᆞᆫ 거시 올흔 일이로ᄃᆡ 네가 관가에 무쇼[誣訴, 속히다]ᄒᆞᆫ 죄로 그 돈도 못 밧게ᄒᆞ니, 그리 알고 이후에ᄂᆞᆫ ᄀᆡ심[改心] 슈덕[修德] ᄒᆞ라. 만일 최경과 다시 돈으로 힐난[詰難]ᄒᆞ야 시비ᄒᆞᄂᆞᆫ 폐단이 잇ᄉᆞ면 그ᄯᆡ에ᄂᆞᆫ 용셔치 못ᄒᆞ리라."
ᄒᆞ고 인ᄒᆞ여 문셔 불지**<121b>**ᄅᆞ고 김긔와 최경을 아문에 내여 보내니라. 김긔 집에 도라와서 ᄉᆡᆼ각ᄒᆞ니, ᄯᅳᆺ 밧긔 일노 돈도 못 밧고 ᄋᆡᄆᆡ히 도적이 되고 ᄆᆡᄅᆞᆯ 즁히 마ᄌᆞᆺ시니, 엇지 분ᄒᆞ고 졀통ᄒᆞ지 아니ᄒᆞ리오마ᄂᆞᆫ 도로혀 뉘웃쳐 왈,

"ᄋᆡ돌고 졀통ᄒᆞ도다 내 일이여! 엇지ᄒᆞ여 ᄌᆡ물만 즁히 알고 사ᄅᆞᆷ

은 경히[輕] 알앗던고? 내가 평ᄉᆡᆼ에 돈만 모ᄒᆞ기로 일삼앗더니, 오ᄂᆞᆯ 이런 변이 잇섯고나. 다시ᄂᆞᆫ 변리ᄅᆞᆯ 주도 아니ᄒᆞ고 변리준 거술 밧지도 아니리라."

ᄒᆞ고 이ᄂᆞᆯ노 돈 십만 량을 내여 ᄯᅳᆯ에 쌋코 궁ᄒᆞᆫ 일가와 벗을 만히 쳥ᄒᆞ여 쳔 량, ᄇᆡᆨ 냥을 홋허 주니, 그 사<122a>ᄅᆞᆷ들이 됴하ᄒᆞ여 샤례ᄒᆞ며 그 연고ᄅᆞᆯ 몰나ᄒᆞ더라.

이ᄯᅢ에 최경이 집에 도라와서 ᄉᆡᆼ각ᄒᆞ니, 우연이 적은 계교ᄅᆞᆯ 내여 일은 되엿시나 김긔의 ᄆᆡ맛던 ᄉᆞ졍이며 도적의 모양된 거시 ᄆᆞ음에 평안치 못ᄒᆞᆫ지라. 그러나 엇지 ᄒᆞᆯ 슈 업ᄉᆞᆫ즉 그날노 집을 팔고 셰간을 ᄆᆡ매ᄒᆞ니, 삼쳔 금이 지나ᄂᆞᆫ지라. 다시 적은 집을 사서 식구ᄅᆞᆯ 잇게ᄒᆞ고 저ᄂᆞᆫ 그 돈으로 쟝ᄉᆞᄅᆞᆯ 시작ᄒᆞ니, 비록 나히 어리나 물졍[物情]에 지각[知覺]이 ᄇᆞᆰ아 온갖 일을 그ᄅᆞᆺᄒᆞᆷ이 업ᄉᆞᆫ즉 십 년 안헤 수십 만 냥 부쟈ㅣ 된지라. 이ᄯᅢᄅᆞᆯ 당ᄒᆞ여 ᄉᆡᆼ각ᄒᆞᄃᆡ,

'내가 젼에 김긔의 돈을 지고<122b>도로혀 아니진 톄ᄒᆞ여 김긔ᄅᆞᆯ 됴치 아닌 사ᄅᆞᆷ을 ᄆᆞᆫ둘고 ᄆᆡᄅᆞᆯ 맛게ᄒᆞ며 문셔ᄅᆞᆯ 불지ᄅᆞ게ᄒᆞᆷ이 나의 실샹 ᄆᆞ음이 아니오, 이 ᄒᆞᆫ ᄯᅢ 부쟈되기ᄅᆞᆯ ᄇᆞ람이러니 즉금은 내 ᄌᆡ물이 수십만 금이 되엿ᄉᆞᆫ즉 돈과 례물을 가지고 가서 김긔ᄅᆞᆯ 보고 샤과도 ᄒᆞ며, 돈도 갑고 ᄆᆡ즌 원슈도 풀니라.'

ᄒᆞ고 위션 돈 쳔 량을 내여 옷 지을 비단과 됴ᄒᆞᆫ 음식거리ᄅᆞᆯ 쟝만ᄒᆞ여 몬저 하인으로 지어 보내고 그 뒤로 돈 이만 냥을 곳 시러보내며 그 돈 시른 소와 ᄆᆞᆯ을 다 그곳에 두고 차저 오지 말나 ᄒᆞ고 편지에 무수히 샤과[辭過]ᄒᆞ고 용셔ᄒᆞ여 ᄃᆞᆯ나 ᄒᆞᄂᆞᆫ 말을 ᄀᆞᆫ졀이 ᄒᆞ야 보<123a>내며 ᄯᅩ 말ᄒᆞᄃᆡ,

"오ᄂᆞᆯ은 ᄒᆡ가 임의 ᄯᅥ러저서 밤이기로 못 가옵고, ᄅᆡ일 아참에 가서 죄ᄅᆞᆯ 당ᄒᆞ오리라."

ᄒᆞ고 하인을 ᄌᆡ촉ᄒᆞᄃᆡ,

"ᄲᆞᆯ니 도라와서 그 엇지ᄒᆞᄂᆞᆫ고 회보[回報]ᄒᆞ라."

ᄒᆞ니, 하인이 ᄃᆡ답ᄒᆞ고 가더니, 도라와서 고ᄒᆞᄃᆡ,

"그 편지ᄅᆞᆯ 보시고 대단이 놀나며 이상이 넉여 별노 ᄒᆞᄂᆞᆫ 말ᄉᆞᆷ이 업시 다만 분부ᄒᆞ시ᄃᆡ 즉금 밧분 일이 잇기로 답쟝[答狀]은 못ᄒᆞ니, ᄅᆡ일 서로 만나서 여러 ᄒᆡ 보지 못ᄒᆞ던 졍회[情懷]ᄅᆞᆯ 펴기 ᄇᆞ라노라 ᄒᆞ더라 ᄒᆞ고 녯ᄌᆞ오라 ᄒᆞ옵더이다."

ᄒᆞ거ᄂᆞᆯ 최경이 이 말을 듯고 일변 븟그리며 일변으로 탄식ᄒᆞ더라.

이ᄣᆡ에 김긔 샤랑에 잇다가 ᄯᅳᆺ<123b>밧긔 됴ᄒᆞᆫ 비단이며 온갖 찬슈[饌需]가 ᄯᅳᆯ에 ᄀᆞ득히 노히며 돈 실은 ᄆᆞᆯ과 쇼가 니어 들어오더니, 하인이 편지ᄅᆞᆯ 드리ᄂᆞᆫ지라. ᄣᅥ혀 본즉 최경이 무수 샤과ᄒᆞᆫ 말이오, 돈 갑ᄂᆞᆫ ᄯᅳᆺ이라. 놀나고 신긔히 넉여 젼원을 닛고 서로 맛나기ᄅᆞᆯ ᄇᆞ라며 일변 그 물건과 돈을 밧아 고간[庫間]에 너코 그ᄂᆞᆯ밤을 지낸 후, 이튼날 아참에 샤랑에 안저셔 기ᄃᆞ리더니, 최경이 과연 와서 절ᄒᆞ여 뵈옵고 업ᄃᆡ여 이젼에 잘못ᄒᆞᆫ 죄ᄅᆞᆯ 샤과ᄒᆞ며 죄주기ᄅᆞᆯ ᄀᆞᆫ절이 청ᄒᆞ니, 그 말ᄉᆞᆷ이 온슌ᄒᆞ고 공경되여 사ᄅᆞᆷ의 ᄆᆞᄋᆞᆷ을 감동[感動]ᄒᆞᆯ ᄲᅮᆫ 아니라, 김긔 ᄯᅩᄒᆞᆫ 이젼에 그 부ᄌᆞᄅᆞᆯ 욕<124a>ᄒᆞ고 ᄭᅮ지져 벗의 도리ᄅᆞᆯ 일흠을 ᄭᆡᄃᆞ라 ᄒᆞᆼ샹 탄식ᄒᆞ며 아문에셔 ᄆᆡ 맛고 돈도 못 밧은 일을 ᄯᅩᄒᆞᆫ ᄌᆞ가의 잘못ᄒᆞᆷ으로 아ᄂᆞᆫ지라. 엇지 최경을 한ᄒᆞ리오? ᄃᆞᆯ녀들어 최경의 ᄉᆞᆫ을 잡고 울며 닐ᄋᆞᄃᆡ,

"내가 도로혀 네게 잘못ᄒᆞᆫ 죄가 만커ᄂᆞᆯ 엇지 네가 내게 청죄ᄒᆞ리오? 내 그ᄉᆞ이 아문의서 당ᄒᆞᆫ 일은 다 내 ᄐᆞᆺ시라. 엇지 너ᄅᆞᆯ 원망ᄒᆞ겟ᄂᆞ냐? 오ᄂᆞᆯ 당ᄒᆞ여 너ᄅᆞᆯ 보니 나의 븟그러옴이 비ᄒᆞᆯ ᄃᆡ 업ᄂᆞᆫ지라.

다시 그런 말을 말고 네와 ᄀᆞᆺ치만 지낼 ᄲᅳᆫ 아니라 이후ᄂᆞᆫ 더옥 친쳑[親戚]이나 다ᄅᆞᆷ업시 서로 아ᄌᆞᄒᆞ며 니ᄅᆞ혀[起] 안치고 그ᄉᆞ이 보지 못ᄒᆞ던 회포와 ᄯᅩ 엇지ᄒᆞ여 부쟈된**<124b>**ᄉᆞ졍을 말ᄒᆞᆯ제 최경이 이젼 욕 뵈던 일을 ᄉᆡᆼ각ᄒᆞ며 즉금 그 원을 니저ᄇᆞ리고 이러ᄐᆞᆺ 너그럽게 ᄃᆡ졉홈을 지극히 감샤ᄒᆞ며 두려워ᄒᆞ야 그ᄉᆞ이 지내던 일과 부쟈 된 연고와 그ᄯᅢ에 돈을 갑흐면 집을 보존ᄒᆞᆯ 슈가 업기로 셔리ᄅᆞᆯ 씨고 돈표에 글ᄌᆞ 곳친 일을 ᄌᆞ셰히 말ᄒᆞ니, 김긔 다 듯고 탄식ᄒᆞ며 ᄀᆞᆯ오ᄃᆡ,

"나ㅣ 그 일을 ᄉᆡᆼ각ᄒᆞ니, 그ᄯᅢ에 네가 만일 이 계교ᄅᆞᆯ 내지 못ᄒᆞ엿더면 너도 살 슈 업고 나ᄂᆞᆫ 이ᄯᅢᄭᆞ지 올치 아니ᄒᆞᆫ 사ᄅᆞᆷ이 되엿술 거술 네가 그 계교ᄅᆞᆯ 내여 나ᄅᆞᆯ 속힌 연고로 즉금은 너도 살게 되고, 나ᄂᆞᆫ 이젼 그ᄅᆞᆫ 거술 씨ᄃᆞ러서 됴ᄒᆞᆫ 사ᄅᆞᆷ이 될**<125a>**ᄃᆞᆺᄒᆞ니, 이런 됴ᄒᆞᆫ 일이 ᄯᅩ다시 잇ᄂᆞ냐?"

ᄒᆞ고 오히려 감샤ᄒᆞ며 그 돈은 본젼 일만 냥만 밧고 변리ᄂᆞᆫ ᄒᆞᆫ 푼도 밧지 아니ᄒᆞ며 평ᄉᆡᆼ에 부ᄌᆞ와 ᄀᆞᆺ치 의[義]ᄅᆞᆯ ᄆᆡᆺ고 ᄉᆞᄉᆡᆼ고락[死生苦樂]을 ᄒᆞᆫ가지로 ᄒᆞ기로 ᄆᆞᄋᆞᆷ을 뎡ᄒᆞ야 둘히 다 유명[有名]ᄒᆞᆫ 사ᄅᆞᆷ이 되엿다 ᄒᆞ니, 진실노 이러ᄒᆞᆯ진ᄃᆡ 사ᄅᆞᆷ 즁에 듬은 사ᄅᆞᆷ이로다.

니김량셩긔(李金兩姓記)

<125b>녯적에 셔울 남산 아ᄅᆡ 사ᄂᆞᆫ 니진ᄉᆞㅣ라 ᄒᆞᄂᆞᆫ 사ᄅᆞᆷ이 독[獨]ᄌᆞᄅᆞᆯ 두엇시니, 나히 십오 셰라. 젼라도 남원[南原] ᄯᅡ헤 사ᄂᆞᆫ 김

진ᄉᆞ의 ᄯᆞᆯ과 혼인을 뎡ᄒᆞ고, 대례[大禮] 날이 다ᄃᆞᄅᆞ매, 니진ᄉᆞㅣ 아ᄃᆞᆯ을 ᄃᆞ리고 여러 날 만에 김진ᄉᆞ의 집에 가셔 혼인을 지낼ᄉᆡ, 대례ᄅᆞᆯ ᄆᆞᆺᄎᆞ매 날이 어두온지라. 셕반을 파ᄒᆞ고 쥬인과 말ᄉᆞᆷᄒᆞ다가 곤ᄒᆞ여 촉불을 물니고 자더니, 홀연 신랑[新郞]이 안흐로셔 급히 나오며 호부[呼父]ᄒᆞᄃᆡ,

“여긔셔 오ᄅᆡ 머믈 슈 업ᄉᆞ오니, 즉금으로 밧비 인마[人馬]ᄅᆞᆯ 차려 셔울노 가시옵ᄉᆡ<126a>다.”

ᄒᆞ거ᄂᆞᆯ 니진ᄉᆞ와 김진ᄉᆞㅣ ᄒᆞᆫ가지로 자다가 이 말을 듯고 놀나 그 연고ᄅᆞᆯ 무ᄅᆞᄃᆡ,

“너ㅣ 엇지ᄒᆞ여 갑자기 밤즁에 나와셔 이런 경ᄉᆞᆯ[輕率]ᄒᆞᆫ 말을 ᄒᆞᄂᆞ냐?”

ᄒᆞ니, 신랑이 ᄃᆡ답ᄒᆞᄃᆡ,

“과연 신방[新房]에 괴이ᄒᆞᆫ 일이 잇ᄉᆞᆸᄂᆡ다.”

〈문〉“므ᄉᆞᆷ 일이냐? 밧비 말ᄒᆞ여라.”

〈답〉“저와 신부[新婦]ㅣ ᄒᆞᆫ 방에 잇ᄉᆞ와 촉불을 물니기 젼에 엇더ᄒᆞᆫ 사나ᄒᆡ 소ᄅᆡ가 창호[窓戶] 밧게 나며 큰 칼ᄂᆞᆯ이 창호에 들어와서 사ᄅᆞᆷ은 샹ᄒᆞ지 아니 ᄒᆞ엿ᄉᆞ오나 그놈의 흉악ᄒᆞᆫ 말ᄉᆞᆷ이 너희 둘이 아모 ᄯᅢ라도 내 ᄉᆞᆫ에 죽으리라 ᄒᆞ온즉 이 소ᄅᆡᄅᆞᆯ 듯고야 엇지 그방에서 잠잘 슈가 잇ᄉᆞᆸᄂᆞ닛가? 그 연고로 나와서 녯<126b>ᄌᆞᆸᄂᆞ이다.”

ᄒᆞ거ᄂᆞᆯ 니진ᄉᆞ와 김진ᄉᆞ가 서로 바라보다가 니진ᄉᆞㅣ 말ᄒᆞᄃᆡ,

“일이 이러ᄒᆞᆯ진대 즉금으로 가ᄂᆞᆫ 거시 올타.”

ᄒᆞ고 하인을 불너 밧비 길을 ᄯᅥ나ᄌᆞᄒᆞ니, 김진ᄉᆞᄂᆞᆫ 정신 업ᄂᆞᆫ 사ᄅᆞᆷ ᄀᆞᆺ치 가라 말도 업고 잇스라 말도 업시 벙어리[啞]ᄀᆞᆺ치 안졋다가 계오 정신을 차리고 안흐로 들어가니라. 니진ᄉᆞㅣ그 아ᄃᆞᆯ을 ᄃᆞ리고

밤에 ᄯᅥ나서 쥬막에 와서 밤을 지내고 이튼날 다시 발ᄒᆡᆼ[發行]ᄒᆞ여 셔울노 와서 그 안ᄒᆡ를 보고 이런 말을 다ᄒᆞ니, 겻ᄒᆡ서 듯ᄂᆞᆫ 이도 다 놀나더라. 두어 ᄃᆞᆯ이 지나매 니진ᄉᆞㅣ 그 안ᄒᆡ와 의론ᄒᆞᄃᆡ,

"우리 나히 만코 ᄯᅩ 다<127a>ᄅᆞᆫ ᄌᆞ식이 업순즉 불가불 다ᄅᆞᆫᄃᆡ 혼인을 뎡ᄒᆞᆯ 슈 밧긔 다ᄅᆞᆫ 법이 업ᄉᆞ니 즁ᄆᆡ[媒] ᄒᆞ나를 불너 어ᄃᆡ가 되던지 아ᄅᆞᆷ다온 새악씨를 구ᄒᆞ야 쟝가들이고 김진ᄉᆞ의 ᄯᆞᆯ은 제 죄로 불공ᄌᆞ파[不攻自破]가 되엿시니, 우리 샹관ᄒᆞ지 못ᄒᆞᆯ지라. 이후라도 뎌ㅣ 시비[是非]를 못ᄒᆞᆯ 터히니 마노라가 밧비 쥬션ᄒᆞ여 혼인이 되게ᄒᆞ시오."

ᄒᆞ고 의론ᄒᆞᆯ제, 그 아ᄃᆞᆯ이 밧긔셔 글 닑다가 들어왓더니, 이 말을 듯고 부모 압헤 ᄭᅮᆯ어 안저셔 공슌이 녯ᄌᆞ오ᄃᆡ,

"ᄒᆞᆫ마ᄃᆡ 녯ᄌᆞ올 말ᄉᆞᆷ이 잇ᄉᆞᆸᄂᆡ다. 혼인은 인간[人間] 대ᄉᆞㅣ온즉, 제가 부모의 명대로 ᄒᆞ옵ᄂᆞᆫ 거시 올ᄉᆞ오나 그러치 아니 ᄒᆞ온 ᄉᆞ단[事端]이<127b>잇ᄉᆞ오니 잠간 듯ᄌᆞ와 보옵시오. 녯글을 보오나 혹 말ᄉᆞᆷ을 듯ᄉᆞ오나 셰샹에 녜로브터 긔긔[奇奇] 괴괴[怪怪]ᄒᆞ온 일이 만ᄉᆞ오니 남원 김진ᄉᆞ의 ᄯᆞᆯ이 혹 ᄌᆡ덕[才德]이 잇ᄉᆞ와 ᄂᆞᆷ의게 ᄲᅱ여 나옴으로 엇더ᄒᆞᆫ 흉악지인[凶惡之人]이 투긔[妬忌]ᄒᆞ야 흉ᄒᆞᆫ 계교로 싀집을 못 가게ᄒᆞ고 졔가 욕심을 내여 장가를 둘녀ᄒᆞ고 즘즛 그런 흉ᄒᆞᆫ 말이며, 흉ᄒᆞᆫ 즉술 ᄒᆞ온지 모ᄅᆞ오니, 만일 진실노 그 새악시가 죄 업시 그 일을 당ᄒᆞ온 거ᄉᆞᆯ 모ᄅᆞ고 우리가 다ᄅᆞᆫ ᄃᆡ 혼취[婚娶] ᄒᆞ엿다가 이후에 명ᄇᆡᆨ[明白] 무죄[無罪]ᄒᆞ오면 이ᄂᆞᆫ 우리가 ᄉᆞᆲ히지 못ᄒᆞᆷ으로 ᄂᆞᆷ을 크게 원통케 ᄒᆞᆷ이오니, 수삼 년을 더 잇다가 그 일<128a>을 ᄌᆞ세히 알아본 후에 혼인ᄒᆞ와도 늣지 아니 ᄒᆞ옵고, ᄯᅩ 제가 뎡ᄒᆞᆫ 쥬의 잇ᄉᆞ오니, 수삼 년 ᄂᆡ로 과거를 ᄒᆞᆫ 후에야 쟝가들녀

ᄒᆞ오니 엇더ᄒᆞ옵던지 삼년 만 더 기ᄃᆞ리 옵시면 됴흘 ᄃᆞᆺᄒᆞ외다.” ᄒᆞ거ᄂᆞᆯ 그 부모ㅣ 이 말을 듯고 ᄉᆡᆼ각ᄒᆞᆫ즉 그 말이 유리[有理]ᄒᆞ고 ᄯᅩ 삼ᄉᆞ 년을 기ᄃᆞ려도 쟝가 들니기가 과히 늣지 아닐 ᄲᅳᆫ더러 아ᄃᆞᆯ의 ᄆᆞ음이 굿고 강ᄒᆞ여 억지로 ᄒᆞᆯ 슈 업ᄉᆞᆯ 줄 알고, “그리ᄒᆞ여라.” 허락ᄒᆞ니, 신랑이 크게 깃거워ᄒᆞ야 글닑기와 글시 쓰기ᄅᆞᆯ 더옥 힘쓰더니 그렁뎌렁 삼년이 지나서 나히 십팔 셰라. 알셩과[謁聖科]에 참예 ᄒᆞ엿더니, 쟝원[壯元]으로 과거ᄅᆞᆯ ᄒᆞ엿거ᄂᆞᆯ 나**<128b>**라에셔 친히 블니실ᄉᆡ, 그 용모[容貌]와 시ᄌᆡ[詩才]가 과거ᄒᆞᆫ 이즁 읏듬이라. 압헤 갓가이 셰우시고 그 션셰[先世] ᄅᆡ력[來歷]을 무ᄅᆞ시다가 다시 무ᄅᆞ시ᄃᆡ,

“네 ᄒᆞ고져 ᄒᆞᄂᆞᆫ 소원[所願]이 무슴 벼ᄉᆞᆯ이냐? 네 원대로 ᄒᆞᆯ 거시니 말ᄒᆞ여라.”

ᄒᆞ시거ᄂᆞᆯ 니랑[李郎]이 ᄭᅮᆯ어 업ᄃᆡ여 녯ᄌᆞ오ᄃᆡ,

“쇼신이 무ᄌᆡ무학[無才無學]으로 과거에 참방[參榜] ᄒᆞ옴도 외람[猥濫] ᄒᆞ옵거ᄂᆞᆯ 벼ᄉᆞᆯ을 엇지 원ᄒᆞ오릿가? 황송ᄒᆞ옴을 니긔지 못ᄒᆞ리로쇼이다.”

ᄒᆞ니, 나라에셔 이 말ᄉᆞᆷ을 드ᄅᆞ시고 더옥 긔특ᄒᆞ게 넉이샤 하교ᄒᆞ시ᄃᆡ,

“나ㅣ 이즈음 드ᄅᆞᆫ즉 젼라도에 흉년이 들어 ᄇᆡᆨ셩이 고로옴을 못 니긘다ᄒᆞ니, 나ㅣ 너ᄅᆞᆯ 젼과 좌우도[左右道] 어ᄉᆞ[御使]ᄅᆞᆯ 뎨[除]**<129a>**슈ᄒᆞ노라.”

ᄒᆞ시(니), 니어ᄉᆞ[李御使]ㅣ ᄒᆞᆯ 일 업시 명을 밧아 마패[馬牌, ᄆᆞᆯ 그린 패라]와 유쳑[鍮尺, 놋쇠로 ᄆᆞᆫᄃᆞᆫ ᄌᆞ]과 수의[繡衣]ᄅᆞᆯ 밧고 그날노 미쳔[微賤]ᄒᆞᆫ ᄇᆡᆨ셩의 모양으로 옷ᄉᆞᆯ 닙고 젼라도로 향ᄒᆞ야 가서 각 쳐 관원

의 치민[治民]ᄒᆞᄂᆞᆫ 것과 아젼의 션불션[善不善]과 ᄇᆡᆨ셩의 불효부뎨[不孝不悌]며 온갖 일을 탐지ᄒᆞᆯ식, 발이 아니 밋친 곳이 업시 ᄃᆞ니며 각ᄉᆡᆨ[各色] 일을 명ᄇᆡᆨ히 쳐결[處決]ᄒᆞ니, ᄇᆡᆨ셩의 칭숑[稱訟]ᄒᆞᄂᆞᆫ 소ᄅᆡ 큰길이며 산고ᄋᆞᆯ에 근치지 아니ᄒᆞ더라.

향ᄌᆞ[嚮者]에 김진ᄉᆞ의 ᄯᆞᆯ이 혼인ᄒᆞ던 날 저녁의 ᄯᅳᆺ밧게 흉악ᄒᆞᆫ 일을 만나 아모리 원통ᄒᆞ나 발명[發明]ᄒᆞᆯ 슈 업서 다만 눈물만 ᄒᆞᆯ니고 안젓더니, 그 부친 김진ᄉᆞㅣ 니랑의 말을 듯고 아모란 줄 모ᄅᆞ고 분**<129b>**긔 대발ᄒᆞ여 안 대텽[大廳]에 들어와서 급히 그 안ᄒᆡ를 ᄭᆡ오며 ᄯᅩ 그 ᄯᆞᆯ의 유모[乳母]를 불너 새아씨를 브ᄅᆞ라 ᄒᆞ니, 유모ㅣ 잠드럿다가 ᄭᆡ여 니러나셔 신방에 들어가니, 신랑은 간 곳이 업고 새아씨만 ᄒᆞᆯ노 안저셔 두 눈에 눈물이 흐ᄅᆞ거ᄂᆞᆯ 유모ㅣ 대경[大驚]ᄒᆞ여 밋처 연고를 뭇지 못ᄒᆞ고 진사[進士]님ᄭᅴ셔 브ᄅᆞ신다 ᄒᆞ니, 신부ㅣ 이 말을 듯고 밧비 나와 대텽에 안ᄌᆞ니, 진ᄉᆞㅣ 하인을 분부ᄒᆞ여 문을 ᄃᆞᆺ고 압뒤로 인적이 잇ᄂᆞᆫ가 ᄉᆞᆲ혀보라ᄒᆞ며 그 ᄯᆞᆯ을 향ᄒᆞ여 ᄭᅮ지져 ᄀᆞᆯᄋᆞᄃᆡ,

“우리집이 본ᄃᆡ 잠영거족[簪纓巨族, 큰 냥반의 집이라 말]으로 ᄆᆞᆰ은 ᄒᆡᆼ실이 ᄃᆡᄃᆡ로 근치지 아니ᄒᆞ여 ᄂᆞᆷ의게 칭찬을 듯더니, 우리**<130a>**집이 도금[到今]ᄒᆞ여 망ᄒᆞ려ᄂᆞᆫ지 엇지ᄒᆞᆫ 일노 다ᄅᆞᆫ 날은 별 연고가 업더니, 굿ᄒᆞ야 오ᄂᆞᆯ을 당ᄒᆞ야 네 방에셔 변고가 잇다ᄒᆞ고 신랑이 샤랑으로 ᄯᅱ여 나와 이 깁흔 밤즁에 인마[人馬]를 지촉ᄒᆞ여 가게 되니, 세샹에 이러ᄒᆞᆫ 일도 잇ᄂᆞ냐?”

ᄒᆞ고 안ᄒᆡ와 유모를 도라보며 닐ᄋᆞᄃᆡ,

“뎌 아ᄒᆡ 방 창호[窓戶]를 엇던 놈이 칼노 ᄶᅵᄅᆞ며 아모 ᄯᅢ라도 너희 둘이 다 내 숀에 죽으리라 ᄒᆞ고 도망ᄒᆞᆫ 연고로 신랑이 놀나셔 그 부친과 즉금 간다."

ᄒᆞ니, 그 안ᄒᆡ며 유모가 이 말을 듯고 혼비ᄇᆡᆨ산[魂飛魄散, ᄆᆡ오 놀난 모양]ᄒᆞ여 그 방에 가보니, 창에 과연 칼 들어온 흔젹이 잇ᄂᆞᆫ지라. 그 안ᄒᆡ 발을 구으ᄅᆞ며 가슴을 두ᄃᆞ려 ᄀᆞᆯᄋᆞᄃᆡ,

"ᄋᆡ고! 이<130b>런 변도 잇ᄂᆞ냐? 이거시 엇진 일인고? 내 ᄯᆞᆯ이 즉금 열다ᄉᆞᆺ 설에 문 밧긔도 나가지 아닐 쁜아니라, ᄉᆞ촌과 륙촌을 보지 아니ᄒᆞ니, 내가 ᄒᆞᆼ샹 ᄭᅮ짓기ᄅᆞᆯ 네 셩품이 너무 과ᄒᆞ다 ᄒᆞ엿고 뒷간 출입은 마지 못ᄒᆞ여 ᄒᆞ엿시나 뒷간도 문 안헤 잇고 혹 밤이 되면 유모와 하인을 압헤 셰우고 ᄃᆞᆫ니고 우리 집이 본ᄅᆡ[本來] 갓갑고 먼 일가가 업서 츌입ᄒᆞᄂᆞᆫ 사나ᄒᆡ가 업거ᄂᆞᆯ 이런 변이 나니, 귀신의 ᄌᆞᆺ시냐? ᄎᆞᆷ으로 사ᄅᆞᆷ의 ᄌᆞᆺ시냐?"

ᄒᆞ며 그 ᄯᆞᆯ을 븟들고 통곡[痛哭]ᄒᆞ니, 그 유모ㅣ ᄯᅩᄒᆞᆫ 그 말과 ᄀᆞᆺ치 ᄌᆞᆺ거리며 우ᄂᆞᆫ지라. 이ᄯᅢ에 그 신부의 모양이 엇더ᄒᆞᆯ고? 다만 ᄇᆡᆨ 줄[百行], 쳔 줄[千行]이 흐ᄅᆞᄂᆞᆫ 눈물쁜<131a>이라. 김진ᄉᆞㅣ ᄯᅩᄒᆞᆫ ᄉᆡᆼ각ᄒᆞ니, 평ᄉᆡᆼ에 조곰이라도 의심ᄒᆞᆯ 빙거[憑據]ㅣ 업고 ᄯᅩ 그 모양이 불샹ᄒᆞ나 ᄒᆞᆫ 번 엄히 믓기ᄅᆞᆯ 폐ᄒᆞ지 못ᄒᆞ여 다시 소ᄅᆡᄅᆞᆯ ᄆᆡᆼ녈이 ᄒᆞ야 안ᄒᆡ와 유모ᄅᆞᆯ 물니치고 그 ᄯᆞᆯ을 갓가이 안치고 소ᄅᆡᄅᆞᆯ 엄슉히 ᄒᆞ여 무ᄅᆞᄃᆡ,

"너ᄂᆞᆫ 그 일을 알 거시니, 만일 바ᄅᆞᆫ대로 말ᄒᆞ지 아니면 나ㅣ 너ᄅᆞᆯ 죽여셔 부녀[父女]의 의[義]ᄅᆞᆯ ᄭᅳᆫᄒᆞᆯ 거시니, 밧비 그놈이 엇더ᄒᆞᆫ 놈이며, 무ᄉᆞᆷ 일노 네 방에 와서 작변[作變] ᄒᆞ엿시며, ᄯᅩ 그놈의 집이 어ᄃᆡ 잇ᄉᆞᆷ을 말ᄒᆞ여라."

ᄒᆞ고 찻던 칼을 ᄲᅢ혀 숀에 들고 소ᄅᆡᄅᆞᆯ 놉히ᄒᆞ니, 신부ㅣ 그 부친과 모친의 크게 ᄆᆞᄋᆞᆷ이 샹ᄒᆞ고 근심ᄒᆞᆷ을 일<131b>변 ᄋᆡ돌나 ᄒᆞ고 ᄯᅩ

ᄌᆞ가ㅣ 죄 업시 이런 더러온 일홈을 엇게 되니 엇지 원통치 아니리오? 이러나 뎌러나 도모지 발명ᄒᆞᆯ 슈가 업ᄂᆞᆫ지라. 머리ᄅᆞᆯ 숙이고 눈물을흘니면셔 녯ᄌᆞ오ᄃᆡ,

"녯 말솜에 ᄌᆞ식을 알기ᄂᆞᆫ 부모 ᄀᆞᆺᄒᆞ신 이 업다 ᄒᆞ엿ᄉᆞ오니, 통촉ᄒᆞ여 보옵쇼셔. 이 디경을 당ᄒᆞ와셔ᄂᆞᆫ 업ᄂᆞᆫ 죄도 잇ᄂᆞᆫ 모양이오니, 제가 아모리 죄가 업다 ᄒᆞ와도 쓸 ᄃᆡ 업습고 ᄯᅩ 즉금 제 나히 이팔[二八]이 못 되와셔 이런 악ᄒᆞᆫ 일홈을 엇ᄉᆞ오니, 사라 셰상에 잇서도 더러온 사ᄅᆞᆷ이 온즉 무어싀 쓸 ᄃᆡ 잇습ᄂᆞ잇가? 유죄무죄[有罪無罪]ᄅᆞᆯ 판단[判斷] ᄒᆞ옵시기도 부모ᄭᅴ 잇습고 죽고<132a>살기도 부모ᄭᅴ ᄃᆞᆯ녓ᄉᆞ오니, 다시 알외올 말솜이 업ᄉᆞ온즉 죽이시던지 살니시던지 부모의 명대로만 ᄒᆞ올 터히니, 깁히 쳐분ᄒᆞ옵쇼셔."

ᄒᆞ고 말을 ᄆᆞᆺᄎᆞ매 정신이 업서 죽은 사ᄅᆞᆷᄀᆞᆺ치 업더지며 ᄒᆞᆫ마ᄃᆡ 소ᄅᆡ로 "ᄋᆡ고!" ᄒᆞ고 긔운이 막히ᄂᆞᆫ지라. 김진ᄉᆞㅣ ᄭᅮ짓다가 그 ᄃᆡ답ᄒᆞᄂᆞᆫ 양을 보고 ᄆᆞᄋᆞᆷ이 십분 감동ᄒᆞᆯ ᄲᅳᆫ 아니라 본ᄅᆡ그런 흉악ᄒᆞᆫ 일이 만분의 일분도 그 옥ᄀᆞᆺᄒᆞᆫ ᄯᆞᆯ의게 의심ᄒᆞᆯ 거시 업건마ᄂᆞᆫ ᄒᆞᆫ 번 엄히 뭇지도 아니 ᄒᆞ여셔ᄂᆞᆫ ᄂᆞᆷ의 시비ᄅᆞᆯ 막지 못ᄒᆞᆯ 터힌즉 처음에 놀나기도 ᄒᆞ고 마지 못ᄒᆞ야 칼을 ᄲᅢ히며 엄히 문죄ᄅᆞᆯ ᄒᆞ다가 이 거동을 보고 칼을 멀니<132b>던지며 밧비 ᄃᆞᆯ녀 들어 그 숀과 발을 주무ᄅᆞ며[撫] 급히 청심환[淸心丸]이며 소합원[蘇合元]을 물에 가라 입에 너흐며 그 잔잉ᄒᆞᆫ 거동을 불상이 넉여 눈물을 흘니니, 이ᄣᅢ에 그 모친은 더옥 엇더ᄒᆞᆯ고? 그 ᄯᆞᆯ을 븟드러[扶] 안고[抱] ᄲᅣᆷ[臉]을 그 ᄲᅣᆷ에 ᄃᆞ히고 부븨며 "ᄋᆡᄋᆡ[哀哀]!" 통곡[痛哭]ᄒᆞ며 브ᄅᆞ지지ᄃᆡ,

"ᄋᆡ고! 내 옥ᄀᆞᆺᄒᆞᆫ ᄯᆞᆯ의게 이 일이 우엔 일인고? 내가 너ᄒᆞ나만 나하셔 쳔금 만금ᄀᆞᆺ치 보ᄇᆡ로 알아 길넛더니, 쳔 번 만 번 ᄯᅳᆺ밧긔

이 일이 므슴 일이냐? 글 됴흔 진ᄉᆞ님 착ᄒᆞ신 진ᄉᆞ님이라고 ᄒᆞ더니, ᄋᆡ고! 무식도 ᄒᆞ오. 만일 조고마ᄒᆞᆫ 관원이 되엿더면 적은 숑ᄉᆞ ᄒᆞ나도 결단치 못ᄒᆞ고 ᄇᆡᆨ셩의<133a>게 욕만 보앗겟쇼. 내 ᄌᆞ식의 션불션을 그러케도 모ᄅᆞ시오? ᄃᆞᆰ을 죽이던 버ᄅᆞᆺ시오, 개ᄅᆞᆯ 죽이던 버ᄅᆞᆺ시오, 엇지ᄒᆞᆫ 일노 우리 옥ᄀᆞᆺᄒᆞᆫ 셤셤약질[纖纖弱質]이 ᄯᆞᆯ의 압희셔 칼은 엇지ᄒᆞᄌᆞ ᄒᆞ고 ᄲᅢ혓던가? 이거시 이제ᄂᆞᆫ 죽겟고나! 죽지마라. 죽지마라.”

ᄒᆞ고 우니, 진ᄉᆞㅣ 아모 말도 못ᄒᆞ고 그 안ᄒᆡ의게 ᄭᅮ지람도 반이오, 욕도 반을 먹은지라. 그러ᄒᆞ나 엇지ᄒᆞᆯ 슈 업서셔 드ᄅᆞᆫ 톄도 아니ᄒᆞ고 온몸을 어로ᄆᆞᆫ지며 약물을 먹이니, 그렁 뎌렁 동방[東方]이 ᄇᆞᆰ으며 겨오 정신을 차리ᄂᆞᆫ지라. 진ᄉᆞ의 부부[夫婦]ㅣ 다ᄒᆡᆼᄒᆞ여 략간 음식을 권ᄒᆞ며 닐ᄋᆞᄃᆡ,

“너ㅣ 진실노 죄가 업ᄉᆞ면 이후에 스<133b>ᄉᆞ로 루명[累名]을 버술 거시니, 너무 과히 샹심치 말고 아즉 안심[安心]ᄒᆞ고 기ᄃᆞ려 보아라.”

ᄒᆞ며 권유[勸諭]ᄒᆞ니, 신부ㅣ 그 부모의 오히려 이러ᄐᆞᆺ ᄒᆞᆷ을 보고 ᄆᆞᄋᆞᆷ에 지극히 감격[感激]ᄒᆞ나 창에 칼 들어오든 일과 신랑이 놀나 나가던 모양이 눈에 ᄶᅥ나지 아닐 ᄲᅳᆫ 아니라, ᄌᆞ가의 루명 엇음을 ᄉᆡᆼ각ᄒᆞ니, 가슴이 터지고 벼가 녹ᄂᆞᆫ ᄃᆞᆺᄒᆞᆫ지라. ᄯᅩ다시 혼도[昏倒]ᄒᆞ니, 그 경상[모양과 ᄀᆞᆺᄒᆞᆫ 말]이 가련ᄒᆞ더라. 김진ᄉᆞㅣ 본ᄃᆡ 안ᄒᆡ의게 이 ᄯᆞᆯ ᄒᆞ나만 나하 보옥[寶玉]ᄀᆞᆺ치 귀히 넉여 기ᄅᆞ니, 온슌[溫順]ᄒᆞ고 총명ᄒᆞ며 부모의게 효ᄒᆡᆼ이 지극ᄒᆞᆷ으로 부모의 ᄉᆞ랑ᄒᆞᆷ이 비ᄒᆞᆯᄃᆡ 업ᄂᆞᆫ지라.

진ᄉᆞ의 쳡 ᄒᆞ나히 잇ᄉᆞ니, 그 몸에 아ᄃᆞᆯ ᄒᆞ나히 잇<134a>서 졈졈 ᄌᆞ라매 부모의게 텽명[聽命]ᄒᆞ지 아니ᄒᆞ며 ᄆᆡᄉᆞ[每事]에 미련ᄒᆞ야 ᄒᆞᆼ

샹 부모의 ᄭᅮ짓고 ᄯᆞ림을 면치 못ᄒᆞ니, 이놈의 일ᄒᆞᆷ은 홍도ㅣ라. 그 뎍누[嫡妹]의의 효ᄒᆡᆼ을 믜워ᄒᆞ며 진ᄉᆞ의 ᄉᆞ랑ᄒᆞᆷ을 투긔ᄒᆞ야 ᄒᆞᆼ샹 제 어미와 의론ᄒᆞ며 제 뎍ᄆᆡ[嫡妹]ᄅᆞᆯ 해ᄒᆞᆯ ᄠᅳᆺ을 두엇다가 혼인 날을 당ᄒᆞ야 제 어미와 의론ᄒᆞ고 칼노 창호ᄅᆞᆯ 찌ᄅᆞ며 목소ᄅᆡᄅᆞᆯ 다ᄅᆞ게ᄒᆞ야 흉ᄒᆞᆫ 말노 ᄭᅮ짓고 ᄀᆞ만이 도라가셔 숨엇시니, 집안 사ᄅᆞᆷ들이 누가 이놈의 일인 줄노 알니오? 그러나 신부와 신부의 유모ᄂᆞᆫ 친히 보지 못ᄒᆞ엿ᄉᆞᄃᆡ, 이놈이 그젼브터 해ᄒᆞ려 ᄒᆞᄂᆞᆫ 줄은 알앗ᄂᆞᆫ지라. 그 연고로 홍도의 ᄌᆞᆺ[事]신 줄은 비록<134b>아나 친히 보지 못 ᄒᆞ엿ᄉᆞᆫ즉 말ᄒᆞᆯ 슈 업고 ᄯᅩ 만일 이 일을 루셜[漏泄]ᄒᆞ면 진ᄉᆞ의 쳡과 홍도ㅣ 죽기ᄅᆞᆯ 면치 못ᄒᆞᆯ지라. 엇지 졸연[卒然]이 말ᄒᆞ리오? 이ᄯᅢᄅᆞᆯ 당ᄒᆞ야 그 유모ㅣ 신부의 뎌러틋 죽게 됨을 보고 울며 구ᄒᆞ려ᄒᆞ야 만 가지 됴흔 말노 신부ᄅᆞᆯ 위로ᄒᆞ며 음식을 권ᄒᆞ니, 신부ㅣ 그 부모의 근심ᄒᆞᆷ과 유모의 지셩[至誠]을 도라보지 아니ᄒᆞᆯ 슈 업서 략간 유식을 먹으나 죄인 모양으로 화려[華麗]ᄒᆞᆫ 의복을 닙지 아니ᄒᆞ고, 집ᄌᆞ리에 잇서 밧긔 사ᄅᆞᆷ을 보지 아니ᄒᆞ고 적은 방에 거쳐[居處]ᄒᆞ야 방문도 열지 아니ᄒᆞ니, 그 약ᄒᆞᆫ 몸이 음식을 박ᄒᆞ게 먹고 거디[居地]가 불편[不便]ᄒᆞᆫ 중에<135a>ᄆᆞ음이 ᄒᆞᆼ샹 고로오니, 엇지 병이 업ᄉᆞ리오? 거의 죽기에 니ᄅᆞ러 ᄇᆡᆨ약[百藥]이 무효[無效]ᄒᆞ니, 그 부모의 새로온 근심이 엇더ᄒᆞ며 그 유모의 졍분[情分]에 ᄯᅩᄒᆞᆫ 엇더ᄒᆞᆯ고마ᄂᆞᆫ 홍도의 모ᄌᆞ[母子]ᄂᆞᆫ 밧그로 걱졍ᄒᆞᄂᆞᆫ 톄ᄒᆞ고 안흐로ᄂᆞᆫ 밧비 죽기ᄅᆞᆯ 기ᄃᆞ리니, 가히 그 악독[惡毒]ᄒᆞᆫ ᄆᆞ음을 알너라.

이ᄯᅢ에 니어ᄉᆞㅣ 젼라도에 와서 탐관오리[貪官汚吏]ᄅᆞᆯ 내여 ᄶᅩᄎᆞ며 ᄇᆡᆨ셩의 원통ᄒᆞᆫ 일과 고로온 폐단을 다 잘 쳐치[處置]ᄒᆞ고 착ᄒᆞᆫ 거ᄉᆞᆯ 권ᄒᆞ며 포쟝[褒奬]ᄒᆞ고 악ᄒᆞᆫ 거ᄉᆞᆯ 벌ᄒᆞ며 징계[懲戒]ᄒᆞ니, 그 어진 일흠이 ᄉᆞ방에 나타나고 쇠비[鐵碑]며, 돌[石]비며, 나무[木]비가 거리마다 셧더라. 그렁뎌렁 두어 ᄒᆡ가 되니, 공ᄉᆞ[公事]가 거의 <135b>ᄆᆞᆺ치게 되니, 김진ᄉᆞ의 집에 장가들제 봉변[逢變]ᄒᆞ던 ᄉᆡᆼ각이 갑자기 나ᄂᆞᆫ지라. 스ᄉᆞ로 탄식ᄒᆞ여 ᄀᆞᆯᄋᆞᄃᆡ,

"그 신부가 진실노 만일 죄가 업시 그런 일을 당ᄒᆞ엿시면 이ᄂᆞᆫ 실노 원통ᄒᆞᆫ 일이오, ᄯᅩ 작변[作變]ᄒᆞ던 사ᄅᆞᆷ은 엇던 놈인지 모ᄅᆞᄃᆡ, 그 김진ᄉᆞ의 집과 무슴 원슈가 잇서셔 그리된 거시나 그러나 ᄌᆞ세히 알 슈가 업ᄉᆞᆫ즉 내가 이 도에 암ᄒᆡᆼ어ᄉᆞㅣ[暗行御史, ᄀᆞ만히 ᄃᆞ니ᄂᆞᆫ 어ᄉᆞ라]되여 다ᄅᆞᆫ 일은 다 거의 분별[分別]ᄒᆞ여 ᄃᆞᄉᆞ리고 이 일은 분변[分辨]치 아니면 엇지 어ᄉᆞ의 직분을 다ᄒᆞ엿다고 ᄒᆞ리오? 도모지 이 집 갓가온 곳에 가셔 ᄌᆞ세히 탐지ᄒᆞ면 알 터히니 남원으로 가셔 알아보리라."

ᄒᆞ고 그곳으로 향ᄒᆞ<136a>야 와서 김진ᄉᆞ의 집을 무ᄅᆞ니, 아ᄂᆞᆫ 쟈도 업고 ᄯᅩ 장가드던 날만 잠간 그 집을 보앗ᄉᆞ나 여러 ᄒᆡ가 되엿ᄉᆞᆫ즉 이 집은 뎌 집 ᄀᆞᆺ고 뎌 집은 이 집 ᄀᆞᆺᄒᆞᆯ ᄲᆞᆫ 아니라, 그ᄯᅢ에 읍명[邑名]은 남원인 줄 알앗시ᄃᆡ, 김진ᄉᆞ 사ᄂᆞᆫ 촌명[村名]은 몰나신즉 어ᄃᆡ가 그 집 사ᄂᆞᆫᄃᆡᆫ지 모ᄅᆞ고 다만 남원 ᄯᅡ에 사ᄂᆞᆫ 김진ᄉᆞ의 집이 어ᄃᆡ냐 무ᄅᆞᆫ즉 ᄇᆡᆨ셩들이 다 비웃고 닐ᄋᆞᄃᆡ,

"이 량반 여보시오. 얼골은 아ᄅᆞᆷ답쇼마ᄂᆞᆫ 말은 엇지 그리 병신ᄀᆞᆺ치 ᄒᆞ오? 남원이 ᄯᅡ히 넓은 줄도 몰낫쇼? 이 큰 고을에 허다[許多]ᄒᆞᆫ 김진ᄉᆞ 즁, 어나 김진ᄉᆞㅣ며 촌명[村名]은 무어시오?"

ᄒᆞ니, ᄃᆡ답ᄒᆞᆯ 말이 업서 다만 닐ᄋᆞᄃᆡ,

"내가 실례[失禮]<136b>ᄒᆞ엿쇼."

ᄒᆞ고 ᄉᆞ면으로 도라ᄃᆞ니면셔 여긔도 기웃거리고[窺視] 뎌긔도 기웃

기웃[窺, 엿보다 말]ᄒᆞ니 사ᄅᆞᆷ마다 말ᄒᆞᄃᆡ,

"이놈의 ᄌᆞ식이 도적놈이 아니면 어ᄉᆞㅣ로다. 엇지ᄒᆞ여 곳[處]마다 엿[窺]보ᄂᆞ냐?"

ᄒᆞ고 혹 욕ᄒᆞᄂᆞᆫ 사ᄅᆞᆷ이 잇ᄉᆞ니, 그 즁에 엇더ᄒᆞᆫ 늙은 쟈ㅣ ᄀᆞ만이 닐ᄋᆞᄃᆡ,

"이 사ᄅᆞᆷ아, 말을 쇼심[小心]ᄒᆞ여 ᄒᆞ쇼. 이 ᄉᆞ이에 어ᄉᆞ가 ᄉᆞ면에 ᄃᆞ니며 명치[明治]ᄒᆞᆫ다고 ᄒᆞ데. 그러케 욕ᄒᆞ다가 그 량반이 만일 어ᄉᆞㅣ면 ᄌᆞ네가 이후에 목숨을 보존ᄒᆞ지 못ᄒᆞ리."

ᄒᆞ니, 그 욕ᄒᆞ던 쟈ㅣ ᄃᆞᆺ고 ᄃᆡ답ᄒᆞᄃᆡ,

"로인쟝[老人丈]의 말솜이 올쇼이다."

ᄒᆞ고 피ᄒᆞ여 가ᄂᆞᆫ 이도 잇ᄉᆞ니, 어ᄉᆞㅣ ᄀᆞ만이 ᄉᆡᆼ각ᄒᆞᄃᆡ,

'내가 김진ᄉᆞ의〈137a〉집을 찻지도 못ᄒᆞ고, 거리에셔 욕만 ᄇᆡ가 브ᄅᆞ도록 먹ᄂᆞᆫ고나. ᄎᆞᆷ으로 괴이ᄒᆞᆫ 일이로다. 엇지ᄒᆞ면 됴흘고?'

ᄒᆞ고 남원 고올을 거의 다 ᄃᆞ니며 찻더니, ᄒᆞᆫ 날은 남원읍의셔 칠십리 되ᄂᆞᆫ ᄯᆞ흐로 가니 다만 들[野]ᄲᅳᆫ이오, 집이 업ᄂᆞᆫ지라. 큰 길노만 향ᄒᆞ여 가다가 졸디[猝地. 갑자기]에 ᄆᆞᆰ은 하늘에 검은 구름이 니러나며, 뇌셩[雷聲]이 크게 진동ᄒᆞ고, 큰비가 급히 오ᄂᆞᆫ지라. 비ᄅᆞᆯ 피ᄒᆞ려 ᄒᆞ야 ᄉᆞ면을 두루 ᄉᆞᆲ혀보니, 길 동편에 적은 언덕[岸]이 잇고, 그 언덕 밋ᄒᆡ 적은 풀집이 잇ᄂᆞᆫ지라. 크게 깃버서 그 집으로 가니, 문이 ᄃᆞᆺ치여 들어갈 슈 업고, ᄯᅩ 사ᄅᆞᆷ이 업ᄂᆞᆫ 모양이어ᄂᆞᆯ ᄒᆞᆯ 일 업서〈137b〉그 집 쳠하 안헤 안저셔 옷술 ᄆᆞᆯ니며 동편을 ᄇᆞ라보니, 적은 산 아ᄅᆡ ᄉᆞᇁ히 잇고 그 속에 은은이 ᄒᆞᆫ 집이 잇ᄉᆞ니, 마치 김진ᄉᆞ의 집인 ᄃᆞᆺᄒᆞᄃᆡ ᄌᆞ세히 알 슈 업ᄂᆞᆫ지라. ᄆᆞ음에 의혹ᄒᆞ여 ᄉᆞᆲ히더니, 그 곳으로서 ᄒᆞᆫ 로파ㅣ 황황이 ᄌᆞ가의 안즌 집을 향ᄒᆞ여 갓가이 와서

니어ᄉᆞ의 안ᄌᆞ심을 보고 무러 ᄀᆞᆯᄋᆞᄃᆡ,

"엇더ᄒᆞ신 량반이신지 모ᄅᆞ오ᄃᆡ, 비ᄅᆞᆯ 뎌러ᄐᆞᆺ 과히 맛ᄌᆞ시니 몸이 오족 고로오시릿가? 이 한미ᄂᆞᆫ ᄒᆞᆼ샹 집을 뷔고 뎌 건너 김진ᄉᆞᄃᆡᆨ에 가서 잇ᄂᆞᆫ 연고로 집에 아ᄂᆞᆫ 량반이나 모ᄅᆞᄂᆞᆫ 량반이나 도모지 ᄃᆡ졉지 못 ᄒᆞ오니, ᄆᆞᄋᆞᆷ에 미안ᄒᆞ와이다."

ᄒᆞ고 문을 열며 안흐**<138a>**로 쳥ᄒᆞ거ᄂᆞᆯ 어ᄉᆞㅣ ᄉᆡᆼ각ᄒᆞᄃᆡ,

'뎌긔 뵈ᄂᆞᆫ 집이 김진ᄉᆞ의 집과 방불[彷佛]ᄒᆞ더니, ᄯᅩ 이 한미의 말이 김진ᄉᆞᄃᆡᆨ이라 ᄒᆞᆫ즉 반ᄃᆞ시 그 김진ᄉᆞ의 집이로다. 아모라던지 들어가서 뎌 한미의게 탐지ᄒᆞ여 보리라,'

ᄒᆞ고 ᄯᅡ라 들어가며 샤례ᄒᆞᄃᆡ,

"서로 아지 못ᄒᆞᄂᆞᆫ 터힌ᄃᆡ 이러ᄐᆞᆺ 집 안흐로 쳥ᄒᆞ며 ᄯᅩ 나ᄅᆞᆯ 위ᄒᆞ여 걱정ᄒᆞ니, ᄆᆡ우 고마온 말 이로ᄉᆡ."

ᄒᆞ니, 그 한미 ᄀᆞᆯᄋᆞᄃᆡ,

"말ᄉᆞᆷᄒᆞ시ᄂᆞᆫ 소ᄅᆡ가 아마도 셔울 량반이신가 보외다. 셔울 어나 골목[洞]에 사라 계시온잇가?"

ᄃᆡ답ᄒᆞᄃᆡ,

"셔울 남산골이라 ᄒᆞᄂᆞᆫ ᄃᆡ셔 사ᄂᆞᆫ 량반이로고. 우에 뭇노?"

ᄃᆡ답ᄒᆞᄃᆡ,

"조고만ᄒᆞᆫ 연고가 잇ᄉᆞ옵기로 뭇**<138b>**ᄌᆞᆸᄂᆞ이다."

ᄒᆞ고 뎜심상[点心床]을 차려오며 쳥ᄒᆞᄃᆡ,

"즉금 오시가 되엿ᄉᆞ온즉 시쟝[飢]ᄒᆞ실 거시니, 찬이 업ᄂᆞᆫ 진지[飯] 오나 조곰 잡ᄉᆞ오시기[食]오."

ᄒᆞ거ᄂᆞᆯ 어ᄉᆞㅣ ᄉᆡᆼ각ᄒᆞᄃᆡ,

'이 로파[老婆]가 ᄆᆡ우 됴ᄒᆞᆫ 사ᄅᆞᆷ이로다.'

ᄒᆞ고 감샤ᄒᆞᄃᆡ,

"이집에서 일시 헐각[歇脚, ᄃᆞ리ᄅᆞᆯ 쉬다 말]ᄒᆞᄂᆞᆫ 것도 쥬인의 후의[厚意]어ᄂᆞᆯ ᄯᅩ 밥ᄭᆞ지 주니 은혜가 적지 아니ᄒᆞ고."

ᄒᆞ며 밥을 먹으며 무ᄅᆞᄃᆡ,

"무슴 연고가 잇서셔 나의 거쳐ᄅᆞᆯ 무럿ᄂᆞᆫ고?"

ᄒᆞ니, 로파ㅣ ᄃᆡ답ᄒᆞᄃᆡ,

"다ᄅᆞᆫ 일이 아니오라 셔울 남산골에 사시ᄂᆞᆫ 니진ᄉᆞㅣ라 ᄒᆞᄂᆞᆫ 량반이 륙 칠 년 젼에 이곳으로 그 ᄋᆞᄃᆞᆯ을 ᄃᆞ리고 와서 장가드리고 가더니, 이ᄯᅢᄭᆞ지<139a>살고 죽은 쇼식이 업ᄉᆞ온즉 굼굼ᄒᆞ야 녯ᄌᆞ와 보앗습니다. 그 골목에 사르시면 아마도 알으실 ᄃᆞᆺᄒᆞ외다."

어ᄉᆞㅣ 속혀[欺] 닐ᄋᆞᄃᆡ,

"나ᄂᆞᆫ 금년에 다ᄅᆞᆫ 곳에셔 그곳으로 이사 ᄒᆞ엿순즉 아즉 ᄌᆞ세히 모ᄅᆞ네."

ᄒᆞ니, 로파ㅣ 이 말을 듯고 눈물을 흘니며 ᄆᆡ우 슬퍼ᄒᆞ거ᄂᆞᆯ 어ᄉᆞㅣ 괴이히 넉여 무ᄅᆞᄃᆡ,

"로파가 ᄂᆞᆷ의 일노 인ᄒᆞ야 뎌러틋 우니, 그 므슴 연고가 잇ᄂᆞᆫ고? 조곰 드러 보고지고."

ᄒᆞ니, 로파ㅣ 슈건으로 눈물을 씻ᄉᆞ며 ᄃᆡ답ᄒᆞᄃᆡ,

"뎌 셔울사ᄂᆞᆫ 니진ᄉᆞ의 며ᄂᆞ리 아씨ᄂᆞᆫ 곳 뎌 건너 김진ᄉᆞ님의 외ᄯᆞᆯ이온ᄃᆡ 그 혼인ᄒᆞ던 날저녁에 조곰 이샹ᄒᆞᆫ 일이 잇ᄉᆞ와서 그 밤으로 니진ᄉᆞ<139b>의 부ᄌᆞ가 올나가더니, 극금ᄭᆞ지 쇼식이 업ᄉᆞ오니 그 일을 ᄉᆡᆼ각ᄒᆞ오면 실노 아니 오기가 괴이ᄒᆞ지 아니ᄒᆞᄃᆡ ᄯᅩ 그러치 아니ᄒᆞᆫ 연고ᄂᆞᆫ 대개 사ᄅᆞᆷ이 셰상에 살매 혹 이샹ᄒᆞᆫ 일이 업지 아니ᄒᆞ온즉 그ᄯᅢ에 그 량반 부ᄌᆞ가 그 일을 보고 의심치 아닐 슈 업ᄉᆞᄃᆡ, ᄒᆞᆫ마ᄃᆡ 말이라도 그 신부ᄅᆞᆯ 아조 ᄇᆞ린다 ᄒᆞ던지 그러치 아니ᄒᆞ면 ᄃᆞ려다가 산다ᄒᆞ던지 도모지 결단을 ᄒᆞ지 아니ᄒᆞ고 잇ᄉᆞ오니, 그 쥬의도 모ᄅᆞ옵고 ᄯᅩ ᄇᆞ리며 ᄒᆞ면 혼셔지[婚書紙]ᄅᆞᆯ 차져갈 터힌ᄃᆡ, 도모지 말이 업ᄉᆞ니 엇지ᄒᆞ랴 ᄒᆞᄂᆞᆫ연고ᅟᅵᆫ지 알면 속이 시훤[爽快]ᄒᆞ련마ᄂᆞᆫ ᄌᆞ세히 알 슈 업ᄉᆞᆸ고 그 새아씨ᄂᆞᆫ 그ᄣᅢ브터 병이 들어**<140a>**즉금 아조 죽게 되엿ᄉᆞ온즉 제가 그 유모ᅟᅵᆫ 연고로 이러ᄐᆞᆺ 죽ᄂᆞᆫ 거술 원통이 넉이고 ᄯᅩ 그 옥ᄀᆞᆺᄒᆞᆫ 힝실노 쳔만 의외[意外]에 루명[累名, 더로온 일홈이라 말]을 벗지 못ᄒᆞ고 죽게되오니, 더욱 제 ᄆᆞᄋᆞᆷ이 부셔지ᄂᆞᆫ ᄃᆞᆺᄒᆞ야 말노 다 ᄌᆞ세히 녯ᄌᆞ올 슈 업ᄉᆞ오며, ᄯᅩ 제가 그 새아씨가 셰상에 나심으로브터 이ᄣᅢᄭᆞ지 ᄒᆞᆫ시도 그 겻ᄒᆡ ᄯᅥ나지 아니 ᄒᆞ옵고 길너내엿ᄉᆞ온즉, 그 정의[情義]의 깁흠이 거의 친모녀[親母女]에 지날 ᄃᆞᆺᄒᆞ온지라. 그 죄 업시 죄ᄅᆞᆯ 므릅쓰고[冒] 일심[一心]에 원[寃]이 ᄆᆡᆺ지여[結] 병이 되어 죽으려 ᄒᆞ오니, 이 병에ᄂᆞᆫ ᄇᆡᆨ약[百藥]이 쓸 ᄃᆡ 업고 다만 그 루명[累名]만 업서지면 즉금이라도 그 병이 봄에 눈스러지 ᄃᆞᆺᄒᆞᆯ 터**<140b>**히 옵건마ᄂᆞᆫ 아모 법이 업서 ᄒᆞᆯ 일 업시 샹ᄉᆞ[喪]나게 되오니, 셰상에 이런일이 ᄯᅩ 잇ᄉᆞ오릿가?"

ᄒᆞ고 우ᄂᆞᆫ지라. 어ᄉᆞㅣ 이 거동을 보며 그 말을 드ᄅᆞ니, 엇지된 일인 줄은 모ᄅᆞᄃᆡ 그 신부의 죄 업ᄉᆞᆷ은 대개 알지라. ᄆᆞᄋᆞᆷ에 깃부고 다힝ᄒᆞ나 그 연고ᄅᆞᆯ ᄇᆞᆰ이 ᄉᆞᄒᆡᆨᄒᆞ려 ᄒᆞ여 밥상을 물니고 갓가이 안지며 로파ᄃᆞ려 말ᄒᆞᄃᆡ,

"나ㅣ 본ᄃᆡ 의셔[醫書]ᄅᆞᆯ ᄇᆡ화 략간 병을 곳치더니, 오날 로파의 말을 드ᄅᆞᆫ즉 그 새아씨의 무죄[無罪]히 병들어 죽게됨이 ᄀᆞ장 불샹ᄒᆞ고, ᄯᅩ 로파의 경상[景像, 모양이라]이 측은[惻隱]ᄒᆞ니, 나ㅣ ᄒᆞᆫ 번 방문[方文]을 시험ᄒᆞ고 시브나 병든 연유ᄅᆞᆯ ᄌᆞ세히 알아야 약방문[方文]

을 바로<141a>내여셔 병을 곳치ᄂᆞᆫ 거시니, 그 새아씨의 루명을 엇던 일을 ᄒᆞ나도 긔이지[欺] 말고 ᄌᆞ세히 말ᄒᆞ면 살 닐 도리가 잇ᄉᆞᆯ 거시니, 말을 밧비 ᄒᆞ고지고."

ᄒᆞ니, 로파ㅣ 이 말을 듯고 가슴에 무어시 막혓던 거시 통ᄒᆞᄂᆞᆫ 듯, ᄆᆞᄋᆞᆷ이 샹쾌ᄒᆞ나 참아 김진ᄉᆞ의 셔ᄌᆞ[庶子] 홍도의 모ᄌᆞㅣ 흉ᄒᆞᆫ 계교로 그 혼인ᄒᆞ던 날 밤에 쟉폐[作弊]ᄒᆞ던 일을 말ᄒᆞᆯ 슈 업슴으로 말을 시쟉[始作]ᄒᆞ려 ᄒᆞ다가 머무ᄅᆞᄂᆞᆫ지라. 어ᄉᆞㅣ ᄌᆡ촉ᄒᆞᄃᆡ,

"본ᄃᆡ 의원을 ᄃᆡᄒᆞ여 병을 말ᄒᆞᄂᆞᆫ 법이 ᄒᆞᆫ마ᄃᆡ도 ᄲᅢ여셔ᄂᆞᆫ 그 병이 약의 효험을 엇지 못ᄒᆞᆯ ᄲᅮᆫ 아니라, 도로혀 해ᄅᆞᆯ 엇ᄂᆞᆫ 거시니 셜ᄉᆞ 말ᄒᆞ기 어려온 일이라도 숨기<141b>지 말고 다ᄒᆞᆫ 후에 나ㅣ 그 말을 듯고 침작ᄒᆞ여 약방문을 잘 내여 그 약을 쓴 후에 만일 병이 나흐면 그런 다힝ᄒᆞᆫ 일이 어ᄃᆡ 잇시며, ᄯᅩ 로파의 공이 적지 아니ᄒᆞᆯ 터히니, 깁히 ᄉᆡᆼ각ᄒᆞ여 ᄒᆞᆯ 거시오, ᄯᅩ 그 말을 ᄌᆞ세히 ᄒᆞᆯ제, 혹 ᄂᆞᆷ이나 내가 샹ᄒᆞᆯ 렴녀가 잇ᄉᆞᆯ지라도 맛당이 겁내지 말거시니 내 아모리 무식[無識]ᄒᆞ나 오ᄂᆞᆯ 로파의 이러ᄐᆞᆺ ᄃᆡ졉ᄒᆞᆷ을 밧고 엇지 로파의 은혜ᄅᆞᆯ 저ᄇᆞ려 도로혀 해될 일을 ᄒᆞ리오? 다만 로파와 나와 둘히만 알고 ᄒᆞᆯ 거시니, 내가 만일 그런 됴치 아닌말을 루셜[漏泄]ᄒᆞᆯ진대 개의 삿기라, 쇼의 삿기라 ᄒᆞ고 ᄆᆡᆼ셔[誓]ᄒᆞᆯ 거시니, 진실노 그 새아씨ᄅᆞᆯ 살니려 ᄒᆞ거든 의심을 두지<142a>말고 ᄒᆞ고지고."

ᄒᆞ니, 로파ㅣ 어ᄉᆞ의 이러ᄐᆞᆺ ᄒᆞᆷ을 보고 ᄯᅩ 그 졍대[正大]ᄒᆞᆷ을 보매 스ᄉᆞ로 ᄆᆞᄋᆞᆷ이 항복ᄒᆞ여[降] 죽을 말이라도 ᄒᆞᆯ 슈 밧긔 업ᄂᆞᆫ지라. 인ᄒᆞ여 셔울 니진ᄉᆞㅣ 와서 혼인ᄒᆞ던 말과 그날 밤에 변 난 일과 김진ᄉᆞ의 쳡의 ᄋᆞᄃᆞᆯ이 불효ᄒᆞ며 투긔[妬忌]ᄒᆞᆷ으로 제 어미와 동모[同謀]ᄒᆞ여 그 뎍미[嫡妹]ᄅᆞᆯ 음해[陰害, ᄀᆞ만이 해ᄒᆞ다]ᄒᆞᆫ 일이며, 그 새아씨

와 제가 그런 줄을 침작ᄒᆞ나 친히 보지 못ᄒᆞ엿ᄉᆞᆫ즉 말ᄒᆞᆯ 슈 업ᄂᆞᆫ ᄉᆞ졍이며, 그 새아씨의 젼후[前後] 덕힝[德行]을 셰셰[細細]이 말ᄒᆞ고 탄식ᄒᆞ거ᄂᆞᆯ 어ᄉᆞㅣ 이 모든 말을 드ᄅᆞ니 거울ᄀᆞᆺ치 ᄇᆞᆰ은 ᄆᆞᄋᆞᆷ이오, 하ᄒᆡ[河海]ᄀᆞᆺ치 깁흔 도량[度量, 헤아리다 말]에 무수[無數]ᄒᆞᆫ 숑ᄉᆞᄅᆞᆯ ᄇᆞᆰ이 쳐결[處決]ᄒᆞ던 슈[手]<142b>단이라. ᄒᆞ나ᄅᆞᆯ 드ᄅᆞ면 열가지 일을 아ᄂᆞᆫ ᄌᆡ조와 지혜로 엇지 이 일을 모ᄅᆞ리오? 그러ᄒᆞ나 다만 그 유모의 눈으로 친히 보지 못ᄒᆞ고 ᄒᆞᄂᆞᆫ 말인즉 홍도의 죄ᄅᆞᆯ 나타나게ᄒᆞᆯ 빙거가 업ᄂᆞᆫ지라. ᄒᆞᆫ참 ᄉᆡᆼ각ᄒᆞ다가 로파ᄃᆞ려 닐ᄋᆞᄃᆡ,

“그 새아씨의 병이 날 밧긔 슈 업고, ᄯᅩ 나ᄅᆞᆯ 만나지 아니ᄒᆞ더면 ᄒᆞᆯ 일 업시 죽을 번 ᄒᆞ엿ᄂᆡ. 그러ᄒᆞ나 내가 친히 보고 증험ᄒᆞ여야 ᄒᆞᆯ 거시니, 로파가 오늘 가셔 김진ᄉᆞᄭᅴ 뵈옵고 말ᄒᆞᄃᆡ 의원 ᄒᆞ나ᄅᆞᆯ 쳥ᄒᆞ여 왓노라 ᄒᆞ고 그 새아씨ᄅᆞᆯ 보게ᄒᆞ면 엇더ᄒᆞᆯ가?”

ᄒᆞ니, 로파ㅣ 얼골에 깃부고 다힝ᄒᆞᆫ 빗치 ᄀᆞ득ᄒᆞ야 ᄃᆡ답ᄒᆞᄃᆡ,

“만일 살녀 주실<143a>터히면 이거시 무슴 어려올 거시 잇ᄉᆞ오릿가?”

ᄒᆞ거ᄂᆞᆯ 어ᄉᆞㅣ ᄀᆞᆯᄋᆞᄃᆡ,

“됴타!”

ᄒᆞ고 로파ᄅᆞᆯ ᄌᆡ촉ᄒᆞ여 보내니라. 로파ㅣ 밧비 김진ᄉᆞ의 ᄂᆡ외[內外]ᄅᆞᆯ 보고 녯ᄌᆞ오ᄃᆡ,

“쇼인[小人]ᄂᆡ가 이젼에 친ᄒᆞ옵던 의원 량반이 잇ᄉᆞ와 오늘 ᄯᅳᆺ밧긔 차져 왓습기로 새아씨의 병환 말슴을 ᄒᆞ온즉 ᄌᆞ셰히 듯더니 이 병이 ᄆᆞᄋᆞᆷ이 답답ᄒᆞ여난 병인 즉 범범[凡]ᄒᆞᆫ 약으로 아니 낫겟ᄉᆞ나 친히 보고 방문을 내면 곳칠 ᄃᆞᆺᄒᆞ다 ᄒᆞ옵기로 녯ᄌᆞ오니 ᄒᆞᆫ 번 시험ᄒᆞ시면됴ᄒᆞᆯ ᄃᆞᆺᄒᆞ와이다.”

ᄒᆞ니, 그 진ᄉᆞ의 부부[夫婦]ㅣ 이 말을 듯고 ᄀᆞᆯᄋᆞᄃᆡ,

“죽을 병에 므슴 약이 잇ᄉᆞ리오? 그러나 혹 나흘지 모ᄅᆞ니 ᄒᆞᆫ 번 시험ᄒᆞᄂᆞᆫ 거시<143b>올타.”

ᄒᆞ고, “밧비 쳥ᄒᆞ라.” ᄒᆞ거ᄂᆞᆯ 로파ㅣ 깃거ᄒᆞ야 ᄒᆞᆫ거름에 ᄯᅱ어와서 어ᄉᆞᄭᅴ 연유[緣由]ᄅᆞᆯ 말ᄒᆞ고 쳥ᄒᆞ니, 어ᄉᆞㅣ ᄃᆡ답ᄒᆞ고 곳 로파ᄅᆞᆯ ᄯᆞ라 김진ᄉᆞ의 집을 다다르니, ᄆᆞᄋᆞᆷ이 비챵[悲愴]ᄒᆞ여 탄식ᄒᆞᆷ을 마지아니코 그 안ᄒᆡ의 무죄히 간악[奸惡]ᄒᆞᆫ 사ᄅᆞᆷ의 흉계로 이러틋 루명을 쓰고 죽게되니, 이 일을 일즉이 알아 보지 아니ᄒᆞᆷ으로 ᄭᅩᆺ치 불붓고[燃] 옥이 바아지ᄂᆞᆫ[碎] 환이 남을 ᄉᆡᆼ각ᄒᆞ니, ᄌᆞ가의 죈 ᄃᆞᆺᄒᆞ여 신부ᄅᆞᆯ ᄃᆡᄒᆞ기 젼에 은근이 감동ᄒᆞ여 슬픈 즁에 그 문압ᄒᆞᆯ 당ᄒᆞ니, 김진ᄉᆞㅣ 나와 잇다가 마저 인ᄉᆞᄒᆞ니, 어ᄉᆞᄂᆞᆫ 대개 그 얼골을 침작ᄒᆞ나 진ᄉᆞᄂᆞᆫ 아조 모ᄅᆞ더라. 진ᄉᆞㅣ 어ᄉᆞᄅᆞᆯ ᄃᆡᄒᆞ여 ᄀᆞᆯᄋᆞᄃᆡ,

“즉<144a>금 병인 ᄉᆞᄉᆡᆼ이 시ᄀᆡᆨ에 잇슨즉 일이 급ᄒᆞ온지라. 몬저 안흐로 들어가서 병인을 보아주시기ᄅᆞᆯ ᄇᆞ라ᄂᆞᆫ 연고로 숀님 ᄃᆡ졉ᄒᆞᄂᆞᆫ 례ᄅᆞᆯ 일허 ᄇᆞ리오니, 허물치 말으시고 몬저 안흐로 가십시다.”

ᄒᆞ거ᄂᆞᆯ 어ᄉᆞㅣ 속으로 그 진뎡 의원으로 속음을 웃고 강[强]잉ᄒᆞ여 ᄃᆡ답ᄒᆞ고 ᄯᆞ라 안흐로 들어가 병인을 볼ᄉᆡ, 아모도 업시 그 쥬인 진ᄉᆞ ᄒᆞ나만 어ᄉᆞᄅᆞᆯ 인도ᄒᆞ여 병인 잇ᄂᆞᆫ 곳에 ᄒᆞᆫ가지로 들어가셔 진ᄉᆞ가 그 ᄯᆞᆯ을 향ᄒᆞ여 말ᄒᆞᄃᆡ,

“의원 량반이 오서셔 네 병을 보시니, 정신을 차리고 말을 ᄒᆞᆯ 만ᄒᆞ거든 병증[病症]을 ᄌᆞ세히 말ᄒᆞ여라.”

ᄒᆞ니, 신부ㅣ 계오 듯ᄂᆞᆫ지 마ᄂᆞᆫ지ᄒᆞ야 눈을 ᄯᅥᆺ다가 다시 감ᄂᆞᆫ지라. 이ᄣᅢ에 어ᄉᆞㅣ 신부ᄅᆞᆯ<144b>ᄃᆡᄒᆞ니, 알ᄂᆞᆫ 소ᄅᆡᄂᆞᆫ 별노 업ᄉᆞ나 마른 ᄲᅧ에 옥ᄀᆞᆺᄒᆞᆫ 가족이 빗치 변ᄒᆞ여 누르고 두 ᄲᅡᆷ에 ᄇᆞᆰ은 빗치 은은

[隱隱]이 잇ᄉᆞ니, 이거시 화ᄒᆞᆫ 빗치 아니라, 심화[心火]의 표ㅣ라. 셤셤약질[纖纖弱質]에 즁ᄒᆞᆫ 병이 들엇시니, 엇지 음식을 용납ᄒᆞ리오? 그러나 이 병이 ᄆᆞᄋᆞᆷ이 답답ᄒᆞ여 난 병인즉 그 ᄆᆞᄋᆞᆷ의 원을 풀면 ᄒᆞᆫ ᄶᆡ가 못ᄒᆞ여 나흘 거시오, ᄯᅩ 어ᄉᆞㅣ 이 말을 드ᄅᆞᆯ ᄶᆡ브터 신부의 죄 업시 루명을 쓰고 이 연고로 셩병[成病]ᄒᆞᆷ을 극진이 블샹이 넉이고 슬퍼ᄒᆞᄂᆞᆫ 가온ᄃᆡ 친히 ᄃᆡᄒᆞ여 보니, ᄆᆞᄋᆞᆷ이 엇지 감동ᄒᆞ며 더옥 측은치 아니리오? 그러나 므슴 말을 ᄒᆞ고 시브ᄃᆡ 몸이 어ᄉᆞ[御史]의 즁임[重任]을**<145a>**ᄯᅴ엿ᄉᆞᆫ즉 ᄀᆞ바얍게 말ᄒᆞ기 어렵고 ᄯᅩ 김진ᄉᆞㅣ 겻ᄒᆡ 잇ᄂᆞᆫ지라. 말을 ᄒᆞᆯ가 말가 머뭇머뭇ᄒᆞ다가 진ᄉᆞᄅᆞᆯ ᄃᆡᄒᆞ여 ᄀᆞᆯᄋᆞᄃᆡ,

"이 병환[患]이 심화[心火]로 나신가 시[似]브외다. 무슴 약을 시험ᄒᆞ여 계시오?"

ᄒᆞ니 ᄃᆡ답ᄒᆞᄃᆡ,

"나도 심화로 난 병인 줄노 알고 여러 가지 약을 시험ᄒᆞ나 ᄆᆞᆺᄎᆞᆷ내 낫지 아니ᄒᆞ니, 이제ᄂᆞᆫᄒᆞᆯ 슈 업시 죽기나 기ᄃᆞ리오."

어ᄉᆞㅣ ᄃᆡ답ᄒᆞᄃᆡ,

"그러ᄒᆞ실 ᄃᆞᆺᄒᆞ오. 그러나 사ᄅᆞᆷ의 목숨이 하ᄂᆞᆯ님ᄭᅴ ᄆᆡ이 엿슨즉 병든다고 다 죽을 리가 잇소? 병든 쌜희[根]ᄅᆞᆯ ᄌᆞ세히 알진대 곳치기가 무어시 어려오릿가?"

ᄒᆞ니, 김진사ㅣ ᄆᆞᆫ저 어ᄉᆞㅣ 그 병이 심화로 난 병이라 ᄒᆞᆷ을 듯고 **<145b>**ᄂᆡ렴[內念]에 깃거ᄒᆞ야 ᄉᆡᆼ각ᄒᆞᄃᆡ,

'이 의원이 병의 근본을 ᄇᆞᆰ이 말ᄒᆞ니 심샹[尋常, 범샹과 ᄀᆞᆺᄒᆞᆫ 말] 아니ᄒᆞᆫ 의원이라.'

ᄒᆞ더니, ᄯᅩ 이 말을 듯고 더옥 깃버ᄒᆞ여 ᄀᆞᆯᄋᆞᄃᆡ,

“병론[病論]ᄒᆞ시ᄂᆞᆫ 말ᄉᆞᆷ을 드ᄅᆞ니, ᄆᆞᄋᆞᆷ에 샹쾌[爽快]ᄒᆞ오. 그러나 그 ᄆᆡᆨ[脈]이나 ᄌᆞ셰히 ᄉᆞᆯ피신 후에 신통ᄒᆞᆫ 방문[方文] ᄒᆞᆫ 쟝[張]을 내여 내 ᄯᆞᆯ을 살녀주시면 쳔금을 엇지 앗기오며, 그 은혜ᄅᆞᆯ 죽기 젼에 엇지 니저 ᄇᆞ리릿가? 깁히 ᄉᆡᆼ각ᄒᆞ시오.”

ᄒᆞ니, 어ᄉᆞㅣ ᄃᆡ답ᄒᆞᄃᆡ,

“내가 특별이 인명[人命]을 구ᄒᆞ올가ᄒᆞ야 왓ᄉᆞ오니, 엇지 ᄌᆡ물노 갑기ᄅᆞᆯ ᄇᆞ라겟ᄉᆞᆸᄂᆞ닛가?”

ᄒᆞ고 그 두 숀에 ᄆᆡᆨ을 보려ᄒᆞᆯ제, 김진ᄉᆞㅣ ᄆᆞᆾᄎᆞᆷ 대변[大便]이 급ᄒᆞ여 뒷<146a>간에 나가며 닐ᄋᆞᄃᆡ,

“내 ᄌᆞᆷ간 들어올 거시니, 허물치 말으시고 그 ᄆᆡᆨ을 ᄌᆞ셰히 보아주쇼셔.”

ᄒᆞ고 나가거ᄂᆞᆯ 어ᄉᆞㅣ ᄃᆡ답ᄒᆞ고 ᄆᆞᄋᆞᆷ에 깃거ᄒᆞ야 신부의게 갓가이 ᄃᆞᆯ녀들어 ᄆᆡᆨ은 아니보고 숀으로 신부의 온 몸을 어로ᄆᆞᆫ지니, 신부ㅣ ᄆᆞᄋᆞᆷ에 놀나와 무ᄉᆞᆷ 말을 ᄒᆞ고져ᄒᆞ나 긔운이 업서 말ᄒᆞᆯ 슈 업서 다만 “ᄋᆡ고! ᄋᆡ고!” ᄒᆞᆯ제, 어ᄉᆞㅣ ᄯᅩ 제 ᄲᅣᆷ을 그 ᄲᅣᆷ에 ᄃᆞ히며 인ᄉᆞᄒᆞᄃᆡ,

“랑ᄌᆞ[娘子]ᄂᆞᆫ 놀나지 마오. 내가 다ᄅᆞᆫ 사ᄅᆞᆷ이 아니라 랑ᄌᆞ의 쟝부 니랑[李郎]이니, 랑ᄌᆞㅣ 죄 업시 루명을 무릅쓰고[冒] 인ᄒᆞ여 병이 되어 이러ᄐᆞᆺ 죽을 디경이 된 줄 알고 특별이 와서 내 ᄇᆞᆰ지 못ᄒᆞᆫ ᄐᆞᆺᄉᆞ로 랑ᄌᆞㅣ 이러ᄐᆞᆺ 병이 나서 죽<146b>을 디경이 되게ᄒᆞᆫ 죄ᄅᆞᆯ 샤례ᄒᆞ고저ᄒᆞ여 왓시니 엇더ᄒᆞ던지 이젼 일은 다 ᄠᅳᆫ 구름ᄀᆞᆺ치 되고, 랑ᄌᆞ의 빙옥[氷玉]ᄀᆞᆺᄒᆞᆫ ᄆᆞᄋᆞᆷ을 알앗시니, 다ᄅᆞᆫ 사ᄅᆞᆷ은 쳔만[千萬]이 잇서셔 랑ᄌᆞᄅᆞᆯ 훼방[毁謗]ᄒᆞ여도 족히 셩낼 거시 업고 쳔만이 찬미[讚美]ᄒᆞ여도 쓸 ᄃᆡ 업서 다만 나 ᄒᆞᆫ 사ᄅᆞᆷ이 랑ᄌᆞ의게 쥬쟝이 된즉 내가 랑ᄌᆞ의 죄 업ᄉᆞᆷ을 명ᄇᆡᆨ히 알아 의심이 업ᄉᆞ니, 랑ᄌᆞᄂᆞᆫ 다시 이 일노 털ᄭᅳᆺ만치도 관심[關心]ᄒᆞ지 말고 오늘브터 긔운과 정신을 슈습ᄒᆞ여 녯적에 픔은 원을 풀고 잇다가 나ㅣ 이 젼라도에서 좀간 볼 일이 잇ᄉᆞ니, 그 일을 ᄆᆞᆺ촌 후에 곳 셔울노 가서 신ᄒᆡᆼ[新行, 신부ㅣ ᄉᆡ집으로 가는 것]ᄒᆞᆯ 날을 뎡ᄒᆞ여 보낼 거시니, 그ᄯᆡ<147a>ᄅᆞᆯ 기ᄃᆞ리ᄃᆡ 내가 즉금 가면 오일 후에 ᄯᅩ 와서 볼 거시니, 나ㅣ 즉금 ᄒᆞᆫ 말을 ᄒᆞ나히라도 부모와 다ᄅᆞᆫ 사ᄅᆞᆷ을 알니지 말고, 오일만 기ᄃᆞ리면 그ᄯᆡ에 내가 와서 알게ᄒᆞ리라.”

ᄒᆞ고 부탁ᄒᆞ니, 신부ㅣ 처음브터 ᄅᆡ죵ᄭᆞ지 ᄒᆞᄂᆞᆫ 말을 정신을 차려 드ᄅᆞ니, ᄯᅡ헤 잇ᄂᆞᆫ 몸이 하ᄂᆞᆯ에 올나가ᄂᆞᆫ 것ᄀᆞᆺ고 검고 검은 구름일만 겹이 ᄆᆞᆰ은 바람을 만나 허여지고[ᄒᆞᆺ허지다] ᄂᆞᆯ[日]과 ᄃᆞᆯ[月]이 ᄇᆞᆰ은 빗출 내여 세상을 ᄇᆞᆰ게ᄒᆞᆷ과 ᄀᆞᆺᄒᆞ야 몸이 공즁에 ᄂᆞᆯ아오ᄅᆞᆯ ᄃᆞᆺᄒᆞ고 ᄆᆞᄋᆞᆷ이 상쾌ᄒᆞ며 정신이 쇄락[碎落]ᄒᆞ여 바로 니러나셔 말ᄉᆞᆷᄒᆞ고 시브나 어ᄉᆞᄅᆞᆯ 혼인 ᄂᆞᆯ에 ᄌᆞ세히 보지도 못ᄒᆞ고 즉금 두 번 ᄌᆡ라. ᄯᅩ 그ᄯᆡ 일을 ᄉᆡᆼ각<147b>ᄒᆞ니 비록 죄ᄂᆞᆫ 업ᄉᆞ나 엇지 붓그럽지 아니며, ᄯᅩ 어ᄉᆞㅣ 옥ᄀᆞᆺᄒᆞᆫ 숀으로 온 몸을 어로ᄆᆞᆫ지며 슬퍼ᄒᆞ니, 신분ᄃᆞᆯ ᄯᅩ 엇지 슬푸지 아니리오? 붓그럽고 슬픈 ᄆᆞᄋᆞᆷ이 아올나 니러나 엇지ᄒᆞᆯ 슈 업ᄂᆞᆫ 즁 쟝부[丈夫]의 거동을 ᄉᆞᆯ펴보니, 파관폐의[破冠敝衣, 헌갓과 헌옷]나 그 육ᄉᆡᆨ[肉色, 몸빗]이 빗나고 기름저셔 주린 모양이 아닌ᄃᆡ 그 의관이 걸인[乞人]과 방불ᄒᆞ고, ᄯᅩ ᄉᆡᆼ각ᄒᆞ니 필경[畢竟] 셔울 가셔 쟝가ᄅᆞᆯ 들엇시면 나의 죄 업ᄉᆞᆷ을 알지라도 신ᄒᆡᆼᄒᆞᆯ 말을 아니ᄒᆞᆯ ᄃᆞᆺᄒᆞ고 ᄯᅩ 량반이 되어 급뎨[及第]ᄅᆞᆯ 못 ᄒᆞ엿시면 집에 잇서 글공부나 ᄒᆞ겟ᄂᆞᆫᄃᆡ, 이 멀고 먼 ᄯᅡ헤 엇지ᄒᆞ여 왓ᄉᆞ며 ᄯᅩ 일이 잇서 왓ᄉᆞᆯ진대 필경 의복도 못ᄒᆞ<148a>여 닙을 리가 업고 얼골이 주리지 아닌 모양이니 엇지 비부ᄅᆞ게 먹ᄂᆞᆫ 사ᄅᆞᆷ이 옷술 못ᄒᆞ여 닙으며, ᄯᅩ

그 ᄒᆞᄂᆞᆫ 말이 다 슈샹[殊常]ᄒᆞ고 그 ᄲᅮᆫ 아니라 나의 죄 업ᄂᆞᆫ 줄을 아ᄂᆞᆫ 거시 더옥 이샹ᄒᆞ도다. 이러ᄐᆞᆺ ᄉᆡᆼ각ᄒᆞ매 의심이 더옥 나셔 답답흠을 니긔지 못ᄒᆞ더니, 홀연 누가 닐ᄋᆞᄂᆞᆫ ᄃᆞ시 ᄆᆡᆼ연[猛然]이 ᄭᆡᄃᆞ라 ᄉᆡᆼ각ᄒᆞᄃᆡ,

'필경 셔울노 간 후에 문급뎨[文及第]ᄒᆞ여 이 젼라도 어ᄉᆞ로 와셔 온갖 일을 탐지ᄒᆞ다가 내 일을 뉘게 ᄌᆞ세히 듯고 와셔 이리ᄒᆞᄂᆞᆫ고나. 나ㅣ 그 ᄉᆞ이 젼ᄒᆞᄂᆞᆫ 말을 드ᄅᆞᆫ즉 젼라도 좌우도 암ᄒᆡᆼ어ᄉᆞ[暗行御史]의 셩이 니씨라 ᄒᆞ더니, 과연 이로다. 그러나 내가 루명을 버ᄉᆞᆯ 디경이 되면 벅벅이 그ᄂᆞᆯ 밤에 누가 흉<148b>계ᄅᆞᆯ 내여셔 이 일을 ᄒᆞᆫ 것ᄭᆞ지 알 터히니 만일 이럴진대 홍도ㅣ 엇지 셩명을 보존ᄒᆞ며, 셔모ㅣ[庶母] 엇지 평안ᄒᆞ리오? ᄉᆡᆼ각이 이에 밋ᄎᆞ매 착ᄒᆞᆫ ᄆᆞ음이 더옥 움ᄌᆞᆨ여 홍도ᄅᆞᆯ 구ᄒᆞ려ᄒᆞ나 아모 법이 업고, ᄯᅩ 말을 잘ᄒᆞ여 보고 시브나 비록 부부[夫婦]지간 이로ᄃᆡ ᄂᆞᆷ과 ᄀᆞᆺᄒᆞ야 엇지 개구[開口]ᄒᆞ리오? 그러나 적은 톄면[體面]을 위ᄒᆞ다가ᄂᆞᆫ 동긔[同氣, 동포와 ᄀᆞᆺᄒᆞᆫ 말]ᄅᆞᆯ 구치 못ᄒᆞ리라.'

ᄒᆞ고 잠간 닙을 여러 말ᄒᆞᄃᆡ,

"닐ᄋᆞ시ᄂᆞᆫ 말숨은 지극 감샤ᄒᆞ오나 다만 ᄒᆞᆫ마ᄃᆡ 쳥을 용납ᄒᆞ옵쇼셔. 이 죄인이 루명을 벗ᄂᆞᆫ ᄂᆞᆯ에ᄂᆞᆫ 필경 사ᄅᆞᆷ이 샹ᄒᆞ올 ᄃᆞᆺᄒᆞ오니, 만일 죄인의 집안 사ᄅᆞᆷ 즁에 ᄒᆞ나<149a>히라도 목숨을 보존치 못ᄒᆞ올 디경이면 죄인이 일뎡코 홀노 사지 못ᄒᆞᆯ 터이오니, 만일 이 말숨을 저ᄇᆞ리지 아니시면 죄인을 두 번 다시 살게ᄒᆞ시ᄂᆞᆫ 은혜오니, 깁히 ᄉᆡᆼ각ᄒᆞ옵쇼셔."

ᄒᆞ며 허락ᄒᆞ기ᄅᆞᆯ ᄌᆡ촉은 아니ᄒᆞ나 그 모양이 허락ᄒᆞ기ᄅᆞᆯ 기ᄃᆞ리ᄂᆞᆫ 모양이오, ᄯᅩ 긔운이 막힐 ᄃᆞᆺᄒᆞᆫ지라. 어ᄉᆞㅣ ᄯᅩ ᄀᆞ만이 ᄉᆡᆼ각ᄒᆞ니,

그 말이 ᄌᆞ가[自家]의 어ᄉᆞㅣ 되어 와서 이리ᄒᆞᄂᆞᆫ 줄을 명ᄇᆡᆨ히 아ᄂᆞᆫ 모양이라. 심즁[心中]에 탄[歎]식ᄒᆞᄃᆡ,

"이러ᄐᆞᆺ 어질고 이러ᄐᆞᆺ 명철[明哲]ᄒᆞᆫ 안ᄒᆡᄅᆞᆯ 거의 ᄇᆞ릴 번 ᄒᆞ엿도다."

ᄒᆞ고 ᄯᅩ 김진ᄉᆞㅣ 들어오ᄂᆞᆫ 모양이 잇ᄂᆞᆫ지라. ᄒᆞᆯ 일 업시 말ᄒᆞᄃᆡ,

"인명[人命]을 상해[傷害]ᄒᆞᆯ 리가 업ᄉᆞ니, 방심[放心]ᄒᆞ라."

ᄒᆞ고 안젓더니**<149b>**김진ᄉᆞㅣ 들어와 무ᄅᆞᄃᆡ,

"병인의 증세[病勢]가 엇더ᄒᆞ오?"

ᄒᆞ거ᄂᆞᆯ 어ᄉᆞㅣ ᄃᆡ답ᄒᆞᄃᆡ,

"외면[外面]으로 보기의ᄂᆞᆫ 병중이 대단ᄒᆞᆫ ᄃᆞᆺᄒᆞ나 그 ᄆᆡᆨ[脈]은 칠팔십 년 장슈[長壽]ᄒᆞ실 터이니, 쥬인 량반의게 미리 하례 ᄒᆞᄋᆞᆸᄂᆞ이다. 그러ᄒᆞ나 사ᄅᆞᆷ의 병이 크나 적으나 다ᄅᆞᆫ 사ᄅᆞᆷ이 잘 도아주어야 큰 병이 적어지고, 적은 병이 쉬 낫ᄉᆞ온즉 오ᄂᆞᆯ브터 됴흔 리약이ᄎᆡᆨ이나 엇어셔 ᄎᆡᆨ 잘보ᄂᆞᆫ 녀인으로 보게ᄒᆞ시며, ᄯᅩ 리약이 우숩게 잘ᄒᆞᄂᆞᆫ 사ᄅᆞᆷ을 엇어셔 밤ᄂᆞᆽ으로 리약이ᄅᆞᆯ 듯게ᄒᆞ시면 이 병이 스ᄉᆞ로 물너갈 거시니, 렴녀 말으쇼셔."

ᄒᆞ거ᄂᆞᆯ 진ᄉᆞ가 이 말을 듯고 슬픈 가온대 크게 우ᄉᆞ**<150a>**며 ᄀᆞᆯᄋᆞᄃᆡ,

"내가 셰상에 난지 륙십 년에 ᄃᆡᆨ[宅, 공경의 말] ᄀᆞᆺᄒᆞ신 의원 량반은 처음 뵈옵겟쇼. 오ᄅᆡ지 아니ᄒᆞ야 죽을 병에 리약이ᄎᆡᆨ과 리약이로 약이 되어 살니라 ᄒᆞ시니, 이 말ᄉᆞᆷ이 너무 헛되신 ᄃᆞᆺᄒᆞ오."

ᄒᆞ니, 어ᄉᆞㅣ ᄃᆡ답ᄒᆞᄃᆡ,

"그러치 아니ᄒᆞ외다. 이 병 ᄲᅳᆯ희가 무ᄉᆞᆷ 일이 ᄆᆞᄋᆞᆷ에 평안치 못ᄒᆞᆷ으로 심화[心火]가 동ᄒᆞ여셔 병이 되엿ᄉᆞᆫ즉 그 ᄆᆞᄋᆞᆷ 불을 업시ᄒᆞ여야 ᄎᆞ도[差度]가 잇겟ᄉᆞᆸ기로 녯ᄌᆞᆸᄂᆞᆫ 거시니, 제 말ᄉᆞᆷ을 헐ᄒᆞ게 아시지 말으시고 밧비 내 말ᄉᆞᆷ대로 ᄒᆞ옵쇼셔."

ᄒᆞ고 길에셔 먹으려 ᄒᆞ고 가지고 ᄃᆞ니던 청심환[淸心丸] ᄒᆞᆫ ᄀᆡᄅᆞᆯ 주며 닐ᄋᆞᄃᆡ,

"오ᄂᆞᆯ 반 ᄀᆡᄅᆞᆯ 먹이고, ᄅᆡ일 반 ᄀᆡ만 먹이면 이**<150b>**틀 후에 쾌히 나흐실 거시니, 그리 아옵쇼셔."

ᄒᆞ니, 진ᄉᆞㅣ 밧아가지고 속으로 의심ᄒᆞᄃᆡ,

'이 의원의 의복을 보니 걸인[乞人]의 모양이오, 그 ᄒᆞᄂᆞᆫ 말이 다 허황[虛荒]ᄒᆞ여 밋을슈 업고, ᄯᅩ 의원이 병을 잘 곳칠진ᄃᆡ 병 나흔 사ᄅᆞᆷ들이 ᄇᆡᆨ 냥과 쳔 냥을 앗기지 아니ᄒᆞ고 줄 터힌즉 ᄌᆞ연[自然]이 의식[衣食]이 넉넉ᄒᆞᆯ지라. 엇지ᄒᆞ여 이 사ᄅᆞᆷ의 모양이 뎌러ᄐᆞᆺ ᄎᆔ루[麤陋, 더럽다 말]ᄒᆞᆫ고? 반ᄃᆞ시 됴흔 의원은 아니로다. 그러ᄒᆞ나 이거ᄉᆞᆯ 시험ᄒᆞ야 본 후에 효험이 업거든 근치리라.'

ᄒᆞ고 샤례ᄒᆞ야 ᄀᆞᆯᄋᆞᄃᆡ,

"ᄯᅳᆺ밧긔 ᄉᆞᆫ님이 오서셔 이러ᄐᆞᆺ 병을 보아주시고 약ᄭᆞ지 주시니 감샤ᄒᆞ옴을 측량치 못 ᄒᆞ겟쇼."

ᄒᆞ거ᄂᆞᆯ 어ᄉᆞ**<151a>**ㅣ ᄀᆞᆯᄋᆞᄃᆡ,

"이만 거ᄉᆞᆯ 엇지 과히 샤례ᄒᆞ시릿가? 제가 즉금 가오면 오일 만에 다시 와 뵈올 거시니, 그 ᄉᆞ이 너무 렴녀 말으쇼셔."

ᄒᆞ니, 진ᄉᆞㅣ 청ᄒᆞ여 샤랑으로 나가서 음식을 ᄃᆡ졉ᄒᆞ고 ᄀᆞᆯᄋᆞᄃᆡ,

"굿ᄒᆞ여 오ᄂᆞᆯ 가시지 말으시고, 여긔 계셔 그 병을 보아주시면 됴켓시ᄃᆡ 그러케 ᄒᆞ시면 ᄉᆞᆫ님의 슈고가 적지 아니ᄒᆞ실 터힌즉 감히 청ᄒᆞ지 못 ᄒᆞ겟쇼."

ᄒᆞ니, 어ᄉᆞㅣ 웃고 ᄀᆞᆯᄋᆞᄃᆡ,

"그 병은 오일 안흐로 쾌히 나흐실 ᄃᆞᆺᄒᆞ온즉 걱정 말으시고 계시다가 저 오기를 기ᄃᆞ리시ᄃᆡ 그날에 ᄃᆡᆨ에 잇ᄂᆞᆫ 식구[食口]ᄅᆞᆯ ᄒᆞ나도 밧긔 내여 보내지 말으시고 나온 후에 ᄯᅩ 만ᄒᆞᆫ 약을 ᄆᆞᆫᄃᆞᆯ 터이니 그ᄯᅢ에 사ᄅᆞᆷ이 잇ᄂᆞᆫᄃᆡ로 쓰힐 터이온즉 미<151b>리 부탁ᄒᆞ옵ᄂᆞ이다."

ᄒᆞ고 인ᄒᆞ여 하직ᄒᆞ고 나가니라. 진ᄉᆞㅣ 이의원의 말을 반의반신[半疑半信]ᄒᆞ여 그 안ᄒᆡ와 ᄒᆞᆫ가지로 ᄯᆞᆯ의 방에 들어가셔 의론ᄒᆞᆯᄉᆡ, 이ᄯᅢ에 병인이 그 쟝부[丈夫]의 ᄌᆞ가ㅣ 어ᄉᆞ로 알아보고 이후에 그 셔[庶]오라비 홍도를 죽일가 렴녀ᄒᆞ야 그 쟝부의 어심을 아ᄂᆞᆫ ᄃᆞᆺ도 ᄒᆞ고 모ᄅᆞᄂᆞᆫ ᄃᆞᆺ도 ᄒᆞᆫ 톄ᄒᆞ야 다만 아모 말도 아니ᄒᆞ고 인명을 샹해오지 말나 ᄒᆞ고 죽기를 ᄆᆡᆼ셰ᄒᆞᆷ ᄀᆞᆺ치ᄒᆞ여 청ᄒᆞ니, 어ᄉᆞ의 허락을 밧고 ᄌᆞ가의 루명을 벗게 됨을 즐거이 넉이니 ᄆᆞᄋᆞᆷ에 무어시 막혓던 거시 ᄯᅮᆯ님 ᄀᆞᆺᄒᆞ야 시훤 샹쾌ᄒᆞ여 몸이 공즁에 ᄂᆞᆯ아갈 ᄃᆞᆺᄒᆞ나 오히려 븟<152a>그러온 ᄆᆞᄋᆞᆷ은 물너가지 아니ᄒᆞ여 다ᄅᆞᆫ 말은 ᄒᆞ지 아니ᄒᆞᄂᆞᆫ 가온ᄃᆡ 그 쟝부가 의원의 모양을 지어 그 부친을 속이ᄂᆞᆫ 거즛말과 그 ᄒᆞᄂᆞᆫ 거동이 다 언정리슌[言正理順]ᄒᆞ여 ᄂᆞᆷ을 속게ᄒᆞᄂᆞᆫ지라. 일변[一邊]은 그 부친의 속ᄂᆞᆫ 거시 됴치 아니ᄒᆞᄃᆡ, 일변은 그 쟝부의 ᄒᆞᄂᆞᆫ 모양과 말이 우숩기 측냥 업ᄂᆞᆫ지라. 그러ᄒᆞ나 암ᄒᆡᆼ어ᄉᆞ[暗行御史]의 일이 ᄒᆞᆼ샹 비밀[秘密]ᄒᆞ여 ᄂᆞᆷ이 아지 못ᄒᆞ게 ᄒᆞᄂᆞᆫ 거신즉 이 일이 공ᄉᆞ[公事]ㅣ 아모리 ᄌᆞ긔[自己]의 부모ㅣ나 미리 말ᄒᆞ기가 됴치 아니ᄒᆞ고 ᄯᅩ 오일이 되면 어ᄉᆞㅣ 온 후에 다 판[判]단ᄒᆞ야 알 일인즉 부모의게도 말을 아니ᄒᆞ고 다만 말ᄒᆞᄃᆡ,

"제 병이 엇지ᄒᆞᆫ 연고ㅣ 온지 모ᄅᆞ오<152b>ᄃᆡ 그 의원이 ᄆᆡᆨ을 보고 병말을 ᄇᆞᆰ이 ᄒᆞ오며약을 ᄀᆞᄅᆞ치더니 그 약을 시험도 아니 ᄒᆞ

엿는ᄃᆡ 답답ᄒᆞ던 가슴이 시훤 상쾌ᄒᆞ옵고 정신이 나ᄂᆞᆫ ᄃᆞᆺᄒᆞ오니 이
샹ᄒᆞ외다."
ᄒᆞᄂᆞᆫ지라. 진ᄉᆞ의 부부ㅣ 이 말을 듯고 놀나 이상이 넉여 그 눈모양
이며 말소ᄅᆡᄅᆞᆯ ᄉᆞᆯ피니 과연 위ᄐᆡᄒᆞ던 모양이 십분[十分]의 ᄉᆞ오 분
[四五分]이 감[減]ᄒᆞᆫ ᄃᆞᆺᄒᆞᆫ지라. 진ᄉᆞ가 깃븜을 이긔지 못ᄒᆞ여 ᄀᆞᆯᄋᆞᄃᆡ,
"셰상에 별 일도 잇고나. 아모 ᄉᆞᄅᆞᆷ이라도 병이 들면 약을 만히
쓰고도 혹 낫지 아니ᄒᆞᄂᆞᆫ 쟈ㅣ 만ᄒᆞᆫᄃᆡ, 너ᄂᆞᆫ 의원이 와셔 ᄆᆡᆨ을 좀간
보고 약만 ᄀᆞᄅᆞ쳐 주어 아즉 약을 시험ᄒᆞ지 아니ᄒᆞ엿거ᄂᆞᆯ 병이 약
먹기 젼**<153a>**에 몬저 나흐려ᄒᆞ니, ᄎᆞᆷ으로 그 의원도 이샹ᄒᆞᆫ 명의
[名醫]어니와 네 병과 그 약도 이샹ᄒᆞ고 나 그 약을 쓰도 아니ᄒᆞ여셔
일홈만 듯고 병이 나흐니 그병이 이샹ᄒᆞ고 그 약이 ᄇᆡ속에 들어가
기 젼에 사ᄅᆞᆷ의 병을 낫게ᄒᆞ니, 그 약이 ᄎᆞᆷ으로 이샹ᄒᆞ도다."
ᄒᆞ고 됴하ᄒᆞ니, 그 모친의 즐거워ᄒᆞᆷ이 더옥 엇더ᄒᆞᆯ고? 겻헤셔 숀으
로 신부의 머리도 ᄆᆞᆫ지고 숀도 주무ᄅᆞ며[撫] 략간 음식을 권ᄒᆞ니,
신부ㅣ 니러나셔 음식을 젼보다 삼ᄇᆡ[三倍]나 더 먹고 몸을 움즉이
며 말ᄒᆞᄂᆞᆫ 모양이 ᄒᆞ로 ᄉᆞ이에 아조 나흘 ᄃᆞᆺᄒᆞ니, 그 주던 청심환을
무어시 쓰리오마ᄂᆞᆫ 임의 밧은 거시오, ᄯᅩ 쾌히 낫기ᄅᆞᆯ 위ᄒᆞ여 먹이
매 신부ㅣ 밧**<153b>**아 먹으며 부모의 지극히 ᄀᆞᆫ절이 ᄉᆞ랑ᄒᆞ며 불
샹이 넉이ᄂᆞᆫ 은졍[恩情]을 더옥 깁히 ᄉᆡᆼ각ᄒᆞ며 니어ᄉᆞ의 특별이 와
셔 구ᄒᆞᆷ을 감샤ᄒᆞ더라. 니어ᄉᆞㅣ 김진ᄉᆞ의 집을 ᄯᅥ나 남원[南原] 읍
즁[邑中]에 ᄃᆞᆫ니며 원의 정치[政治]ᄅᆞᆯ 탐지ᄒᆞ니, 별노 흠[欠, 됴치 아니ᄒᆞ
다]이 업서 오히려 션치[善治]ᄒᆞᄂᆞᆫ지라. ᄀᆞ만이 ᄉᆡᆼ각ᄒᆞᄃᆡ,
'이제ᄂᆞᆫ 더 볼 일이 업고 공ᄉᆞᄅᆞᆯ ᄆᆞᆺ치겟시나 김진ᄉᆞ의 집 일만
잇ᄉᆞ니, 이 일을 엇더케 쳐치[處置]ᄒᆞᆯ고? 홍도ᄅᆞᆯ 죽이지 아니ᄒᆞ면 법

이 문허지ᄂᆞᆫ 모양이오, 죽이면 안ᄒᆡᄭᆞ지 죽을 터히니 만일 안ᄒᆡ가 죽으면 이ᄂᆞᆫ 안ᄒᆡᄅᆞᆯ 구ᄒᆞᆷ이 아니라, 도로혀 내가 죽이ᄂᆞᆫ 모양이니 기세량난[其勢兩難]**<154a>**이로다.'

ᄒᆞ며 결단치 못ᄒᆞ다가 다시 ᄉᆡᆼ각ᄒᆞᄃᆡ,

'나ㅣ 임의 안ᄒᆡ의게 홍도ᄅᆞᆯ 죽이지 말기로 청ᄒᆞᄂᆞᆫ 거신 줄을 침작ᄒᆞ고 허락 ᄒᆞ엿신즉 대쟝부[大丈夫]ㅣ 되어 엇지 안ᄒᆡ의게 실신[失信]ᄒᆞ리오? 일을 결단ᄒᆞᄂᆞᆫ 날에 홍도ᄅᆞᆯ 엄형[嚴刑] 뎡ᄇᆡ[定配]나 ᄒᆞ고 이 일을 ᄌᆞ세히 문셔[文書]ᄒᆞ여 나라에 샹달[上達]ᄒᆞ여 ᄉᆞ졍[私情]으로 법을 어긔여 즁히 다ᄉᆞ릴 죄인을 경히 다ᄉᆞ린 죄ᄅᆞᆯ 청ᄒᆞ야 만일 내가 죄ᄅᆞᆯ 닙어 벌을 밧을지라도 언약을 ᄇᆡ반치 못ᄒᆞ리라.'

ᄒᆞ고 ᄆᆞ음을 뎡ᄒᆞᆫ 후에 김진ᄉᆞ의 집으로 갈 날이 다다르매, 역졸[驛卒, 하인이라]을 분부ᄒᆞᄃᆡ,

"내가 이 읍ᄂᆡ로 들어갈 터이로ᄃᆡ 다ᄅᆞᆫ ᄉᆞ졍[事情]이 잇서셔 읍**<154b>**ᄂᆡ 밧 칠십 리 ᄃᆡ경에 살으시ᄂᆞᆫ 김진ᄉᆞᄃᆡᆨ에 가셔 죵용[從容]이 쳐결[處決]ᄒᆞᆯ 일이 잇ᄉᆞ니, 그리 알고 ᄅᆡ일 저녁에 어둡기ᄅᆞᆯ 기ᄃᆞ려셔 여러 하인이 김진ᄉᆞᄃᆡᆨ에 오지 말고 다ᄉᆞᆺ 놈만 오ᄃᆡ 그 니웃 사ᄅᆞᆷ도 모ᄅᆞ게 ᄀᆞ만이 샤랑 ᄯᅳᆯ노 들어와셔 내 ᄉᆡᆨ히ᄂᆞᆫ 일을 거ᄒᆡᆼ[擧行]ᄒᆞ게 ᄒᆞ여라."

ᄒᆞ니, 역졸이 ᄃᆡ답ᄒᆞ고 물너가니라. 어ᄉᆞㅣ 그 이튼날 낫 즈음에 쳔쳔이 ᄒᆡᆼᄒᆞ여 김진ᄉᆞ의 집에 가셔 차ᄌᆞ니, 진ᄉᆞㅣ 밧비 나와 맛ᄌᆞ며 얼골에 희ᄉᆡᆨ이 ᄀᆞ득ᄒᆞ여 숀을 쥐고 샤랑에 들어가 좌뎡[坐定]후에 삼ᄉᆞ 일 간 평안ᄒᆞᆷ을 서로 인ᄉᆞᄒᆞ고 어ᄉᆞㅣ 몬저 말ᄒᆞᄃᆡ,

"일젼[日前]에 변변치 아닌 약을 드렷더니, 약을 자신 후**<155a>**에 병[病] 증세[症勢]가 더 엇더ᄒᆞ시닛가? ᄯᅩ ᄅᆡ약이 ᄎᆡᆨ과 ᄅᆡ약이ᄒᆞᄂᆞᆫ

녀인을 엇어셔 그 병심[病心]을 위로ᄒᆞ여 계시오닛가?"

ᄒᆞ니, 진ᄉᆞㅣ ᄃᆡ답ᄒᆞᄃᆡ,

"쳔만 ᄯᅳᆺ밧게 ᄃᆡᆨ을 만나셔 죽어가던 ᄌᆞ식이 리약이칙과 리약이ᄒᆞᄂᆞᆫ 사ᄅᆞᆷ이 아니라도 임의 살아 낫ᄉᆞ오니 이 은혜가 각골난망[刻骨難忘]이오니, 무어ᄉᆞ로 다 갑ᄉᆞ오릿가? 대저 주시던 약을 쓰기 젼에 숀님이 병근을 ᄇᆞᆰ이 말ᄉᆞᆷᄒᆞ시고 약 일홈을 닐ᄋᆞ신 후에 숀님이 가신지 오래지 아니ᄒᆞ야 병이 다 나흔 모양이더니, 그 약을 쓴 후에ᄂᆞᆫ 아조 쾌ᄒᆞ여 음식도 잘 먹고 긔거[起居]도 여샹[如常]ᄒᆞ오니, ᄃᆡᆨ과 ᄀᆞᆺᄒᆞᆫ 의원은 셰샹에 다시 업ᄉᆞᆯ ᄃᆞᆺᄒᆞ외다. 무어ᄉᆞ로 이 은혜ᄅᆞᆯ 다 **<155b>**갑ᄉᆞ오릿가?"

ᄒᆞ거ᄂᆞᆯ 어ᄉᆞㅣ 웃고 ᄀᆞᆯᄋᆞᄃᆡ,

"이만 거ᄉᆞᆯ 엇지 은혜라 닐ᄏᆞᄅᆞ시릿가? 그러나 병셰 나흐셧다 ᄒᆞ오니, 하례 ᄒᆞᄋᆞᆸᄂᆡ다."

ᄒᆞ니, 진ᄉᆞㅣ 무수히 샤례ᄒᆞ며 안헤 들어가셔 의원 왓슴을 통ᄒᆞ고 쥬식[酒食]을 차려 ᄃᆡ졉ᄒᆞᆫ 후 의 한담[閑談]ᄒᆞ더니, 어ᄉᆞㅣ 무ᄅᆞᄃᆡ,

"뎌 ᄯᅢ에 ᄃᆡᆨ 안헤 잇ᄂᆞᆫ 사ᄅᆞᆷ을 다 나가게 말라 ᄒᆞ엿ᄉᆞᆸ더니, 그대로 ᄒᆞ엿ᄉᆞᆸᄂᆞ닛가?"

진ᄉᆞㅣ ᄃᆡ답ᄒᆞᄃᆡ,

"과연 말ᄉᆞᆷ대로 ᄒᆞ엿ᄉᆞ오나 즉금은 병이 다 나핫ᄉᆞ온 즉 약을 ᄆᆞᆫᄃᆞ러 쓸 ᄃᆡ 업ᄉᆞᆯ ᄃᆞᆺᄒᆞ와이다."

ᄒᆞ거ᄂᆞᆯ 어ᄉᆞㅣ ᄃᆡ답ᄒᆞᄃᆡ,

"그 말ᄉᆞᆷ도 올ᄉᆞ온 ᄃᆞᆺ ᄒᆞ외다마ᄂᆞᆫ 잠간 기ᄃᆞ리시면 ᄌᆞ연 알으실 일이 잇ᄉᆞ오리다."

ᄒᆞ니, 진ᄉᆞㅣ 이 말을**<156a>**듯고 그 ᄯᅳᆺ을 아지 못ᄒᆞ여 의심ᄒᆞ다가

무ᄅᆞᄃᆡ,

"잠간 기ᄃᆞ리면 알 일이 무어시닛가? 혹 병인의 병이 다시 발ᄒᆞ릿가?"

ᄒᆞ니, 어ᄉᆞㅣ 웃고 ᄀᆞᆯᄋᆞᄃᆡ,

"ᄃᆡᆨ ᄯᆞ님[ᄯᆞᆯ이라 말]이 츌가[出嫁, ᄉᆡ집가다 말]ᄒᆞᆫ지가 몃 ᄒᆡ나 되어 계시오닛가?"

ᄒᆞ거ᄂᆞᆯ 진ᄉᆞㅣ 답ᄒᆞᄃᆡ,

"즉금 팔 년 동안[ᄉᆞ이라 말]이나 되엿쇼."

어ᄉᆞㅣ ᄯᅩ 무ᄅᆞᄃᆡ,

"어나 곳 엇더ᄒᆞᆫ 집으로 츌가ᄒᆞ여 계시오닛가?"

진ᄉᆞㅣ 답ᄒᆞᄃᆡ,

"셔울 남산골 니진ᄉᆞ의 아ᄃᆞᆯ과 혼인을 ᄒᆞ고 지금ᄭᆞ지 신ᄒᆡᆼ[新行]도 못ᄒᆞ엿쇼."

ᄒᆞ거ᄂᆞᆯ 어ᄉᆞㅣ ᄯᅩ 무ᄅᆞᄃᆡ,

"여ᄃᆞᆲ[듧] ᄒᆡ가 되도록 신ᄒᆡᆼ을 못ᄒᆞ셧다 ᄒᆞ오니 무슴 연고가 잇서 그리ᄒᆞ여 계시오?"

진ᄉᆞㅣ 바로 ᄃᆡ답ᄒᆞ기가 붓그러온지라. 거즛말노 ᄃᆡ답**<156b>** ᄒᆞᄃᆡ,

"셔울과 ᄉᆡ골이 길도 멀고 ᄯᅩ 그ᄯᅢ브터 병이 잇서셔 이ᄯᅢᄭᆞ지 신ᄒᆡᆼ을 못 ᄒᆞ엿쇼."

ᄒᆞ니, 어ᄉᆞㅣ ᄀᆞᆯᄋᆞᄃᆡ,

"내 그 병을 ᄉᆞᆯ펴보오니 도모지 사ᄅᆞᆷ을 인ᄒᆞ여 난 병인즉 즉금 과연 병이 나핫ᄉᆞᆯ진대 ᄲᆞᆯ니 신ᄒᆡᆼ을 ᄒᆞ여야 그 병환이 다시 나시지 아니ᄒᆞᆯ ᄃᆞᆺᄒᆞ오니, ᄲᆞᆯ니 신ᄒᆡᆼ을 ᄒᆞ오시면 엇더ᄒᆞ시겟쇼?"

ᄒᆞ거ᄂᆞᆯ 진ᄉᆞㅣ 이 말을 듯고 ᄉᆡᆼ각ᄒᆞᄃᆡ,

‘이 의원이 과연 이러ᄐᆞᆺ 의리[醫理]에 ᄇᆞᆰ으니 명의로다. 그러나 내 ᄯᆞᆯ의 병이 그 쟝부ᄅᆞᆯ ᄉᆡᆼ각ᄒᆞ여 병이 난 거ᄉᆞᆫ 아니오, 다만 혼인ᄒᆞ던 날 밤 일노ᄒᆞ여 난 병인즉 엇더ᄒᆞ던지 사ᄅᆞᆷ으로 인ᄒᆞ여 난 병이라. 어나 ᄣᆡ에나 이 일을 ᄇᆞᆰ혀 내 ᄯᆞᆯ의 병이 다시<157a>아니 나게 ᄒᆞᆯ고? 이 의원의 말대로 될진대 그 병이 다시 나리로다.’

ᄒᆞ고 스ᄉᆞ로 얼골에 슬픈 모양이 ᄀᆞ득ᄒᆞᆫ지라. 어ᄉᆞㅣ 그 슬퍼ᄒᆞᄂᆞᆫ ᄆᆞ음을 침작ᄒᆞ고 ᄌᆞ가도 그 안ᄒᆡ의 죄 업시 루명을 엇고 죽게 되엿던 일을 은근이 슬퍼ᄒᆞ며 밧비 이 일을 판[判]단ᄒᆞ여 신ᄒᆡᆼᄒᆞ기ᄅᆞᆯ ᄉᆡᆼ각ᄒᆞ며 역졸을 기ᄃᆞ리더니, ᄒᆡ 저셔 어두온 후 저녁밥 먹기ᄅᆞᆯ 다ᄒᆞ매 역졸이 죵용이 샤랑 ᄯᅳᆯ에 와셔 어ᄉᆞᄭᅴ 문안ᄒᆞᄂᆞᆫ지라. 어ᄉᆞㅣ 진ᄉᆞᄅᆞᆯ 향ᄒᆞ여 ᄀᆞᆯᄋᆞᄃᆡ,

“내가 즉금 므슴 ᄒᆞᆯ 일이 잇ᄉᆞ오니 괴이히 넉이지 말으쇼셔.”

ᄒᆞ고 역졸을 분부ᄒᆞ여,

“ᄯᅳᆯ에 큰 불을 혀라.”

ᄒᆞ고 ᄯᅩ 진ᄉᆞᄅᆞᆯ 향ᄒᆞ여 ᄀᆞᆯ오ᄃᆡ,

“ᄃᆡᆨ[宅] ᄌᆞ뎨[아ᄃᆞᆯ이라] 홍도ᄅᆞᆯ 잠간 나오라 ᄒᆞᄋᆞᆸ<157b>쇼셔. 죵용이 무러 볼 일이 잇ᄉᆞᆸᄂᆡ다.”

ᄒᆞ니, 진ᄉᆞㅣ 엇지ᄒᆞᆫ 연고ᅟᅵᆫ 줄을 몰나 다시 무ᄅᆞ려 ᄒᆞ더니, 역졸이 ᄯᅳᆯ에 불을 혀고 대문[大門]과 즁문[中門]을 잠그며 곳 들어와 진ᄉᆞᄅᆞᆯ 향ᄒᆞ여 소ᄅᆡᄅᆞᆯ ᄂᆞ죽이ᄒᆞ나 엄슉[嚴肅]히 ᄒᆞ여 ᄀᆞᆯᄋᆞᄃᆡ,

“엇더ᄒᆞ신 분부[吩咐]기로 이러ᄐᆞᆺ 더ᄃᆡ 브ᄅᆞᄂᆞᆫ고? ᄉᆡᆨ니 잇ᄂᆞᆫ ᄃᆡᄅᆞᆯ ᄀᆞᄅᆞ쳐 잡아내게ᄒᆞ라.”

ᄒᆞ니, 진ᄉᆞㅣ 그 ᄒᆞᄂᆞᆫ 모양을 보니, 범샹ᄒᆞᆫ 하인이 아니오, ᄯᅩ 의원

의 ᄒᆞᄂᆞᆫ 양을 ᄉᆞᆯ피니 극히 슈상ᄒᆞ여 은은[隱隱]이 씩씩ᄒᆞᆫ 긔상[氣像]이라. ᄉᆞᄉᆞ로 겁남을 ᄭᆡᄃᆞᆺ지 못ᄒᆞ야 밧비 안흐로 들어가셔 홍도ᄅᆞᆯ 불너 닐ᄋᆞᄃᆡ,

"네가 평ᄉᆡᆼ에 나의 교훈[教訓]ᄒᆞᆷ을 듯지 아니ᄒᆞ더니, 므ᄉᆞᆷ 됴치 아 **<158a>**니ᄒᆞᆫ 일을 ᄒᆞ엿관ᄃᆡ 오ᄂᆞᆯ 뎌 의원이 하인을 ᄃᆞ리고 와서 ᄯᅳᆯ에 홰불[炬]을 ᄇᆞᆰ히고 너ᄅᆞᆯ 잡아내라 ᄒᆞᄂᆞᆫ고? 나ㅣ 그 의원의 거동을 보니, 진실노 의원이 아니오, 마치 어ᄉᆞ의 모양 ᄀᆞᆺᄒᆞ나 자세히 알 슈 업고, ᄯᅩ 그 거동이 죵용ᄒᆞᆫ 가온ᄃᆡ 엄슉ᄒᆞ고 그 하인들도 례ᄉᆞ 하인이 아닌 ᄃᆞᆺᄒᆞ니, 너ㅣ 무ᄉᆞᆷ 작죄[作罪]가 잇서셔 이런 변이 나ᄂᆞ냐?"

ᄒᆞ니, 홍도ᄂᆞᆫ 눈[眼]이 둥그러ᄒᆞ야[圓] 아모 말도 못ᄒᆞ고 홍도의 모ᄂᆞᆫ 얼골이 푸ᄅᆞ락[靑] 누ᄅᆞ락[黃]ᄒᆞ며 악ᄒᆞᆫ 소ᄅᆡ로 진ᄉᆞᄅᆞᆯ ᄭᅮ지ᄌᆞᄃᆡ,

"무ᄉᆞᆷ 일인지 모ᄅᆞᄃᆡ 만일 위ᄐᆡᄒᆞᆫ 일이면 ᄌᆞ식을 어ᄃᆡ로 피ᄒᆞ라 ᄒᆞ지 못ᄒᆞ고 그 령[令]대로 마치 그 하인ᄀᆞᆺ치 들어와셔 ᄌᆞ식을 잡아내여 주**<158b>**려ᄒᆞ고 들어왓쇼?"

ᄒᆞ고 발악[發惡]ᄒᆞᆯ 즈음에 하인이 그 더ᄃᆡ 나옴을 의심ᄒᆞ여 즁문에 들어셔며,

"안문을 닷치옵시오. 암ᄒᆡᆼ어ᄉᆞ[暗行御史] 분부[吩咐] ᄂᆡ[內]에 죄인[罪人] 홍도ᄅᆞᆯ 밧비 잡아오라 ᄒᆞ옵시오."

ᄒᆞ고 안ᄯᅳᆯ[內庭]노 들어오니, 이ᄣᅢ에ᄂᆞᆫ 온 집 사ᄅᆞᆷ이 어ᄉᆞㅣ라 말을 듯고 혼비ᄇᆡᆨ산[魂飛魄散]ᄒᆞ여 모다 ᄯᅥᆯ며 서로 도라보아 무ᄉᆞᆷ 곡직[曲直]인지 몰나 다만 "ᄋᆡ고! ᄋᆡ고!" ᄒᆞᄂᆞᆫ 소ᄅᆡ ᄲᅳᆫ이라. 이ᄣᅢ에 병 드럿던 신부ㅣ 임의 이러ᄒᆞᆯ 줄은 알앗ᄉᆞ나 다만 공ᄉᆞㅣᆫ 고로 부모ᄭᅴ 말을 못ᄒᆞ고 잇다가 이ᄣᅢ에ᄂᆞᆫ 병도 온젼이 낫고 ᄯᅩ 그 일을 안즉 겁날

것도 업고 홍도ᄅᆞᆯ 비록 잡아내여 갈지라도 죽이든 아니ᄒᆞᆯ지라. 크게 근심<159a>ᄒᆞᆯ 거시 업ᄂᆞᆫ지라. 오ᄂᆞᆯ날 당ᄒᆞ여ᄂᆞᆫ 일이 다 드러날 터이오, ᄯᅩ 부모의 과히 놀남을 위로ᄒᆞ고져ᄒᆞ야 밧비 넷ᄌᆞ오ᄃᆡ,

"이러ᄐᆞᆺ 과히 놀나옵실 일이 아니오니, 임의 당ᄒᆞ온 일이 온즉 피ᄒᆞ올 슈 업ᄉᆞ니, 어ᄉᆞᄂᆞᆫ 나라에 즁ᄒᆞ온 직칙[職責]을 가진 신하ㅣ라. 그 령을 거ᄉᆞ림은 나라 명을 거ᄉᆞ림이온즉 달니 ᄒᆞ올 슈 업ᄉᆞ오니, 밧비 그 령대로 홍도ᄅᆞᆯ 내여 보낸 후에 혹 므슴 죄가 잇서셔 만일 죽ᄂᆞᆫ 디경에 니ᄅᆞᆯ진대 식[息]이 변통ᄒᆞ야 죽지 아니케 ᄒᆞᆯ 법이 잇ᄉᆞ오니, 근심 말으시고 밧비 내여보내여 량반의 톄면을 숀샹[損傷]치 마옵쇼셔."

ᄒᆞ니, 진ᄉᆞㅣ 그제야 정신을 차리고 홍도ᄅᆞᆯ ᄭᅮ지져 ᄒᆞᆫ가<159b>지로 나오니, 역졸이 겻흐로ᄃᆞᆯ녀들어 홍도ᄅᆞᆯ 솔개가 ᄃᆞᆰ의 삭기ᄅᆞᆯ 움ᄏᆡ여 가ᄃᆞᆺ시 사오나온 눈을 브릅ᄯᅳ고 밍렬ᄒᆞᆫ 소ᄅᆡ로,

"너ㅣ 어나 압히기에 이리 더ᄃᆡᄂᆞ냐?"

ᄒᆞ며 그 머리ᄅᆞᆯ ᄭᅳ어 쥐고 발노 차며 잡아다가 어ᄉᆞ 압헤 ᄭᅮᆯ니니, 어ᄉᆞㅣ 그 얼골을 보매 간ᄉᆞᄒᆞ고 완악ᄒᆞ여 가히 흉ᄒᆞᆫ 일을 ᄒᆞᆯ 놈이라. 곳 역졸을 명ᄒᆞ여 형구[形具]ᄅᆞᆯ 드리라 ᄒᆞ니 역졸이 형틀과 온갓 ᄆᆡ[杖]ᄅᆞᆯ 가지고 와셔 셤돌 아ᄅᆡ 씻치니[散] 그 소ᄅᆡ 요란[擾]ᄒᆞ여 죄 업ᄂᆞᆫ 사ᄅᆞᆷ도 놀나거든 ᄒᆞ물며 죄 잇ᄂᆞᆫ 홍도의 ᄆᆞᄋᆞᆷ이 엇더ᄒᆞ리오? 그 소ᄅᆡ에 정신이 산란[散亂]ᄒᆞ고 가슴이 ᄶᅵ여지ᄂᆞᆫ[裂] ᄃᆞᆺ 슈족이 ᄯᅥᆯ니고 니[齒]가 서로 부<160a>ᄃᆡ지니 마치 깁흔 겨울에 베[布, 뵈]옷ᄉᆞᆯ 닙고 어름[氷] 우헤 잇ᄂᆞᆫ 모양이라. 아즉 제 죄가 나타나기 젼이로ᄃᆡ 그 죄로 인ᄒᆞ여 이러케 형벌ᄒᆞ려 ᄒᆞᄂᆞᆫ 줄을 알고 이러ᄐᆞᆺ 무서워ᄒᆞ니, 뎌ㅣ 엇지 죄ᄅᆞᆯ ᄀᆞᆷ초리오? 어ᄉᆞㅣ 즉시에 하인을 분부ᄒᆞ여

홍도ᄅᆞᆯ 형틀에 긴히 ᄆᆡ고 ᄆᆡ즁에 큰 거ᄉᆞᆯ ᄀᆞᆯᄒᆡ라[擇] ᄒᆞ며 엄히 호령ᄒᆞᄃᆡ[號令, 크게 소ᄅᆡᄒᆞ여 ᄭᅮ짓다 말],

"이 죄인은 헐ᄒᆞ게 다ᄉᆞ릴 죄인이 아니니 너희놈들이 만일 헐ᄒᆞ게 ᄯᅡ리면 도로혀 너희가 즁히 맛ᄌᆞᆯ 거시니 착실이 거힝ᄒᆞ여라."

ᄒᆞ고 ᄯᅩ 홍도ᄅᆞᆯ 향ᄒᆞ여 ᄀᆞᆯᄋᆞᄃᆡ,

"내가 네 죄ᄅᆞᆯ 임의 탐지ᄒᆞ여 다 알앗ᄉᆞ나 네 죄ᄅᆞᆯ 네 입으로 ᄌᆞ셰히 말ᄒᆞ여야 ᄂᆞᆷ이 다 알고 나ᄅᆞᆯ 무죄ᄒᆞᆫ 사ᄅᆞᆷ**<160b>**의게 형별을 아니 ᄒᆞᄂᆞᆫ 줄노 알 터히니, 너ㅣ 즁ᄒᆞᆫ[重] ᄆᆡᄅᆞᆯ 맛기 젼에 네 죄ᄅᆞᆯ 다 ᄌᆞ셰히 말ᄒᆞ면 죽기ᄅᆞᆯ 면ᄒᆞ리니와 만일 네 죄ᄅᆞᆯ ᄀᆞᆷ초려ᄒᆞ여 말을 바ᄅᆞᆫ대로 아니ᄒᆞ면 이 ᄆᆡ 아ᄅᆡ 죽을 거시니, ᄆᆡ 나리기 젼에 밧비 알외라."

ᄒᆞ니, 하인들이 ᄆᆡᄅᆞᆯ 들고 두 편에셔 소ᄅᆡᄒᆞᄃᆡ,

"밧비 알외라."

ᄒᆞ니, 그 소ᄅᆡ 마치 태산[泰山] ᄆᆡᆼ호[猛虎]ㅣ 개ᄅᆞᆯ 물어 먹으려 ᄒᆞᄂᆞᆫ 거동이라. 홍도ㅣ 졍신이 업ᄂᆞᆫ 즁에 두 ᄑᆞᆯ을 ᄃᆞᆫᄃᆞᆫ이 결박ᄒᆞ엿ᄉᆞᆫ 즉 아푸기 심ᄒᆞᆫᄃᆡ, 겸ᄒᆞ여 좌우에셔 쥬쟝[朱杖]으로 ᄶᅵᄅᆞᆯ 듯시ᄒᆞ며 호령ᄒᆞ니, 아모리 무서오나 무슴 죄ᄅᆞᆯ 뭇ᄂᆞᆫ지 ᄌᆞ셰히 모ᄅᆞᆯ ᄲᅳᆫ더러 만일 제 뎍ᄆᆡ[嫡妹]의 혼인 날에 작죄[作罪]ᄒᆞᆫ 거ᄉᆞᆯ 말ᄒᆞ**<161a>**면 곳 죽일 듯ᄒᆞ고, ᄯᅩ 뎌ㅣ 지은 죄ᄂᆞᆫ 이만 큰 죄가 업ᄂᆞᆫ지라. 그러나 그 일을 집사ᄅᆞᆷ도 모ᄅᆞ거든 어ᄉᆞㅣ 엇지 알니오? ᄒᆞ고 인ᄒᆞ여 알외ᄃᆡ,

"ᄉᆡᆼ이 평ᄉᆡᆼ에 글이나 닑습고 아모 죄도 지은 일이 업ᄉᆞ오니, 알외올 죄가 업습ᄂᆞ이다."

ᄒᆞ니, 어ᄉᆞㅣ 소ᄅᆡᄅᆞᆯ ᄆᆡᆼ렬[猛烈]이 ᄒᆞᄃᆡ,

"그 놈을 ᄒᆞᆫ ᄆᆡ[一杖]에 죽도록 ᄆᆡ우 치라."

분부ᄒᆞ니, 집장역졸[執杖驛卒]이 일시에 ᄃᆡ답ᄒᆞ고 무릅 아ᄅᆡᄅᆞᆯ 두편에셔 힘것치며 ᄯᅩ 쥬장으로 가릿ᄃᆡ[脅]ᄅᆞᆯ 좌우[左右]에셔 찌ᄅᆞ니, 이놈이 엇지 견ᄃᆡ리오? 울며,

"어마니 나ᄅᆞᆯ 살녀줍시오. 아바님 나ᄅᆞᆯ 살녀주시옵쇼셔."

ᄒᆞ나 쓸 ᄃᆡ 업ᄂᆞᆫ 말이라. 하인이 "즛거리지 말나." ᄒᆞ고 주머괴[拳]로 그 입을<161b>치니 엇지 아푸다고 ᄒᆞ며 ᄯᅩ 울 슈나 잇ᄉᆞ리오? 다시 연ᄒᆞ여 치며 쥬장으로 찌ᄅᆞ며 하인들이 소ᄅᆡᄒᆞ야 "밧비 알외라." ᄒᆞ니, 홍도의 다리ᄲᅧ가 부ᄉᆞ러지고[碎] 피 흘너[流] ᄯᅡ흘 적시니 그 아푸고 견ᄃᆡ지 못ᄒᆞ여 머리ᄅᆞᆯ 흔들고 입을 버리며 말도 못ᄒᆞᄂᆞᆫ지라. ᄆᆡᄅᆞᆯ 근치고 정신을 차리기ᄅᆞᆯ 기ᄃᆞ려 어ᄉᆞㅣ 다시 분부ᄒᆞᄃᆡ,

"너ㅣ ᄆᆡ우 강악ᄒᆞ여 능히 ᄆᆡᄅᆞᆯ 견ᄃᆡ고 죄ᄅᆞᆯ 바ᄅᆞᆫ 말노 알외지 아니ᄒᆞ야 공ᄉᆞᄅᆞᆯ 어ᄌᆞ럽게ᄒᆞ니 그 죄 ᄯᅩᄒᆞᆫ 적지 아닌지라. 네가 죽기 젼에ᄂᆞᆫ 갓가지 형벌을 다 시험ᄒᆞᆯ 거시니, 견ᄃᆡ여 보아라."

ᄒᆞ고 화로에 숫불을 만히 퓌오고 쇠ᄅᆞᆯ 너허 붉은 빗<162a>치 나도록 단련[鍛鍊]ᄒᆞ여 노코 역졸을 분부ᄒᆞ여,

"ᄆᆡᄂᆞᆫ 그만두고 죄인 발바닥[足掌]을 지지라."

ᄒᆞᆯ제 드ᄅᆞ니, 진ᄉᆞ의 집 안헤셔 우ᄂᆞᆫ 소ᄅᆡ 랑쟈히 나니, 이ᄂᆞᆫ 홍도의 모가 그 ᄌᆞ식이 죽게 된즉 발악ᄒᆞ며 우ᄂᆞᆫ 소ᄅᆡ라. 어ᄉᆞㅣ 속으로 웃고 잇더니, 진ᄉᆞ의 유모 한미가 편지 ᄒᆞᆫ 봉을가지고 ᄯᅥᆯ며 나와 어ᄉᆞᄭᅴ 밧치려ᄒᆞ나 하인이 엄히 잡인[雜人]을 금ᄒᆞᄂᆞᆫ 고로 그 편지ᄅᆞᆯ 올니지 못ᄒᆞ고 ᄒᆞᆫ 편에 셧ᄂᆞᆫ지라. 어ᄉᆞㅣ 그 안ᄒᆡ의 편지가 나온 줄 알고 유모ᄅᆞᆯ 브ᄅᆞ라 ᄒᆞ야갓가이 셰우고 그 편지ᄂᆞᆫ 보도 아니ᄒᆞ고 '불ᄀᆡ젼약'[不改前約] 네 글ᄌᆞᄅᆞᆯ 편지 우희 써셔 보내니 이ᄂᆞᆫ 그 신부ㅣ 혹 어ᄉᆞㅣ 홍도의 ᄒᆡᆼᄉᆞᄅᆞᆯ 과히 뮈워ᄒᆞᄂᆞᆫ<162b>가온ᄃᆡ 홍도

ㅣ 그 죄롤 알외지 아니ᄒᆞᆷ으로 형벌을 ᄒᆞ다가 죽을가 념녀ᄒᆞ야 형벌을 근치고 됴ᄒᆞᆫ 말노 ᄃᆞᆯ내여 초ᄉᆞ[招辭] 밧기롤 ᄇᆞ람이러니, 그 편지 우헤 쓴 네 글ᄌᆞ롤 보고 방심ᄒᆞ야 셔모[庶母]롤 위로ᄒᆞ여 ᄀᆞᆯᄋᆞ듸,

“오히려 이러틋 요란이 ᄒᆞ면 어ᄉᆞ의 셩냄을 도도ᄂᆞᆫ 모양이니, 홍도ㅣ 무ᄉᆞᆷ 죄가 잇ᄂᆞᆫ지 업ᄂᆞᆫ지 모ᄅᆞ듸 결단코 죽이지 아니ᄒᆞᆯ 거시니, 셔모ᄂᆞᆫ 너무 급히 구지[ᄒᆞ다와 ᄀᆞᆺᄒᆞᆫ 말] 말고 아모리 기ᄃᆞ리기 어려워도 잠간 기ᄃᆞ려 그 ᄭᅳᆺ나ᄂᆞᆫ 거술 보라.”

ᄒᆞ니, 이ᄯᅢ에 홍도의 모ㅣ 평싱에 그 뎍녀[嫡女]롤 뮈워ᄒᆞᆫ야 죽기롤 기ᄃᆞ리다가 그 의원의게 약도 만히 아니 쓰고<163a>병이 나ᄒᆞᆷ을 ᄋᆡᄃᆞᆯ나[悼] ᄒᆞ며 ᄯᅩ 그 뎍녀가 의원을 본 후에 몃날이 못ᄒᆞ여 의원이 변ᄒᆞ여 어ᄉᆞㅣ 되어 와셔 홍도롤 잡아 내여 이러케 형벌ᄒᆞ니 의심이 잇ᄂᆞᆫ 즁에 ᄯᅩ 편지롤 어ᄉᆞ의게 보내고 그 편지가 도로오더니 신부ㅣ 잠간 그 우희 쓴 글ᄌᆞ만 보고 태연이[泰] ᄌᆞ가롤 불너 위로ᄒᆞ니, 그 글ᄌᆞ가 무어시라 ᄒᆞᆫ 말인지 알니오? 더옥 의심ᄒᆞ여 한ᄒᆞ여 신부 압희 ᄃᆞᆯ녀들어 욕ᄒᆞ며 ᄭᅮ지ᄌᆞ듸,

“네가 싀집가던 날 저녁의 괴이ᄒᆞ고 흉ᄒᆞᆫ 일이 잇더니, 너 병든 후의도 괴이ᄒᆞᆫ 일이 만타. 의원을 블너 병을 보게ᄒᆞ기ᄂᆞᆫ 례ᄉᆞ여니와 즉금 편지로 왕ᄅᆡᄒᆞᆷ은 무ᄉᆞᆷ 일이냐? 네 ᄒᆡᆼ실<163b>이 괴이ᄒᆞ고나. 네가 필경 병 뵈힐 적에 내 ᄌᆞ식을 무함[誣陷]ᄒᆞ여 죽여 ᄃᆞᆯ나고 어ᄉᆞᄭᅴ 청촉ᄒᆞ여 이 디경을 ᄆᆞᆫᄃᆞᆯ고 즉금 ᄭᅬ스럽게 나롤 위로ᄒᆞᄂᆞᆫ 톄ᄒᆞ니, 이리ᄒᆞᄂᆞᆫ 거시 더옥 가통이로다. 네가 알ᄂᆞᆫ 톄ᄒᆞ고 의원을 청ᄒᆞ야 은근히 통간[通姦]ᄒᆞ며 내 ᄌᆞ식을 죽게ᄒᆞ니 내가 너롤 산[生] 이로 삼켜도[呑] 시훤치 아니ᄒᆞ다. 이 일은 온 집안이 다 아ᄂᆞᆫ 일이니 네 ᄯᅩ 무ᄉᆞᆷ 말을 ᄒᆞ겟ᄂᆞ냐?”

ᄒᆞ니, 이ᄯᅢ에 진ᄉᆞ의 부부[夫婦]와 다ᄅᆞᆫ 하인들도 그 편지 ᄅᆡ왕[來往]ᄒᆞᆷ을 알 슈 업서셔 의심ᄒᆞᄂᆞᆫ 즁에 홍도의 모ㅣ 이러 ᄐᆞᆺᄒᆞ니, 모다 그 일을 알 법도 업고 ᄯᅩ 신부ᄂᆞᆫ 태연ᄒᆞ야 다ᄅᆞᆫ 사ᄅᆞᆷ의 겁냄**<164a>**을 위로ᄒᆞ며 ᄯᅩ 셔모의 ᄭᅮ짓고 욕ᄒᆞᆷ을 ᄃᆡ답지 아니ᄒᆞ니, 누ㅣ 괴이히 넉이지 아니ᄒᆞ리오? 그러나 밧긔셔 어ᄉᆞㅣ 이러ᄐᆞᆺ 위엄을 베풀고 홍도ᄅᆞᆯ 죽일 ᄃᆞ시ᄒᆞ니 모다 졍신이 업ᄂᆞᆫ지라. 엇지 이 일을 뭇기ᄅᆞᆯ ᄉᆡᆼ각ᄒᆞ리오? 다만 홍도의 무ᄉᆞᆷ ᄃᆡ답이 잇ᄂᆞᆫ가 ᄒᆞ야 진ᄉᆞㅣ 밧그로 나왓다가 안흐로 들어갓다 ᄒᆞ며 그 연고ᄅᆞᆯ 몰라 근심ᄒᆞ며 겁내ᄂᆞᆫ 모양이 슬프더라. 이ᄯᅢ에 어ᄉᆞㅣ 크게 호령ᄒᆞᄃᆡ,

"이놈 홍도야! 너ㅣ 죄가 만ᄒᆞᆫ 몸인즉 나ㅣ 뭇ᄂᆞᆫ 거시 어나 죈지 몰나셔 ᄃᆡ답을 못 ᄒᆞᄂᆞ냐? 다ᄅᆞᆫ 죄ᄂᆞᆫ 다 그만두고 네 뎍ᄆᆡ 셔울 니진ᄉᆞ의 며ᄂᆞ리 혼인ᄒᆞ던 날 저녁에 그 방 창호로 누ㅣ 칼을 드려보**<164b>**내며 흉ᄒᆞᆫ 말을 ᄒᆞ야 큰 변이 나게 ᄒᆞ엿시며, ᄯᅩ 무ᄉᆞᆷ 연고로 그런 흉ᄒᆞᆫ 노ᄅᆞᆺ술 ᄒᆞ여 그 ᄒᆞᆫ 사ᄅᆞᆷ이 누구냐? 너ㅣ 죽기 젼에 바ᄅᆞᆫ대로 고ᄒᆞ면 오히려 죽기ᄅᆞᆯ 면ᄒᆞ려니와 그러치 아니면 뎌 불쇠로 너ᄅᆞᆯ ᄐᆡ여 죽이리라. 밧비 알외여라."

ᄒᆞ니, 홍도ㅣ 이 말을 드ᄅᆞ매 스ᄉᆞ로 온 몸이 부수어지ᄂᆞᆫ[碎] ᄃᆞᆺᄒᆞ고 졍신이 혼졀[昏絶]ᄒᆞ여 더옥 ᄯᅥᆯ며 아모 말도 못ᄒᆞᄂᆞᆫ지라. 어ᄉᆞㅣ 분부ᄒᆞ여 발을 ᄐᆡ오기ᄅᆞᆯ ᄌᆡ촉ᄒᆞ니, 하인이 명을 밧고 불[煉] 다른 쇠로 그 발을 지지니, 그 타ᄂᆞᆫ 내음ᄉᆡ[臭] 가히 코에 맛기 어렵고 보ᄂᆞᆫ 쟈ㅣ 다 무서워ᄒᆞ더라. 홍도ㅣ ᄆᆡᄂᆞᆫ 견ᄃᆡ엿ᄉᆞ나 이 락형[烙刑]이야 엇지 참으리오? ᄒᆞᆯ 슈 업서 머리ᄅᆞᆯ 숙이고 비**<165a>**ᄃᆡ,

"암ᄒᆡᆼ어ᄉᆞ ᄉᆞᄉ도[使道]젼에 비ᄋᆞᆸᄂᆡ다. 이놈의 셩명[姓名]을 보존ᄒᆞ여 주옵쇼셔. 쇼인의 죄가 만 번 죽어도 앗갑지 아니ᄒᆞ오나 어ᄉᆞ

ᄉᆞㅅ도님의 어지신 덕ᄐᆡᆨ[德澤]을 닙어 살아지이다. 바ᄅᆞᆫ대로 알외오리다."

ᄒᆞ고, 제가 부모의게 불슌[不順]ᄒᆞᆷ으로 부모의 ᄉᆞ랑을 일허 ᄇᆞ린 말과 제 덕ᄆᆡ의 어질고 효슌ᄒᆞᆷ으로 부모ㅣ ᄉᆞ랑ᄒᆞ시ᄆᆡ 그것ᄉᆞᆯ 투긔ᄒᆞ여 ᄒᆞᆼ샹 해ᄒᆞ려 ᄒᆞ다가 그 혼인 날 저녁에 모ᄌᆞㅣ 의논ᄒᆞ고 칼노 창호ᄅᆞᆯ 찌ᄅᆞ며 흉ᄒᆞᆫ 말노 신랑의 의심을 움즉이게ᄒᆞ며 혼인이 못되도록 ᄒᆞᆫ 말을 낫낫치 고ᄒᆞ니, 이 말을 듯고 뉘 아니 놀나며 홍도ᄅᆞᆯ 죽임을 기ᄃᆞ리리오? 그 즁에〈165b〉김진ᄉᆞㅣ 이 초ᄉᆞ[招辭, 죄인의 말]ᄅᆞᆯ 듯고 이[齒]가 갈니며[切] 가ᄉᆞᆷ이 터줄듯ᄒᆞ여 이놈을 곳 ᄌᆞ가[自家]가 죽이고 시부나 어ᄉᆞ의 압헤 실례[失禮]가 될 ᄲᅳᆫ 아니라 공손즉 엇지 ᄉᆞᄉᆞ로이 ᄒᆞ리오? 다만 어ᄉᆞ 압헤 ᄭᅮᆯ어 녯ᄌᆞ오ᄃᆡ,

"이놈이 이러틋 ᄒᆞᆷ을 모ᄅᆞ고 죄 업ᄂᆞᆫ ᄯᆞᆯ ᄌᆞ식을 죽게 ᄆᆞᆫᄃᆞ럿ᄉᆞ오니 므ᄉᆞᆷ 얼골노 세샹 사ᄅᆞᆷ을 보오릿가? 이거시 다 ᄉᆡᆼ의 잘못ᄒᆞᆫ ᄐᆞᆺ시라. ᄌᆞ식을 잘 교훈ᄒᆞ엿ᄉᆞ면 엇지 이런 변이 잇ᄉᆞ오릿가? 그러ᄒᆞ오나 이놈은 살닐 놈이 아니오니, 밧비 그 모ᄌᆞᄅᆞᆯ 다 죽여 주시옵쇼셔."

ᄒᆞ고 안흐로 들어가셔 그 쳡을 노흐로 긴히 동혀셔 기동에 ᄆᆡ고 수죄[數罪]ᄒᆞ며 무수〈166a〉히 치며 ᄭᅮ지ᄌᆞ니, 이년이 무ᄉᆞᆷ 말노 발명ᄒᆞ리오? 아모 말도 못ᄒᆞ고 ᄆᆡᄅᆞᆯ 맛다가 죽게되니,

"진ᄉᆞ님 살녀주옵시오. 마누라님 살녀주시오. ᄋᆡ고! 새아씨 나ᄅᆞᆯ 살녀주시오."

ᄒᆞ고 울며 비ᄂᆞᆫ 소ᄅᆡ 밧긔 홍도의 울며 비ᄂᆞᆫ 소ᄅᆡ와 합ᄒᆞ여 일촌[一村]이 진동[震動]ᄒᆞᄂᆞᆫ지라. 어ᄉᆞㅣ ᄀᆞ만이 ᄉᆡᆼ각ᄒᆞᆫ즉 처음에 이 일을 ᄂᆞᆷ이 아지 아니ᄒᆞ게ᄒᆞ고 집사ᄅᆞᆷ만 알게ᄒᆞ며 죄ᄅᆞᆯ 판단ᄒᆞ야 그 안ᄒᆡ의 루명만 벗기기ᄅᆞᆯ 위ᄒᆞᆷ이러니, 이것들 모ᄌᆞㅣ 이러틋 울고 비ᄂᆞᆫ

소래에 밤이 아모리 깁흐나 여러 사ᄅᆞᆷ이 놀나셔 알듯ᄒᆞᆫ지라. 급히 진ᄉᆞ를 청ᄒᆞ여 갓가이 안치고닐너 ᄀᆞᆯᄋᆞᄃᆡ,

"나ㅣ 본ᄃᆡ 이 일을 다ᄅᆞᆫ 사ᄅᆞᆷ**<166b>**의게 알니지 아니려 ᄒᆞᆷ으로 즘즛 밤에 시작ᄒᆞ엿더니, 밧과 안희셔 요란ᄒᆞ야 니웃시 비록 머나 다 놀나셔 알듯ᄒᆞ니, 나ㅣ 임의 초ᄉᆞ를 밧앗신즉 일을 그만 뎡지 ᄒᆞ겟ᄉᆞ니, 쥬인쟝[主人丈]씌셔도 아모 렴녀 말으시고 나 ᄒᆞᄂᆞᆫ대로 ᄒᆞ옵쇼셔. 뎌 홍도의 죄ᄂᆞᆫ 맛당이 죽일 거시로대, 쥬인쟝의 ᄯᆞ님[女]씌셔 청ᄒᆞ여 죽이지 ᄆᆞᆯ나ᄒᆞ실 ᄲᅳᆫ 아니라 쥬인쟝의 외ᄋᆞᄃᆞᆯ인즉 그 졍ᄃᆡ[情地]가 말 못 되겟기로 원악도[遠惡道]로 뎡비[定配]보낼 터이오니, 본ᄃᆡ 국법이 사ᄅᆞᆷ의 회과[悔過]ᄒᆞ기를 권[勸]ᄒᆞᄂᆞᆫ 거신 즉 일후에 홍도ㅣ ᄆᆞᄋᆞᆷ을 곳쳐 셩현[聖賢]이 될ᄂᆞᆫ지 뉘 알닛가? 그런고로 용셔 ᄒᆞ여 쥬인쟝의 ᄃᆡ[代]를 닛게[續] ᄒᆞ오니 그리 알으시고 홍도의 **<167a>**모친의 일은 내가 샹관 아니ᄒᆞ오니, 쥬인쟝씌셔 쳐치[處置] ᄒᆞ시ᄃᆡ 굿ᄒᆞ여 죽일 묘리ᄂᆞᆫ 업ᄉᆞ오니 ᄉᆡᆼ각ᄒᆞ여 ᄒᆞ옵쇼셔."

ᄒᆞ고 곳 하인을 분부ᄒᆞ여 홍도를 남원 본읍에 보내여 뎡비ᄒᆞ게 ᄒᆞ고 인ᄒᆞ여 써나려ᄒᆞ니 진ᄉᆞㅣ 그 쳐치ᄒᆞᆷ을 보고 ᄇᆞᆺ그러오며 두려옴을 이긔지 못ᄒᆞ여 어ᄉᆞ 압헤 ᄭᅮᆯ어 안저 무수히 샤례ᄒᆞ여 ᄀᆞᆯᄋᆞᄃᆡ,

"이 일이 본ᄃᆡ ᄉᆡᆼ이 치가[治家]를 잘못ᄒᆞᆫ ᄐᆞᆺ시오니, ᄉᆡᆼ도 집에 평안이 잇지 못ᄒᆞ올지라. 죄를 의논ᄒᆞ신 후 벌을 당ᄒᆞ여지이다."

ᄒᆞ니, 어ᄉᆞㅣ 우ᄉᆞ며 위로ᄒᆞᄃᆡ,

"녜브터 이런 일이 만흐니, ᄌᆞ식이 부모의 명대로ᄒᆞᄂᆞᆫ 쟈ㅣ 적은 지라. 어나 부모와 스승이 그 ᄌᆞ식와 뎨ᄌᆞ[弟子, 生徒 同]를 잘못 **<167b>**경계ᄒᆞ여 ᄀᆞᄅᆞ치릿가? ᄯᅩ 그 ᄋᆞᄃᆞᆯ의 죄로 부모를 ᄎᆡᆨᄒᆞᆷ도 잇ᄉᆞ나 이 일노ᄂᆞᆫ 샹관이 업ᄉᆞ니, 과히 말ᄉᆞᆷ을 말으시고 이후에 홍도

ㅣ 샤ᄅᆞᆯ 넙어 ᄃᆡᆨ에 도라오거든 과히 ᄎᆡᆨᄒᆞ지 말으시고 은의[恩義]로 그 ᄆᆞᄋᆞᆷ을 곳치게 ᄒᆞ옵쇼셔. 이번 변이 쥬인쟝의 ᄯᆞ님만 너무 ᄉᆞ랑ᄒᆞ시고 ᄋᆞᄃᆞᆯ은 편벽되이 뮈워ᄒᆞ시ᄂᆞᆫ 연고로 낫ᄉᆞ오니 대서 효슌ᄒᆞᄂᆞᆫ ᄌᆞ식을 ᄉᆞ랑ᄒᆞ고 불효 불슌ᄒᆞᄂᆞᆫ ᄌᆞ식을 뮈워ᄒᆞ기ᄂᆞᆫ 샹졍[常情]이오나 그러나 편벽된 녀ᄌᆞ와 불초[不肖, 어지지 못ᄒᆞ다 말]ᄒᆞᆫ ᄌᆞ녀[子女]ㅣ 다 졔 잘못ᄒᆞᄂᆞᆫ 일은 ᄉᆡᆼ각ᄒᆞ지 아니ᄒᆞ고 ᄭᅮ짓고 달초[撻楚, 종아리치다 말]ᄒᆞᄂᆞᆫ 것만 한ᄒᆞᄂᆞᆫ지라. 이런 거술 ᄒᆞᆫ갓 뮈워만ᄒᆞ고 너그러온 졍ᄉᆞㅣ[政] 업ᄉᆞ면 엇<168a>지 곳치기ᄅᆞᆯ ᄇᆞ라겟ᄉᆞᆸᄂᆞ닛가? 이후에ᄂᆞᆫ ᄆᆡ우 쇼심ᄒᆞ여 ᄒᆞ옵쇼셔.”

ᄒᆞ니, 진ᄉᆞㅣ 붓그러워 ᄃᆡ답ᄒᆞᆯ 말이 업ᄂᆞᆫ지라.

“명대로 ᄒᆞ오리다.”

ᄒᆞ고 물너나 안헤 들어가 쥬식을 차려 어ᄉᆞᄅᆞᆯ ᄃᆡ졉ᄒᆞ니, 동편이 거의 ᄇᆞᆰᄂᆞᆫ지라. 어ᄉᆞㅣ 밧비 ᄯᅥ날ᄉᆡ 진ᄉᆞᄃᆞ려 말ᄒᆞᄃᆡ,

“내일은 ᄃᆡᆨᄯᆞ님ᄭᅴ 말ᄉᆞᆷ ᄒᆞ엿ᄉᆞ오니, 나 간 뒤에 곳 알으실 거시오, ᄯᅩ 내가 일을 다 ᄆᆞᆺ첫ᄉᆞᆫ즉 금월 ᄂᆡ[今月 內]로 올나가오면 쥬인쟝의 셔랑[婿郎, 사회]과 ᄒᆞᆫ 마을에 사오니, 이 말ᄉᆞᆷ을 통ᄒᆞ여 새 ᄃᆞᆯ[新月, 來月 同] 회ᄂᆡ[晦內 三十日內]로 신힝을 ᄒᆞ게 말ᄉᆞᆷᄒᆞ올 거시니 그리 알으시고 신힝ᄒᆞᆯ 일노 편지가 올 터히니, 즉시 신힝ᄒᆞ게 ᄒᆞ옵쇼셔.”

ᄒᆞ<168b>니 진ᄉᆞㅣ 이 말을 드ᄅᆞ매 그 ᄯᅳᆺ을 아지 못ᄒᆞ여 ᄀᆞᆯᄋᆞᄃᆡ,

“ᄉᆡᆼ의 녀식[女息, ᄯᆞᆯ]의게 말ᄉᆞᆷᄒᆞ신 일은 무ᄉᆞᆷ 일이오며 그 니진ᄉᆞ의 ᄋᆞᄃᆞᆯ이 이ᄣᅢᄭᆞ지 쟝가ᄅᆞᆯ 아니 갓ᄉᆞᆯ 리가 업ᄉᆞ오니, 아모리 ᄉᆡᆼ의 ᄯᆞᆯᄌᆞ식이 무죄ᄒᆞ다고 말ᄉᆞᆷᄒᆞ시나 신힝ᄒᆞ라 편지ᄒᆞᆯ 리가 잇ᄉᆞᆸᄂᆞ닛가? ᄉᆡᆼ이 아모리 ᄉᆡᆼ각ᄒᆞ와도 ᄭᆡᄃᆞᆺ지 못 ᄒᆞ겟ᄉᆞᆸᄂᆞ이다.”

ᄒᆞ니, 어ᄉᆞㅣ 일변 신을 시ᄂᆞ며 크게 뭇고 닐ᄋᆞᄃᆡ,

"이도 ᄯᅩᄒᆞᆫ 쥬인장의 ᄯᆞ님이 다 말ᄉᆞᆷᄒᆞ오리다."

ᄒᆞ고 인ᄒᆞ여 하직ᄒᆞ며 섈니 문밧그로 나가거늘 진ᄉᆞ ㅣ,

"다만 평안히 힝ᄎᆞᄒᆞ시라."

ᄒᆞ며,

"어나 ᄣᅢ에나 ᄯᅩ 뵈오릿가?"

ᄒᆞ니, 어ᄉᆞ ㅣ ᄀᆞᆯᄋᆞᄃᆡ,

"두어 ᄃᆞᆯ 안흐로**<169a>**뵈옵ᄉᆞ오리라."

ᄒᆞ고 가니, 진ᄉᆞ ㅣ 대단이 그 말을 의심ᄒᆞ며 안헤 들어와셔 그 쳡을 만 가지로 ᄭᅮ짓고 곳 내여ᄶᅩᄎᆞ니, 그 슬피 울고 ᄶᅩᆺ기여 나가ᄂᆞᆫ 거동이 가련ᄒᆞ나 제 ᄐᆞᆺᄉᆞ로 그 디경을 당ᄒᆞ니 뉘 불샹타ᄒᆞ리오? 인ᄒᆞ야 남원읍으로 들어가셔 그 ᄌᆞ식 홍도의 귀향[뎡ᄇᆡ]가ᄂᆞᆫ 곳을 알아 그곳으로 조ᄎᆞ가니라.

이ᄣᅢ에 진ᄉᆞ ㅣ 그 ᄋᆞᄃᆞᆯ 홍도ᄅᆞᆯ 죽이려 ᄒᆞ엿더니, 어ᄉᆞ의 말을 듯고 오히려 치가 잘못ᄒᆞᆫ ᄐᆞᆺᄉᆞ로 알아 붓그럽기 측량업ᄂᆞᆫ 즁 그 쳡을 내여보내니, 샹쾌ᄒᆞ나 어ᄉᆞ의 말이 의심되여 안방에 안저셔 그 ᄯᆞᆯ을 브ᄅᆞ니, 이날은 집안사ᄅᆞᆷ이 어ᄉᆞ의 위엄[威嚴]과 홍도의 작ᄉᆞ[作事] ㅣ 흉ᄒᆞᆫ**<169b>**즁에 그 형벌ᄒᆞ던 모양과 진ᄉᆞ의 쳡이 ᄆᆡ 맛고 ᄶᅩᆺ기여 나가ᄂᆞᆫ 거ᄉᆞᆯ 당ᄒᆞ여 보매 놀납고 흉ᄒᆞᆫ 즁에 신부의 빙옥[氷玉]ᄀᆞᆺᄒᆞᆫ 몸에 그런 더러온 죄ᄅᆞᆯ 무릅쓰고 잇다가 오ᄂᆞᆯ을 당ᄒᆞ여 일월[日月]이 검은 구름 속에 들엇다가 구름이 ᄆᆞᆰ은 바람을 만나 흣터지고 ᄇᆞᆰ은 광치 다시 나옴 ᄀᆞᆺᄒᆞ야 온 집 사ᄅᆞᆷ이 오ᄂᆞᆯ밤 일을 오히려 다 니저ᄇᆞ리고 새로이 신부의 일을 다힝이 넉이며 즐거워ᄒᆞ니, 그 모친의 됴하ᄒᆞ며 깃거ᄒᆞᄂᆞᆫ 말을 엇지 다 긔록ᄒᆞ리오? 신부 ㅣ 그 부친의 브ᄅᆞᄂᆞᆫ 명을 듯고 압헤가셔 안ᄌᆞ니, 진ᄉᆞ ㅣ ᄀᆞᆯᄋᆞᄃᆡ,

“나ㅣ 너의 아비가 되어셔 그 ᄯᅢ 일이 ᄎᆞᆷ으로 괴이ᄒᆞᆫ즉 결단치 못ᄒᆞ엿다가 오ᄂᆞᆯ**〈170a〉**천만[千萬] ᄯᅳᆺ밧게 어ᄉᆞㅣ 이런 어려온 일을 결단ᄒᆞ니, 어ᄉᆞㅣ 엇지 이 일을 알앗ᄉᆞ며 ᄯᅩ 어ᄉᆞ의 말이 뎌ㅣ 셔울 가셔 니진ᄉᆞ의 집에 가셔 너의 죄 업슴을 말ᄒᆞ고 ᄅᆡ월 안흐로 신ᄒᆡᆼ[新行]을 ᄒᆞ게 ᄒᆞ겟다 ᄒᆞ기로, 나ㅣ 말ᄒᆞᄃᆡ, 그 신랑이 임의 쟝가 들엇ᄉᆞᆯ 거시오, ᄯᅩ 내 ᄯᆞᆯ의 무죄홈을 안ᄃᆞᆯ 엇지 신ᄒᆡᆼ을 ᄒᆞ겟ᄂᆞ냐 ᄒᆞᆫ즉 어ᄉᆞ의 말이 네가 이 일을 다 안다ᄒᆞ니, 그거시 우엔 말이며, ᄯᅩ 네가 홍도의 죽기ᄅᆞᆯ 어ᄉᆞ의게 편지ᄒᆞ여셔 죽기ᄅᆞᆯ 면ᄒᆞ게 홈은 무ᄉᆞᆷ 연고ㅣ며 그 편지ᄅᆞᆯ 어ᄉᆞ가 보지도 아니ᄒᆞ고 도로 네게로 보내엿ᄂᆞᆫᄃᆡ 엇지 네 ᄯᅳᆺ을 알고 살녀셔 귀향만 보내며 ᄯᅩ 네가 본ᄃᆡ 그 어ᄉᆞ와 **〈170b〉**친척이 아닌ᄃᆡ 편지ᄅᆞᆯ 엇지 ᄒᆞ엿더냐? 그 일이 다 의심되여 무ᄅᆞ니, ᄌᆞ세히 말ᄒᆞ여라.”

ᄒᆞᆫᄃᆡ 신부ㅣ 이 말을 듯고 ᄉᆡᆼ각ᄒᆞ니,

‘어ᄉᆞㅣ 임의 말ᄒᆞ엿ᄉᆞᆫ즉 즉금은 말ᄒᆞ여도 관계ᄒᆞᆯ 거시 업다.’

ᄒᆞ고,

“어ᄉᆞㅣ 의원이라 거ᄌᆞᆺ 핑계ᄒᆞ고 부친을 속이고 병을 볼 제 부친의 뒷간 가실 적에 뎌ㅣ 셔울 산다ᄒᆞ며 과연 쇼녀[小女]의 쟝부ㅣ라 ᄒᆞ며 쇼녀의 죄 업슴을 알고 병이 죄 업시 루명으로 낫다ᄒᆞ며 다시ᄂᆞᆫ 의심ᄒᆞ지 아닐 거시니, 아모조록 몸과 ᄆᆞ음을 보존ᄒᆞ여 기ᄃᆞ리라 ᄒᆞ오니, 쇼녀ㅣ 그 말을 드ᄅᆞ며 ᄆᆞ음이 평안ᄒᆞ고 긔운이 펴이여[舒]ᄉᆞ오 일ᄂᆡ로 평샹[平常]ᄒᆞᆫ 사ᄅᆞᆷ이 된**〈171a〉**말이며, 그ᄯᅢ에 정신을 차리고 그 의원의 거동을 본즉 실노 의원이 아니오, 어ᄉᆞㅣ 거ᄌᆞᆺ 모양을 의원으로 ᄭᅮᆷ이고 와셔 속히ᄂᆞᆫ 줄을 안 말이며, ᄯᅩ 그 어ᄉᆞㅣ 다ᄅᆞᆫ 사ᄅᆞᆷ이 아니라 셔울 남산골 니랑[李郎]이 쇼녀의 혼인 ᄯᅢ에 괴이ᄒᆞ고 흉악ᄒᆞᆫ 일을 당ᄒᆞ여 ᄒᆞᆼ샹 의심이 잇서셔 그 일을 ᄌᆞ세히 판단ᄒᆞ려ᄒᆞ여 와서 뉘게 이런 말ᄉᆞᆷ을 ᄌᆞ세히 드렷ᄂᆞᆫ지 모ᄅᆞ오ᄃᆡ, 이러ᄐᆞᆺ 결쳐ᄒᆞ야 쇼녀의 루명을 벗기오며 ᄯᅩ 신힝ᄒᆞ겟다 말ᄉᆞᆷ은 그젼에 왓ᄉᆞᆯ ᄯᅢ에 쇼녀ᄃᆞ려 말ᄉᆞᆷᄒᆞᆫ 일이오니, 의심ᄒᆞ옵시지 마옵쇼셔. 쇼녀ㅣ 다만 ᄆᆞ음이 평안치 못ᄒᆞ온거ᄉᆞᆫ 셔모[庶母]와 셔[庶]오라비[사나희 형과 ᄋᆞ아ㅣ래]가 제 ᄐᆞᆺᄉᆞ로 됴치 아니ᄒᆞᆫ ᄃᆡ<171b>경에 니ᄅᆞᄃᆡ 구ᄒᆞ여 주지 못ᄒᆞ오니 도로혀 얼골을 들어 사ᄅᆞᆷ을 ᄃᆡᄒᆞ올 슈가 업ᄉᆞᆸᄂᆞ이다. 그 ᄯᅩᄒᆞᆫ 공ᄉᆞㅣ 온즉 ᄉᆞᄉᆞ로이 쳥ᄒᆞ올 슈도 업ᄉᆞᆸ고 ᄯᅩ ᄒᆞᆫ 번도 말 ᄒᆞᆫ마ᄃᆡᄅᆞᆯ 못ᄒᆞ온 부부[夫婦]ㅣ온즉 말ᄉᆞᆷ을 통키 어려오나 혹 홍도의 목숨을 상해ᄒᆞ올가ᄒᆞ여셔 그젼에도 이 일을 렴치[廉恥]ᄅᆞᆯ 도라보지 아니ᄒᆞ옵고 쳥ᄒᆞ엿ᄉᆞᆸ더니, 이번에 어ᄉᆞㅣ 홍도ᄅᆞᆯ 형벌ᄒᆞ올 ᄯᅢ에 그 말을 어ᄉᆞㅣ 니저ᄇᆞ리고 죽일가 렴녀ᄒᆞ와셔 편지로 쳥ᄒᆞ엿ᄉᆞᆸ더니, 어ᄉᆞㅣ 그 죽이지 몰나ᄒᆞᄂᆞᆫ 편진 줄 아옵고 다만 편지 우희 그 언약을 곳치지 아니ᄒᆞ겟다 ᄒᆞ엿ᄉᆞᆸ기로 죽지 아니ᄒᆞᆯ 줄은 알앗ᄉᆞ오나 다만 그 형벌이 즁ᄒᆞ고<172a>ᄯᅩ 원악도[遠惡島]에 뎡비ᄒᆞ게 되오니 ᄉᆡᆼ각ᄒᆞ올ᄉᆞ록 한심[寒心]ᄒᆞ와이다. 그러나 어ᄉᆞㅣ 엇더케 이 일을 알고 와서 결단 ᄒᆞ엿ᄉᆞᆸᄂᆞᆫ지 아모리 ᄉᆡᆼ각ᄒᆞ여도 아지 못ᄒᆞ올 일이로쇼이다."

ᄒᆞ고 눈물을 흘니니, 진ᄉᆞ의 부부ㅣ 이 말을 ᄌᆞ세히 다 듯고 두 손으로 ᄯᅡ흘 두ᄃᆞ리며 소ᄅᆡᄅᆞᆯ 크게ᄒᆞ여 왈,

"이제ᄂᆞᆫ 우리 ᄯᆞᆯ이 죄ᄅᆞᆯ 벗고 일쳔 길[一千 丈] 굴헝[塹] 속에 소사 올낫고나. 우리 부부가 로년[老年]에 암힝어ᄉᆞ 사회둘 줄을 뉘 알앗ᄉᆞᆯ고? 우리가 처음에 비러먹ᄂᆞᆫ 의원으로 알앗더니, 우리 의절[義絶]ᄒᆞ엿던 사회가 어ᄉᆞㅣ되여와셔 우리 ᄯᆞᆯ의 루명을 벗기고 ᄅᆡ월에 신

힝ᄒᆞ여 갈 줄을 엇지 알앗ᄉᆞᆯ고? ᄋᆡ고! 누가 이런 말을<172b>어ᄉᆞ 압헤 ᄌᆞ세히 닐너 주엇던가? 사ᄅᆞᆷ의 ᄒᆞᆫ 일이 아니면 아마도 귀신[鬼神]의 일이로다. 우리 사회ㄴ줄 알앗더면 말이나 ᄒᆞᆫ마듸 정답게[有情] ᄒᆞ엿ᄉᆞᆯ 거ᄉᆞᆯ 눈이 잇셔도 동ᄌᆞ[瞳]가 업ᄂᆞᆫ 모양이로다."

ᄒᆞ며 밋친 ᄃᆞᆺ[狂似], 취ᄒᆞᆫ ᄃᆞᆺ[醉似]ᄒᆞ야 됴하ᄒᆞ니, 이ᄯᅢ에 신부의 유모[乳母]ㅣ 겻ᄒᆡ 잇서셔 처음브터 ᄆᆞᆺ춤ᄭᆞ지 도모지 그 젼에 그 의원을 청ᄒᆞᆯ ᄯᅢ에 그 일을 말ᄒᆞᆫ 거시 드러나셔 혹일이 됴치 아니케 될가ᄒᆞ여 겁이 나매 모ᄅᆞᄂᆞᆫ 톄ᄒᆞ고 말 ᄒᆞᆫ마듸도 아니 ᄒᆞ엿더니, 이ᄯᅢᄅᆞᆯ 당ᄒᆞ여셔ᄂᆞᆫ 일이 다 잘 되엿신즉 그런 말을 ᄒᆞᆯ지라도 관계ᄒᆞᆯ 거시 업ᄂᆞᆫ지라. 진ᄉᆞ의 부부ㅣ 이러틋 됴하ᄒᆞᆷ<173a>을 보니, 유모도 ᄆᆞᄋᆞᆷ이 즐겁고 새아씨ᄅᆞᆯ ᄒᆞᆼ샹 젓 먹여 길너 그 정의[情義]가 비ᄒᆞᆯ 거시 업ᄂᆞᆫ 즁에 오ᄂᆞᆯ 이런 쾌ᄒᆞ고 즐거온 일을 당ᄒᆞ니 엇지 그 말을 ᄎᆞᆷ으리오? 인ᄒᆞ야 진ᄉᆞ의 부부ㅣ며 새아씨ᄭᅴ 처음으로 제 집에셔 어ᄉᆞᄅᆞᆯ 만나던 일이며, 다만 의원인 줄만 알고 혹 신부의 병을 곳칠가ᄒᆞ여 ᄇᆞ라ᄂᆞᆫ 즁에 의원이 발서 김진ᄉᆞ의 ᄯᆞᆯ의 일인줄노 침작ᄒᆞ고 진정[眞情] 의원인 톄ᄒᆞ고 그 병근을 ᄌᆞ세히 알아야 병환을 곳칠 줄노 말ᄒᆞ며 속으로ᄂᆞᆫ 그 루명인가 아닌가 ᄉᆞᆲ히려 ᄒᆞ여 뭇ᄂᆞᆫ 거ᄉᆞᆯ 모ᄅᆞ고 다만 새아씨 병환만 나흐실가 ᄒᆞ야 홍도의 흉ᄒᆞᆫ ᄉᆞ졍을 말ᄉᆞᆷᄒᆞ엿더니,<173b>만만 ᄯᅳᆺ밧긔 오ᄂᆞᆯ 이런 됴ᄒᆞᆫ 일이 잇ᄉᆞ올 줄 엇지 ᄉᆡᆼ각ᄒᆞ엿겟ᄉᆞᆸᄂᆞ닛가ᄒᆞ며, 신부ᄅᆞᆯ 안고[抱],

"복 만흐신 우리 새아씨 처음에 엇지 그리 고로오신던고? 오ᄂᆞᆯ이 므ᄉᆞᆷ 날이기로 우리 아씨ᄭᅴ셔 그 흉악ᄒᆞᆫ 루명을 버서 ᄇᆞ리시고 어지신 일홈이 셰샹에 나타나시ᄂᆞᆫ고? 그ᄯᅢ에 쇼인ᄂᆡ도 의원인 줄만 알앗ᄉᆞᆸ더니, 오ᄂᆞᆯ 우리 새아씨의 랑군[郎君] 어ᄉᆞ ᄉᆞ도ㅣᆫ 줄이야 엇지 알앗ᄉᆞ오릿가?"

ᄒᆞ며 즐거워ᄒᆞ니, 이ᄣᅢ에 진ᄉᆞ의 부부와 신부ㅣ 이 말을 듯고 그제야 유모의 닐ᄋᆞ므로 어ᄉᆞㅣ 그러틋 ᄇᆞᆰ이 안 줄노 알고 신부ᄂᆞᆫ 유모와 ᄀᆞᆽ치 몬저 그 일은 알앗ᄉᆞᄃᆡ 사ᄅᆞᆷ이 샹ᄒᆞ겟ᄉᆞᆫ즉 부모ᄭᅴ 그 말을 못ᄒᆞ고 잇셧ᄂᆞᆫ지라.<174a>진ᄉᆞ의 부부ㅣ 소ᄅᆡ 질너 신부와 유모ᄅᆞᆯ ᄭᅮ지져 ᄀᆞᆯᄋᆞᄃᆡ,

"너희 둘이 다 이런 줄을 알며 칠팔 년 ᄉᆞ이에 ᄒᆞᆫ 번도 우리의게 그런 말을 아니 ᄒᆞ엿다가오늘은 무슴 ᄯᅳᆺ으로 말을 ᄒᆞᄂᆞ냐?"

ᄒᆞ고 신부ᄃᆞ려 무ᄅᆞᄃᆡ,

"유모 한[姑]미가 어ᄉᆞ의게 네 무죄ᄒᆞᆷ을 말ᄒᆞᆫ 년고로 오늘 이런 됴흔 일이 잇거니와 유모ㅣ 어ᄉᆞ의게 이런 말ᄒᆞᆫ 거술 너도 몰낫더냐?"

ᄒᆞ니, 신부ㅣ ᄃᆡ답ᄒᆞᄃᆡ,

"과연 유모ㅣ 어ᄉᆞᄅᆞᆯ 보고 그런 말을 ᄒᆞᆫ 줄은 몰낫ᄉᆞ오나 그 젼에 홍도의 작ᄉᆞ[作事]ᄂᆞᆫ 알앗ᄉᆞ오니, 그 목숨이 샹ᄒᆞᆯ가ᄒᆞ와 그런 말ᄉᆞᆷ 못 녯ᄌᆞ왓ᄉᆞᆸᄂᆡ다."

ᄒᆞ거ᄂᆞᆯ 진ᄉᆞ의 부부ㅣ며 다ᄅᆞᆫ 듯ᄂᆞᆫ 쟈ㅣ 다 그 어진 ᄆᆞ음을 탄복[歎服]ᄒᆞ<174b>더라.

이ᄣᅢ에 어ᄉᆞㅣ 홍도ᄅᆞᆯ 남원에 가도앗다가 함경도로 귀향 보내고 그 밧긔 모든 일을 다 결단ᄒᆞ야 샹과 벌을 분명이ᄒᆞ야 쳐치ᄒᆞ니, 뉘 칭숑[稱誦]치 아니ᄒᆞ리오? 일을 다 ᄆᆞᆺ치고 셔울에 올나와셔 대궐 안헤 들어가 샹긔 뵈오니, 샹이 반가와ᄒᆞ샤 "ᄀᆞᆺ가이 오라." ᄒᆞ샤 그 셔계[書契, 어ᄉᆞ의 일 긔록ᄒᆞᆫ 글]ᄅᆞᆯ 말ᄉᆞᆷᄒᆞ시며,

"어ᄉᆞ의 직분을 ᄆᆡ우 잘ᄒᆞ여 과인[寡人]의 근심을 업게ᄒᆞ니 진실노 어진 사ᄅᆞᆷ을 엇엇도다."

ᄒᆞ시며 김진ᄉᆞ의 ᄯᆞᆯ의 일에 밋처 보시고 대단이 괴이 넉이시며 놀
나 ᄀᆞᆯ오샤ᄃᆡ,

"셰샹에 엇지 이런 흉ᄒᆞᆫ 일이 잇ᄉᆞ며, ᄯᅩ 이런 어진 녀ᄌᆞ[女子]ㅣ
잇ᄉᆞ리오? 만일 착ᄒᆞ지아니ᄒᆞᆫ 어ᄉᆞᄅᆞᆯ〈175a〉보내엿더면 이 일을
결단ᄒᆞᆯ 슈도 업고, ᄯᅩ 그 쟝부가 그곳 어ᄉᆞᄒᆞ기도 이샹ᄒᆞ고 ᄯᅩ 급ᄒᆞᆫ
비가 와서 그 유모의 집으로 가서 그 게집의게 그런 말을 듯기도
이샹ᄒᆞ도다."

ᄒᆞ시고 칭찬ᄒᆞ시기ᄅᆞᆯ 마지 아니ᄒᆞ시니, 어ᄉᆞㅣ 머리ᄅᆞᆯ 조아 샤례ᄒᆞ
며 ᄯᅩ 청죄[請罪]ᄒᆞᄃᆡ,

"쇼신이 ᄉᆞ졍을 인ᄒᆞ와 국법을 굽혀[曲] 홍도ᄅᆞᆯ 맛당이 죽일 놈을
귀향만 보내엿ᄉᆞ오니, 신의 죄ᄅᆞᆯ 즁히 벌ᄒᆞ옵쇼셔."

ᄒᆞ니, 샹이 우ᄉᆞ시고 하교[下教]ᄒᆞ시ᄃᆡ,

"그놈의 소위[所爲]ᄂᆞᆫ 맛당이 죽염 즉ᄒᆞ나 만일 그놈을 죽이면 그
놈의 뎍누의가 죽을 터힌즉 그놈을 살닌 거시 오히려 잘ᄒᆞᆫ 일이오,
ᄯᅩ 김진ᄉᆞ의 편벽됨으로 무식〈175b〉ᄒᆞ고 지각업ᄂᆞᆫ 거시 혹 그러
틋 ᄒᆞ기가 쉽고 ᄯᅩ 그 일이 사ᄅᆞᆷ의 목숨을 해ᄒᆞᆫ 거ᄉᆞᆫ 아니니 엇지
가ᄇᆡ야이 죽이리오? 그런즉 그놈이 너와 제 뎍ᄆᆡ의 덕을 ᄭᆡᄃᆞ라 일
후에 만일 됴ᄒᆞᆫ 사ᄅᆞᆷ이 되면 ᄯᅩᄒᆞᆫ 아ᄅᆞᆷ다온 일이니 너ᄂᆞᆫ 안심[安心]
ᄒᆞ고 샤과ᄒᆞ지 말지어다."

ᄒᆞ시고 인ᄒᆞ여 ᄀᆞᆯᄋᆞ샤ᄃᆡ,

"물너가셔 네 부모ᄅᆞᆯ 반가이 보고 편히 쉬어 수삼 년 ᄃᆞᆫ니던 로독
[路毒]을 풀나.[解]"

ᄒᆞ시니, 어ᄉᆞㅣ 나와셔 부모ᄭᅴ 문안[問安]ᄒᆞ고 그 ᄉᆞ이 슬하ᄅᆞᆯ 오ᄅᆡ
ᄯᅥ나와 뎡셩지도[定省之道, 문안과 ᄀᆞᆺᄒᆞᆫ 말]ᄅᆞᆯ 혜ᄒᆞ옴을 샤과ᄒᆞ니, ᄂᆡ진

ᄉᆞ의 부부ㅣ 독ᄌᆞ[獨子]ᄅᆞᆯ 슈년이나 보지 못ᄒᆞ다가 이제 만나니, 엇지 반갑지 아니리오? ᄀᆞᆯᄋᆞᄃᆡ,

"너ㅣ 공ᄉᆞ로 인ᄒᆞ야 나**<176a>**갓다가 공ᄉᆞᄅᆞᆯ 잘 ᄆᆞᆺ치고 도라오니, 우흐로 신하의 도리ᄅᆞᆯ 즉히고 아ᄅᆡ로 ᄌᆞ식의 도리ᄅᆞᆯ 다ᄒᆞ니, 진실노 공ᄉᆞ[公私]의 큰 다ᄒᆡᆼᄒᆞᆷ이니 엇지 그ᄉᆞ이 보지 못ᄒᆞᆫ 거술 한ᄒᆞ겟ᄂᆞ냐?"

ᄒᆞ고 그ᄉᆞ이 어ᄉᆞ로 ᄃᆞ니며 지낸 일을 ᄅᆡ약이ᄒᆞᆯ식, 어ᄉᆞㅣ 몬저 김진ᄉᆞ의 집에 가셔 신부의 일을 판단ᄒᆞᆫ ᄉᆞ졍을 ᄌᆞ세히 말ᄉᆞᆷᄒᆞ니, 진ᄉᆞ의 부부ㅣ 이 말을 듯고 졍신이 어ᄌᆞ럽고 ᄆᆞ음이 황홀[恍惚]ᄒᆞ여 신긔[神奇]히 넉이며 ᄀᆞᆯᄋᆞᄃᆡ,

"뉘 이런 줄을 ᄯᅳᆺᄒᆞ엿겟ᄂᆞ냐? 진실노 이러ᄒᆞᆯ진ᄃᆡ 그 김진ᄉᆞ의 ᄯᆞᆯ이 녜와 이제에 듬은 사ᄅᆞᆷ이로다. 너ㅣ 만일 어ᄉᆞ로 아니 갓더면 엇지 이러틋 결단ᄒᆞ엿ᄉᆞ리오? 너 아니더면 옥ᄀᆞᆺᄒᆞᆫ 며ᄂᆞ리**<176b>**ᄅᆞᆯ 거의 죽게ᄒᆞᆯ 번ᄒᆞ엿도다. 네 나히 즉금 이십여 셰라. 혼인이 밧부고 ᄯᅩ 우리가 손ᄌᆞ[孫子]가 느젓슨즉 급히 신ᄒᆡᆼᄒᆞ여야 ᄒᆞ겟ᄉᆞ니, 편지ᄅᆞᆯ 써셔 신ᄒᆡᆼ을 ᄌᆡ촉ᄒᆞ여 밧비 오게 ᄒᆞ여라."

ᄒᆞ니, 어ᄉᆞㅣ 녯ᄌᆞ오ᄃᆡ,

"ᄅᆡ월 ᄂᆡ로 신ᄒᆡᆼᄒᆞᆯ 줄을 말ᄉᆞᆷ ᄒᆞ엿ᄉᆞ오나 날은 뎡치 아니 ᄒᆞ엿ᄉᆞ오니, ᄅᆡ일 편지ᄅᆞᆯ 다시ᄒᆞ여 ᄌᆡ촉 ᄒᆞ옵겟ᄉᆞᆸᄂᆡ다."

ᄒᆞ고 그날 집에셔 잘 쉰 후에 진ᄉᆞㅣ 편지ᄅᆞᆯ 닷개[닥개] 젼라도 남원으로 보내니, 김진ᄉᆞㅣ그 편지ᄅᆞᆯ 밧아 그 안ᄒᆡ와 ᄯᆞᆯ과 ᄀᆞᆺ치 보니, 대개 지식[知識]이 업슴으로 며ᄂᆞ리의 무죄ᄒᆞᆷ을 모ᄅᆞ고 의졀[義絶]ᄒᆞ엿던 ᄉᆞ졍을 샤과[謝過]ᄒᆞ고 임의 간 일[往事]은 ᄒᆞᆯ 슈 업ᄉᆞ**<177a>**니 용서ᄒᆞ시고 ᄅᆡ월 이십 일노 신ᄒᆡᆼ[新行] 식히라 편지ᄒᆞ여 보내니 김

진ᄉᆞ의 집에셔 이 편지ᄅᆞᆯ 기ᄃᆞ리다가 ᄎᆞᆷ으로 편지가 왓ᄉᆞᆫ즉 열어보고 크게 깃버ᄒᆞ야 사돈[査]의게[신랑과 신부의 집의셔 서로ᄒᆞᆫ 말] 답쟝[答狀]을 쓰고 신부ᄂᆞᆫ 그 구고[舅姑, ᄉᆡ아비 ᄉᆡ어미]의게 문안 편지ᄅᆞᆯ ᄒᆞᄃᆡ 공경ᄒᆞᄂᆞᆫ 말노 무수히 샤죄[赦罪]홈을 샤례ᄒᆞ여 보낸 후에 신힝을 차려 셔울노 오게ᄒᆞ더라.

이ᄯᅢ에 어ᄉᆞ ㅣ 수일을 쉬여 한가ᄒᆞ더니, 나라의셔 패초[牌招, 명패ᄅᆞᆯ 보내여 브ᄅᆞ시다 말]ᄒᆞ시니, 예궐[詣闕]ᄒᆞ매 샹이 반기샤 "잘 쉬엿ᄂᆞ냐?" 무ᄅᆞ시고 하교ᄒᆞ시ᄃᆡ,

"너 ㅣ 어ᄉᆞ의 직분을 다ᄒᆞ여 나의 근심을 업게ᄒᆞ니, 네 공이 적지 아니ᄒᆞᆫ지라. 엇지 벼ᄉᆞᆯ을 도도지 아니ᄒᆞ리오?"

ᄒᆞ시고 월등[越等]ᄒᆞ**<177b>**야 리조참의[吏曹參議] 벼ᄉᆞᆯ을 주시니, 어ᄉᆞ ㅣ 공은 적고 벼ᄉᆞᆯ은 큼을 샤양ᄒᆞᄃᆡ, 샹이 불윤[不允, 허락지 아니시다 말]ᄒᆞ시니, 어ᄉᆡ ᄒᆞᆯ 일 업서 샤은슉비[謝恩肅拜]ᄒᆞᆫ 후에 신힝 긔약이 니ᄅᆞ매 크게 잔치ᄅᆞᆯ 베풀고 기ᄃᆞ리더니, 김진ᄉᆞ 그 ᄯᆞᆯ을 호힝ᄒᆞ여와서 대ᄉᆞ[大事]ᄅᆞᆯ ᄆᆞᆺᄎᆞ매 두 사돈이 서로 그 혼인 날 변고ㅣ며, 사회의 덕으로 오ᄂᆞᆯ 이러틋 즐기ᄂᆞᆫ ᄉᆞ정을 리약이ᄒᆞ며, 그 사회가 어ᄉᆞ로 와서 의원이라 속히고 그 ᄯᆞᆯ의 병보던 ᄉᆞ연을 말ᄒᆞ야 일변 슬퍼ᄒᆞ며 일변 우ᄉᆞ니, 진실노 이 잔치ᄂᆞᆫ 슬품과 깃거움이 석긴 잔치러라. 나라의셔 이 신힝ᄒᆞᄂᆞᆫ 말ᄉᆞᆷ을 드ᄅᆞ시고 ᄯᅩᄒᆞᆫ 깃버ᄒᆞ샤 호조[戶曹]로 젼**<178a>**곡[錢穀]과 비단을 샹급[賞給]ᄒᆞ시고 리조참의의 안ᄒᆡ 김씨ᄅᆞᆯ 부인[夫人] 가ᄌᆞ[加資]ᄅᆞᆯ 놉히 도도시고 ᄯᅩ 그 유모의 공이 적지 아니ᄒᆞ다ᄒᆞ샤 샹급 젼[錢] 일쳔 량[一千兩]을 주시니, 그 잔치가 실노 아국[我國]에 듬은 잔치러라. 홍도ᄂᆞᆫ 귀향갓더니, 스ᄉᆞ로 ᄭᆡᄃᆞ라 제 부친의게 무수히 잘못홈을 샤과ᄒᆞ고 용셔ᄒᆞ기ᄅᆞᆯ 비러 삼년

후에 샤ᄅᆞᆯ 넙어 집으로 그 모ᄌᆞㅣ 도라와 ᄀᆡ과쳔션ᄒᆞ니, 이거시 다 어ᄉᆞ의 넓은 덕이러라. 김씨 부인이 싀부모의게 효도ᄒᆞ며 쟝부의게 공경ᄒᆞᄂᆞᆫ 례로 쇼심ᄒᆞ여 살며 금ᄀᆞᆺᄒᆞᆫ 아ᄃᆞᆯ과 옥ᄀᆞᆺᄒᆞᆫ ᄯᆞᆯ을 나하 ᄃᆡᄃᆡ[代代]로 복록[福祿]이 ᄭᅳᆫ허지지 아니ᄒᆞ여 ᄇᆡᆨ세에 어진 일홈이 **<178b>**빗낫다ᄒᆞ니, 리약이ᄂᆞᆫ 실[實]ᄒᆞ고 허[虛]ᄒᆞᆷ을 의론치 말고 대저 사ᄅᆞᆷ이 ᄆᆞᄋᆞᆷ을 어질게 가지고 ᄒᆡᆼ실을 엄히 닷그며 ᄆᆡᄉᆞ에 쇼심ᄒᆞ고 겸ᄒᆞ여 사ᄅᆞᆷ을 너그럽게 ᄃᆡ졉ᄒᆞ며 ᄂᆞᆷ의 허믈을 잘 용셔ᄒᆞ야 도로혀 그ᄅᆞᆫ 사ᄅᆞᆷ으로 ᄒᆞ여곰 감동ᄒᆞ야 허물을 곳치게 ᄒᆞ야 착ᄒᆞᆫ 사ᄅᆞᆷ을 ᄆᆞᆫᄃᆞᆯ면 그 아니 아ᄅᆞᆷ다온 일이며, 셰복[世福]이 ᄯᅩᄒᆞᆫ ᄭᅳᆫ허질 리가 업ᄂᆞᆫ지라. 니어ᄉᆞ와 김부인이 ᄎᆞᆷ으로 잇서 그러ᄒᆞ량이면 가히 본밧을 만ᄒᆞ도다.

용지취과(用智娶寡) [지혜ᄅᆞᆯ 써 과부(寡婦)의게 쟝가드럿다 말이라]

<179a>수ᄇᆡᆨ 년 젼에 경상도 ᄯᅡ헤 ᄒᆞᆫ 홀아비[안ᄒᆡ 죽은 사나ᄒᆡ] 잇ᄉᆞ니, 셩은 니[리, 李]오 일홈은 셩이라. 집이 가난ᄒᆞᆫ 즁에 쟝가든지 일 년이 못 되어 그 안ᄒᆡ가 죽으니, 다시 쟝가들 슈 업ᄂᆞᆫ지라. ᄒᆞᆫ 날은 무ᄉᆞᆷ 볼 일이 잇서셔 삼십 리 되ᄂᆞᆫ 곳에 갓더니, 그곳에셔 ᄒᆞᆫ 집을 보니 부쟈[富者]의 집 모양이ᄃᆡ, 그 집문을 지나며 본즉 문 안헤 ᄒᆞᆫ 흰 옷 닙은 계집이 잇거ᄂᆞᆯ ᄌᆞ셰히 보니, 나히 이십 ᄂᆞᆷ은 과부ㅣ라. 그 얼골이 ᄆᆡ우[ᄀᆞ장] 아ᄅᆞᆷ답고 그 모양이 민[敏]쳡ᄒᆞᆫ지라. 니셩이 ᄉᆡᆼ각ᄒᆞᄃᆡ,

‘나ㅣ 만일 이 과부를 엇엇ᄉᆞ면 ᄌᆡ물ᄭᆞ지 가질〈179b〉거시니 진실노 됴켓다마는 계교가 업고나!’

ᄒᆞ고 집에 도라와셔 그 계집을 니저ᄇᆞ릴 슈가 업서셔 거의 병이 나게 되엿더니, 믄득 ᄒᆞᆫ ᄭᅬ를 ᄉᆡᆼ각ᄒᆞ고 그 니웃시 잇ᄂᆞᆫ 말 잘ᄒᆞᄂᆞᆫ 계집을 블너 의논ᄒᆞᄃᆡ,

“내가 ᄌᆞ네를 브른 ᄯᅳᆺ은 내가 과부의게 쟝가들고 시버셔 의론ᄒᆞ고져ᄒᆞ니, 만일 이 일이 되게ᄒᆞ면 셩ᄉᆞ[成事] 후[後]에 돈 삼ᄇᆡᆨ 냥을 줄 거시니 나 ᄒᆞ라 ᄒᆞᄂᆞᆫ 대로만 ᄒᆞ여 주쇼.”

ᄒᆞ니, 그 계집이 돈을 주마ᄒᆞ매 욕심이 나ᄂᆞᆫ지라. ᄃᆡ답ᄒᆞᄃᆡ,

“셔방님[書房主, 하인이 졀믄 냥반의게 ᄒᆞᄂᆞᆫ 말]이 식히시ᄂᆞᆫ 대로 ᄒᆞ올 거시니 무슴 계교를 ᄀᆞᄅᆞ치옵시오.”

ᄒᆞ거ᄂᆞᆯ 니셩이 ᄀᆞᆯᄋᆞᄃᆡ,

“내가 그 과부 잇ᄂᆞᆫ 근쳐[近處]에 가겟시니, ᄒᆞ로만〈180a〉더 기ᄃᆞ리라.”

ᄒᆞ고 그날노 그 과부의 집 갓가온 곳에 가셔 탐지ᄒᆞ니, 그 과부가 그 젼희 팔월 초오일에 그 사나희가 죽고 그 계집이 열 닐곱 설 되던 칠월 초십일에 싀집오고 ᄋᆞ희ᄂᆞᆫ ᄒᆞ나도 낫치 못ᄒᆞᆫ 일과 도모지 제 본 집이 어ᄃᆡ며 셩이 무어시며 ᄯᅩ 싀부모와 싀동ᄉᆡᆼ이 업시 늙은 계집죵 ᄒᆞ나만 집에 잇고 ᄯᅩ 그 계집이 다시 싀집갈 ᄆᆞ음이 잇ᄉᆞ나 샹계집이 아닌 즉 톄면[體面]을 위ᄒᆞ여 싀집을 다시 못 가ᄂᆞᆫ 연고ᄭᆞ지 다 안후에 니셩이 집으로 도라와서 그 니웃계집을 블너 음식을 잘 먹이며 됴흔 말노 달내ᄃᆡ,

“내가 그 과부의 집 근쳐에 가서 모든 일을 다 알아 왓ᄉᆞ니, ᄌᆞ〈180b〉네가 ᄅᆡ일노 그 과부의 집에 가서 샹쟝이[사ᄅᆞᆷ의 얼골을 보고 그 사ᄅᆞᆷ의 됴코 됴치 아니믈 미리 말ᄒᆞᄂᆞᆫ 쟈라] 모양으로 그 과부의 얼골을 보고 내가 즉금 그 과부의 일을 ᄌᆞ네게 다 말ᄒᆞᆯ 거시니, 그대로 과부의게 말ᄒᆞ면 ᄌᆞ네롤 신통ᄒᆞᆫ 사ᄅᆞᆷ으로 알고 온갓 일을 다 뭇거든 오지 아닌 일을 말ᄒᆞᄂᆞᆫ뎨 ᄒᆞ고 만일 ᄯᅩ 그 과부가 다ᄅᆞᆫᄃᆡ 싀집갈 ᄯᅳᆺ이 잇서셔 바로 말은 아니ᄒᆞ나 은근[慇懃, ᄀᆞ만이 ᄀᆞᆺᄒᆞᆫ 말]이 그 ᄯᅳᆺ이 잇ᄂᆞᆫ ᄃᆞᆺᄒᆞ거든 ᄌᆞ네가 말ᄒᆞᄃᆡ ᄅᆡ월 초칠에 목셩[李, 나무 셩] 가진 량반을 만나거든 그 량반을 집에 자게ᄒᆞ고 그 사ᄅᆞᆷ의게 몸을 의지ᄒᆞ면 오 년 안헤 과거ᄒᆞ야 경샹도 감ᄉᆞ[監司]가 될 거시니, 그 냥반을 브ᄃᆡ 노하 ᄇᆞ리지 말나.”

ᄒᆞ고 ᄯᅩ 말ᄒᆞᄃᆡ,

“만일 그 니[李]가 셩**<181a>**가진 사ᄅᆞᆷ을 만나지 못ᄒᆞ면 삼 년이 못 되어 ᄌᆡ물과 집이 업서지고 과부ᄂᆞᆫ ᄂᆞᆷ의 죵노ᄅᆞᆺᄒᆞᄂᆞᆫ 홀아비놈의게 잡혀가서 그 계집이 되어 ᄒᆞᆼ샹 빈쳔[貧賤]ᄒᆞᆯ 거시니, 브ᄃᆡ 그 니가 셩 가진 사ᄅᆞᆷ을 노하 ᄇᆞ리지 말나ᄒᆞ고 ᄌᆞ네가 도라온 후에 내가 그 과부의 집으로 ᄌᆞ네가 말ᄒᆞᆫ 대로 ᄅᆡ월 초 칠일에 그 과부의 집에 가서 엇지ᄒᆞᄂᆞᆫ 모양을 보리라.”

ᄒᆞ니, 그 계집이 ᄉᆡᆼ각ᄒᆞ매,

‘일이 될 ᄃᆞᆺᄒᆞ고 만일 되면 돈 삼ᄇᆡᆨ 냥을 엇을지라.’

깃거 ᄃᆡ답ᄒᆞ고 그 이튼날 그 과부의 집에 가서 보니 과연 집도 부쟈ㅣ오, 그 과부가 얼골도 아ᄅᆞᆷ답고 ᄆᆞ음도 너그러워 뵈ᄂᆞᆫ지라. 인ᄒᆞ야 인ᄉᆞᄒᆞᄃᆡ,

“아씨, 그ᄉᆞ이 안녕ᄒᆞ옵**<181b>**시오?”

〈답〉 “나ᄂᆞᆫ 별 연고 업시 잘 잇네. ᄌᆞ네ᄂᆞᆫ 우엔 사ᄅᆞᆷ이며, 어ᄃᆡ 사ᄂᆞᆫ고?”

〈답〉 "이 한미[老婆]ᄂᆞᆫ 여긔셔 ᄇᆡᆨ리 밧긔 사옵ᄂᆡ다. 집이 가난ᄒᆞ여 ᄂᆞᆷ의 얼골을 보고 그 신셰[身世]가 됴코 됴치 아님을 판단ᄒᆞ야 아모 사ᄅᆞᆷ이라도 그 오지 아닌 일과 지나간 몬저 일을 미리 말ᄒᆞ옵ᄂᆞᆫ 샹쟈ㅣ 오니, 아씨ᄭᅴ셔도 샹을 뵈시고 돈이나 만히 주옵시면 됴켓습ᄂᆡ다."

〈문〉 "ᄌᆞ네가 샹을 잘 본 다 ᄒᆞ니, 돈을 얼마나 줄고?"

〈답〉 "ᄒᆞ나 보ᄂᆞᆫ 갑시 ᄒᆞᆫ 량 돈이올ᄉᆡ다."

〈문〉 "내가 본ᄃᆡ 이런 일을 됴하ᄒᆞ나 샹 잘 보ᄂᆞᆫ 사ᄅᆞᆷ이 업서셔 그런 샹 잘 보ᄂᆞᆫ 사ᄅᆞᆷ ᄒᆞ나ᄅᆞᆯ 보고져 ᄒᆞ더니, ᄌᆞ네ᄅᆞᆯ 만낫시니 시험ᄒᆞ여 보아셔 내 지난 일을 다 그대로 말ᄒᆞ면 오지**〈182a〉**아니ᄒᆞᆫ 일을 말ᄒᆞᄂᆞᆫ대로 밋으려니와 만일 지나간 일을 ᄌᆞ셰히 말을 아니ᄒᆞ면 엇지 오지 아닌 일을 말ᄒᆞ나 밋겟나? 그런즉 몬저 내 일을 지나간 거ᄉᆞ로만 말ᄒᆞ고 그 뒤에 오지 아닌 일을 말ᄒᆞ여 들니쇼."

ᄒᆞ니,

〈답〉 "그리ᄒᆞ오리다."

ᄒᆞ고 그 홀아비 니셩의 말ᄒᆞᆫ 대로 이 과부의 셩과 나와 그 부모의 잇슴과 업슴과 몃 설에 츌가[出嫁] ᄒᆞ엿시며 쟝부[丈夫] 어나 ᄒᆡ, 어나 ᄃᆞᆯ, 어나 ᄂᆞᆯ, 어나 ᄣᆡ에 죽은 모든 지나간 일은 드ᄅᆞᆫ대로 ᄌᆞ셰히 말ᄒᆞ니, 그 과부가 귀ᄅᆞᆯ 기우리고 졍신을 가다듬어 다 드ᄅᆞ니, 그 말이 ᄒᆞ나도 올치 아닌 거시 업서 마치 본 일ᄀᆞᆺ치 말ᄒᆞᄂᆞᆫ지라. ᄆᆞᄋᆞᆷ에 신긔ᄒᆞ고 이샹이 넉**〈182b〉**여 칭찬[稱讚]ᄒᆞ여 ᄀᆞᆯᄋᆞᄃᆡ,

"내가 본ᄃᆡ 여러 사ᄅᆞᆷᄃᆞ려 무ᄅᆞᄃᆡ, 한미와 ᄀᆞᆺ치 내 일을 보지 아니코 아ᄂᆞᆫ 사ᄅᆞᆷ이 업더니, 한미가 이ᄀᆞᆺ치 신통히 내 일을 다 ᄇᆞᆰ이 말ᄒᆞ니 이제ᄂᆞᆫ 한미의 말을 다 밋을지라. 무어ᄉᆞᆯ 다시 의심ᄒᆞᆯ고?"

ᄒᆞ면셔 음식을 잘 차려 먹인 후에 ᄀᆞᆯ오ᄃᆡ,

"오ᄂᆞᆯ 가지 말고 나와 ᄒᆞᆫ가지로 자며 나의 이후에 됴코 됴치 아니ᄒᆞᆫ 일을 ᄇᆞᆰ이 ᄀᆞᄅᆞ쳐 나ᄅᆞᆯ 무ᄉᆞᆷ ᄌᆡ앙에 면ᄒᆞ여 줄 ᄲᅮᆫ 아니라, ᄯᅩ 됴흔 법으로 나ᄅᆞᆯ 인도ᄒᆞ여 주면 나ㅣ 샹급 돈을 만히 줄 거시니, 오ᄂᆞᆯ밤에ᄂᆞᆫ 여긔셔 자라."

ᄒᆞ거ᄂᆞᆯ 이 계집이 ᄆᆞᄋᆞᆷ에 됴하ᄒᆞ여 "그리ᄒᆞ오리다." ᄃᆡ답ᄒᆞ고 셕반[夕飯] 후에 다ᄅᆞᆫ 리약이<183a>ᄅᆞᆯ ᄒᆞ니, 그 과부ㅣ 듯ᄂᆞᆫ 톄, 마ᄂᆞᆫ 톄ᄒᆞ다가 한미ᄃᆞ려 말ᄒᆞᄃᆡ,

"다ᄅᆞᆫ 말은 별노 ᄌᆞ미가 업ᄉᆞ니, 내 이후 길흉[吉凶]이나 ᄌᆞ세히 말ᄒᆞ쇼."

ᄒᆞ거ᄂᆞᆯ 한미 거즛[假] ᄭᅮᆷ여[飾] ᄀᆞᆯᄋᆞᄃᆡ,

"이왕[已往] 지내신 일은 말ᄉᆞᆷ ᄒᆞ엿거니와 이후 일은 말ᄉᆞᆷᄒᆞ기가 어렵ᄉᆞ오니, 그 말ᄉᆞᆷ은 그만두면 됴흘 ᄃᆞᆺᄒᆞ외다."

과부ㅣ 놀나 ᄀᆞᆯᄋᆞᄃᆡ,

"그 무ᄉᆞᆷ 말인고? 오ᄂᆞᆯ밤에 말ᄒᆞ마 ᄒᆞ더니, 즉금은 언약대로 아니 ᄒᆞ려ᄒᆞ니, 아마도 무ᄉᆞᆷ 됴치 아닌 말이 잇서셔 어렵다 ᄒᆞᄂᆞᆫ 모양 ᄀᆞᆺᄒᆞ니 만일 내 몸에 극진히 됴치 아니ᄒᆞᆫ 말이 잇서도 내가 ᄌᆞ네ᄅᆞᆯ 부족[不足]ᄒᆞ다 ᄎᆡᆨ[責]지 아니ᄒᆞᆯ 터히니, 걱정 말고 바ᄅᆞᆫ대로 말을 ᄒᆞ쇼."

ᄒᆞᄂᆞᆫ지라. 한미<183b>이 말을 듯고 ᄀᆞ장 어려온 모양인 톄ᄒᆞ여 ᄀᆞᆯᄋᆞᄃᆡ,

"말ᄉᆞᆷ을 이러케ᄒᆞ시니 말ᄉᆞᆷ은 ᄒᆞ려니와 ᄯᅳᆺ과 ᄀᆞᆺ지 못 ᄒᆞ온 일이 잇서도 이 한미ᄅᆞᆯ 과히 ᄭᅮ짓지 말으쇼셔."

ᄒᆞ고 인ᄒᆞ여 말ᄒᆞᄃᆡ,

"아씨님 샹을 보온즉 몃 ᄂᆞᆯ이 못ᄒᆞ여 크게 됴흔 일도 잇숩고 만일

ᄡᅢᄅᆞᆯ 일허ᄇᆞ리면 크게 ᄌᆡ앙[灾殃]이 도라오겟ᄉᆞ오니, 그 연고로 말을 가ᄇᆡ야이 못 ᄒᆞ옵ᄂᆡ다.”

ᄒᆞ니, 그 과부ㅣ ᄆᆞ옴이 밧바 ᄌᆡ촉ᄒᆞᄃᆡ,

“어셔 밧비 닐너주쇼. ᄌᆞ네가 내 이왕ᄉᆞ[已往事]ᄅᆞᆯ 보ᄂᆞᆫ ᄃᆞ시 말ᄒᆞ엿ᄉᆞᆫ즉 내 이후 일도 그러케 말ᄒᆞᆯ 거시니, 무ᄉᆞᆷ 의심이 잇겟나?”

ᄒᆞ거ᄂᆞᆯ 한미 ᄯᅩ ᄀᆞᆯᄋᆞᄃᆡ,

“그러나 ᄒᆞᆫ마ᄃᆡ ᄯᅩ 어려온 말ᄉᆞᆷ이 잇ᄉᆞ오니 용납ᄒᆞ시릿가?”

과부 ᄀᆞᆯᄋᆞᄃᆡ,

“아<184a>모 말이라도 내게 리ᄒᆞᆯ 말이나 해 될 말이나 걱정 말고 다 ᄒᆞ쇼.”

ᄒᆞ니, 한미 그제야 말ᄒᆞᄃᆡ,

“아씨ᄭᅴ셔 삼 년이 지나면 강도[强盜]의게 ᄌᆡ물과 집을 다 일코 몸이 ᄂᆞᆷ의 죵[奴]놈의 쳡[妾]이 되어 ᄒᆞᆼ샹 고로옴을 면치 못ᄒᆞ고, 천ᄒᆞᆫ 사ᄅᆞᆷ이 되어 우지 아니ᄒᆞᆯ 날이 업ᄉᆞᆯ 터히온즉 이도 어려온 말ᄉᆞᆷ이오, ᄯᅩ ᄒᆞᆫ 가지[一件]ᄂᆞᆫ 아씨 ᄆᆞ옴을 ᄌᆞ셰히 모ᄅᆞᄃᆡ 이 ᄌᆡ앙을 면ᄒᆞ려ᄒᆞ시면 불가불 구ᄒᆞ여 줄 ᄉᆞᄅᆞᆷ을 엇어야 ᄒᆞᆯ 터히오니, 이 사ᄅᆞᆷ을 만난 후에야 몸이 극귀[極貴]ᄒᆞ시고 ᄌᆡ물이 산[山]과 ᄀᆞᆺ치[如] 싸히[積] 오리다.”

ᄒᆞ니, 그 과부ㅣ 듯고 일변 놀나며, 일변 깃거ᄒᆞᄂᆞᆫ 모양으로 무ᄅᆞᄃᆡ,

“한미ᄂᆞᆫ 온갖 일을 다 알거 시니 엇던 사<184b>ᄅᆞᆷ을 만나면 내 일이 잘 될고? 사ᄅᆞᆷ이 만일 됴치 아니ᄒᆞᆫ 일이 잇ᄉᆞᆯ진대 ᄇᆡᆨ가지로 계교ᄅᆞᆯ 내여 몬저 피ᄒᆞᄂᆞᆫ 거시 올흐니 엇지 ᄀᆞ만이 안ᄌᆞ셔 ᄌᆡ앙을 만나리오? 한미가 만일 됴흔 계교로 잘 ᄀᆞᄅᆞ치면 나ㅣ 부귀[富貴]ᄒᆞᆫ 후에 큰 갑ᄉᆞᆯ 내여 오날 내 일을 ᄀᆞᄅᆞ친 은혜ᄅᆞᆯ 갑ᄒᆞᆯ 거시니, 그리 알고 잘 ᄀᆞᄅᆞ쳐 주쇼."
ᄒᆞ거ᄂᆞᆯ 한미 ᄆᆞᄋᆞᆷ에 ᄉᆡᆼ각ᄒᆞᄃᆡ,
'이 과부가 오ᄂᆞᆯ 내 ᄭᅬ에 속ᄂᆞᆫ고나. 만일 니셔방님[니셩이라] 일이 잘 되면 나ᄂᆞᆫ 돈을 여긔셔도 엇고 뎌긔셔도 엇을 터히니, 나도 됴커니와 이 과부와 뎌 홀아비와 혼인이 되면 유ᄌᆞᄉᆡᆼ녀[有子生女]ᄒᆞ여 잘 살 터히오, ᄯᅩ 니셔방님이 ᄌᆡ물ᄭᆞ지 엇을<185a>터히니, 별 샹급을 ᄯᅩ 쳥ᄒᆞ리라.'
ᄒᆞ고 ᄆᆞᄋᆞᆷ에 됴하ᄒᆞ여 ᄀᆞᆯᄋᆞᄃᆡ,
"아씨ᄭᅴ셔 진실노 제 말ᄉᆞᆷ대로 ᄒᆞ시면 옷갓 일이 다 해롭지 아니ᄒᆞ실 거시니, ᄒᆞᆫ가지 시험ᄒᆞᆯ 거시 잇ᄉᆞ니 제 말ᄉᆞᆷ이 올흔지 아닌지 알으실 거시니, 만일 시험ᄒᆞᄂᆞᆫ 거시 올습거든 곳 힝ᄒᆞ옵쇼셔."
ᄒᆞ고 인ᄒᆞ여 그 얼골을 다시 오래 보다가 크게 우ᄉᆞ며 즐거워ᄒᆞᄂᆞᆫ 모양으로 말ᄒᆞᄃᆡ,
"이샹ᄒᆞ외다. 다시 아씨의 샹을 뵈와도 크게 귀[貴]ᄒᆞ시고 부[富]ᄒᆞ실 샹이오니, 아국에 쳠으로 듬은 샹이올ᄉᆡ다. 부귀ᄒᆞ시ᄂᆞᆫ 날에 이 한미ᄅᆞᆯ 일쳔 냥 샹급ᄒᆞ시마고 표ᄅᆞᆯ ᄒᆞ여 주시오."
ᄒᆞ니, 과부ㅣ ᄀᆞᆯ오ᄃᆡ,
"몬저 시험ᄒᆞᆯ 거ᄉᆞᆯ 말ᄒᆞ고 표<185b>ᄅᆞᆯ 쳥ᄒᆞ라."
ᄒᆞ니, 한미 "그리ᄒᆞ오리라." ᄒᆞ고 ᄀᆞᆯ오ᄃᆡ,
"ᄅᆡ월 초칠일에 목셩[木性, 李姓이라 말(有木故)]가진 션ᄇᆡ ᄒᆞ나히 저녁에 이 ᄃᆡᆨ에 와서 샤랑에셔 ᄒᆞ로밤을 자고 가기ᄅᆞᆯ 쳥ᄒᆞᆯ 거시니, 그 냥반을 밧견 쥬인이 업다ᄒᆞ여 보내지 말고 브ᄃᆡ 그 밤을 자게ᄒᆞ고 계교ᄅᆞᆯ 무ᄅᆞ면 됴흘 거시오, ᄯᅩ 그 냥반을 만난 후 다ᄉᆞᆺ ᄒᆡ 안헤 경샹감ᄉᆞ의 부인이 되어 됴션에 웃듬 부쟈가 되실 거시니, 만일 목셩 가진 냥반이 ᄅᆡ월 초칠일 저녁에 오지 아니커든 즉금 샹 보아 드린 갑ᄉᆞᆯ 도로 드리리라.”

ᄒᆞ며 됴ᄒᆞᆫ 말노 ᄃᆞᆯ내니, 그 과부ㅣ ᄃᆡ답ᄒᆞᄃᆡ,

“ᄅᆡ월 초칠일에 목셩의 사ᄅᆞᆷ을 만나면 ᄎᆞᆷ으로 한미의 말을 신긔〈186a〉히 알 ᄡᅳᆫ 아니라, 한미 ᄒᆞ라ᄂᆞᆫ 대로 다 ᄒᆞᆯ 거시니, 그ᄣᆡᄅᆞᆯ 당ᄒᆞ야 ᄎᆞᆷ으로 한미 말과 ᄀᆞᆺ치 그 사ᄅᆞᆷ이 내 집에 오면 한미ᄂᆞᆫ 진실노 셰샹에 뎨일 샹 보ᄂᆞᆫ 한미로다.”

ᄒᆞ고 됴하ᄒᆞ야 밤을 지내고 그 이틈날 아ᄎᆞᆷ밥을 먹인 후 돈 열 냥을 주어 보내거ᄂᆞᆯ 한미 도라와셔 니셩ᄃᆞ려 다 ᄌᆞ세히 말ᄒᆞ니, 니셩이 깃거ᄒᆞ며 닐오ᄃᆡ,

“일이 된 후에 나ㅣ 오ᄇᆡᆨ 냥으로 은혜ᄅᆞᆯ 샤례ᄒᆞᆯ 거시니 그리 알나.”

ᄒᆞ고 긔약ᄒᆞᆫ 날이 오매, 벗의 됴ᄒᆞᆫ 옷과 갓과 신을 비러 일신[一身]을 빗나게ᄒᆞ고 그 과부의 집을 향ᄒᆞ여 가니, ᄒᆡ가 젓ᄂᆞᆫ지라. 그 집에 가셔 문 압헤셔 브ᄅᆞᄃᆡ,

“쥬인 량반 계시오? 쥬인 량반 계시오?”

ᄒᆞ니, 그 과부〈186b〉ㅣ 이날 그 샹 보던 한미 말과 ᄀᆞᆺ치 ᄎᆞᆷ으로 그런 사ᄅᆞᆷ이 와서 찻ᄂᆞᆫ가 아니 찬ᄂᆞᆫ가 기ᄃᆞ리다가 문 밧긔셔 누가 찻ᄂᆞᆫ 거ᄉᆞᆯ 보고 급히 죵한미ᄅᆞᆯ 내여 보내며 닐ᄋᆞᄃᆡ,

“만일 찻ᄂᆞᆫ 사ᄅᆞᆷ의 셩이 니[李]가나 박[朴]가나 권[權]가 그런 셩이 어든 집에 자고 가게ᄒᆞ고, 그러치 아니커든 보내라.[이거ᄉᆞᆫ 나무 木性字 잇ᄂᆞᆫ 셩만 머르ᄅᆞ게 ᄒᆞᆷ이라]”

ᄒᆞ니, 죵이 문에 와셔 무ᄅᆞᄃᆡ,

“어ᄃᆡ셔 오셧시며 셩씨[姓氏]ᄂᆞᆫ 누구옵시닛가?”

손이 ᄃᆡ답ᄒᆞᄃᆡ,

“나ᄂᆞᆫ 아모ᄃᆡ 살고, 셩은 니셔방님이라 ᄒᆞᄂᆞᆫ 량반이니, 여긔 쥬막[酒幕]이 업기로 샤랑에셔 ᄒᆞ로밤 자고 가려ᄒᆞ니, 밧[外]겻쥬인 량반의게 녯ᄌᆞ오라.”

ᄒᆞ거ᄂᆞᆯ 죵한미 이대로 안헤 들어가 고ᄒᆞ니, 과부ㅣ 그 샹쟝**<187a>**이의 말이 올흠을 신통이 넉여 밧비 샤랑으로 그 량반을 모시라 ᄒᆞ고, 수십 량 돈을 허비ᄒᆞ야 음식을 잘 차려 ᄃᆡ졉ᄒᆞ며 죵한미ᄅᆞᆯ ᄃᆞᆯ내ᄃᆡ,

“니웃사ᄅᆞᆷ으로 ᄒᆞ여곰 이 일을 알게ᄒᆞ지 말나.”

ᄒᆞ고 밤이 깁흐매 죵한미로 니셩을 청ᄒᆞ여 안방으로 들어오게 ᄒᆞ라 ᄒᆞ고 촉[燭]을 ᄇᆞᆰ히며 ᄌᆞ리ᄅᆞᆯ 편 후에 니셩이 들어오니, 과부ㅣ 몸을 도로혀 피ᄒᆞᄂᆞᆫ 톄ᄒᆞ다가 다시 몸을 반즈음 도로혀 안고 ᄀᆞ만이 그 모양을 ᄉᆞᆲ히니, 얼골이 옥ᄀᆞᆺ고 의관이 션명[鮮明]ᄒᆞ여 보기에 헌츨[軒]ᄒᆞᆫ 쟝부ㅣ라. ᄆᆞ음에 깃부나 근본 챵기[娼妓]가 아니니, 엇지 붓그럽지 아니리오? 머리ᄅᆞᆯ 숙히고 안ᄌᆞ서 말이 업**<187b>**ᄂᆞᆫ지라.

이ᄯᅢ에 니셩이 밧겻 쥬인도 업ᄂᆞᆫ 샤랑에서 밥 먹고 잇다가 그 한미의 청ᄒᆞ야 안흐로 인도ᄒᆞᆷ을 보고 만심[滿心] 환희[歡喜]ᄒᆞ여 방에 들어와서 보니, 촉하[燭下]에 담쟝소복[淡粧素服]ᄒᆞᆫ 미인[美人]이 반즈음 도라 안저셔 머리ᄅᆞᆯ 숙이고 말이 업ᄂᆞᆫ 즁, 그 얼골과 모양을 보니 그 젼에 멀니 보던 ᄯᅢ보다 더욱 나흔지라. ᄉᆡᆼ각ᄒᆞᄃᆡ,

‘나ㅣ ᄒᆞᆫ 번 지혜ᄅᆞᆯ 베프러 오ᄂᆞᆯ 이런 과부ᄅᆞᆯ 엇으니, 내 ᄌᆡ조도 무던[善]ᄒᆞ거니와 그 계집의 말의 능ᄒᆞᆷ이 아니더면 엇지 오ᄂᆞᆯ밤에 뎌런 미인을 ᄒᆞᆫ가지로 즐기리오?’

ᄒᆞ고 갓가이 안지며 그 손을 잡고 무ᄅᆞᄃᆡ,

“나ᄂᆞᆫ 지나가ᄂᆞᆫ 사ᄅᆞᆷ인ᄃᆡ, 무슴 연고로 안방으로 청ᄒᆞ엿시며, ᄯᅩ 밧겻 쥬인이 잇**<188a>**ᄂᆞᆫ 지 업ᄂᆞᆫ지 모ᄅᆞ거니와 만일 잇서셔 이 일을 알진대 두 사ᄅᆞᆷ이 다 크게 됴치 아닐 거시니, ᄌᆞ세히 말ᄉᆞᆷᄒᆞ여 ᄆᆞ음이 평안케 ᄒᆞᆷ이 엇더ᄒᆞ오?"

ᄒᆞ니, 그 과부ㅣ 일변 붓그리며, 일변 우서 말ᄒᆞ여, 뎌ㅣ 싀집와서 상부[喪夫]ᄒᆞᆫ 일이며, ᄯᅩ 샹 보ᄂᆞᆫ 계집을 만나 드른 말과 그 말이 다 어긔지 아니ᄒᆞ야 일일이 합ᄒᆞᆫ ᄉᆞ졍이며, 만일 오늘밤에 이러케 아니 ᄒᆞ여셔ᄂᆞᆫ 이후에 큰 ᄌᆡ앙이 잇ᄉᆞᆯ 말이며, 그 샹 보ᄂᆞᆫ 계집의 말대로 ᄒᆞ면 크게 부귀[富貴]ᄒᆞ리라 ᄒᆞ던 말을 낫낫치 다ᄒᆞ고, 죵한미ᄅᆞᆯ 블너 "술상을 가져오라." ᄒᆞ여 잔에 술을 ᄀᆞ득히 부어 니셩의게 권ᄒᆞ며,

"오늘밤 일<188b>을 아모도 알 사ᄅᆞᆷ이 업ᄉᆞ니 ᄅᆡ일 말ᄒᆞᄃᆡ 일가 량반이 오셧다 ᄒᆞ고 여긔 살기 슬키로 다ᄅᆞᆫ ᄃᆡ로 이사[移徙]ᄒᆞᆫ다 ᄒᆞ고 여긔 잇ᄂᆞᆫ 뎐장[田庄]과 가ᄃᆡ[家垈]ᄅᆞᆯ 다 ᄑᆞᆯ고 ᄃᆡᆨ으로 가게 ᄒᆞ옵쇼셔."

ᄒᆞ니, 니셩이 이 말을 드ᄅᆞ매 깃부고 즐거옴이 한이 업ᄂᆞᆫ지라. 감샤ᄒᆞ며 허락ᄒᆞ고 이 밤에 동침ᄒᆞᆫ 후, ᄉᆞ오 일 ᄂᆡ[四五日內]로 다 그 뎐장을 파니, 수만금이라. 인ᄒᆞ여 그 과부ᄅᆞᆯ ᄃᆞ리고 와서 그 보내여 샹 보던 계집을 오ᄇᆡᆨ 량 샹급ᄒᆞ고, ᄒᆞᆫ가지로 동락[同樂]ᄒᆞ여 ᄇᆡᆨ년[百年]을 ᄒᆡ로[偕老]ᄒᆞ다 ᄒᆞ니, ᄎᆞᆷ말인가 아닌가 모ᄅᆞᄃᆡ, 진실노 그러ᄒᆞ면 적은 계교ㅣ나 묘ᄒᆞ도다! 그러나 즉금 혹 샹 본다ᄒᆞ며, 세상에 ᄃᆞᆫ녀 우부우부[愚夫愚婦]ᄅᆞᆯ 만히<189a>속혀 ᄌᆡ물을 ᄲᆡ아셔 괴이ᄒᆞᆫ 풍쇽이 되니, 만일 그런 일을 다 밋지 아니ᄒᆞᆯ 일이라 ᄒᆞᄂᆞᆫ 쟈ㅣ 잇ᄉᆞ면 오히려 그 사ᄅᆞᆷ을 괴이히 녁이ᄂᆞᆫ 쟈ㅣ 잇ᄉᆞ니, 슬픈뎌!

–乙酉(1885) 八月 初七日 貞洞 書

친사간상젼 [사돈 길이 서로 싸홈이라]

〈1a〉녯적에 ᄒᆞᆫ 션비ᄂᆞᆫ 아ᄃᆞᆯ을 나하 잘 길너 ᄀᆞᄅᆞ치고, ᄒᆞᆫ 션비ᄂᆞᆫ ᄯᆞᆯ을 나하 잘 길너 ᄀᆞᄅᆞ쳐셔 만금ᄀᆞᆺ치 보호ᄒᆞ며, 아ᄃᆞᆯ 둔 집은 며ᄂᆞ리ᄅᆞᆯ 구ᄒᆞ고 ᄯᆞᆯ 둔 집은 녀셔ᄅᆞᆯ 구ᄒᆞ나 피ᄎᆞ의 아지 못ᄒᆞ니, 통혼ᄒᆞᆯ 수 업ᄂᆞᆫ 즁에 아ᄃᆞᆯ 둔 집 셩은 김씨ㄴᄃᆡ ᄒᆞ로ᄂᆞᆫ 즁ᄆᆡᄒᆞᄂᆞᆫ 계집이 와셔 문안드리고 이말 뎌말 ᄒᆞ기ᄅᆞᆯ,

"ᄋᆡ고 이샹ᄒᆞᆫ 일도 잇ᄉᆞᆸᄂᆡ다. 뎌 도령님이 하ᄂᆞᆯ에셔 ᄯᅥ러젓〈1b〉ᄉᆞᆸᄂᆞᆫ잇가? ᄯᆞ에셔 소ᄉᆞᆺᄊᆞᆸᄂᆞᆫ잇가? 쇼인ᄂᆡ가 삼십 년을 ᄃᆞ니며 즁ᄆᆡ노릇ᄉᆞᆯ ᄒᆞ엿ᄉᆞ오나 이러케 잘 나신 도령은 이제 처음 뵈왓ᄉᆞᆸᄂᆡ다. 혜아리옵건대 나히 아마도 십륙칠 셰나 되셧ᄂᆞᆫᄃᆡ 우에 이ᄯᅢᄭᆞ지 쟝가ᄅᆞᆯ 아니 보내여 계옵시닛가? 쇼인ᄂᆡ가 어ᄃᆡ 됴흔 혼쳐ᄅᆞᆯ 엇어드릴 터이오니 분부 ᄒᆞ옵쇼셔. 온갓 일이 다 때가 잇ᄉᆞ온즉 만일 금년이 넘어가오면 못 쓸 터이오니, 깁히 쳐분 ᄒᆞ옵시오."

ᄒᆞ니 김동의 부모ㅣ 이 말을 듯고 ᄆᆞ음에 됴하셔 닐ᄋᆞ대,

"네가 도령님을〈2a〉보고 너무 과히 층찬ᄒᆞ니 도로혀 안심치 아니ᄒᆞ다. 그러나 뎌러나 너ᄂᆞᆫ 널니 ᄃᆞ니ᄂᆞᆫ 사ᄅᆞᆷ이닛가 필연 어ᄃᆡ 됴흔 혼쳐가 잇ᄉᆞᆯ지 업ᄉᆞᆯ지 알 터이니, ᄒᆞᆫ 곳을 잘 지시ᄒᆞ고 셩혼되게 ᄒᆞ여라."

〈답〉"그리 ᄒᆞ옵지오. ᄅᆡ일 ᄒᆞᆫ 곳에 가셔 혼셜을 통ᄒᆞ야 보ᄋᆞᆷ ᄌᆞᆨᄃᆡ가 잇ᄉᆞ오니 이ᄂᆞᆫ 고양 고ᄋᆞᆯ에 사ᄂᆞᆫ 최ᄉᆡᆼ원님 ᄃᆡᆨ이온ᄃᆡ 뵈옵지ᄂᆞᆫ 못 ᄒᆞ엿ᄉᆞ오대 풍편으로 듯ᄉᆞ온즉 그ᄃᆡᆨ에셔 ᄯᆞ님을 ᄆᆡ우 잘 두어 계시다 ᄒᆞ오니, ᄅᆡ일은 만ᄉᆞᄅᆞᆯ 젓치고 가 보ᄋᆞᆯ 거시니, 셩혼이 만일

되옵거든 샹급이나 만히 ᄒᆞ옵시**〈2b〉**오.”

〈답〉 “오냐. 그리ᄒᆞ여라마ᄂᆞᆫ ᄅᆡ죵 일이 엇지 될ᄂᆞᆫ지 아지도 못ᄒᆞ고 너ᄂᆞᆫ 미리 샹급이니 힝하ㅣ니 ᄒᆞ고 토삭 몬저 ᄒᆞᄂᆞᆫ고나 셰쇽 말에 즁ᄆᆡ가 잘ᄒᆞ면 술이 세 잔이오, 잘못ᄒᆞ면 ᄲᅣᆷ을 세 번 맛ᄂᆞᆫ다 ᄒᆞ니, 너도 알녀니와 브ᄃᆡ 쇼심ᄒᆞ여ᄒᆞ고 그ᄅᆞᆺ치지 말어라.”

〈답〉 “이러케 ᄃᆞᆫ니오며 그런 노ᄅᆞᆺ술 ᄒᆞ올제ᄂᆞᆫ 돈이나 ᄇᆞ라고 ᄒᆞ옵ᄂᆞᆫᄃᆡ 만일 공연이 ᄋᆡ만 쓸 터히오면 누가 ᄂᆞᆷ의 일을 되도록 ᄒᆞ겟ᄉᆞᆸᄂᆞᆫ잇가? 아모리커나 ᄉᆡᆫ님ᄃᆡᆨ을 위ᄒᆞ와 ᄯᅩ ᄒᆞᆫ 번 힘 써 보겟ᄉᆞᆸᄂᆡ다.”

인ᄒᆞ여 하즉ᄒᆞ고 그 이튼날 고양 ᄯᅡᄒᆞᆯ 가셔 최싱**〈3a〉**원 집을 무러 안헤 들어셔셔 위션 규슈ᄅᆞᆯ ᄉᆞᆲ혀보니, 건넌 방 미닫이[미닷이] 안헤 안져 바ᄂᆞ즐 ᄒᆞᄂᆞᆫ 이가 곳 새악시ㄴᄃᆡ ᄌᆞ셔히 보니 진실노 녀즁 일ᄉᆡᆨ이오, 그 힝지가 온순 죵용ᄒᆞ여 가히 김동의 ᄇᆡ필 되기가 넉넉ᄒᆞᆫ지라. ᄆᆞ음에 깃거오나 즁ᄆᆡ의 모양을 숨기려ᄒᆞ여 것ᄎᆞ로 ᄭᅮᆷ여 말ᄒᆞ기ᄅᆞᆯ,

“마누라님 젼에 문안 알외옵ᄂᆞ이다. 쇼인ᄂᆡ가 서울 ᄉᆡᆼ장 ᄒᆞ엿ᄉᆞᆸ더니, 쳔ᄒᆞᆫ 나히 륙십이 되와 여년이 만치 아니 ᄒᆞ온즉 두루두루 구경이나 ᄒᆞ옵고, 도로 집으로 가옵ᄌᆞ ᄒᆞ옵고 이다히로 바**〈3b〉**ᄌᆞ니 옵더니, ᄃᆞ리도 아푸고[ᄋᆞᆲ흐고] 목도 갈ᄒᆞ와셔 들어 왓ᄉᆞ오니 ᄂᆡᆼ슈 ᄒᆞᆫ 그ᄅᆞᆺ만 주옵시오.”

〈답〉 “그리ᄒᆞ여라. 오월아[죵의 일홈] 물 ᄯᅥ주어라.”

밧아 마신 후,

“감샤ᄒᆞ옵ᄂᆡ다.”

“ᄒᆞᆫ 그ᄅᆞᆺ ᄂᆡᆼ슈ᄅᆞᆯ 무어ᄉᆞᆯ 감샤ᄒᆞ랴? 나ᄂᆞᆫ 싀골 궁촌 냥반이ᄂᆡᆺ가 호화롭지 못ᄒᆞ야셔 ᄒᆞᆫ 번도 세샹 구경을 못 ᄒᆞ엿시니, 서울이 어ᄃᆡ

ㄴ지 풍쇽이 엇더ᄒᆞᆫ지 망연부지[茫然不知]어니와 뎌런 늙은 사ᄅᆞᆷ은 샹 늙은인즉 출입도 거북지 아니ᄒᆞ고 ᄯᅩ 각력도 됴하 ᄉᆞ면으로 임의 ᄅᆡ왕ᄒᆞ니 ᄆᆡ우 샹쾌ᄒᆞ겟고?”

〈답〉 “싀훤ᄒᆞᆫ 거시 별노 업ᄉᆞᆸᄂᆡ다. 싀골도 됴<4a>ᄒᆞᆫ ᄃᆡ가 만ᄉᆞ오나 다 서울만 못 ᄒᆞᆫ ᄃᆞ 시부옵고, 인물과 풍쇽이 슌후ᄒᆞ오나 가샤와 의복 음식지절의 ᄌᆞ미가 적은 ᄃᆞᆺ ᄒᆞ오며, ᄌᆡ샹가와 부가옹의 사옵ᄂᆞᆫ ᄃᆡ가 아니온즉 아기ᄂᆡᄅᆞᆯ ᄉᆞᆷ여 노ᄒᆞᆫ 범졀이며 남로 녀복의 ᄆᆡᆫ도리도 다 눈에 셔러 뵈오니, 근본 쇼인ᄂᆡ가 서울 ᄉᆡᆼ장이라 그러ᄒᆞ온지 별노 맛ᄉᆞᆯ 모로겟ᄉᆞᆸᄂᆡ다. 그러ᄒᆞ오나 싀골 냥반님 젼에 이리 알외옵기 황숑ᄒᆞ외다. 용셔ᄒᆞ옵쇼셔.”

〈답〉 “샤과ᄒᆞᆯ 거시 무어신고? 나도 드ᄅᆞ니 경향이 판이ᄒᆞ다더라. 한미의 말ᄒᆞᄂᆞᆫ 양 보니, 셩픔이 진실ᄒᆞ여 말을 ᄭᆞᆷ이<4b>지 아니ᄒᆞ고 바ᄅᆞᆫ대로 ᄒᆞ니 ᄎᆞᆷ 녯사ᄅᆞᆷ의 풍도가 잇고 시톄 사ᄅᆞᆷ의 교샤ᄒᆞᆫ 태도가 아조 업서셔 리약이ᄒᆞᆯ 만ᄒᆞ니 오ᄂᆞᆯ 다ᄅᆞᆫ ᄃᆡ로 가지 말고 ᄆᆡᆨ반이나마 ᄒᆞᆫ 그ᄅᆞᆺ 먹고 오ᄂᆞᆯ밤에 나와 ᄒᆞᆫ가지로 말ᄒᆞ며 심심푸리나 ᄒᆞ여 보고지고.”

〈답〉 “이러케 지나가ᄂᆞᆫ 한미ᄅᆞᆯ 후ᄃᆡ ᄒᆞ시오니 너무 고맙쇼이다.”

거무 하에 샤랑으로셔 최ᄉᆡᆼ원이 들어와 보고,

〈문〉 “이 한미ᄂᆞᆫ 우엔 사ᄅᆞᆷ인고? 범졀이 서울 사ᄅᆞᆷ 비스름ᄒᆞ고나?”

〈답〉 “과연 그러ᄒᆞ외다. ᄉᆡᆼ원님 문안이 엇더ᄒᆞ옵시닛가?”

〈답〉 “나ᄂᆞᆫ 무고ᄒᆞ거니와 서울 어ᄃᆡ 사ᄂᆞᆫ<5a>로파가 이 궁향 벽촌에 무어ᄉᆞᆯ ᄒᆞ라 왓ᄂᆞᆫ고?”

ᄒᆞ니, 그 안ᄒᆡ ᄃᆡ신으로 ᄃᆡ답ᄒᆞᄃᆡ,

“그 한미가 구경 ᄃᆞᆫ니다가 헐각 ᄎᆞ로 여긔 왓다 ᄒᆞ오마ᄂᆞᆫ 나ᄂᆞᆫ 반찬이 업서셔 밥 먹으라 ᄒᆞ기가 무안ᄒᆞ오?”

〈답〉 “그러ᄒᆞᆫᄃᆞᆯ 엇지 ᄒᆞ겟쇼? 그 한미도 싀골 일을 대개 침작ᄒᆞᆯ ᄃᆞᆺ ᄒᆞ오. 우리집에 오기가 불힝이로고. 우리 먹ᄂᆞᆫ 대로 주시오 그려. 셕반 후에 뎌 한미의 서울 리약이나 드러 보겟고.”

밥샹 물닌 후에 담ᄇᆡ ᄒᆞᆫ ᄃᆡ식 퓌여 물고, 안ᄌᆞ셔 부치로 모긔ᄅᆞᆯ ᄶᅩᆺ치며 최싱원이 몬져 무ᄅᆞᄃᆡ,

“서울이 여긔 륙칠십 리가 못 되건마ᄂᆞᆫ 쇼식을 자조**<5b>**듯지 못ᄒᆞ니, 가위 지쳑 쳔리라. 노파ᄂᆞᆫ 혹 므슴 쇼식을 알 ᄃᆞᆺᄒᆞ니 두어 마ᄃᆡ 드러 보고지고.”

〈답〉 “제가 집을 ᄯᅥ나 온지가 수십 일이 지낫ᄉᆞ온즉 아모 쇼문도 듯지 못ᄒᆞ엿습ᄂᆡ다.”

〈문〉 “그도 괴이치 아닌 말이로고. 그러나 서울 사랏시면 셩즁 셩외 일을 대강이라도 침작ᄒᆞᆯ 터이니, 보고 드ᄅᆞᆫ 일이 업슬가?”

〈답〉 “사ᄅᆞᆷ사ᄂᆞᆫ ᄃᆡᄂᆞᆫ 다 일반이오니 므슴 별 일이 잇ᄉᆞ오릿가마ᄂᆞᆫ 즉금 ᄉᆡᆫ님ᄃᆡᆨ 적은 아씨ᄅᆞᆯ 뵈오니 원통ᄒᆞᆫ 일이 잇습ᄂᆡ다.”

〈문〉 “괴이ᄒᆞᆫ 말이로고. 무엇시 원통ᄒᆞᆫ고?”

〈답〉 “쇼인ᄂᆡ**<6a>**가 월 젼에 기ᄅᆞ던 강ᄋᆞ지[개ᄋᆞ지]ᄅᆞᆯ 일코 이집 뎌집으로 찻ᄌᆞᄃᆞᆫ니 옵다가 ᄒᆞᆫ 집을 들어가온즉 냥반의 ᄃᆡᆨ이온ᄃᆡ 그 ᄃᆡᆨ이 요부도 ᄒᆞ거니와 도령님 ᄒᆞ나히 잇서 얼골과 풍치가 장안에 뎨일이옵고 문필도 알아보온즉 극히 아ᄅᆞᆷ답다 ᄒᆞ옵ᄂᆞᆫᄃᆡ, 그날에 즁ᄆᆡ가 와셔 통혼ᄒᆞᆫ다 ᄒᆞ옵더니, 아마도 그 ᄉᆞ이에 셩혼이 되엿슬 ᄃᆞᆺ ᄒᆞ외다. ᄉᆡᆫ님긔셔도 뎌 적은 아씨ᄅᆞᆯ 그런 랑ᄌᆞᄅᆞᆯ 구ᄒᆞ여 결혼 ᄒᆞ셧시면 오족 됴켓습ᄂᆞ닛가? 그러나 ᄯᅩ 어ᄃᆡ로 듯ᄉᆞ온즉 그ᄣᆡ에 통혼

ᄒᆞ던 신부가 무슴 흠<6b>이 잇서셔 혼인이 못 될 ᄃᆞᆺᄒᆞ다 ᄒᆞ더니, 엇더ᄒᆞ면 아니 되엿실 ᄃᆞᆺ ᄒᆞ오나 ᄌᆞ셔히 알 수 잇습ᄂᆞ이다. 뎌런 인물과 뎌런 ᄌᆡ조로 만일 ᄯᅢ를 넘기면 ᄉᆡ골 농가에 ᄉᆡ집 가서 방아 즐과 ᄲᆞᆯ니즐노 늙게 되면 그 아니 원통ᄒᆞ릿가? 오날이라도 서울노 힝ᄎᆞ ᄒᆞ옵셔 그 혼ᄉᆞ를 알아 보신 후에 만일 틀녓거든 누구를 ᄉᆞ이에 너흐시던지 혼인을 쥬션 ᄒᆞ옵쇼셔. 이런 지나가ᄂᆞᆫ 한미의 말슴이라고 귀 밧그로 듯지 마옵쇼셔."

〈문〉 "노파가 나를 위ᄒᆞ여 이러틋 ᄆᆞ음을 쓰니 ᄆᆡ우 고맙고 그 <7a>ᄃᆡᆨ 셩씨가 뉘시며, 어나 골목에 사르시ᄂᆞᆫ고?"

"셩은 김씨옵고 골목은 ᄇᆡᆨ동이라 ᄒᆞ옵ᄂᆞ이다."

"내가 원ᄅᆡ 서울이 서투르고 친구도 업ᄉᆞ니 엇지면 됴흘고?" ᄒᆞ니, 그 안ᄒᆡ 말ᄒᆞᄃᆡ,

"오날이 므슴 날인지 이샹ᄒᆞᆫ 한미가 와서 이런 됴흔 혼쳐를 말ᄒᆞ니, 진실노 그 혼인이 ᄭᆡ여젓ᄉᆞ면 우리가 통혼ᄒᆞ여 지내면 됴흐련마ᄂᆞᆫ 쇼ᄀᆡ 군이 업ᄉᆞ니 엇지ᄒᆞᆯ고? 도모지 불필타구로ᄉᆡ. 한미가 ᄅᆡ일 올나가서 알아보소. 혼인이 되게ᄒᆞ면 엇더ᄒᆞᆯ가? 만일 셩ᄉᆞ되면 ᄂᆞᆷ의 슈고를 갑지 아닐가?"<7b>

〈답〉 "마누라님ᄭᅴ셔 이러틋 후ᄃᆡᄒᆞ시며 청ᄒᆞ시ᄂᆞᆫ 분부를 엇지 거역ᄒᆞ오릿가마ᄂᆞᆫ 쇼인ᄂᆡ가 본ᄃᆡ 매파가 아니온 즉, 말을 잘 ᄒᆞᆯ 줄 모로오니 그리ᄒᆞ다가 아니되면 말을 아니ᄒᆞ니만도 못 ᄒᆞᆯ 거시니, 도모지 ᄉᆡᆫ님ᄭᅴ셔 가옵시ᄂᆞᆫ 거시 됴흘 ᄃᆞᆺ ᄒᆞ외다."

〈답〉 "냥반의 톄면에 엇지 ᄯᆞᆯ 둔 집의셔 몬저 청혼을 ᄒᆞᆯ가? 친히 가ᄂᆞᆫ 거ᄉᆞᆫ 더욱 슈치ᄉᆞ ㅣ니 아모리 어려올지라도 한미가 ᄒᆞᆫ 번 슈고ᄒᆞ여 주면 되든지 마든지 원이 업겟시니, 본ᄅᆡ 사관 사ᄅᆞᆷ이 어ᄃᆡ

잇슬가? 즉금 새로 친ᄒᆞ다고 셔오이 녁이**<8a>**지 말고 브ᄃᆡ 일을 되도록 ᄒᆞ여 주기ᄅᆞᆯ 부탁ᄒᆞᄂᆡ."

〈답〉 "이러케 분부ᄒᆞ옵시ᄂᆞᆫ 거ᄉᆞᆯ 아니 드러서ᄂᆞᆫ 비인졍 이오니, 되나 못 되나 ᄅᆡ일 일즉 ᄯᅥ나올 터히오니 념녀 마옵시고 만일 아니 되더라 ᄒᆞ와도 쇼인ᄂᆡᄅᆞᆯ ᄐᆞᆺᄒᆞ지 마옵쇼셔."

최싱원 부부ㅣ 흔연ᄒᆞ여 ᄃᆞᆰ과 술을 쟝만ᄒᆞ여 ᄃᆡ졉ᄒᆞ고 이튿날 조반 먹여 로ᄌᆞ 주어 보내니, 즁ᄆᆡ 하즉ᄒᆞ고 속으로 웃고 서울노 와셔 김싱원 부부의게 젼후 ᄉᆞ연을 말ᄒᆞ고 ᄒᆞᆫ바탕 크게 웃ᄉᆞ니, 김싱원ᄂᆡ와 ᄯᅩᄒᆞᆫ 웃ᄉᆞ며 닐오ᄃᆡ,

"음측ᄒᆞᆫ 한미가**<8b>**이리뎌리 ᄃᆞᆫ니면셔 사ᄅᆞᆷ을 ᄆᆞ음대로 놀니고 무어시 ᄌᆞ미가 잇서셔 뎌ᄃᆡ도록 됴화ᄒᆞᄂᆞᆫ고? 그러나 뎌러나 새악시가 무던타ᄒᆞ니 불가불 혼인을 밧비 지내겟네."
ᄒᆞ고 신랑의 삼촌을 최싱원의게 보내여 청혼ᄒᆞ니, 최싱원 부부ㅣ 통혼오기ᄅᆞᆯ 칠 년 대한에 비 오기ᄅᆞᆯ 기ᄃᆞ리 ᄃᆞᆺ ᄒᆞ다가 일언에 허락ᄒᆞ고 신랑의 ᄉᆞ쥬[싱년 싱월 싱일 싱시]ᄅᆞᆯ 청ᄒᆞ니, 량ᄌᆞ의 슉부ㅣ 도라와셔 ᄉᆞ쥬ᄅᆞᆯ 써 보낸 후에 두 집의셔 혼슈ᄅᆞᆯ 쟝만ᄒᆞ여 ᄐᆡᆨ일셩례[擇日成禮]ᄒᆞ니, 신랑**<9a>**의 동탕ᄒᆞᆫ 풍치와 신부의 아ᄅᆡᆺ다온 태도ㅣ 피ᄎᆞ의 ᄎᆞ등이 업서 가위 일쌍 가우ㅣ라. 만당 졔ᄀᆡᆨ이 뉘 층찬치 아니리오? 두 집의 경ᄉᆞㅣ 극진ᄒᆞ나 다만 규슈의 부모ㅣ 일희 일비ᄒᆞ여 ᄯᆞᆯ을 신힝 식힐제 못내 못내 비쳑ᄒᆞ여 ᄒᆞ나 사ᄅᆞᆷ마다 ᄒᆞᄂᆞᆫ 남취녀가ᄅᆞᆯ 엇지ᄒᆞ리오? 우례 날에 신랑의 집에셔 큰 잔치ᄅᆞᆯ 비셜ᄒᆞ고 친쳑과 붕우ᄅᆞᆯ 모도와 죠률지례ᄅᆞᆯ 맛치고 좌ᄅᆞᆯ 뎡ᄒᆞ야 신부ᄅᆞᆯ 안친 후, ᄂᆡᄀᆡᆨ들이 신랑의 부모의게 며ᄂᆞ리 잘 엇은 치하ᄅᆞᆯ 분분이 ᄒᆞ니, 김싱원 ᄂᆡ**<9b>**외 고기ᄅᆞᆯ ᄯᅳ덕이며 폐ᄇᆡᆨ 술에 반취ᄒᆞ야 좌슈 우응

ᄒᆞᄂᆞᆫ 거동이 가관이로ᄉᆡ. 그렁뎌렁 슈삼 일이 지나매 즁ᄆᆡ가 김ᄉᆡᆼ원 부부ᄭᅴ 와서 새로이 문안ᄒᆞ고 술 서 네 잔 엇어 먹은후에 ᄀᆞ만이 그 눈치ᄅᆞᆯ 보니 도모지 샹급줄 모양이 업서 별노 아른 톄 ᄒᆞᄂᆞᆫ 일이 업시니, 즁ᄆᆡ ᄉᆡᆼ각ᄒᆞᄃᆡ,

'괴이ᄒᆞᆫ 일이로고. 내가 륙십지년에 이런 됴흔 혼쳐ᄅᆞᆯ 구ᄒᆞ야 피ᄎᆞ에 더 ᄇᆞ랄 것이 업시 욕심에 ᄎᆞ도록 ᄒᆞ엿ᄂᆞᆫᄃᆡ 나ᄅᆞᆯ 헐ᄃᆡᄒᆞ려ᄂᆞᆫ 모양이니 알 길이 업ᄂᆞᆫ 일이로고나. 아모커나 죵말을 보**<10a>**리라.' ᄒᆞ고 ᄒᆞᆫ 편 구셕에 안ᄌᆞ셔 동졍을 ᄉᆞᆯ피ᄃᆡ, 그 ᄂᆡ와가 도모지 눈도 다시 들어보ᄂᆞᆫ 일이 업시니 ᄆᆞ음에 분ᄒᆞ여 압헤 안지며 녯ᄌᆞ오ᄃᆡ,

"이번 대ᄉᆞᄅᆞᆯ 지내신 후, 오죽 깃부시릿가?"

〈답〉"깃부기ᄂᆞᆫ 깃부나 변변치 못ᄒᆞᆫ 잔치에 돈이 진ᄒᆞ여셔 여간 술잔 거리도 못 주겟시니 미안ᄒᆞ다. 그러나 이후에 다시 돈 쳔이나 모히거든 돈 냥이나 샹급ᄒᆞᆯ 거시니 슈고로오나 두 세 네 ᄒᆡ만 더 기ᄃᆞ려라."

즁ᄆᆡ가 긔가 막혀 가슴이 벌덕벌덕ᄒᆞ야 욕이나 ᄒᆞ고 시브나 냥**<10b>**반을 욕ᄒᆞ엿다가ᄂᆞᆫ 됴치 아닌 광경이 날 터히니 ᄒᆞᆯ 수 업고, 그만 두고 오ᄌᆞᄒᆞ니 분긔ᄅᆞᆯ ᄎᆞᆷ을 수가 업ᄂᆞᆫ지라. 이리뎌리 망서리다가 ᄒᆞᄂᆞᆫ 말이,

"ᄉᆡᆫ님 ᄂᆡ외분ᄭᅴ 녯ᄌᆞᆸᄂᆞ이다. 쇼인ᄂᆡ가 이 샹급젼 못 밧은 ᄒᆞᆫ으로 셩병ᄒᆞ야 죽은 후에 부의젼으로 몃 돈 간 주옵시료. 혼인 시작ᄒᆞᆯ제 잘ᄒᆞ면 술이 세 잔이라고 ᄒᆞ시더니, 오늘 탁쥬 삼ᄇᆡ로 샹급젼을 에우시려나 보이다. ᄅᆡ일 뎌ᄃᆡᆨ에 가셔 ᄯᅩ 엇지ᄒᆞ시ᄂᆞᆫ가 보겟습ᄂᆡ다." ᄒᆞ고 간다 온다 말이 업시 고양을 그 이튼날 ᄯᅥ나와서**<11a>**최ᄉᆡᆼ원 부부ᄅᆞᆯ ᄃᆡᄒᆞ여 대ᄉᆞ 치하 후에 헐각ᄒᆞ더니, 최ᄉᆡᆼ원의 안ᄒᆡ 약간 쥬

식을 ᄃᆡ졉ᄒᆞ고 서울 ᄃᆡᆨ 문안과 새아씨의 안부ᄅᆞᆯ 뭇고 새셔방님이 ᄆᆡ우 아ᄅᆞᆷ다온 줄노 층찬ᄒᆞ며 한미의게 샤례ᄒᆞ니, 최ᄉᆡᆼ원이 눈을 됴치 안케 ᄯᅳ고 즁ᄆᆡᄅᆞᆯ 향ᄒᆞ여 말ᄒᆞᄃᆡ,

"혼인이라 ᄒᆞᄂᆞᆫ 거시 인력으로 못ᄒᆞᄂᆞᆫ 거시니, 하나님이 뎡ᄒᆞ여 주시ᄂᆞᆫ 거신ᄃᆡ 엇지 그 한미의게 과히 샤례ᄒᆞ리오? 그러나 공이 아조 업든 아니ᄒᆞ니 오날밤이나 ᄌᆞ고 ᄅᆡ일 갈 ᄶᅢ에 알게ᄒᆞ면 신발 갑시나<11b>다엿 돈 줄 터이니 그리 알고 잇거라. 늙은 거시 망녕이로다. 이 먼ᄃᆡᄅᆞᆯ 우에 ᄯᅩ 왓다 말이냐?"

ᄒᆞ고 샤랑으로 나가니, 즁ᄆᆡ가 어히 업서셔 좀좀이 안저셔 ᄉᆡᆼ각ᄒᆞᄃᆡ,

'내가 ᄯᅩ 여긔와서 이러ᄒᆞᆯ 줄 엇지 알앗실가? 이번 즁ᄆᆡ즐의ᄂᆞᆫ 내 다리와 입만 슈고ᄅᆞᆯ ᄒᆞ엿고나. ᄉᆞ이 지ᄎᆞ ᄒᆞ엿시니 엇지 ᄒᆞᆯ고?'

ᄒᆞ고 보원ᄒᆞᆯ 계교ᄅᆞᆯ ᄉᆡᆼ각ᄒᆞ다가 믄득 ᄒᆞᆫ ᄭᅬᄅᆞᆯ 엇고,

"마누라님 쇼인ᄂᆡ 말슴 들어 보옵시오. 쇼인ᄂᆡᄅᆞᆯ 샹급을 만히 주시나 적게 주시나 그거시야 무슴 관계 잇ᄉᆞᆸᄂᆞ닛가? 됴치 아닌 일이 <12a>ᄒᆞᆫ가지 잇ᄉᆞ오니 ᄉᆡᆫ님ᄭᅴ 녯ᄌᆞ와 조심[쇼심]ᄒᆞ시라고 ᄒᆞ옵시오. 서울ᄃᆡᆨ 로ᄉᆡᆼ원님이 본ᄅᆡ 믜친 증이 잇ᄉᆞ와 대단튼 아니ᄒᆞ오나 혹 놈과 여샹이 말슴ᄒᆞ다가도 별안간에 몽동이나 칼이나 돌노 사ᄅᆞᆷ을 죽도록 친다 말이 잇ᄉᆞ오니, 이후에 ᄉᆡᆫ님ᄭᅴ셔 새아씨ᄅᆞᆯ 보시려고 가시더든 ᄆᆡ우 조심ᄒᆞ라 말슴 ᄒᆞ옵시오."

부인이 이 말을 듯고 가슴을 두 손으로 두다리며 우러 왈,

"이 몹ᄡᅳᆯ 한미년이 내 ᄯᆞᆯ을 ᄉᆞ디에 보내여 주엇고나. ᄋᆡ고, 이 몹ᄡᅳᆯ 년아. 밧비 가거라. ᄭᅩᆯ보기 슬타. 그 사돈<12b>이 만일 믜친 증이나면 내 ᄯᆞᆯ의 목숨이 간 곳이 업겟고나. 믜친놈이 사ᄅᆞᆷ인지 즘승인지 며ᄂᆞ린지 ᄯᆞᆯ인지 엇지 알고?"

ᄒᆞ며 머리ᄎᆡᄅᆞᆯ ᄭᅳ으러 밧그로 내치니, 즁ᄆᆡ 속으로 웃고 바로 서울노 와서 김ᄉᆡᆼ원집에 가서 쥬인 마누라ᄅᆞᆯ ᄃᆡᄒᆞ여 고양 갓던 말을 ᄒᆞ고 ᄯᅩ 속여 닐오ᄃᆡ,

"쇼인ᄂᆡ가 고양 갓습다가 이샹ᄒᆞᆫ 말ᄉᆞᆷ을 드럿습ᄂᆡ다."

〈답〉 "무ᄉᆞᆷ 말인고?"

"최ᄉᆡᆼ원님이 슈일 젼에 밋친 병환이 들어셔 사ᄅᆞᆷ과 ᄅᆡ약이ᄅᆞᆯ 잘 ᄒᆞ다가도 졸디에 목침[木枕]이나 돌이나 칼노 사ᄅᆞᆷ을 죽도록**<13a>** 친다 ᄒᆞ옵기에 쇼인ᄂᆡ가 ᄃᆞ리도 아프고 긔운도 업ᄉᆞ와 수일 노다가 오랴 ᄒᆞ엿습더니, 그 말ᄉᆞᆷ을 듯고 겁이 나온 즉 잇ᄉᆞ올 수 업ᄉᆞ와 밧비 왓습ᄂᆡ다."

ᄒᆞ니, 김ᄉᆡᆼ원의 부인이며 온 집안이 다 놀나ᄂᆞᆫ 즁 새며ᄂᆞ리가 더옥 놀나 우ᄂᆞᆫ지라. 김ᄉᆡᆼ원의 부인이 김ᄉᆡᆼ원을 쳥ᄒᆞ여 이 말대로 ᄒᆞ며 이후에 아들이나 며ᄂᆞ리ᄅᆞᆯ 겁내며,

"이후에 ᄆᆡ우 조심ᄒᆞ여야 쓰겟다."

ᄒᆞ고 밧그로 나가더라. 이 즁ᄆᆡ 한미ᄂᆞᆫ 두 집을 다 속이고 ᄌᆞ미 잇서 ᄒᆞ며 제 집에**<13b>**도라와 ᄅᆡ종에 엇지 되ᄂᆞᆫ 모양을 탐지ᄒᆞ려 ᄒᆞ야 그 근쳐에 와셔 ᄒᆞᆼ샹 엿보며 탐문ᄒᆞ더니, ᄒᆞ로ᄂᆞᆫ 고양 최ᄉᆡᆼ원 사ᄂᆞᆫ 근동 사ᄅᆞᆷ을 만나 인ᄉᆞᄒᆞᆫ 후에,

"그 최ᄉᆡᆼ원이 새 사돈집에 아니 오ᄂᆞ냐?"

무ᄅᆞ니, 그 사ᄅᆞᆷ이 ᄃᆡ답ᄒᆞᄃᆡ,

"이ᄉᆞ이 드른즉 그 최ᄉᆡᆼ원의 안ᄒᆡ가 최ᄉᆡᆼ원 더러 밧비 서울 가셔 ᄯᆞᆯ의 평부ᄅᆞᆯ 알아보라 ᄒᆞ니, 그 최ᄉᆡᆼ원이 말ᄒᆞᄃᆡ, 사돈이 밋쳣신즉 ᄯᆞᆯ을 보라갓다가 ᄯᆞᆯ도 보지 못ᄒᆞ고 내 목숨을 맛치면 엇지 ᄒᆞ겟ᄂᆞ냐 ᄒᆞ고 밤낫으로 ᄂᆡ외 간 싸혼다ᄒᆞ니, 언제 올지 알**<14a>**수 업노라."

ᄒᆞ니, 즁ᄆᆡ 말ᄒᆞᄃᆡ,

"나ᄂᆞᆫ 최ᄉᆡᆼ원이 이리오던지 김ᄉᆡᆼ원이 그리가던지 ᄒᆞ야 일이 탄로 되면 서울에셔 아니 살겟시니 이후ᄂᆞᆫ 찻지 말으시오."

ᄒᆞ니, 그 사ᄅᆞᆷ이 곡졀을 몰나 의심ᄒᆞ더니, 혼인ᄒᆞᆫ지 두어 ᄃᆞᆯ 되도록 두 집의셔 쇼식이 묘연ᄒᆞᆫ지라. 최ᄉᆡᆼ원이 그 마누라가 조ᄅᆞᆯ ᄲᅳᆫ 아니라 ᄌᆞ가도 ᄯᆞᆯ을 보고시브니 ᄒᆞ로ᄂᆞᆫ 서울노 와셔 새 새돈길이[기리] 샹면ᄒᆞᆯᄉᆡ, 샤랑에 들어와셔 피ᄎᆞ 인ᄉᆞᄒᆞ고 셕반을 먹은 후에 ᄯᆞᆯ을 보기ᄅᆞᆯ 청ᄒᆞ니, 쥬인이 들어가 며ᄂᆞ리ᄃᆞ려 말ᄒᆞᄃᆡ,

"네의 아바<14b>지가 너ᄅᆞᆯ 보시려ᄒᆞ니 네 방을 치우고 들어오시게 ᄒᆞ여라."

ᄒᆞ니, 그 며ᄂᆞ리가 반갑기 측량업서셔 방 치우더니, 그 싀모가 급히 만류ᄒᆞᄃᆡ,

"이 ᄋᆞᄒᆡ야! 네의 어루신ᄂᆡᄭᅴ셔 진실로 광증이 계시면 부지불각에 므슴 일이 잇ᄉᆞᆯ지 알 수 업ᄉᆞ니, 오늘밤이나 지내고 ᄅᆡ일 아ᄎᆞᆷ에 뵈이면 됴켓시니 아즉 몸이 ᄋᆞᆲ흐다 ᄒᆞ고 핑계ᄒᆞ여라."

며ᄂᆞ리 이 말을 듯고 곳 므슴 일이 잇ᄉᆞᆯ지라도 뵈일 ᄯᅳᆺ은 ᄀᆞᆫ졀ᄒᆞ나 새로 싀집온 터히라 그 말을 거ᄉᆞ리지 못ᄒᆞ여 쥬져ᄒᆞᆯ ᄎᆞ에 그 싀무가 ᄯᅩᄒᆞᆫ<15a>그러히 넉여 그만두고 샤랑에 나와,

"며ᄂᆞ리가 감긔ᄅᆞ 편치 아니ᄒᆞ니 ᄅᆡ일 아ᄎᆞᆷ에 보쇼."

ᄒᆞ니, 최ᄉᆡᆼ원이 의심이 동ᄒᆞ여 ᄉᆡᆼ각ᄒᆞᄃᆡ,

'아마 듯던 말과 ᄀᆞᆺ치 사돈이 광증이 발ᄒᆞ여 쳐셔 죽게 되엿ᄉᆞᆫ즉 핑계ᄒᆞᆯ 말이 어ᄉᆞ닛가 나ᄅᆞᆯ 속히나 보고.'

ᄒᆞ며 눈을 속으로 ᄯᅧ서 ᄉᆞᆯ필제, 김ᄉᆡᆼ원도 ᄯᅩᄒᆞᆫ 드ᄅᆞᆫ 말이 잇ᄉᆞᆫ 즉 입으로ᄂᆞᆫ 말을 ᄒᆞ나 눈으로 그 동졍을 ᄉᆞᆯ피다가 뎌 최ᄉᆡᆼ원이 ᄌᆞ가

를 보ᄂᆞᆫ 눈이 슈상ᄒᆞᆫ지라. 의심이 버럭나셔 ᄉᆡᆼ각ᄒᆞᄃᆡ,

'잘 방비 ᄒᆞ엿다가 무슴 일이 잇거든 급히 서ᄅᆞ지리라.'

ᄒᆞ〈15b〉고 ᄒᆞᆫ 숀으로 ᄀᆞ만이 버려 목침[木枕] ᄒᆞ나ᄅᆞᆯ 은근이 ᄭᅳ어 당긔니 최ᄉᆡᆼ원이 사돈의 눈치ᄅᆞᆯ ᄉᆞᆲ히다가 그 눈셰가 다ᄅᆞᆫ 양을 보고 속ᄆᆞᄋᆞᆷ으로 헤아리ᄃᆡ,

'내가 젼에 드ᄅᆞᆫ 즉 밋친놈은 눈셰브터 다ᄅᆞ다 ᄒᆞ더니, 나ᄅᆞᆯ 보ᄂᆞᆫ 눈치가 과연 다르고나.'

ᄒᆞ고 ᄒᆞᆫ 눈으로ᄂᆞᆫ 몽치나 목침이 잇ᄂᆞᆫ ᄃᆡᄅᆞᆯ ᄉᆞᆲ히며, ᄒᆞᆫ 눈으로ᄂᆞᆫ 사돈의 눈치ᄅᆞᆯ 보더니, 과연 ᄌᆞ긔ᄅᆞᆯ 이상이 보며 목침을 잡아 당긔ᄂᆞᆫ지라. ᄉᆡᆼ각ᄒᆞᄃᆡ,

'이제ᄂᆞᆫ 일이 급ᄒᆞ엿다.'

ᄒᆞ고 건넌 벽으로 급히 가며 목침을 집을제, 발서 김ᄉᆡᆼ원이〈16a〉알아 ᄎᆡ이고 큰 소래로,

"이놈 밋친놈아!"

ᄒᆞ며 목침으로 최ᄉᆡᆼ원의 ᄃᆡ골을 치니, 최ᄉᆡᆼ원이 피ᄒᆞ면서 ᄯᅩ 피ᄒᆞ며 목침을 집어 최ᄉᆡᆼ원을 치니, 피ᄎᆞ 서로 맛고 서로 피ᄒᆞ며 큰 소래로,

"이놈 밋친놈아!"

ᄒᆞ니, 대저 목침 ᄶᅱᄂᆞᆫ 소래와 사ᄅᆞᆷ의 소래가 서로 어울녀셔 방즁이 크게 어ᄌᆞ럽고 일댱 풍파가 니러나니, 안과 밧기 다 놀나셔 방문을 감히 여지 못ᄒᆞ고 그 즁에 담 큰 사ᄅᆞᆷ이 문틈으로 엿보니, 두 늙은〈16b〉이가 흰머리와 셴 슈염에 류혈이 랑쟈ᄒᆞ고 눈이 등잔만큼 뒤집혀셔 호흡이 쳔촉ᄒᆞ며 불 탄 강변에 데힌 소야지 ᄂᆞᆯᄯᅱ ᄃᆞᆺᄒᆞ며 소래ᄅᆞᆯ 벽녁ᄀᆞᆺ치 지ᄅᆞ니, 엿보던 사ᄅᆞᆷ이 모든 구경군더러 말ᄒᆞᄃᆡ,

"뎌런 변도 잇나? ᄌᆞ네도 갓가이 와서 구경ᄒᆞ쇼. 사돈기리 뎌러케

싸홀진대 뉘 아ᄃᆞᆯ놈이 아ᄃᆞᆯ과 ᄯᆞᆯ을 나하셔 쟝가 드리고 싀집 보내여셔 ᄂᆞᆷ과 ᄂᆞᆷ이 사돈ᄒᆞᆯ 개아ᄃᆞᆯ ᄀᆞᆺᄒᆞᆫ 놈이 잇겟노. 나ᄂᆞᆫ 과갈지친이나 ᄎᆞ저셔 남취녀가 ᄒᆞ겟네."

ᄒᆞ고 싸홈을 말닌 후, 최ᄉᆡᆼ원이 ᄯᆞᆯ도 못 보고 집으로 쫏기여 갓더니 **〈17a〉**일·이년 후에 서로 사ᄅᆞᆷ을 보내여 탐지ᄒᆞ니, 피ᄎᆞ 집에 잇서셔 아모 일도 업ᄂᆞᆫ지라. 서로 알기ᄅᆞᆯ,

"아마도 밋친놈과 밋친개ᄂᆞᆫ 짜리ᄂᆞᆫ 거시 샹계라 ᄒᆞ더니, 아마도 목침즐이 신통ᄒᆞᆫ 약인가 보다."

ᄒᆞ더니, 그 후에 즁ᄆᆡ의 소위로 그리된 줄 알고, 서로 친근이 ᄃᆞ니며 맛당이 줄만 ᄒᆞᆫ 돈과 물건을 앗기지 아니ᄒᆞᆯ ᄲᅳᆫ 아니라, 오히려 ᄆᆡᄉᆞ에 후히ᄒᆞ여, "두 집이 다 관후 쟝쟈ㅣ라" 말을 드ᄅᆞ며 그 즁ᄆᆡᄂᆞᆫ 다시 찻지 아니ᄒᆞᆫ지, 차진지 모르노라.

—乙酉(1885) 六月 日 美洞 畢書

영인

애스턴의 조선어 학습서

『Corean Tales』

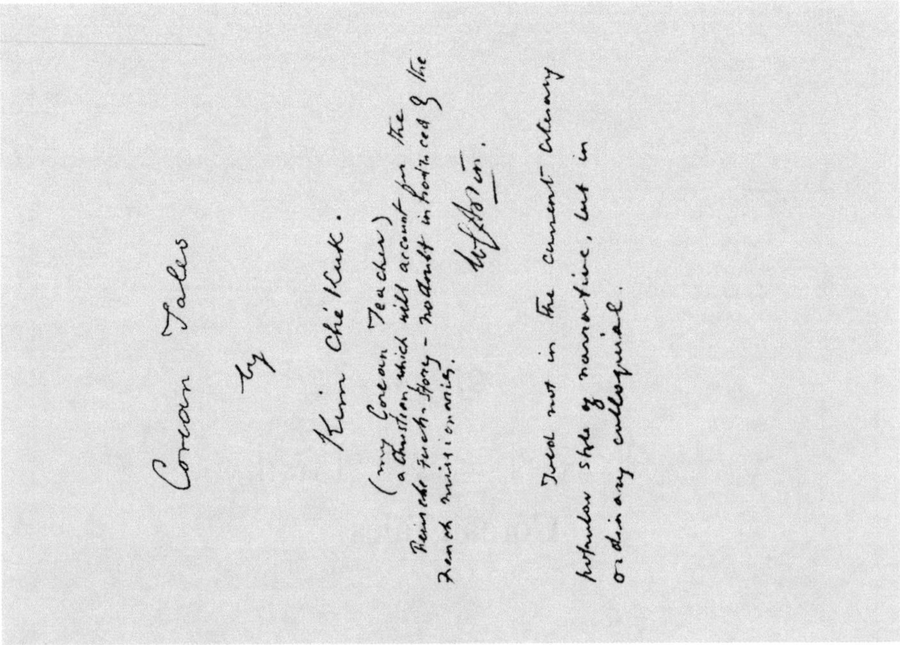
Corean Tales

by

Kim Ché Kuk.

(my Corean Teacher)
a Christian, which will account for the Reinecke Fuchs Story - no doubt introduced by the French missionaries.

W G Aston.

Told not in the current literary popular style of narrative, but in ordinary colloquial.

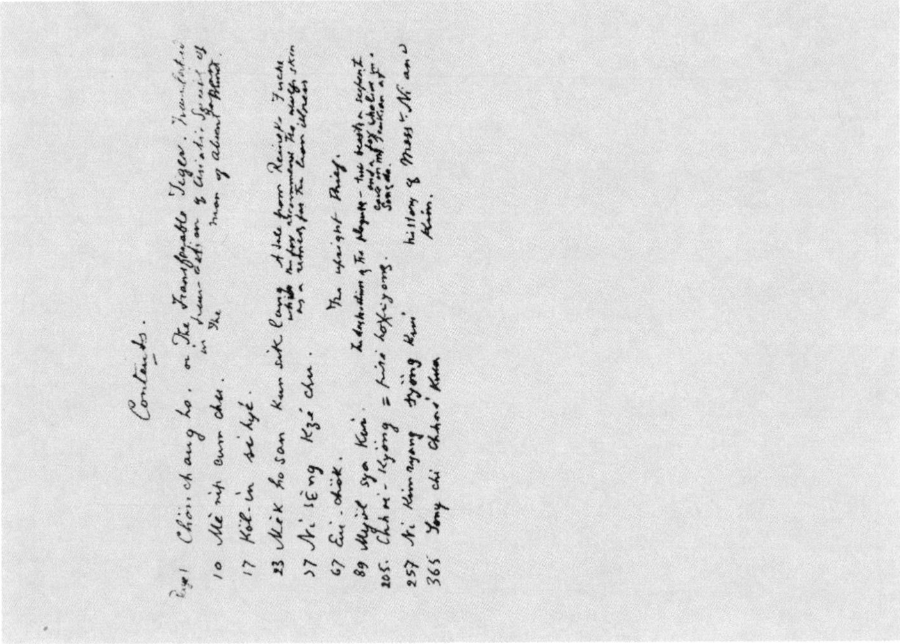
Contents.

Page 1 Chön chang ho. or The Transformable Tiger. Transformation in transmigration of Asiatic Spirit of
10 Mè rip curn chhi. The man of absent mind.
17 Köl-in si hyé.
23 Mèk ho san Kun sik lang A tale from Reineke Fuchs which the fox recommends the wolf's skin as a remedy for the lion illness
37 Ni sèng Kzé chu.
67 Eui-chök. The upright thief.
89 Myöl sya Kui. The destruction of the Magpie - two beasts, a serpent and a fox which live in a cave on Mt. Tenkian at Songdo.
205. Chhoi-Kyöng = hirá koxi-yong.
257 Ni Kim ryang työng Kui history of Messrs. Ni and Kim.
365 Yong chi Chhoi Kun

1a

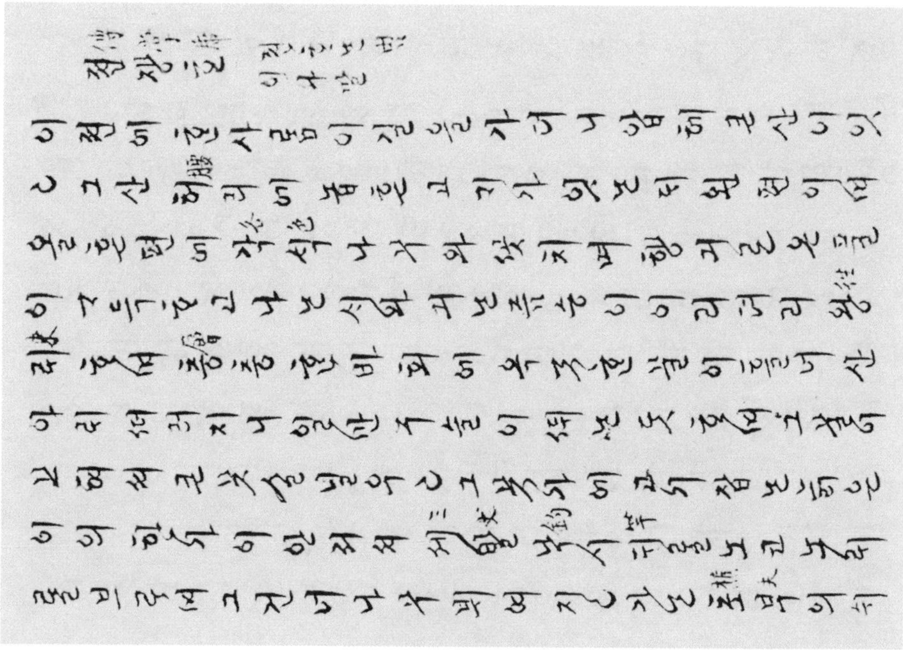
젼쟝(傳掌)ᄒᆞᆫ 젼ᄒᆞᄂᆞᆫ 변 이ᄋᆞ기

이젼에 ᄒᆞᆫ 사ᄅᆞᆷ이 길을 가더니 압헤 큰 산이 잇
ᄂᆞᆫ 그 산 허리(腰)에 놉ᄒᆞᆫ 고개가 잇ᄂᆞᆫ디 왼편이며
올흔편에 각식(各色) 나무와 ᄭᅩᆺ치며 향긔로온 풀
이 ᄀᆞ득ᄒᆞ고 나ᄂᆞᆫ 시와 긔ᄂᆞᆫ 즘승이 이리뎌리 왕(往)
래(來)ᄒᆞ며 층(層)층ᄒᆞᆫ 바회에 옥ᄀᆞᆺᄒᆞᆫ 물이 흘너 산
아래 ᄯᅥ러지니 일만 구술이 ᄯᅱ노ᄂᆞᆫ 듯ᄒᆞ며 그 물에
고혀셔 큰 못슬 닐우ᄂᆞᆫ 그 못가에 고기 잡ᄂᆞᆫ 늙은
이의 ᄒᆞᆫ가이 안자셔 셰발(三丈) 낙시(釣竿) 뒤ᄅᆞᆯ 노고 노ᄅᆡ
ᄅᆞᆯ 브ᄅᆞ며 그 건너 나무 뷔여 지ᄂᆞᆫ 가ᄂᆞᆫ 초부(樵夫)의 쉬

1b

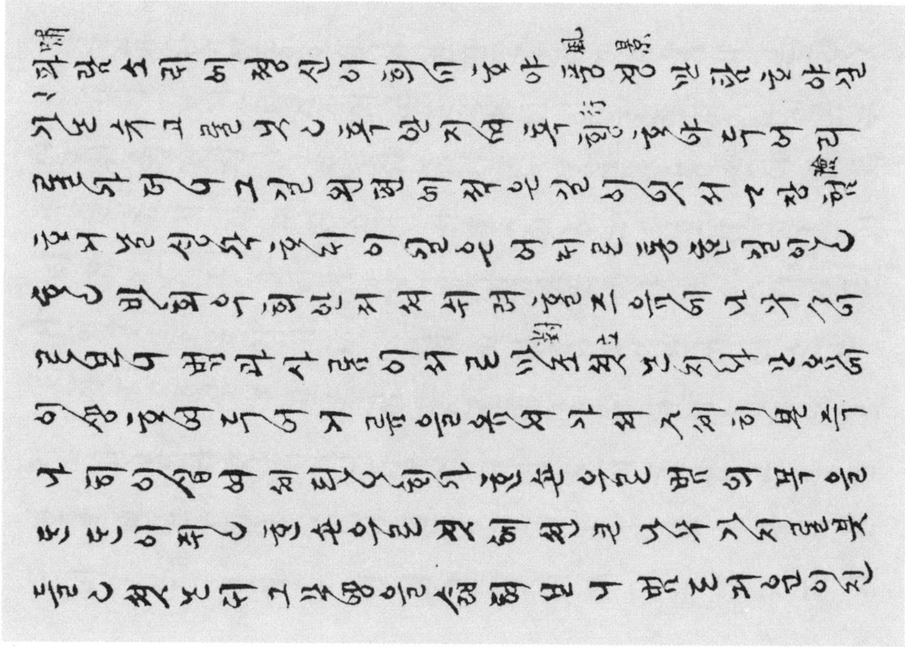
파람(嘯) 소ᄅᆡ에 졍신이 희미ᄒᆞ야 풍경(風景) 반람ᄒᆞ야 갈
가ᄂᆞᆫ 슈고ᄅᆞᆯ 닛ᄂᆞᆫ 혹 안지며 혹 ᄒᆡᆼ(行)ᄒᆞ야 두어리
ᄅᆞᆯ 가더니 그 길 왼편에 젹은 길이 잇셔 ᄀᆞ장 험(險)
ᄒᆞ거ᄂᆞᆯ 싱각ᄒᆞ되 이 길은 어듸로 통ᄒᆞᆫ 길인고
ᄒᆞᆫ 바회 우희 안저셔 쉬려ᄒᆞᆯ 즈음에 나무숩에
ᄅᆞᆯ 보니 범과 사ᄅᆞᆷ이 서로 ᄯᅡ(對)ᄒᆞ고 섯ᄂᆞᆫ지라 ᄆᆞ음에
이상ᄒᆞ여 ᄃᆞ두어 거름을 옴겨 가셔 ᄌᆞ셰히 본즉
나히 이십여 셰 된 ᄋᆞᄒᆡ가 ᄒᆞᆫ 손으로 범의 목을
ᄯᅩᆫᄯᅩᆫ이 쥐고 ᄒᆞᆫ 손으로 졋헤 션 큰 나무 가지를 붓
들고 섯ᄂᆞᆫ디 그 모양을 ᄉᆞᆲ혀 보니 범도 괴로온 이 진

2a

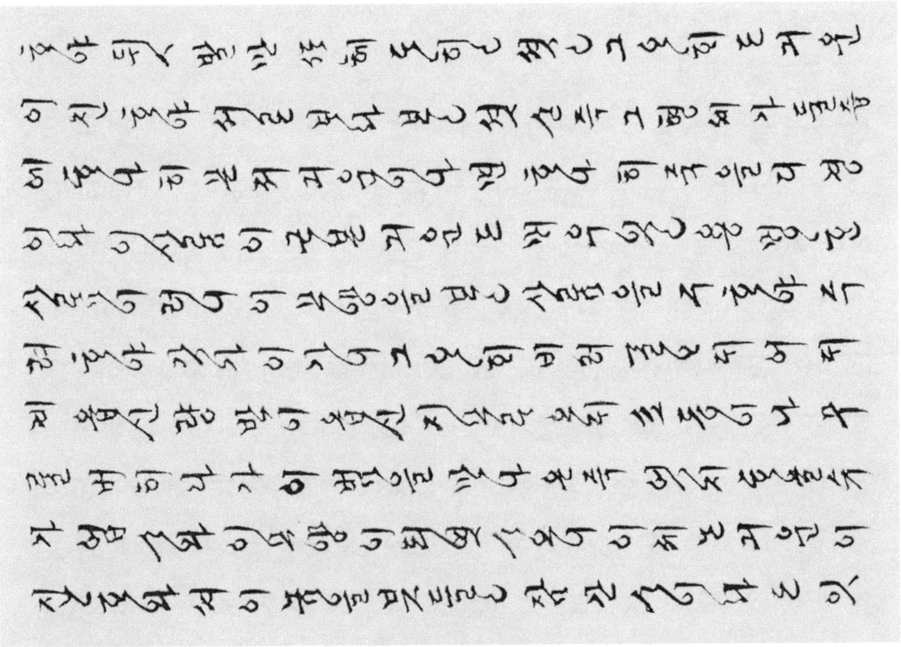

2b

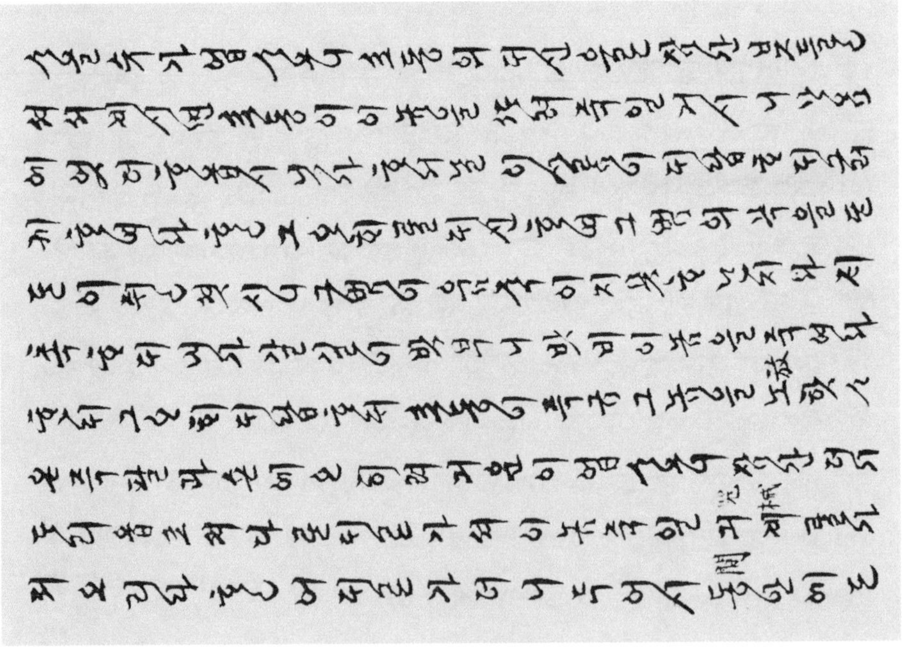

3a

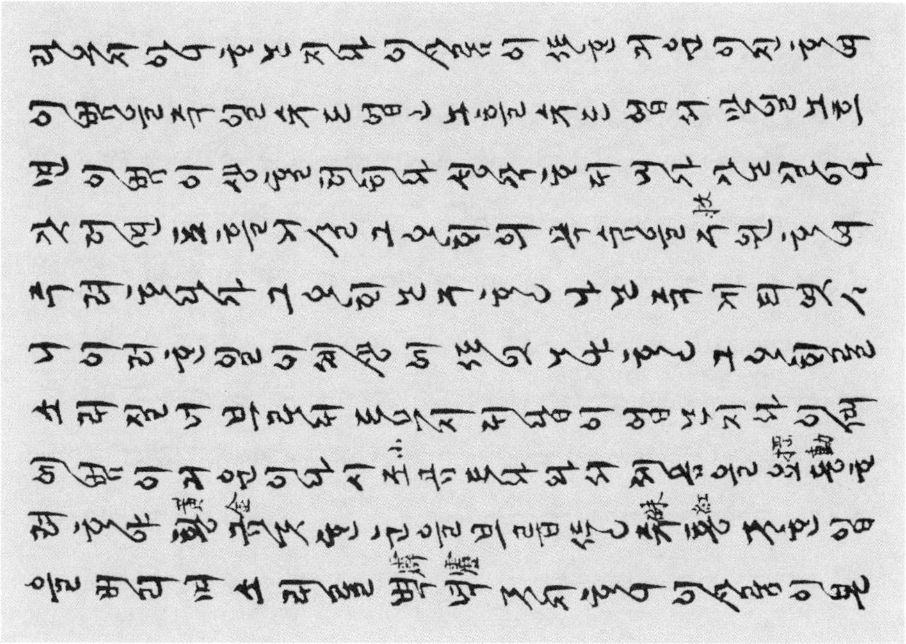

3b

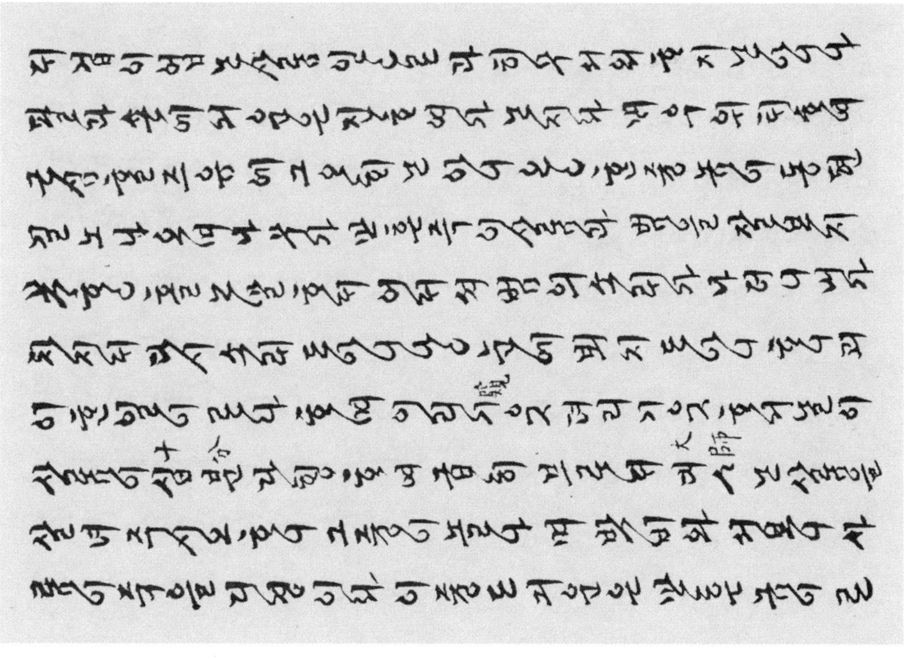

4a

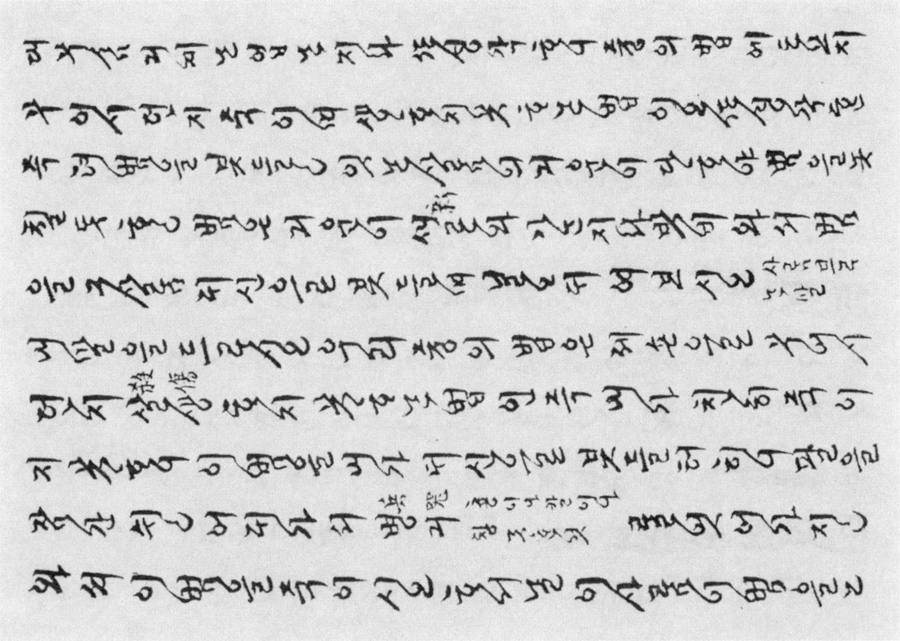

4b

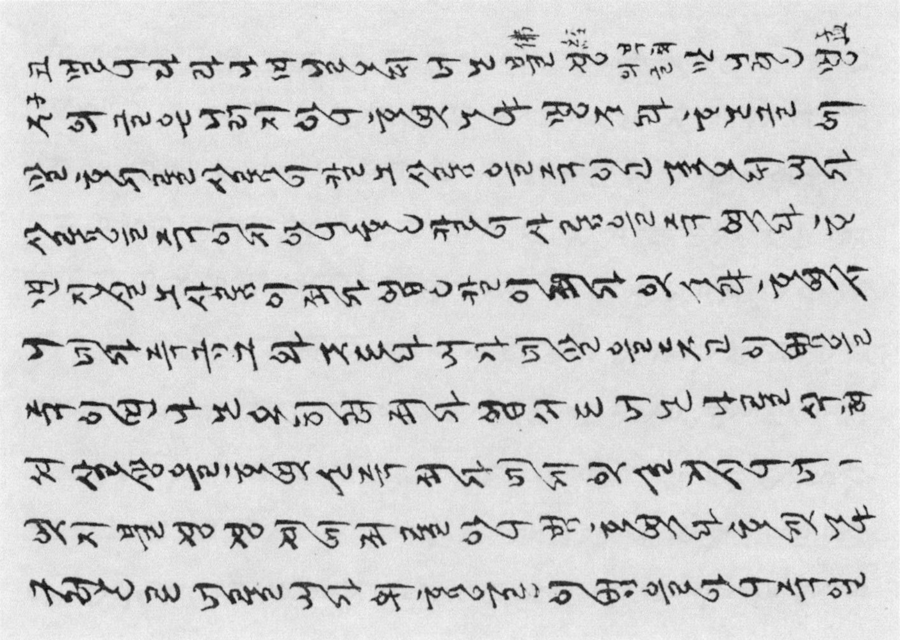

5a

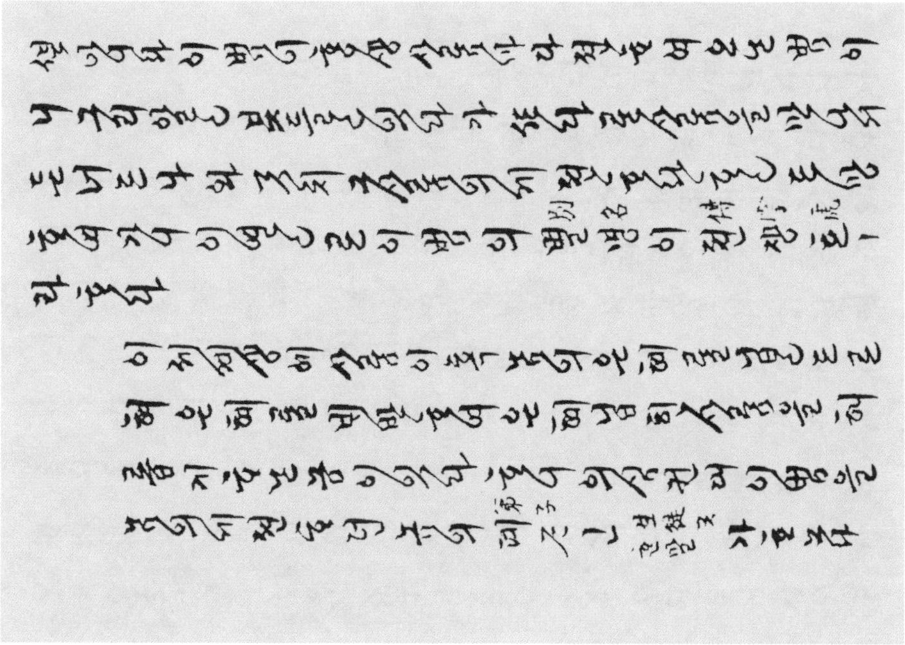

5b

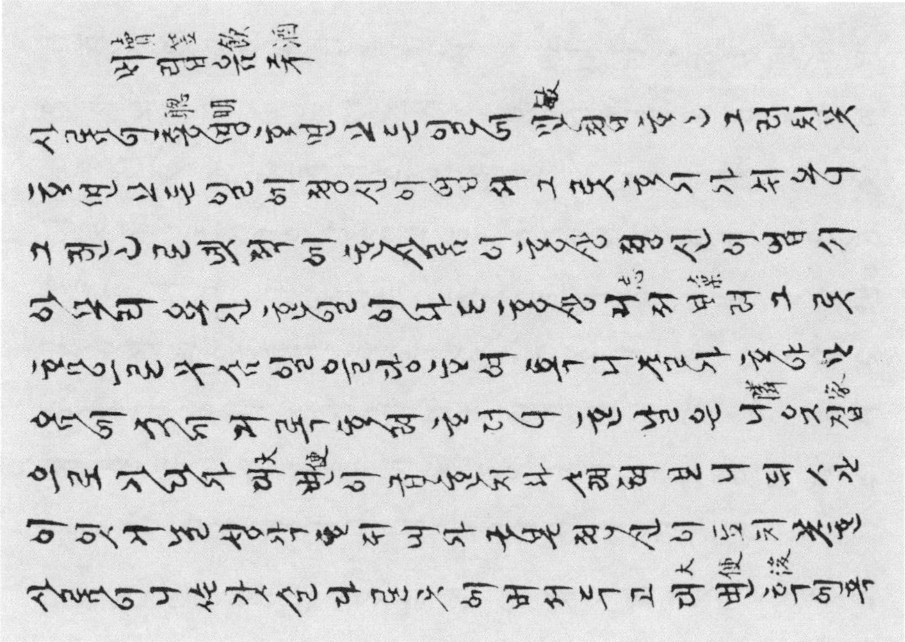

6a

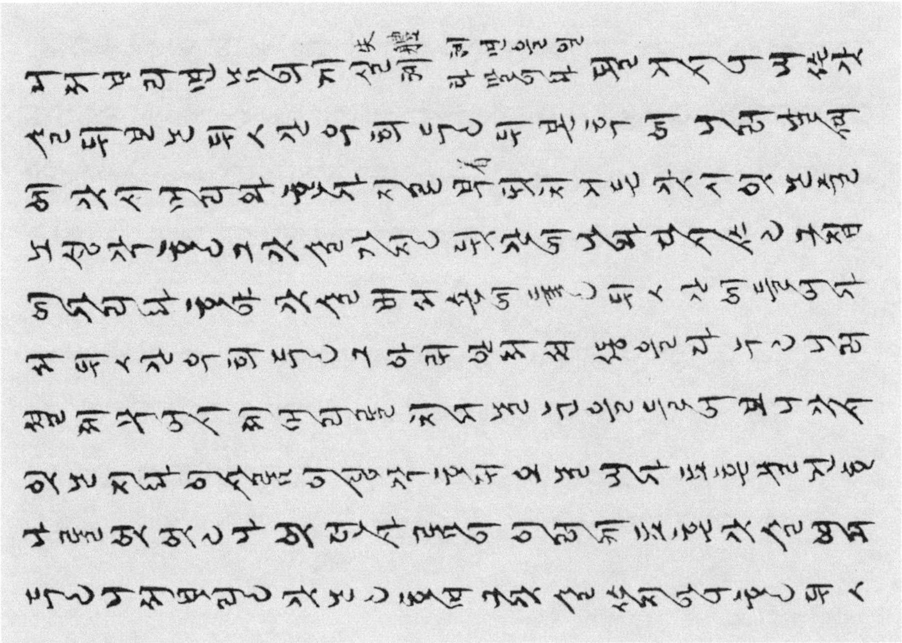

6b

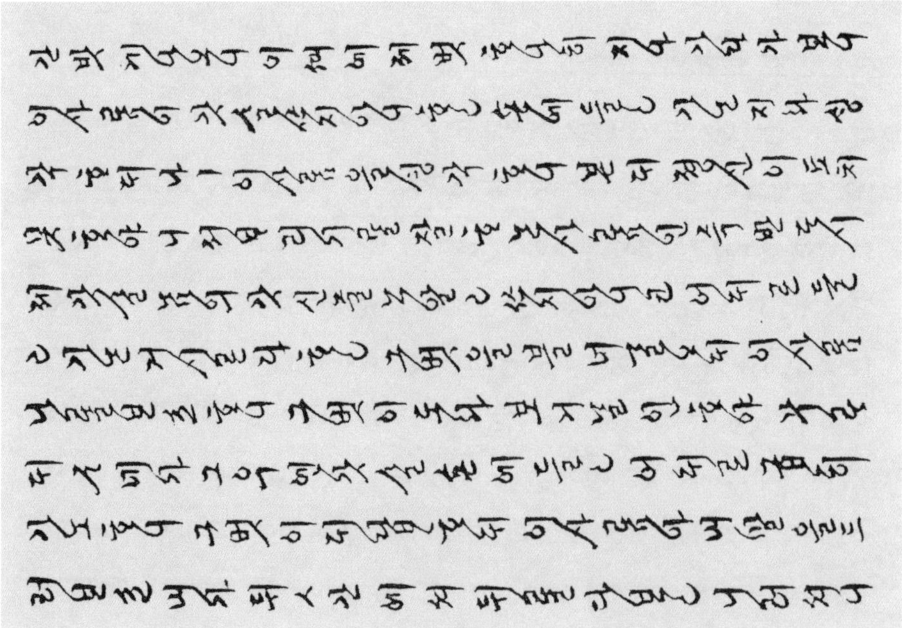

7a

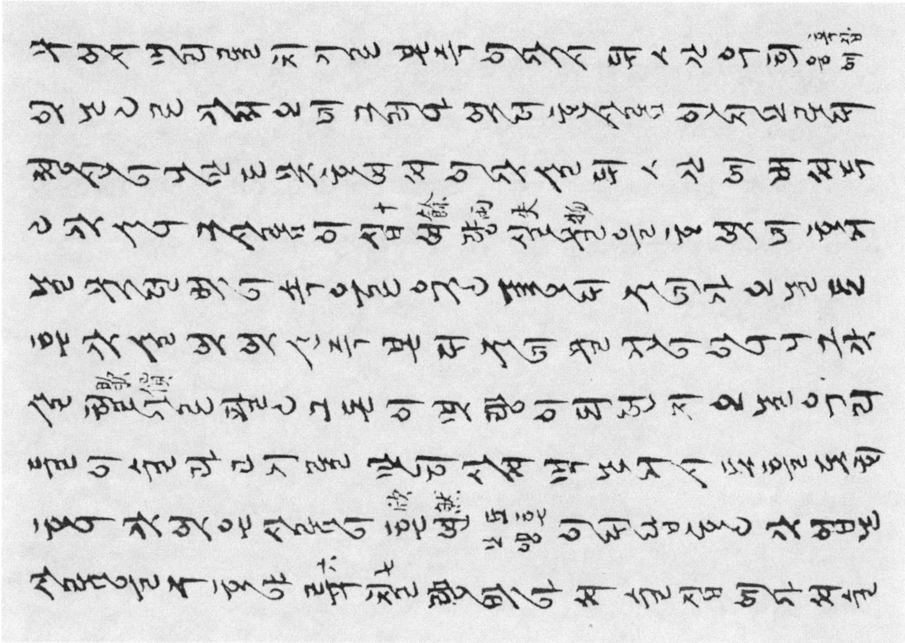

7b

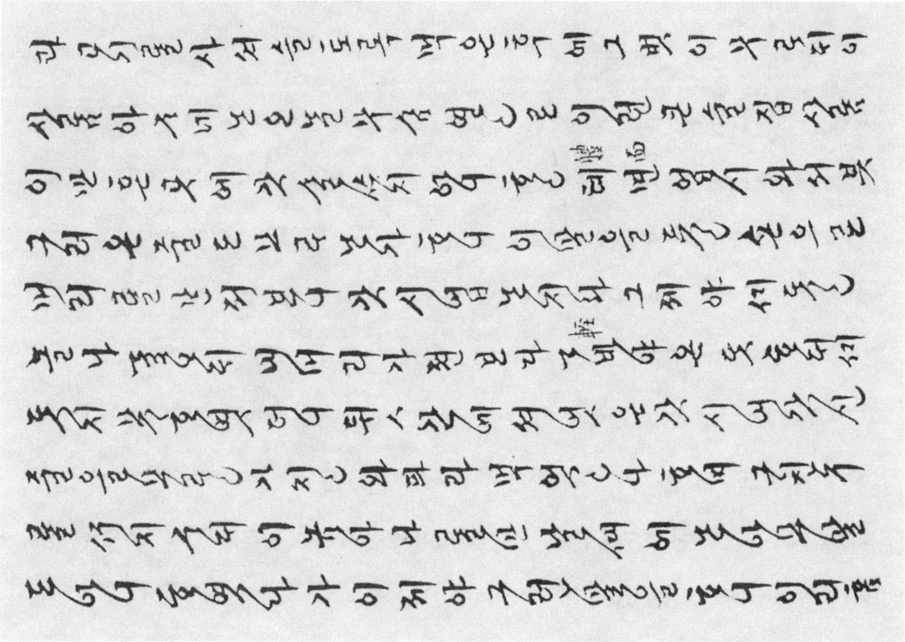

8a

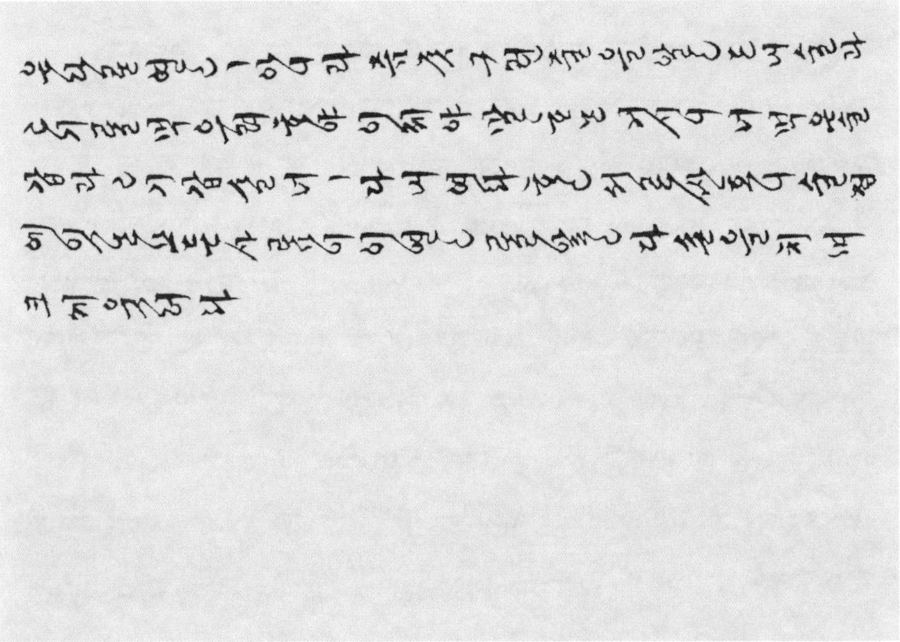

8b

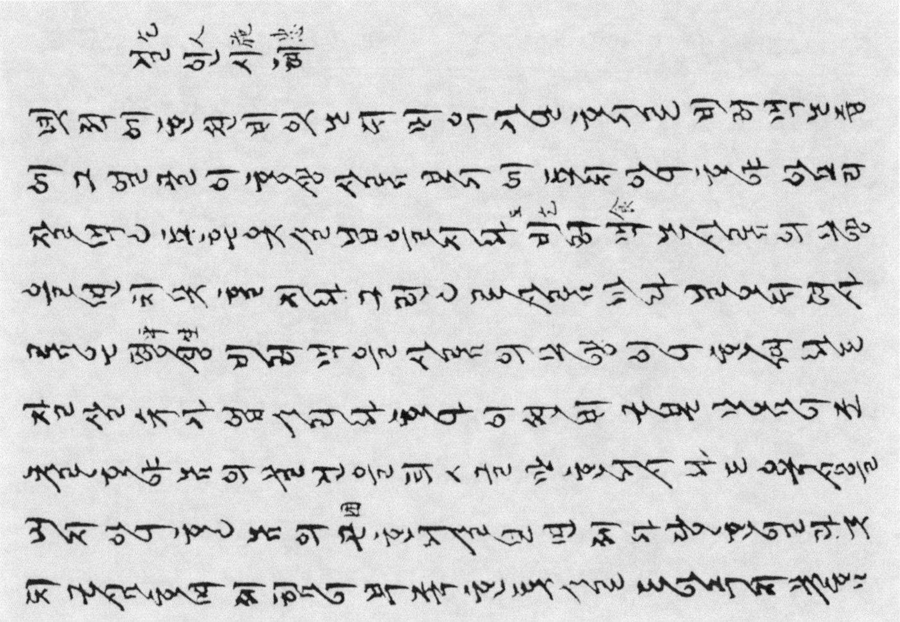

9a

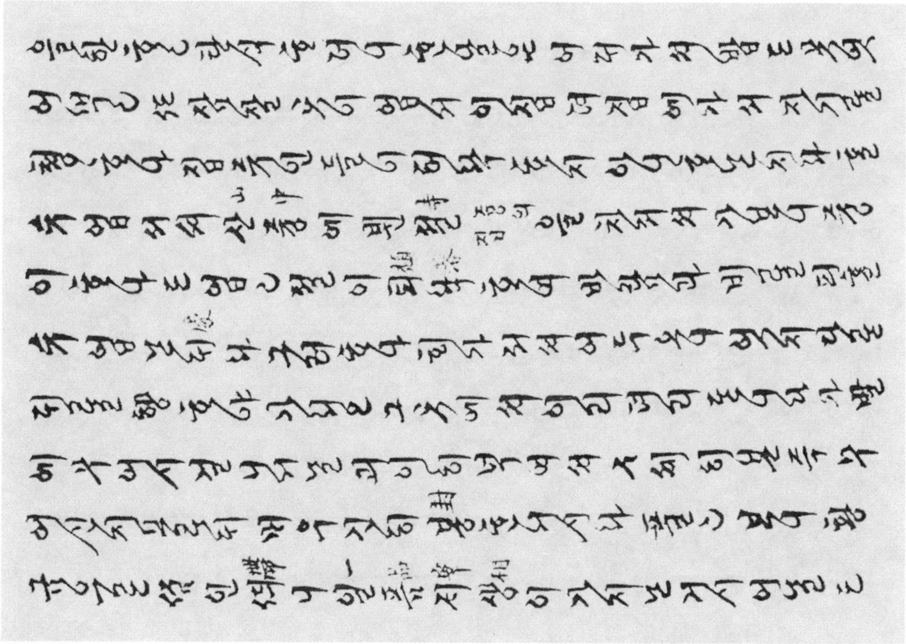

9b

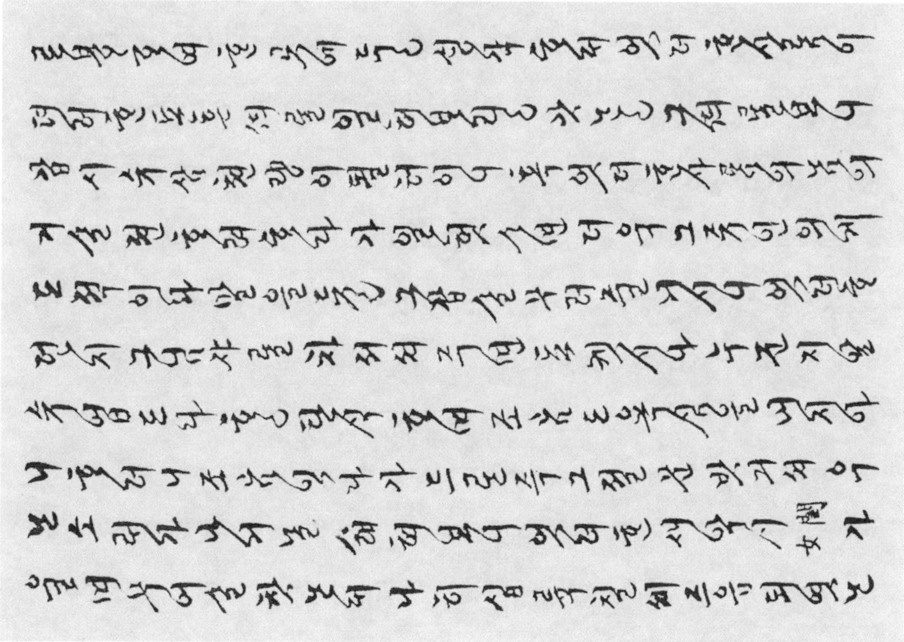

10a

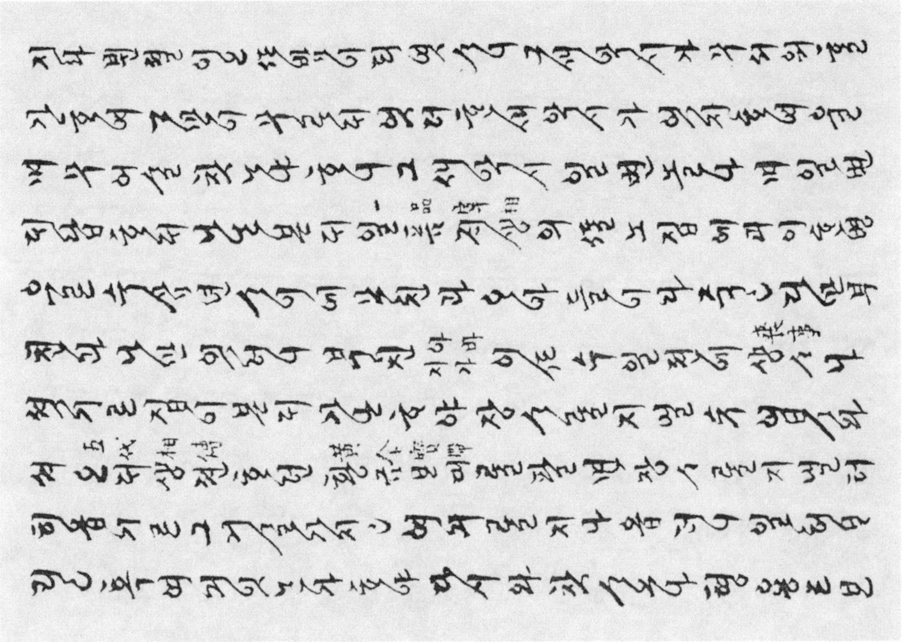

10b

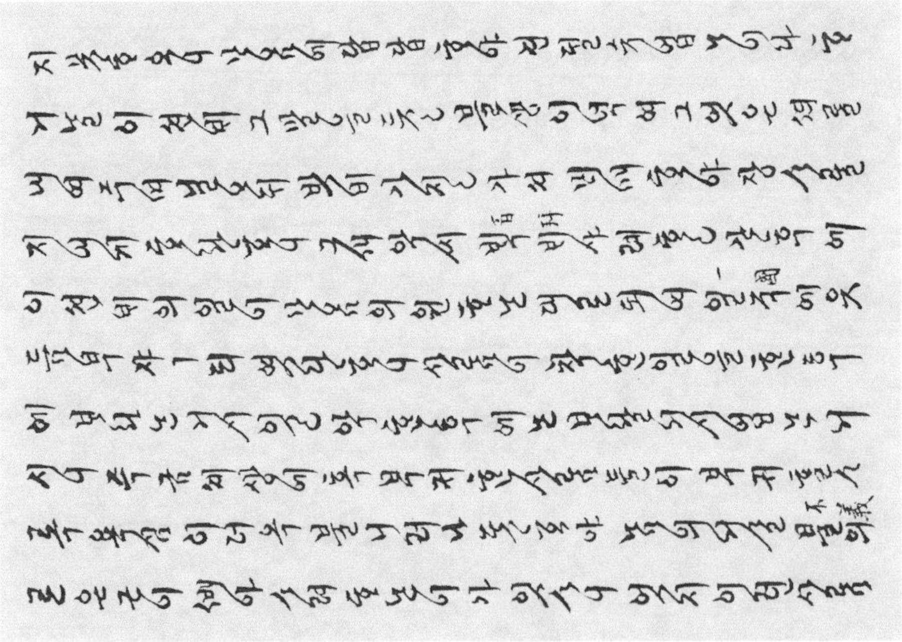

11a

을 뎌ᄒᆞ게 되션 붓그럽지 아니ᄒᆞ리오 대저 이 우희 비
러먹ᄃᆞᆫ 션비가 수샹 쳔금 되ᄂᆞᆫ 보비ᄅᆞᆯ 보고 그 님ᄌᆞᄅᆞᆯ 차
저주며 ᄯᅩ 깁흔 산즁 뷘졀(山中空寺)에 밤이 되여 고요ᄒᆞᆫ 가온ᄃᆡ
ᄭᅩᆺ다온 새악시ᄅᆞᆯ ᄃᆡᄒᆞ여 털ᄭᅳᆺ(毫末)만치도 더러온 ᄒᆡᆼ실을
움즈기지 아니ᄒᆞ나 흔ᄒᆞᆫ 셰쇽 경박ᄌᆞ(輕薄子)ㅣ 드ᄅᆞ면 오히
려 그 션비ᄅᆞᆯ 치ᄌᆞᆫ(癡騃)이라 ᄒᆞᆯ 거시니 (치ᄌᆞᆫ 어리석고 ᄌᆞᆫᄌᆞᆫᄒᆞ다 말) 나ᄂᆞᆫ 오히
려 그 션비ᄅᆞᆯ 비방(誹謗)ᄒᆞᄂᆞᆫ 쟈ᄅᆞᆯ 치ᄌᆞᆫ이라 ᄒᆞ노라

11b

빅호산군식량(白虎山君食粮)

이쳔에 어나 곳 이치는 볼ᄅᆞ쥐 흰호랑이 ᄒᆞ나히 잇
셔셔 ᄭᅳᄃᆞᆫ 즘승 즁 님군이 되여 졍ᄉᆞᄅᆞᆯ ᄒᆞᄂᆞᆫᄃᆡ 뇌믈
거ᄉᆞᆯ 만히 진샹(進上)ᄒᆞ면 조하ᄒᆞ고 그러치 아니ᄒᆞ면 죽이
ᄂᆞᆫ지라 어나 즘승이 그 위엄을 무서워 아니ᄒᆞ리오 그
러ᄒᆞᆫ 즁에 빅호산군이 산영ᄒᆞ라 나갓다가 엇더
ᄒᆞᆫ 포수의게 총을 맛고 도라오니 비록 과히 샹치
아니ᄒᆞ엿스나 화약과 텰환의 독ᄒᆞᆫ 긔운이 ᄲᅧ에
들어 밤낫에 평안치 못ᄒᆞ니 ᄭᅳᄃᆞᆫ 즘승이 다 가셔
문안ᄒᆞ야 위로ᄒᆞᆯ제 온갓 벽을 너슐 예비ᄒᆞᆯ

12a

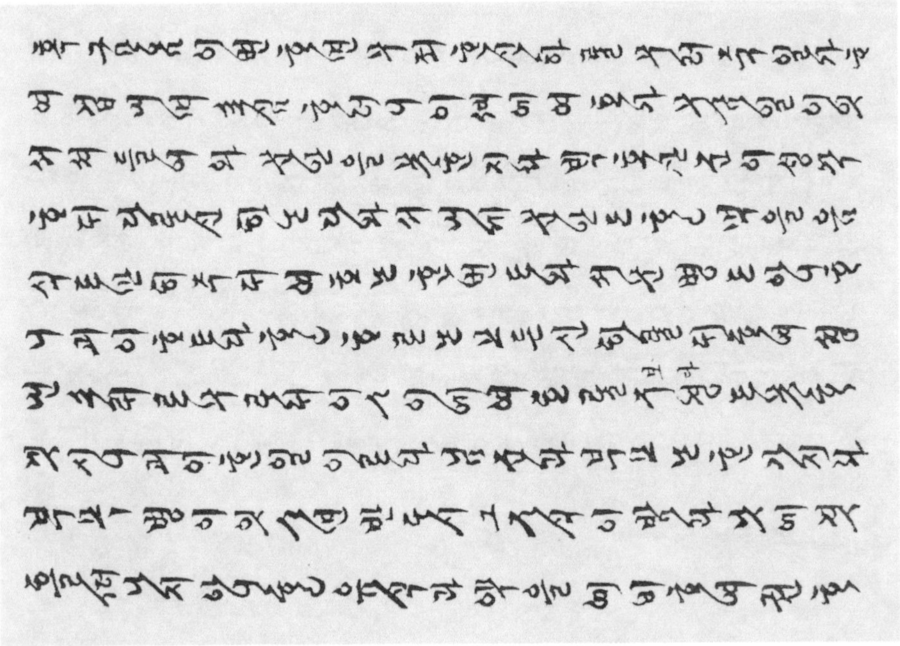

12b

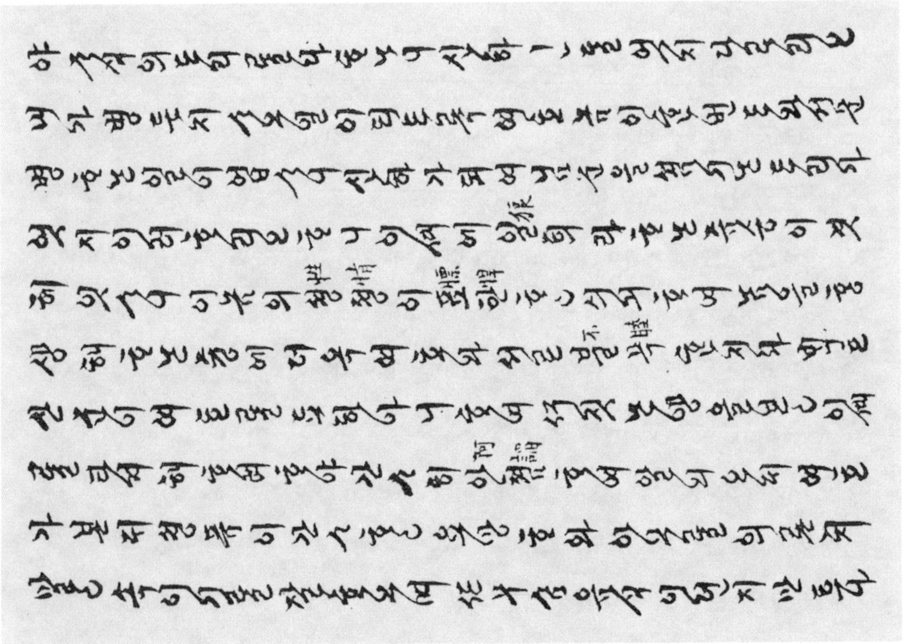

13a

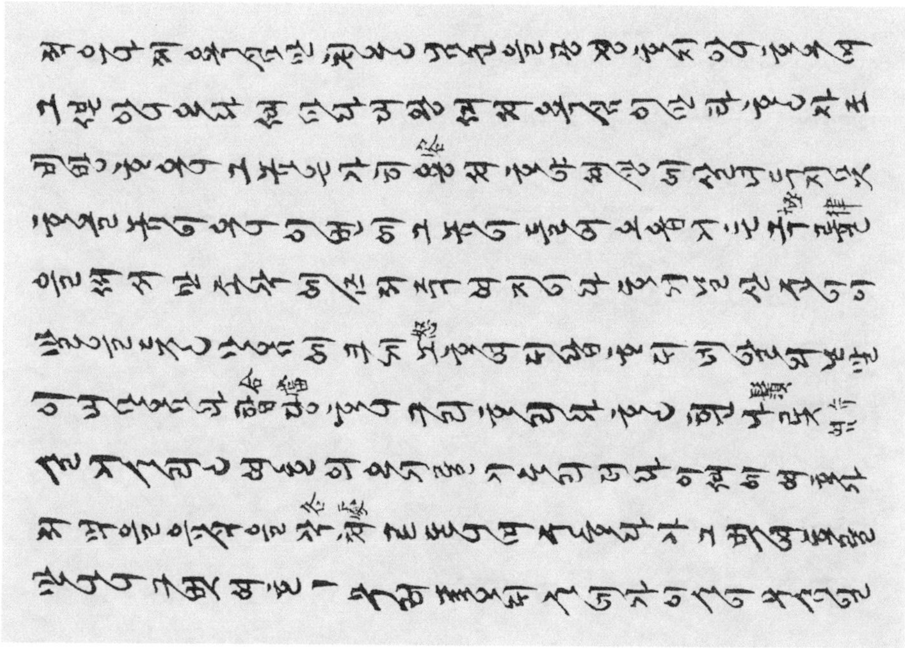

13b

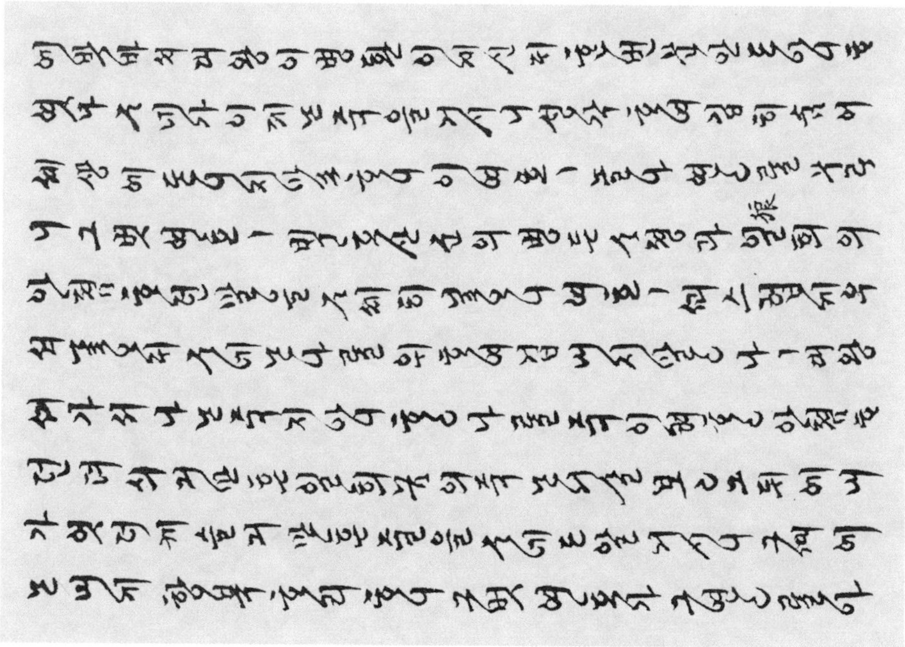

14a

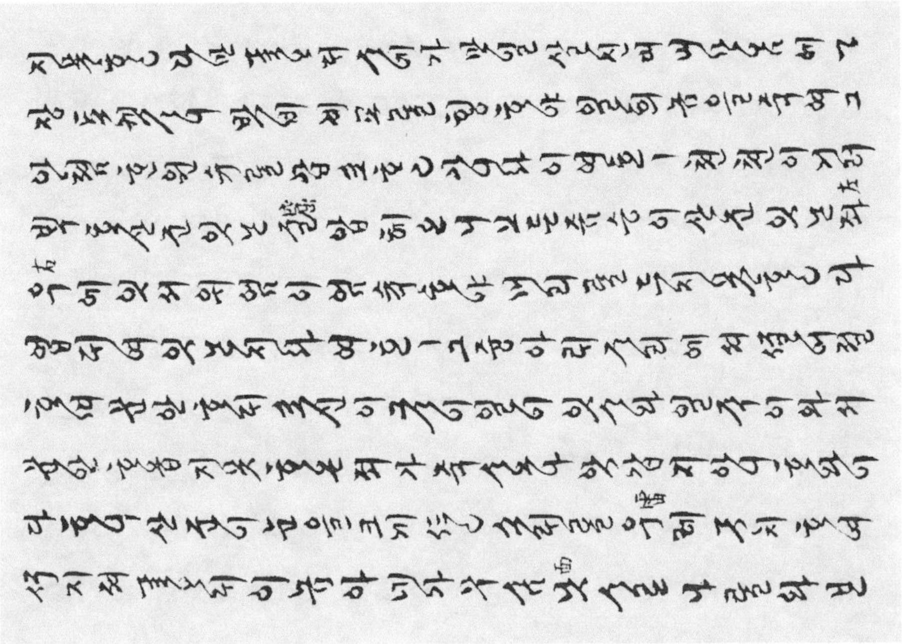

14b

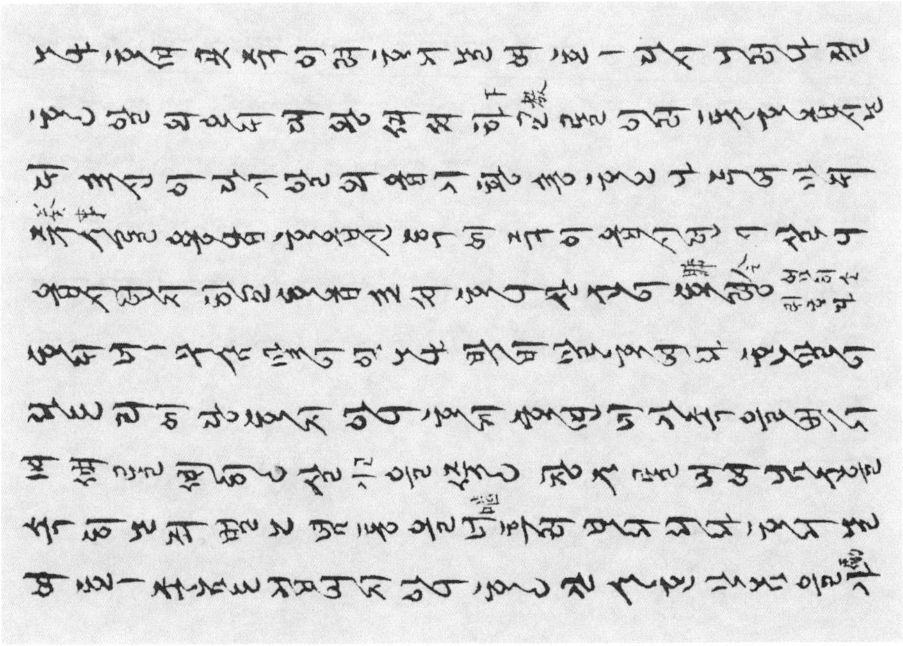

15a

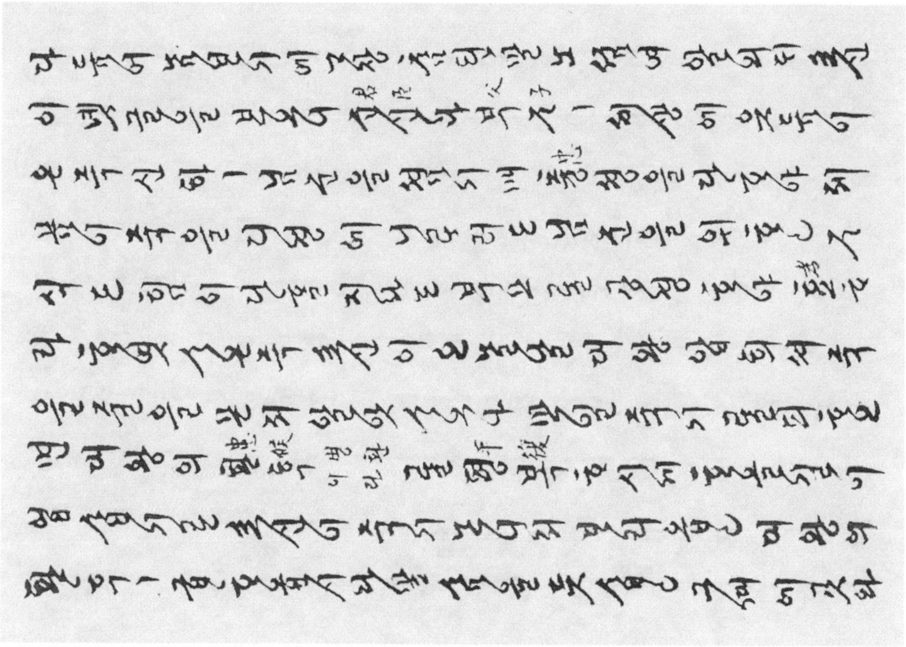

15b

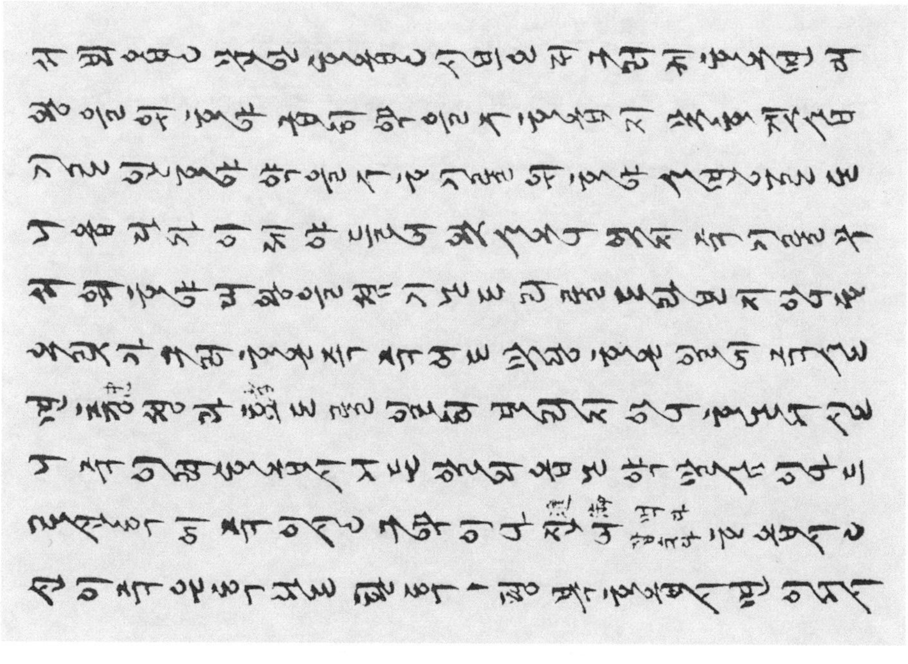

16a

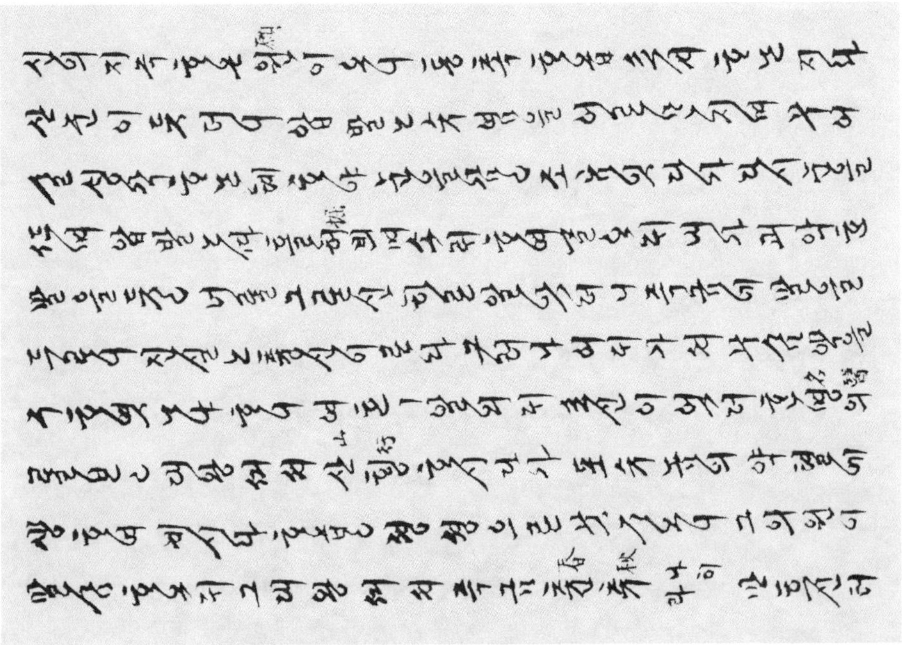

16b

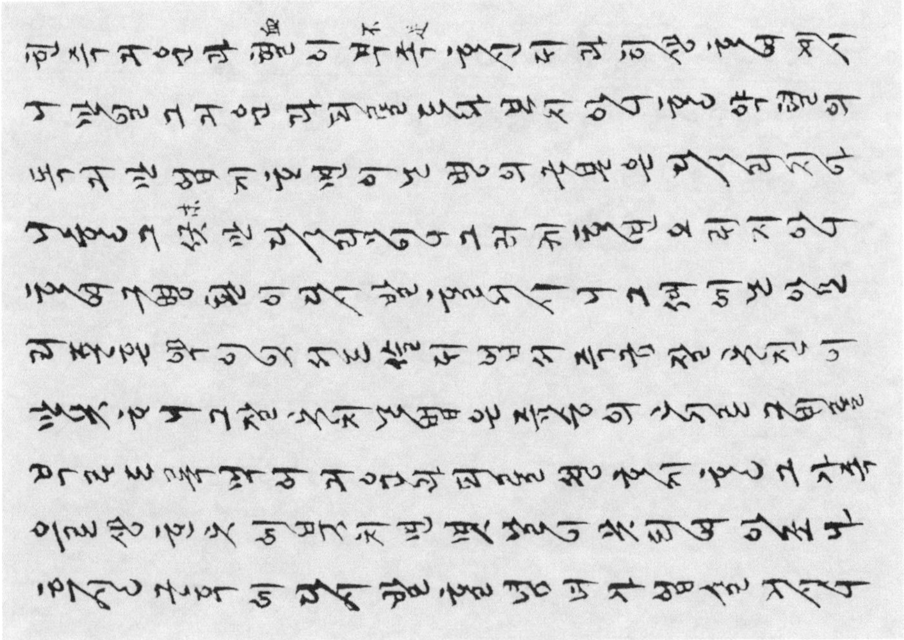

17a

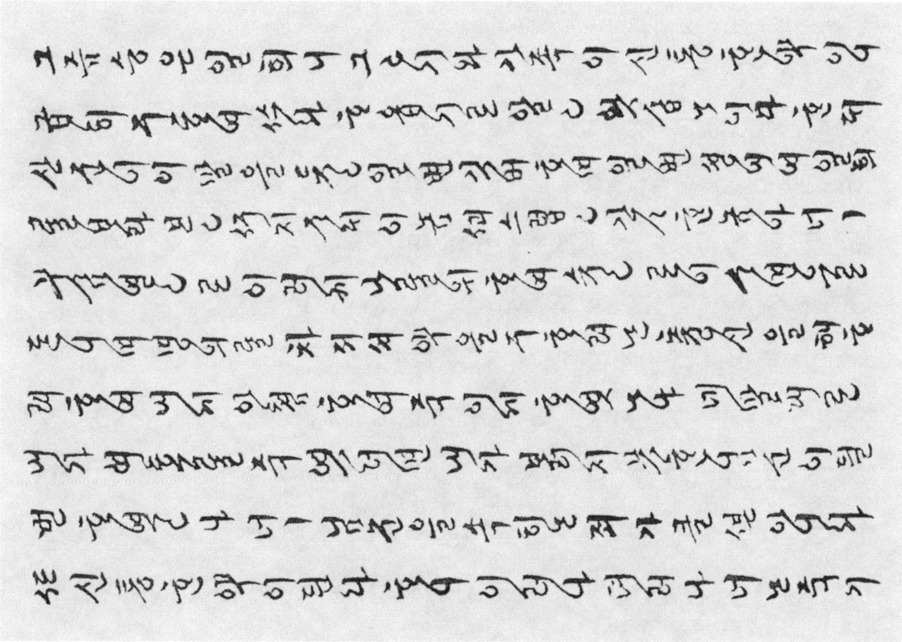

17b

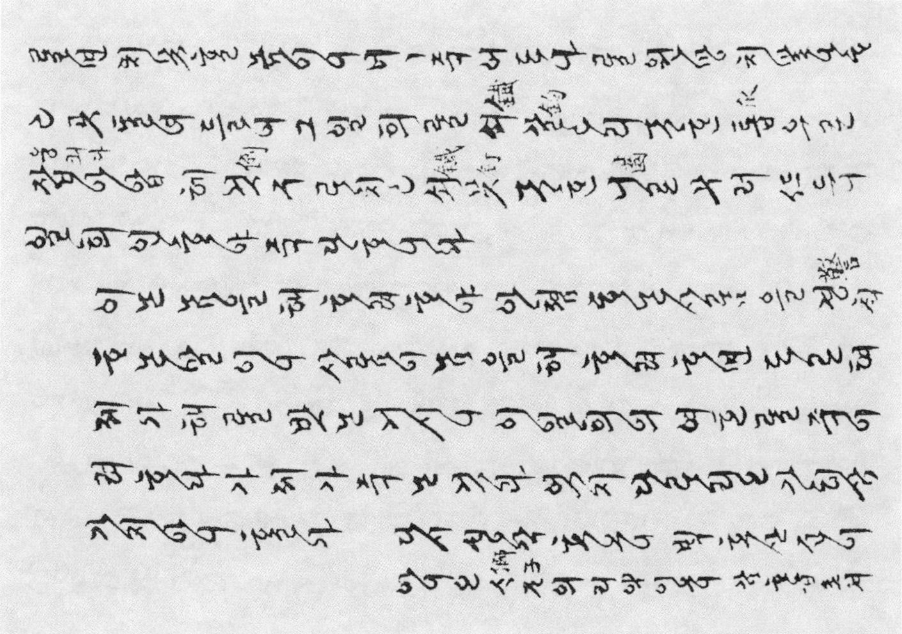

18a

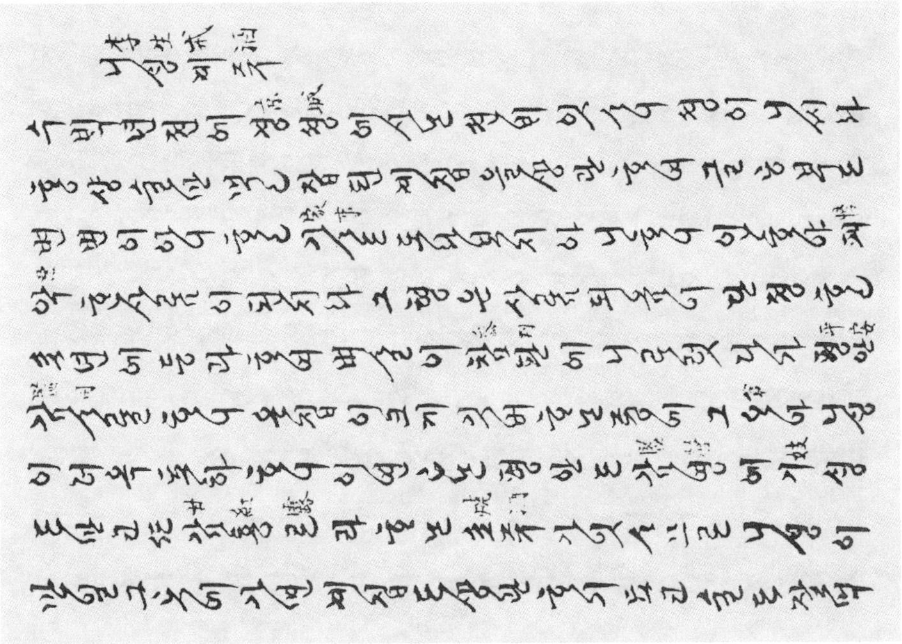

18b

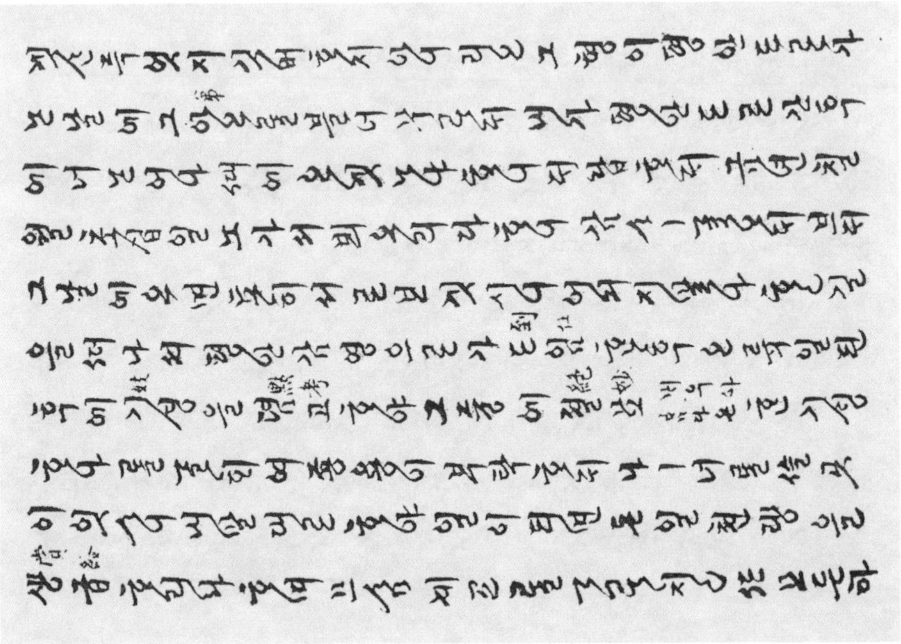

19a

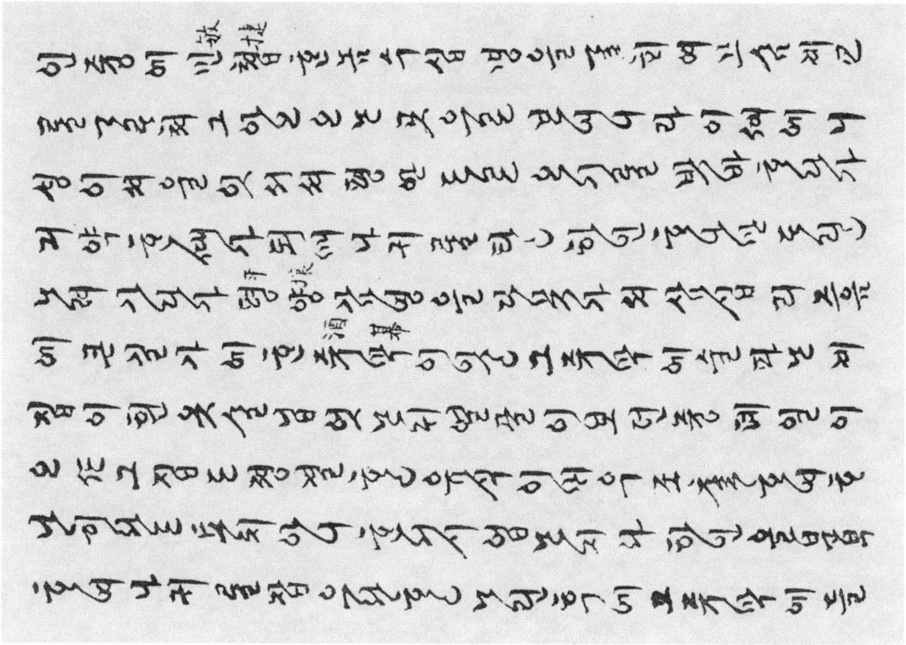

19b

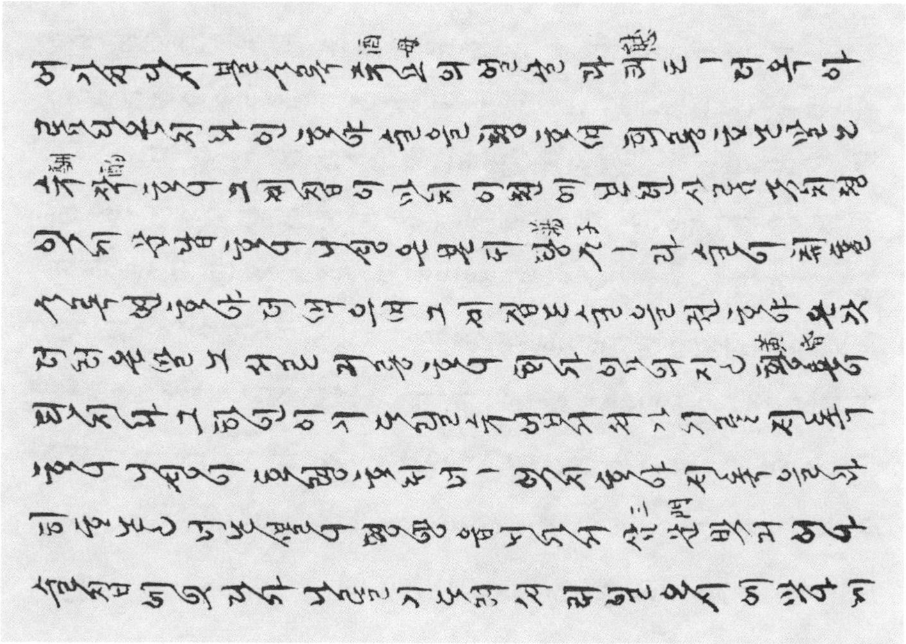

20a

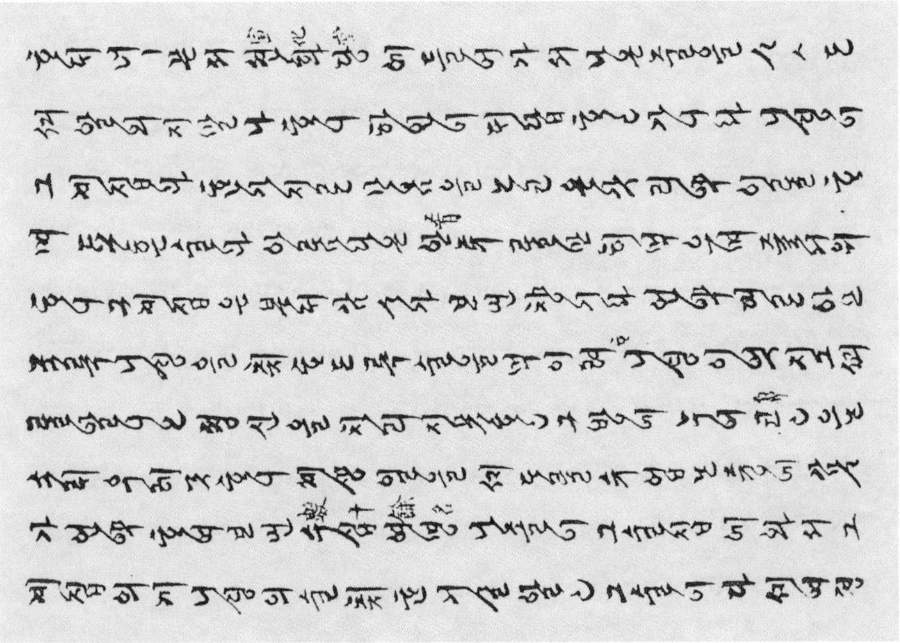

20b

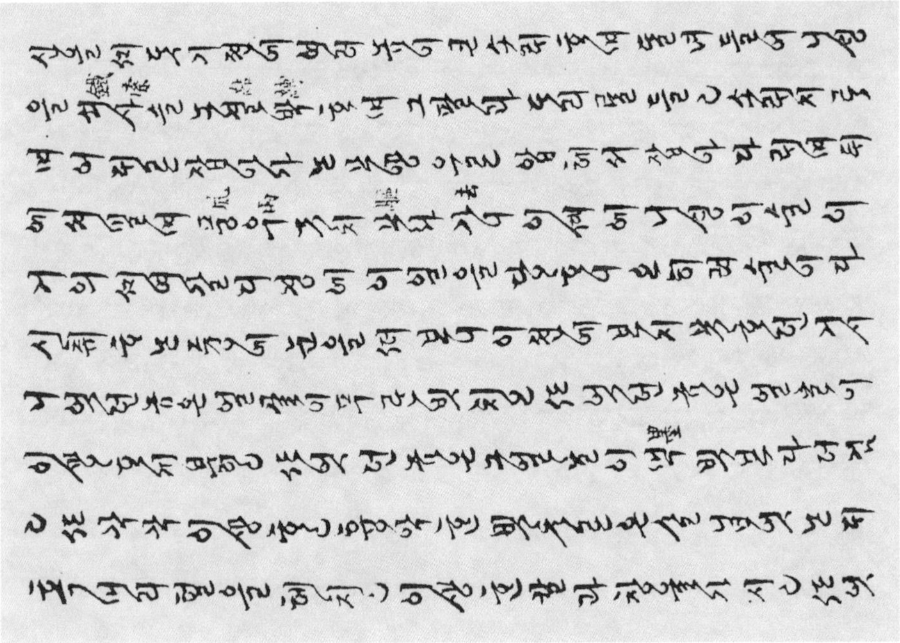

21a

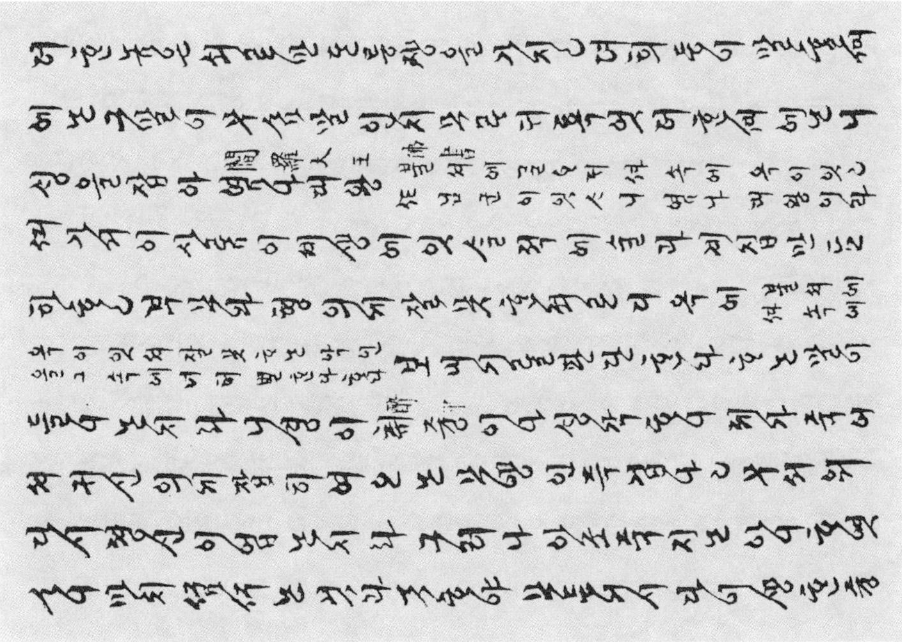
더ᄒᆞᆫ 놈은 쇠로 만ᄃᆞᆫ 롱쟝을 가지고 뎌희 둥이 말ᄒᆞ여
에ᄂᆞᆫ 그 말이 부ᄎᆡ 말 인지 모ᄅᆞ되 투옥 여 더ᄒᆞᆫ 때에ᄂᆞᆫ 나
ᄉᆡᆼ을 잡아 염나대왕 閻羅大王 불셔佛書에 굴ᄋᆞ뎌 셔속에 옥이 잇ᄂᆞᆫ ᄯᅡ 님군이 잇스나 염나 대왕이라
쇄가셔 이 사ᄅᆞᆷ이 세상에 잇슬 젹에 술과 계집만 ᄒᆞᆫ
하ᄒᆞᆫ 부모와 형의게 잘못ᄒᆞᆫ 죄로 디옥에 불셔에 셔속에
옥이 잇셔 잘못ᄒᆞᄂᆞᆫ 악인 을 그 속에 너허 벌ᄒᆞᆫ다 ᄒᆞᆫ다 보내기을 판단ᄒᆞᆫ다 ᄒᆞᄂᆞᆫ 말이
들니ᄂᆞᆫ지라 나졍이 취醉즁이나 ᄉᆡᆼ각ᄒᆞ니 제가 죽어
셔 귀신의게 잡히여 오ᄂᆞᆫ 모양 인즉 겁나ᄂᆞᆫ 무셔워
다시 졍신이 업ᄂᆞᆫ지라 그러나 아조 죽지ᄂᆞᆫ 아니ᄒᆞ엿
스나 만치 셥셔ᄂᆞᆫ 것과 ᄀᆞᆺᄒᆞ야 말 못ᄒᆞ셔 다만 이 ᄉᆡᆼ각ᄒᆞᆫ 즁

21b

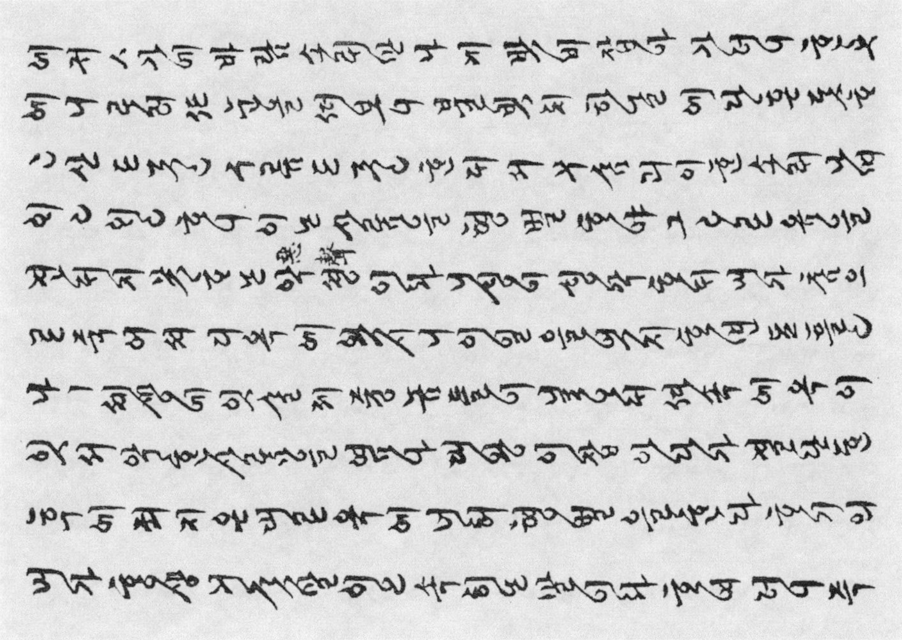
에셔 ᄉᆞ가에 바람 소리만 나게 ᄲᆞᆯ니 잡아 가더니 ᄒᆞᆫ 곳
에 니르러 ᄯᅩ 눈을 ᄯᅥ 보니 불빗치 하ᄂᆞᆯ에 다ᄒᆞᆫ 듯ᄒᆞᆫ
ᄃᆡ 산도 ᄀᆞᆺ고 구름도 ᄀᆞᆺᄒᆞᆫ 데셔 부ᄂᆞᆫ 괴이ᄒᆞᆫ 소ᄅᆡ 나며
히ᄂᆞᆫ 힘을 ᄒᆞ니 이ᄂᆞᆫ 사ᄅᆞᆷ을 형벌ᄒᆞ야 그ᄋᆞᄂᆞᆫ 울음을
견듸지 못ᄒᆞᄂᆞᆫ 악셩惡聲이라 나졍이 ᄉᆡᆼ각ᄒᆞ되 내가 ᄎᆞᆷ으
로 죽어셔 디옥에 왓시니 이일을 어지ᄒᆞ면 됴흘고
나ᄂᆞᆫ 세상에 잇슬 제 즁놈들이 닐너셔 셔속에 옥이
잇셔 악ᄒᆞᆫ 사ᄅᆞᆷ을 염나대왕이 잡아다가 졀단ᄒᆞᆫ
후에 죄지은 대로 옥에 너허 형벌을 ᄒᆞᆫ다 ᄒᆞ기의
내가 ᄒᆞᆼ샹 거즛말이오 속히ᄂᆞᆫ 말이라 ᄒᆞ엿더니 즉

22a

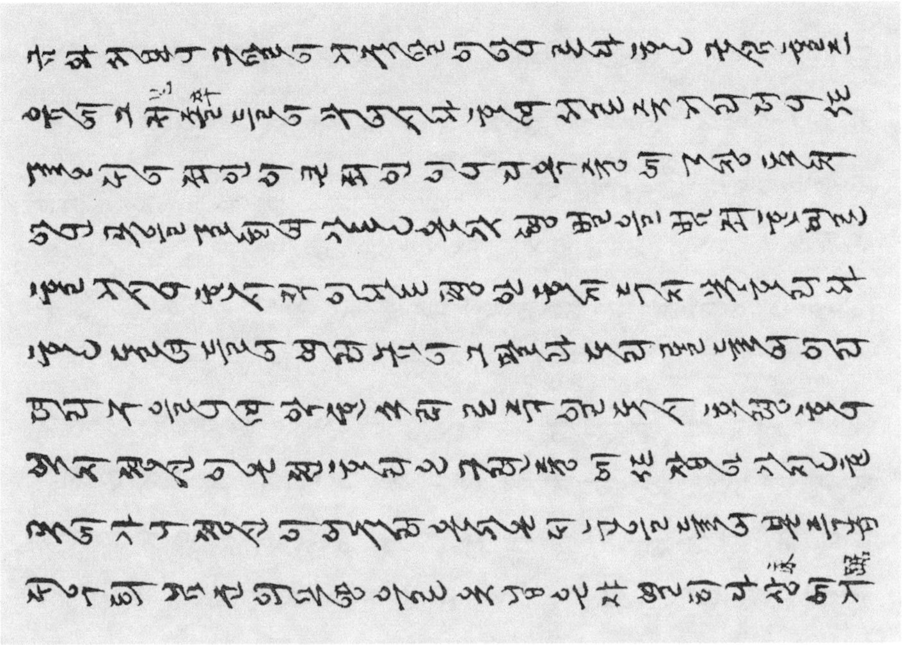

22b

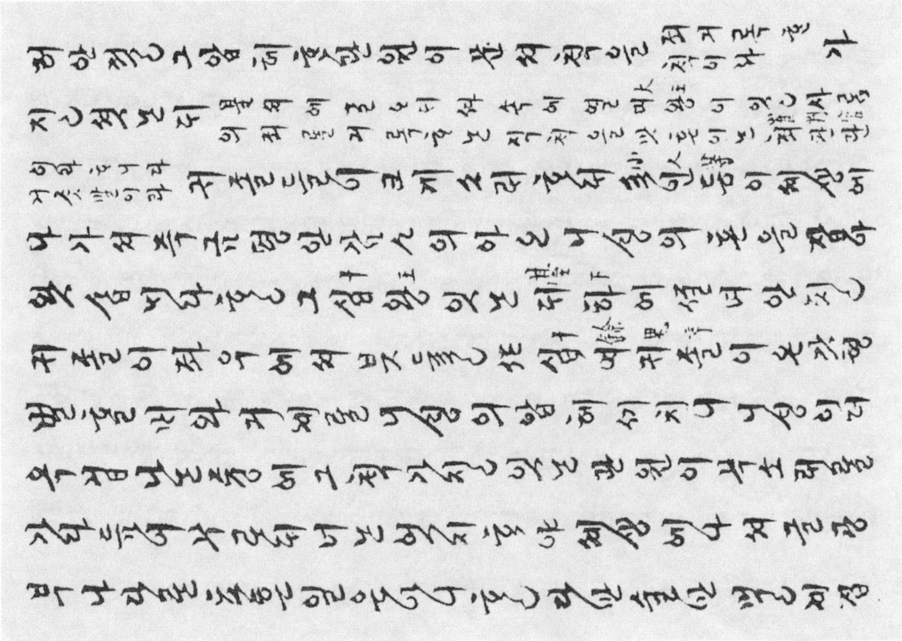

23a

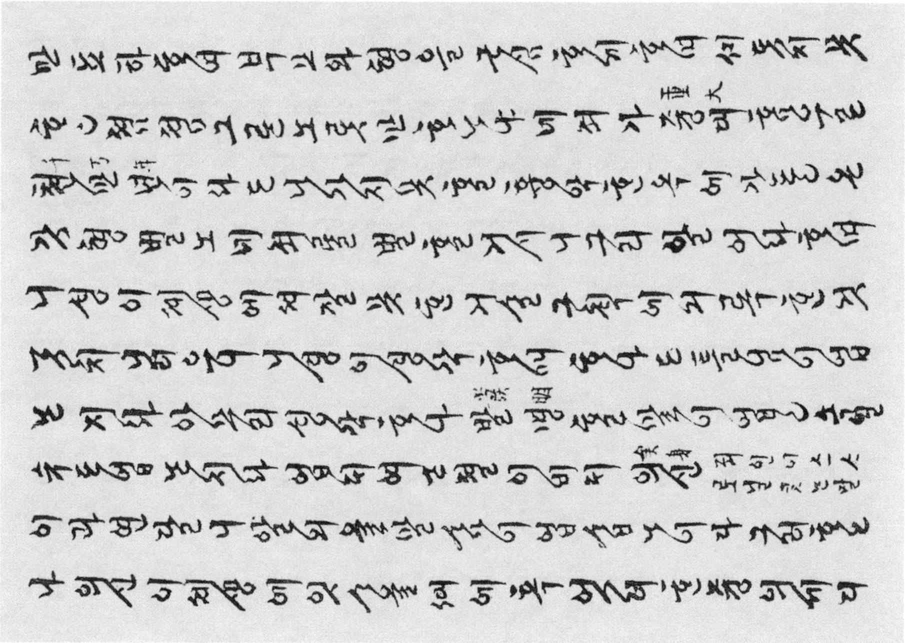

23b

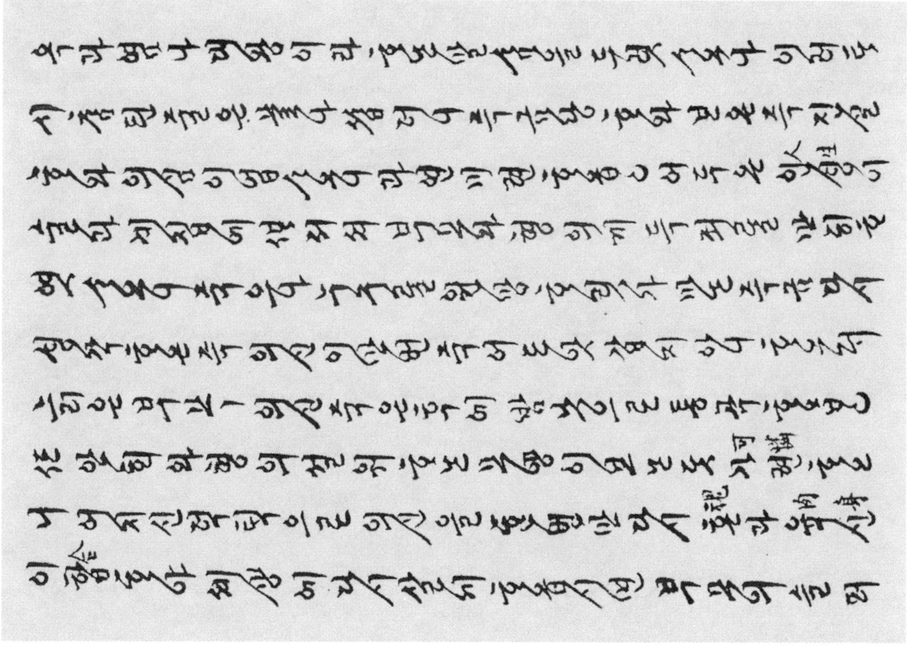

24a

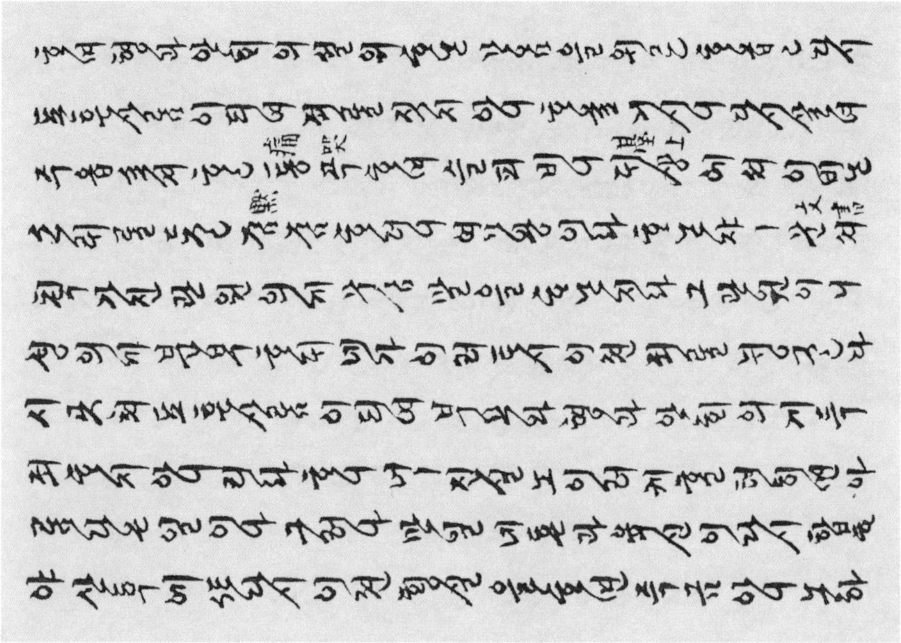

24b

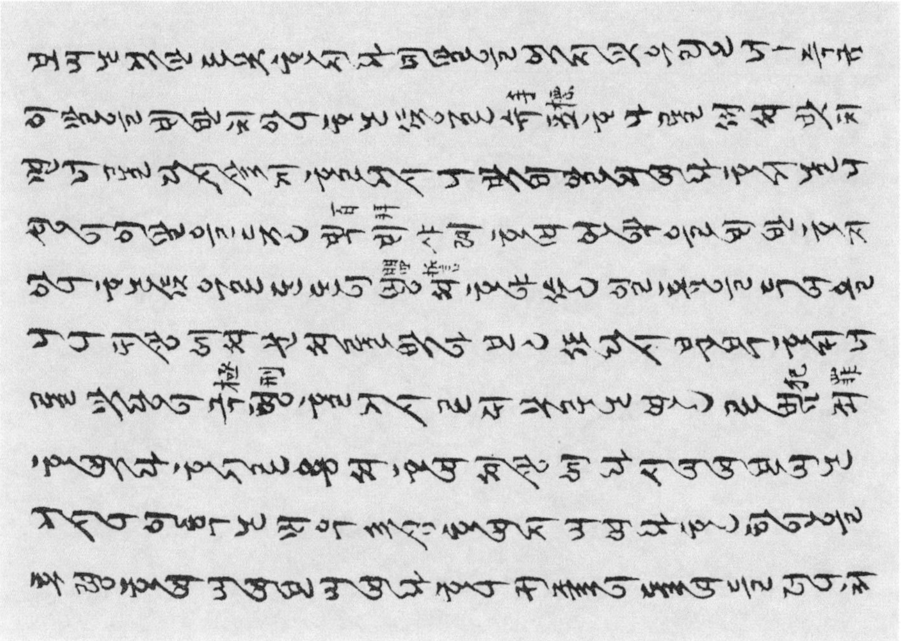

25a

유ᄒᆞᆫᄎᆡ 또 ᄉᆞ지(四肢 手足)를 잡ᄂᆞᆫ 두(揮)르며 풍우(風雨)ᄀᆞᆺ치 나ᄂᆞᆫ
즁에 큰 소ᄅᆡ를 벽ᄒᆞ여 지ᄅᆞ고 또 슈풀 즁ᄒᆞᆫ 속에셔
흉악ᄒᆞᆫ 소ᄅᆡ가 나니 이ᄂᆞᆫ 죄인의 형벌 밧ᄂᆞᆫ 듯ᄒᆞ되
ᄂᆞᆫ 소ᄅᆡ도 ᄀᆞᆺ고 또 모진 즘승이 인물(人物)을 살상(殺傷)ᄒᆞᄂᆞᆫ 소ᄅᆡ
도 ᄀᆞᆺᄒᆞ야 눈으로 보지ᄂᆞᆫ 못ᄒᆞ되 듯기에 무셔온지라
인ᄒᆞ야 졍신이 어즐어워 긔운이 또 허졀ᄒᆞᆯ 듯ᄒᆞ나 엇
지 우여 살믄 별ᄒᆞ여 또 그 술집 우흘 보ᄂᆞᆫ 출을 엿지
알니오 이하 인물이 나물을 그 술집에 도라가ᄂᆞ
히 나아가 졍신이 업셔셔 의슉을 ᄃᆞᄒᆞᆫ지라 그 기싱ᄂᆞ
려 ᄂᆞᆯ오되 이 셔방(書房)님께셔 졍신이 과히 업ᄉᆞ시니 브ᄃᆡ

25b

십ᄒᆞ여 주원ᄒᆞᆫ 그 뒤도 우리와 ᄀᆞᆺ치 ᄉᆞ도(使道)의 봉부
룰 드럿소 흐ᄂᆞ다 시 ᄒᆞᆯ 말이 업ᄉᆞ나 이런 ᄇᆞᆯ을 나셔 방
님ᄭᅴ 주ᄂᆞᆫ 도 ᄆᆞᆯᄂᆞ지 ᄆᆞᆯᄂᆞᆫ 졍신을 차리신 후에 도로 혼
ᄆᆞᆯ노 위를 ᄒᆞᄂᆞᆫ 데 ᄒᆞᆫ 밤에 죽어ᄂᆞᆺ다가 다시 살앗ᄂᆞᆫ
ᄃᆡᄒᆞᄂᆞᆫ 감영(監營)으로 도라가 이ᄯᅢ에 나ᄋᆞᆫ 이술
을 졉졉ᄒᆡ여 눈을 ᄯᅥ 보나 날이 ᄇᆞᆰ지 아니ᄒᆞ여 불
이 그져 켯ᄂᆞᆫ ᄃᆡ 그 긔집이 손과 발을 어ᄅᆞᄆᆞᆫ지거ᄂᆞᆯ
ᄭᅢ를 무ᄅᆞᄂᆞᆫ 말ᄒᆞ되 이런 됴흔 일도 ᄯᅩ 잇ᄂᆞᆫ가 ᄒᆞ셔
방님이 밤즁에 알ᄂᆞᆫ지 ᄃᆞᄒᆞ나 권 주리에 숫쥬에 ᄭᅵ(蘇)낙
니 엽셔지ᄯᅢ 사ᄉᆞ시(三四時)ᄉᆞ이를 샹(喪)ᄉᆞ나신 ᄆᆞ양이 기ᄅᆞᆫ 겁이

26a

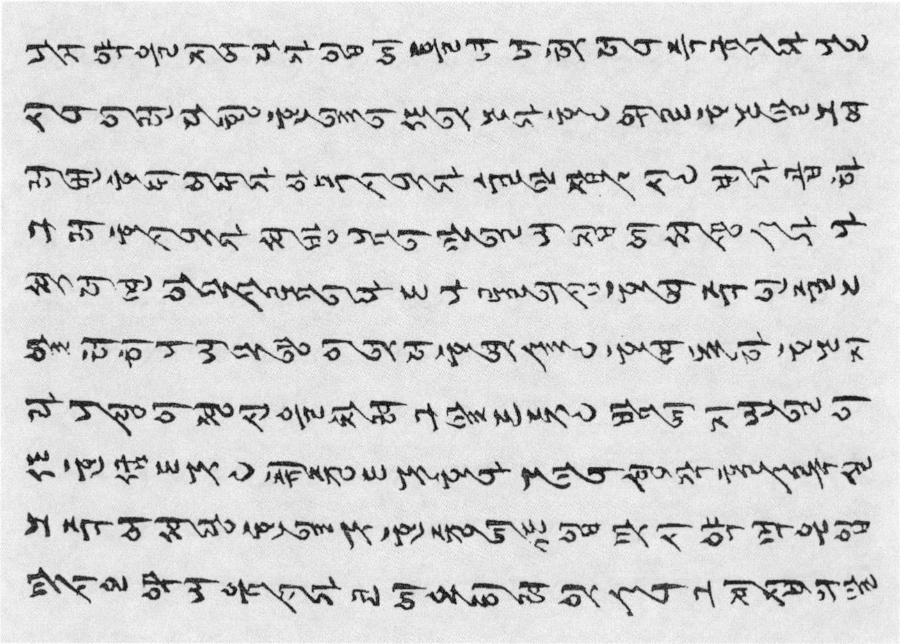

26b

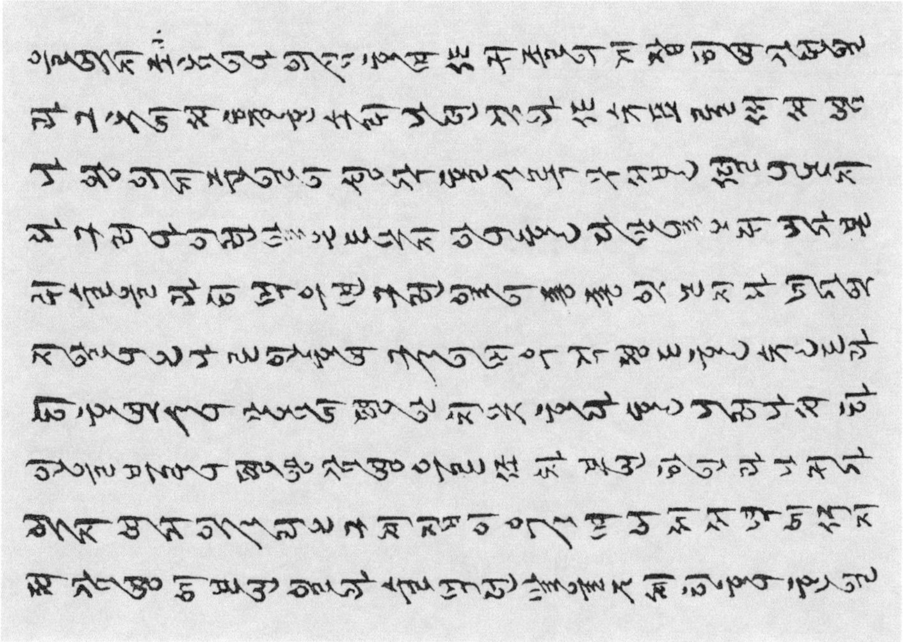

27a

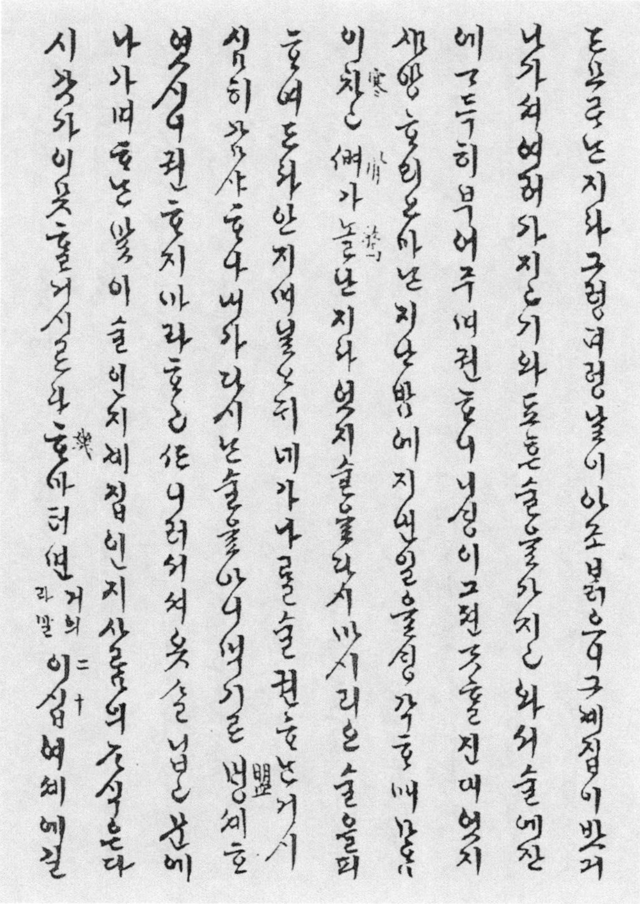

도모ᄒᆞᄂᆞᆫ지라 그렁ᄒᆞ여 날이 아조 ᄇᆞᆰ으ᄆᆡ 그 계집이 밧긔
나가셔 여러 가지 진ᄂᆞ기와 독ᄒᆞᆫ 술을 가지고 와셔 술에 잔
에 ᄀᆞ득히 부어 주며 권ᄒᆞ니 니ᄉᆡᆼ이 그젼 ᄀᆞᄐᆞᆯ진대 엇지
ᄉᆡᆼ양ᄒᆞ리오마ᄂᆞᆫ 지난 밤에 지낸 일을 ᄉᆡᆼ각ᄒᆞᆫ ᄆᆡ ᄆᆞᄋᆞᆷ
이 찬(寒)ᄒᆞᆫ ᄲᅧ(骨)가 놀(驚)나ᄂᆞᆫ지라 엇지 술을 다시 마시리오 술을 ᄯᅡ
ᄒᆞ여 도로 안지 ᄲᅧ 날ᄭᅮ지 ᄂᆡ가 나ᄅᆞᆯ 술 권ᄒᆞᄂᆞᆫ 거시
심히 감사ᄒᆞ나 ᄂᆡ가 다시ᄂᆞᆫ 술을 아니 먹기로 ᄆᆡᆼ(盟)셰ᄒᆞ
엿스니 권ᄒᆞ지 마라 ᄒᆞᆫ대 니러셔셔 옷슬 닙ᄂᆞᆫ 즁에
나가며 ᄒᆞᄂᆞᆫ 말이 술이 엇지 졔집인지 사ᄅᆞᆷ의 주식은다
시 ᄭᆡ다 이 못ᄒᆞᆯ 거시로다 ᄒᆞ 락(樂)ᄒᆞ여 ᄯᅥᆫ 이십(二十) 여 ᄎᆡ 에 길 (거의 라 ᄆᆞᆯ)

27b

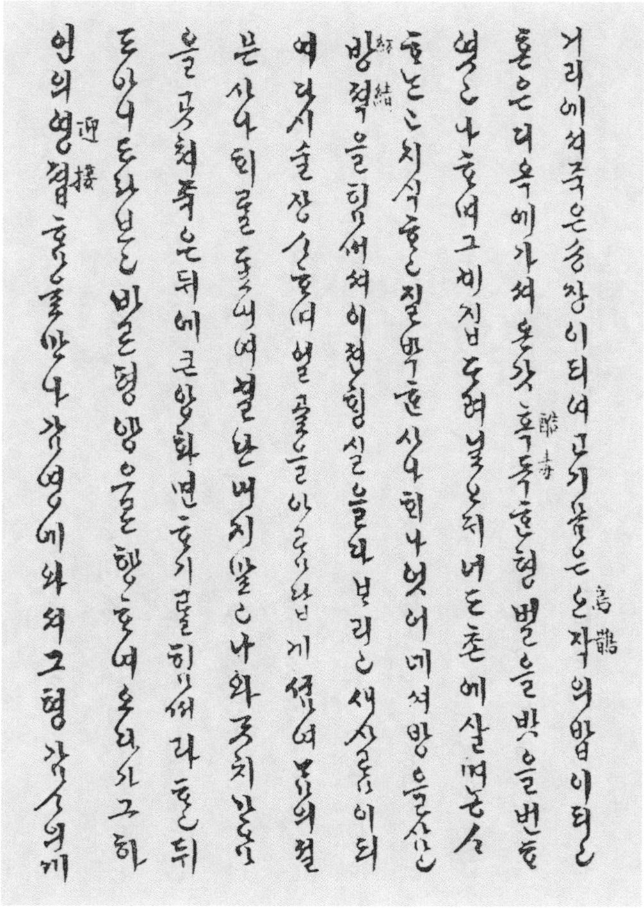

거리에셔 죽은 송장이 되여 고기 ᄉᆞᆯ은 오작(烏鵲)의 밥이 되ᄂᆞᆫ
혼은 디옥에 가셔 온갖 혹독(酷毒)ᄒᆞᆫ 형벌을 밧을 번ᄒᆞ
엿ᄂᆞ니 ᄒᆞ여 그 계집 ᄃᆞ려 날ᄀᆞ치 네ᄂᆞᆫ 촌에 살며ᄂᆞᆫ 스
ᄒᆞᄂᆞᆫ 지식ᄒᆞᆫ 질박ᄒᆞᆫ 사ᄅᆞᆷ 하나 엇어 네셔 방울ᄉᆞᆫ
방(紡)젹(績)을 힘써셔 이쳔 ᄒᆡᆼ실을 닷ᄀᆞ 보라ᄂᆞᆫ 새 사ᄅᆞᆷ이 되
여 다시 술장ᄉᆞᄒᆞ며 얼골을 아ᄅᆞᆷ답게 ᄭᅮ며 ᄇᆡ의 쳘
ᄇᆞᆫ 사ᄅᆞᆷ 되ᄅᆞᆯ 죽여셔 결단 내지 말고 나와 ᄀᆞᆺ치 살ᄉᆞ
ᄅᆞᆯ 곳쳐 죽은 뒤에 큰 앙화 면ᄒᆞ기ᄅᆞᆯ 힘써라 ᄒᆞᆫ 뒤
도라 ᄃᆞ라 본ᄃᆞᆫ 방ᄋᆞᆯ ᄒᆡᆼᄒᆞ여 오다가 그 하
인의 영(迎)졉(接)ᄒᆞᆷ을 만나 감ᄉᆞ영에 와셔 그 형 감ᄉᆞ의게

28a

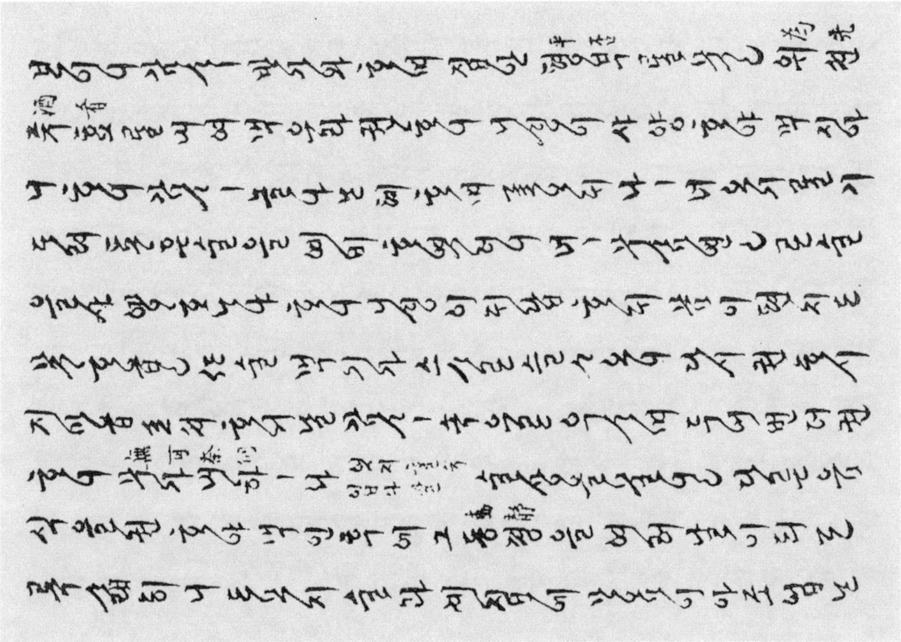

28b

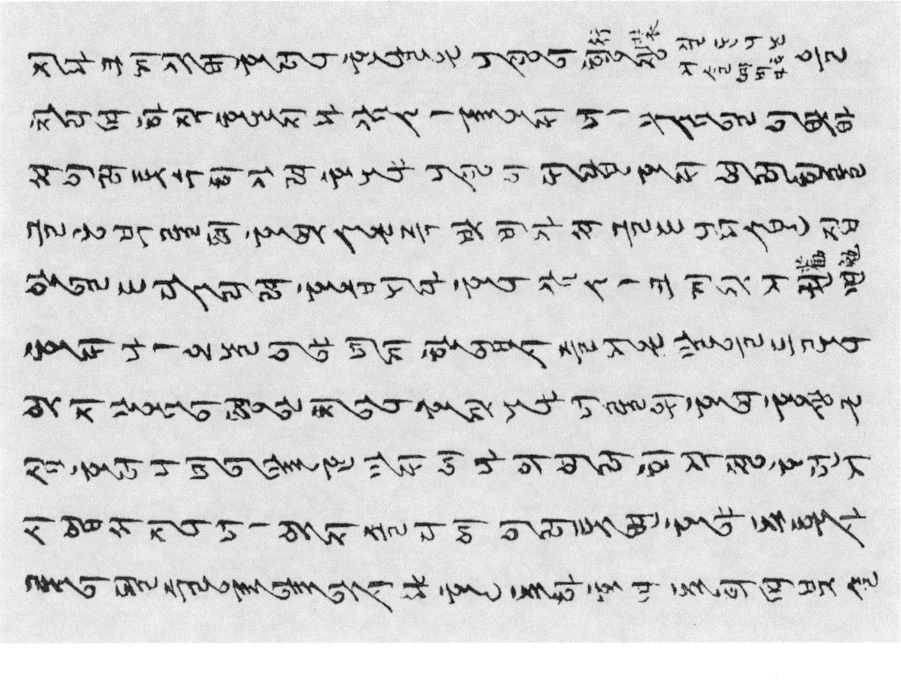

29a

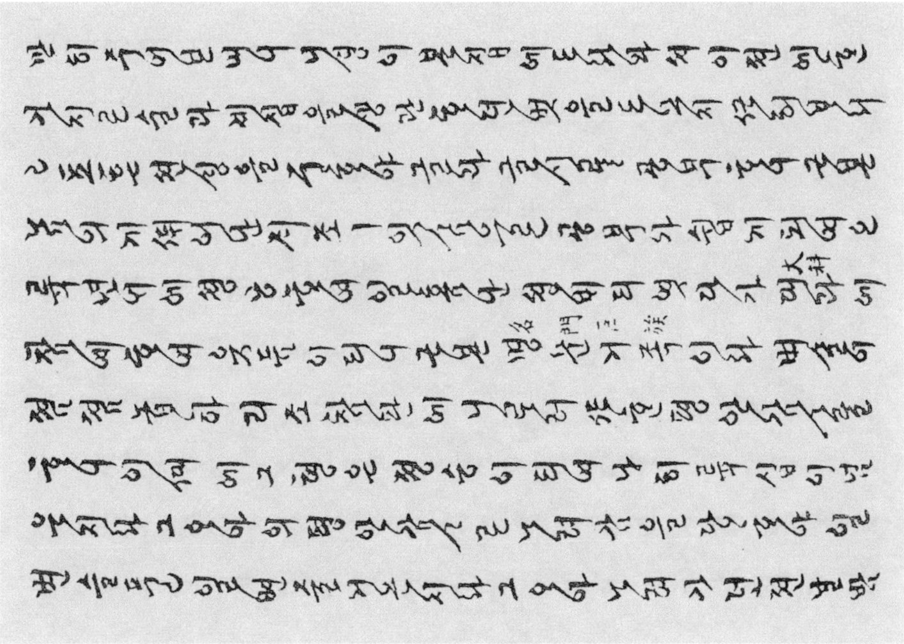

29b

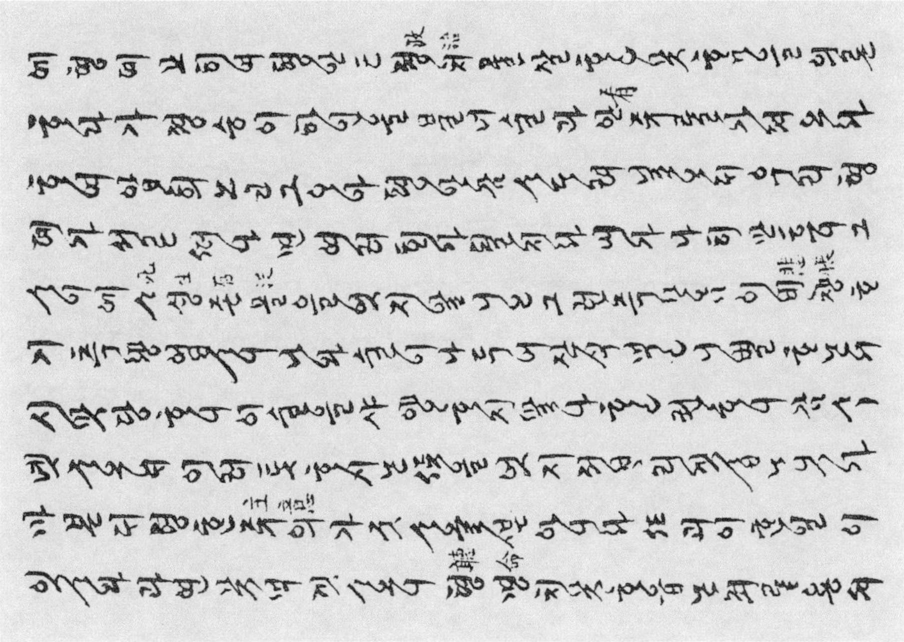

30a

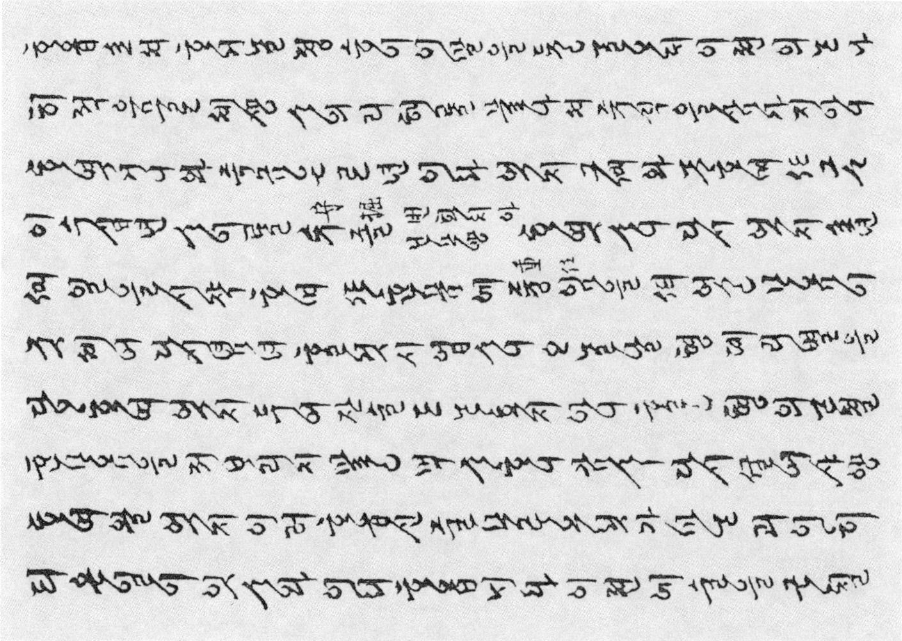

30b

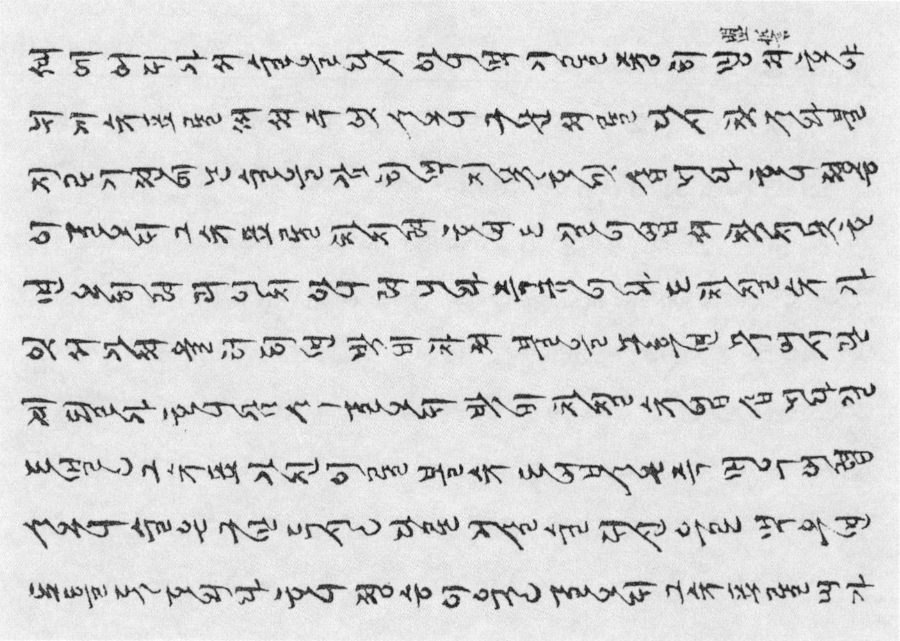

31a

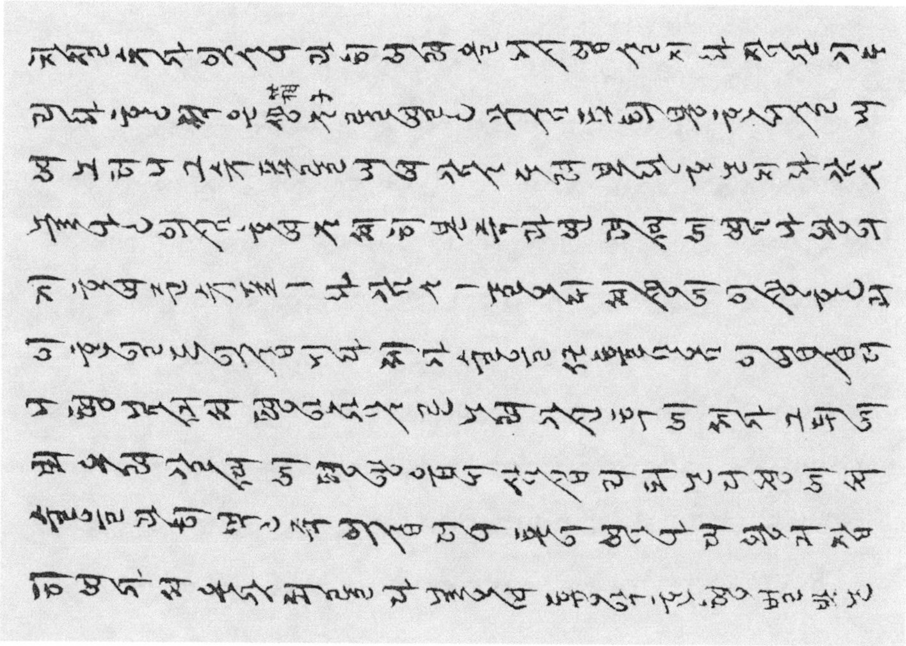

31b

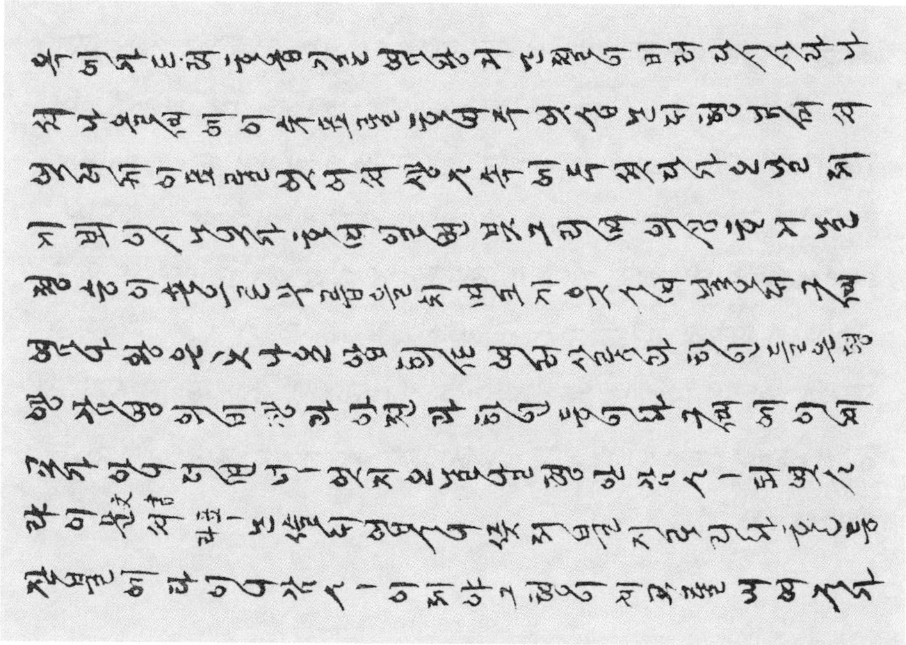

32a

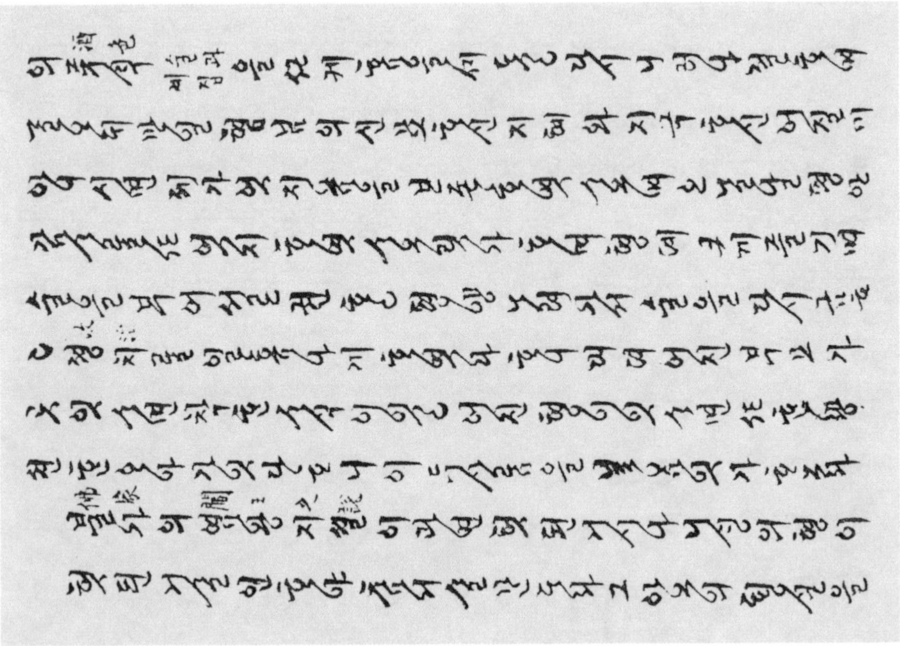

32b

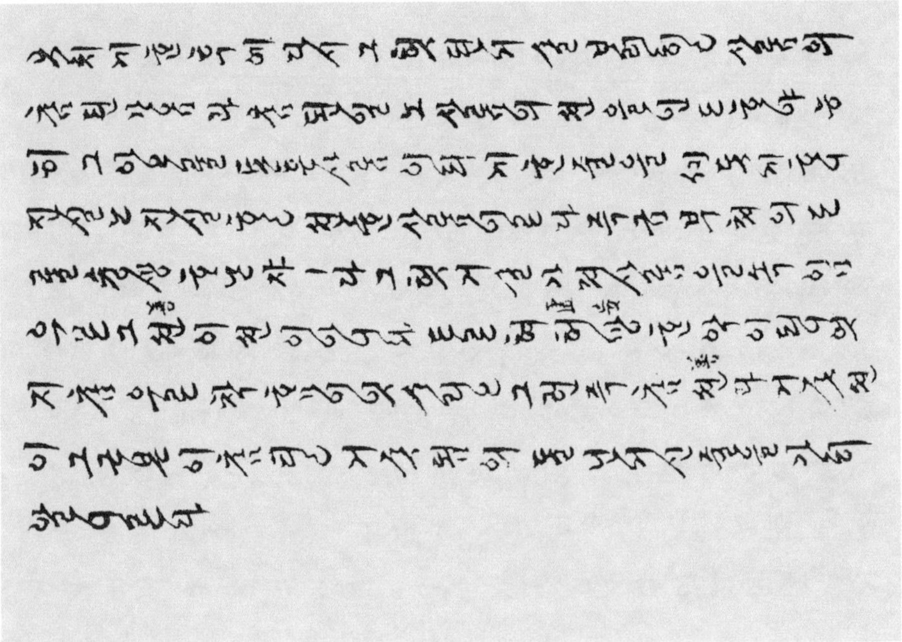

33a

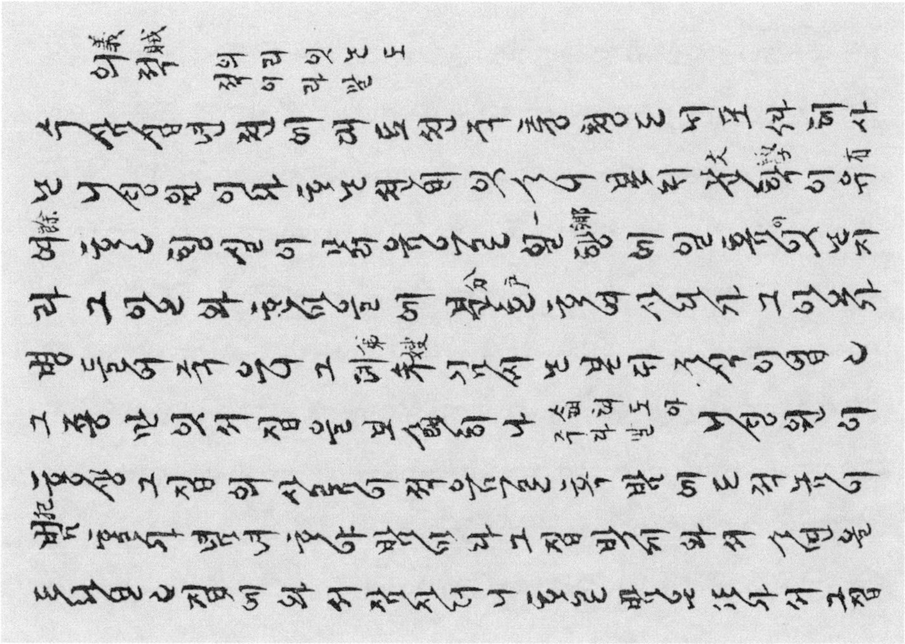

33b

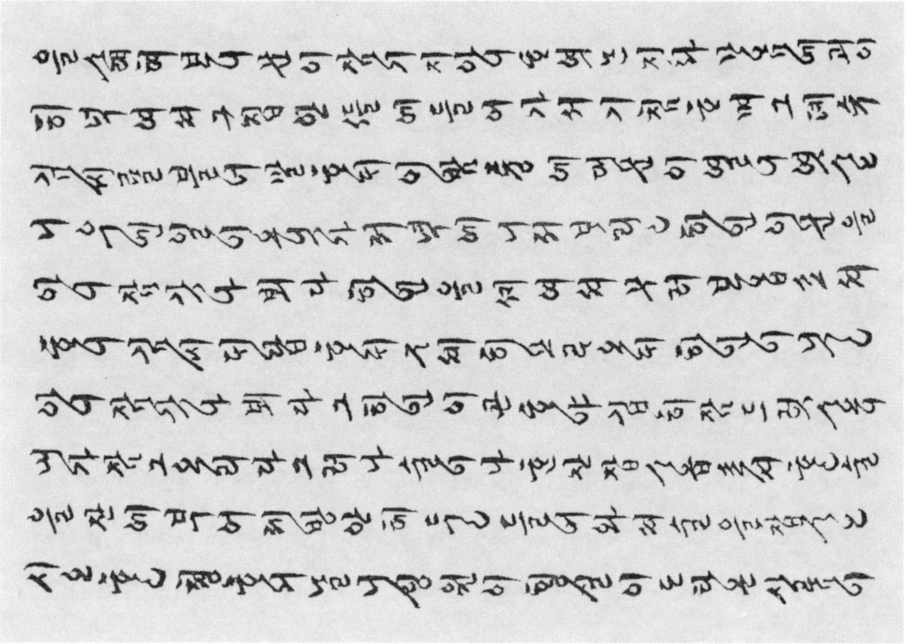

34a

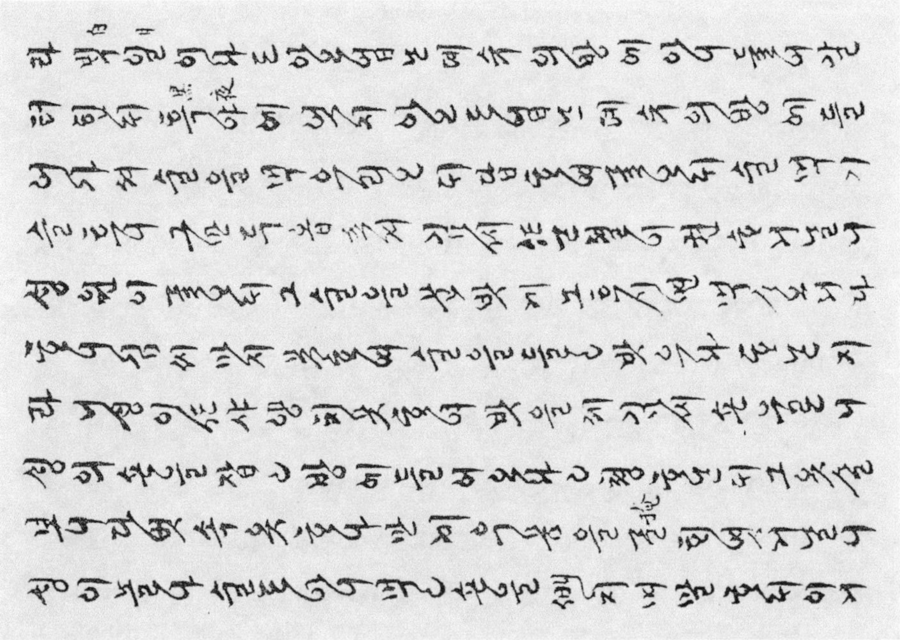

34b

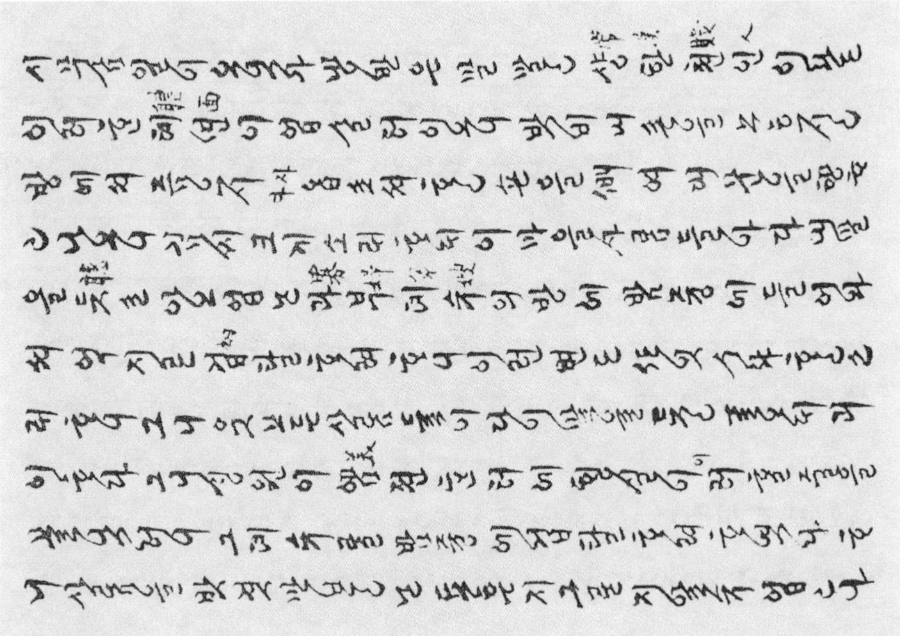

35a

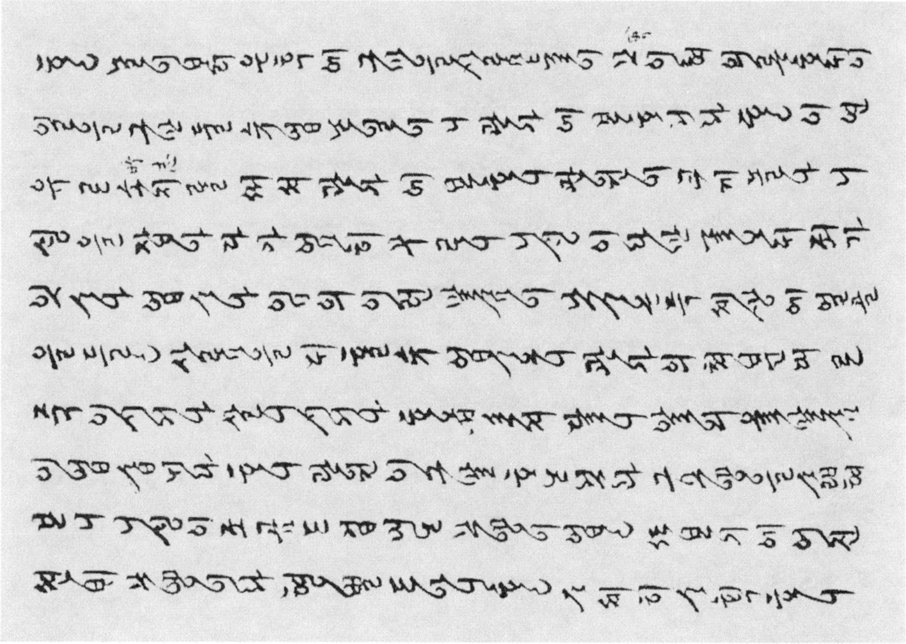

35b

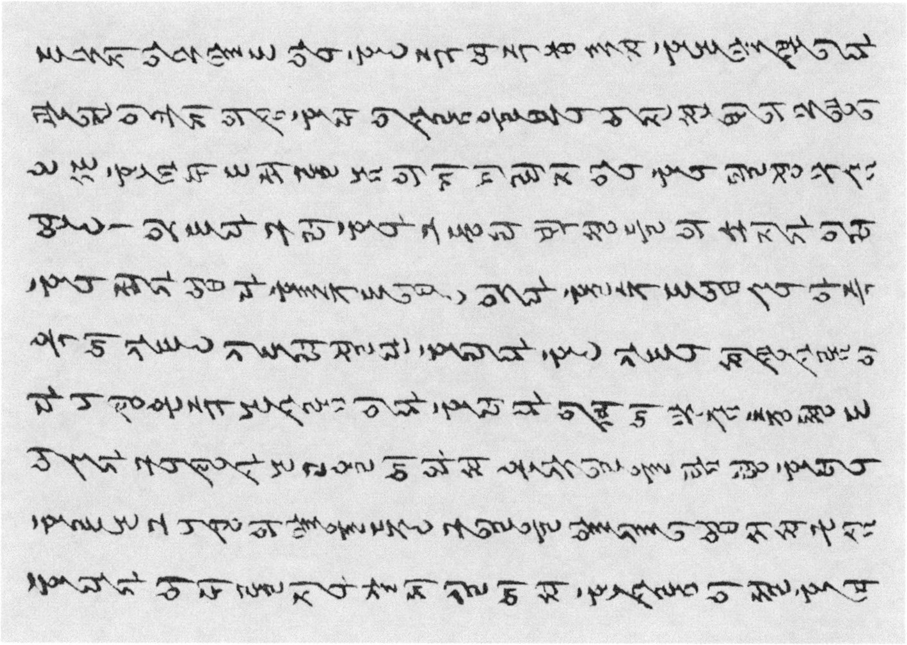

36a

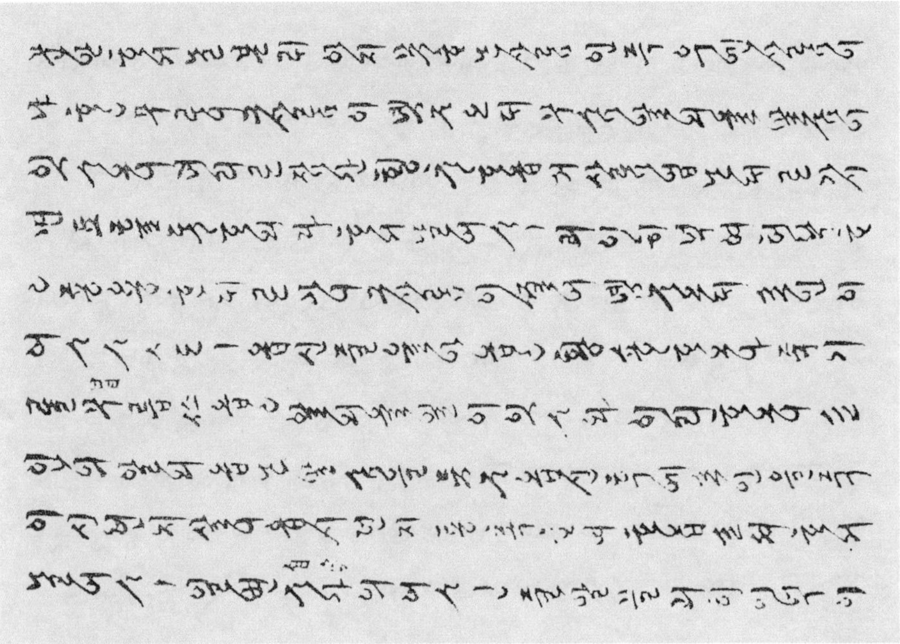

36b

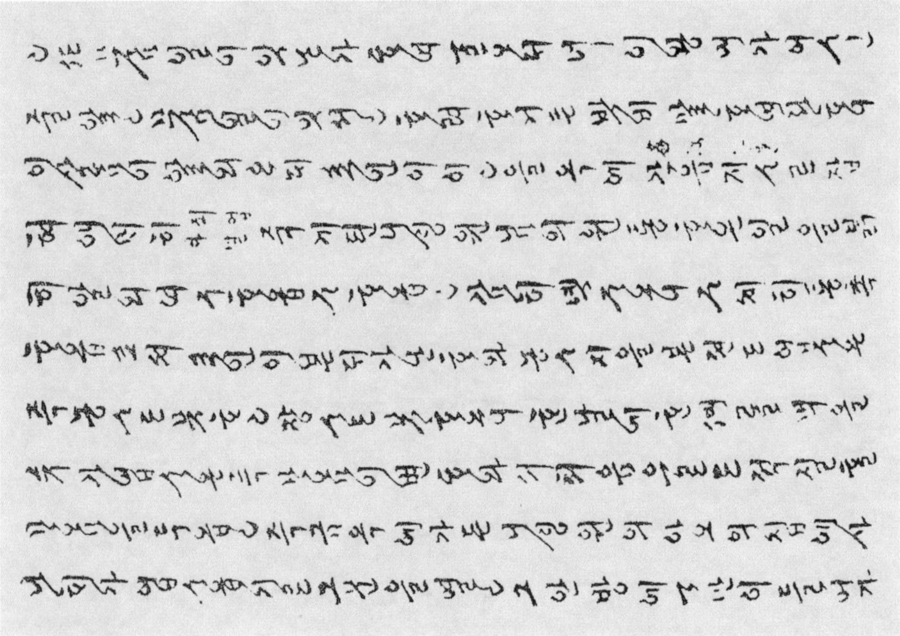

37a

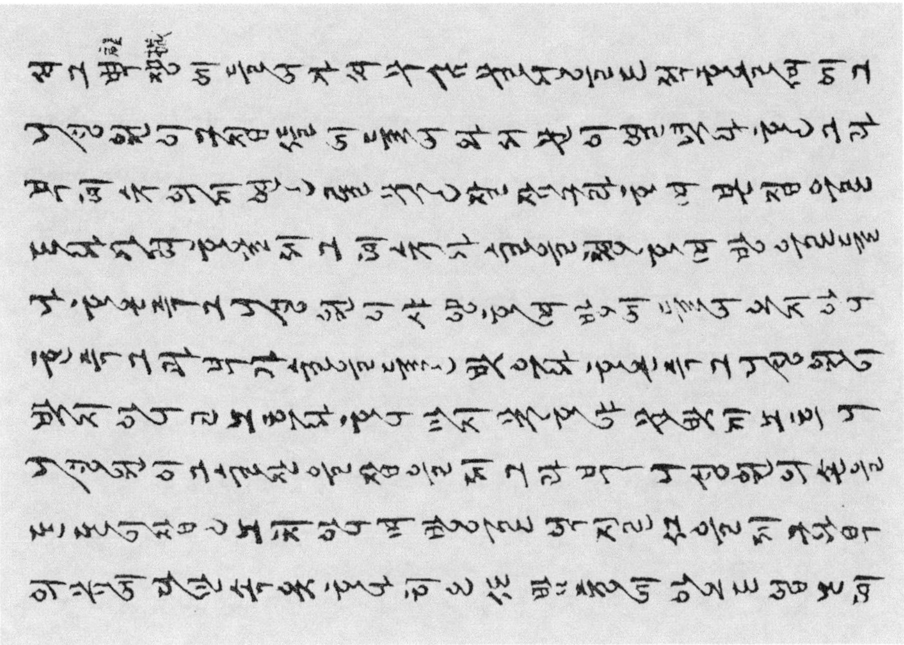

37b

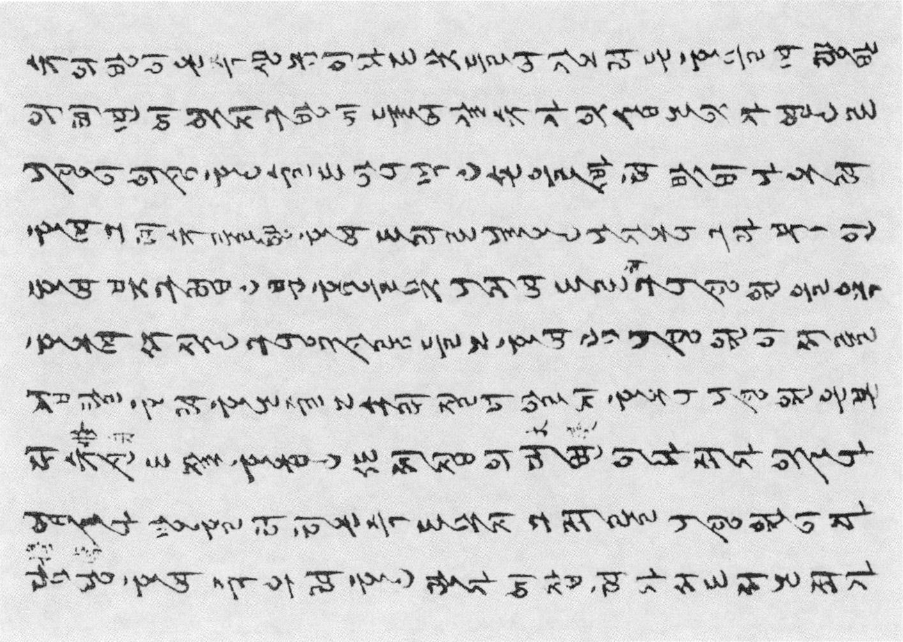

38a

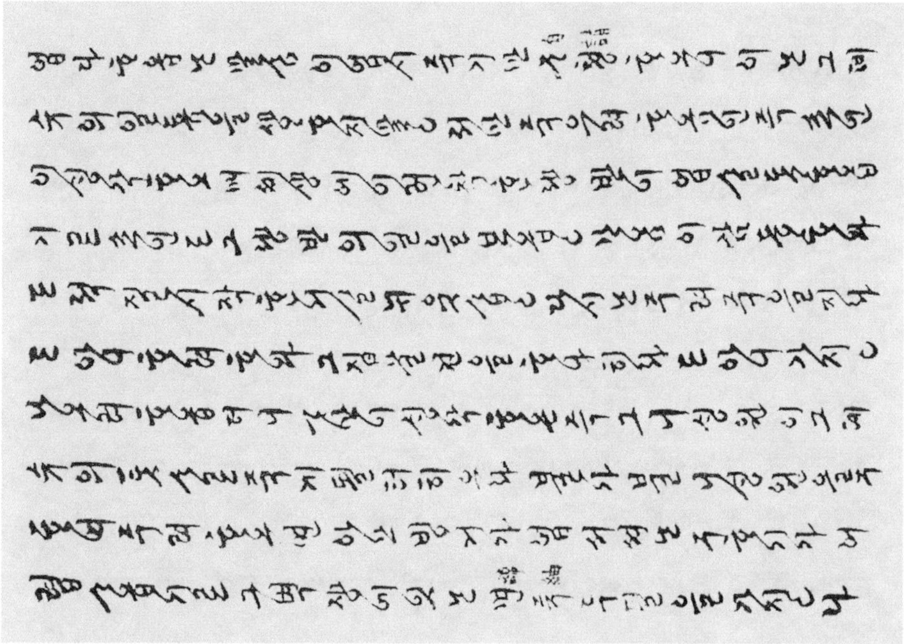

38b

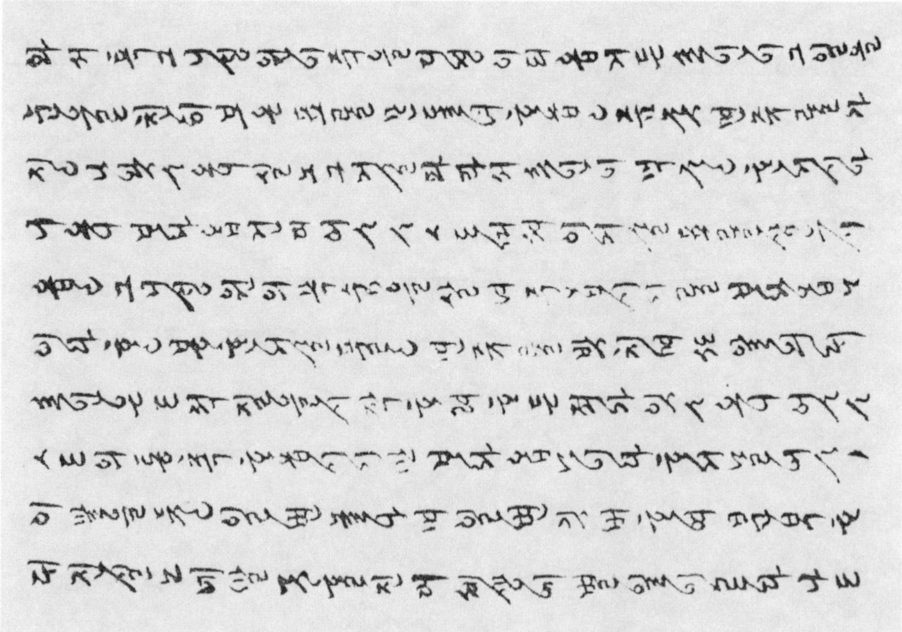

39a

이ᄉᆞ실을 드럿ᄉᆞ나 그 시비곡직(是非曲直)을 ᄌᆞ셰히 모ᄅᆞ더니
네 말을 드른즉 다시 의심ᄒᆞᆯ 거시 업ᄉᆞ니 내가 칠팔
일ᄒᆞ구 변읍비에 가셔 그 ᄯᅳᆫ 일을 결쳐(決處)ᄒᆞ려ᄒᆞ니 너
ㅣ 그 읍비 ᄉᆞᆫ 발괴 ᄃᆡ령ᄒᆞ엿다가 나의 분부ᄂᆞᆫ 령을
듯ᄂᆞᆫ 둘너와셔 그 일을 결단ᄒᆞ게 ᄒᆞ여 봐 말일 이러케
ᄒᆞ면 네 공이 적지 아니ᄒᆞ되 봐ᄒᆞ니 ᄯᅩ 작이 되답ᄒᆞ
ᄂᆞᆫ 불너 가나 봐 어ᄉᆞㅣ 이 고을 과ᄃᆡᄂᆞᆫ을 에셔 잡힌 죄
인들을 분부ᄒᆞᆫ 일을 에 가ᄃᆞᆫ 칠일이 되ᄯᅢ 나 셩혼
가친 고을에 둘너와셔 본관(本官)과 되좌(對坐)ᄒᆞᆫ 분ᄂᆞᆫ 죄인
을 잡아 다ᄉᆞ릴식 본관ᄃᆞ려 부ᄅᆞ되 이 고을에 사ᄂᆞᆫ

39b

너ᄂᆞᆫ가 (모ᄂᆞᆫ 아바 사ᄅᆞᆷ / 이ᄂᆞ 말이나) 간음지 ᄉᆞᆯ옥에 갓치여 여러날
이되도록 그 죄를 결단지 못ᄒᆞ엿나 말이 잇ᄉᆞ오 그
러ᄒᆞ오 본관이 되답ᄒᆞ되 과연 잇ᄉᆞ외다 어ᄉᆞㅣ 왈 그
러치 ᄒᆞ면 그 결단치 못ᄒᆞᆫ 것ᄉᆞᆫ 본관이 ᄒᆞ오되 그
너반 (나ᄂᆞᆫ 셜쳐ᄂᆞᆫ / 반온ᄉᆡᆼ반이나) 의 일이 쉽게 결단ᄒᆞᆯ 슈가 업ᄉᆞᆸ
와셔 ᄒᆞᆫ 슈가 동ᄒᆞ야 두엇ᄉᆞᆸ니다 그 본동리 (본ᄆᆞ을) 의 소지
를 보ᄂᆞᆫ 그 동리 ᄇᆡᆨ셩의 말을 드르면 그 너반이 ᄒᆞᆫ엽
죽ᄒᆞ되 그 너반의 무ᄉᆡᆼ과 말을 보ᄂᆞᆫ 드르면 죽ᄌᆡ가
업ᄂᆞᆫ 것 ᄀᆞᆺᄉᆞᆸ기를 못 결단ᄒᆞ엿ᄉᆞᆸ니다 ᄒᆞ거날 어
ᄉᆞㅣ 출ᄉᆡ 그려 ᄒᆞᆫ ᄂᆞᆫᄒᆞ여 ᄂᆞ 어ᄉᆞㅣ ᄋᆞᆸ니에 죄인

40a

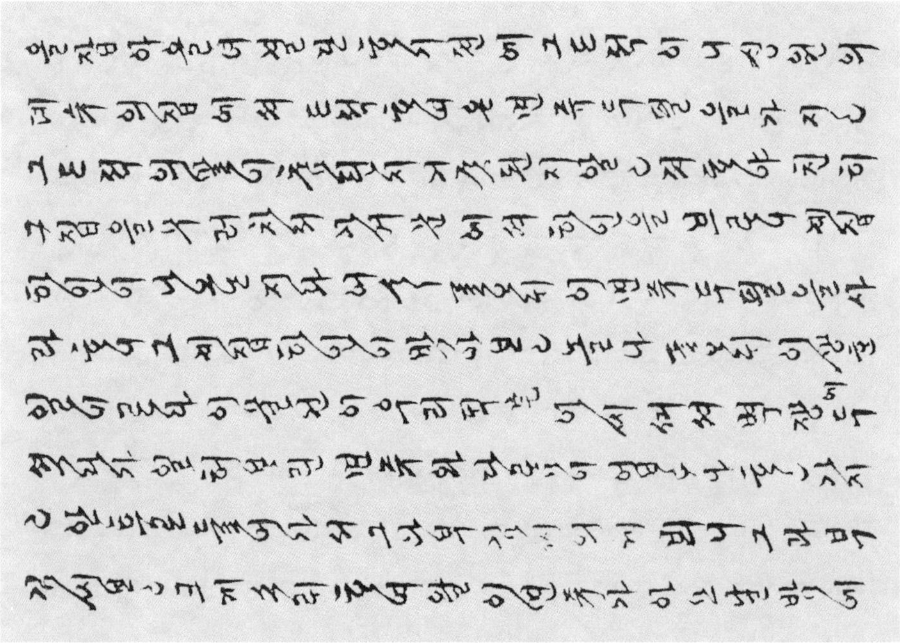

40b

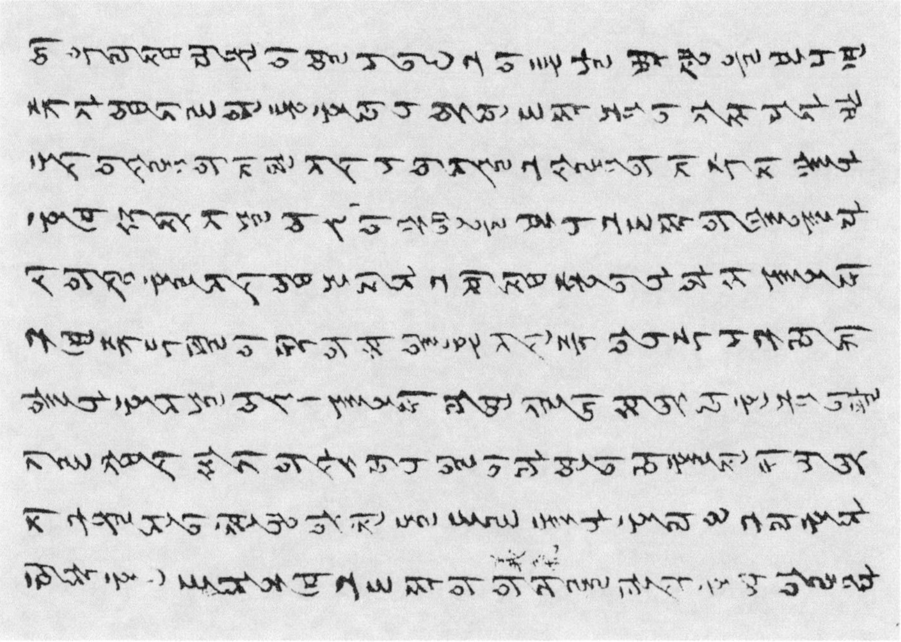

41a

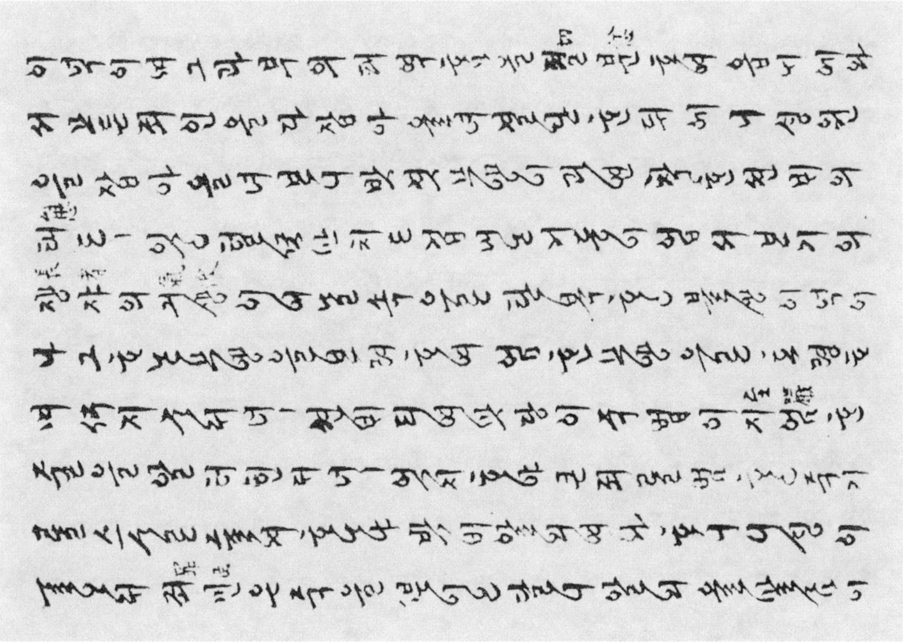

41b

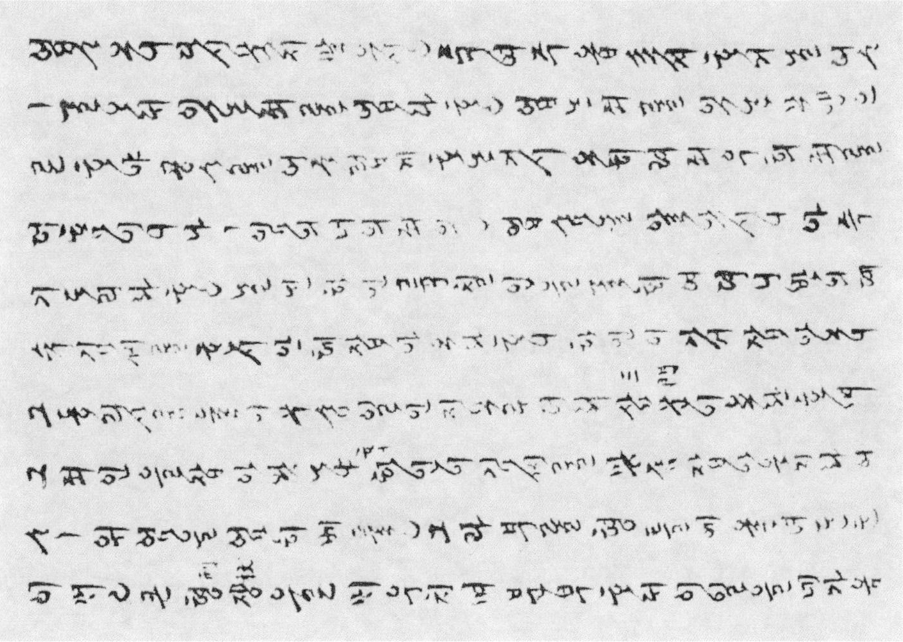

42a

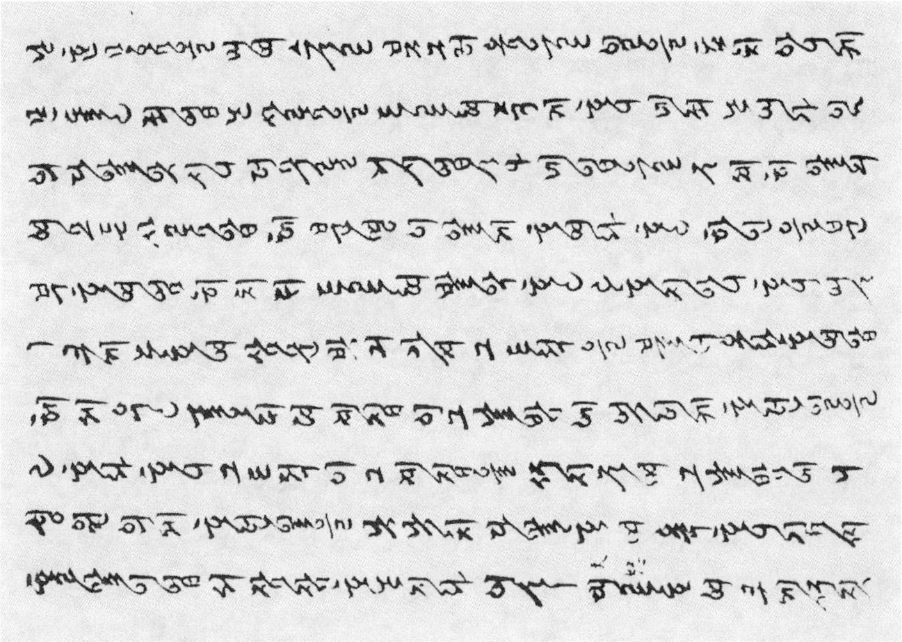

42b

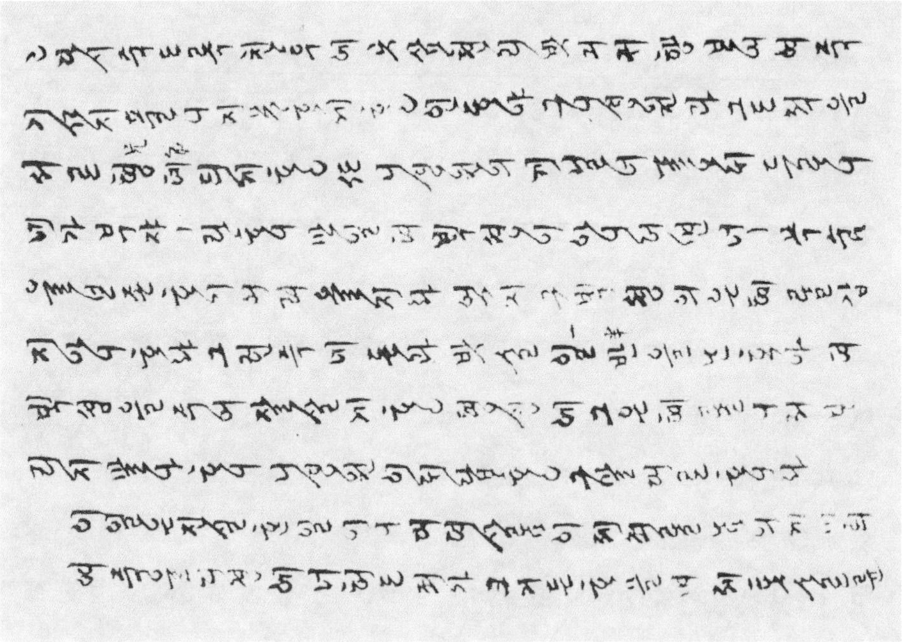

43a

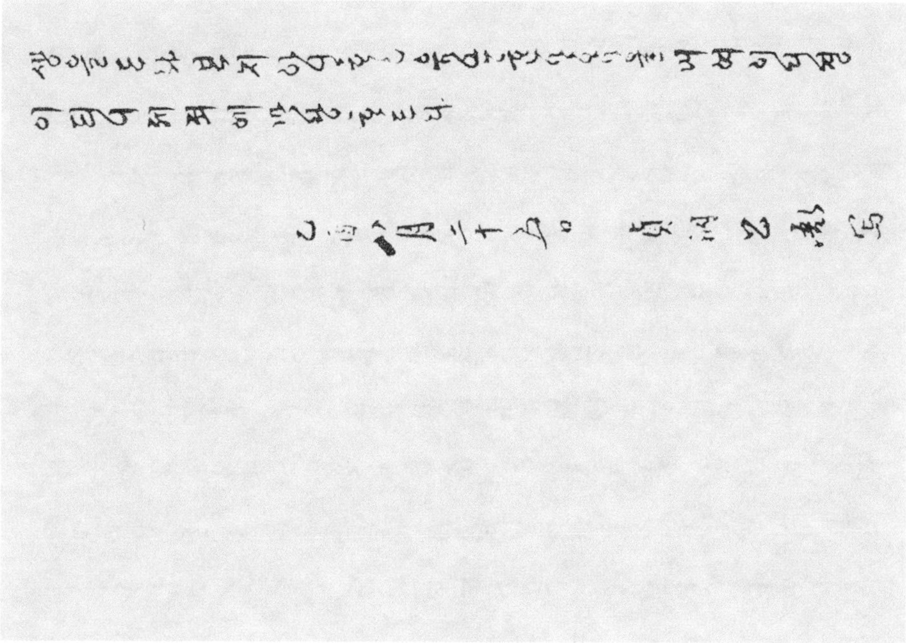

43b

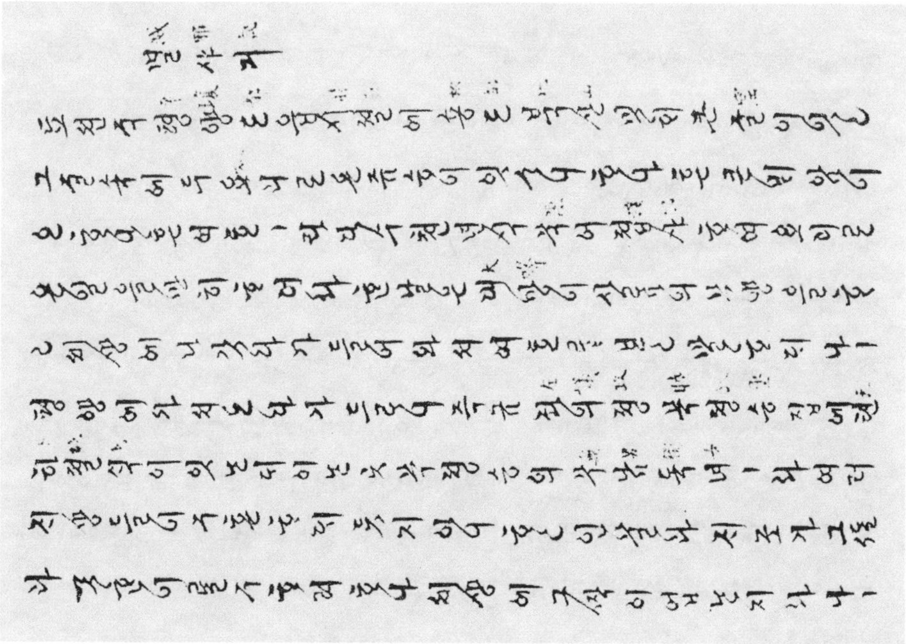

44a

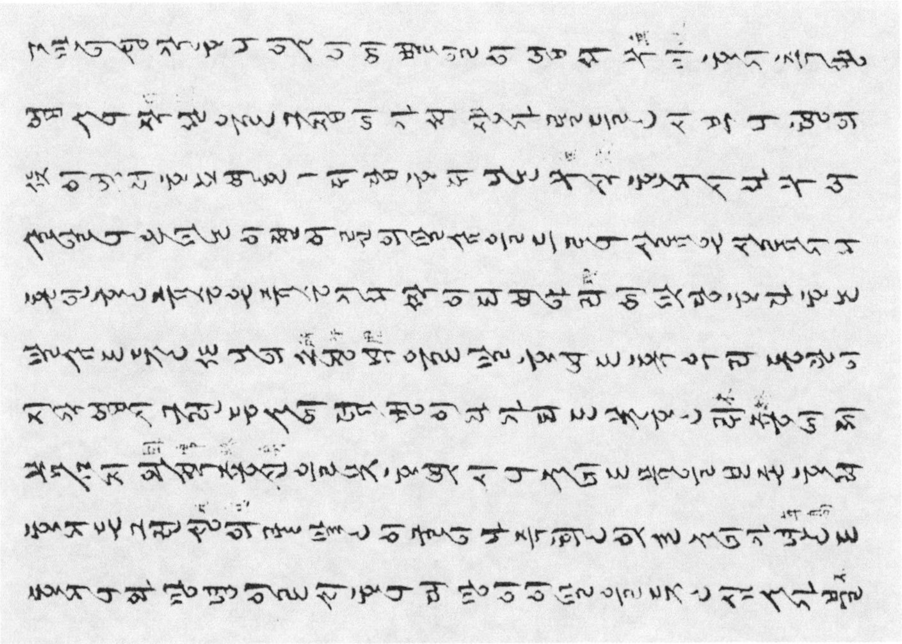

44b

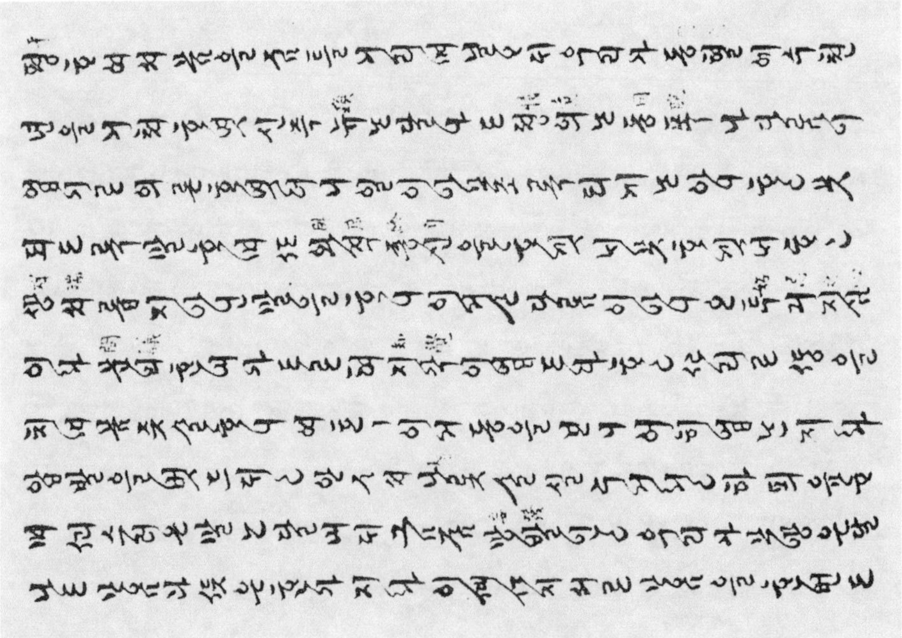

45a

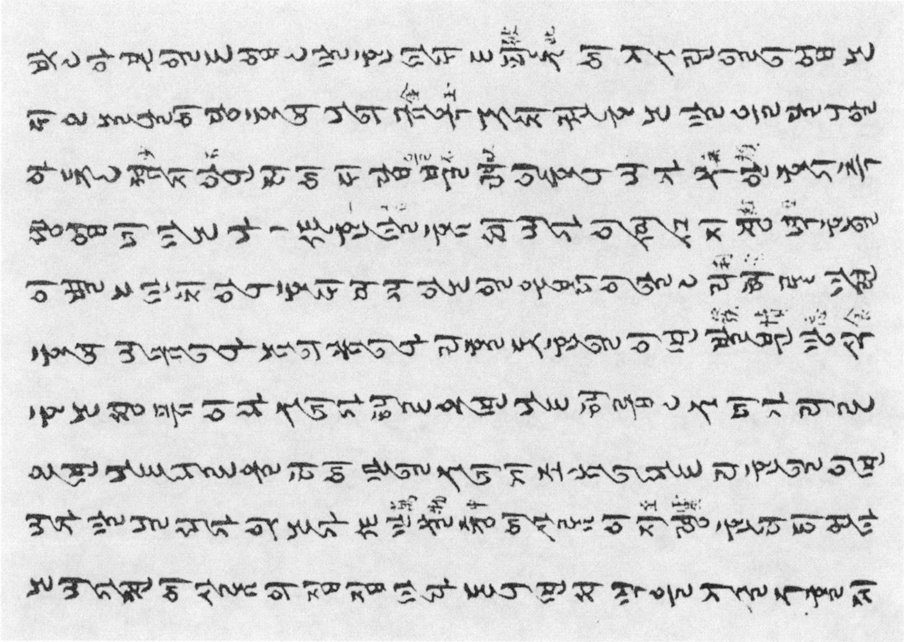

45b

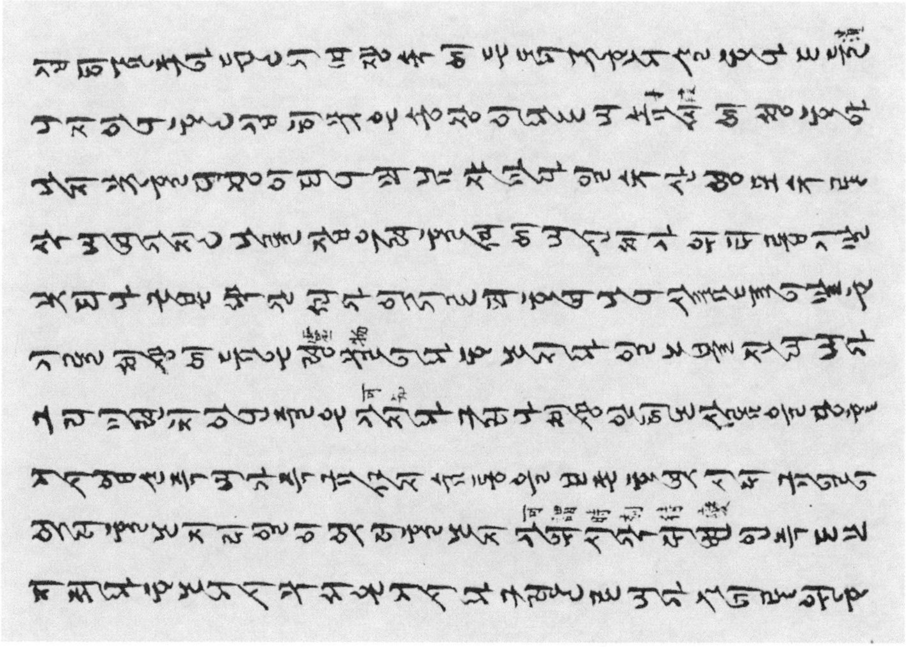

46a

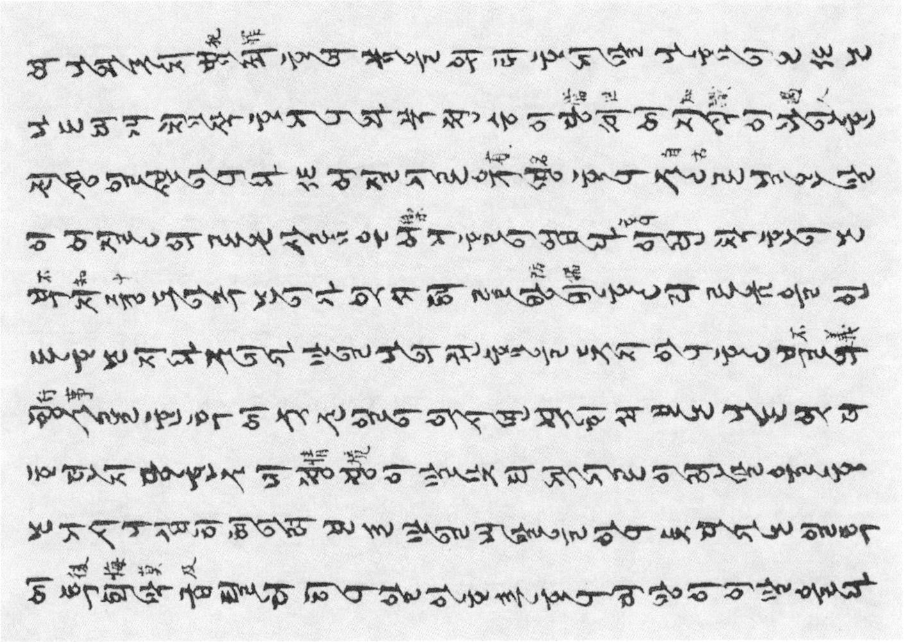

46b

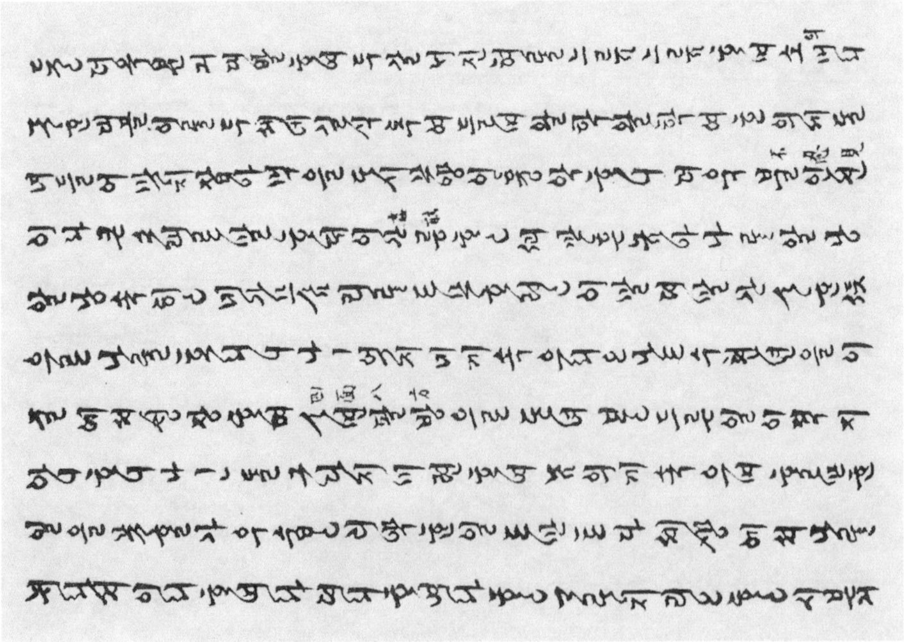

47a

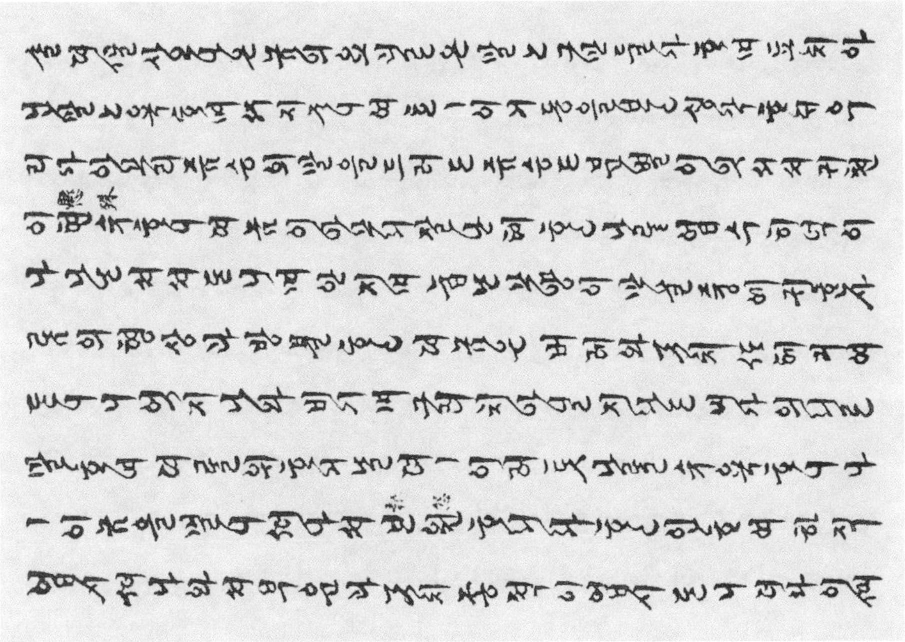

47b

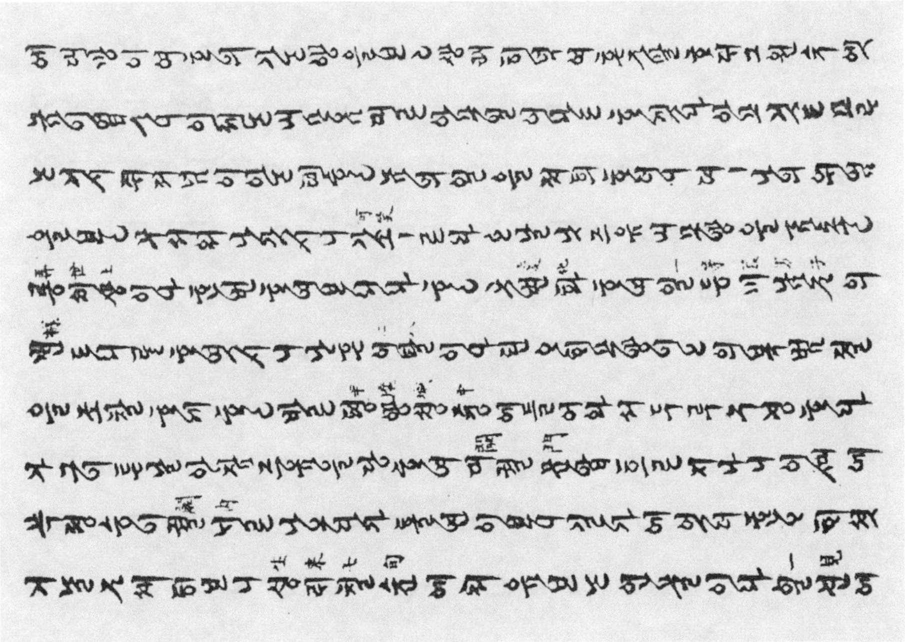

48a

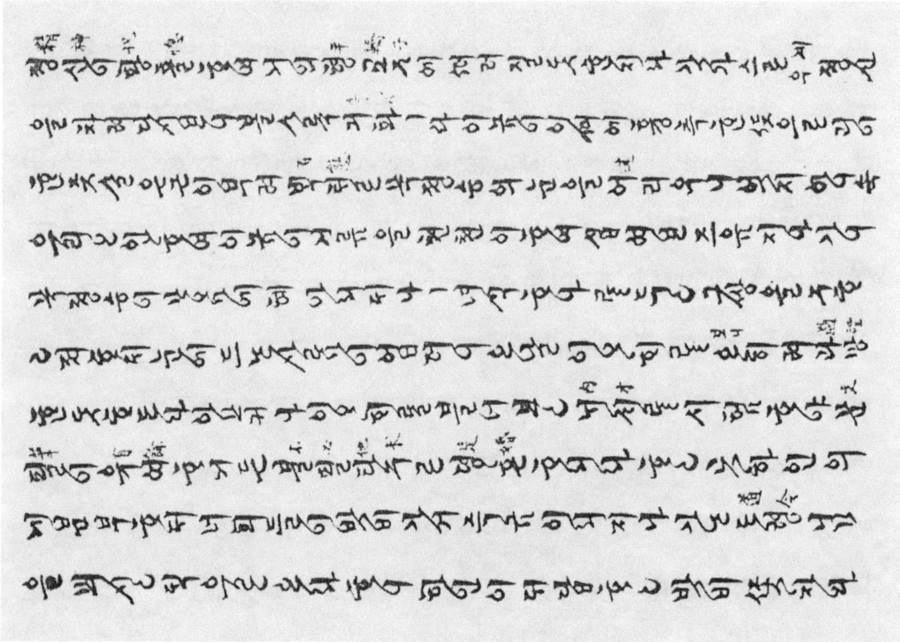

48b

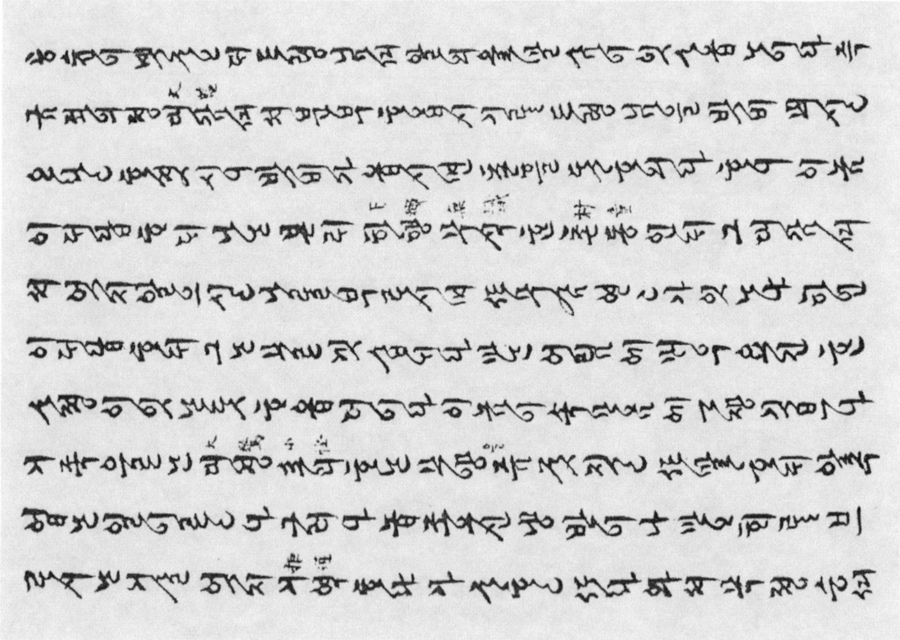

49a

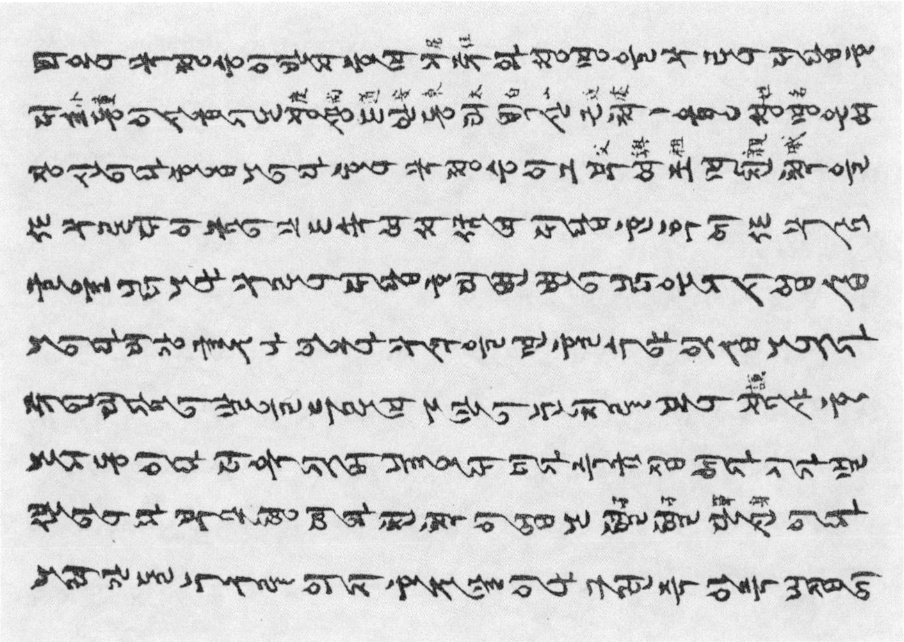

49b

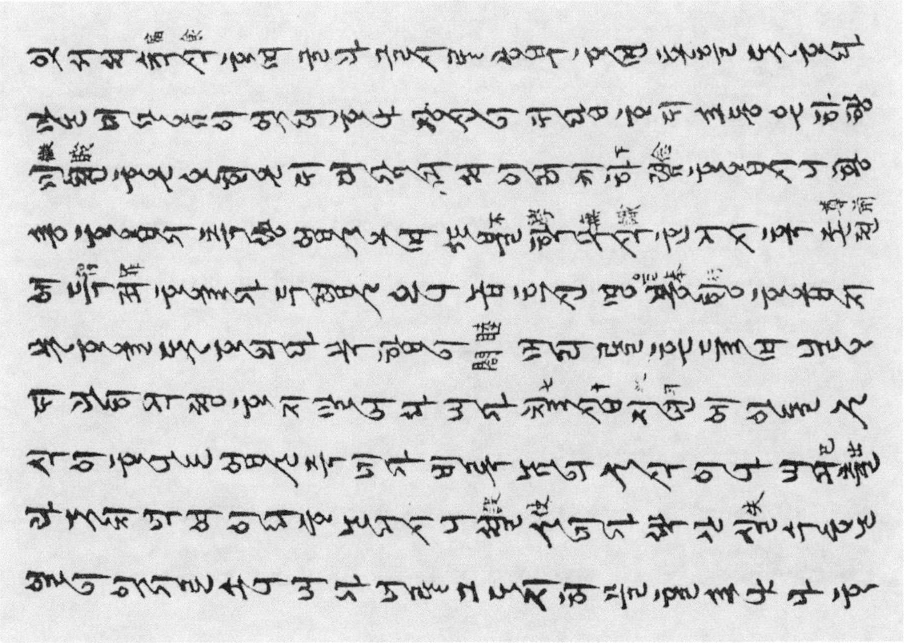

50a

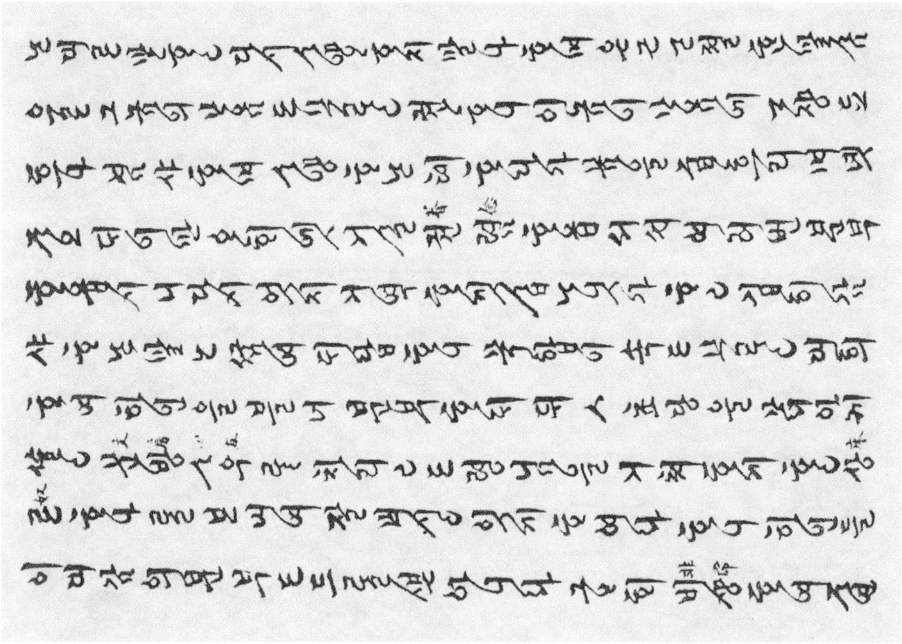

50b

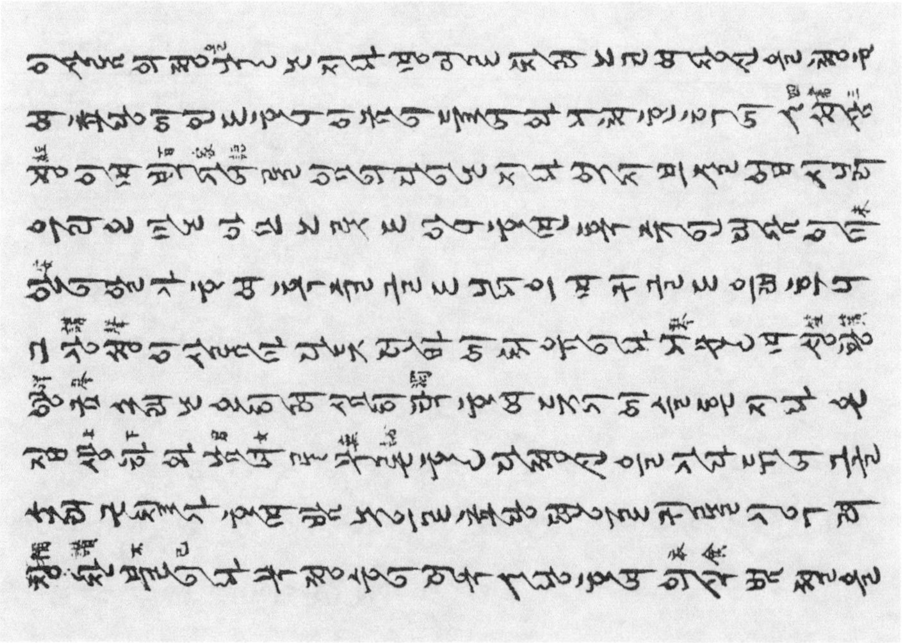

51a

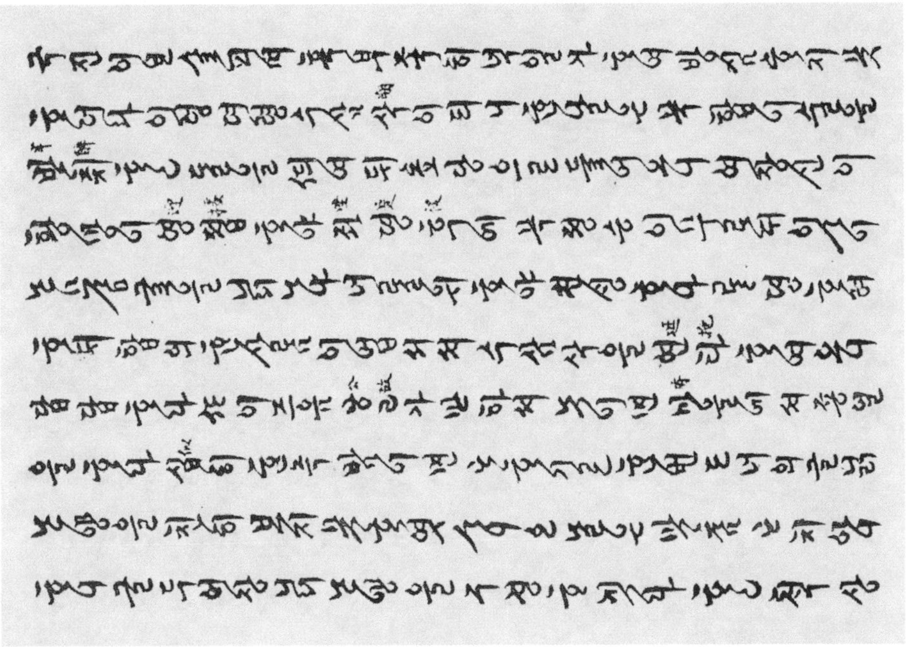

51b

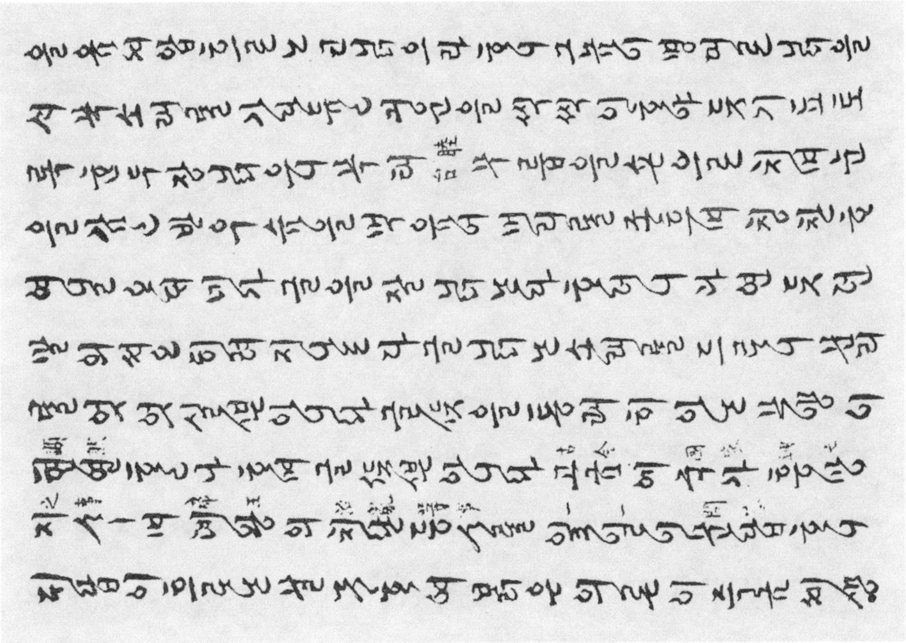

52a

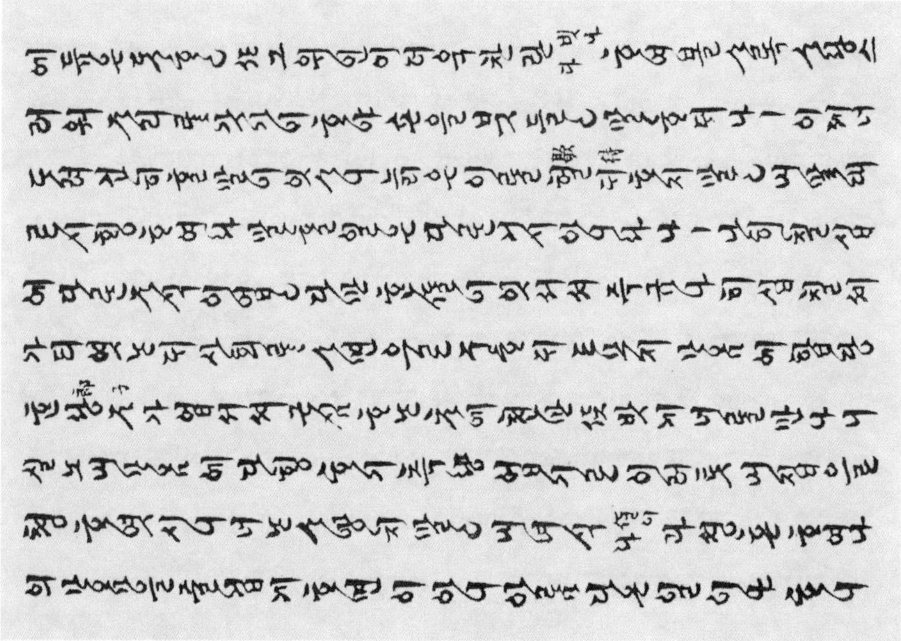

52b

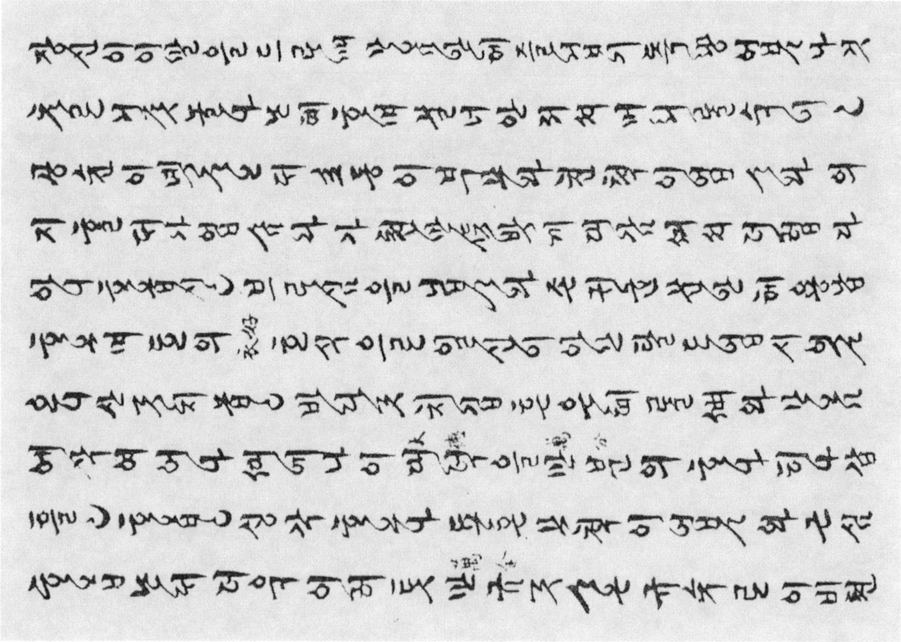

53a

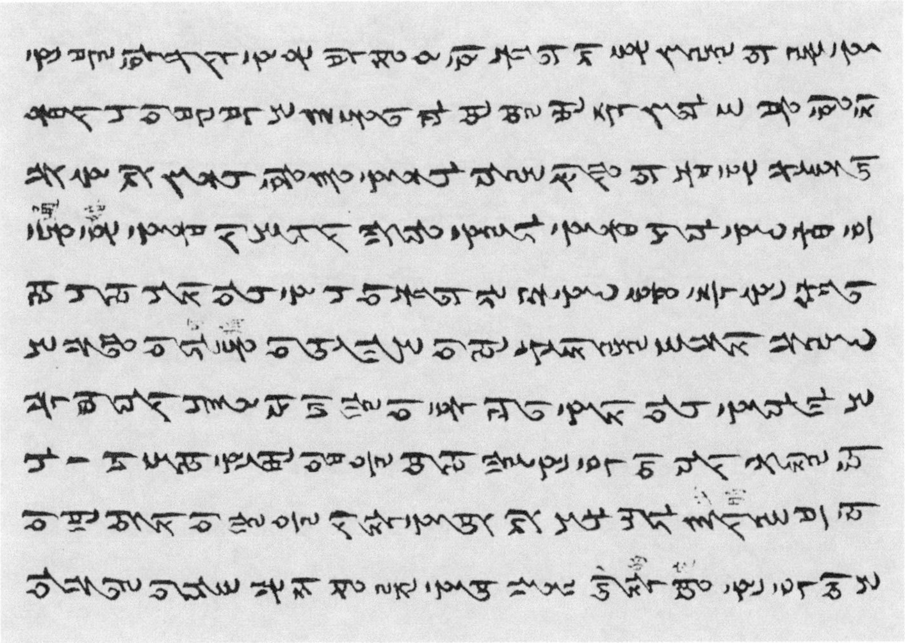

53b

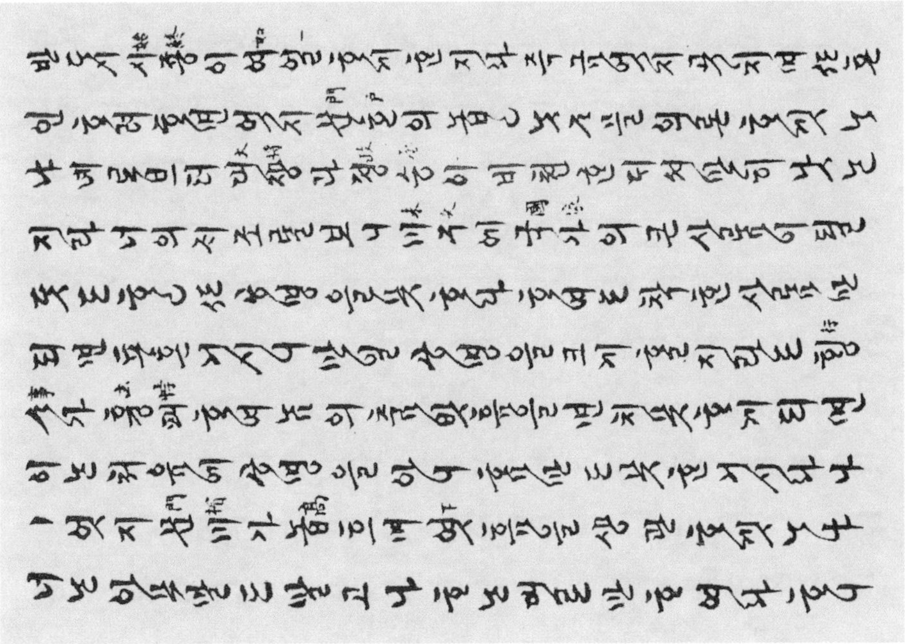

54a

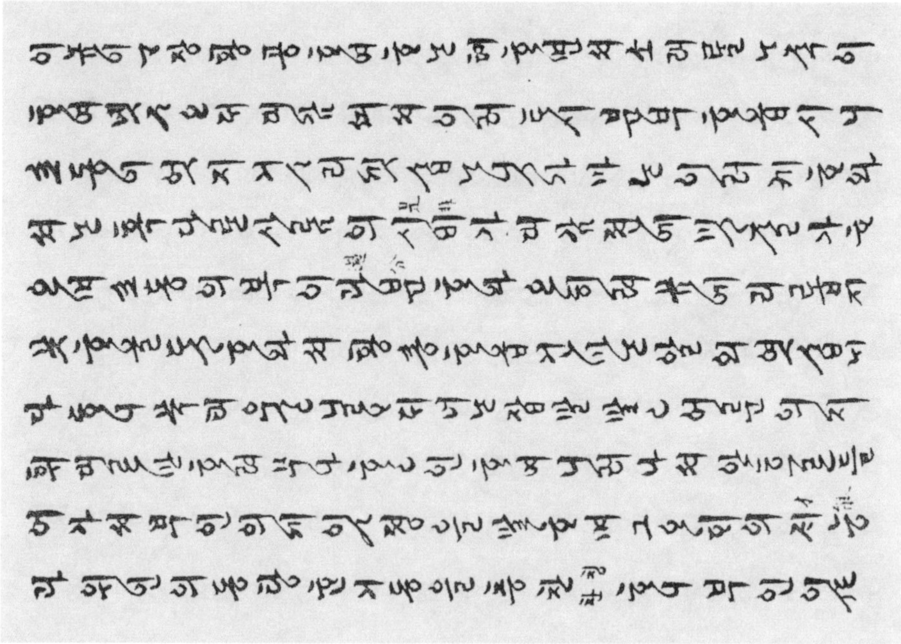

54b

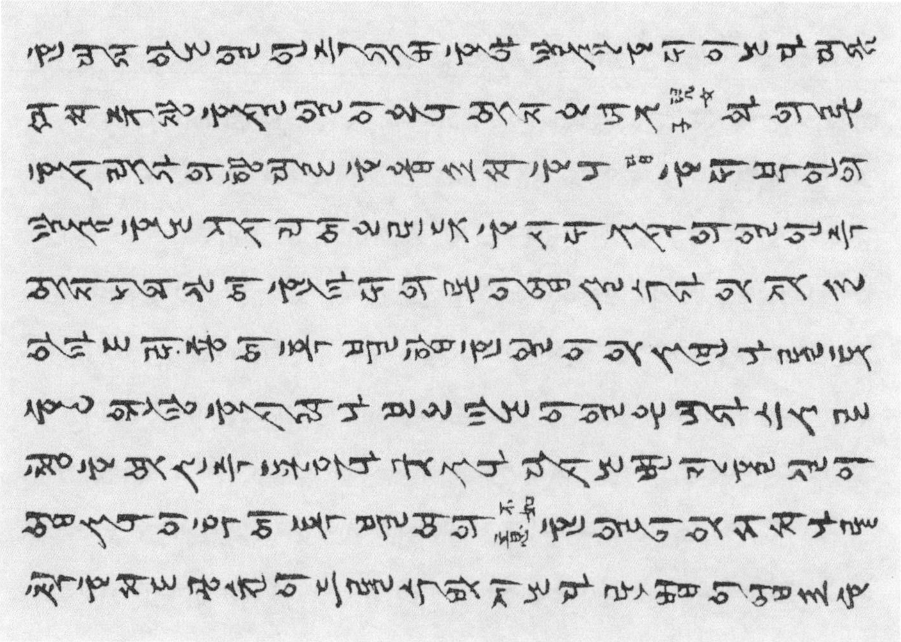

55a

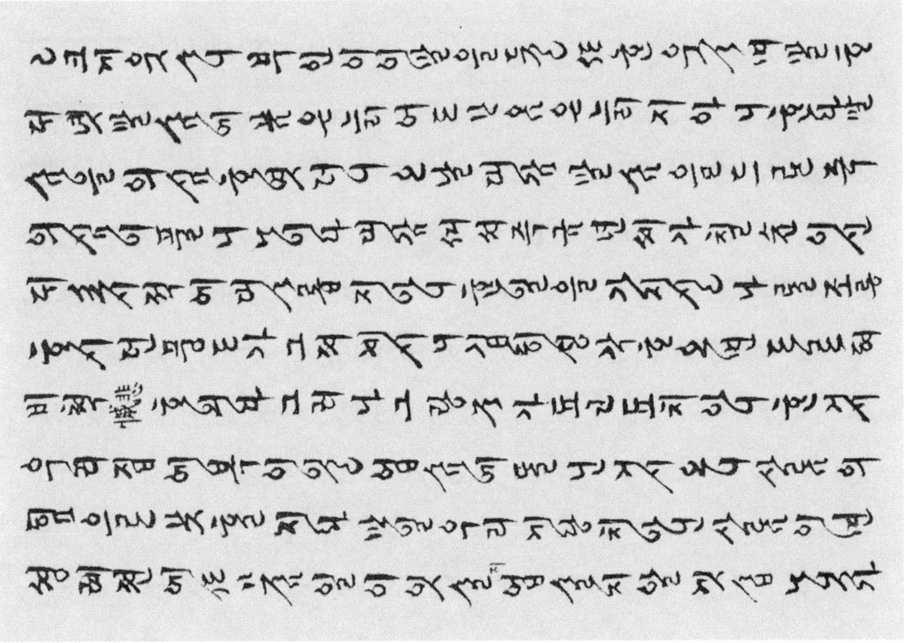

55b

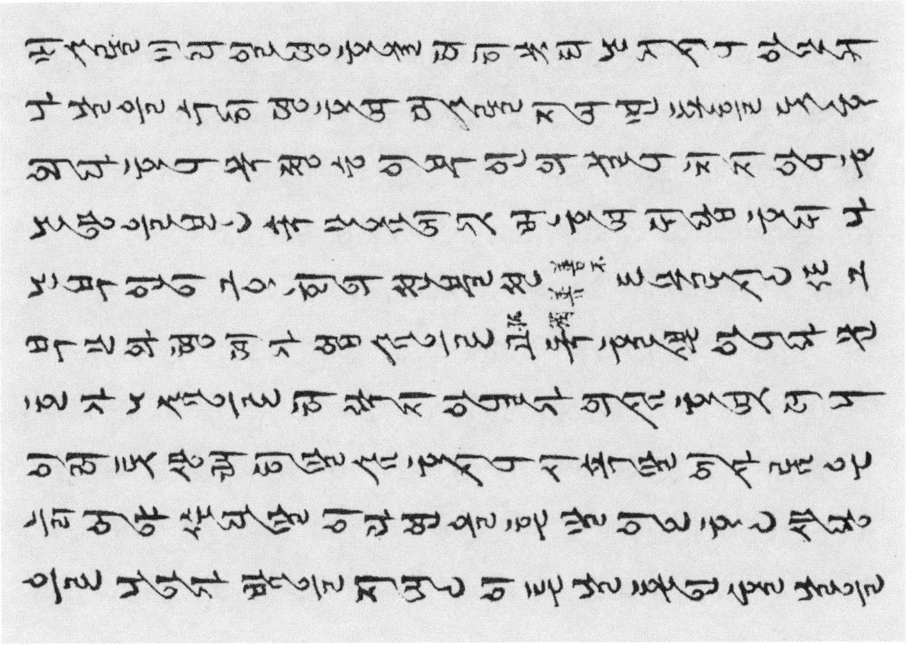

56a

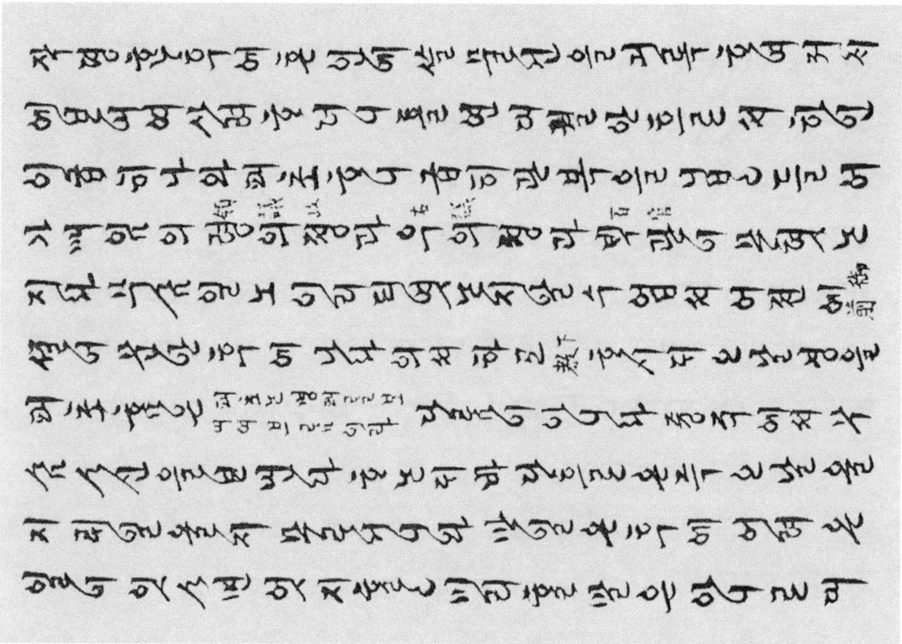

작별ᄒᆞ온후에 혼인에 쓸 물건을 과독ᄒᆞ여 거셔
에 보내여 살렴ᄒᆞ더니 홀연 대궐 안으로셔 하인
이 즘ᄭᅵ 나와 패초ᄒᆞ니 즘이 관복을 닙고 들어
가 ᄲᆡ읍의 령의정(領議政)과 우의정(右議)과 ᄇᆡᆨ관(百官)이 뫼혓ᄂᆞᆫ
지라 무슨 일노 이리 되엿ᄂᆞᆫ지 알 수 업셔 어젼(御前)에
셔어 엿ᄌᆞᆸ온후에 나라의셔 하교(下敎)ᄒᆞ시되 ᄂᆞᆫ 날 병을
패초ᄒᆞᆫ은 (패초ᄂᆞᆫ 병졍ᄂᆞᆫ ᄇᆡ 너여 브ᄅᆞᄂᆞᆫ 이라) 당신이 아니라 충주에셔 ᄉᆞ
습 ᄉᆞ신을 보내라 ᄒᆞ논 뒤바 당ᄒᆞ고 온즉 ᄂᆞᆫ 날을
지리 올지 못ᄒᆞ여나와 ᄇᆞᆯ열 온후에 어ᄯᅥ온
일에 잇ᄉᆞ면 엇지ᄒᆞᆯ ᄇᆡ리ᄒᆞᆯ ᄇᆞᆯ은 아니ᄅᆞ며

56b

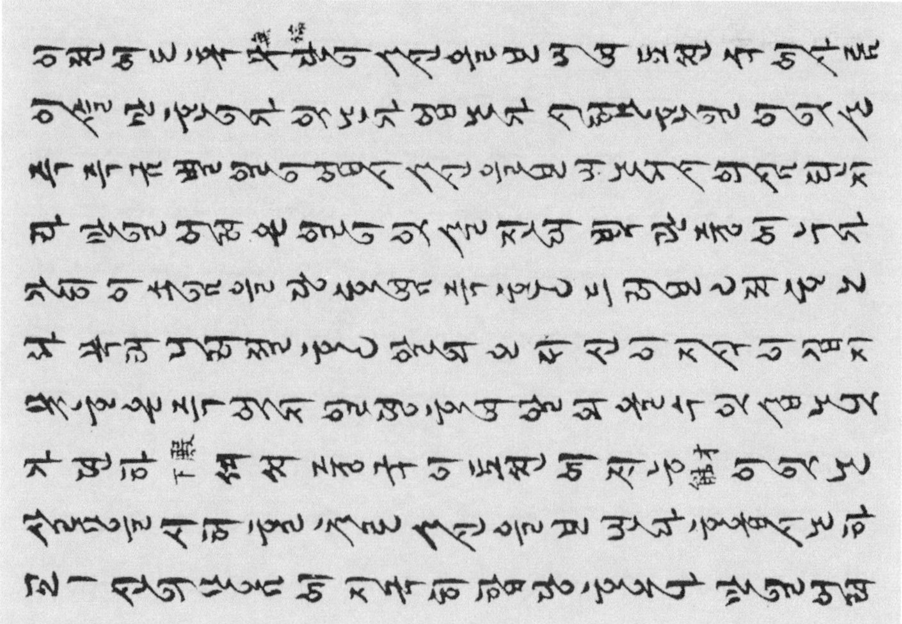

이젼에도 혹 무론(無論) 당신이 ᄉᆞ신을 보내여 도젼 주에 사ᄅᆞᆷ
이 ᄉᆞᆯ만ᄒᆞᆫ이가 잇ᄂᆞᆫ가 업ᄂᆞᆫ가 시험ᄒᆞᆫ일이 잇ᄉᆞᆫ
즉 즉금 별일이 업ᄉᆞ시 ᄉᆞ신을 보내ᄂᆞᆫ지 의심된지
라 ᄇᆞᆯ열 어젼 온 일이 잇ᄉᆞᆯ진ᄃᆡ ᄇᆡᆨ관 츙에 누가
감히 이 소임을 당ᄒᆞ올즉 ᄒᆞ온 드러보ᄂᆞᆫ져 ᄒᆞᆫ ᄂᆞᆫ
라 ᄲᆞᆨ대 나셔 졀ᄒᆞᆫ 알외온 뒤 신이 지식이 깁지
못ᄒᆞ온즉 어지 일병ᄒᆞ여 알외올 수 잇ᄉᆞᆸᄂᆞᆫ잇
가 뎐하(殿下) 셔셔 즁국이 도젼에 ᄌᆡ능(才能)이 잇ᄂᆞᆫ
사ᄅᆞᆷ을 시험ᄒᆞᆯ ᄎᆞ로 ᄉᆞ신을 보내라 ᄒᆞᄋᆞᆸ시ᄂᆞᆫ 하
교ㅣ 신의 ᄆᆞᄋᆞᆷ에 지극히 합당ᄒᆞ오나 ᄇᆞᆯ열 어ᄯᅥ

57a

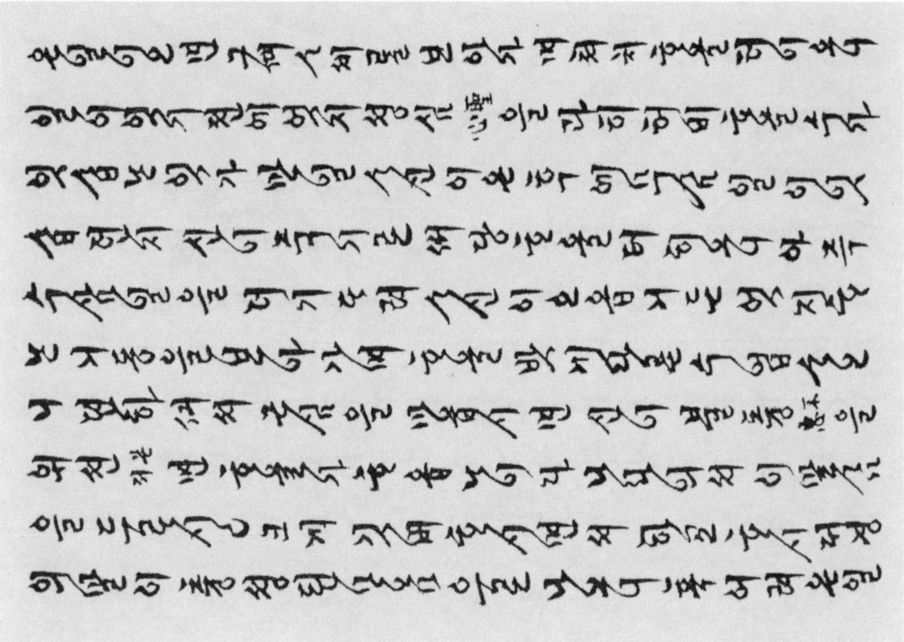

57b

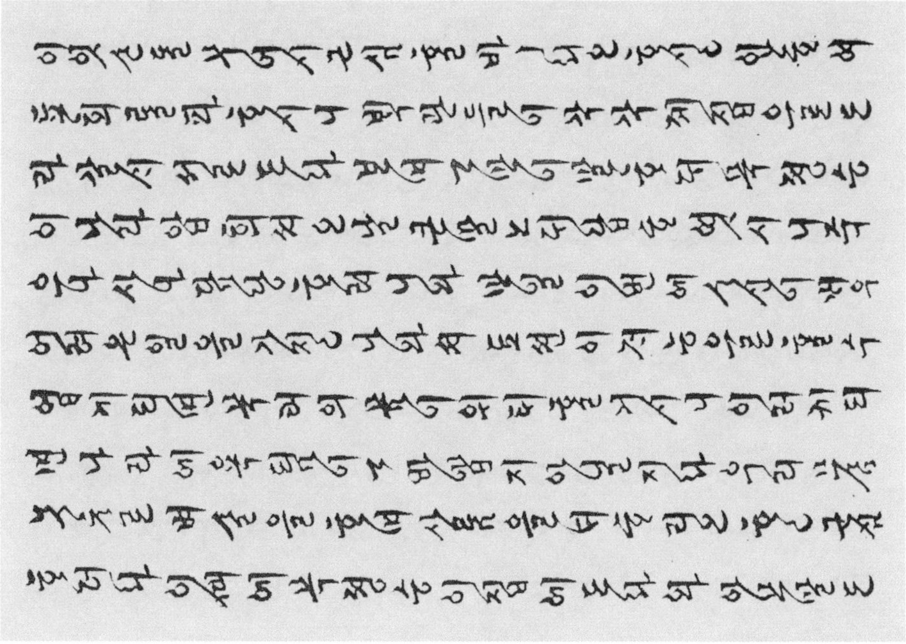

58a

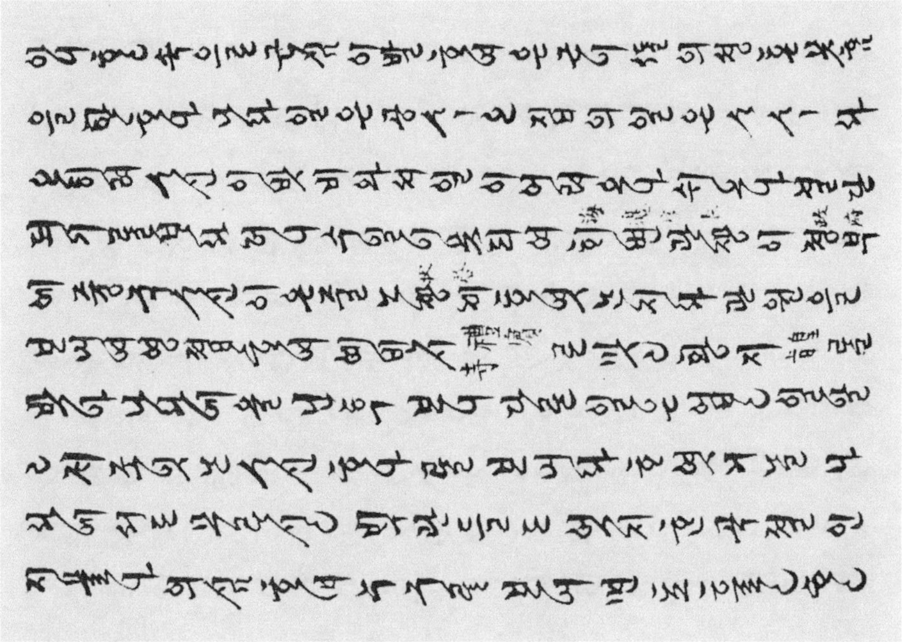

58b

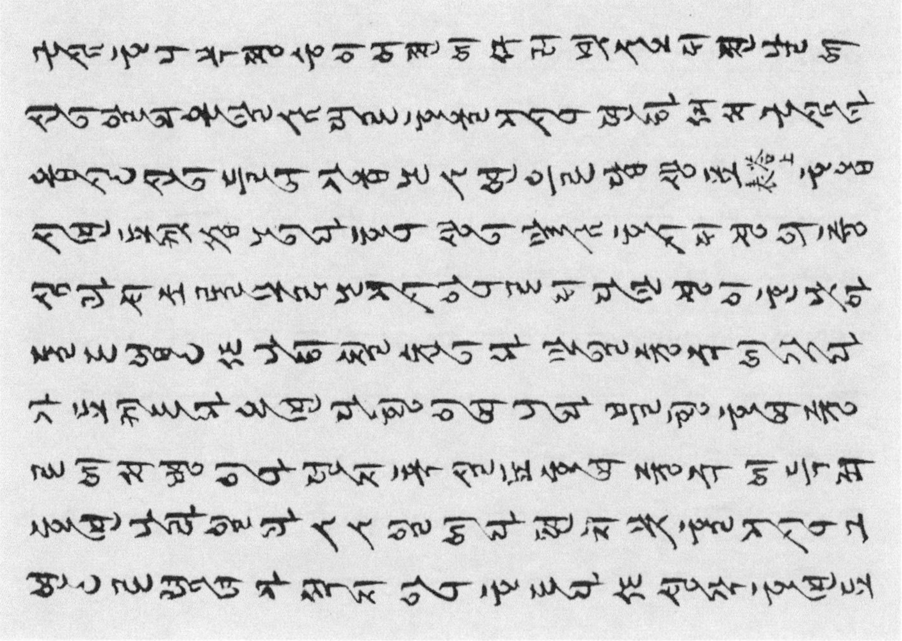

59a

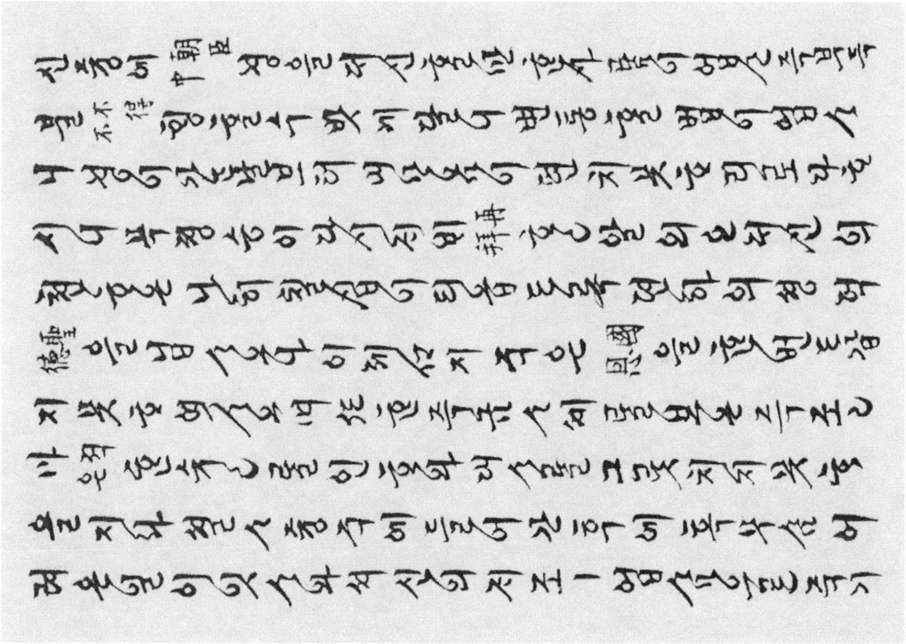

59b

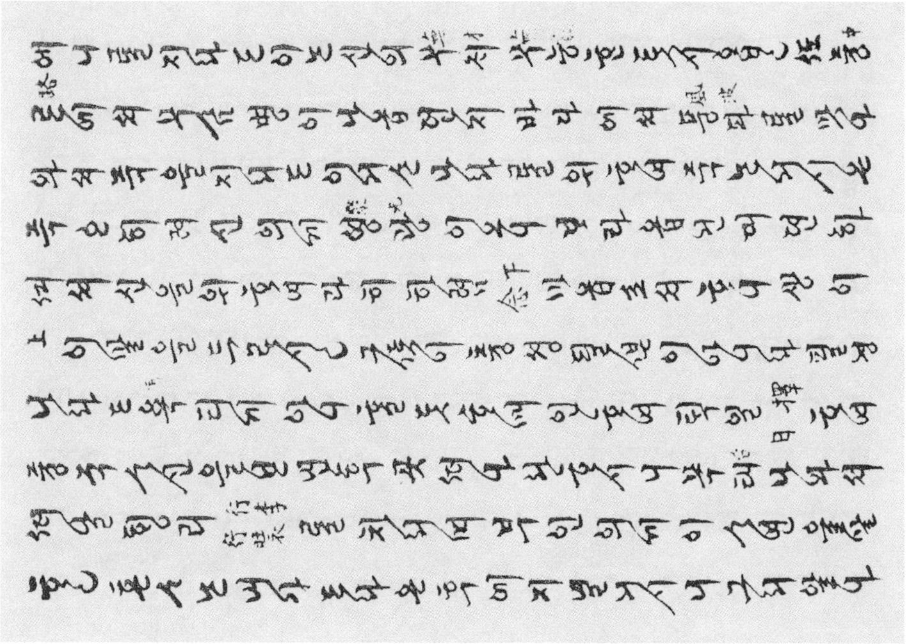

60a

ᄒᆞ여 산여 장신ᄂᆞᆯ을 불너 압헤 안ᄌᆞ라 ᄒᆞᆫ ᄎᆞᆷᄎᆞ 드러
갓ᄉᆞᆫ 벗ᄂᆞᆫ 와 ᄂᆞᆫ 후에 ᄯᅥ스 ᄅᆞᆯ 지 ᄯᅡᆯ 줄ᄂᆞᆫ 몰ᄂᆞᆫ ᄒᆞ여
공부나 착실이 ᄒᆞ여 ᄭᅳᆫ쟝 우회 산 ᄭᅳᆫ쟝 文章(글잘ᄒᆞ다) 을 ᄇᆞᆯ
우기ᄂᆞᆫ 부다 ᄒᆞ여 이ᄅᆞ이 ᄀᆞᆷ쟝 ᄭᅧᆫ여 ᄒᆞᄂᆞᆫ 헤 ᄒᆞ여 ᄆᆞᆫ
리 ᄇᆞᆯ다 길에 ᄒᆡᆼ(行次)ᄎᆞ ᄒᆞ시다가 어려온 줄ᄂᆞᆫ 몰쟝ᄒᆞ면(져) ᄀᆞ
옹안 ᄒᆞᄂᆞᆫ ᄉᆡᆼ각ᄒᆞ되 ᄯᅢ로 억지로 ᄀᆞ서 아시ᄅᆞᆯ 강박
ᄒᆞᆫ 시부ᄂᆞ ᄯᅢ가 본 ᄃᆡ 쇠 ᄉᆡᆼ을 희(戱弄)롱 ᄒᆞ려 ᄒᆞ니 ᄀᆞ로
이어케 ᄒᆞᆫ 인즉 ᄆᆞ니히 ᄀᆞᆸ지 아니 ᄒᆞᆫ 산 즁승과 샤ᄅᆞᆷ
이 서로 ᄉᆞ롱 ᄒᆞᄂᆞᆫ 일은 네로 브터 ᄃᆞᆺ지 못ᄒᆞᆫ 일인즉
푸롱 ᄒᆞ여 ᄃᆞ가 말은 ᄂᆡ 몸에라 치 ᄆᆞᆺᄒᆞᆫ 일이면

60b

쳐유에 아니 ᄒᆞᆫ 산ᄂᆞᆫ 못ᄒᆞ오시니 ᄯᅢ 져 박쳥승이 ᄃᆞ답ᄒᆞ오
ᄃᆡ 우리ᄂᆞᆫ ᄀᆞᆺ지 아니ᄒᆞ도다 ᄒᆞᆫ ᄃᆡ 어ᄒᆞ여 ᄃᆞ롱은 말ᄂᆞᆫ 뒤답
ᄒᆞᆫ 졔방을ᄂᆞᆫ ᄃᆞ라가니 다 이ᄯᅢ에 박쳥승의 집에 왕
우ᄂᆞ다 ᄒᆞᆫ ᄂᆞ산ᄂᆞᆫ이 잇스니 본래(本來) 부대의 벗의 아ᄃᆞᆯ
ᄂᆞᆫ 궁부 ᄂᆞ다 즉 ᄂᆞᆫ ᄯᅢᆼ미 와 친척이 업ᄉᆞ오ᄂᆞᆫ 부대
의 집에 와 의지 ᄒᆞᆫ 온갓 일을 ᄎᆞ쟝 ᄒᆞ여 다ᄉᆞ리
더니 박쳥승이 ᄒᆞᆼ ᄌᆞ 에 ᄉᆞ신 울ᄂᆞᆫ 들어 ᄀᆞᆷ은 보
ᄂᆞᆫ 쳐ᄋᆡ기 ᄅᆞᆯ 젼긔(前期) ᄒᆞ여 죵용(從容)이 ᄆᆡᆺ ᄌᆞ로 ᄒᆞ오 이
ᄒᆞᆫ 마디 ᄆᆡᆺ 즈 ᄋᆞᆯ 말ᄉᆞᆷ 이 잇ᄉᆞ오ᄃᆡ ᄃᆡ롱 ᄎᆞ구 ᄒᆞᆸ소셔
ᄒᆞ셩의 조샹(祖上) 분묘(墳墓) 가 젼라(全羅道) 도 디경(地境) 밧

61a

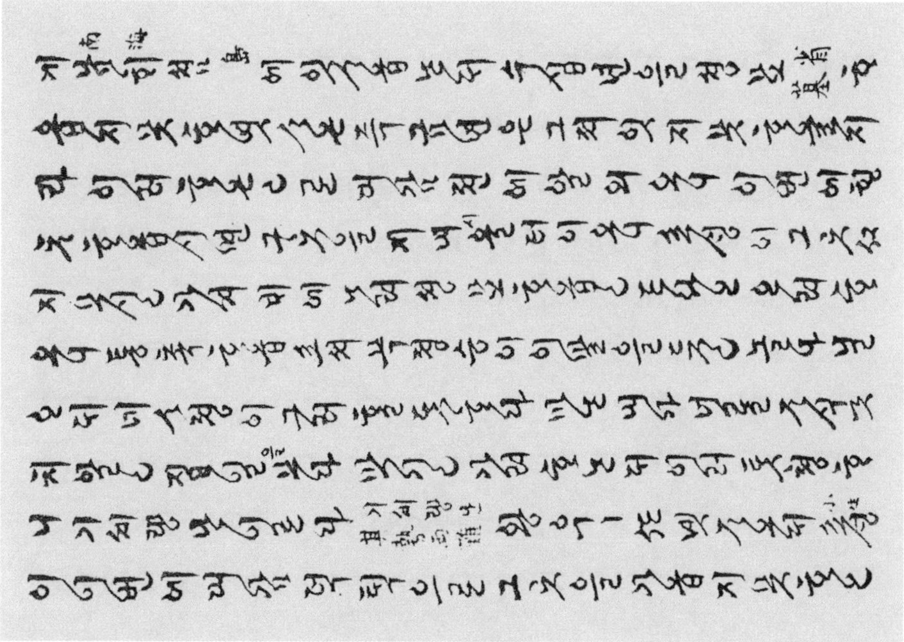

61b

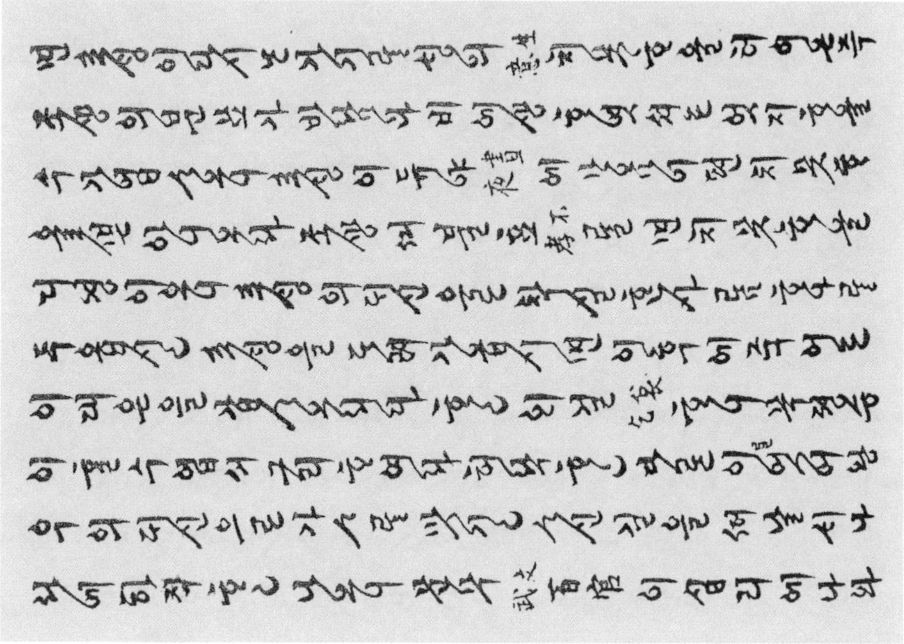

62a

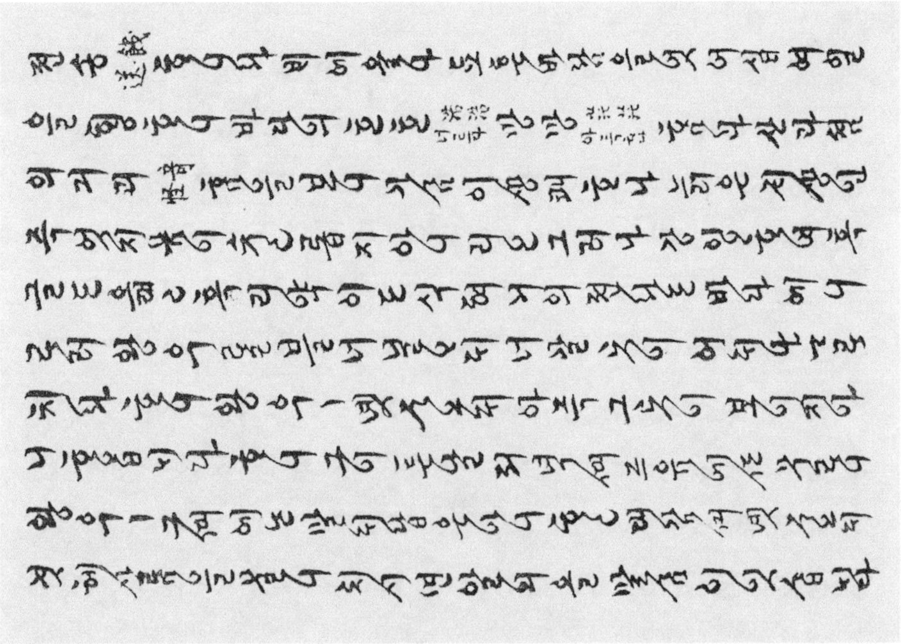

62b

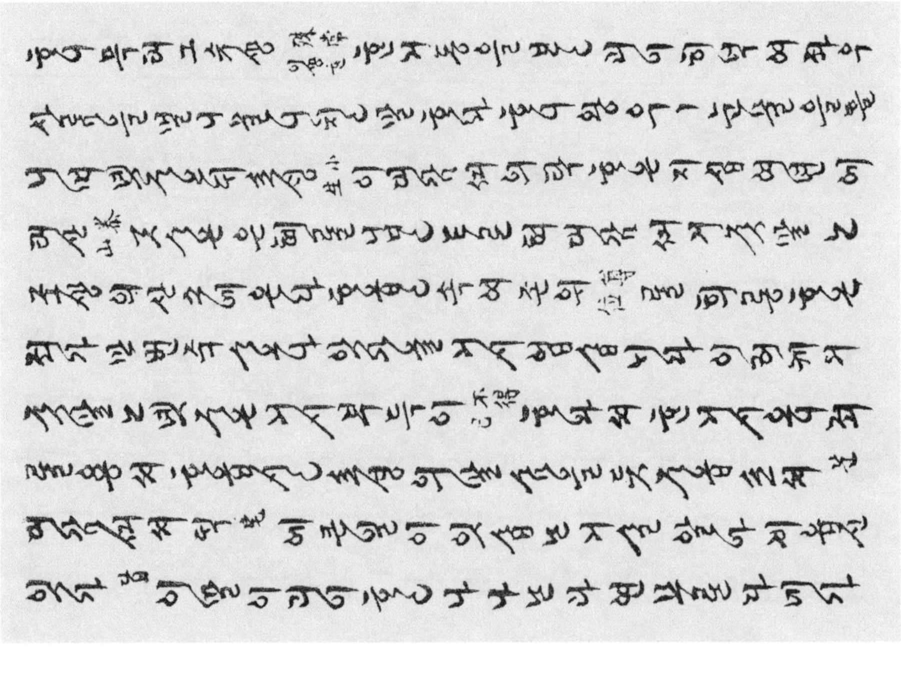

63a

알거든밧비말ᄒᆞ여라 문 미ᄭᆞᆯ셔셔뮤에여ᄉᆞᆺᄂᆞᆫ여장신
을무어ᄉᆞᆯ아옵시온 답 사ᄅᆞᆷ이지우어신ᄂᆞᆫ네ᄯᆞᆯ이이
ᄉᆡᆼᄒᆞᆫ나너ᄂᆞᆫ무어ᄉᆞᆯ아ᄂᆞ냐 문 리중에ᄌᆞ셰이알외
을더에오니저촉ᄒᆞ옵시온물수에뎍에큰변이나ᄂᆞᆫ
변방비ᄒᆞᆯ법에잇ᄉᆞᆸᄂᆞ이다 답 그우헨ᄯᆞᆯ이오변
이엇ᄉᆞᆸ지며엇지방비ᄒᆞ지아니ᄒᆞ엿ᄂᆞ냐ᄯᆞᆫ올ᄉᆞᆸ
이ᄯᆡ니알아야방비ᄒᆞᄂᆞᆫ뒤아지든부ᄒᆞᄂᆞᆫ일을엇지
방비ᄒᆞᆯ신각이나두ᄒᆞ엿ᄂᆞ냐 문 그러ᄒᆞ시게ᄉᆞᆸ니다
여러번ᄆᆡᆺᄉᆞᆸᄂᆞ니셔황송ᄒᆞ외다ᄲᆞᆫᄇᆡ지뭇ᄌᆞᆸᄒᆞ엿ᄉᆞᆸ
이러ᄒᆞ옵ᄂᆞ니셔오니용셔ᄒᆞ옵소셔이번ᄒᆡᆼᄉᆞ에

63b

흉구황ᄉᆡᆼ이ᄂᆞᆫ일을하고 敎下 ᄒᆞ실지동촉ᄒᆞ옵
시ᄂᆞ이다 답 그도료구곤국셰이젹지아니ᄒᆞ다엿
지될ᄂᆞᆫ지ᄭᆡ리할게티면ᄒᆞ겟다ᄯᆞᆫᄒᆞᆯ수잇ᄂᆞ
나 문 네가그ᄯᆞᆺ을ᄎᆞᆺᄉᆡᆼ히ᄭᆡ닷ᄒᆞ니필경ᄃᆞ
ᄉᆞᆸ그릇친일이잇ᄂᆞ보다ᄯᆞᆫ기ᄃᆞ리기가밧부니
어서말을ᄌᆞ셰이ᄒᆞ여셔나의답답ᄒᆞᆫ가ᄉᆞᆷ을
여러ᄂᆞᆫ히라부ᄭᆞ러운일이잇ᄂᆞ냐 답 ᄯᆞ로ᄂᆞᆫ일의
도코되되아니ᄒᆞ온은의론지고ᄒᆞ옵시ᄂᆞᆫ초셩의ᄯᆞᆯ
ᄉᆞᆸᄯᆡ근ᄒᆞ옵실뎐 ᄃᆡ쳐 엇지대ᄉᆞᆸ암ᄒᆡ의셔ᄌᆞ셰히아니
ᄆᆡᆺᄌᆞᆸ을리가잇ᄉᆞᆸᄂᆞ니가 문 네가본뒤나와수작ᄒᆡ

64a

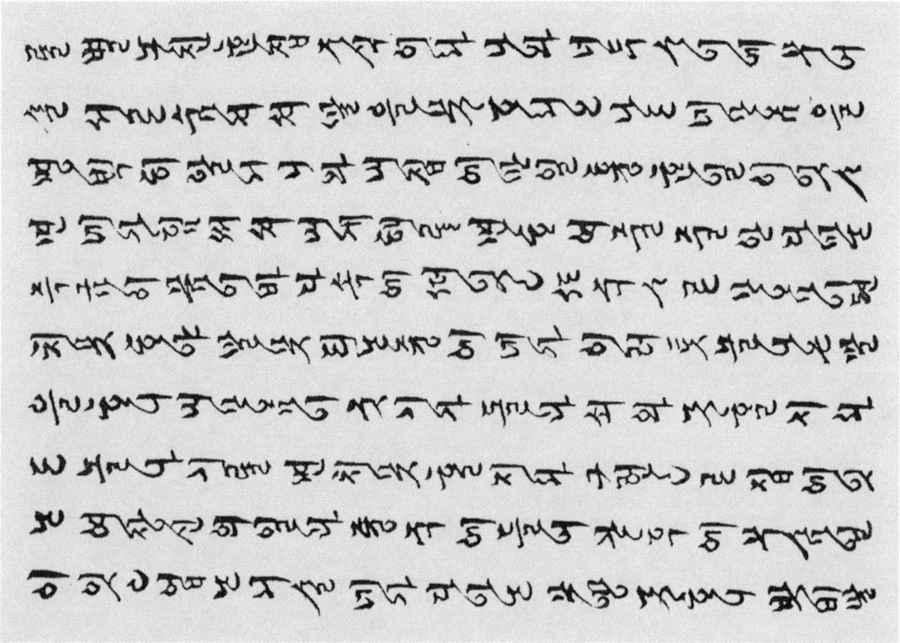

64b

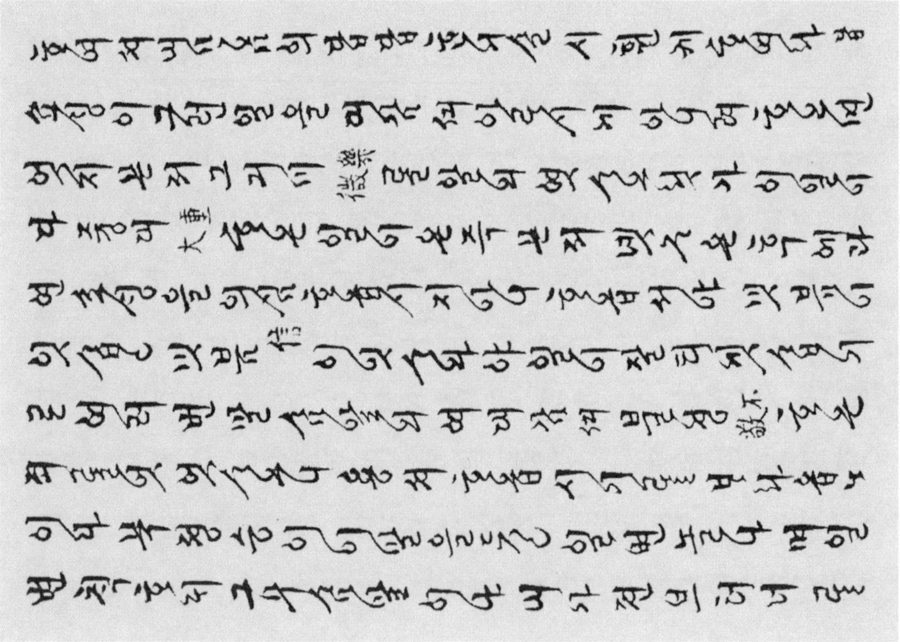

65a

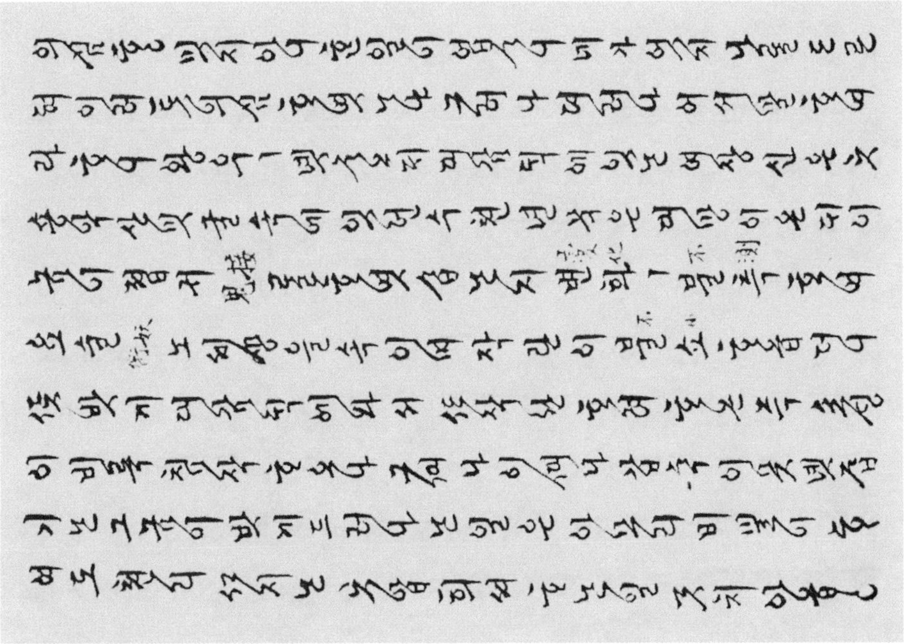

65b

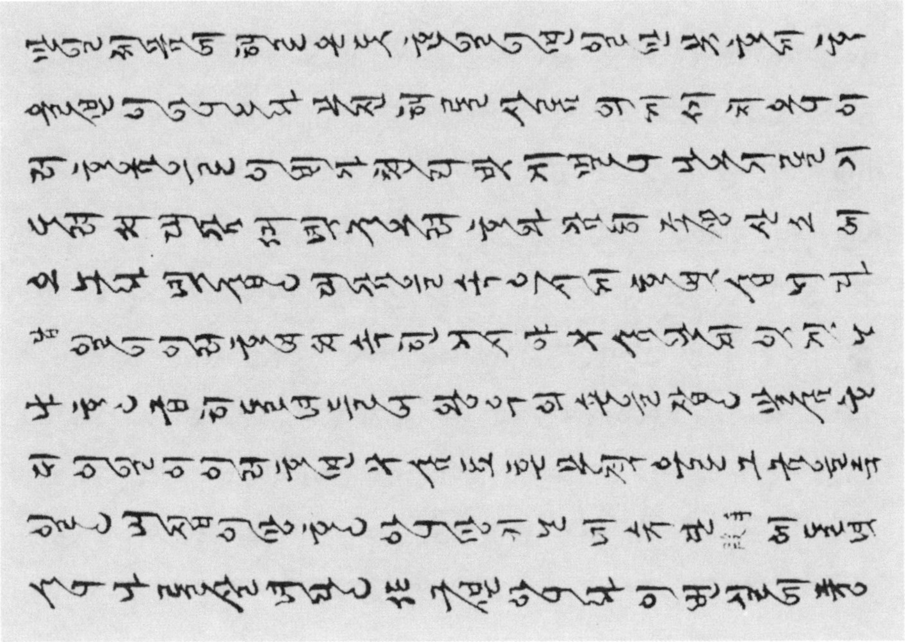

66a

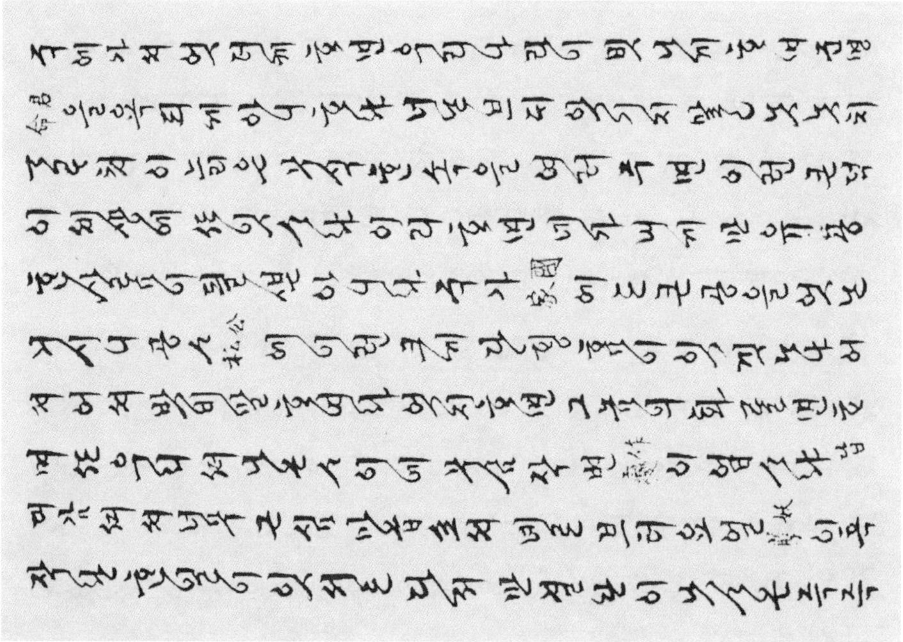

66b

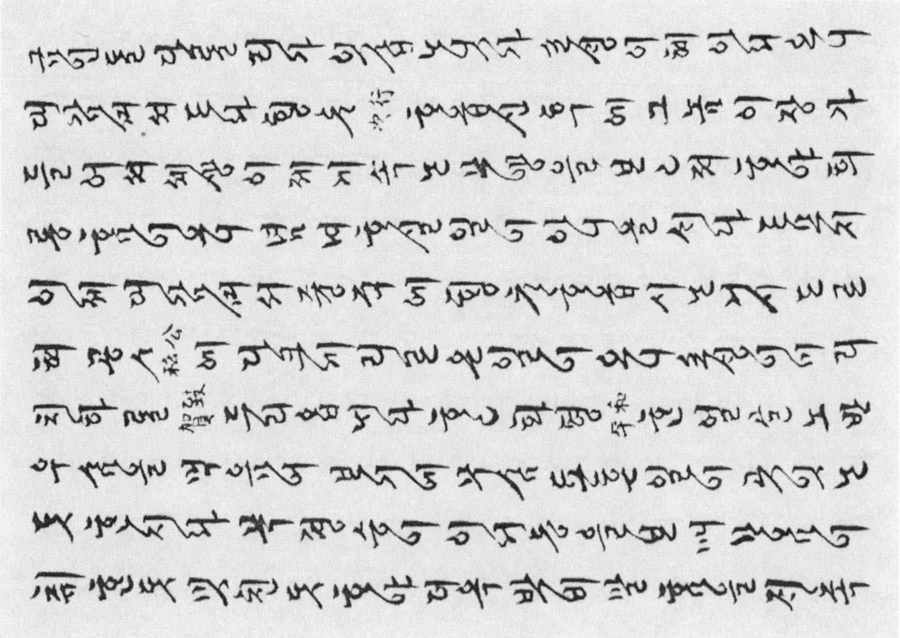

67a

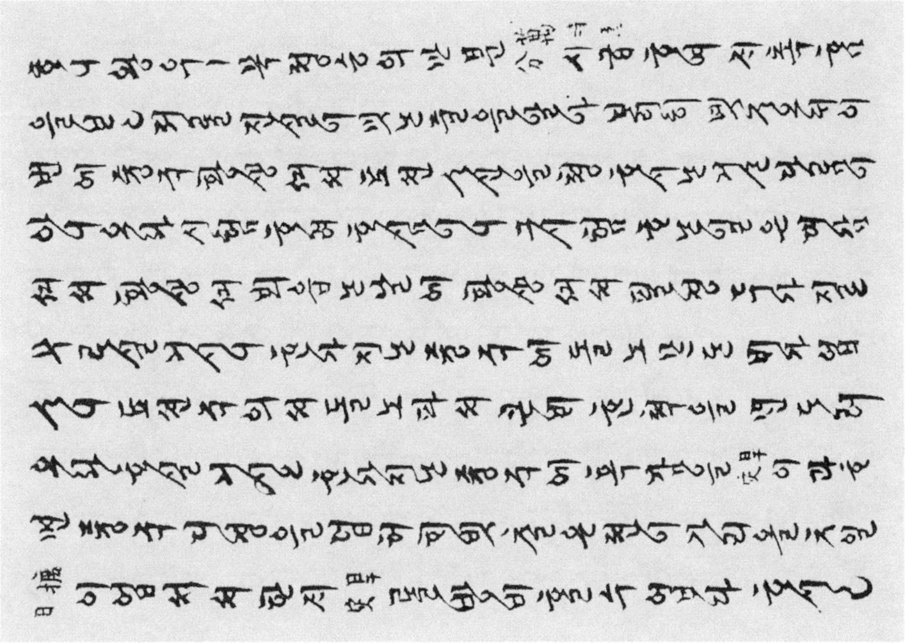

ᄒᆞ나 왕우ㅣ 북 정승의 반분 分 시급ᄒᆞ여 젹ᄎᆞᆨᄒᆞᆷ
을 보ᄂᆞ되 조ᄎᆞᆯ 진실노 빗ᄂᆞᆫ 츌을 알아 불너ᄃᆡ 셔ᄉᆞ오되 이
변에 즁국 황상 ᄭᅦ셔 됴션 ᄉᆞ신을 쳥ᄒᆞ시ᄂᆞᆫ 거ᄉᆞᆫ 당초에
아니오와 시험ᄒᆞ려 ᄒᆞ심이니 ᄀᆞᆺ 시험ᄒᆞᄂᆞᆫ 일은 ᄃᆡ감
ᄭᅦ셔 황상 ᄭᅦ 뵈ᄋᆞᆸᄂᆞᆫ 날에 황상 ᄭᅦ셔 필경 두가지를
뭇자오실 거시니 ᄒᆞᆫ가지ᄂᆞᆫ 츙주에 ᄃᆞᆯ노 ᄆᆞᆫᄃᆞᆫ ᄇᆡ가 업
스니 됴션 ᄌᆞ의셔 ᄃᆞᆯ노 ᄯᅡ셔 큰 ᄇᆡ ᄒᆞᆫ 쳑을 ᄆᆡᆫᄃᆞ러
오라 ᄒᆞ실 거시오 ᄒᆞᆫ가지ᄂᆞᆫ 츙주에 ᄒᆞᆨ쟝을 旱 이 과ᄒᆞ
면 츙주 ᄃᆡ경을 덥허 ᄒᆡ빗 츌온 쳔이 가리올 ᄭᅥᆺ일
日 擯 이 업셔셔 한지 旱 ᄀᆞᆯ 방비ᄒᆞᆯ 수 업ᄂᆞ다 ᄒᆞ실

67b

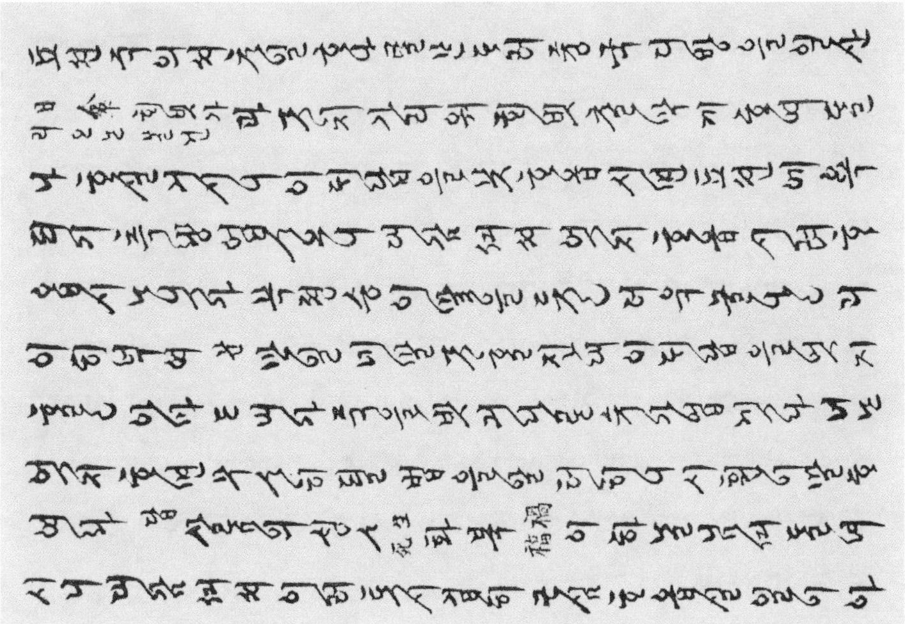

됴션 ᄌᆞ의셔 ᄎᆞᆯ일ᄒᆞ야 ᄌᆞᆯ 반드러 즁국 ᄃᆡ방을 일산
日 傘 리ᄂᆞᆫ 볼 건 희빗가 ᄅᆞ ᄎᆞ지 가리워 ᄒᆡ빗 츌 ᄉᆞᆨ게 ᄒᆞ여 ᄯᅳᆯ
나 ᄒᆞ실 거시니 이 ᄃᆡ답을 낫ᄒᆞ옵시면 됴션에 욕
되기 ᄎᆞᆨ쟝 업ᄉᆞ오니 ᄃᆡ감 ᄭᅦ셔 어지 ᄒᆞ옵시려ᄒᆞ
옵시ᄂᆞ니와 북정승이 ᄯᅳᆺ을 ᄃᆞᆺᄂᆞᆫ 더욱 ᄭᅮᆷᄂᆞᆫ 다
이 히 ᄂᆡ부여 ᄒᆞᆫ 밤을 미 ᄉᆞᆯ ᄌᆞᆷ 질ᄃᆡ 이 ᄃᆡ답을 어지
ᄒᆞᆯ 이 사 ᄃᆞ 내자 ᄌᆞᆨ을 밧 괴 ᄃᆞᆫ ᄉᆞᆨ가 업지 ᄂᆞ다 ᄂᆡᄂᆞᆫ
어지 ᄒᆞ면 무ᄉᆞᆫ 히 될 법을 알 더 희니 시험이 받 ᄒᆞ
여라 담 사ᄅᆞᆷ의 싱ᄉᆞ 生死 화복 禍福 이 하ᄂᆞᆯ님의 ᄃᆞᆯ녀
시니 ᄃᆡ감 ᄭᅦ셔 이러ᄐᆞᆺ 시 검ᄒᆞ 근심 ᄒᆞ옵실 일이 아

68a

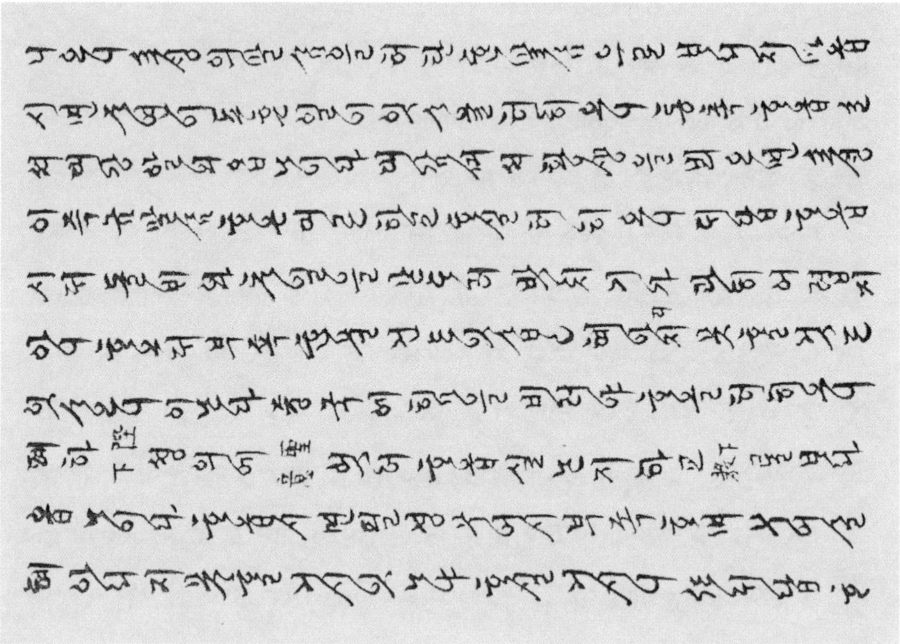

68b

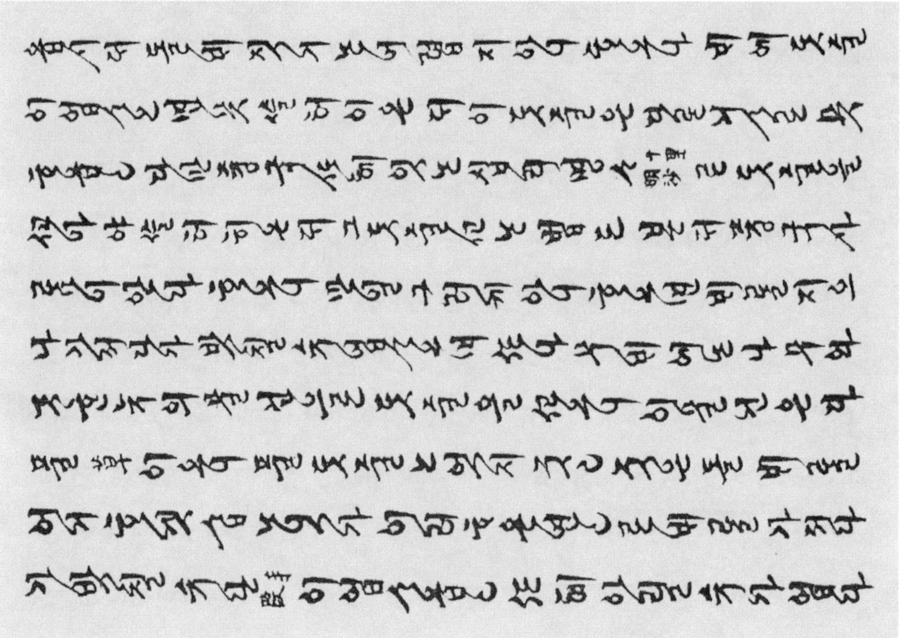

69a

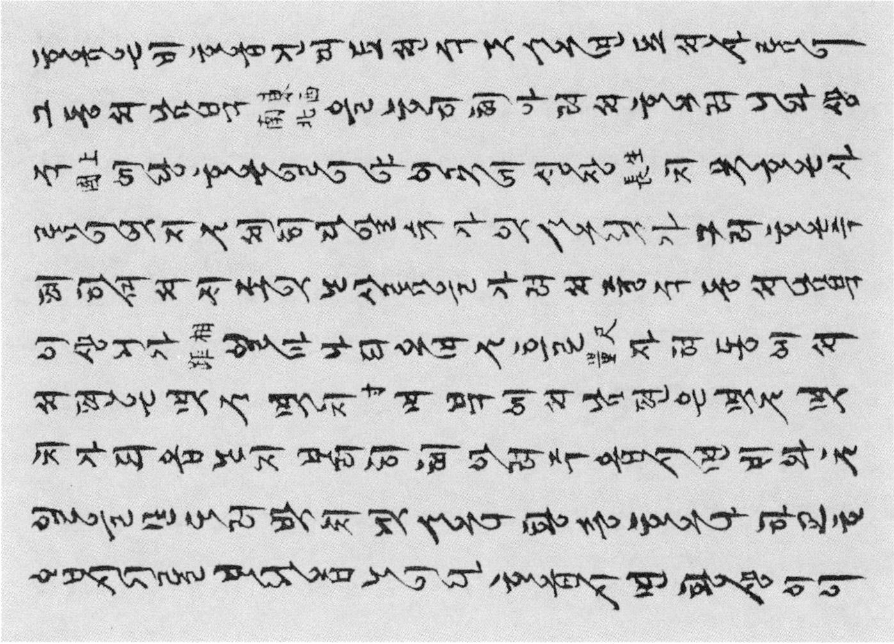

69b

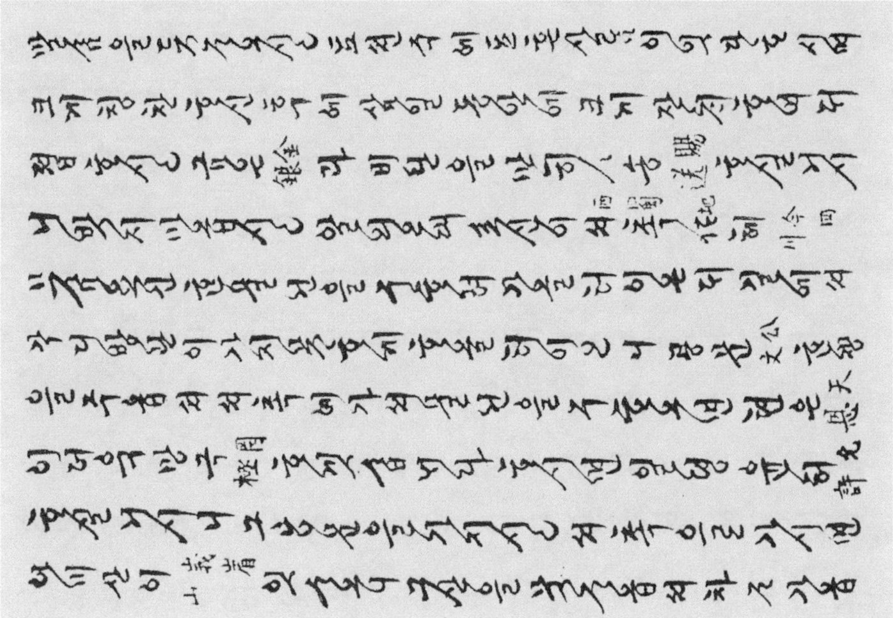

70a

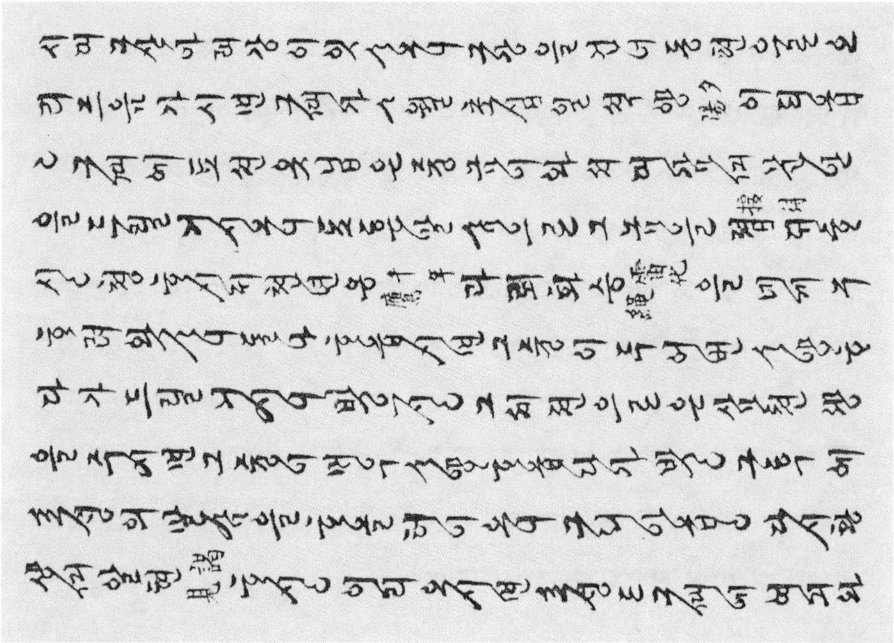

70b

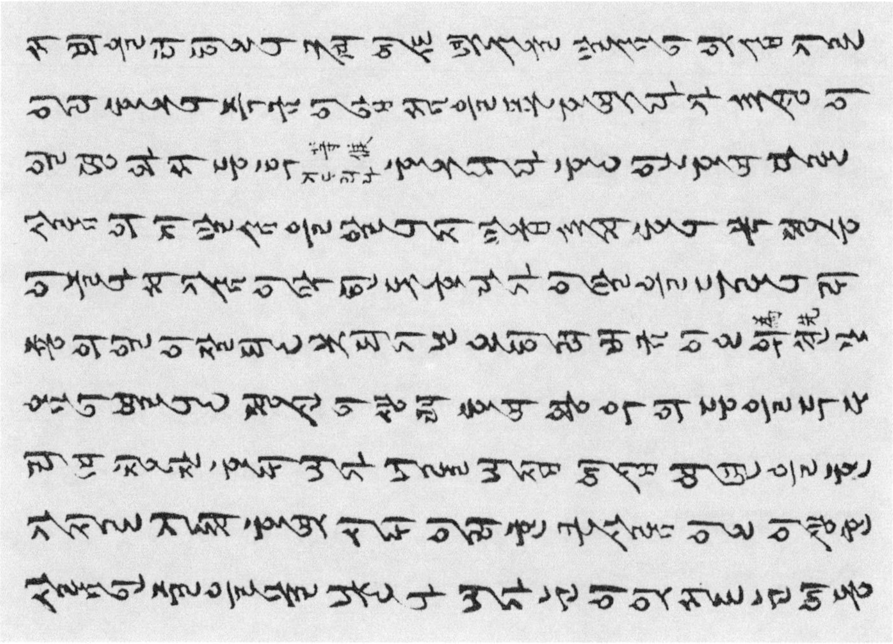

71a

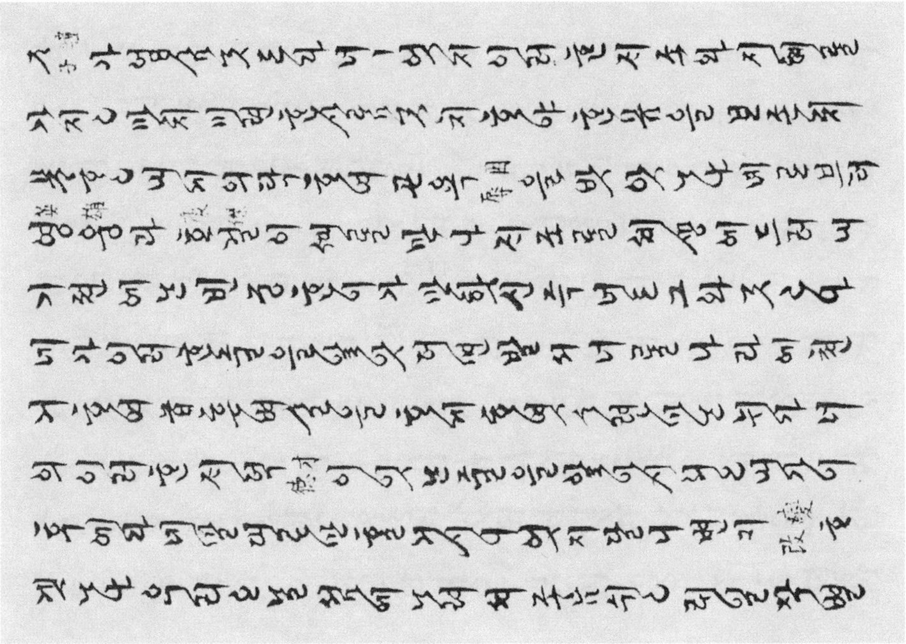

71b

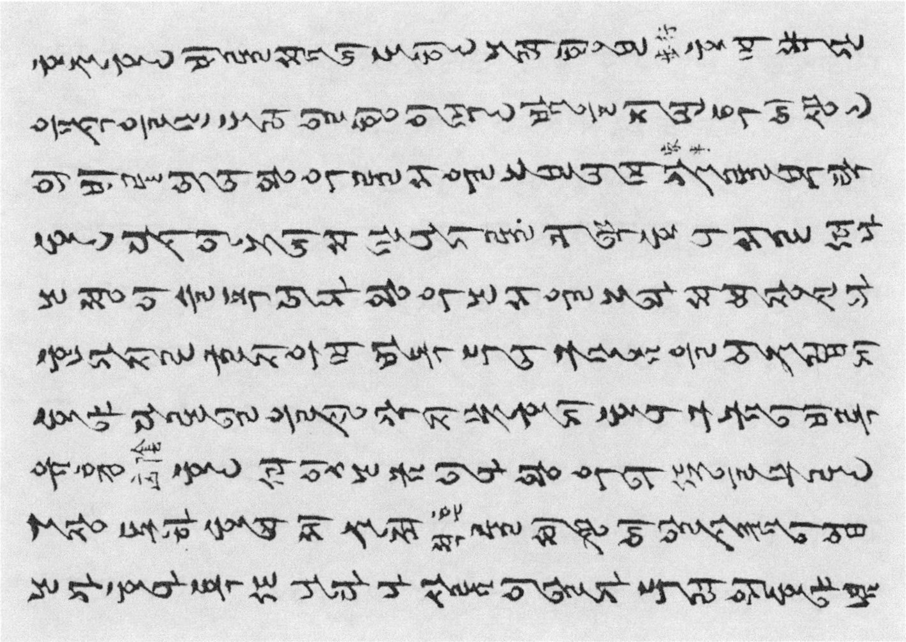

72a

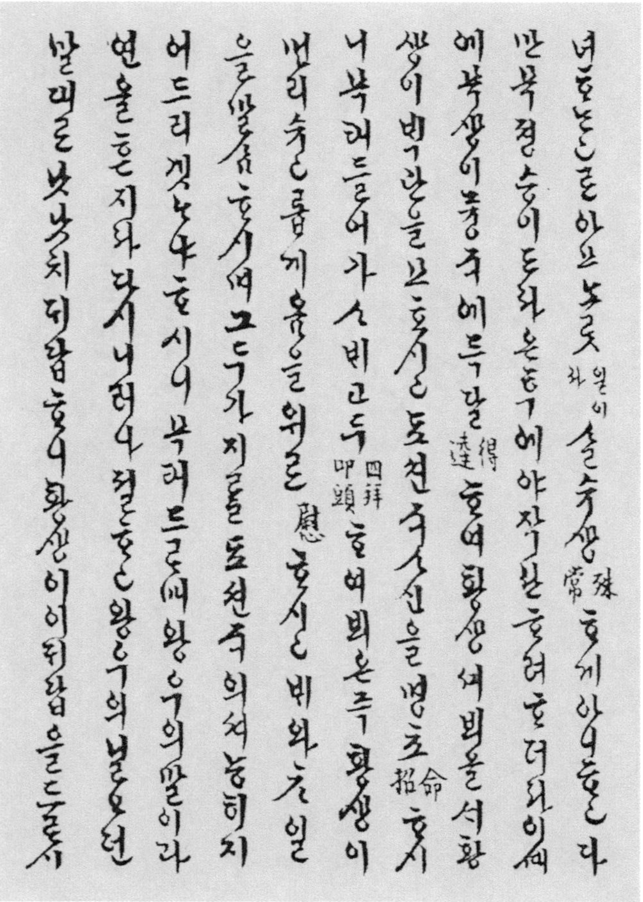

너ᄒᆞᄂᆞᆫ 줄 아고 노릇(차 일이) 슈샹(殊常)ᄒᆞ게 아니ᄒᆞᆫ다
만복졍승이 도라온 후에 야작 ᄒᆞ려 ᄒᆞ더니 이ᄯᅢ
에 복ᄉᆡᆼ이 츙주에 득달(得達)ᄒᆞ여 황ᄉᆡᆼ셔 뵈올셔 황
ᄉᆡᆼ이 반가오를 ᄒᆞ실 도쳔쥬ᄉᆞ신을 명초(命招)ᄒᆞ시
니 복이 드러가 ᄉᆞ비고두(四拜叩頭)ᄒᆞ여 뵈온즉 황ᄉᆡᆼ이
별노 츄롭게 옹을 위로(慰)ᄒᆞ신 비와 ᄀᆞᆺ 일
을 말ᄉᆞᆷᄒᆞ시며 그ᄃᆡ가 지ᄂᆡᆫ 도쳔쥬의셔 ᄂᆞᆼ히지
어드러 깃ᄂᆞ냐 ᄒᆞ시니 복이 드ᄅᆞᆫᄃᆡ 왕우의 ᄯᆞᆯ이라
연오ᄅᆞᆫ 지라 다시 니러나 졀ᄒᆞᆫ 왕우의 빌ᄒᆞ던
말ᄃᆡᄅᆞᆯ 보낫치 되답ᄒᆞ니 황ᄉᆡᆼ이 이 되답을 드ᄅᆞ시

72b

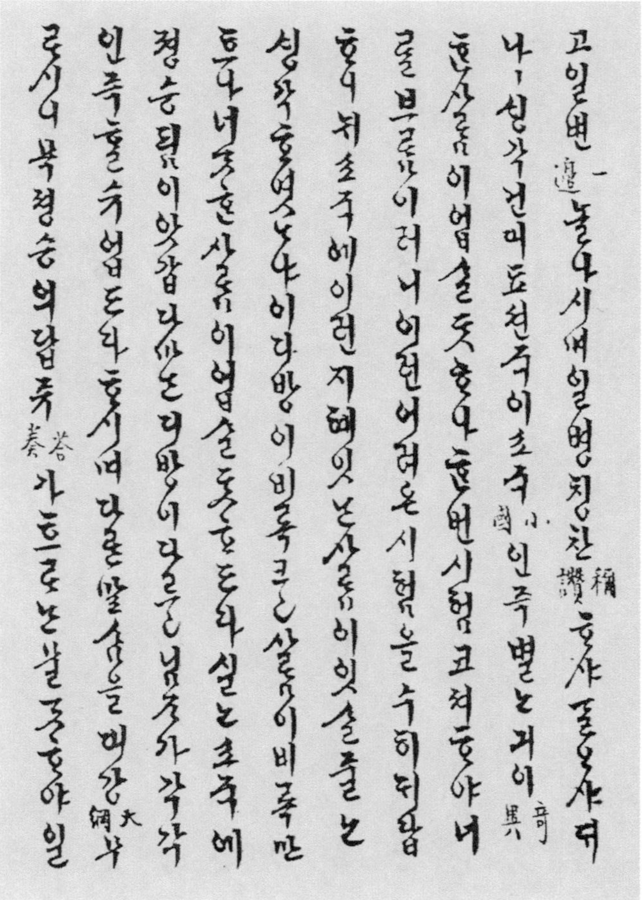

고 일변(一邊) 놀나시며 일변 칭찬(稱讚)ᄒᆞ샤 ᄀᆞᆯᄋᆞ샤ᄃᆡ
나ᄂᆞᆫ 싱각건대 도쳔쥬이 초쥬(國) 인즉 별노 긔이(奇異)
ᄒᆞᆫ 사ᄅᆞᆷ이 업슬 줄 노ᄒᆞ나 ᄒᆞᆫ번 시험코져 ᄒᆞ야 네
ᄀᆞᆯ 부ᄅᆞᆫ이 이러나 여러 어려온 시험을 수히 되답
ᄒᆞ니 뉘 초쥬에 이런 지혜 잇ᄂᆞᆫ 사ᄅᆞᆷ이 잇슬 줄 ᄂᆞᆫ
싱각ᄒᆞ엿ᄂᆞ냐 이 디방이 비록 큰 사ᄅᆞᆷ이 비록 만
ᄒᆞ나 너 ᄀᆞᆺᄒᆞᆫ 사ᄅᆞᆷ이 업슬 줄 도라 실ᄂᆞᆫ 초쥬에
졍승 ᄃᆡᆨ이 잇ᄉᆞᆸ다 다ᄉᆞᆫ 디방이 다ᄅᆞᆫ 넘ᄎᆞ가 각각
인즉 ᄒᆞᆯ 수 업도다 ᄒᆞ시며 다ᄅᆞᆫ 말ᄉᆞᆷ을 ᄃᆡ강(大綱) 무
ᄅᆞ시니 복졍승의 답주(奏答)가 ᄒᆞ르ᄂᆞᆫ 물 ᄀᆞᆺᄒᆞ야 일

73a

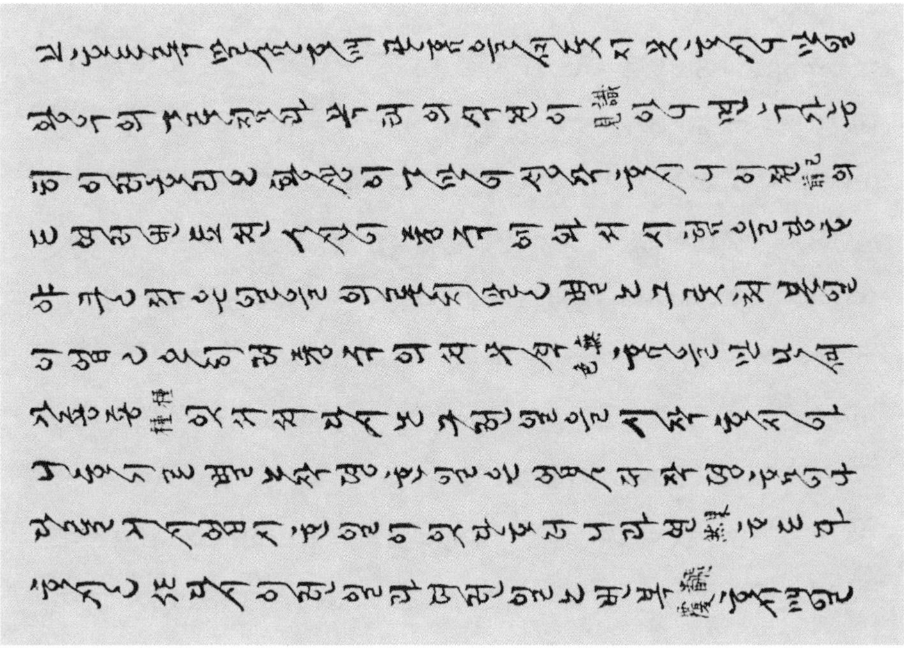

73b

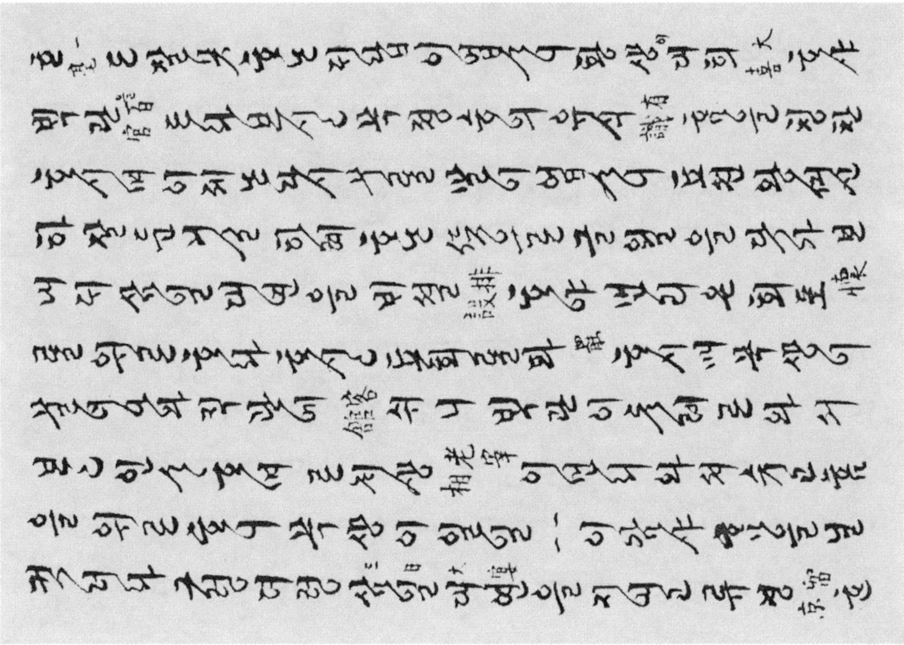

74a

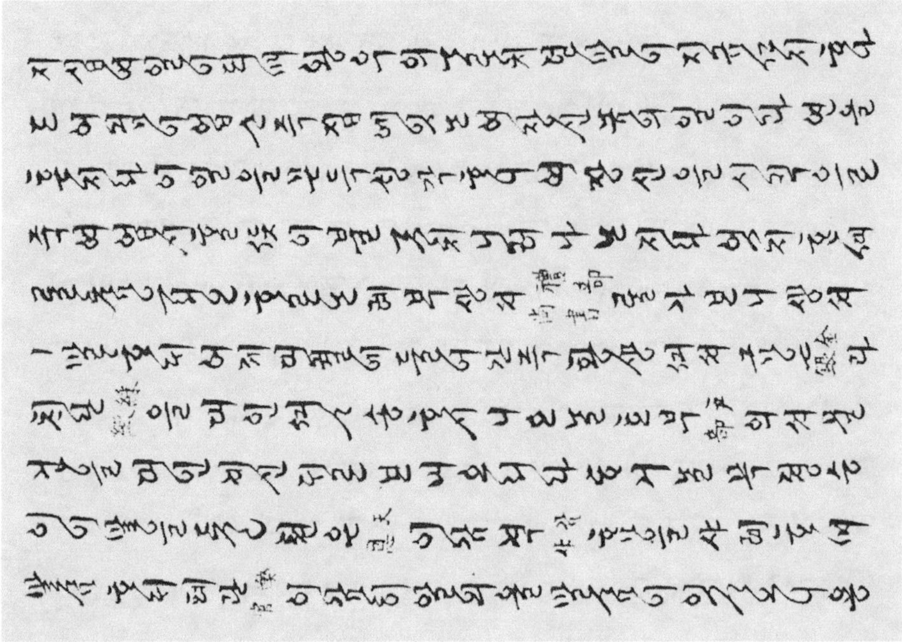

74b

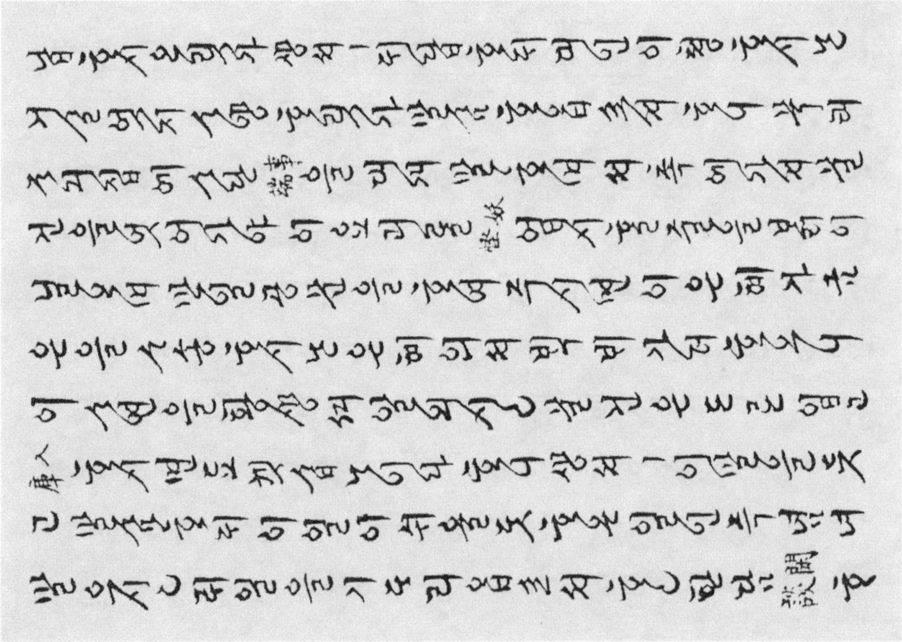

75a

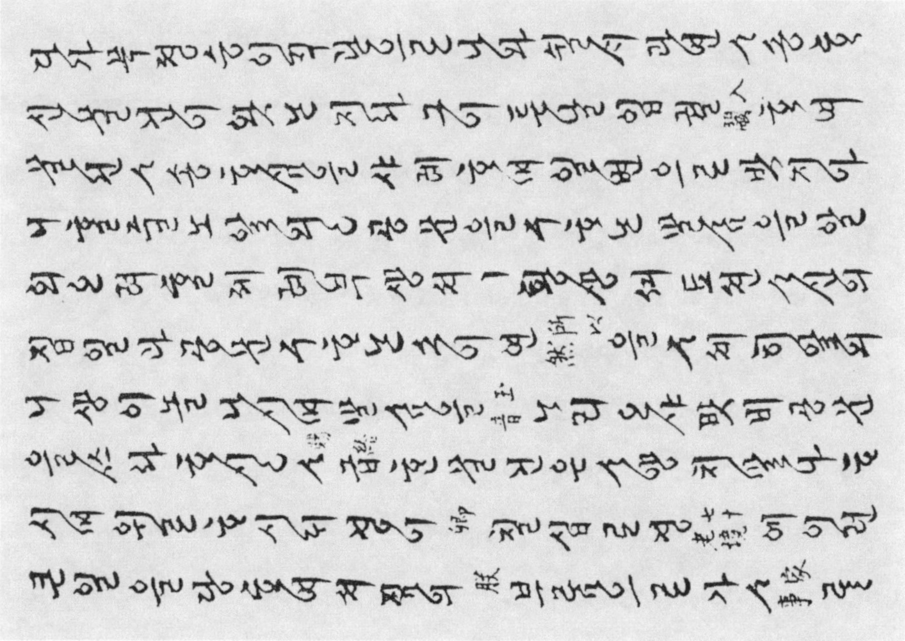

75b

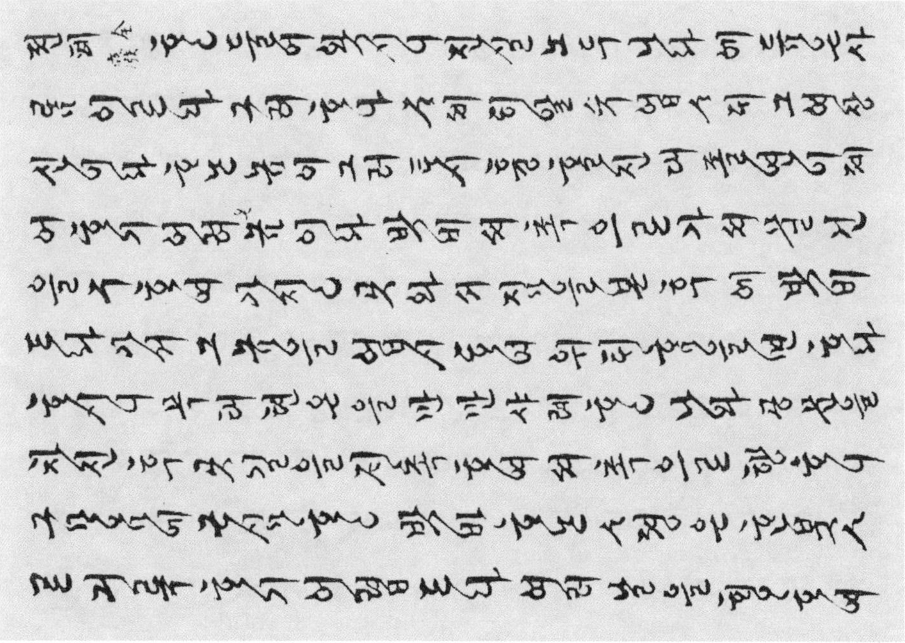

76a

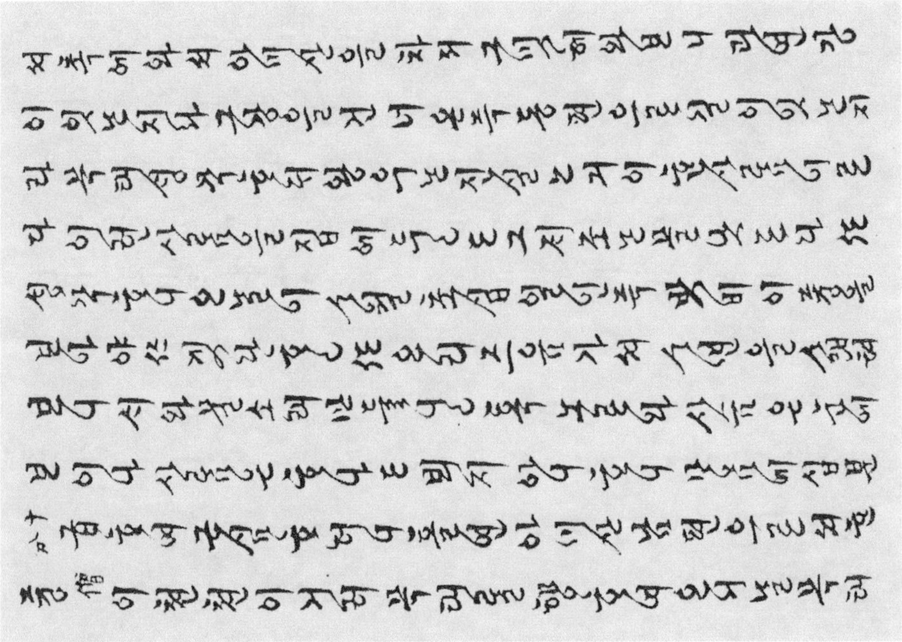

셔쵹에와셔 아미산을 차저 구비긧헤와보니 과연강
이잇ᄂᆞᆫ지라 강을 건너 왼쪽 동편으로 길이잇ᄂᆞᆫ지
라 북대셩 쥬ᄒᆞ던 왕우ᄂᆞᆫ지 살ᄂᆞᆫ 거이ᄒᆞᆫ사ᄅᆞᆷ이로
다 이런사ᄅᆞᆷ을 집에 두ᄂᆞᆫ도 그지 ᄌᆞᄂᆞᆫ 물로ᄒᆞ도다 ᄯᅩ
ᄉᆡᆼ각ᄒᆞ니 오ᄂᆞᆯ이 ᄉᆞ월 초십일인즉 ᄇᆞᆨ비이 ᄎᆞᆼ을
닙아야 ᄉᆞ 깃간ᄒᆞᆫ ᄯᅩ 오리 ᄌᆞ유가셔 ᄉᆞ연을 ᄉᆞᆲ셔
보니 셔와 불소ᄅᆡ만 들니ᄂᆞᆫ 독 노ᄅᆞ와 사슴은 ᄂᆞᆫ에
보이나 사ᄅᆞᆷ은 ᄒᆞ나토 뵈지 아니ᄒᆞ니 ᄆᆞᄋᆞᆷ에 십분
급ᄒᆞ여 ᄀᆞᆷ셤ᄒᆞ더니 ᄯᅩ 올연 아미산 남편으로셔 ᄒᆞᆫ
즁(僧)이 쳔쳔이 거러 븍대ᄅᆞᆯ 향ᄒᆞ여 오거ᄂᆞᆯ 븍대

76b

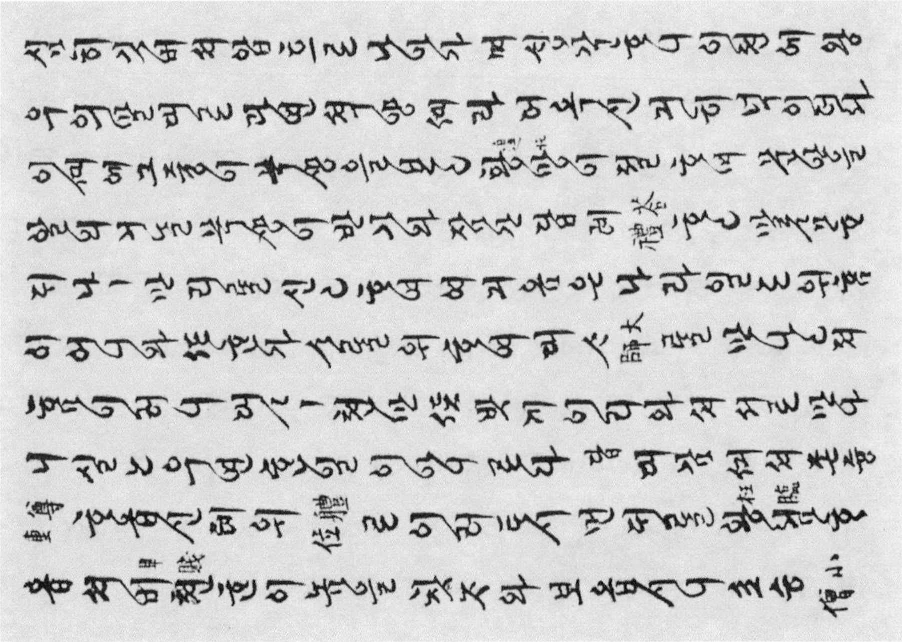

십히 깃버셔 압흐로 나아가며 ᄉᆡᆼ각ᄒᆞ니 이젼에 왕
우의 ᄆᆞᆯ대로 과연 셔방셰라 어옥 신긔ᄒᆞ니 이더라
이ᄯᅢ에 그 즁이 북ᄉᆡᆼ을 보ᄂᆞᆫ 황망(遑忙)이 졀ᄒᆞ여 북ᄉᆡᆼ을
할외거ᄂᆞᆯ 북ᄉᆡᆼ이 반가와 잠간 답례(荅禮)ᄒᆞᆫ 말ᄉᆞᆷ을
되나ㅣ 만리ᄅᆞᆯ 신근ᄒᆞ여 여긔 옴은 나라일로 위ᄒᆞᆷ
이어니와 ᄯᅩᄒᆞᆫ 사ᄅᆞᆷ을 위ᄒᆞ여 대ᄉᆞ(大師)ᄅᆞᆯ 맛나ᄂᆞᆫ져
ᄒᆞᆷ이러니 대ᄉᆞㅣ 쳔만 ᄯᅳᆺ 밧기 이리 와셔 셔로 맛나
니 실노 우연ᄒᆞᆫ 일이 아니로다 답 대감ᄭᅴ셔 존즁
(尊重)ᄒᆞ옵신 톄위(體位)로 이러ᄐᆞ시 먼데ᄅᆞᆯ 왕림(枉臨)ᄒᆞ
옵셔 비쳔(卑賤)ᄒᆞᆫ 이 놈을 ᄎᆞᄌᆞ와 보옵시니 쇼승(小僧)

77a

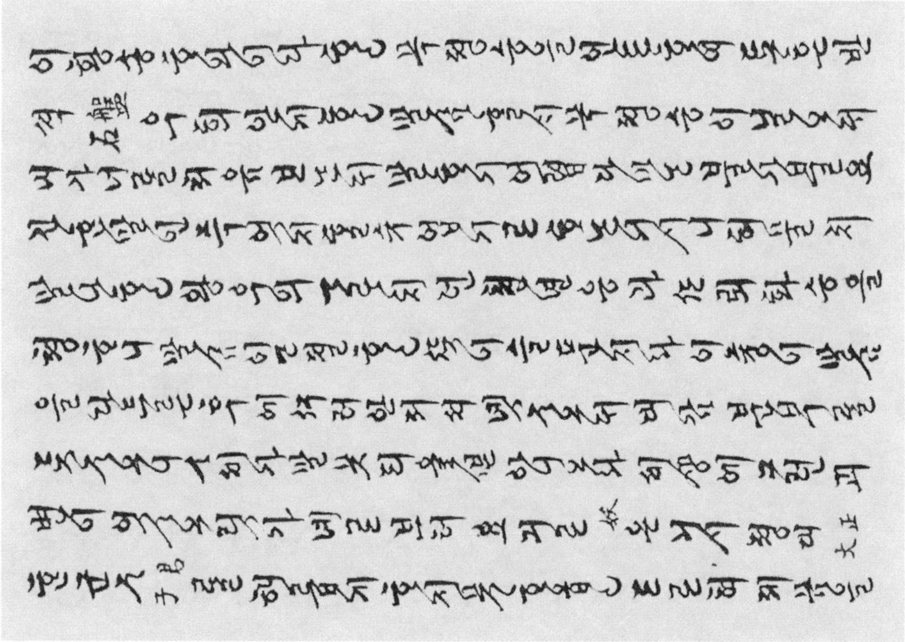

77b

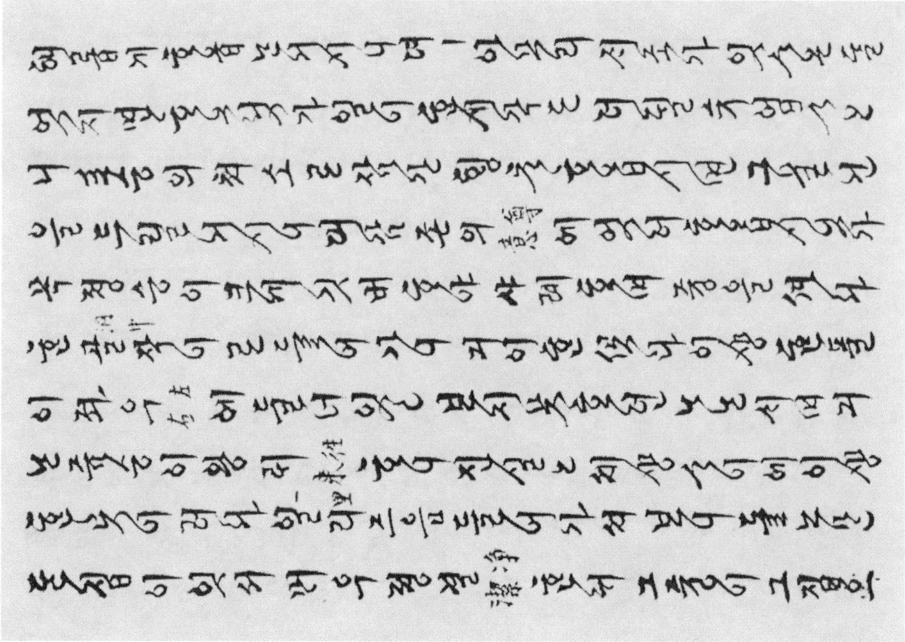

78a

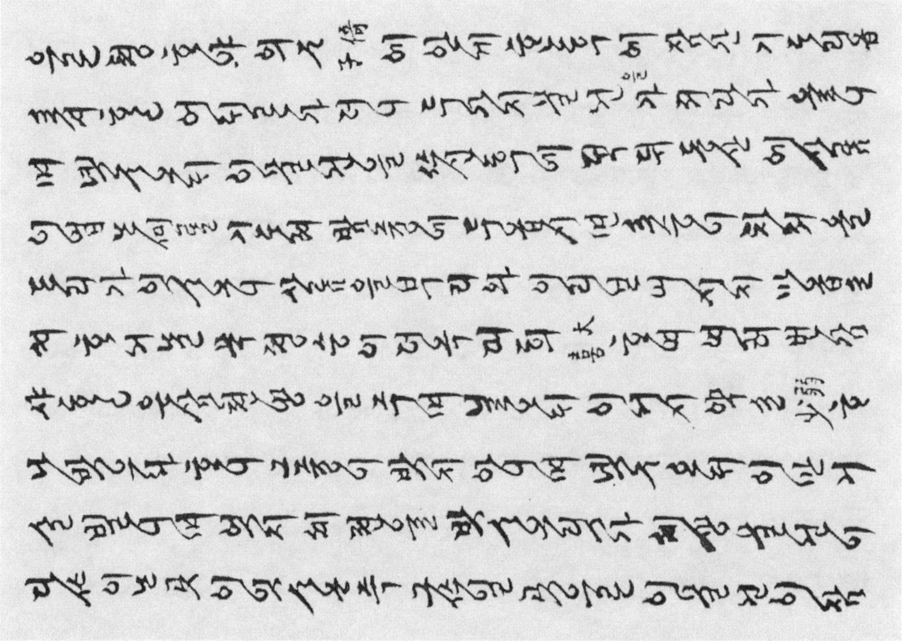

78b

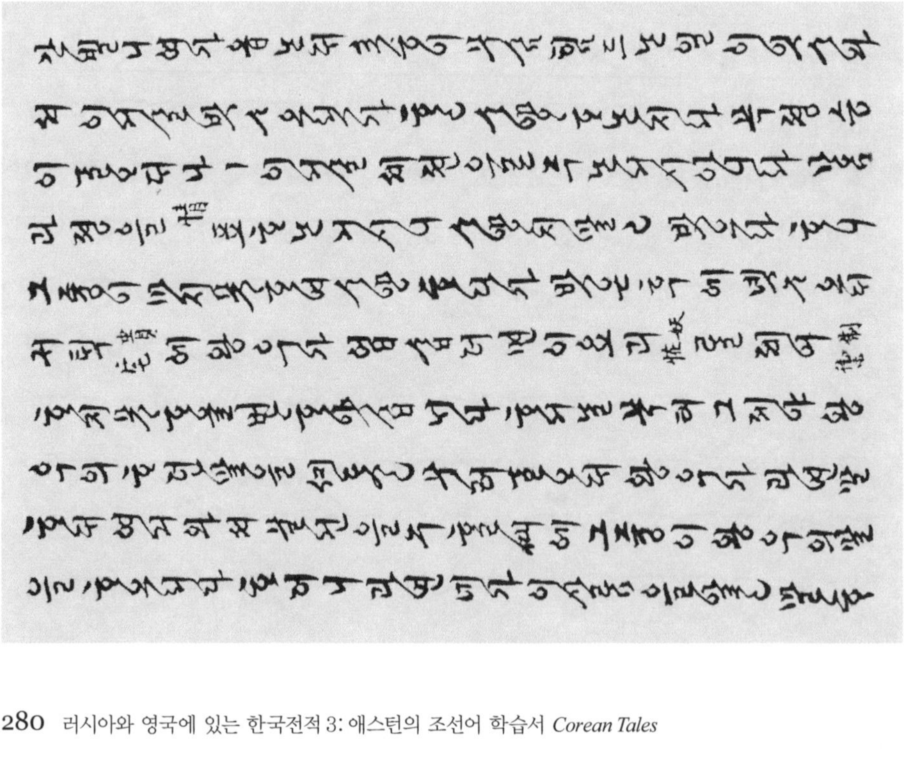

79a

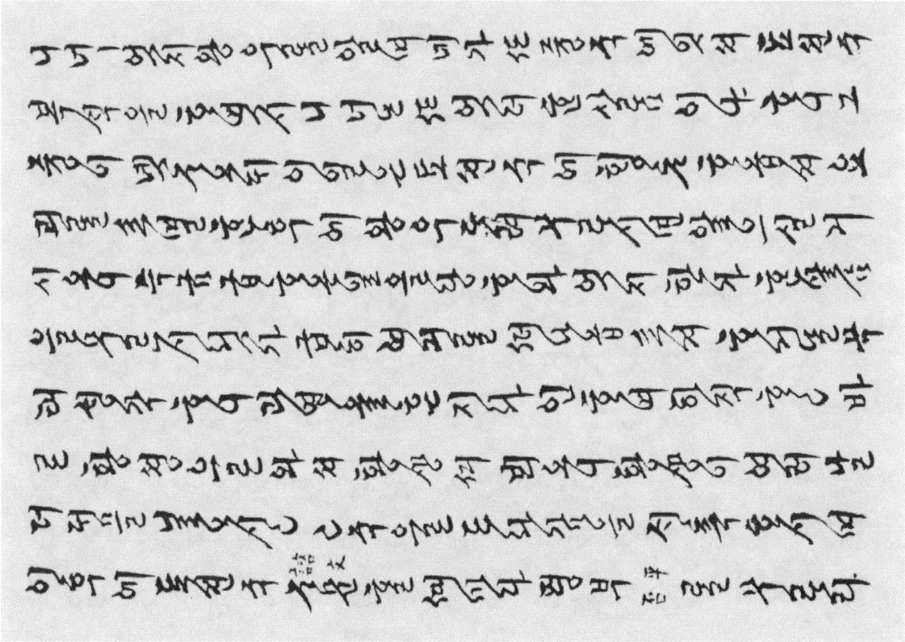

79b

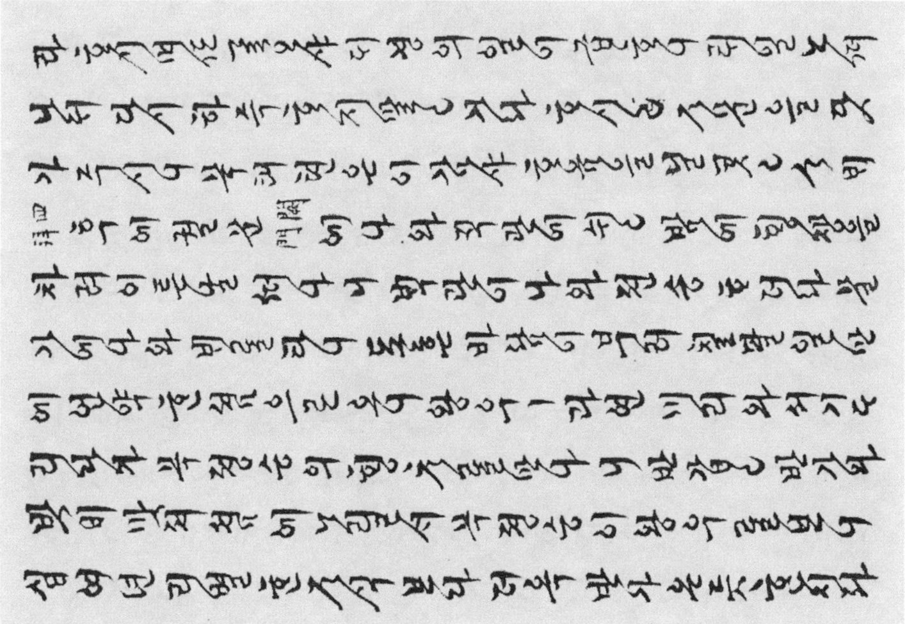

80a

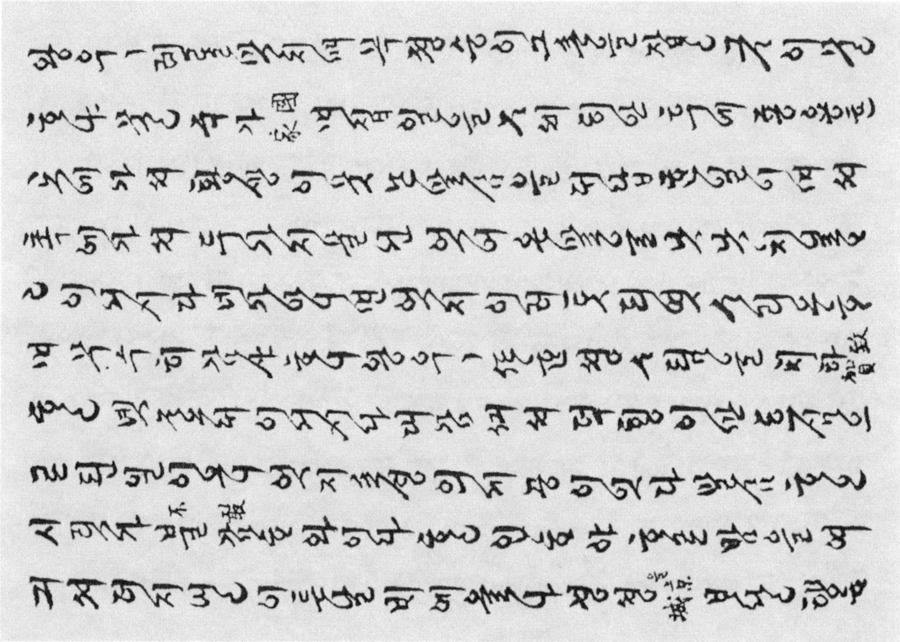

80b

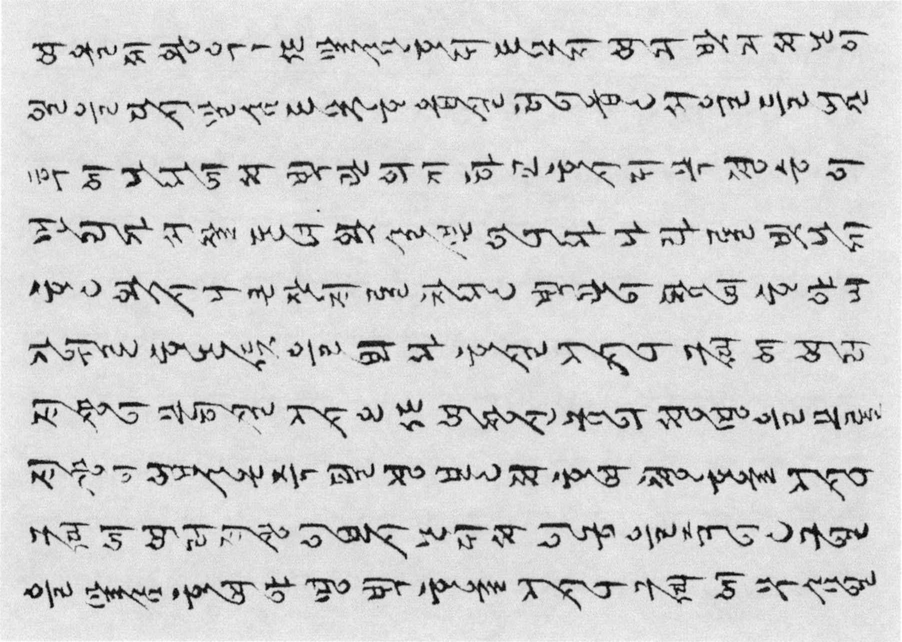

81a

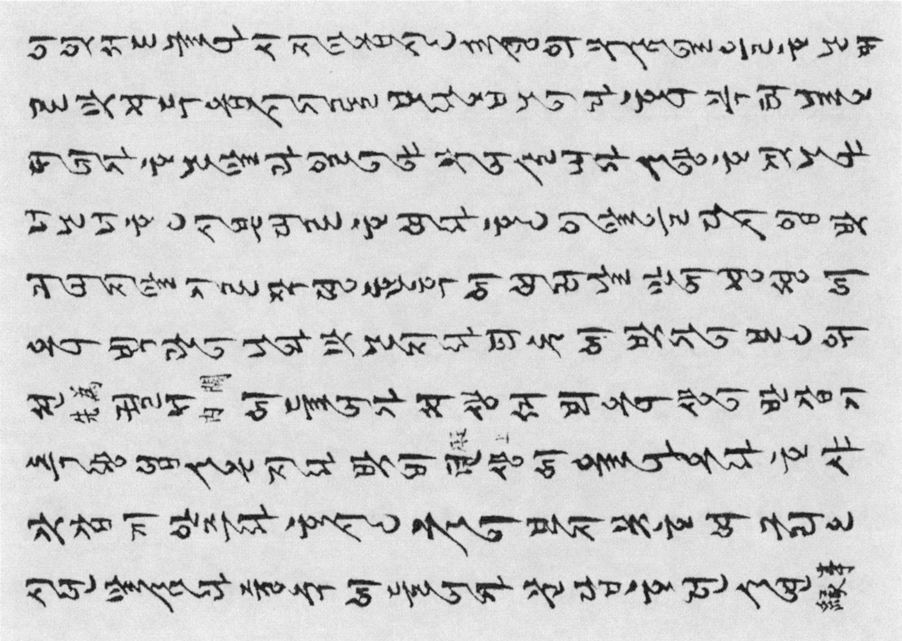

81b

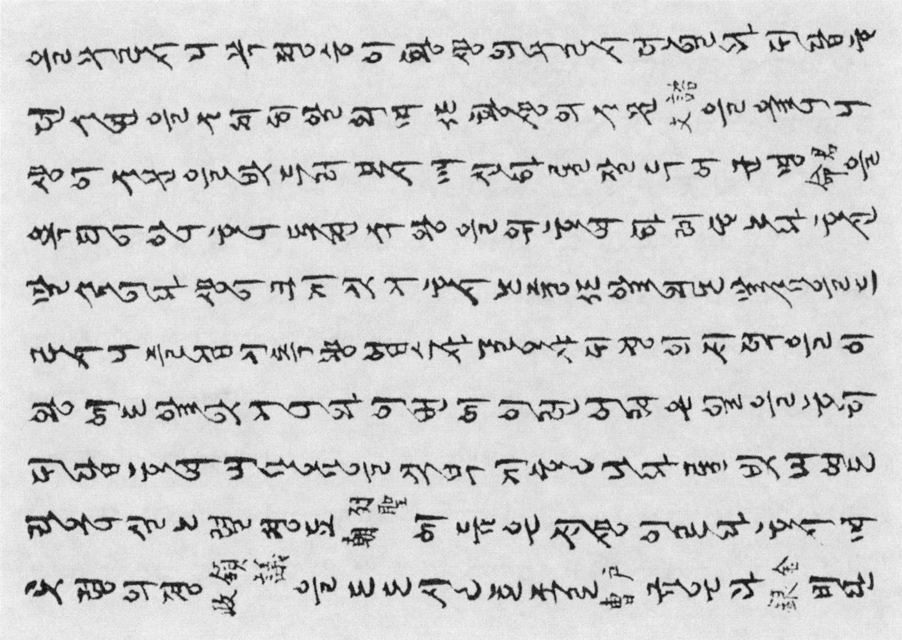

82a

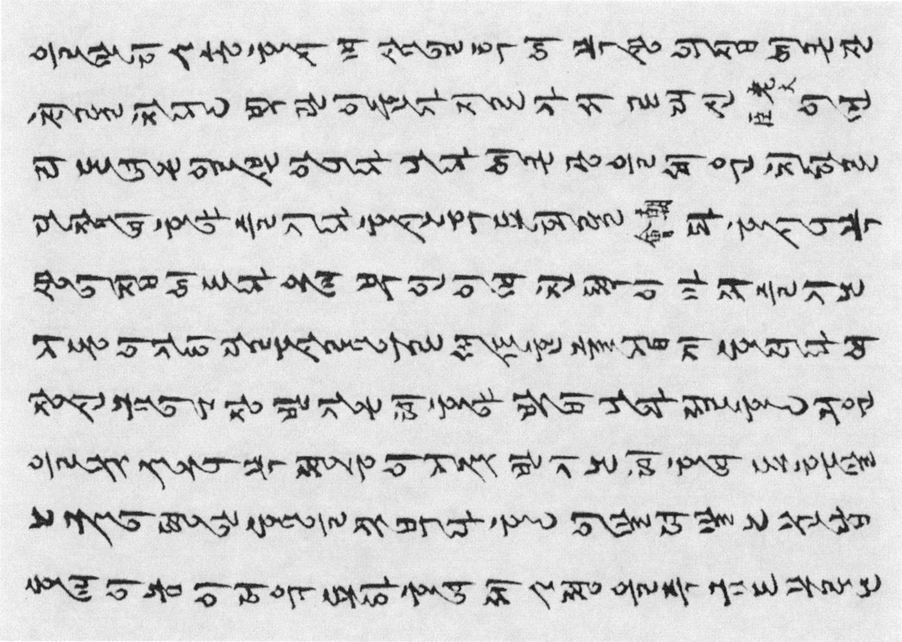

82b

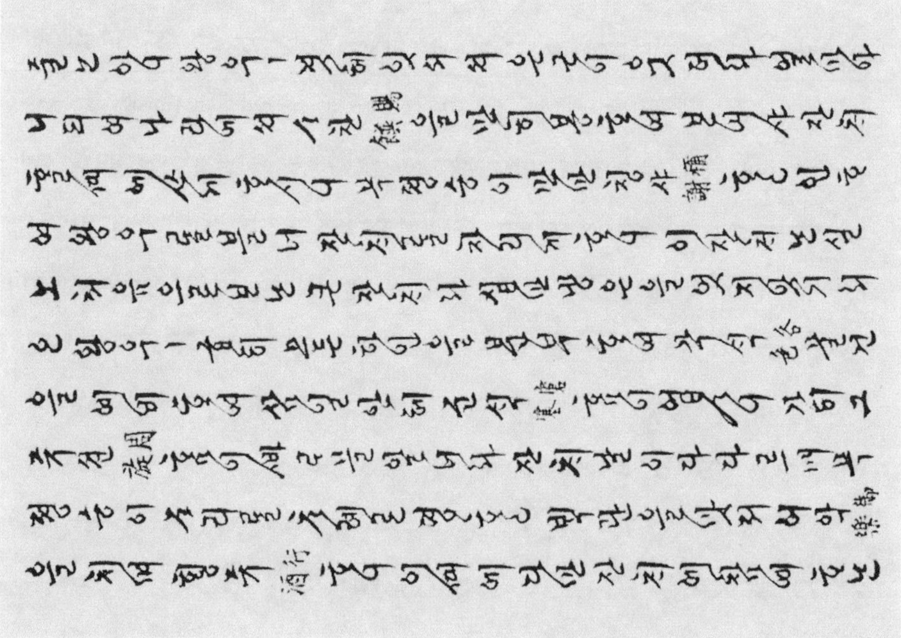

83a

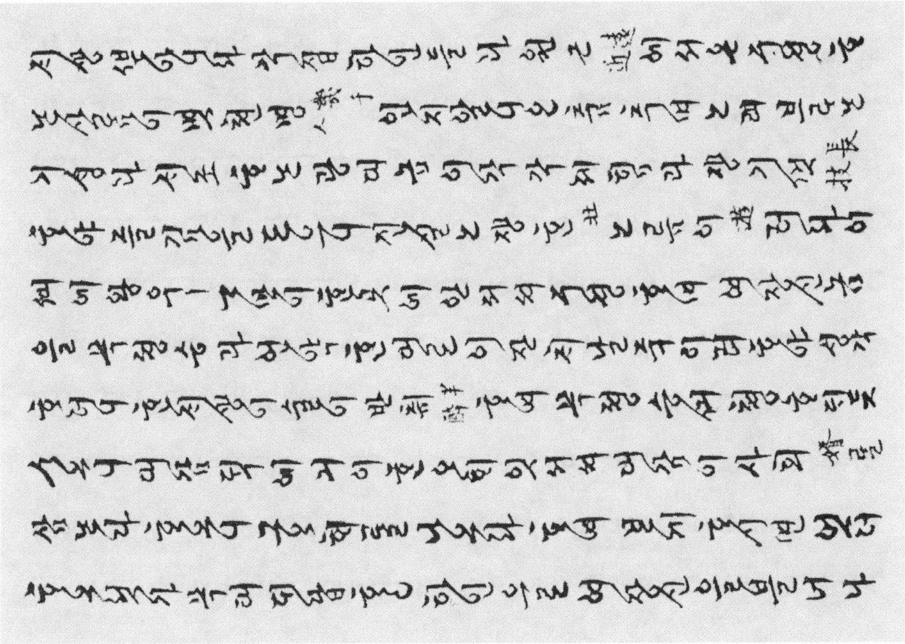

83b

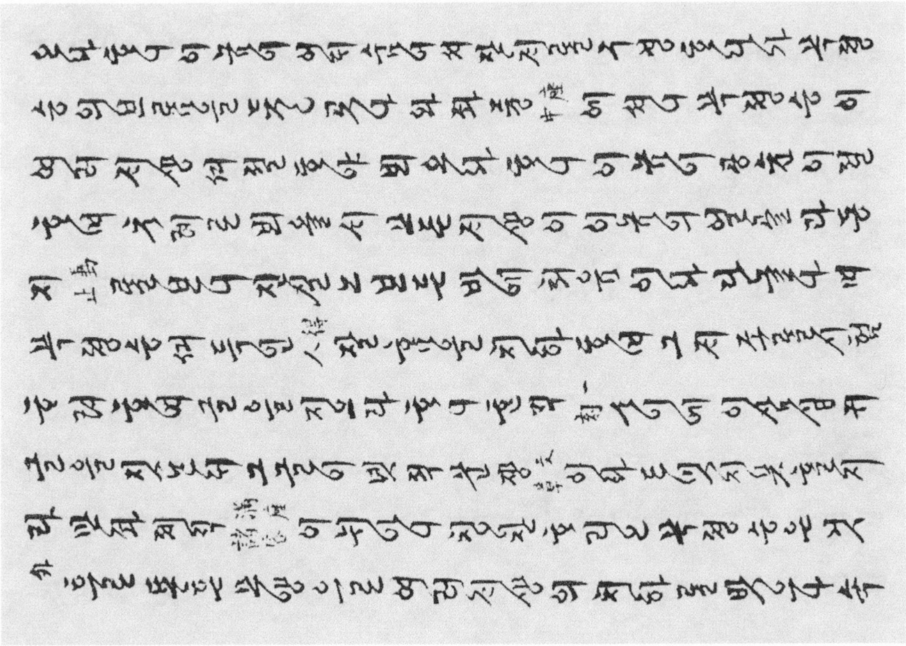

84a

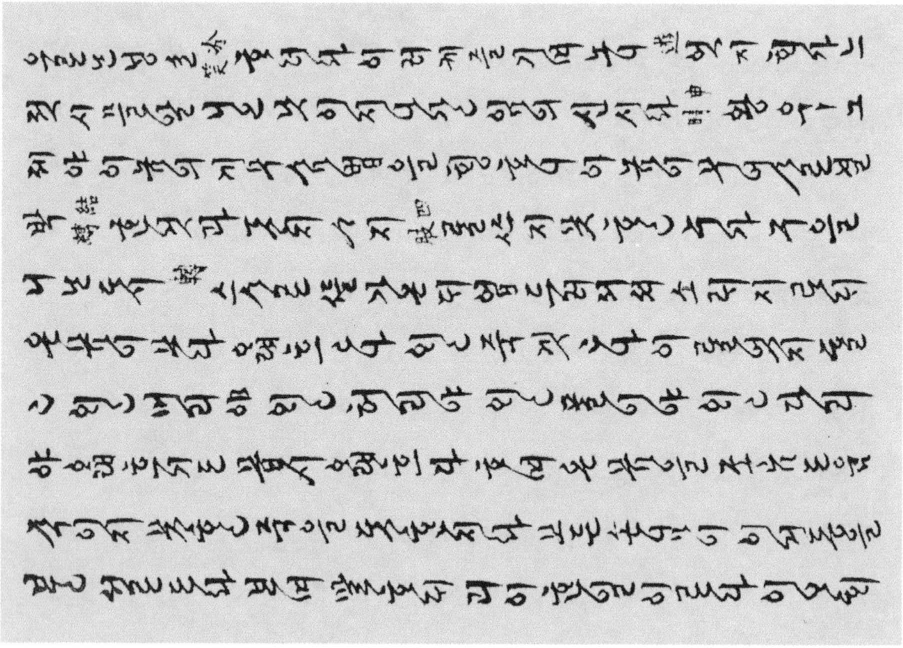

84b

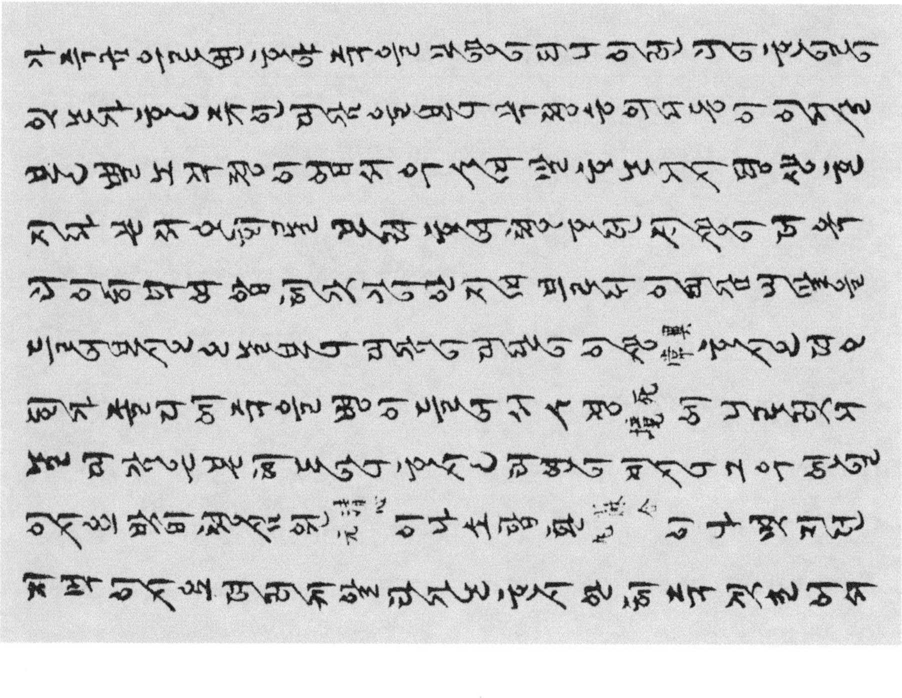

85a

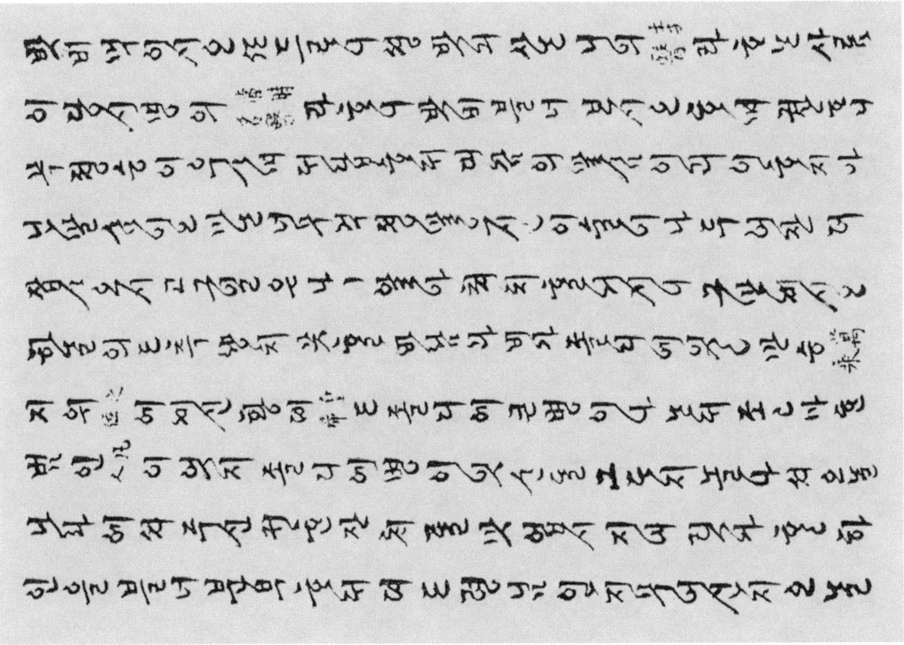

85b

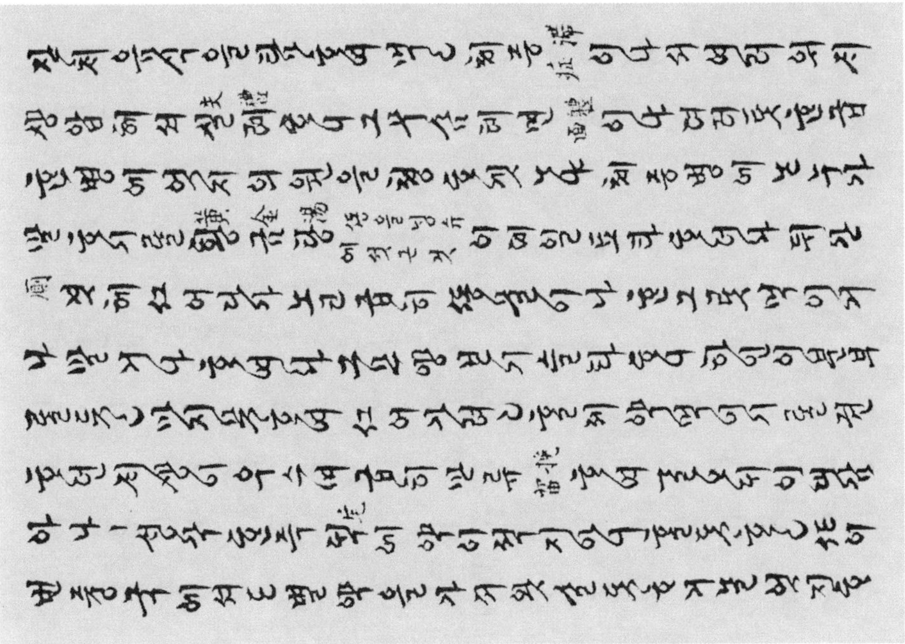

86a

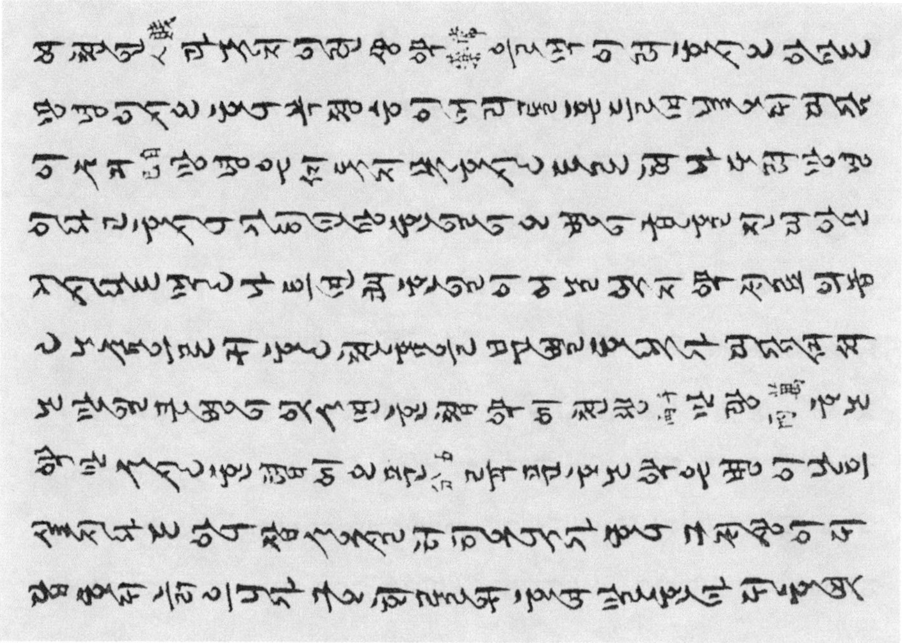

86b

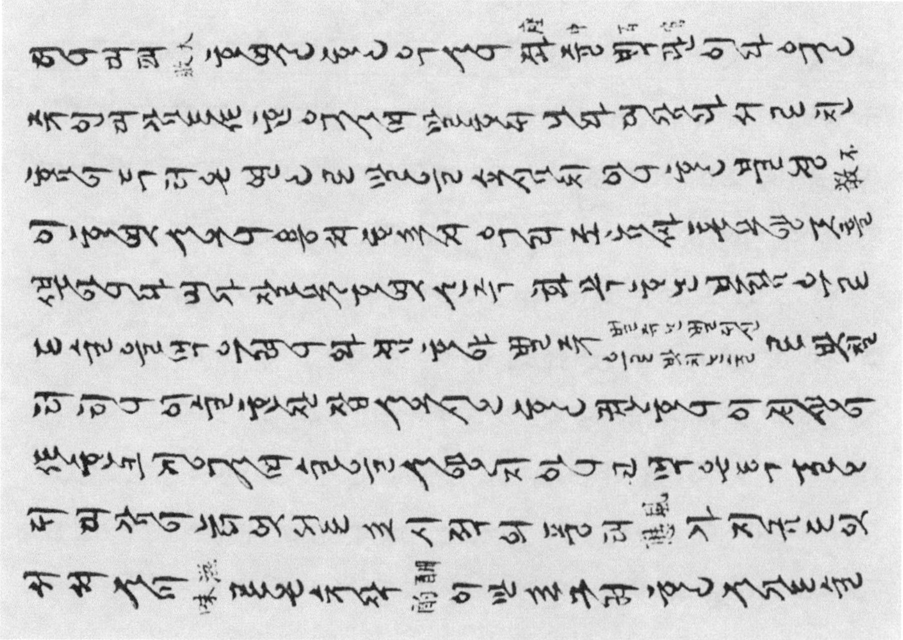

87a

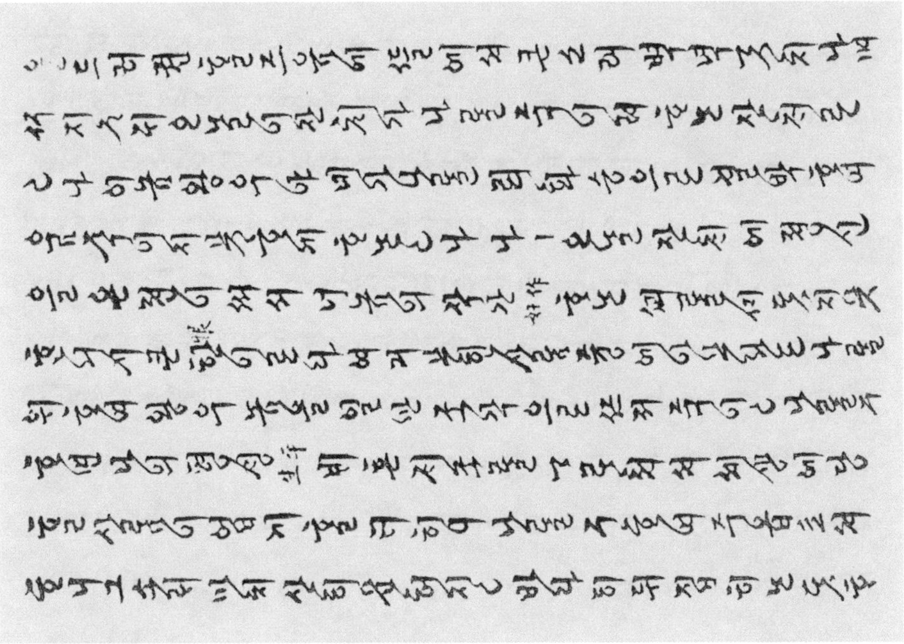

87b

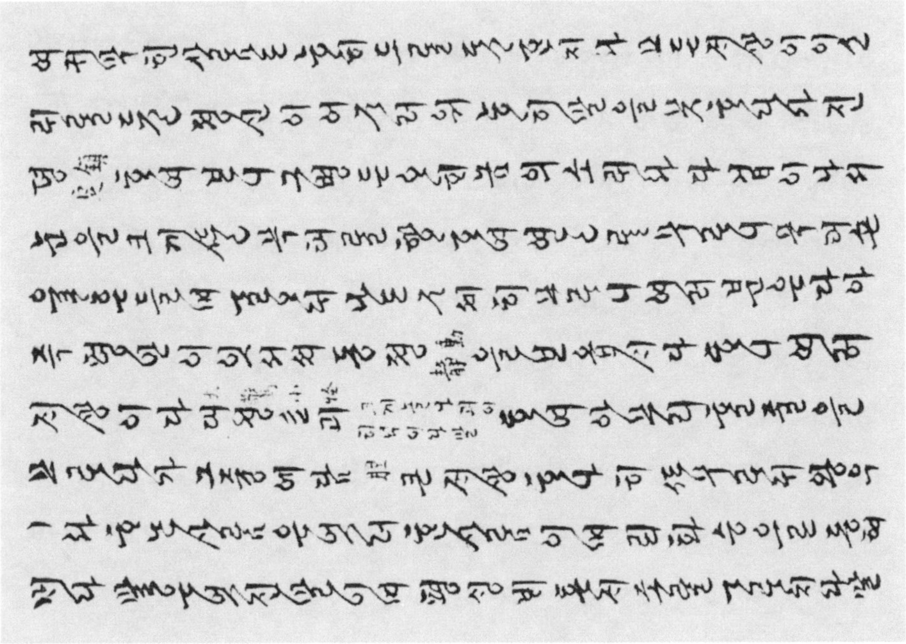

88a

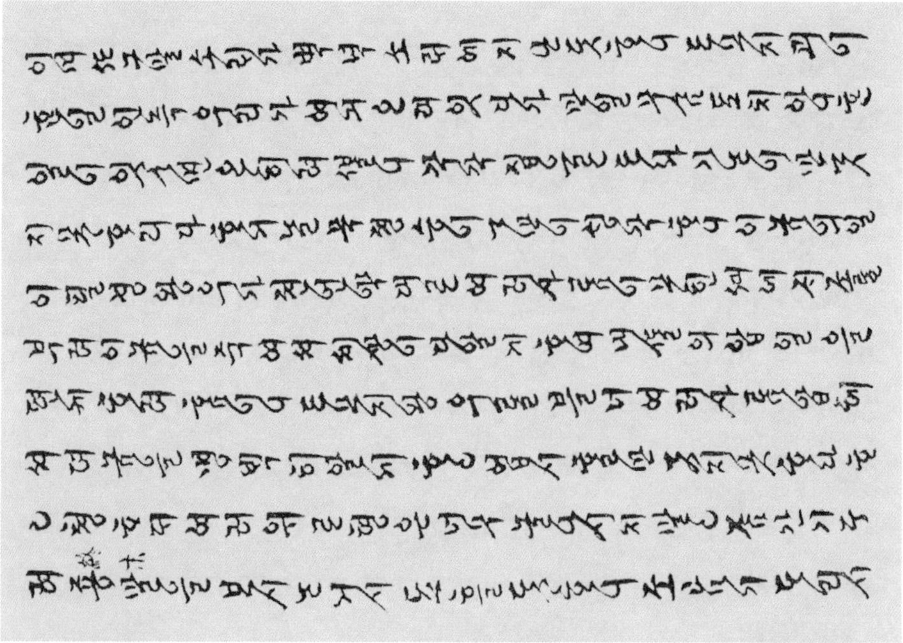

88b

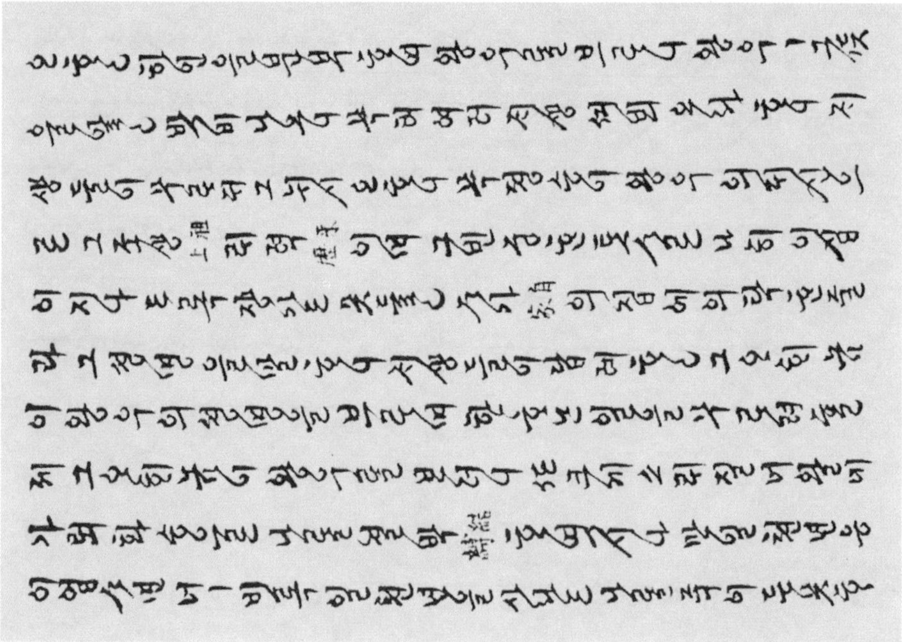

89a

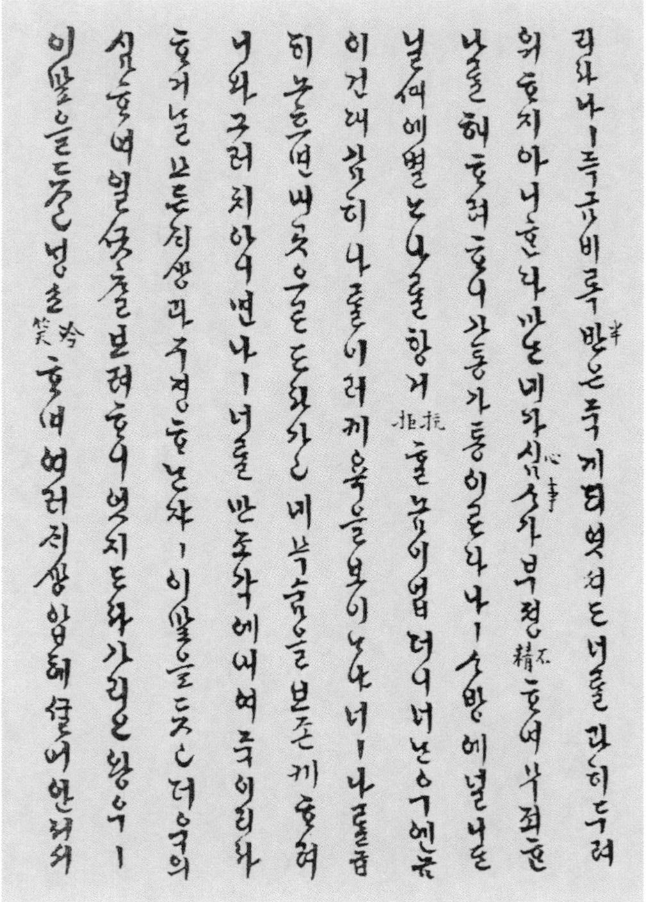

리라 나ㅣ 즉금 비록 반은 죽게 되엿셔도 너를 관히 두려
워ᄒᆞ지 아니ᄒᆞᆫ다 말ᄂᆞᆫ 데가 심ᄉᆞ가 부졍ᄒᆞ여 누죄ᄒᆞᆫ
나를 ᄒᆡᄒᆞ려 ᄒᆞ니 간롱가롱이로다 나ㅣ 수ᄒᆞᆫ에 널 나ᄂᆞᆫ
날ᄉᆡ에 셸ᄂᆞᆫ 나를 항거ᄒᆞᆫ 놈이 업더니 너ᄂᆞᆫ 어이 엔놈
이 건ᄃᆡ 감히 나를 이러ᄭᅴ 욕을 보이ᄂᆞ냐 너ㅣ 나를 좀
히 놈흔 ᄲᆞᆫ 텻으로 ᄯᅩ 와 산ᄂᆞᆫ 데 부ᄎᆞ술 보존ᄭᅴ ᄒᆞ여
너와 구러 치 아니ᄒᆞ면 나ㅣ 너를 반조각에 ᄂᆡ여 죽이리라
ᄒᆞ거ᄂᆞᆯ 고둥 선생 라 주졍ᄒᆞᆫ 논자ㅣ 이 말을 듯고 더욱 의
심ᄒᆞ여 얼굴을 보려 ᄒᆞ니 엇지 ᄃᆞ와 가리오 왕우ㅣ
이 말을 듯고 냉소 ᄒᆞ며 여러 선생 앞헤 쏠어 언ᄃᆡ셔

89b

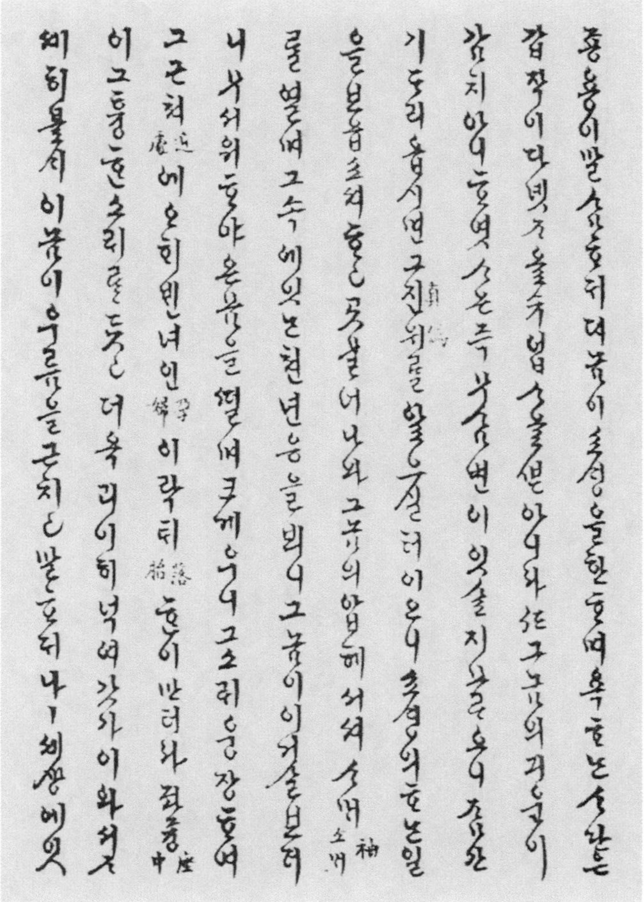

졍왕이 말ᄉᆞᆷ ᄒᆞ되 더 놈이 초셩을 ᄒᆞᆫᄒᆞ며 욕ᄒᆞᄂᆞᆫ 소리ᄂᆞᆫ
갑작이 다ᄒᆡᆺ고 울음 소리 ᄲᅮᆫ 아니라 산구 노의 과공이
감치 아니ᄒᆞ엿ᄉᆞ온즉 부상변이 잇ᄉᆞᆯ 지로소이다 좀ᄉᆞᆫ
기ᄃᆞ리옵시면 구진위를 알올 거시니 ᄋᆞ니 초셩이 ᄒᆞᄂᆞᆫ 일
을 보옵소셔 ᄒᆞᆫ 곳 셜어 나와 그 놈의 압헤 서셔 소ᄆᆡ
를 ᄲᅢ며 그 속에 잇ᄂᆞᆫ 천년 웅을 ᄲᅡ니 그 놈이 이거슬 보며
나ㅣ ᄂᆞ서위 ᄒᆞ야 온 몸을 ᄯᅥᆯ며 크게 우니 그 소리 웅장ᄒᆞ여
그 근처에 오히 빈녀인이 락태 ᄒᆞ니 만더라 좌즁
이 그 흉ᄒᆞᆫ 소리를 듯고 더욱 괴이히 넉여 가ᄉᆞ 이와 셔ㄱ
쇠히 불셔 이 놈이 우름을 그치ᄂᆞᆫ 말 ᄒᆞ되 나ㅣ 세상에 엇

90a

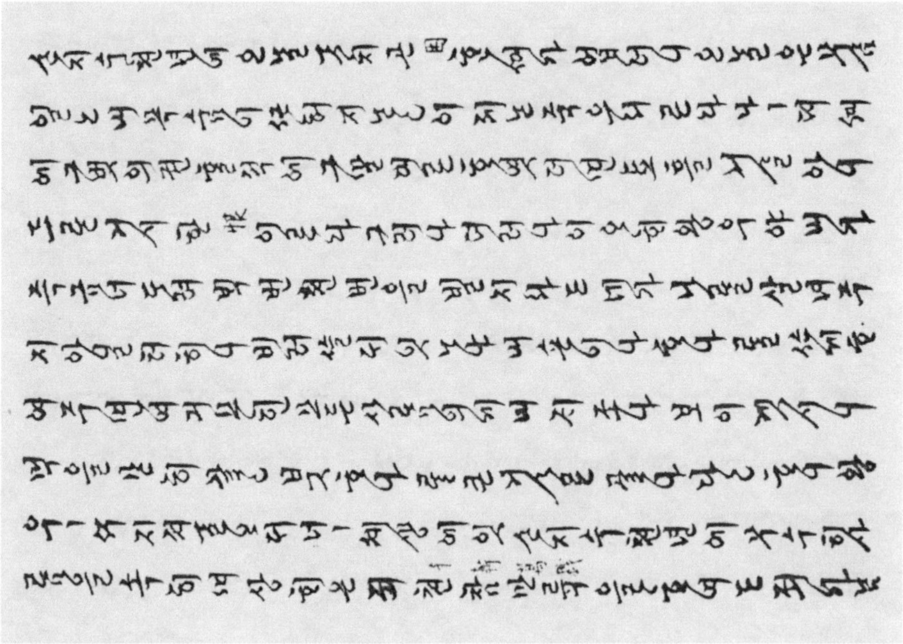

90b

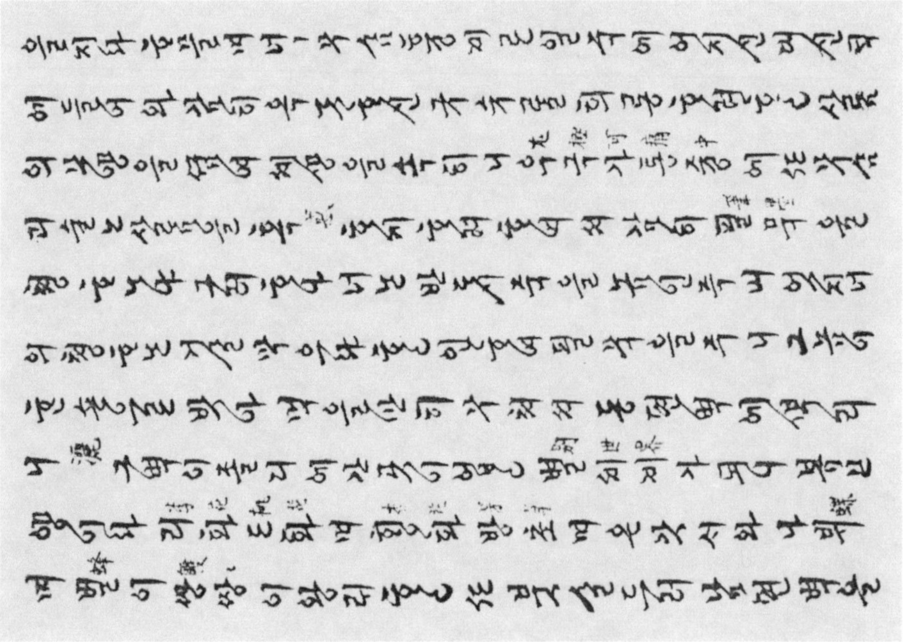

91a

항ᄒᆞ여 ᄇᆡ리니 구멍이 ᄯᅩ 업서지며 여ᄅᆞᆷ 구멍이 되ᄂᆞᆫ ᄯᅩ
부ᄉᆞᆯ 두러 서편벽을 향ᄒᆞ여 ᄇᆡ리니 ᄯᅩ 가ᄉᆞᆷ을 구멍ᄒᆞ여 되ᄂᆞᆫ
ᄯᅩ 붓ᄉᆞᆯ 두러 북편벽에 ᄇᆡ리니 구멍이 업서진ᄌᆞ을ᄂᆞᆫ
양이 되여 흰 구ᄅᆞᆷ이 놉ᄂᆞᆫ 바ᄅᆞᆷ이 불며 어ᄅᆞᆫᄃᆞᆫ이 ᄉᆞ면에 가
득ᄒᆞ니 곳 최생 밧거 ᄯᅩ 조ᄒᆞ샤 ᄒᆞᆫᄃᆡ 최생이 되여 오히려
이 최생보다 더 나흔지라 모든 진생과 여러 구경군이 이
거ᄉᆞᆯ 보고 엇지 ᄒᆞᆫ 일인지 몰나 서로 도라보며 말을 못
ᄒᆞ더니 이윽ᄒᆞ여 붓ᄉᆞᆯ 더지고 ᄯᅩ ᄒᆞᆫ번 크게 우니 그 소리 흉
악ᄒᆞᆫ 거서 귀에서 피가 날듯ᄒᆞ니 다 놀나 잣바지며 沛
업더러져 정신을 일허ᄇᆞ렷다가 다시 ᄆᆞᄋᆞᆷ을 진뎡ᄒᆞ

91b

여 니러나서 ᄃᆡ군졔ᄒᆞᆫ ᄯᅩ 종발을 보려ᄒᆞᆯᄉᆡ 왕우ㅣ 븐
돈 선생 압헤 븍을 굽히고 屈 빗ᄌᆞ오되 여봅이 구ᄇᆞᆺ슨 그림
을 그리옵ᄂᆞᆫ 요술 妖術 을 힘ᄒᆞ와 사ᄅᆞᆷ의 눈에 별셰상을
뵈게 ᄒᆞ옵ᄂᆞᆫ 거시옵니다 그ᄂᆞᆫ 이 지ᄉᆞᆼ 신지 사ᄅᆞᆷ을 속히ᄂᆞᆫ 거시
모다 이러ᄒᆞᆫ 일ᄂᆞᆫ ᄒᆞᄂᆞᆫ 거시옵ᄂᆞᆫ 별ᄂᆞᆫ 참 도ᄐᆞᆫ 지조가 아니온
즉 쓸ᄃᆡ 업ᄉᆞᆸ고 ᄯᅩ 여ᄂᆞᆷ이 살졔 국가 업ᄉᆞ온즉 이러케 ᄒᆞ
오면 최저조를 앗져셔 즉 이치오면 ᄒᆞ여 이러케 ᄒᆞ옵
ᄂᆞᆫ 거시오니 ᄃᆞ 복지ᄒᆞᆸᄒᆞᆫ ᄇᆡ 국ᄂᆞᆫ 사ᄅᆞᆷ을 속히ᄂᆞᆫ 거시온
즉 블가블 최생에 두치 못ᄒᆞᆯ 흉ᄂᆞᆯ이 ᄋᆞ니 엇지 엄ᄒᆞ시
時 굴 쌀며 두구오 리ᄌᆞ가 ᄉᆞ졍이 어려ᄒᆞ온즉 ᄇᆞᆯ려 말ᄉᆞᆷ을

92a

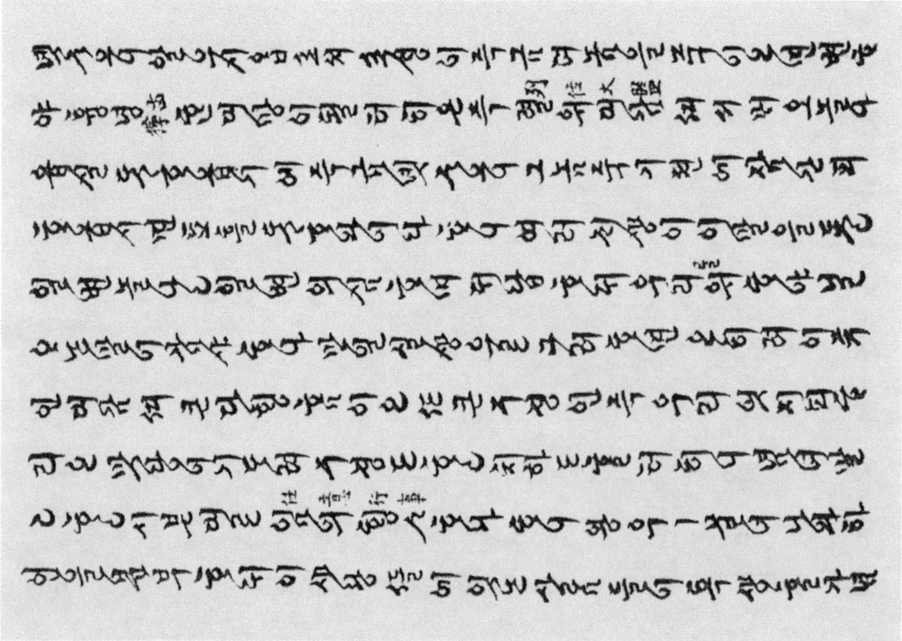

92b

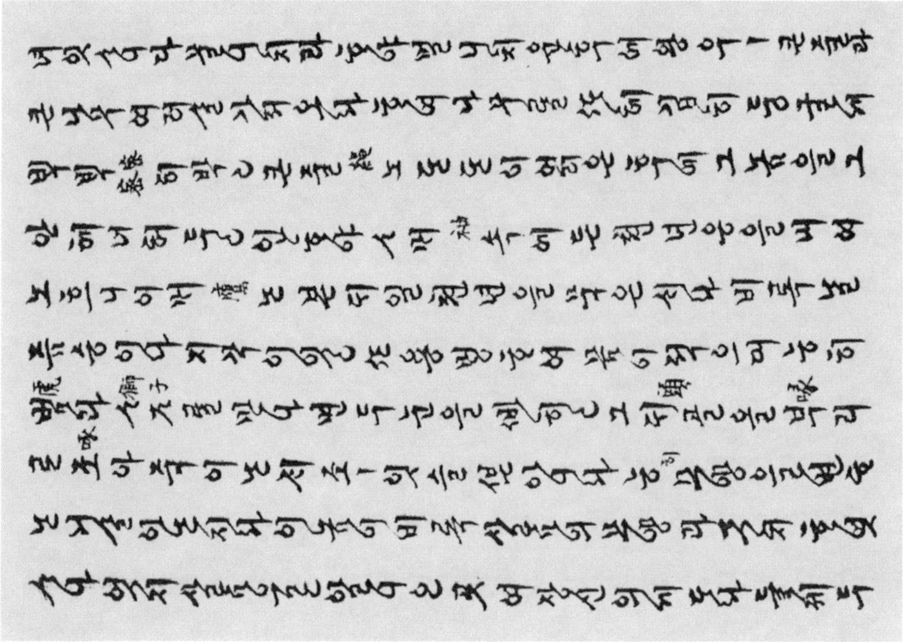

93a

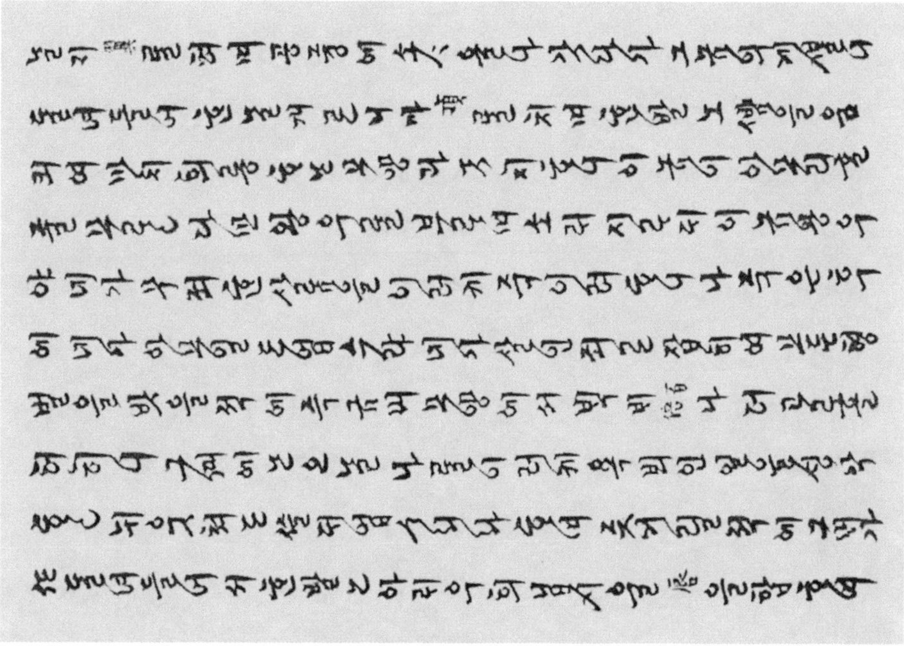

93b

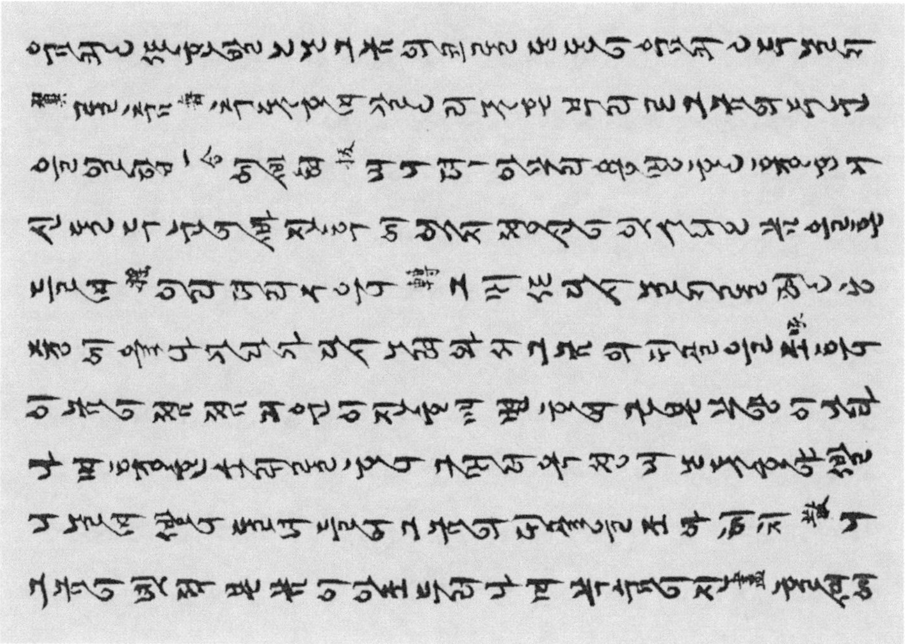

94a

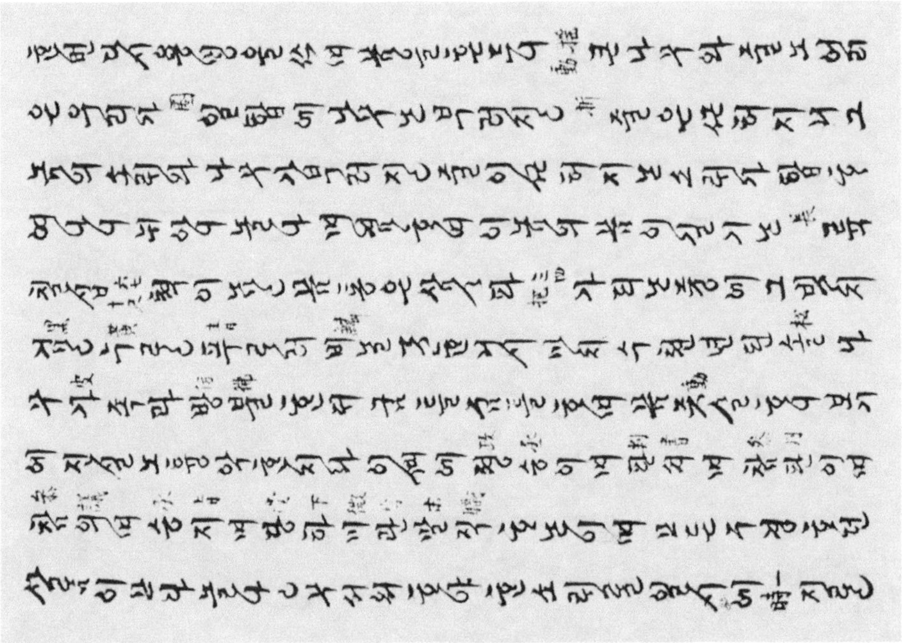

94b

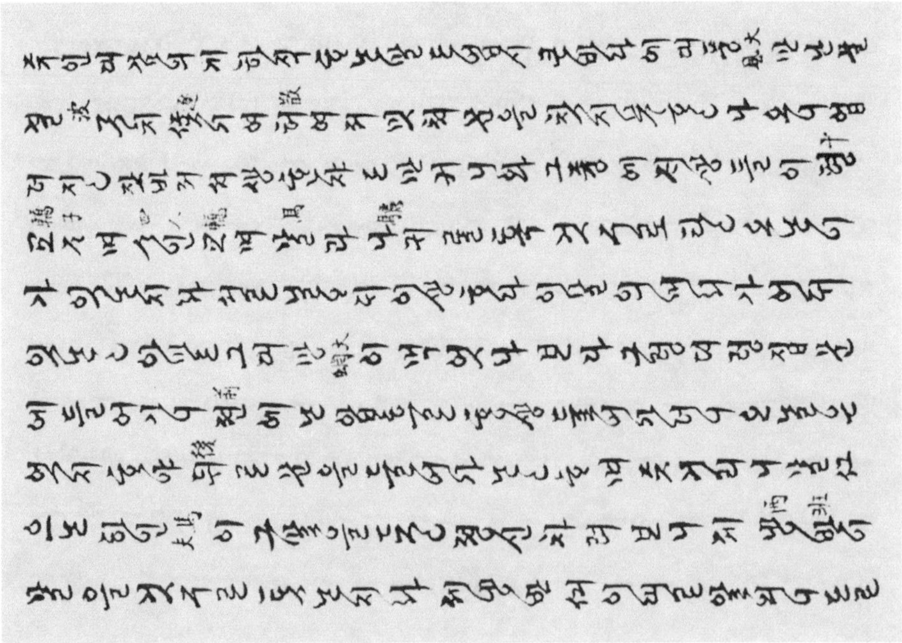

95a

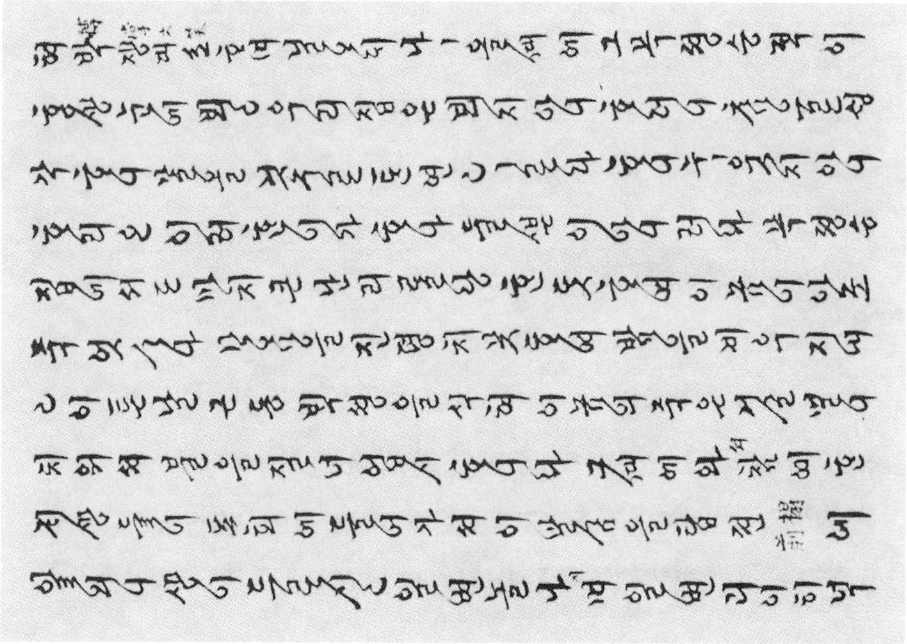

95b

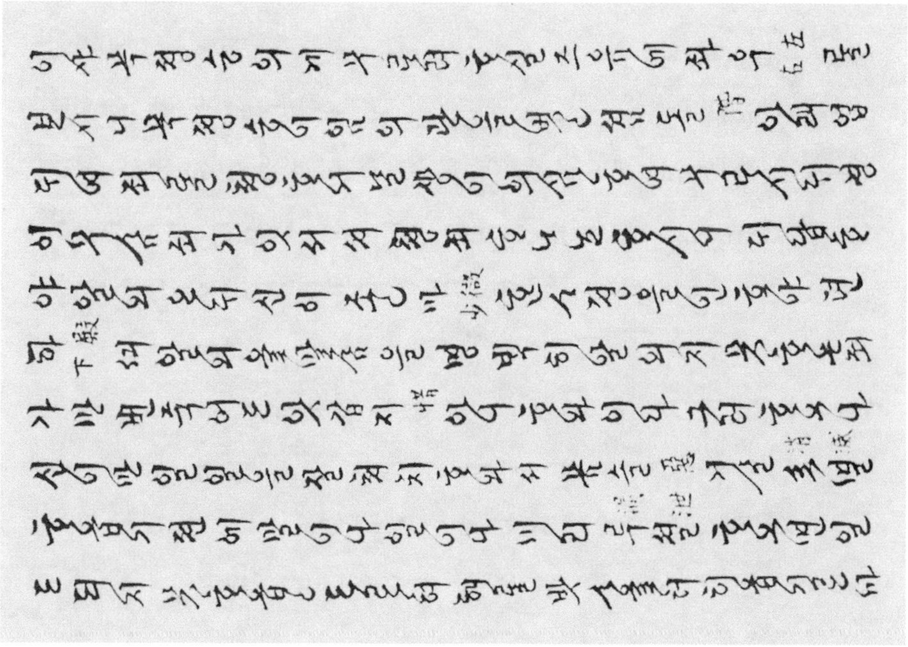

96a

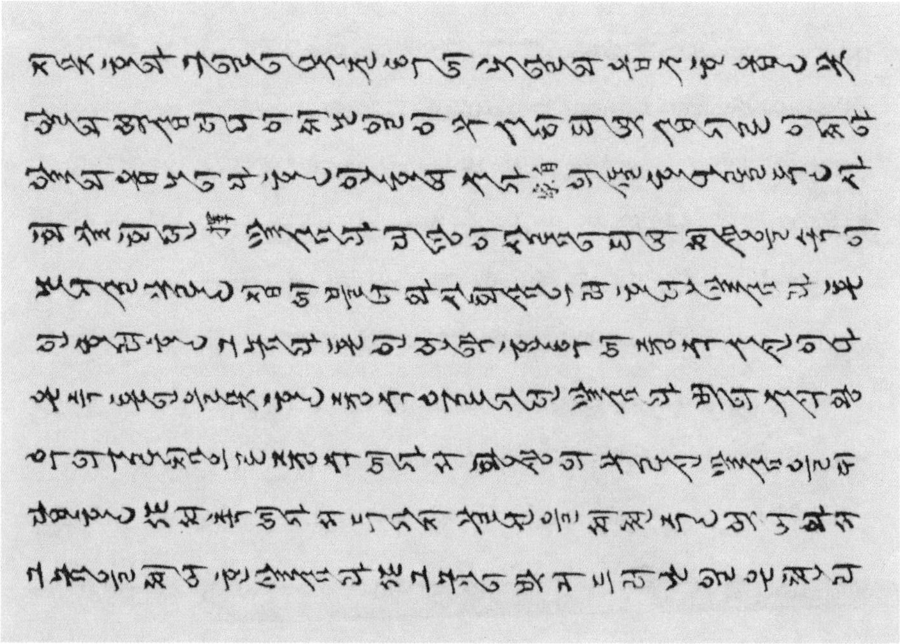

96b

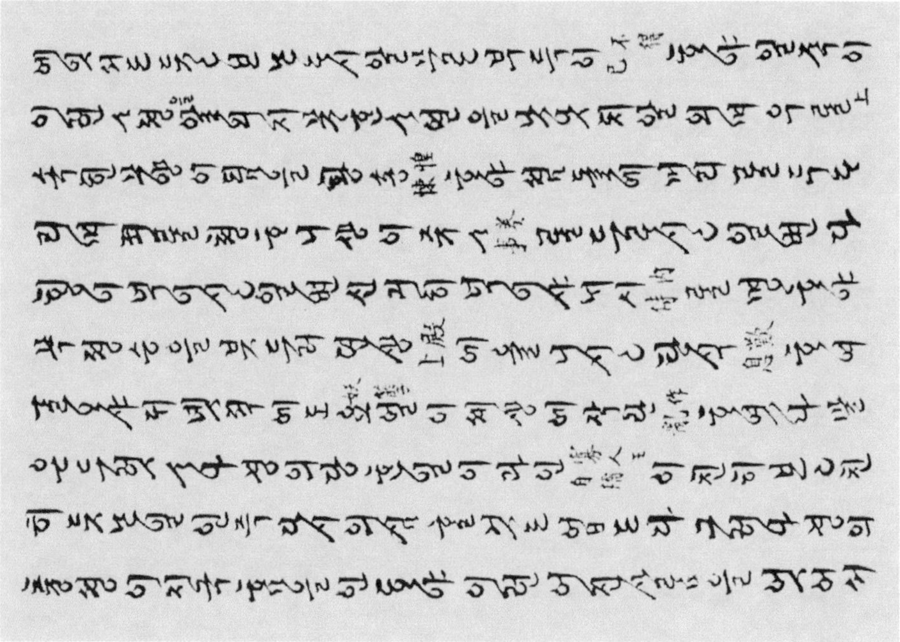

97a

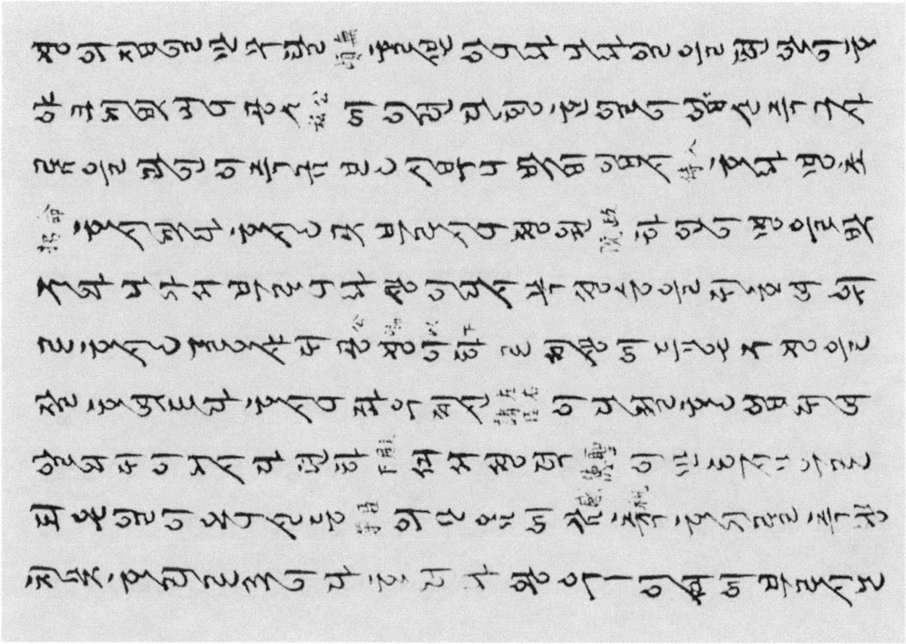

97b

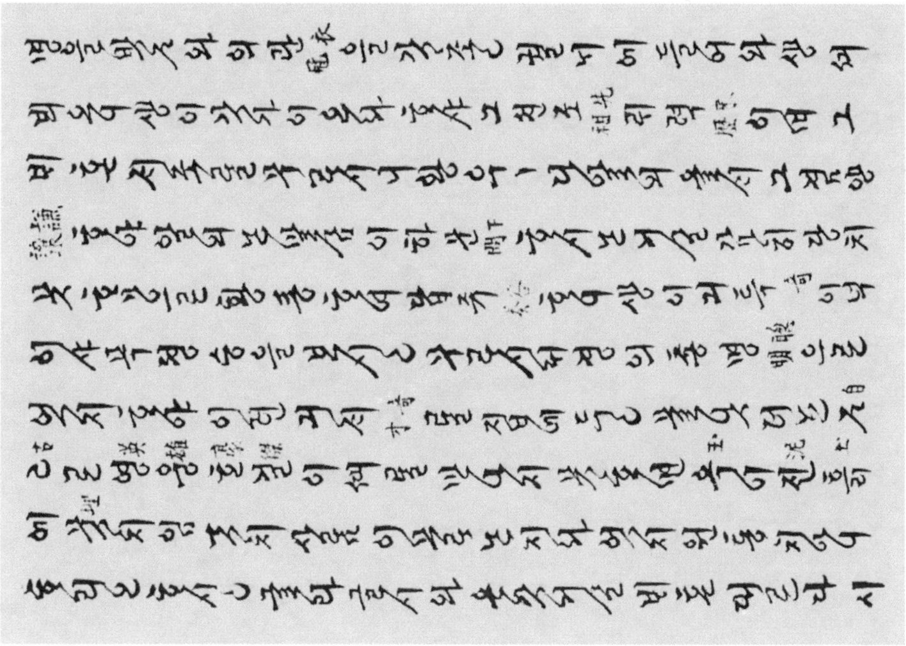

98a

혀ᄒᆞ시니 보실ᄃᆞᆺᄒᆞ시던 바에 처음으로 거이ᄒᆞᆫ지라 셤
ᄒᆞ야 나라에 큰 공을 세웟ᄉᆞᆫ즉 크게 공을 삼ᄉᆞᆫ 쓰시려
ᄒᆞ샤 위션(先爲) 북경승의게 하교(下敎)ᄒᆞ시셔 왕우의ᄃᆞ 되이
심이 념도록 쟝가를 뭇 가다ᄒᆞ니 이 사ᄅᆞᆷ이 졍의 버
의 조서 일ᄉᆡᆼ은 이 아니라 ᄯᅩ 졍의 은인(恩人) 이ᄂᆞᆫ 그지 덕이 이
ᄯᅢ 어ᄂᆞ니 측히 졍의 사회 되엽 주ᄒᆞ니 과인(寡人)이 오날
즁ᄆᆡ(着媒) 되여 권ᄒᆞ노시니 왕우ᄅᆞᆯ 사회ᄅᆞᆯ 삼으면
엇더ᄒᆞᆯ고 ᄒᆞ신대 북 대 ᄂᆞ려 ᄎᆞᆯᄒᆞᆫ 알외오되 신이 ᄯᅩ
ᄒᆞᆫ 이러케 ᄒᆞ오면 도ᄅᆞᆯ 동ᄒᆞ오나 왕우ᄅᆞᆯ 보온즉 ᄡᅥᆼ
에 ᄯᅢ어ᄂᆞᆫ 사ᄅᆞᆷ이 오니 신의 ᄯᆞᆯ과 혼인ᄒᆞ기ᄅᆞᆯ 츌 저ᄋᆞ

98b

나ᄒᆞᄋᆞ ᄒᆞᄋᆞᆸᄂᆞ이다 ᄒᆞ니 ᄉᆡᆼ이 왕우ᄅᆞᆯ 보시며 하교(下敎)ᄒᆞ
시되 너ᄯᅳᆺ이 엇더ᄒᆞ뇨 ᄇᆞᆯ은대로 알외라 ᄒᆞ시니 왕우 황(惶)
공(恐)ᄒᆞ믈 이긔지 못ᄒᆞ여 엎ᄃᆡ여 알외되 신이 불학무(不學無)
식(識)ᄒᆞ온 ᄇᆞᆫ이 아니오라 형 체ᄂᆞᆫ 가난ᄒᆞ옵ᄂᆞᆫ 산도 ᄯᅩ
미쳔ᄒᆞ온지라 엇지 일국(一國) 령의졍(領議政)의 ᄯᆞᆯ과 결혼(結婚)ᄒᆞᆯ
리잇가 ᄭᅡᄂᆞᆫ 대신이 허락ᄒᆞᆯ ᄯᅩ 샹의(上意) 이러ᄒᆞ옵시니 소
신을 죽우랴 ᄒᆞ옵시ᄂᆞᆫ 명도 거ᄉᆞ리지 못ᄒᆞ오려든 뎌
ᄭᅳᆯ 내 이러케 ᄇᆡᆼ ᄒᆞ옵심을 엇지 거역(非道)ᄒᆞ오리잇가마ᄂᆞᆫ
소신의게 너우 태과(太過)ᄒᆞ온 일이온즉 소신의 과분(過分)ᄒᆞᆫ
화 황총ᄒᆞᆷ을 이긔지 못ᄒᆞᆯ 듯ᄒᆞ오리로소이다 ᄒᆞᆫ대 ᄉᆡᆼ이 우

99a

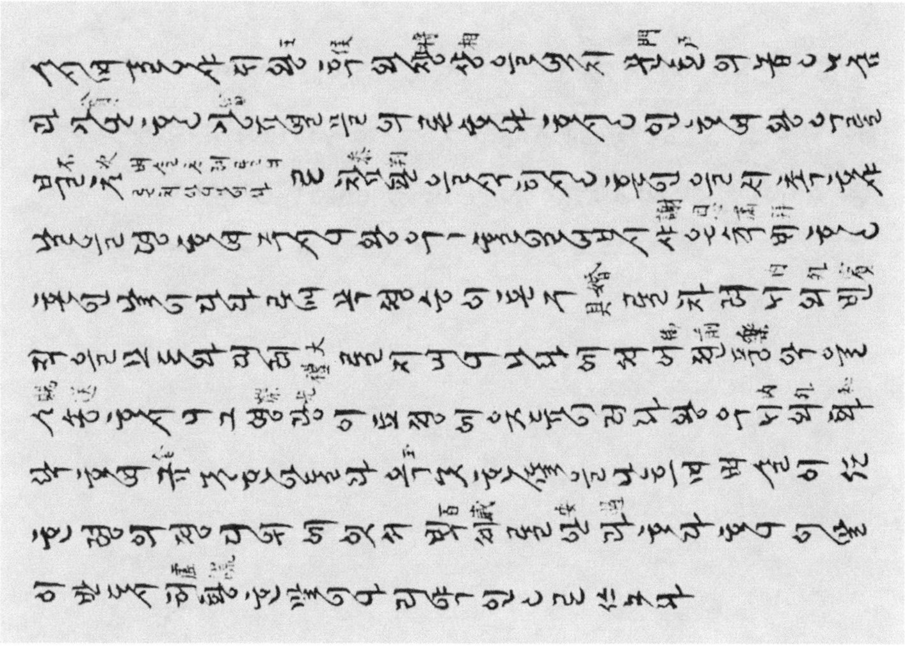

99b

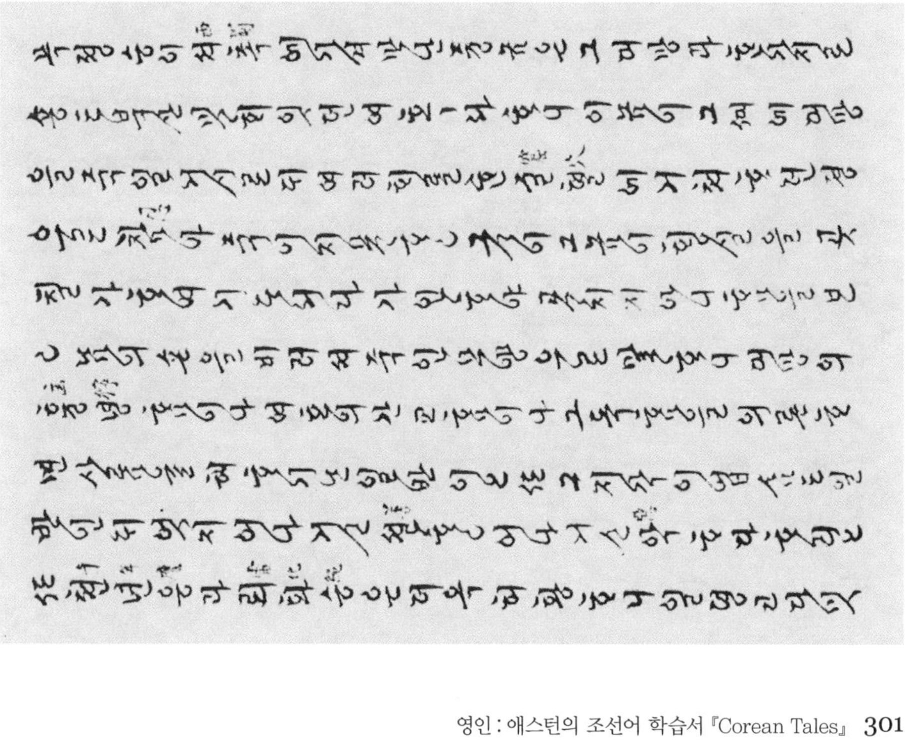

100a

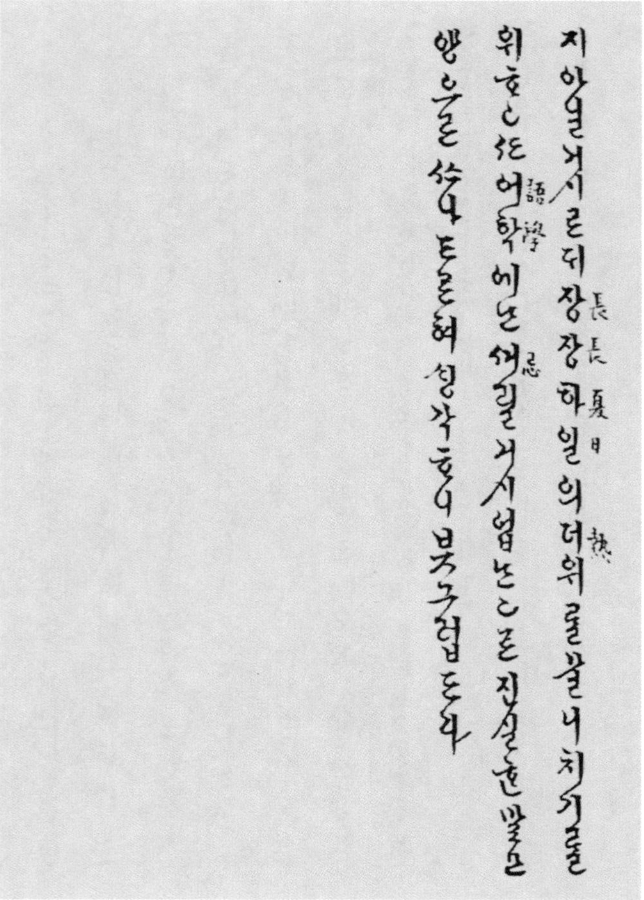
지 아닐 거시로ᄃᆡ 장長 장長 하夏 일日의 더위熱ᄅᆞᆯ 갈 ᄂᆡ치기ᄅᆞᆯ
위ᄒᆞᄂᆞᆫ 어語학學에ᄂᆞᆫ 새忌길 거시 업ᄂᆞᆫ 고로 진실ᄒᆞᆫ 말로
뼝을 쓰며 토론ᄒᆞ여 ᄉᆡᆼ각ᄒᆞ니 붓그럽도다

100b

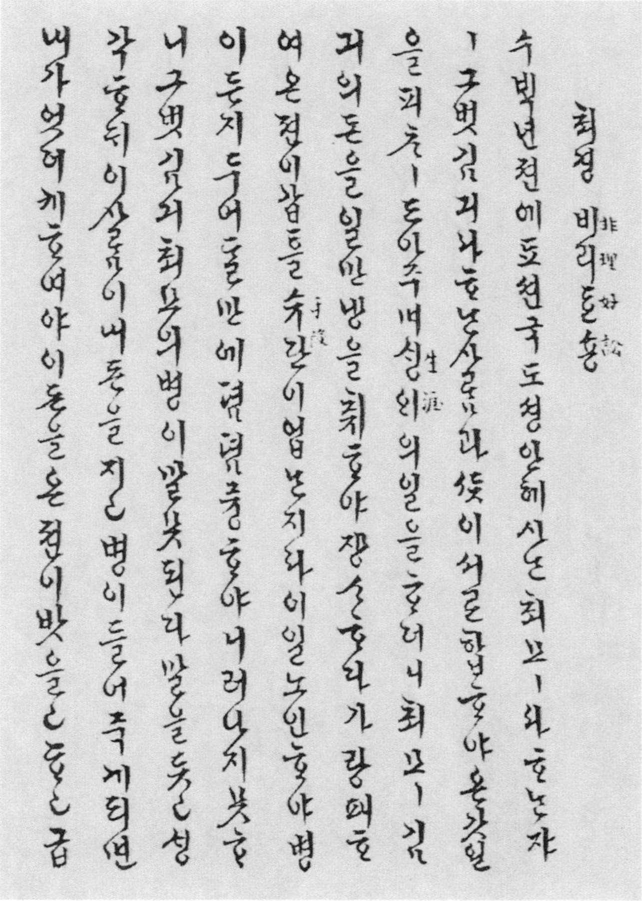
최생 비非리理호好송訟
수ᄇᆡᆨ년젼에 도셩안에 사ᄂᆞᆫ 최모ㅣ라 ᄒᆞᄂᆞᆫ 자
ㅣ 구벗김가라 ᄒᆞᄂᆞᆫ 사ᄅᆞᆷ과 ᄉᆞᆺ이 서로 항변ᄒᆞ야 온갓일
을 ᄒᆞ되 ᄎᆞᆺ ᄃᆞᆼ아ᄌᆞ에 ᄉᆡᆼ生애涯의 일을 ᄒᆞ더니 최모ㅣ 김
과의 돈을 일ᄇᆡᆨ만 냥을 취ᄒᆞ야 쟝ᄉᆞᄒᆞ다가 랑패ᄒᆞ
여 온 젼이 ᄉᆞᆷ들 수手단段이 업ᄂᆞᆫ지라 이 일노 인ᄒᆞ야 병
이 ᄃᆞᆫ지 두어 ᄃᆞᆯ 만에 결결 흉ᄒᆞ야 니러나지 못ᄒᆞᆫ
니 구벗 김과 최모의 병이 깁ᄒᆞᆺ되다 말을 듯ᄂᆞᆫ ᄉᆡᆼ
각ᄒᆞ되 이 사ᄅᆞᆷ이 ᄂᆡ 돈을 지ᄂᆞᆫ 병이 들어 죽게되면
ᄂᆡ가 엇지 ᄒᆞ여야 이 돈을 온 젼이 밧을ᄂᆞᆫ 도리 ᄂᆞᆫ 곱

101a

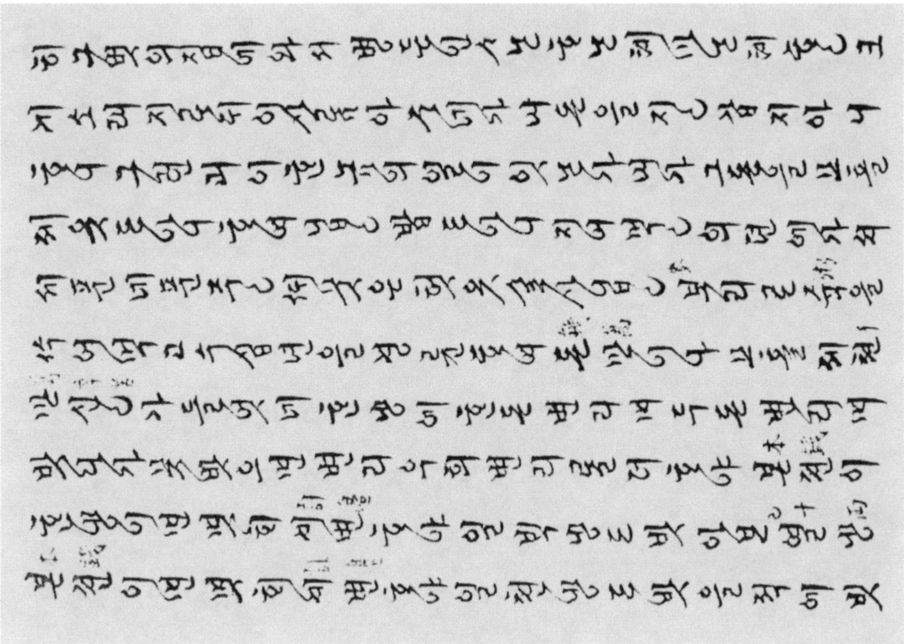

101b

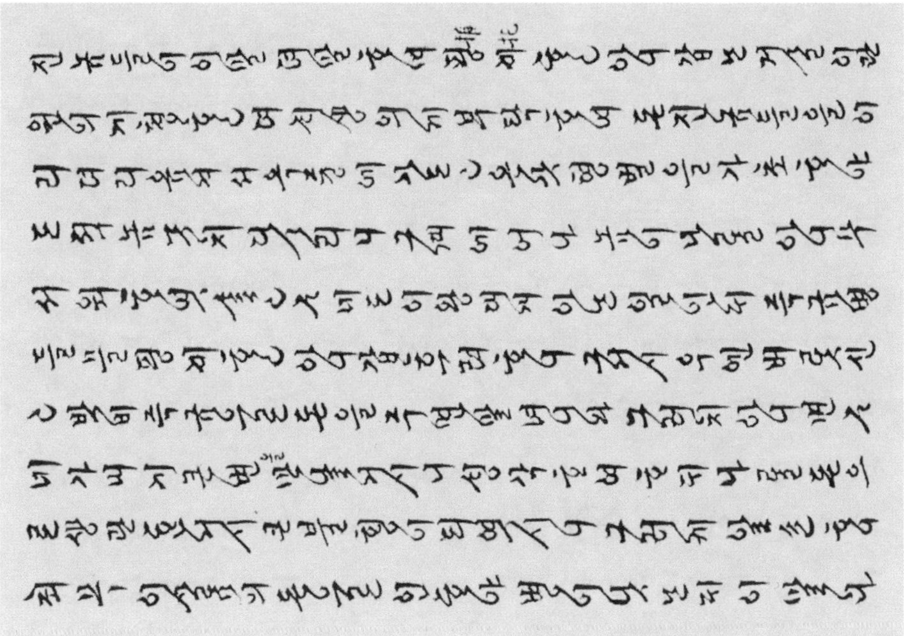

102a

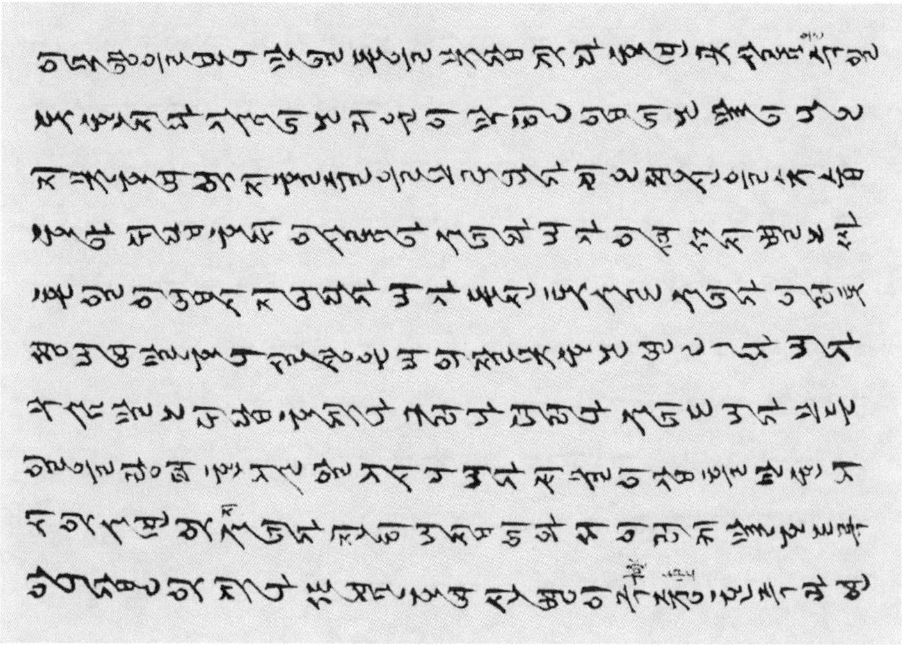

102b

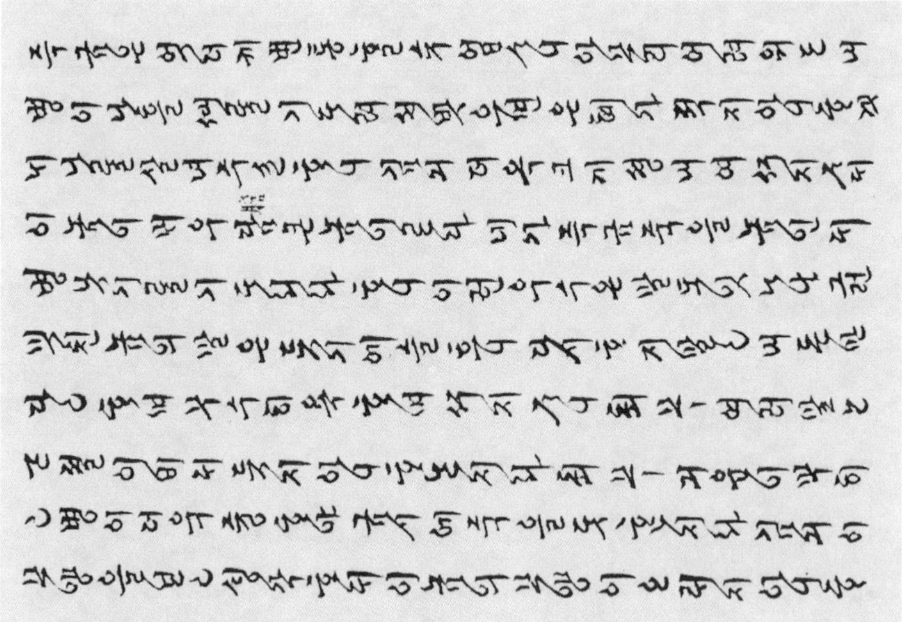

103a

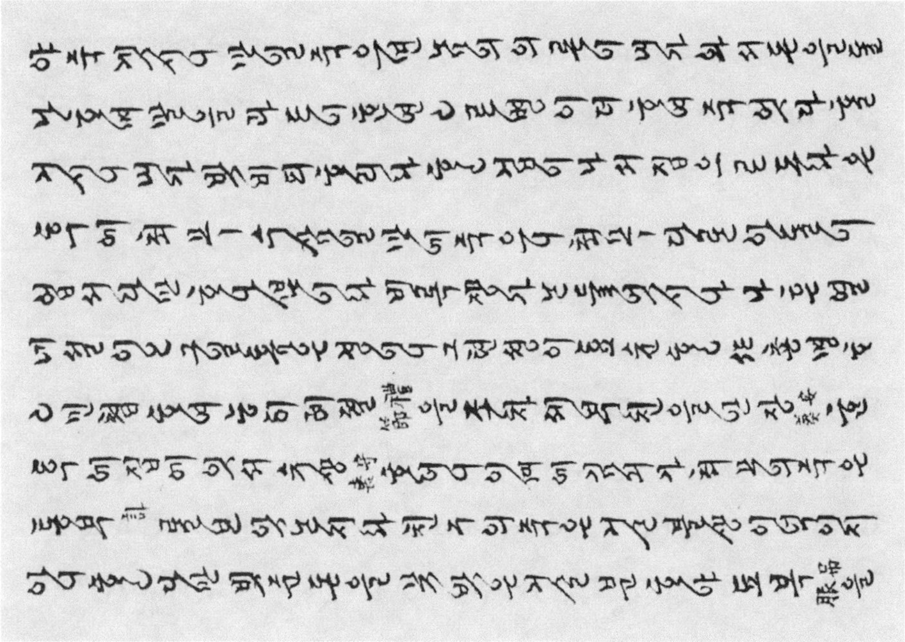

103b

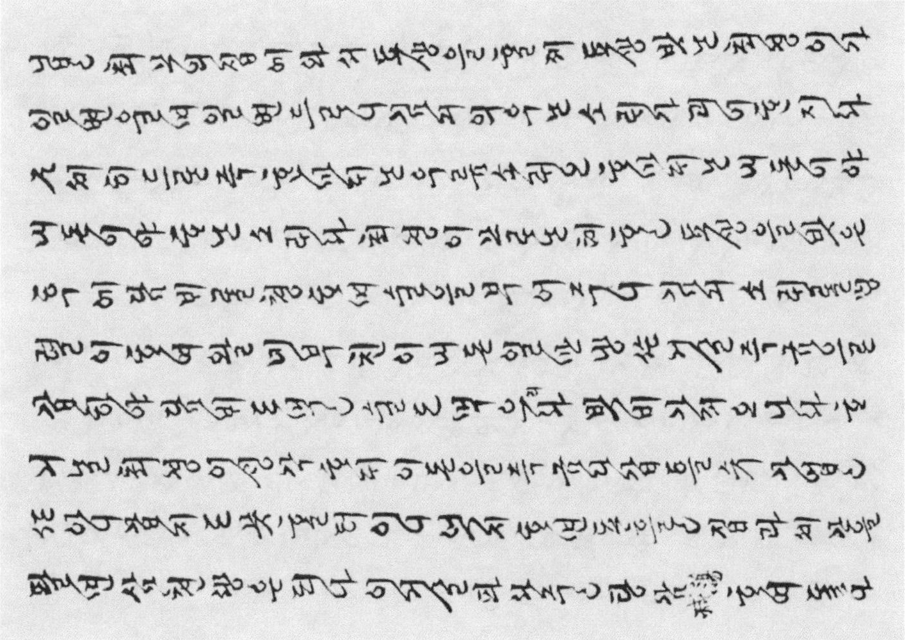

104a

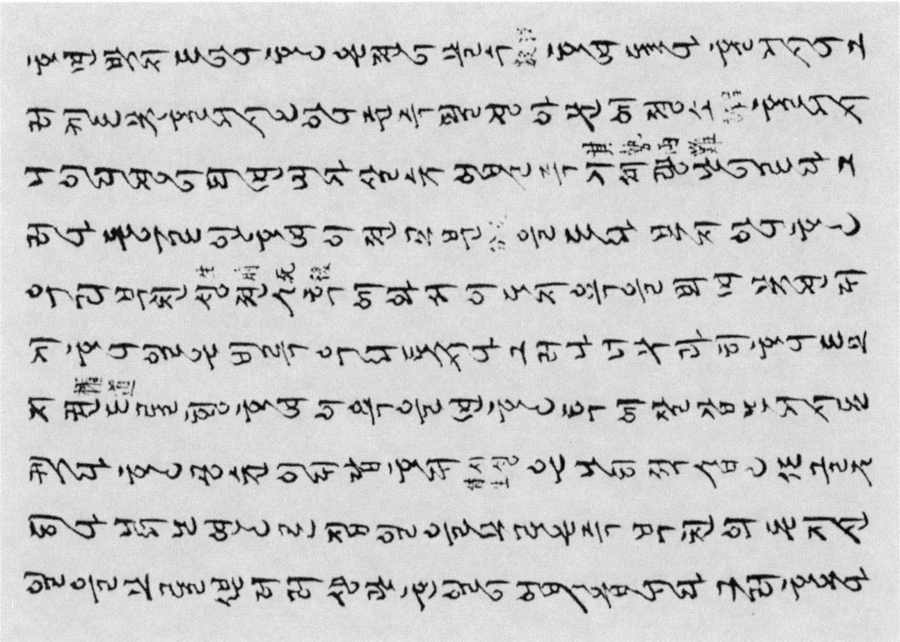

104b

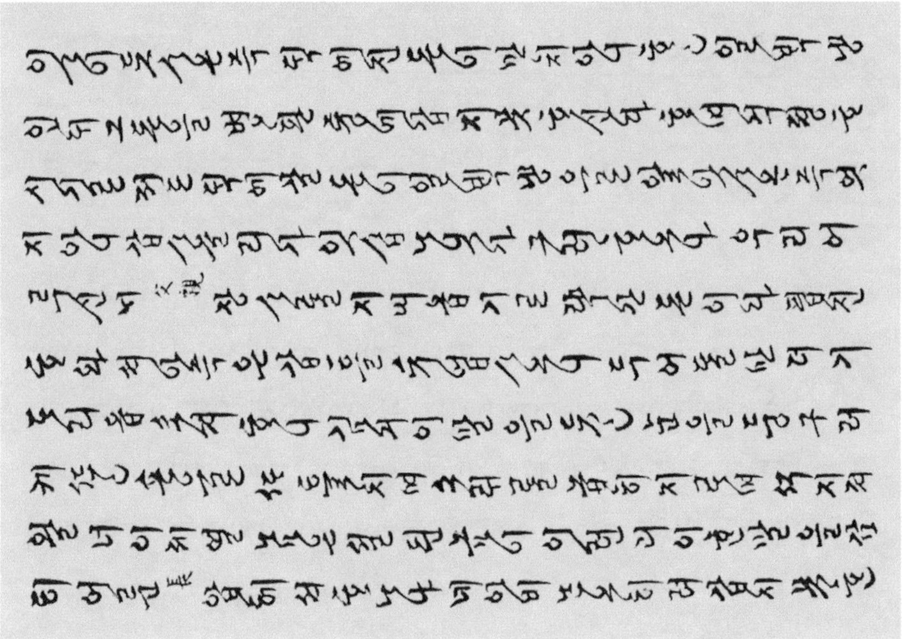

105a

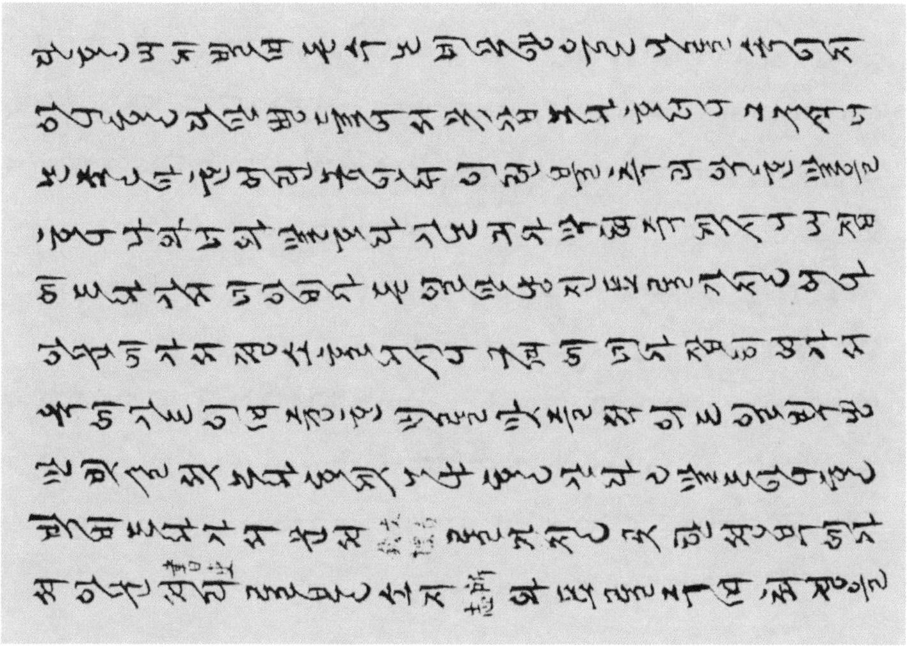

105b

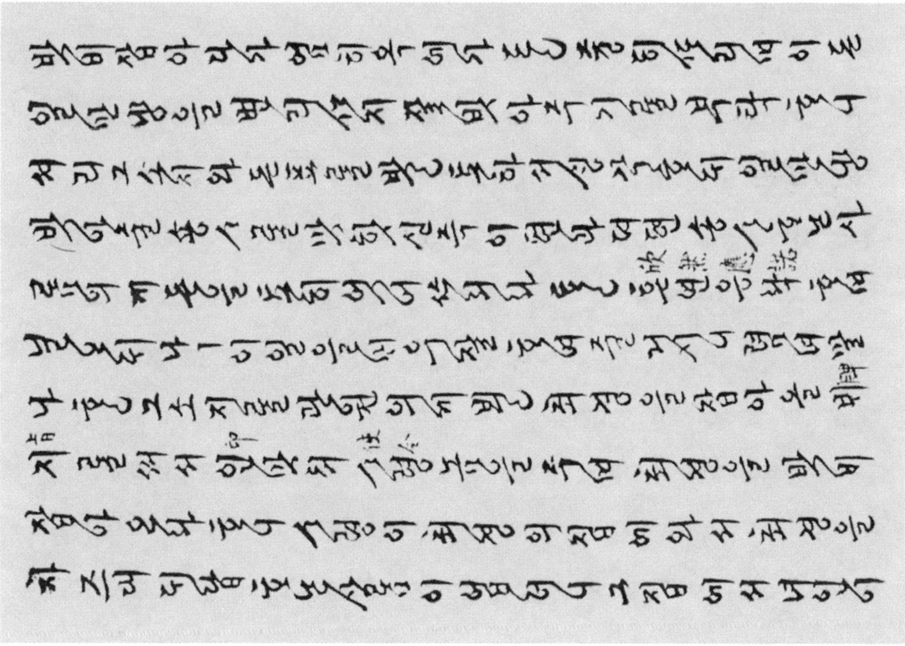

106a

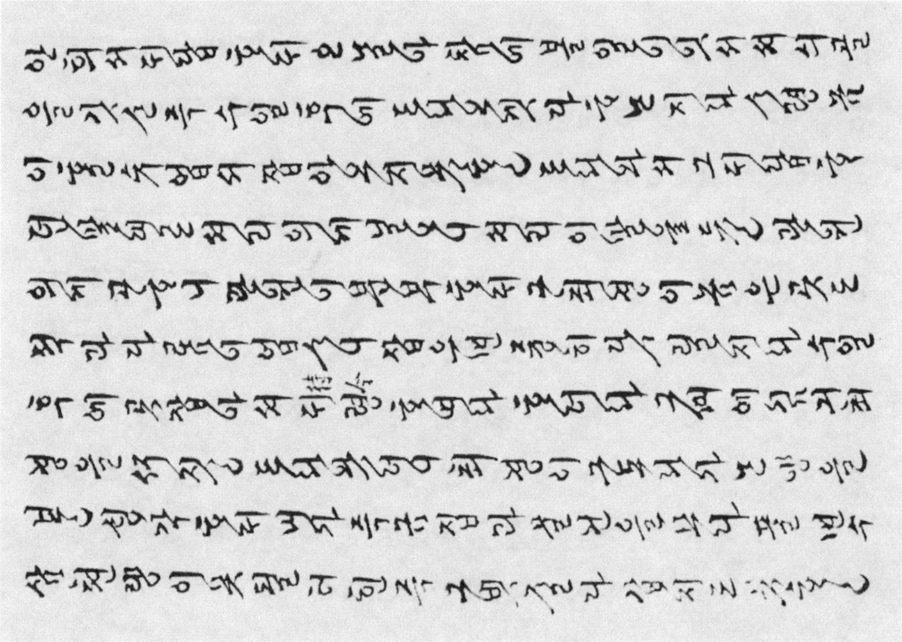

106b

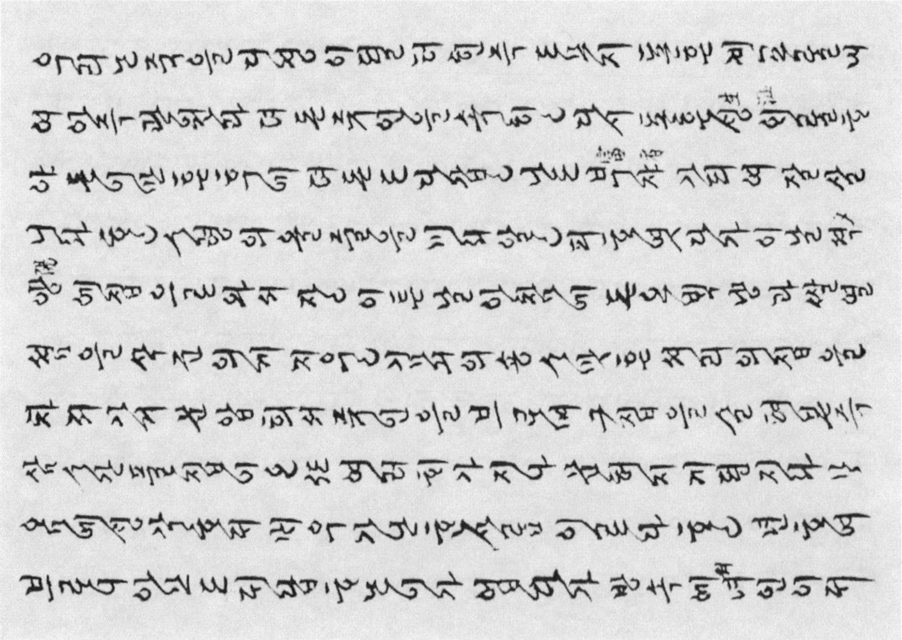

107a

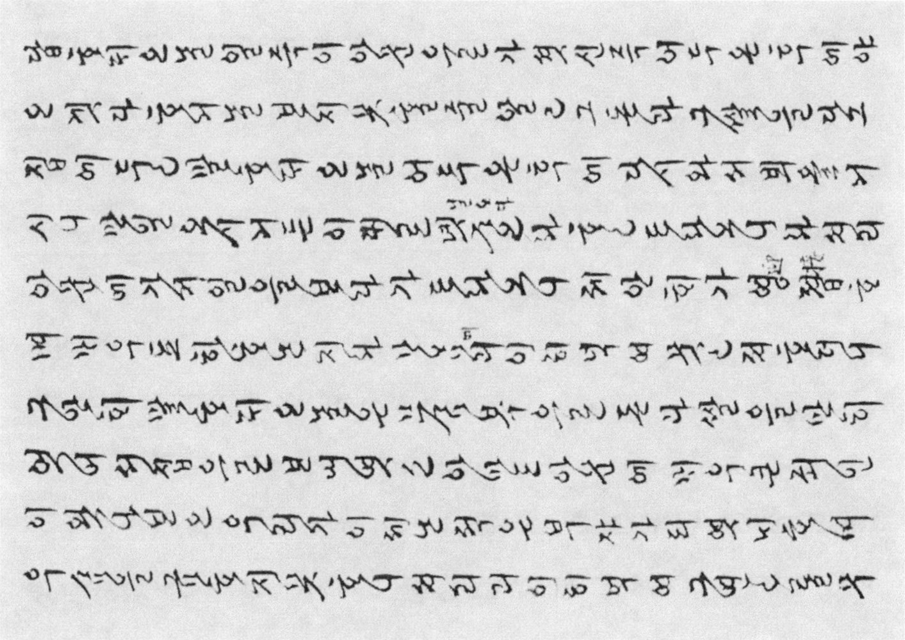

107b

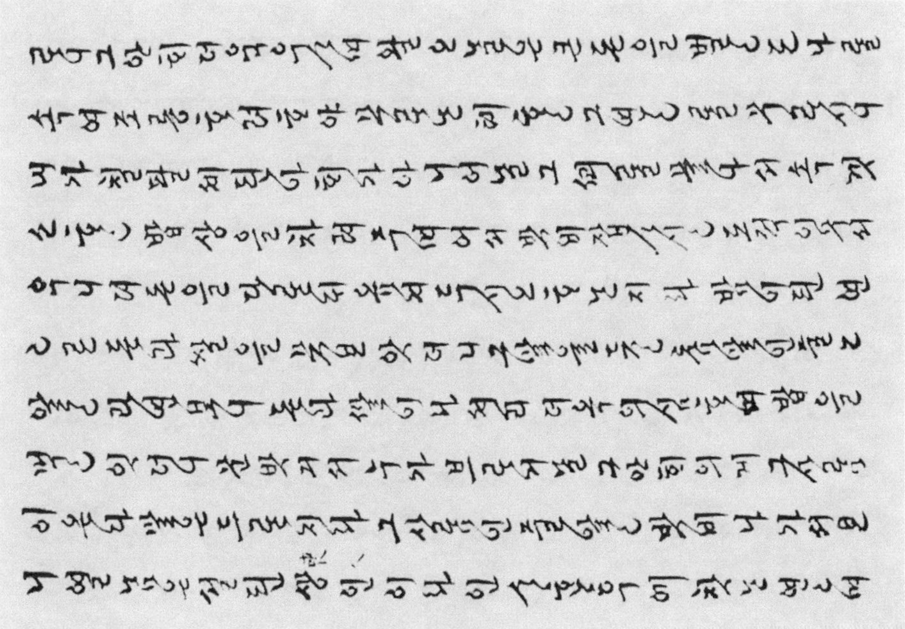

108a

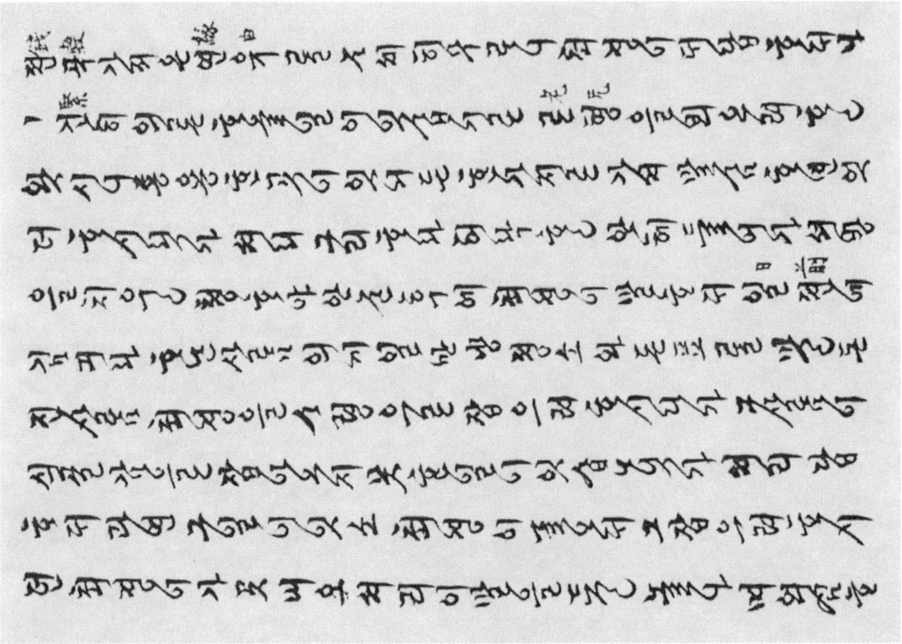

108b

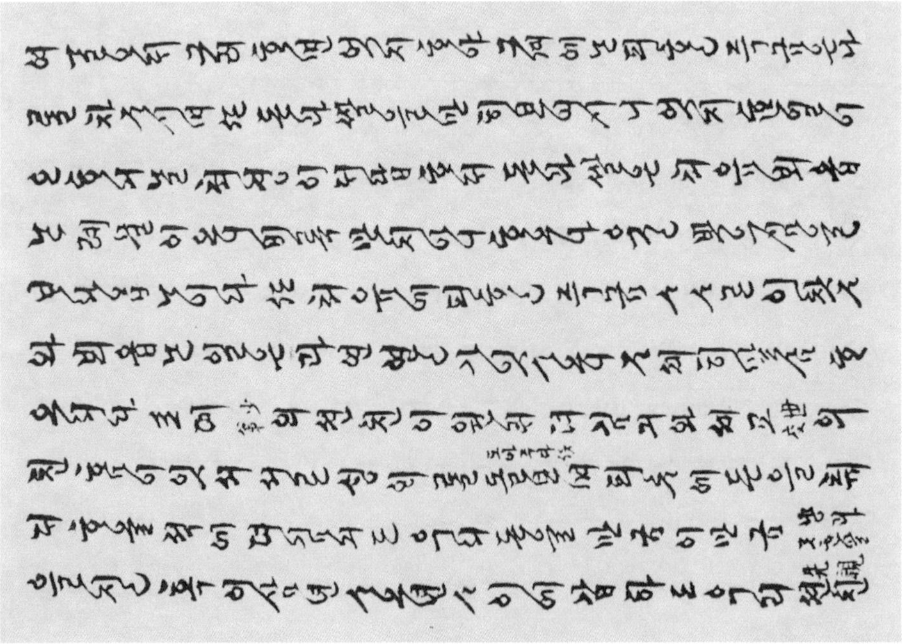

109a

쉬쉬 아므말ᄉᆞᆷ도 아니ᄒᆞ시고 밧우셔ᄃᆞ니 우리ᄂᆞᆫ 쳐음으로
근ᄃᆡ의ᄂᆞᆫ 만ᄉᆡᆼ을 진즉 블과 일년에 우리 션친ᄭᅴ
셔 평환이 깁히 드럿신즉 ᄃᆡᄀᆞ 우리 션친이 혹 ᄉᆡᆼᄉᆞ
나시면 동ᄂᆡ 못 방을 가ᄒᆞᆫ 의원이 동ᄒᆞ여 우리 션
친 ᄉᆡᆼ소 나시던 수 열 젼에 와서 부ᄋᆞᆫ 변변이 아니
ᄒᆞᆫ 욕ᄒᆞ며 소리질너 돈만 밧비 ᄂᆡ노ᄂᆞᆫ ᄒᆞ온즉 쇼ᄃᆡ
의 션친이 노ᄒᆞᆫ 말ᄉᆞᆷ은 ᄀᆞᆫ졀이 빌며 병이 나ᄂᆞᆫ
동네 갑 ᄒᆞᆫ ᄎᆞ저시니 견ᄃᆡ 밧나 ᄒᆞ셔ᄂᆞᆫ 더옥 욕ᄒᆞ며 쇠
지ᄋᆞ니 쇼ᄃᆡ의 션친이 이 ᄃᆡ졉을 당ᄒᆞ야 병이 더ᄒᆞ
고 ᄉᆞᆷ이 나더니 인ᄒᆞ야 ᄯᅩ 나시니 쇼ᄃᆡ ᄌᆞ셔이 회(衰)통(痛) 중

109b

수박ᄉᆡᆼ 동우ᄅᆞᆯ 쟝ᄉᆞᄅᆞᆯ 지어ᄂᆞᆫ 잇ᄉᆞᆸ다가 일젼에 ᄃᆡᄀᆞ
와서 도ᄉᆡᆼ을 쳥ᄒᆞ옵거ᄂᆞᆯ 쳥ᄒᆞ여 도ᄉᆡᆼ을 밧ᄌᆞ며 우ᄂᆞᆫ
소리ᄅᆞᆯ 듯ᄉᆞᆫ즉 우ᄅᆞᆷ 소ᄅᆡ ᄒᆞ오되 ᄒᆞᆫ 동우에 뒤ᄅᆞᆫ 돈
아ᄒᆞᄂᆞᆫ 소ᄅᆡᄒᆞ오되 식나 오니 쇼ᄃᆡ 드ᄅᆞᆫ 무ᄋᆞᆷ을 ᄒᆞ야
ᄒᆞᆫ 도ᄉᆡᆼ을 ᄉᆞᆯ즉 동우에 동비와 술을 주시기(食) ᄅᆞᆯ
쳥ᄒᆞ온즉 ᄃᆡ의 말ᄉᆞᆷ이 나ᄅᆞᆯ 돈을 주면 ᄂᆡ 그려 지ᄒᆞ니
ᄒᆞ던 아니 먹긔 노ᄅᆞᆫᄒᆞᆫ 인ᄒᆞ여 ᄌᆞ츅ᄒᆞ오니 쇼ᄃᆡ의게
ᄅᆞᆯ 당ᄒᆞ와 ᄉᆡᆼ각ᄒᆞ온즉 ᄃᆡᄅᆞᆯ 일만ᄉᆡᆼ 본젼이며 엇ᄂᆞᆫ
변리ᄅᆞᆯ 온젼이 주면 일이 업ᄉᆞ려니와 만일 ᄀᆞᆫ고ᄒᆞ니
와ᄂᆞᆫ 더ᄅᆞᆯ 주ᄂᆞᆫ 폐가 잇ᄉᆞ면 일명 근도치 아니ᄒᆞᆯ 터이오

110a

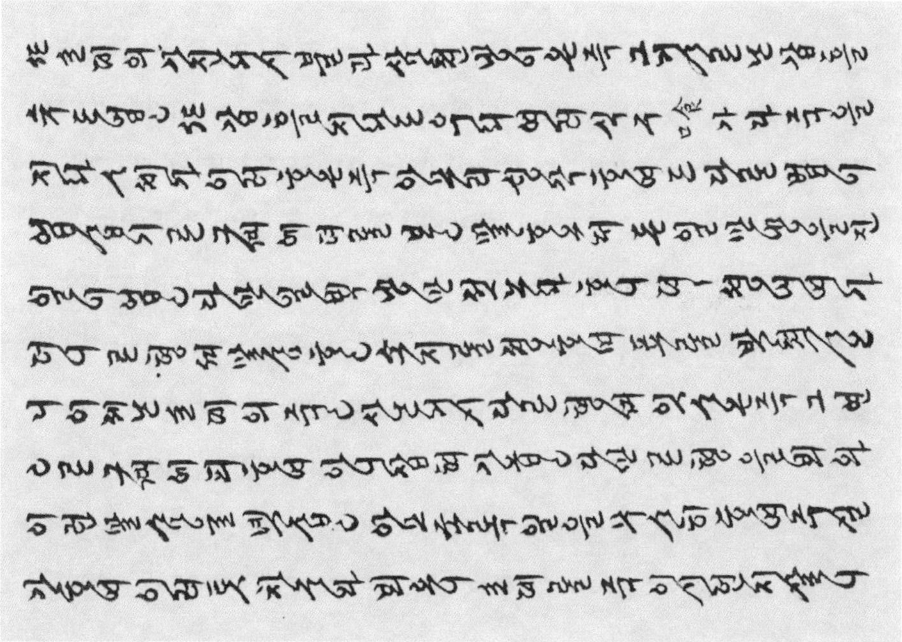

110b

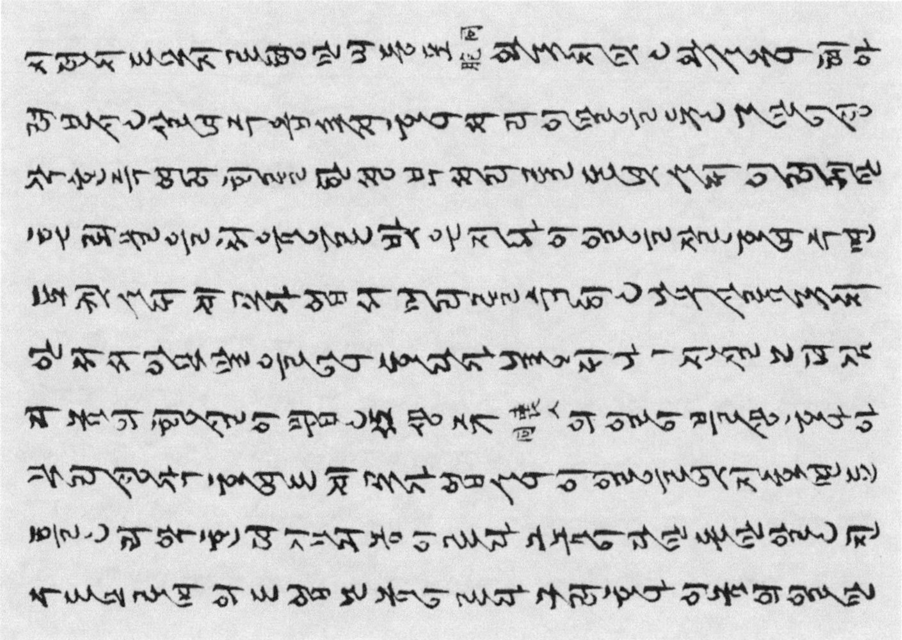

111a

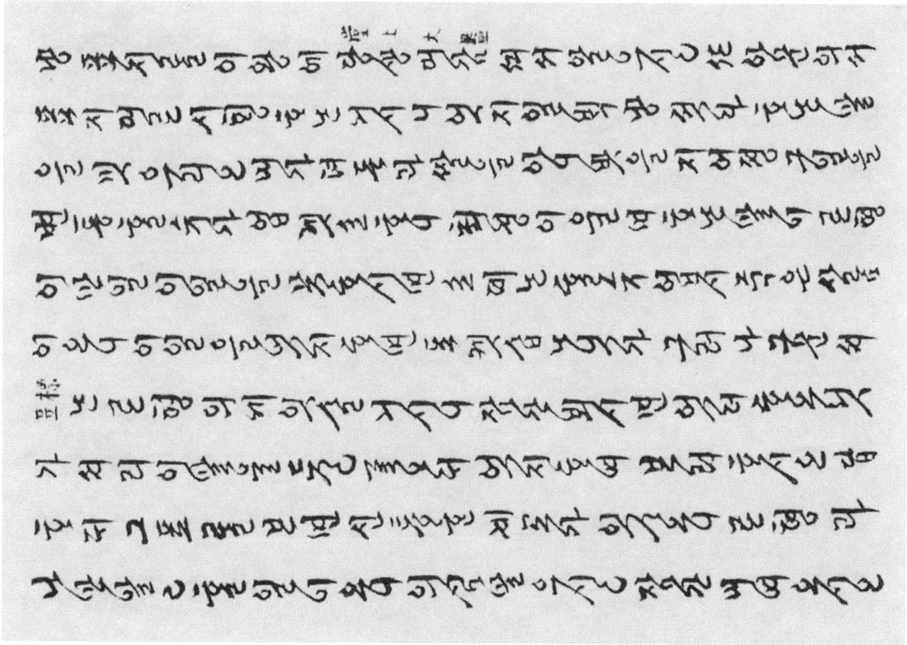

111b

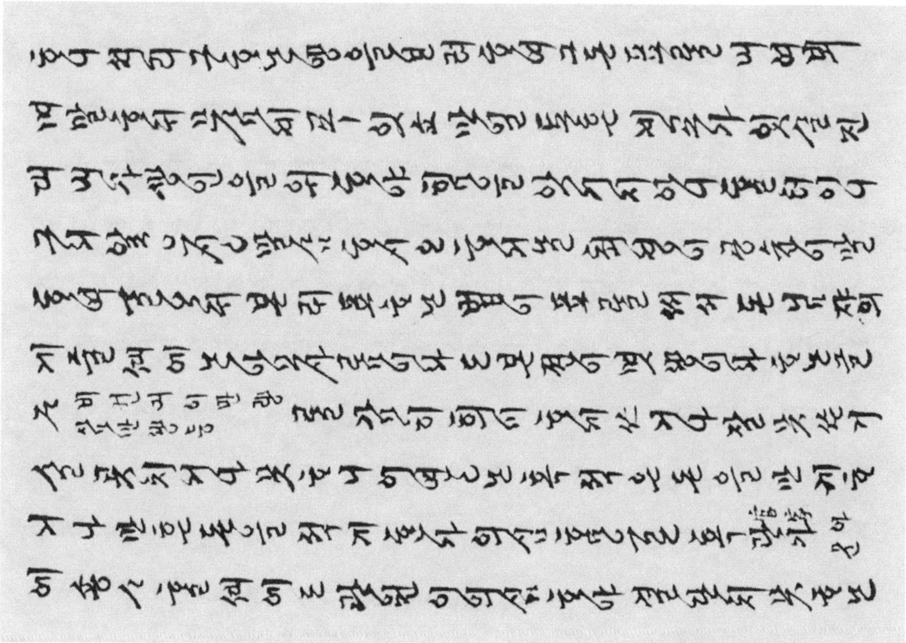

112a

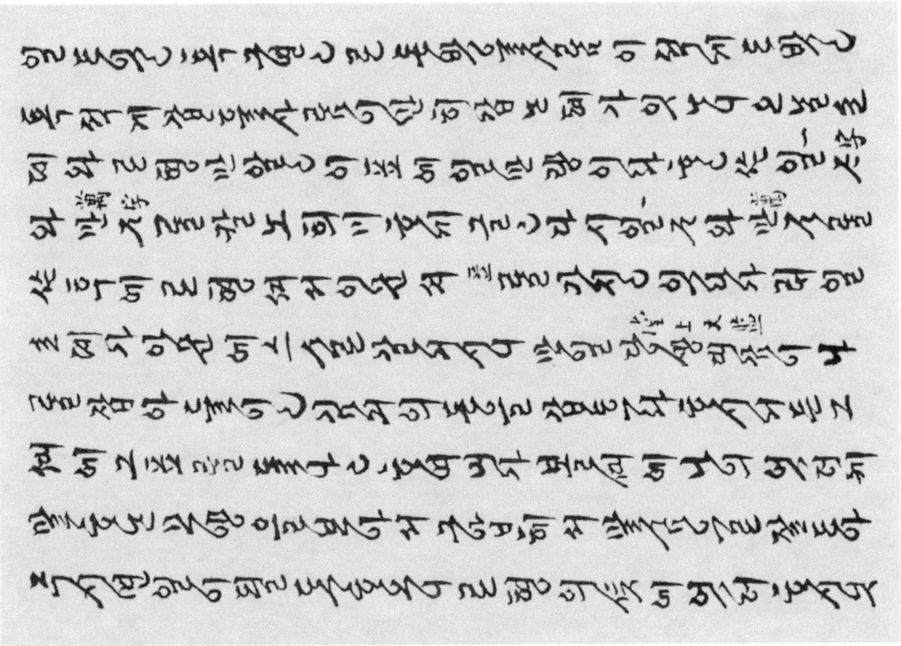

112b

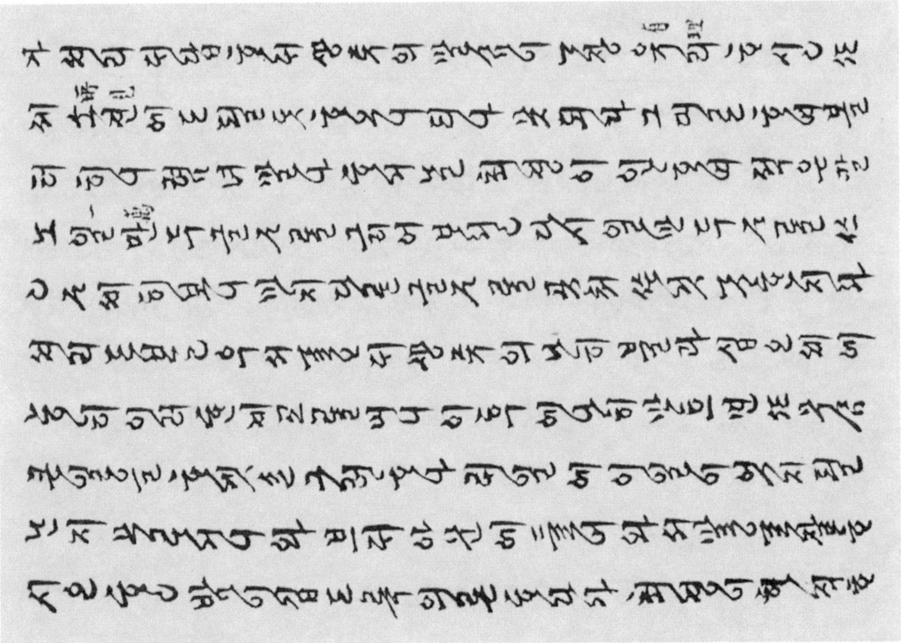

113a

ᆫ집에도라와셔밤을지ᄂᆡᆫ이튼날아ᄎᆞᆷ밥을먹은
후에바로아ᄉᆞᆫ에드러가조편(스ᄉᆞ로사셔 보다말)ᄒᆞ니셔리이며
로당ᄉᆡᆼ셔알외ᄃᆡ당ᄉᆡᆼ이잡아드리며무ᄅᆞᄃᆡ네가최
셩이냐 답 그러ᄒᆞ외다 네아비가김가의돈을일만
냥을지고죽은후에네가김가의돈을다갑ᄂᆞᆫ냐
냥만졋다ᄒᆞ며아니갑흐려ᄒᆞᆫ다ᄒᆞ니구ᄎᆞᆯ이올
흔ᄎᆞᆯ이냐 답 라연을ᄒᆞᆫ일을ᄒᆞ다 ᄯᅩ무ᄅᆞᄃᆡ
아비가죽기젼에일만냥으로표ᄅᆞᆯ써서김가의게
준거시분명(分明)ᄒᆞᆫ ᄯᅩ구문셔(文書)ᄅᆞᆯ내가보니의심(疑心)이업거
ᄂᆞᆯ네가일만냥만졋다ᄒᆞ니젹실이아니냐 답 소

113b

인의쳔ᄒᆞᆫ다히어ᄃᆡ온ᄃᆡ엇지이런큰일을주ᄶᅴ히
아올숫가 이ᄉᆞᆸ노오가그러ᄒᆞ오나촌인이다ᄅᆞᆫ곳에가
셔글을빈ᄒᆞ다가혹집에도라오면촌인의아비가
군심ᄒᆞ오셔장ᄉᆞᄒᆞ노ᄅᆞᆷ이만ᄒᆞᆫᄯᅢ자ᄯᅢ며김가의돈을
빅냥도갑지못ᄒᆞᆫᄯᅩ다ᄅᆞᆫ사ᄅᆞᆷ의돈도여러쳔냥을갑
지못ᄒᆞ니엇지ᄒᆞᆯᄂᆞᆫᄒᆞ오며ᄎᆡᆨ졍ᄒᆞᆸ던ᄯᅩ그후에병이
들어서더욱궁ᄒᆞ옵다가죽어ᄉᆞ온즉촌인이이러
ᄒᆞᆫ줄만아ᄋᆞᆸᄂᆞᆫ이ᄉᆞᆸ더니김가가촌인의집으로ᄃᆞ
ᄉᆡᆼᄒᆞ와와서돈이일만냥이라ᄒᆞ고촌인을ᄌᆡ쳔ᄌᆡ겨
욕ᄒᆞᆫᄯᅵ지ᄌᆞ며ᄯᅩ무ᄒᆞᆷ기ᄅᆞᆫ촌인의ᄌᆞᆫᄒᆞ여일만

114a

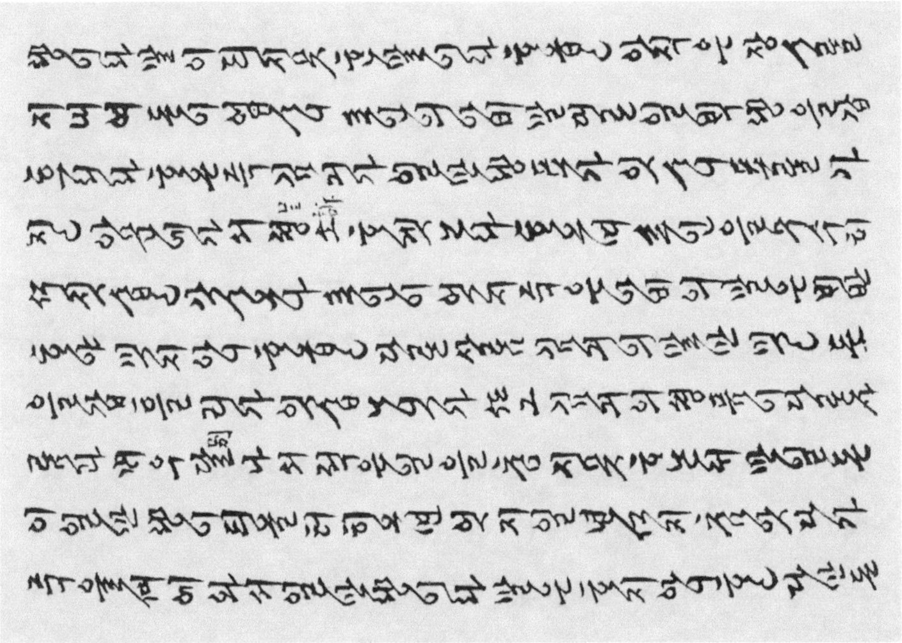

114b

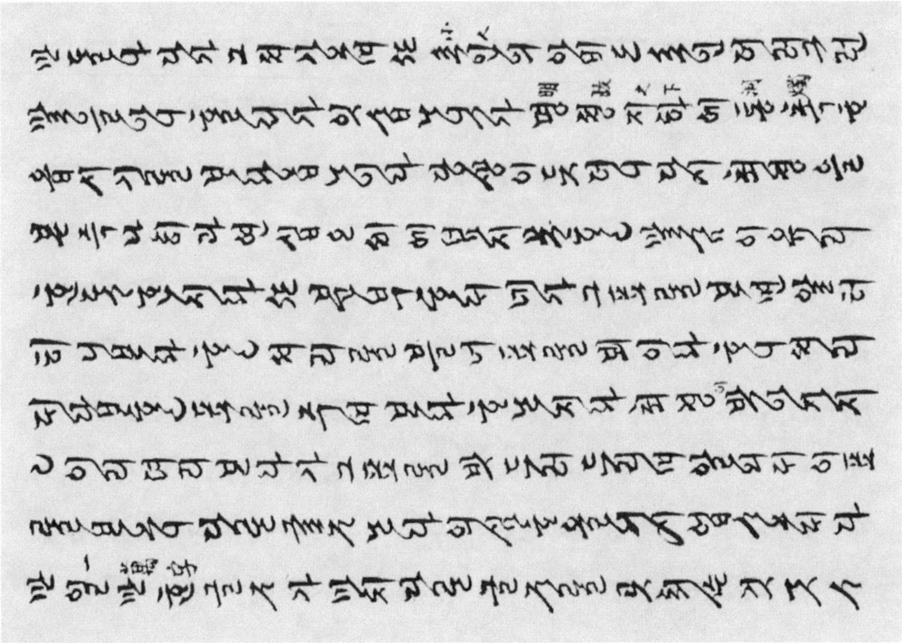

115a

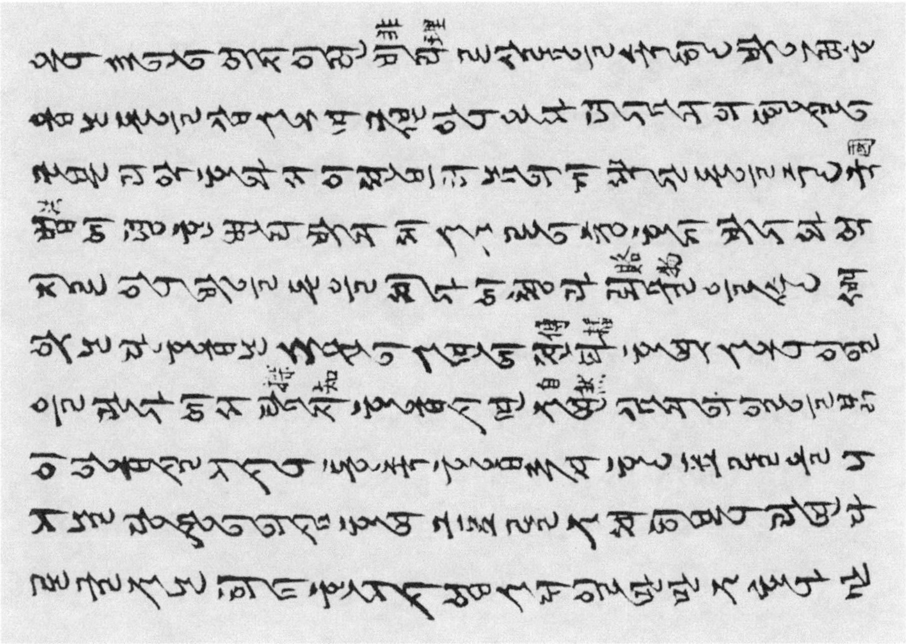

115b

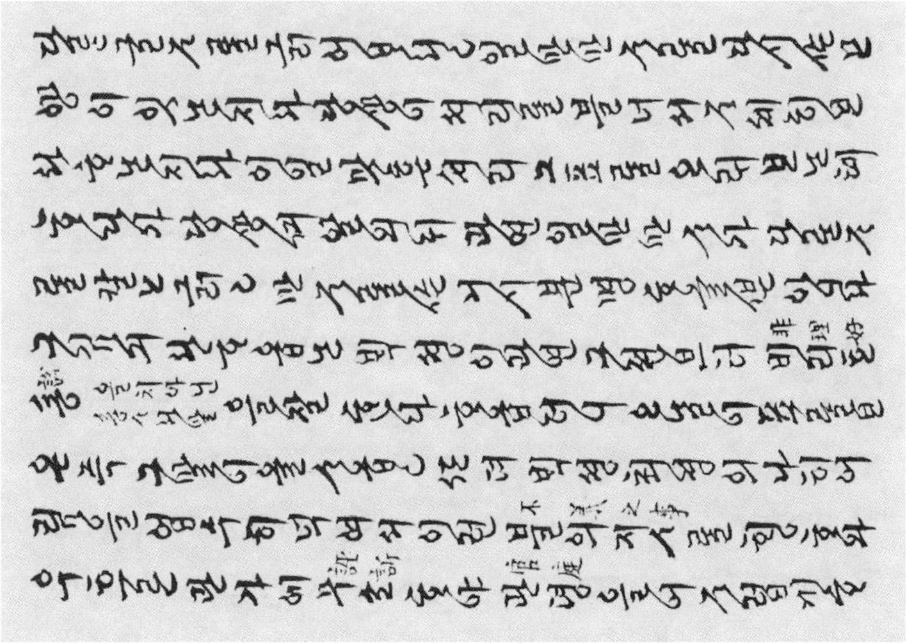

116a

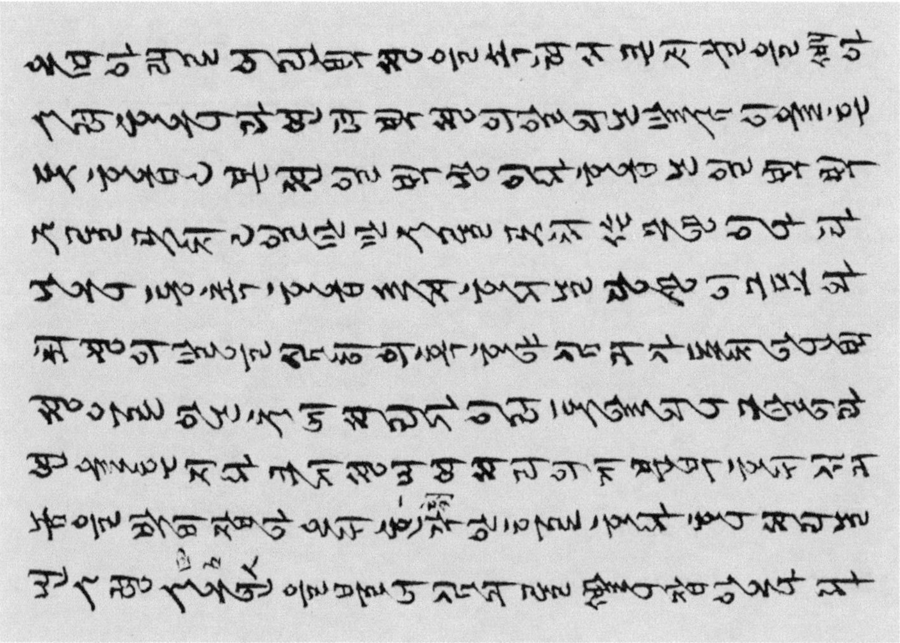

온ᄃᆡ아래ᄅᆞᆯ 어리ᄇᆡᆨ셩을 속혀서 큰지불을 ᄲᅢ아
ᄉᆞ려ᄒᆞ오니 과연 뎌 ᄇᆡᆨ셩의 알외ᄂᆞᆫ 말ᄉᆞᆷ이 올ᄉᆞ온
듯ᄒᆞ옵ᄂᆞᆫ 본젼 일ᄇᆡᆨ 냥이라 ᄒᆞ옵ᄂᆞᆫ 일ᄇᆡᆨ ᄇᆡᆨ
주굴 곳치ᄂᆞᆫ 일ᄂᆞᆫ 판 주굴 곳치 ᄊᆞᆫ 문이오 다
나오니 동추ᄒᆞ옵 속셔ᄒᆞ여 놀 당ᄉᆡᆼ이 그모와
최셩의 ᄆᆞᆯ을 심히 의혹ᄒᆞ야 김거가 ᄃᆞᆺ치ᄂᆞ니
셩ᄋᆞᆯ 한ᄂᆞᆫ 츠에 셔리가 이러ᄒᆞᆫ 줄 알외니 그ᄆᆞᆯ이라
연 ᄋᆞᆯᄒᆞᆫ지라 큰 제셩이 ᄯᅥ 셔리의게 분부ᄒᆞ여 김거
놈을 ᄇᆞᆯ비 잡아 오라 ᄒᆞᆫ 각 안ᄒᆞ로 ᄒᆞ니 ᄒᆞ니 셔리 놀
낸 ᄉᆞ령 ᄉᆞ오인을 불너 김거ᄅᆞᆯ ᄲᆞᆯ니 잡아 오라

116b

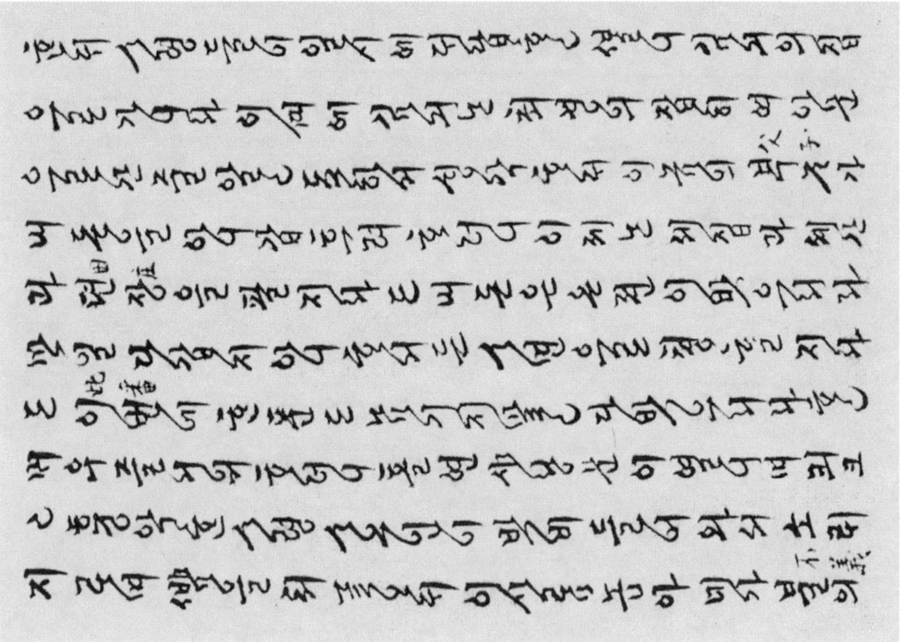

ᄒᆞᆫ뒤 ᄉᆞ령들이 일시에 ᄃᆡ답ᄒᆞ고 ᄲᆞᆯ니 김거의 집
으로 가ᄂᆞ니 이ᄯᅢ에 김거ᄂᆞᆫ 최셩의 집을 ᄲᅢ아슨
으로 간 줄 알고 ᄃᆞᆨᄒᆞ여 싱각ᄒᆞ되 이 ᄂᆞᆷ의 부ᄌᆞ가
ᄲᅥ 둔 ᄒᆞ니 감 ᄒᆞ려 ᄒᆞ더니 이제ᄂᆞᆫ 제 집과 제산
과 뎐장을 팔지라도 ᄲᅥ 돈은 본젼이 ᄆᆞᆺ 되리라
ᄆᆞᆫ일 다 갑지 아니ᄒᆞ여ᄃᆞᆫ ᄉᆞ변을 ᄃᆞᆼᄒᆞᆯ지라
도 이번에 ᄒᆞᆫ 푼도 놀지 ᄆᆞᆯ고 다 바ᄃᆞ리라 ᄒᆞ고
ᄆᆡ우 즐거워ᄒᆞ더니 홀연 ᄉᆡᆼ각 밧긔 별안간 크
ᄂᆞᆫ 흉악ᄒᆞᆫ ᄉᆞ령 ᄉᆞ오인이 ᄇᆞᆯ비 들어와서 소리
지르며 ᄲᆞᆯ을 ᄯᅥ희 ᄒᆞᆯ어 이 사ᄅᆞᆷ놈아 ᄆᆡ가 불의

117a

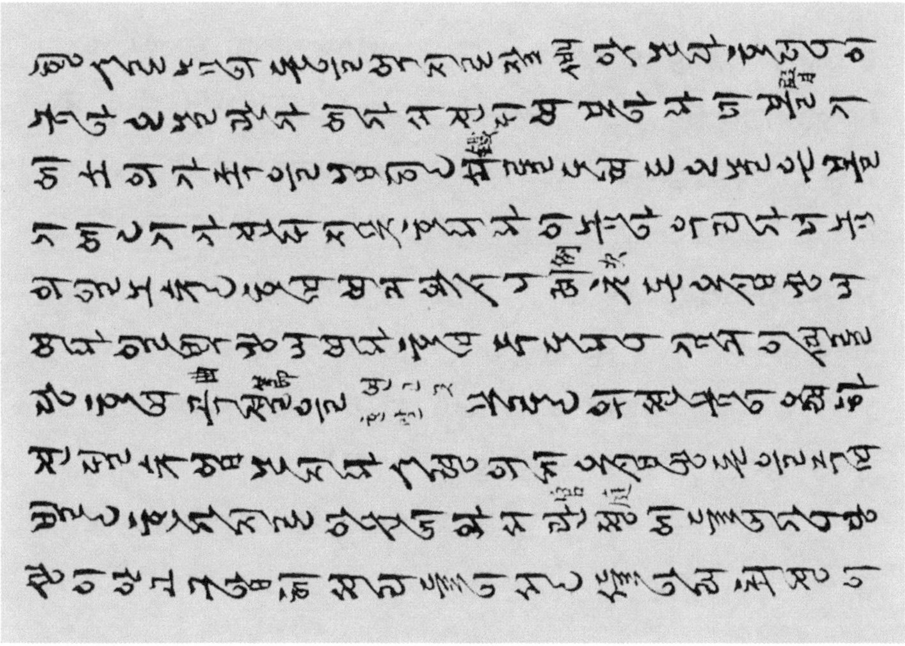

힝ᄉᆞᄂᆞᆫ 노ᄆᆡ의 동을 어ᄭᅢ지ᄅᆞᆯ 잘 ᄲᅢ앗ᄂᆞᆫ다 ᄒᆞ더니 이
ᄂᆞᆷ아 오ᄂᆞᆯ 관가에 가서 젼ᄃᆡ여 보아라 네 볼기
에 소의 가족을 넙힌 쇠ᄅᆞᆯ ᄃᆡ여도 오ᄂᆞᆯ은 볼
기에ᄂᆞᆫ 기가 셔ᄃᆡ지 못ᄒᆞ리라 이 놈아 우리가 너 놈
의 일노 ᄎᆞᆫ ᄒᆞ여 여러 와서 니 례ᄎᆞᄂᆞᆫ 오십 냥 내
여라 일ᄇᆡᆨ 냥 내여라 ᄒᆞ여 ᄂᆞᄃᆞ니 갑쇠 이 ᄯᅢᄅᆞᆯ
당ᄒᆞ여 곡졀을 ᄇᆞᆯᄋᆞᆯ 우 젼ᄂᆞᆫ이 엇지 ᄒᆞ
젼될 수 업ᄂᆞᆫ지라 ᄉᆞ령의게 오십 냥 돈을 주더
빌ᄂᆞᆫ 동ᄒᆞ지ᄅᆞᆯ 아ᄉᆞ에 와서 관졍에 드러가 당
상이 안고 구양헤 셔리들이 서ᄂᆞᆫ 실ᄀᆞ아래 최젼이

117b

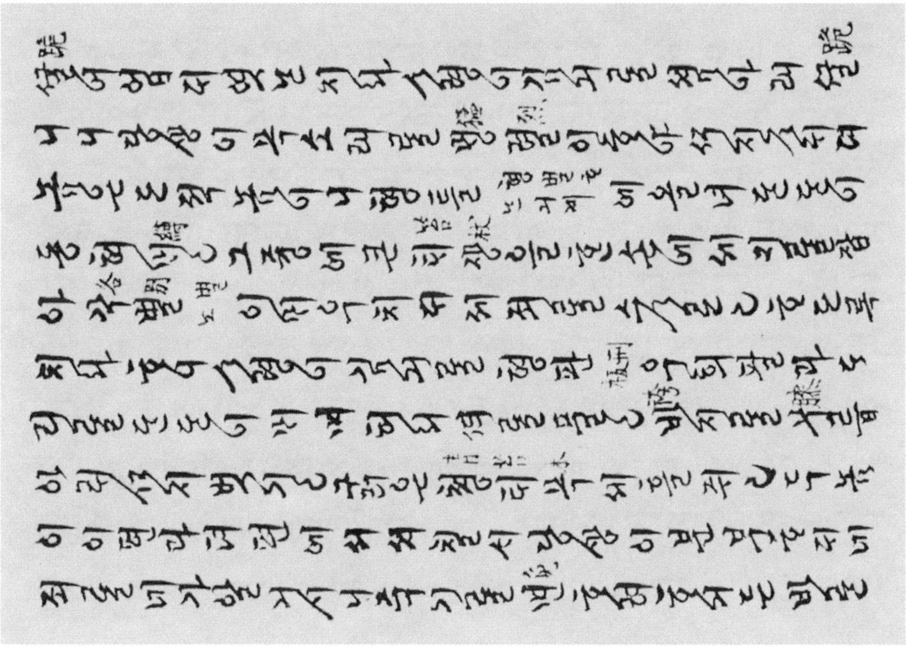

ᄭᅮᆯ어 업ᄃᆡ엿ᄂᆞᆫ지라 ᄉᆞ령이 갑쇠ᄅᆞᆯ 셤 아래 ᄭᅮᆯ
니니 당상이 목소래ᄅᆞᆯ 맹렬이 ᄒᆞ야 ᄯᅥ지ᄉᆞ되 뎌
놈은 도젹놈이니 형틀에 올녀 ᄆᆞᆫ 동이
동혀ᄂᆞᆫ 그 중에 큰 ᄐᆡ장을 ᄒᆞᆫ 손에 쥐이ᄅᆞᆯ 잡
아 각별이 ᄉᆞ우지 ᄯᅡ져 져ᄅᆞᆯ 숫ᄌᆞᄅᆞᆯ ᄒᆞᄂᆞᆫ 도록
되라 ᄒᆞ니 ᄉᆞ령이 갑쇠ᄅᆞᆯ 형판 우희 팔과 ᄃᆞ
리ᄅᆞᆯ 돈 돈이 ᄆᆡ여ᄃᆡ 셔ᄅᆞᆯ 돌ᄂᆞᆫ 바지ᄅᆞᆯ 무릅
아래 셔지 벗기ᄂᆞᆫ 구렁은 쳥대 목 셰ᄒᆞᆯ 쥐ᄂᆞᆫ ᄃᆞ 놈
이 이편과 뎌편에 셔셔 칠 시 당상이 분부ᄒᆞ되 네
죄ᄅᆞᆯ 네가 알거시니 죽기ᄅᆞᆯ 면ᄒᆞ려 ᄒᆞ거든 바ᄅᆞᆫ

118a

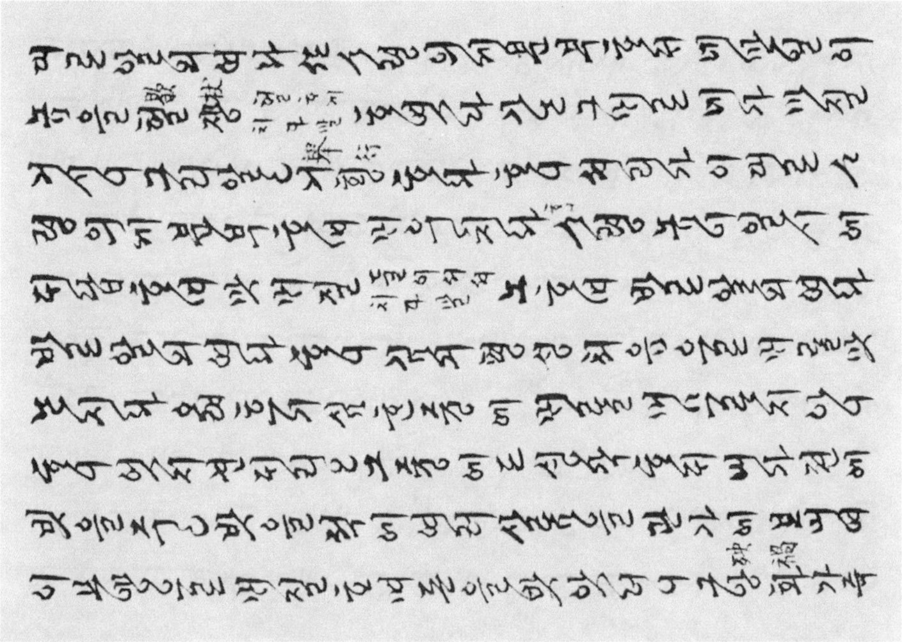

118b

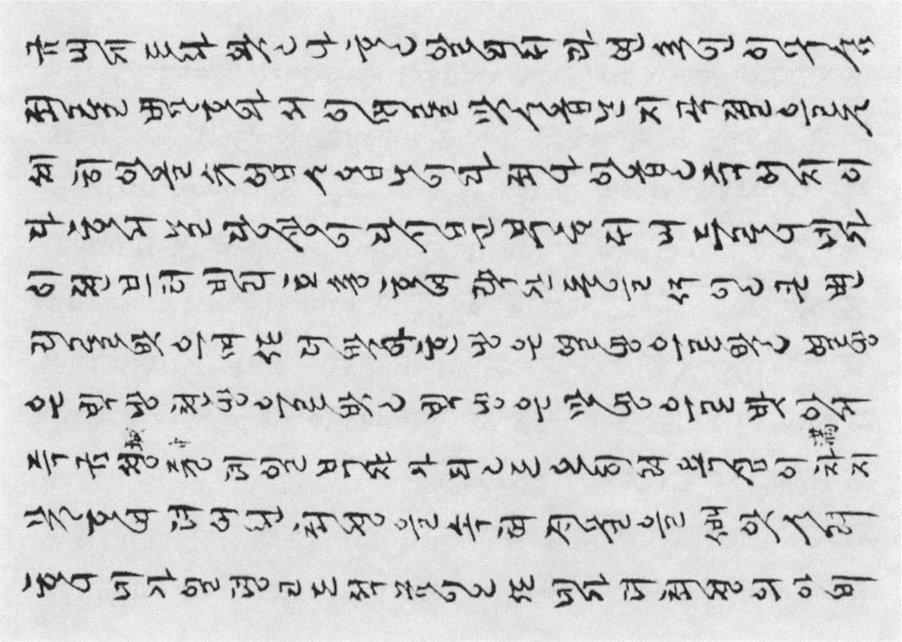

119a

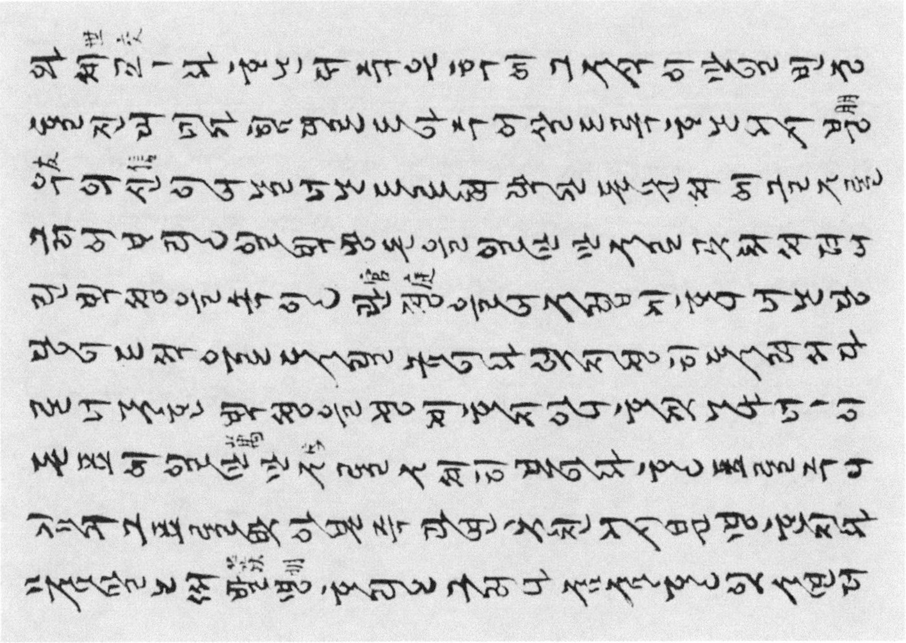

119b

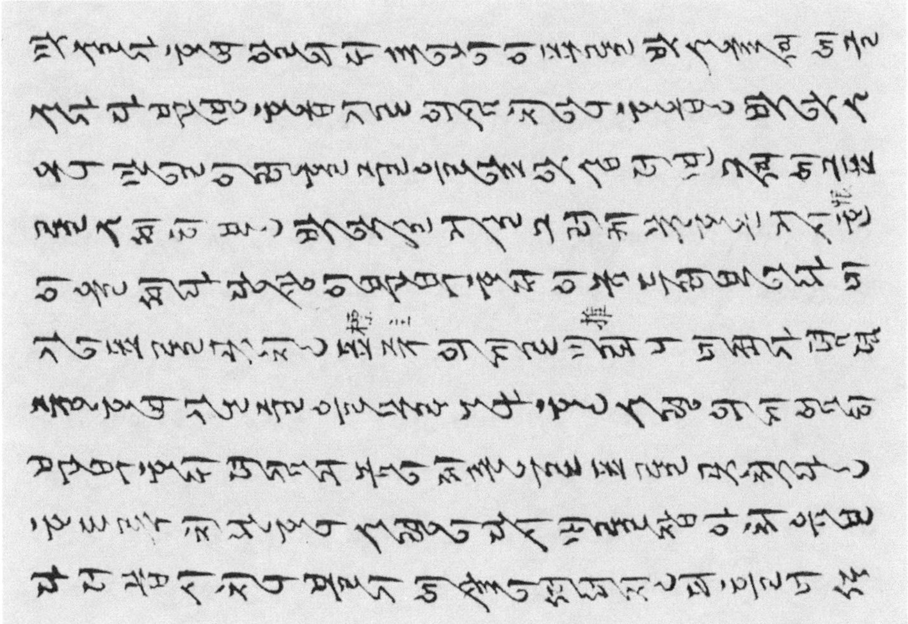

120a

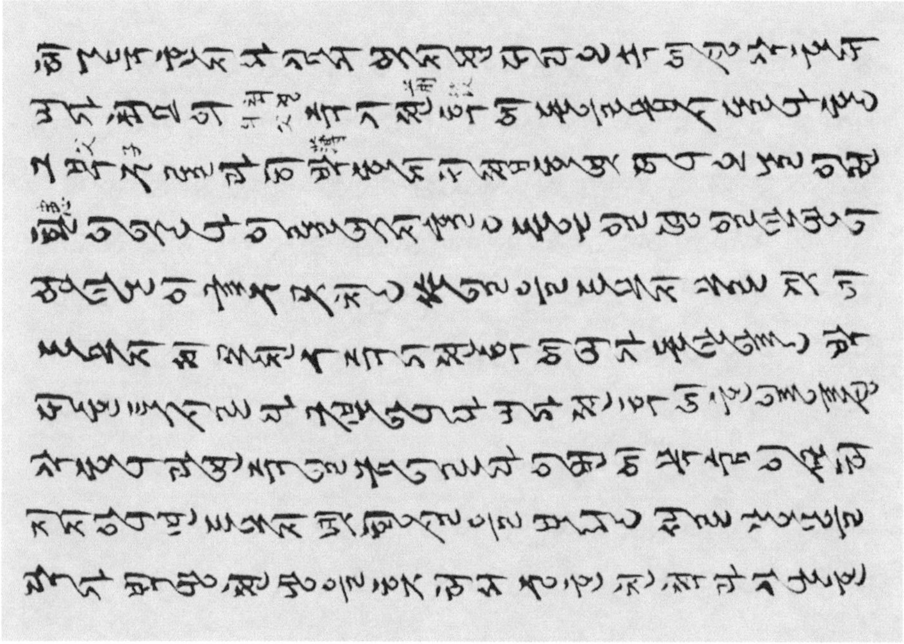

120b

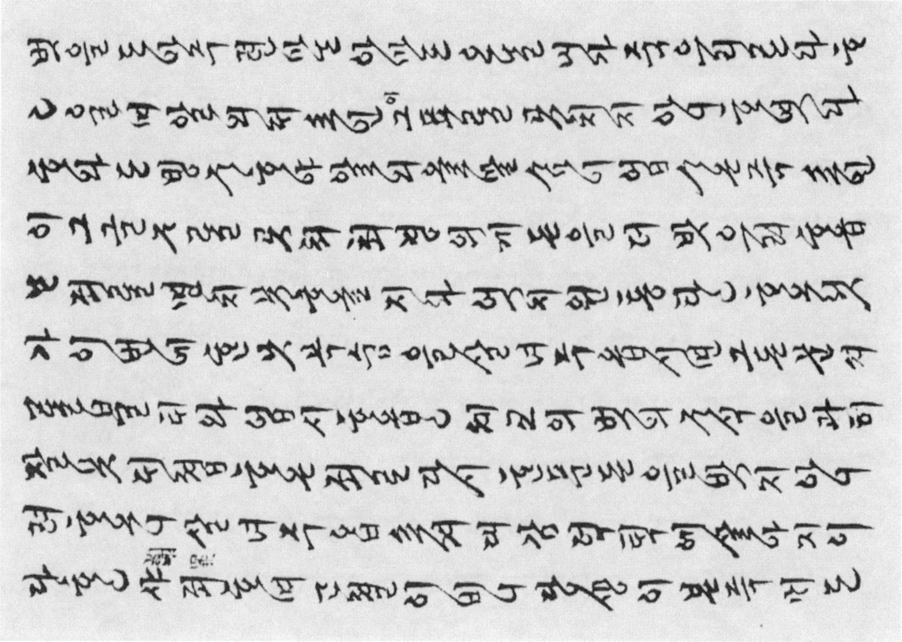

121a

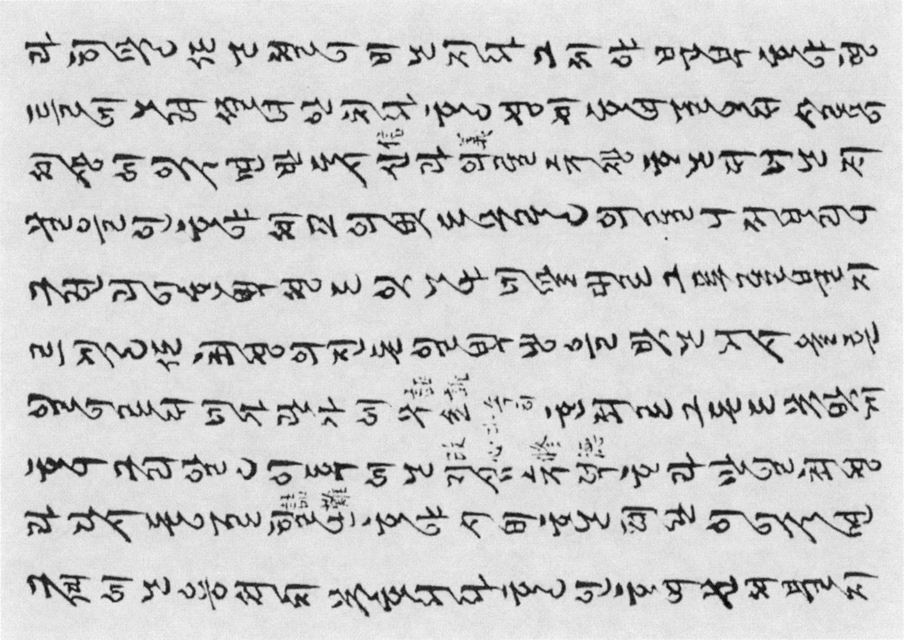

121b

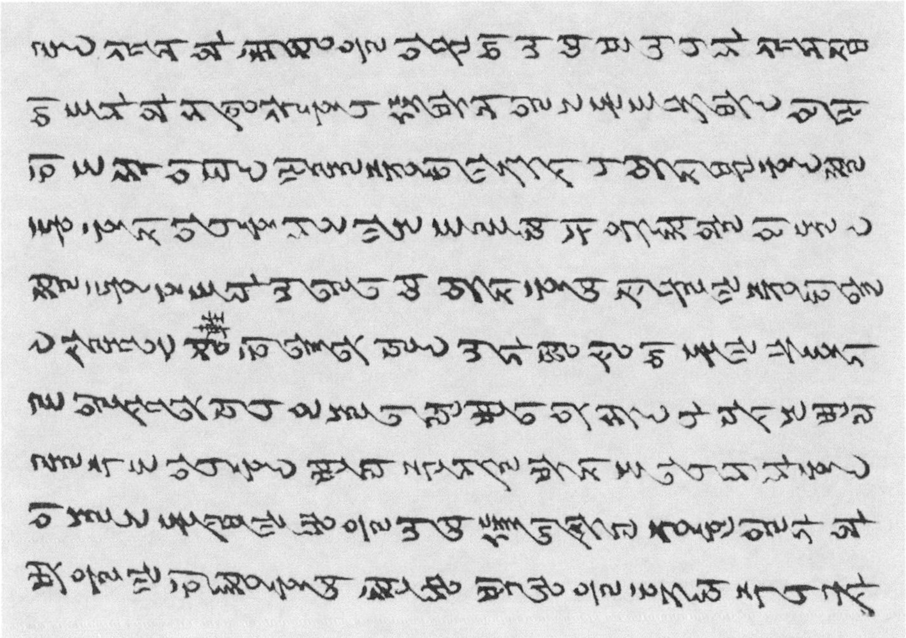

122a

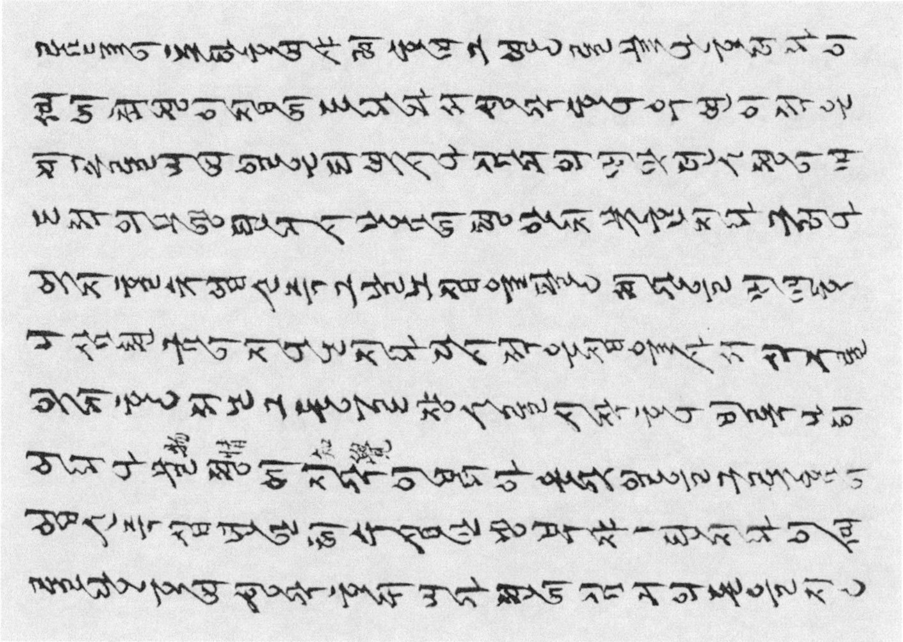

122b

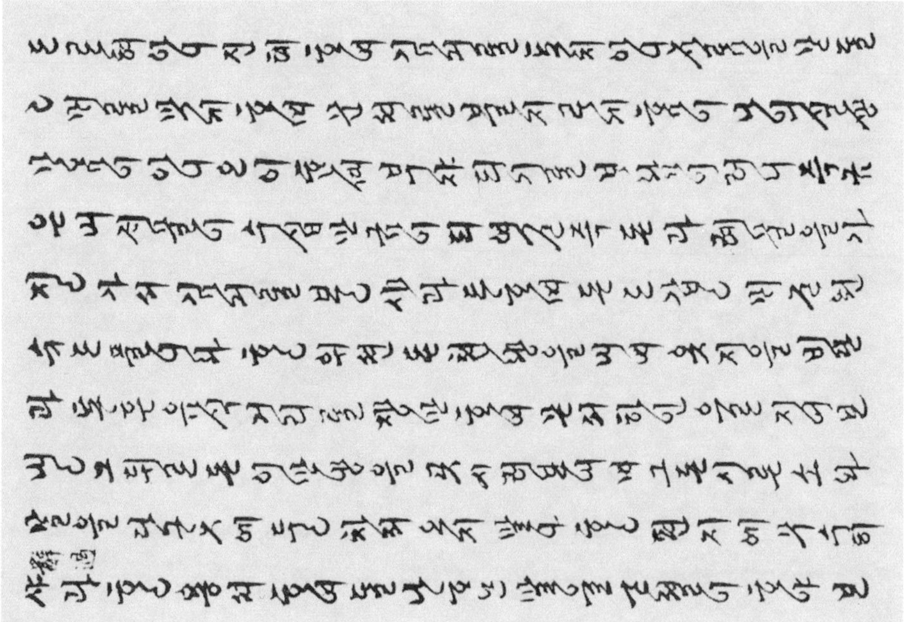

123a

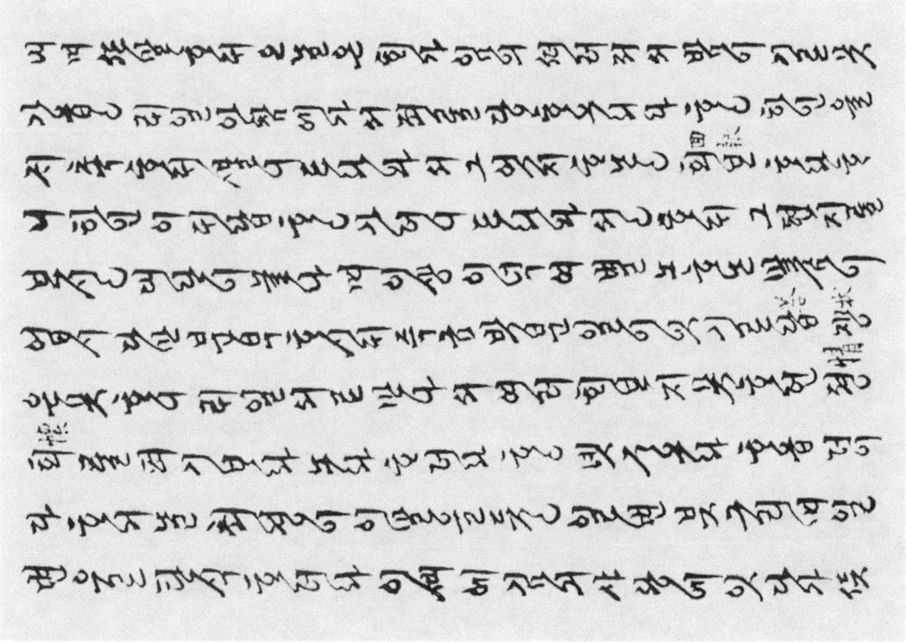

123b

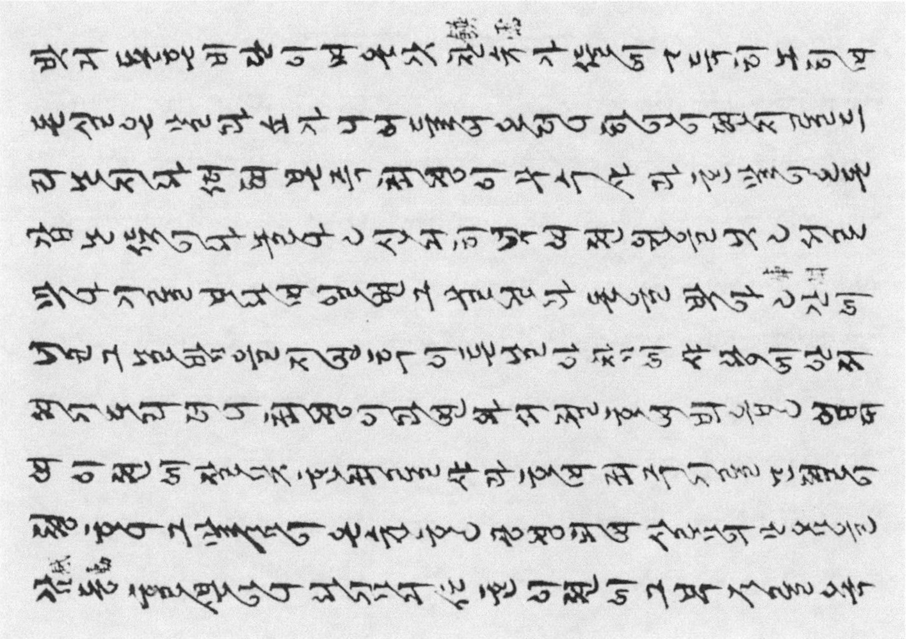

124a

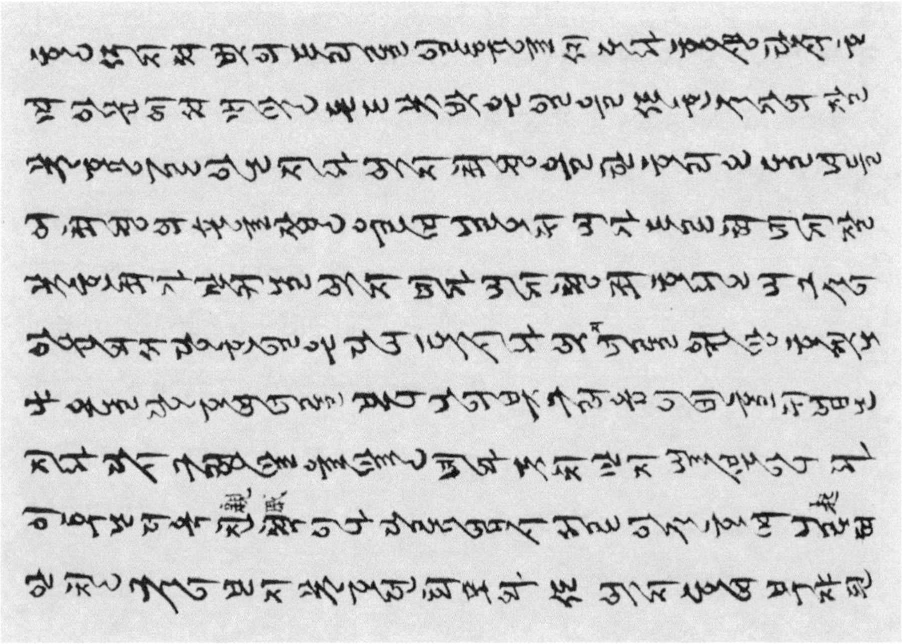

124b

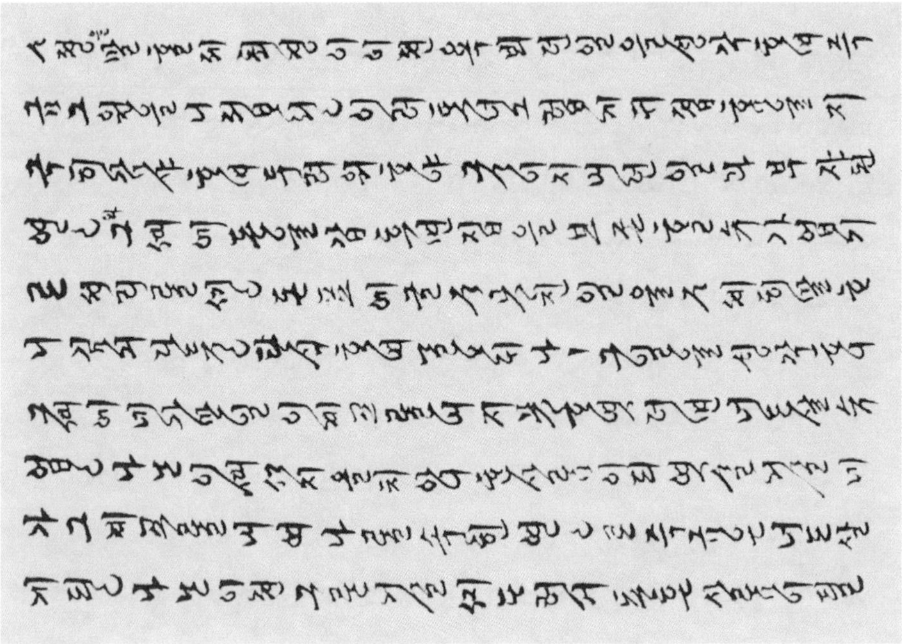

125a

ᄒᆞᄒᆞ니 이런 ᄃᆞᆼᄒᆞᆫ 일이 ᄯᅩ 다시 잇ᄂᆞ냐 ᄒᆞᆫ 오히려 ᄎᆞᆷ샤ᄒᆞ며
그 돈은 본젼 일ᄇᆡᆨ양만 밧고 변리ᄂᆞᆫ ᄒᆞᆫ 푼도 밧지 아니
ᄒᆞ며 평ᄉᆡᆼ에 부ᄌᆞ와 ᄌᆞᆼ치 의(義)ᄅᆞᆯ ᄆᆡᆺ고 ᄉᆞᄉᆡᆼ고락(死生苦樂)을 ᄒᆞᆫ
가지로 ᄒᆞ기로 언약을 뎡ᄒᆞ야 둘이 다 유명(有名)ᄒᆞᆫ 사ᄅᆞᆷ
이 되엿다 ᄒᆞ니 진실노 이러ᄒᆞᆫ 친구 사괴ᄂᆞᆫ 풍속에 드믄 ᄉᆞ
ᄅᆞᆷ이로다

125b

니김량셩긔(李金兩姓記)

녜젹에 셔울 남산 아래 사ᄂᆞᆫ 니진ᄉᆡ라 ᄒᆞᄂᆞᆫ 사ᄅᆞᆷ이
독(獨)ᄌᆞᄅᆞᆯ 두엇시니 나히 십오 세라 젼라도 남원(南原)ᄯᅡ
헤 사ᄂᆞᆫ 김진ᄉᆞ의 ᄯᆞᆯ과 혼인을 뎡ᄒᆞᆫ 대례(大禮)날이 다
ᄃᆞᄅᆞᄆᆡ 니진ᄉᆡ 아ᄃᆞᆯ을 ᄃᆞ리고 여러날 만에 김진ᄉᆞ의
집에 가셔 혼인을 지낼ᄉᆡ 대례ᄅᆞᆯ 맛ᄎᆞᆯ ᄯᅢ 날이 어
두온지라 셕반을 파ᄒᆞᆫ 후 쥬인과 말ᄉᆞᆷᄒᆞ다가 곤
ᄒᆞ여 촉불을 ᄭᅳ고 자더니 홀연 신랑(新郎)이 안ᄒᆞ로
셔 급히 나오며 호부(呼父)ᄒᆞ되 며거쳐 오리ᄂᆡ 블ᄉᆞ엽ᄉᆞ
오ᄂᆞᆯ 즉금은 밧비 인마(人馬)ᄅᆞᆯ 차려 셔울노 가시옵셔

126a

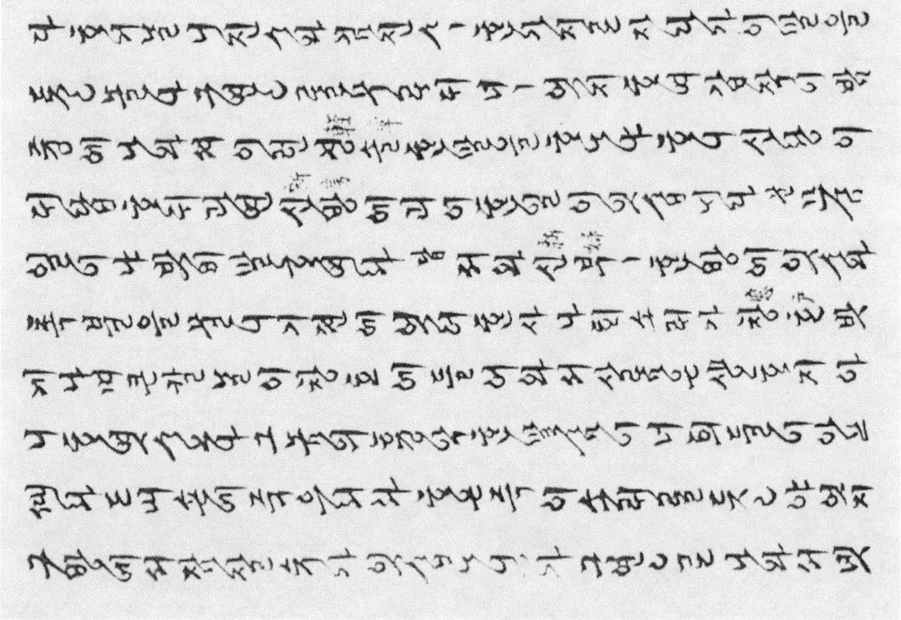

126b

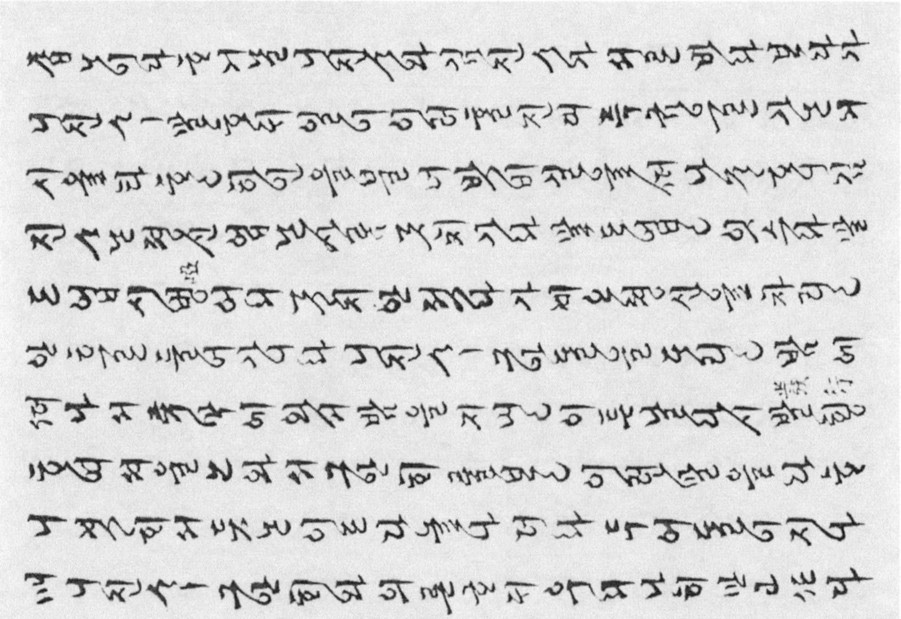

127a

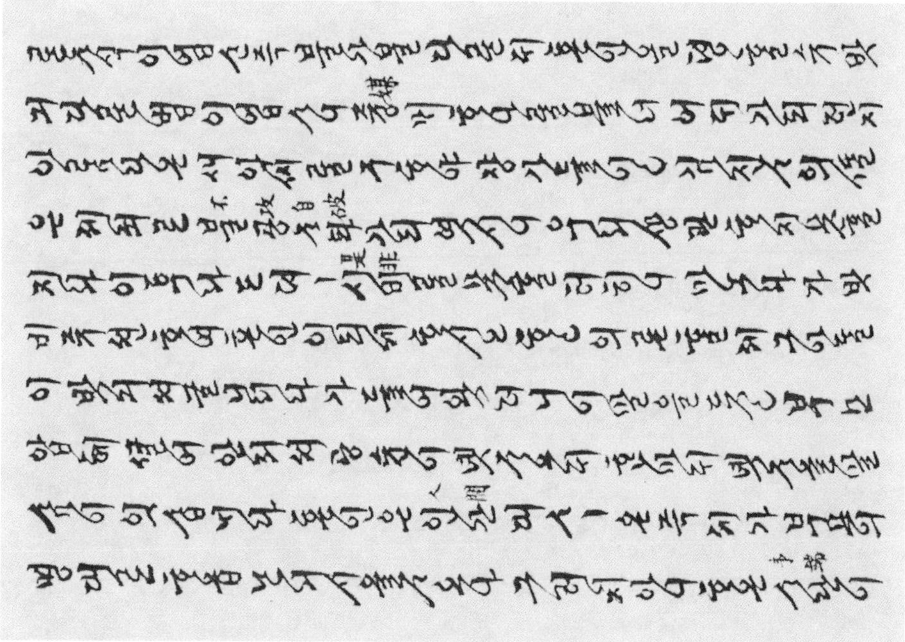

127b

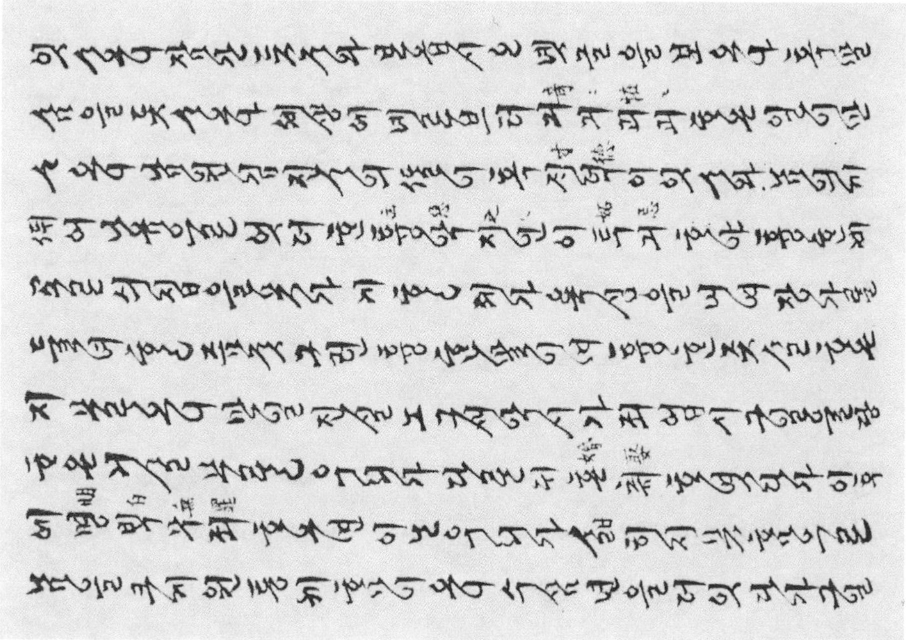

128a

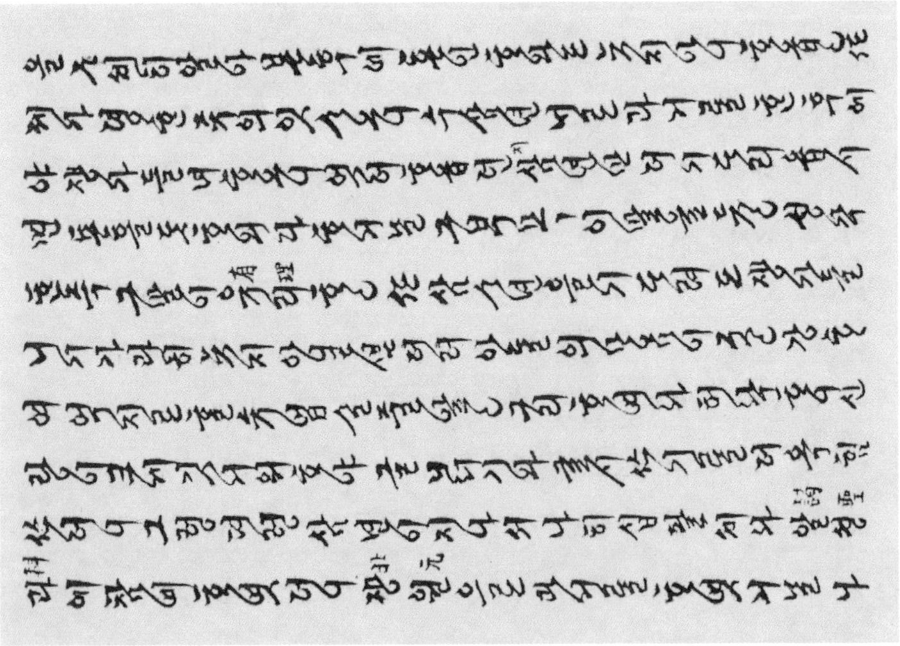

128b

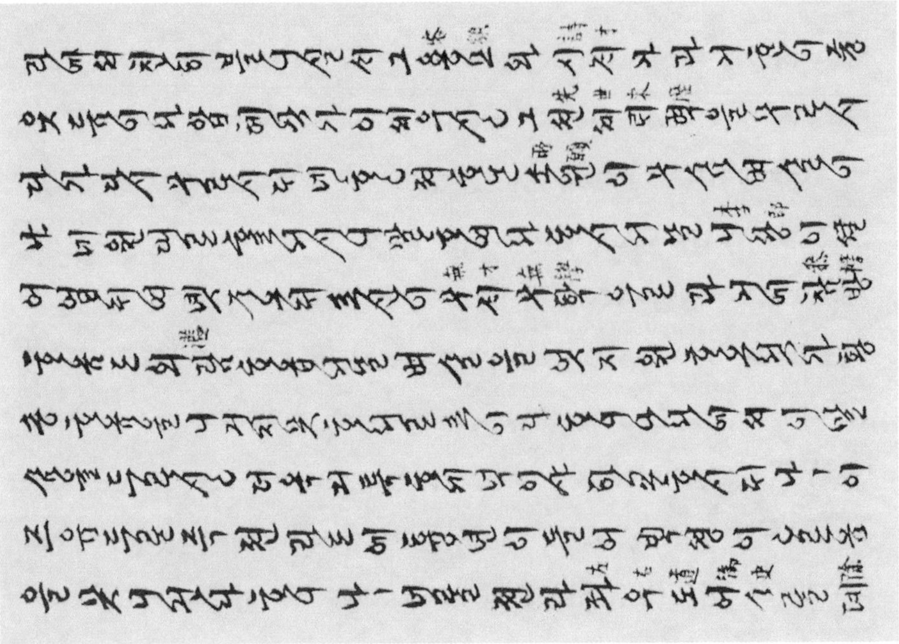

129a

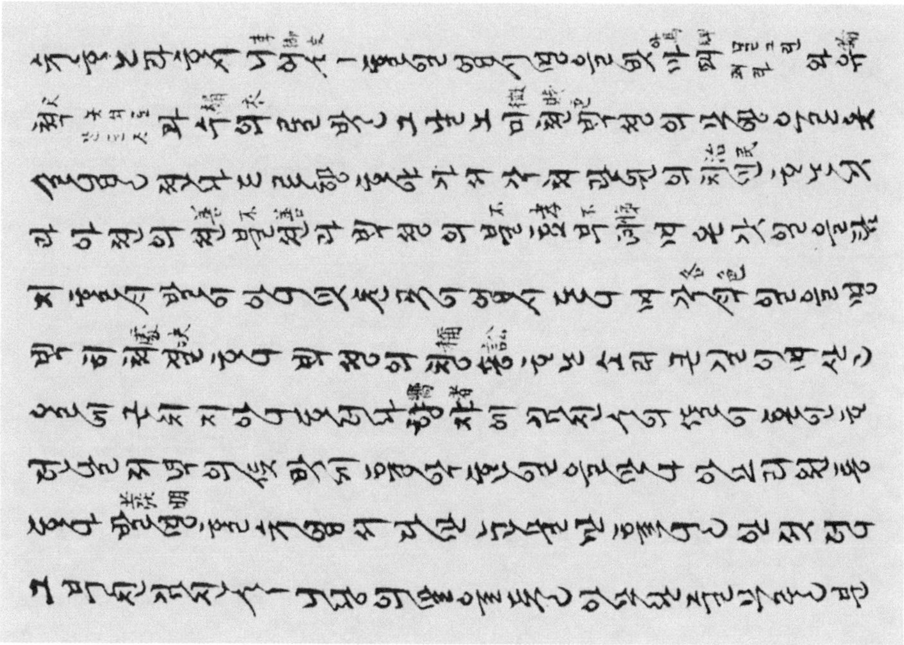

츄ᄒᆞᄂᆞ라ᄒᆞ시니 어ᄉᆡ ᄒᆞᆯ일업시 명을밧ᄌᆞ와 ᄯᅴ 와유
쳑 과수의를 밧ᄂᆞᆫ 그날노 미쳔ᄇᆡᆨ셩의 모양으로 옷
술입고 경ᄉᆞ로 ᄒᆡᆼᄒᆞ야 가셔 각쳐 관원의 치민ᄒᆞᄂᆞᆫ것
과 아젼의 션불션과 ᄇᆡᆨ셩의 불효부뎨ᄒᆞ며 온갓일을 탐
지ᄒᆞᆯ시 발이 아니밋ᄂᆞᆫ곳이 업시 ᄃᆞ니며 각식 일을 명
ᄇᆡᆨ히 쳐결ᄒᆞ니 ᄇᆡᆨ셩의 칭숑ᄒᆞᄂᆞᆫ 소ᄅᆡ 큰길이며 산곤
올에 근치지아니ᄒᆞ더라 향쟈에 김진ᄉᆞ의 ᄯᆞᆯ이 혼인ᄒᆞ
던날 저녁의 ᄯᅳᆺ 밧기 흉악ᄒᆞᆫ일을 ᄆᆞᆺ나 아ᄅᆞ리원통
ᄒᆞ나 발명ᄒᆞᆯ ᄎᆡᆨ업셔 다만 눈물만 흘니고 안젓더니
그부친 김진ᄉᆡ 나ᄅᆞᆼ의 ᄯᆞᆯ을 ᄃᆞ리고 아무란 줄 부ᄅᆞ고 ᄇᆞᆫ

129b

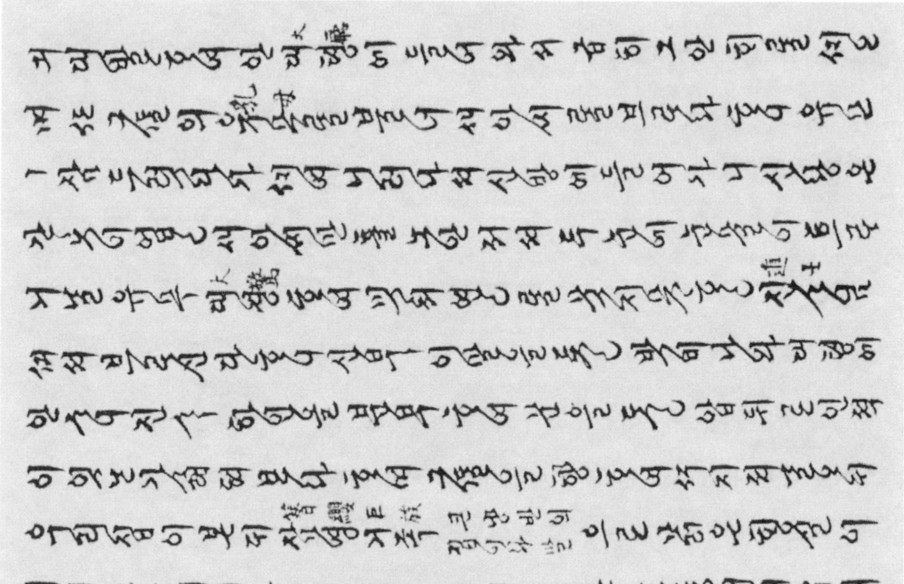

긔ᄃᆡ말ᄒᆞ여 안대텽에 들어와서 급히 그안히를 셰오
며 산구ᄉᆡᆼ의 우ᄆᆞ를 불너 ᄉᆡ아ᄉᆡ를 브ᄅᆞ라 ᄒᆞ니 유ᄆᆞ
ㅣ 잠드럿다가 ᄭᆡ여 니러나셔 신방에 들어가니 신랑은
간곳이업고 ᄉᆡ악시만 홀노 안저셔 두 눈에 눈물이 흐ᄅᆞ
니 놀나 유무ㅣ 대경ᄒᆞ여 ᄭᅮ지 엇던ᄃᆞᆯ 뭇지못ᄒᆞᆫ 진ᄉᆞ님
ᄭᅴ셔 부ᄅᆞ신다ᄒᆞ니 신부ㅣ 이말을 듯고 ᄇᆡᆨ히 나와 대텽에
안ᄌᆞ니 진ᄉᆡ 하인을 분부ᄒᆞ여 문을 ᄃᆞᆮ고 압뒤 ᄃᆞᆫ인젹
이 잇ᄂᆞᆫ가 살펴보라 ᄒᆞ여 ᄌᆞ셰ᄒᆞᆫ ᄒᆡᆼ을ᄒᆞ여 셔지 젼ᄒᆞ되
우리집이 본ᄃᆡ 잠영거족 으로 ᄇᆞᆰ은 ᄒᆡᆼ실이
대대로 근치지아니ᄒᆞ여 놈의게 칭찬을 듯더니 우리

130a

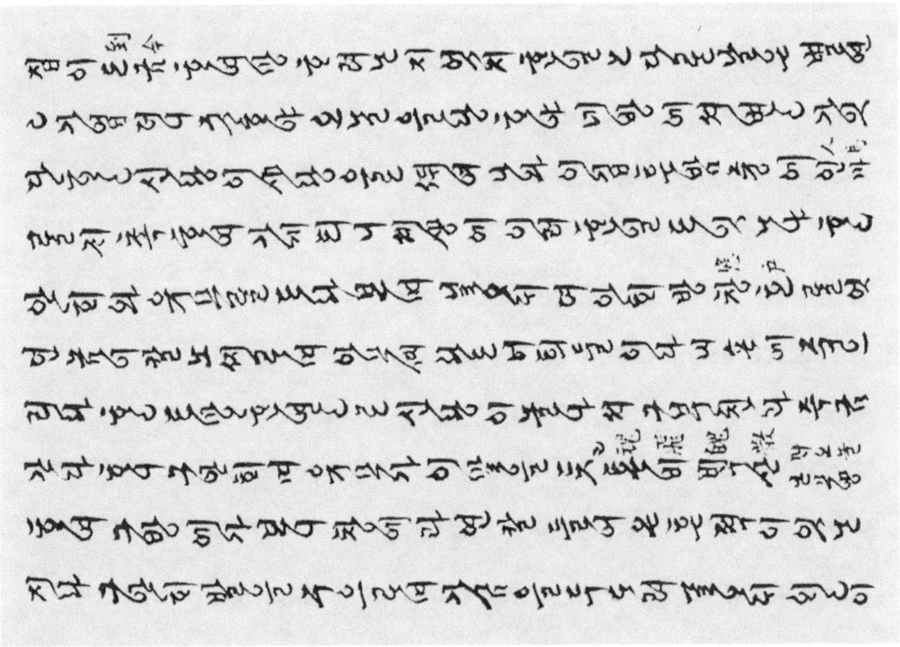

130b

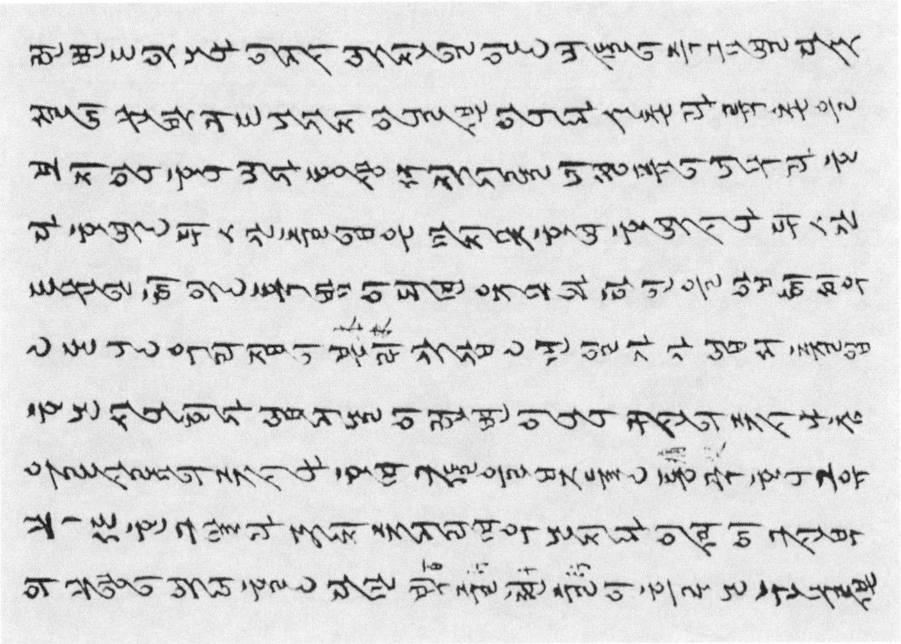

131a

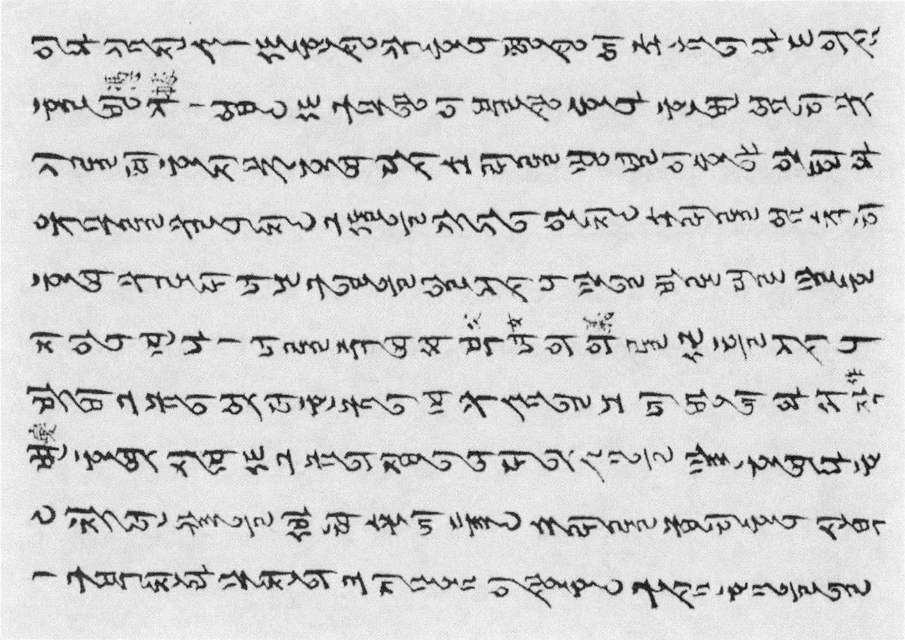

131b

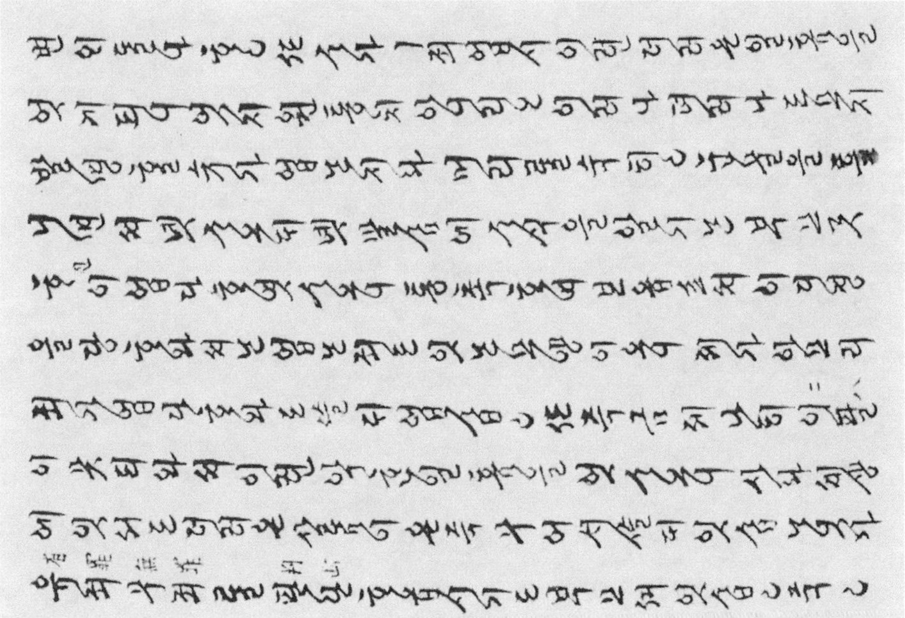

132a

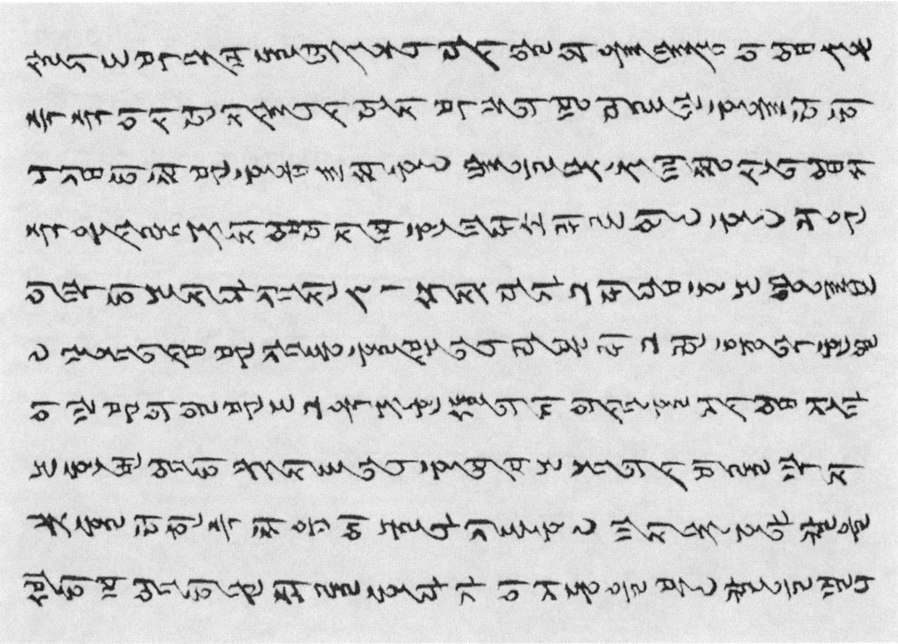

132b

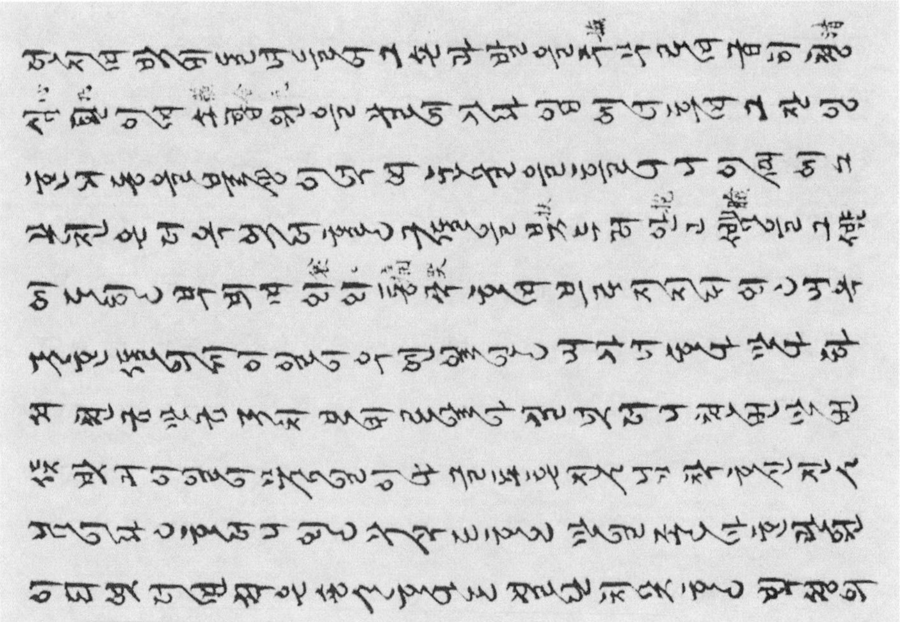

133a

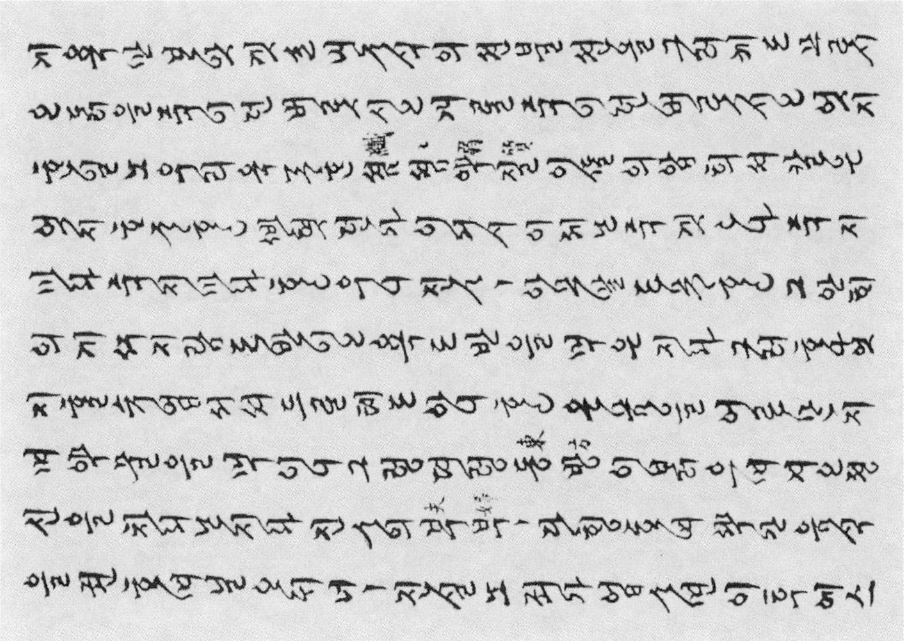

133b

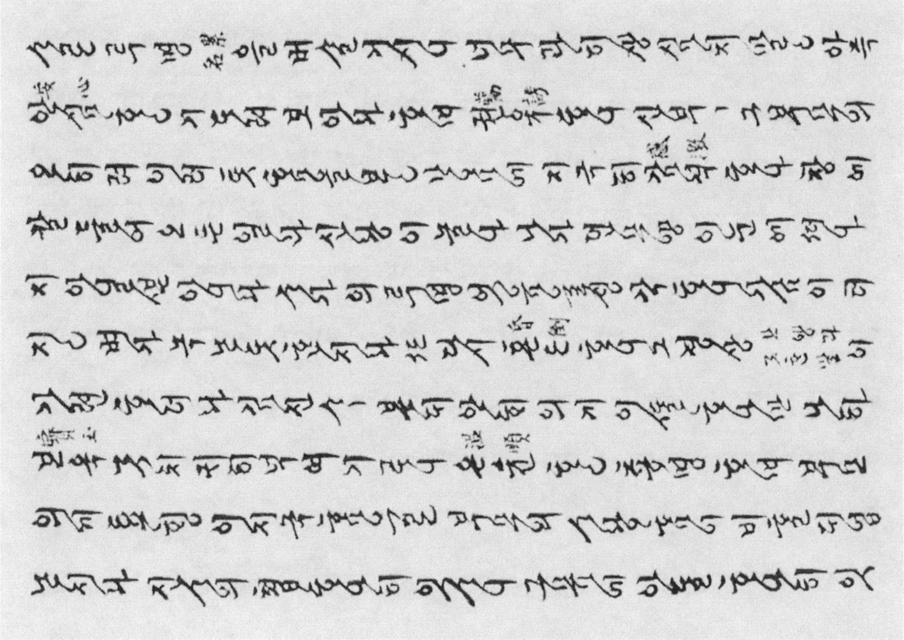

134a

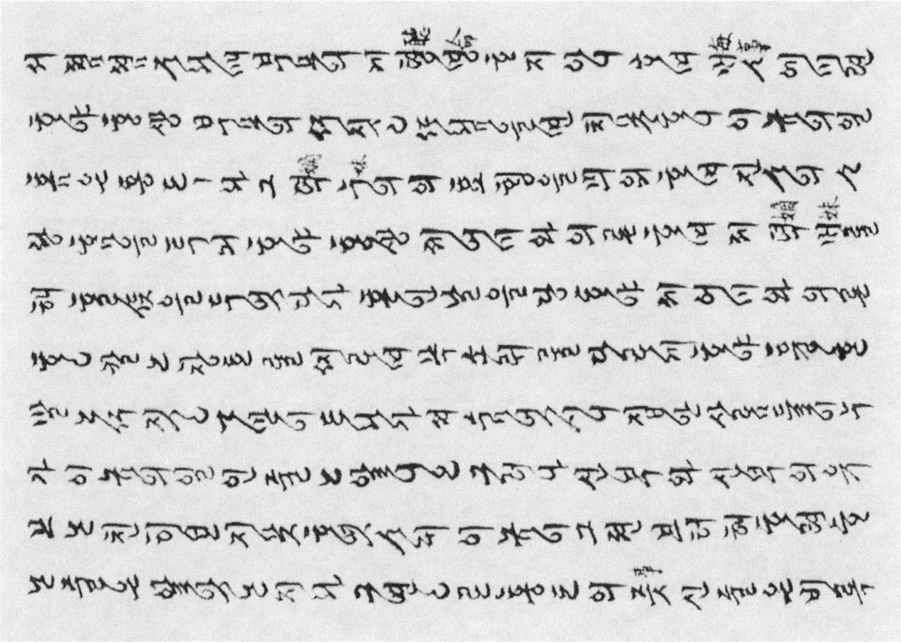

134b

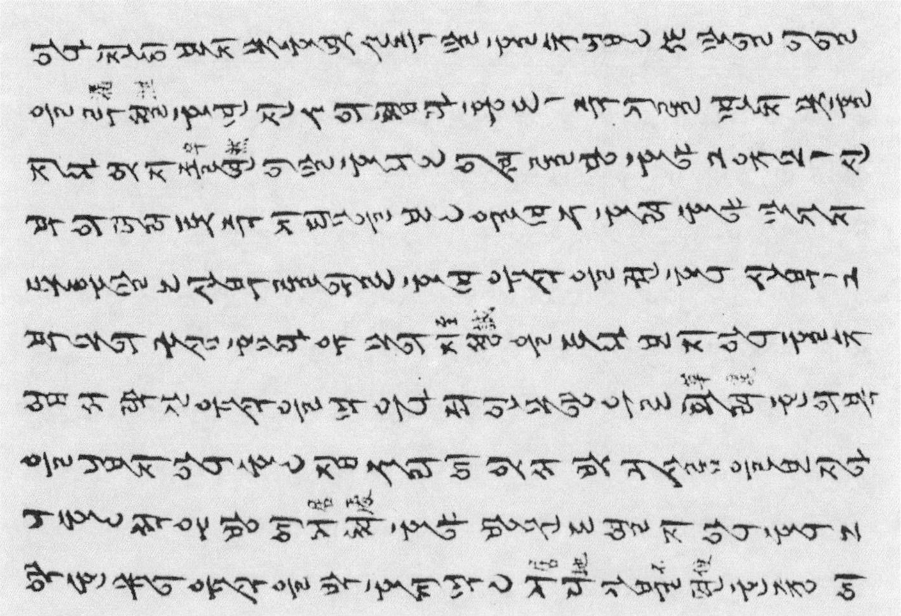

135a

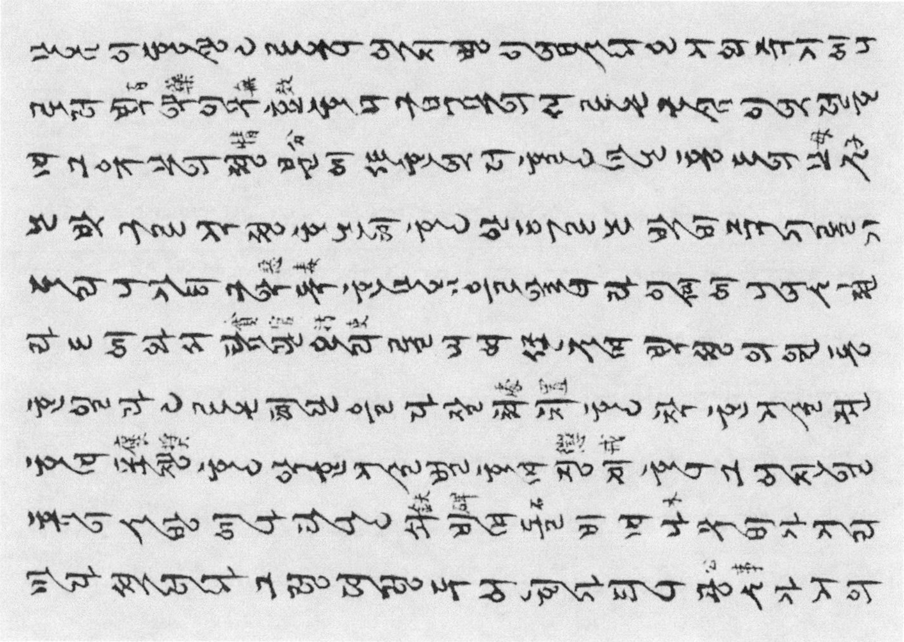

135b

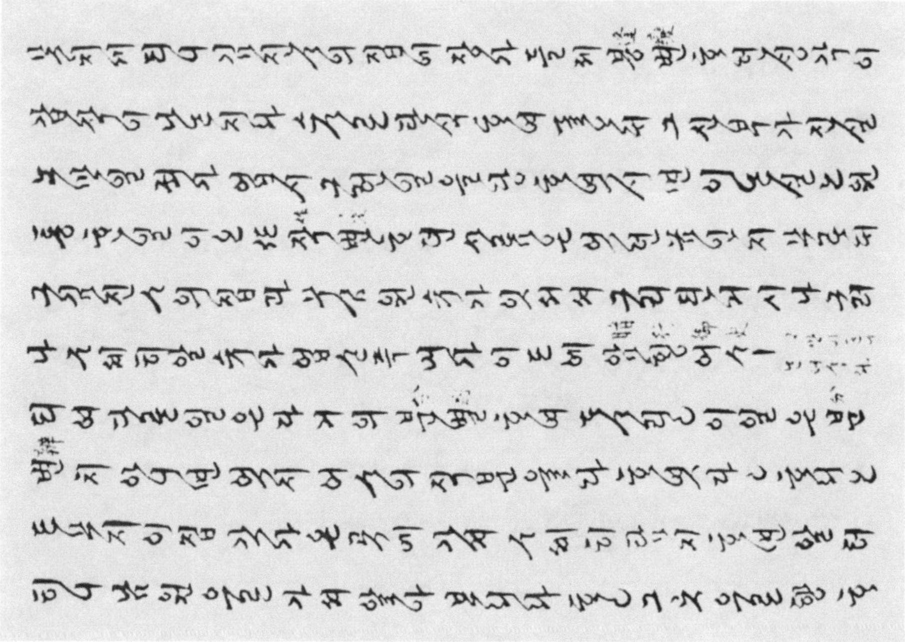

136a

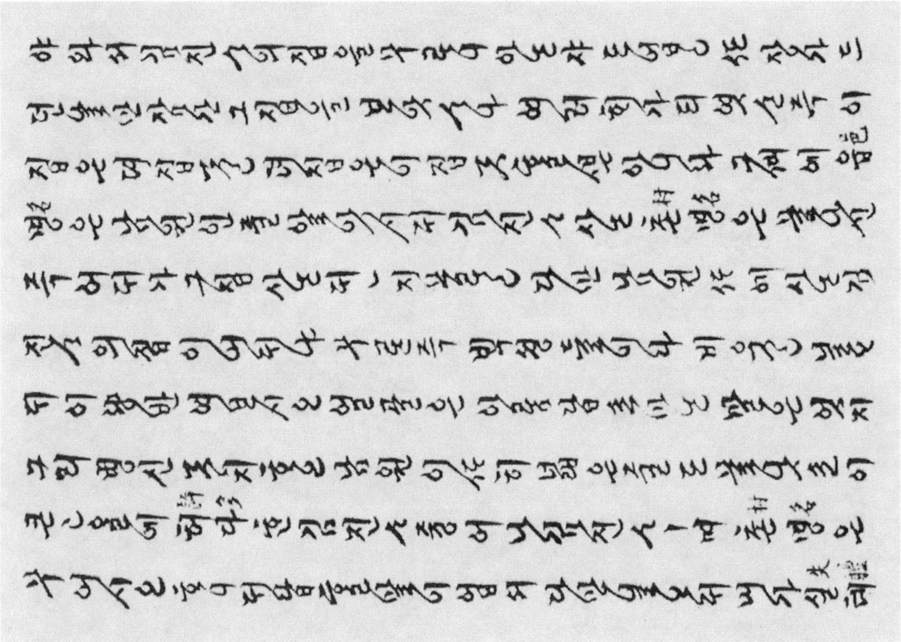

136b

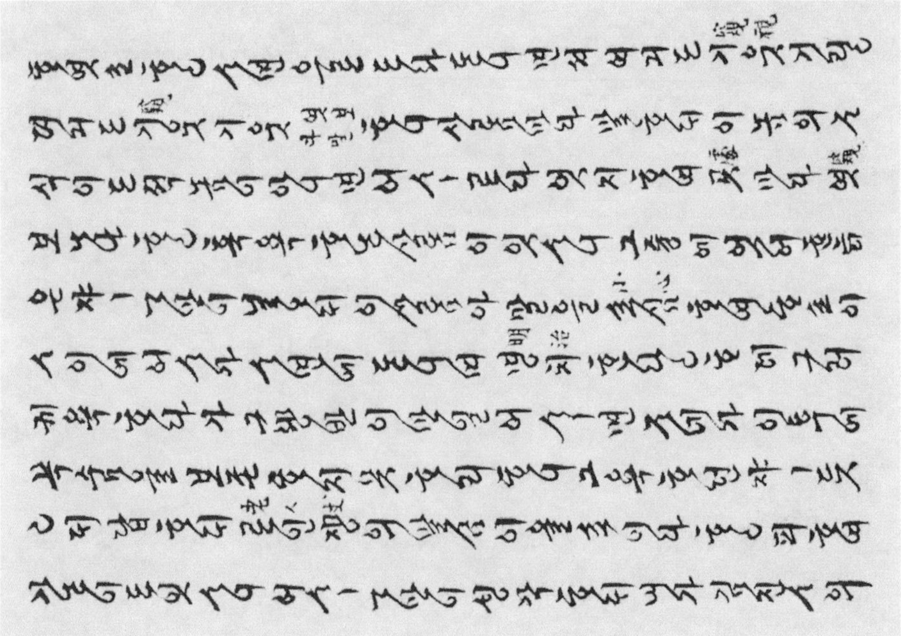

137a

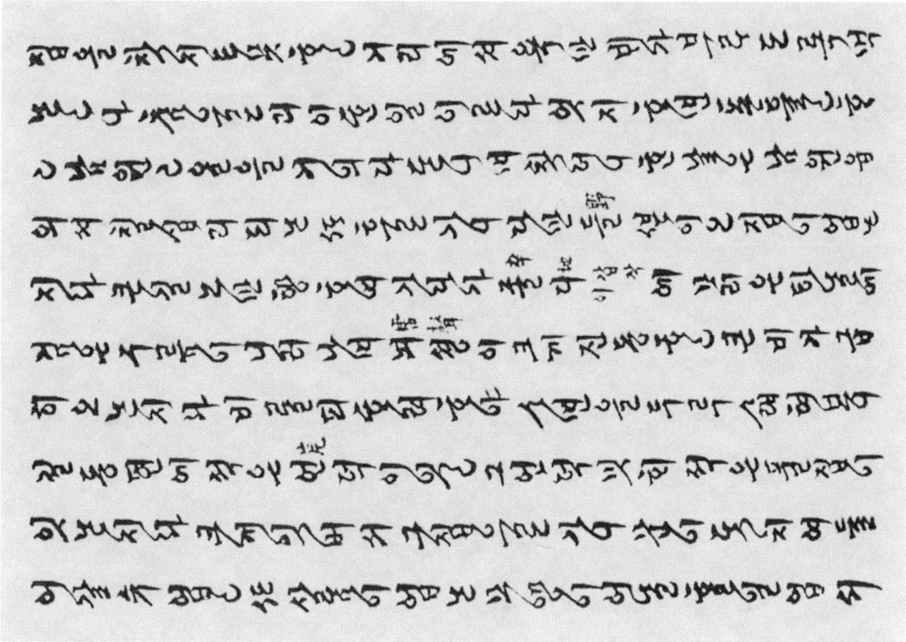

137b

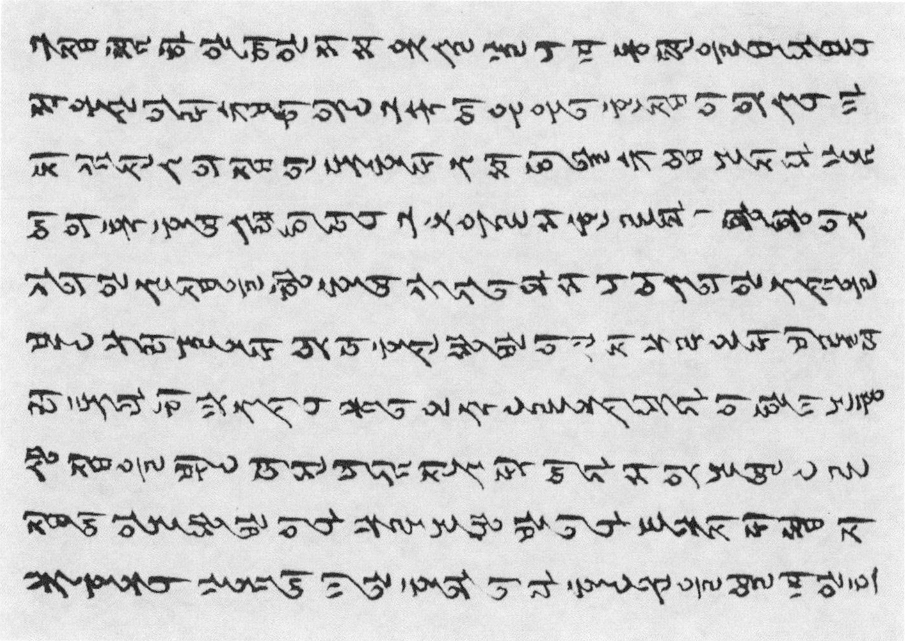

138a

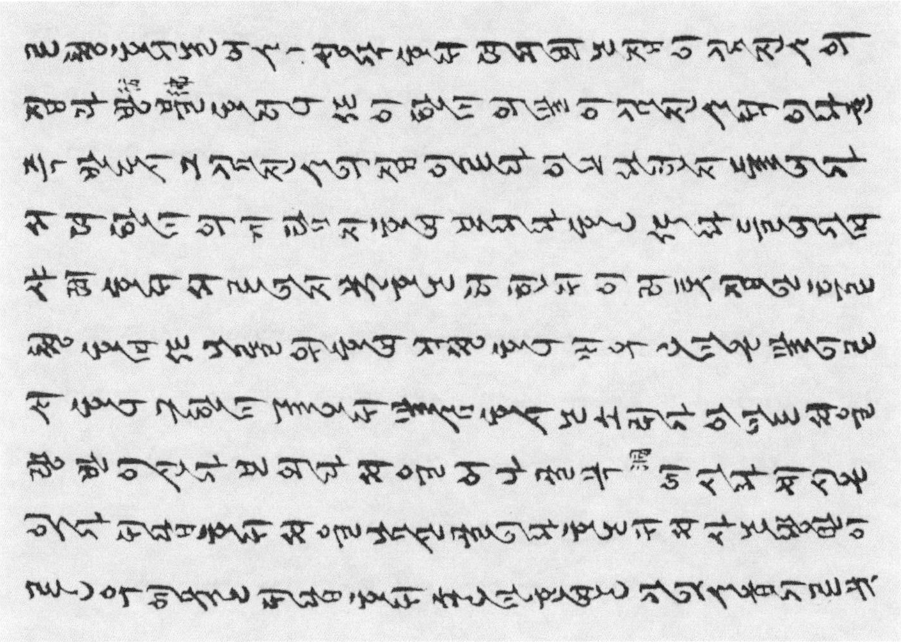

138b

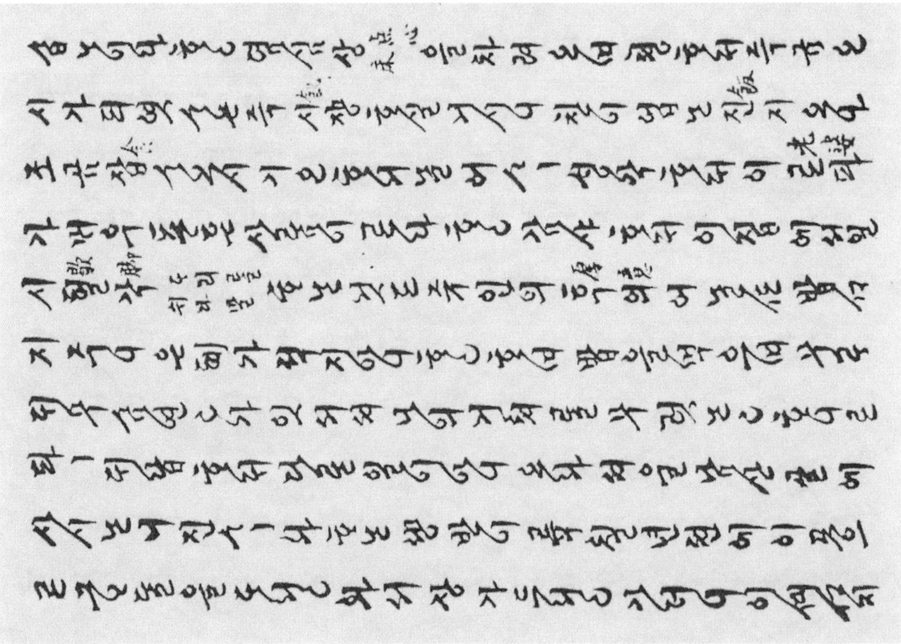

139a

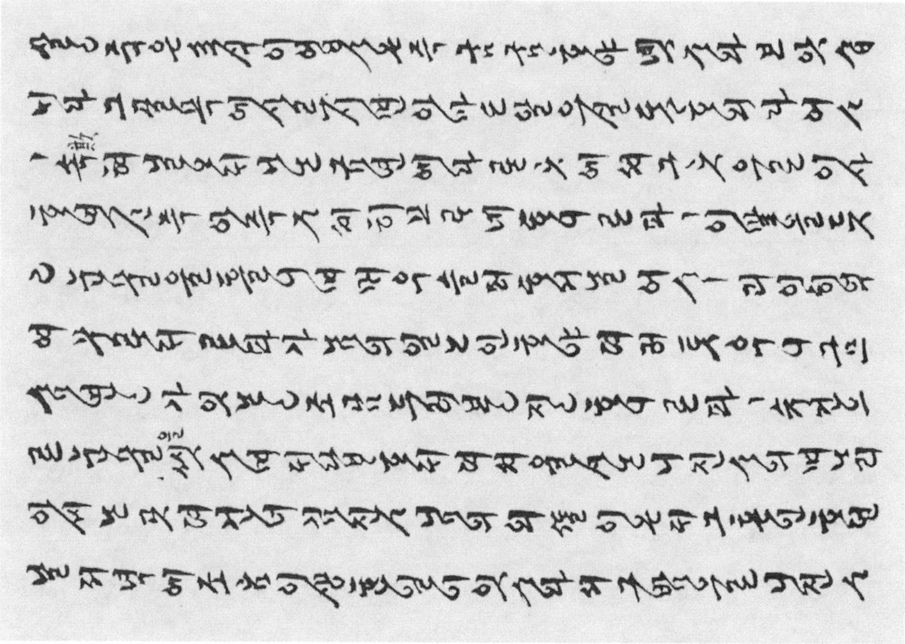

139b

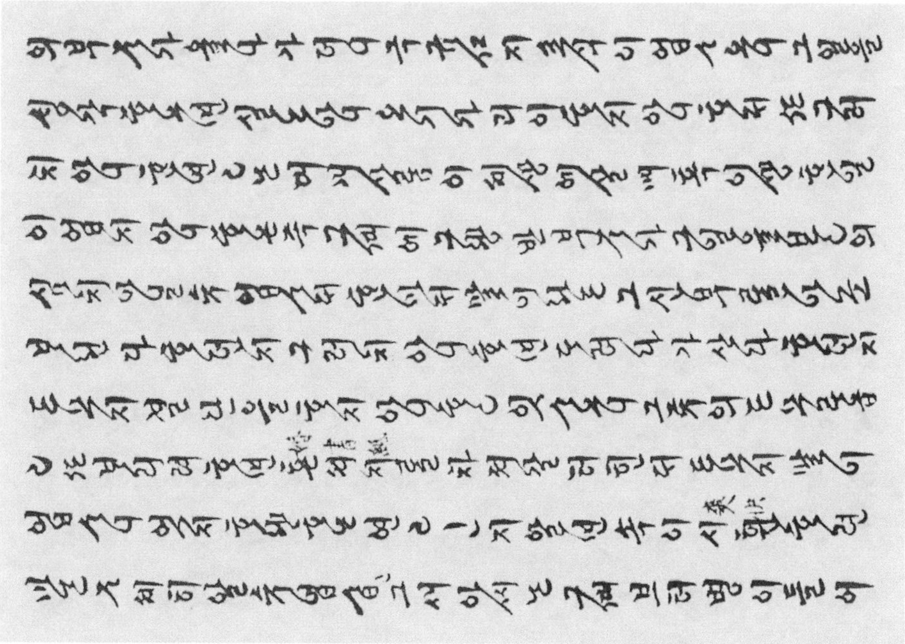

140a

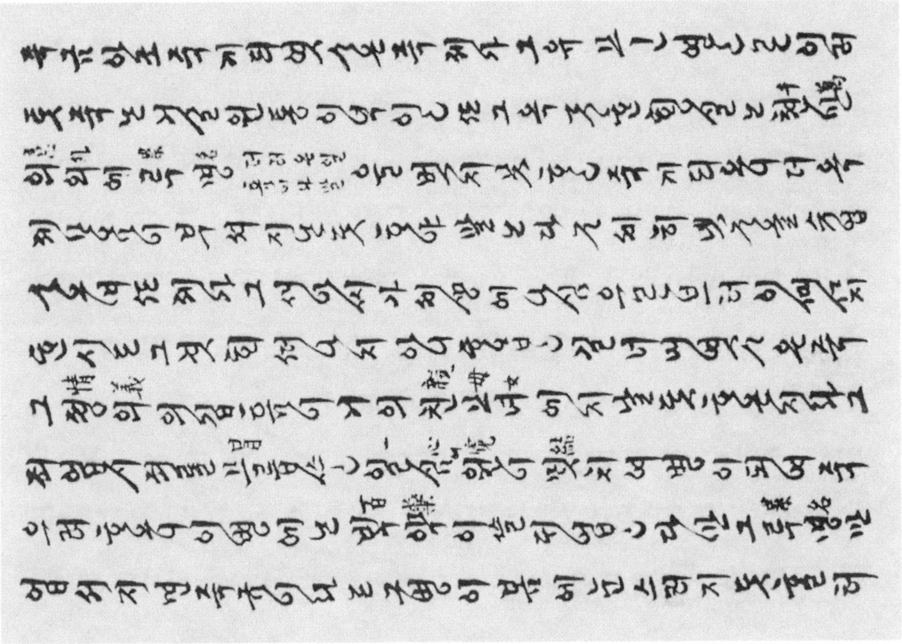

140b

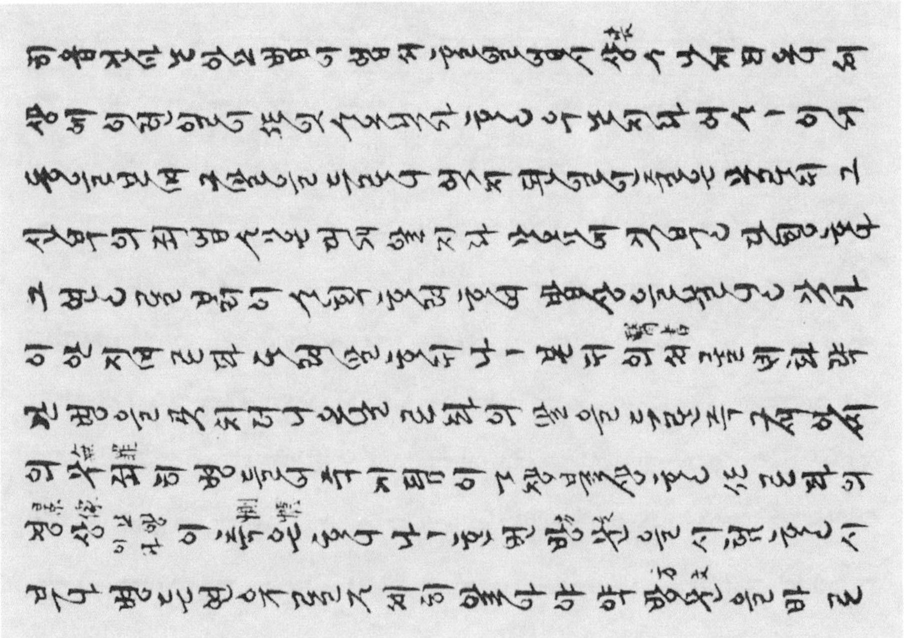

141a

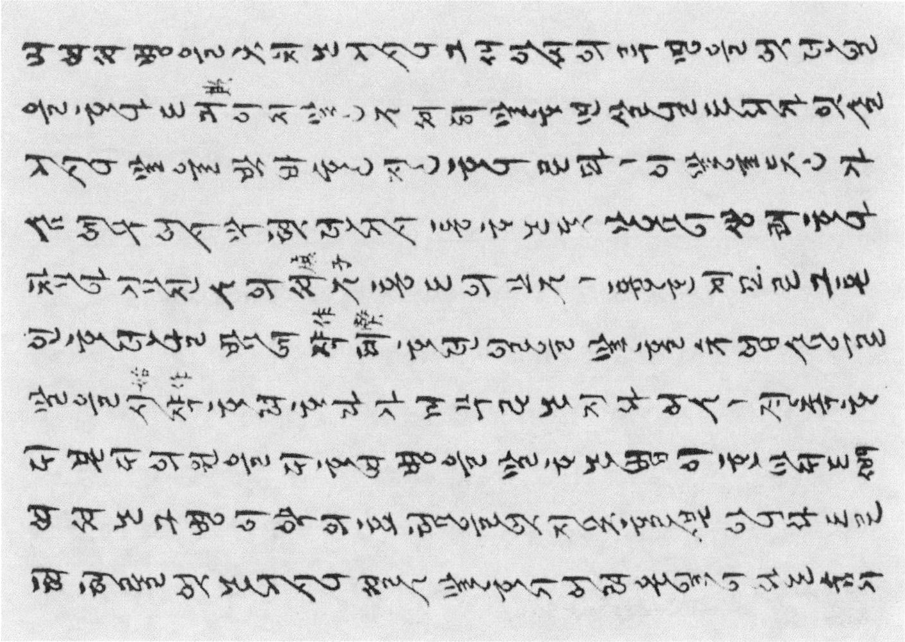

141b

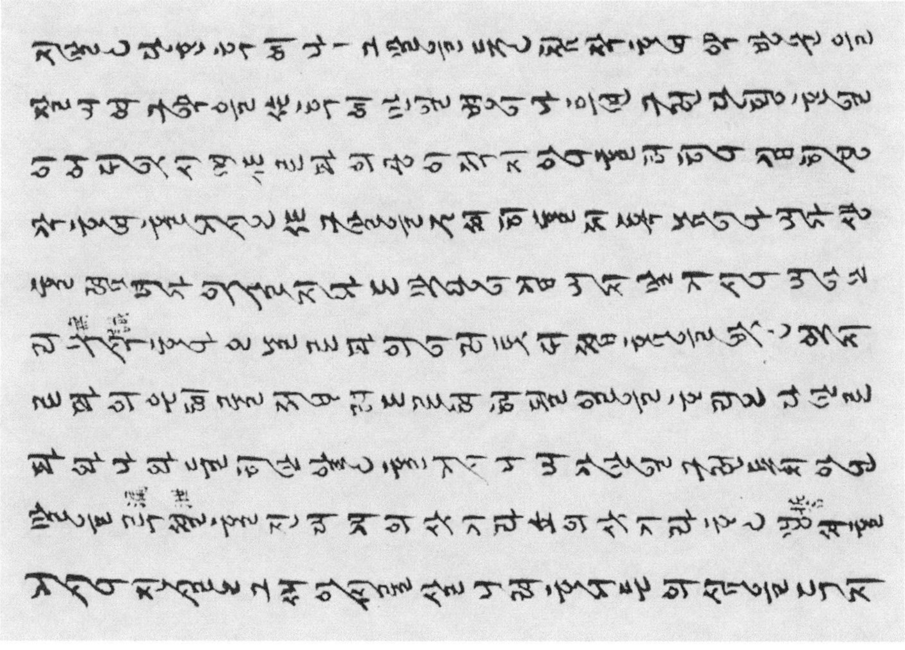

142a

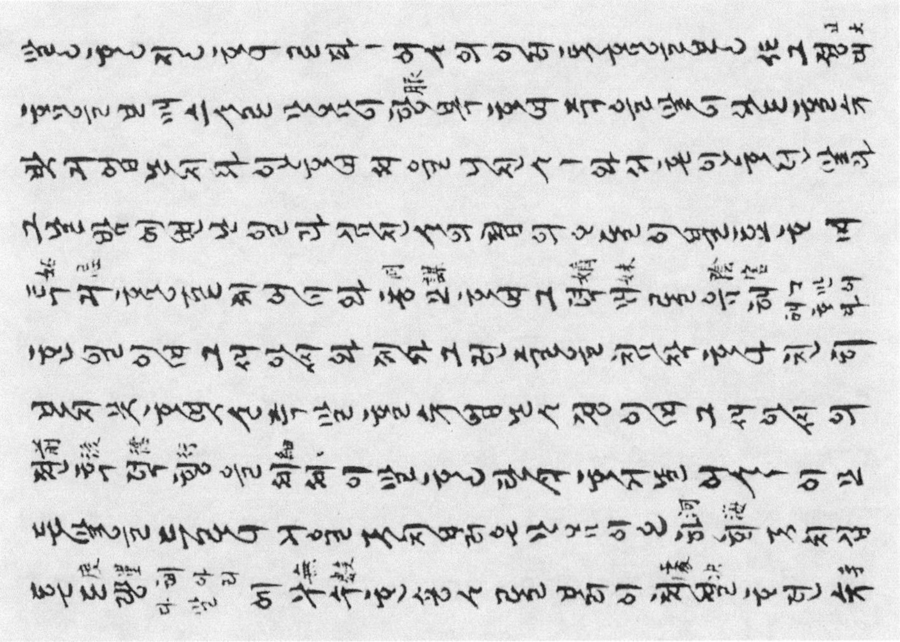

142b

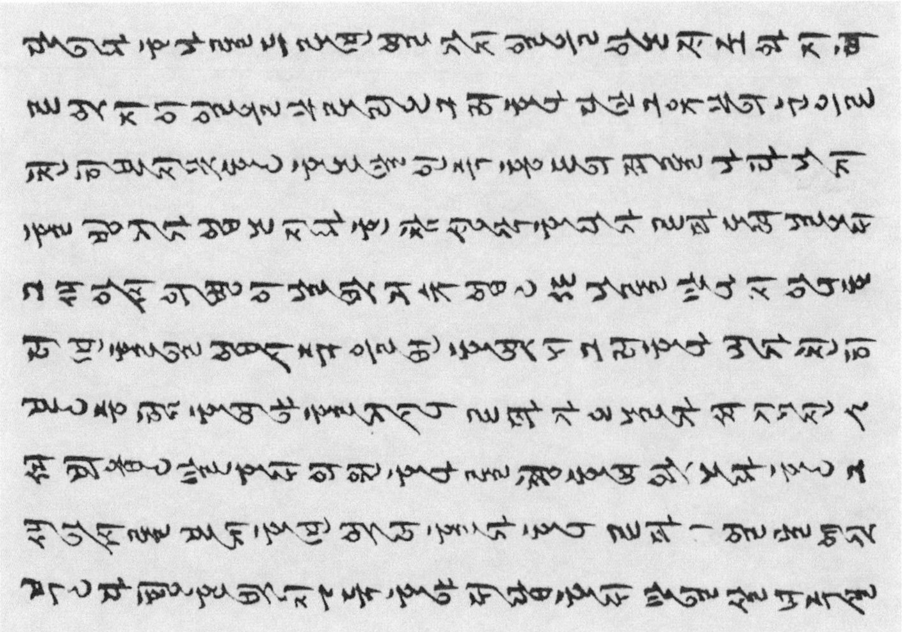

143a

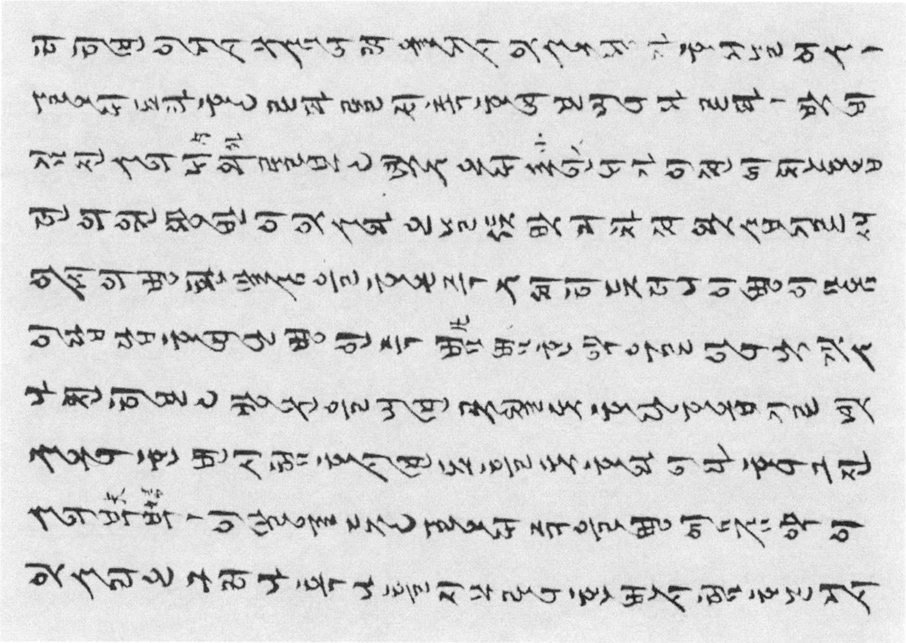

143b

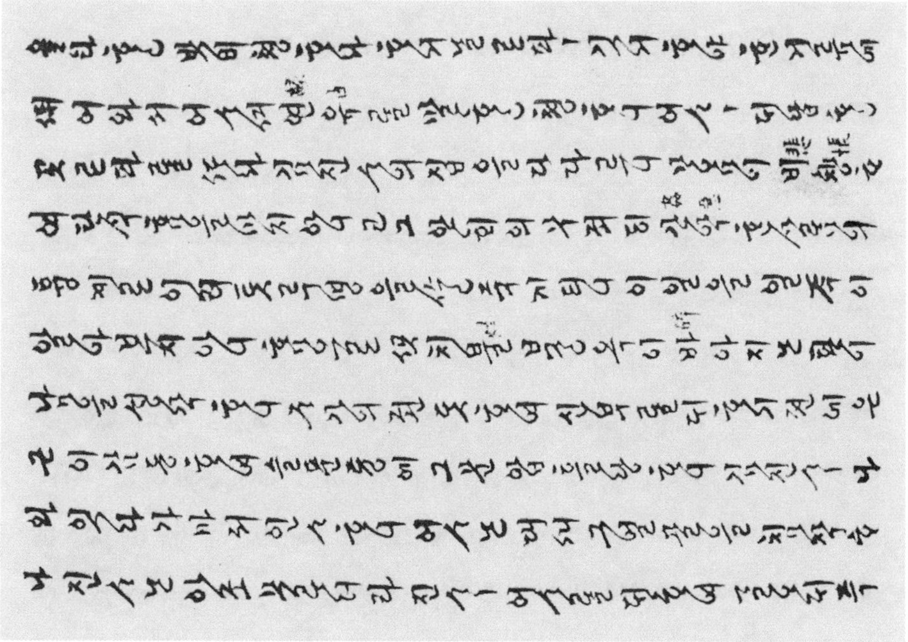

144a

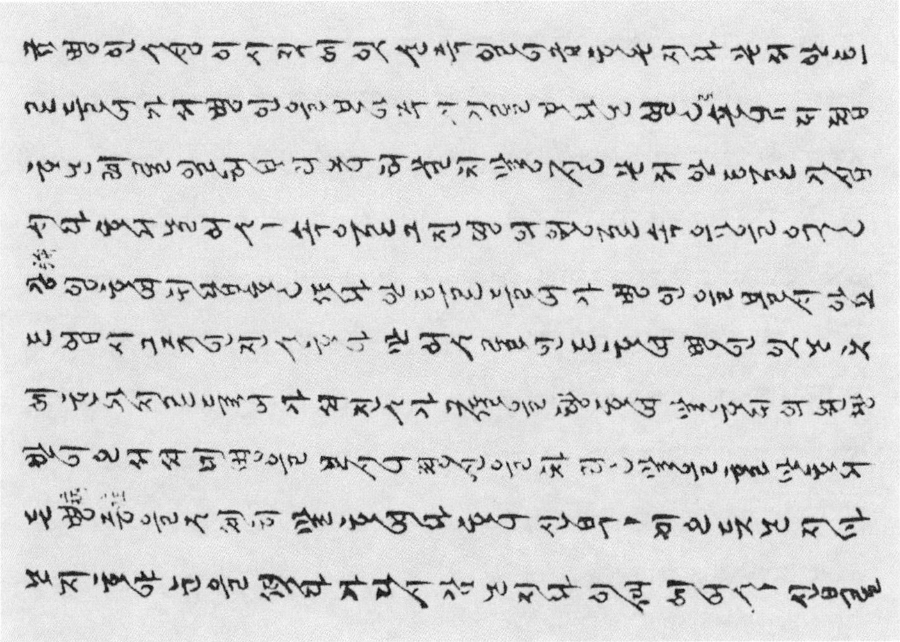

144b

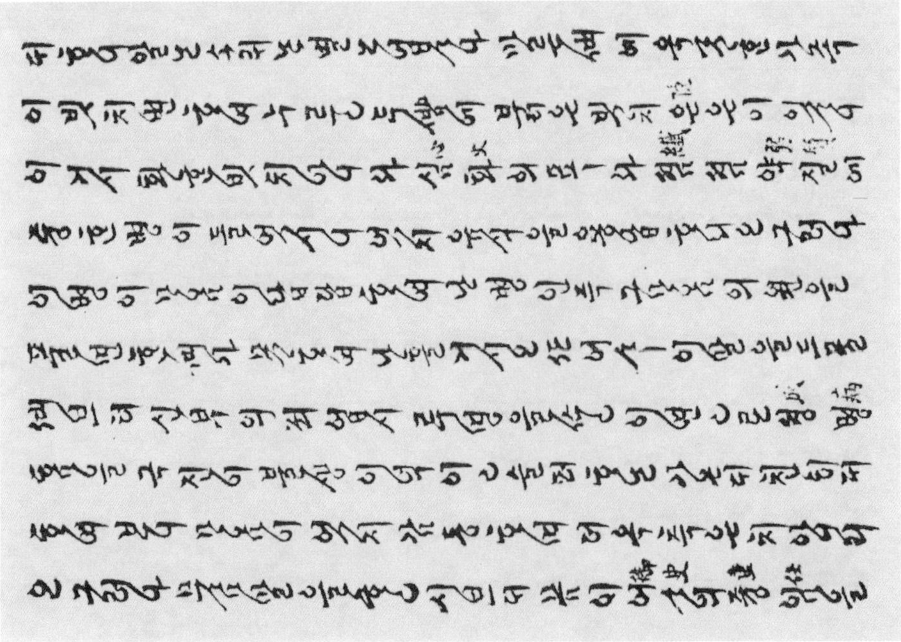

145a

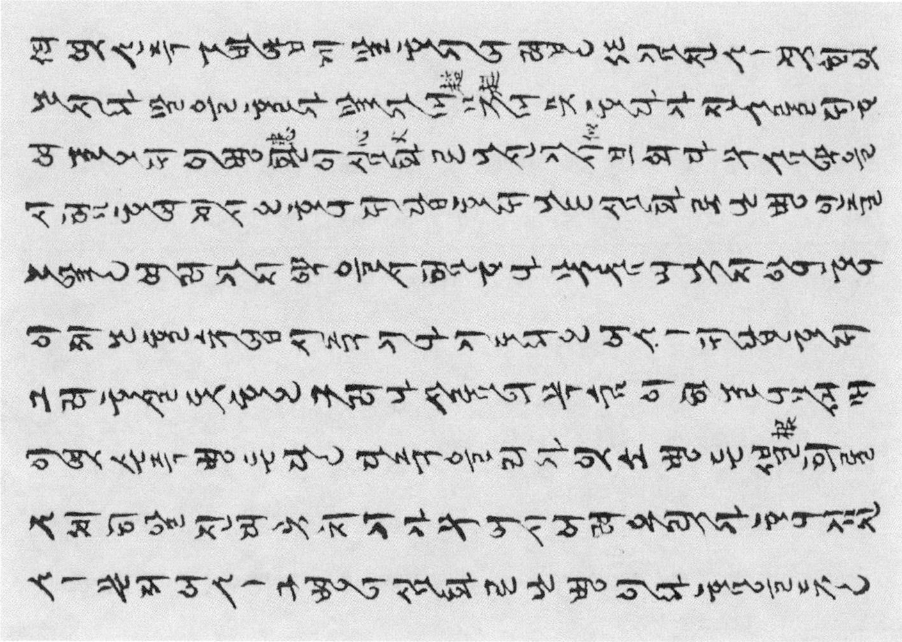

되엿ᄉᆞᆫ즉 구박ᄒᆞ게 말ᄒᆞ여 려보낸 김진ᄉᆞ 겻희잇
보지나 말을 ᄒᆞ올가 ᄇᆡ닛셔(趖起) 뭇ᄌᆞᆸ다가 진ᄉᆞ 물ᄅᆞᆫ 된ᄃᆞ
여ᄌᆞᆸ되 이 병환(患)이 심화(心火)로 나신가 시브외다(似) 무ᄉᆞᆫ 약을
시험ᄒᆞ여 계시온ᄒᆞ나 ᄃᆡ답ᄒᆞ되 남은 심화로 난 병인줄
ᄆᆞᄅᆞᆫ 여러가지 약을 시험ᄒᆞ나 ᄒᆞᆫ나 ᄂᆡ 낫지 아니ᄒᆞ여
이제ᄂᆞᆫ ᄒᆞᆯᄉᆞ 업시 죽기나 기ᄃᆞ리온 어ᄉᆞ ㅣ ᄃᆡ답ᄒᆞ되
그러ᄒᆞᆯ ᄃᆞᆺᄒᆞ온 그러나 사ᄅᆞᆷ의 목숨이 ᄒᆞᆫ번 나셔며
이엿ᄉᆞᆫ즉 병ᄂᆞᆫ 다ᄉᆞᆯ리가 잇소 병든 ᄲᅮᆯ희(根)를
조ᄎᆞ 알진ᄃᆡ 고치기가 쉬우시려니와 어려오리가 ᄒᆞ니 김진
ᄉᆞ ㅣ 묻ᄌᆞ오되 어ᄉᆞ ㅣ 그 병이 심화로 난 병이라 ᄒᆞ옵ᄂᆞᆫ가ᄂᆞᆫ

145b

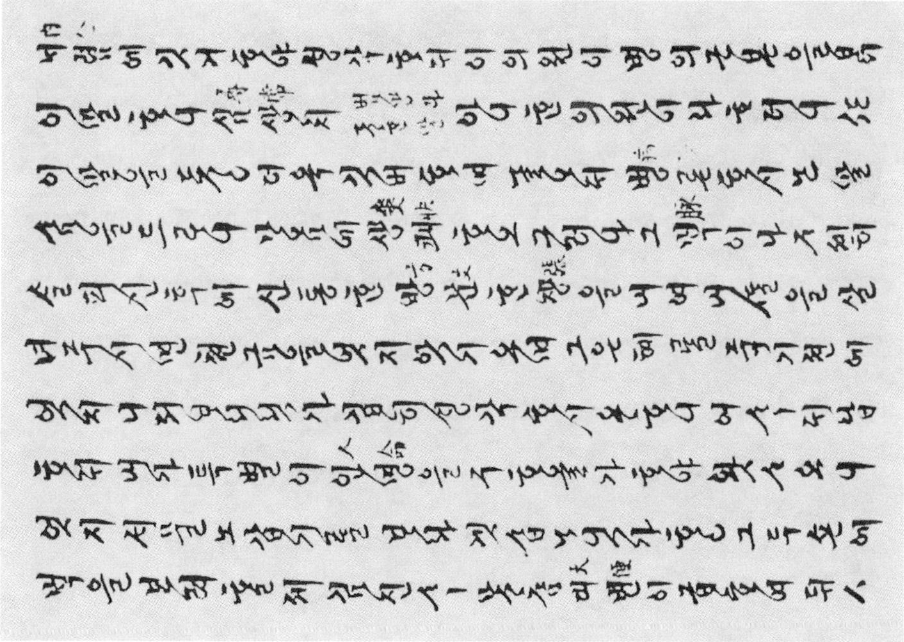

내경(內經)에 잇거ᄂᆞᆯ ᄉᆡᆼ각ᄒᆞ건ᄃᆡ 이 의원이 병의 근본을 모ᄅᆞᄂᆡ
이말ᄒᆞ니 심상(尋常)치 아니ᄒᆞᆫ 의원이라 ᄒᆞ더니 ᄯᅩ
이말을 ᄃᆞᆮ고 더욱 깃버ᄒᆞ며 좃차셔 병(病)론ᄒᆞ시ᄂᆞᆫ 말
ᄉᆞᆷ을 드ᄅᆞ니 말ᄉᆞᆷ에 상쾌(爽快)ᄒᆞ오 그러ᄒᆞ나 그 ᄆᆡᆨ(脉)이 나즈시되
ᄉᆞᆯ피신 후에 신통ᄒᆞᆫ 방문(方文) ᄒᆞᆫ 장(張)을 내여 내셔을 살
녀주시면 쳔금을 엇지 앗기오리 그 은혜를 죽기젼에
엇지 니ᄌᆞ오릿가 깁히 ᄉᆡᆼ각ᄒᆞ시ᄂᆞᆫ니 어ᄉᆞ ㅣ ᄃᆡ답
ᄒᆞ되 내가 특별이 인명(人命)을 구ᄒᆞᆯ가 ᄒᆞ야 왓ᄉᆞ오니
엇지 셰ᄉᆞᆯ 노삽기를 보와겟ᄉᆞᆸᄂᆞ잇가 ᄒᆞᆫ 그 두손에
ᄆᆡᆨ을 보려 ᄒᆞᆯ제 김진ᄉᆞ ㅣ 본즉 대변(大便)이 급ᄒᆞ여 뒤ᄉ

146a

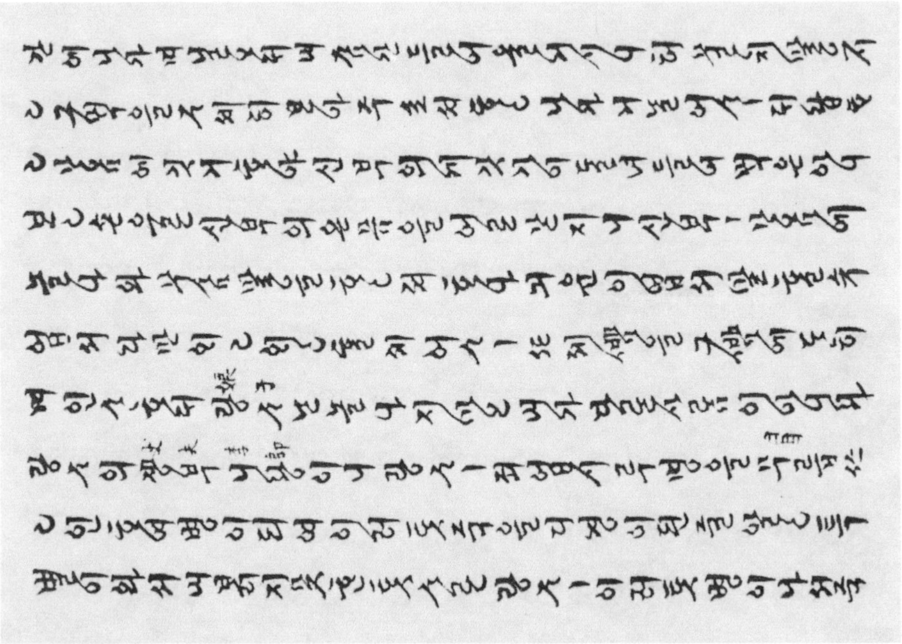

146b

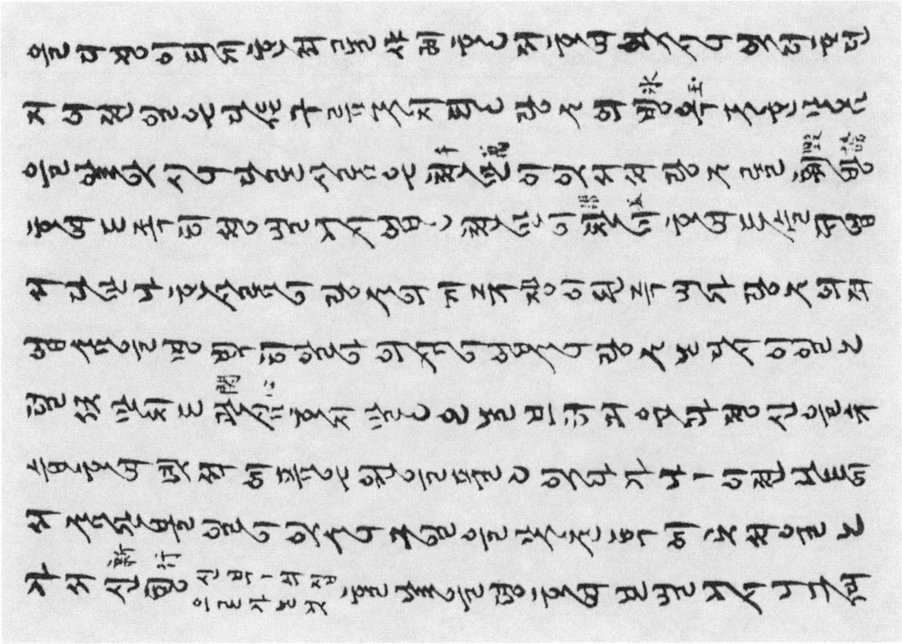

147a

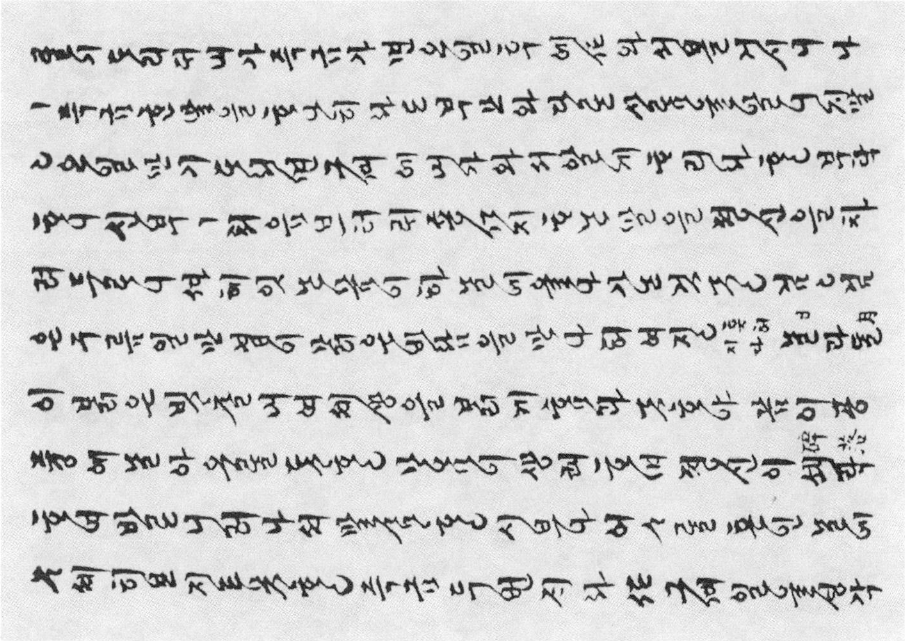

147b

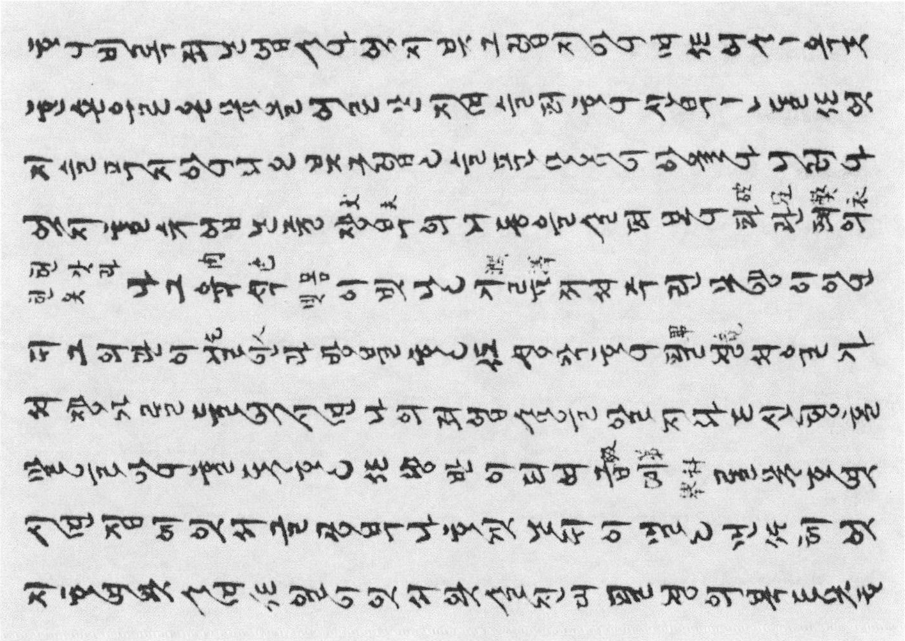

148a

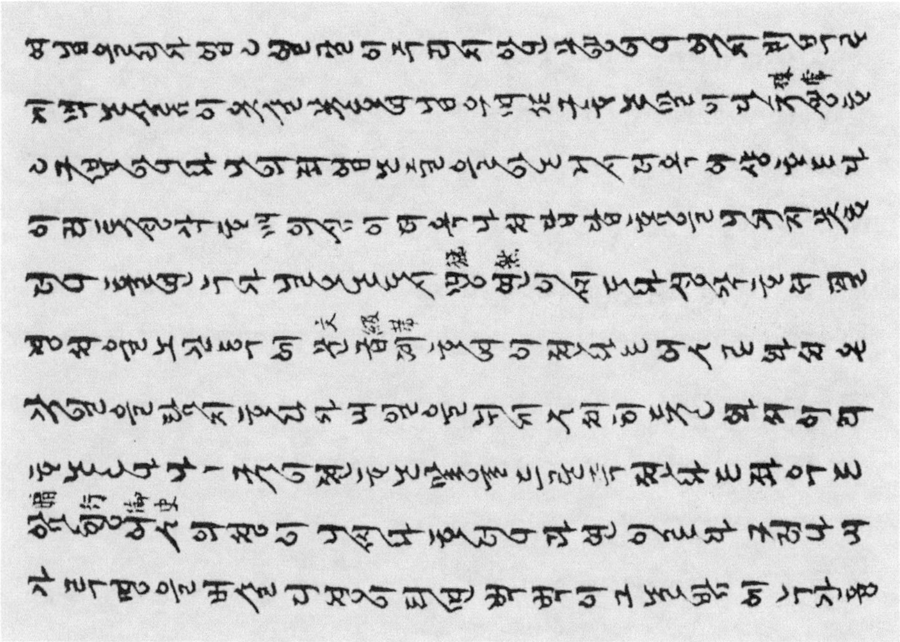

148b

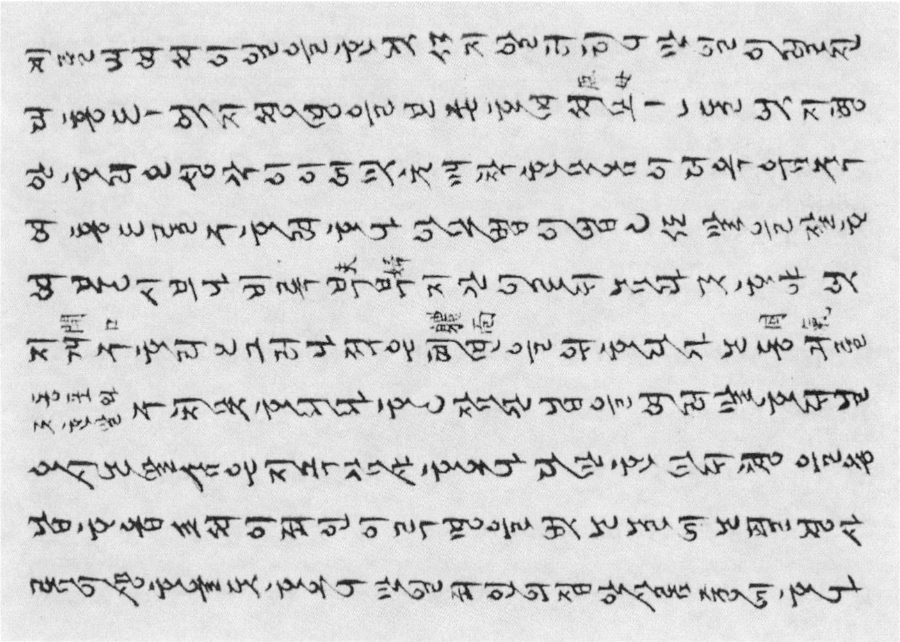

149a

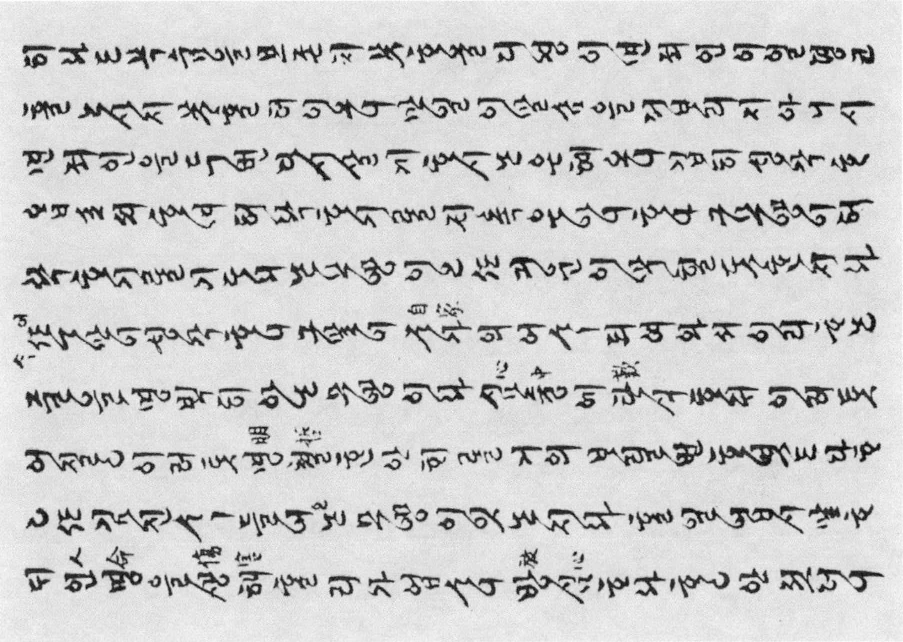

149b

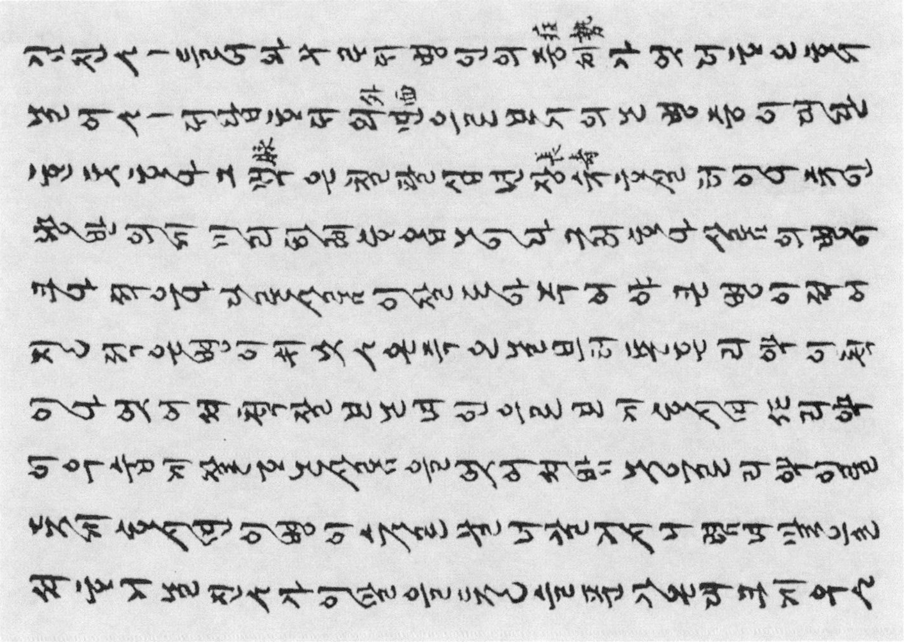

150a

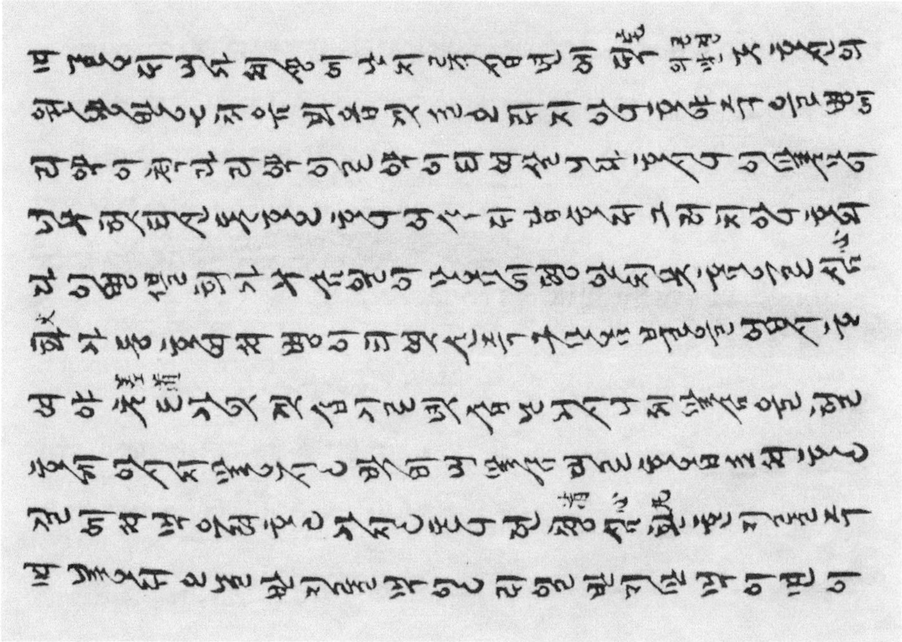

150b

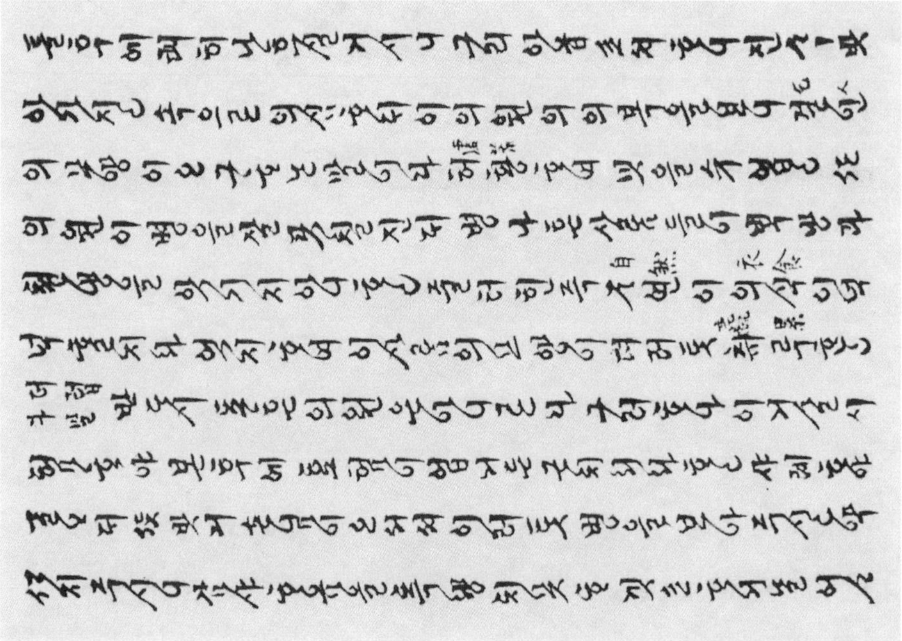

151a

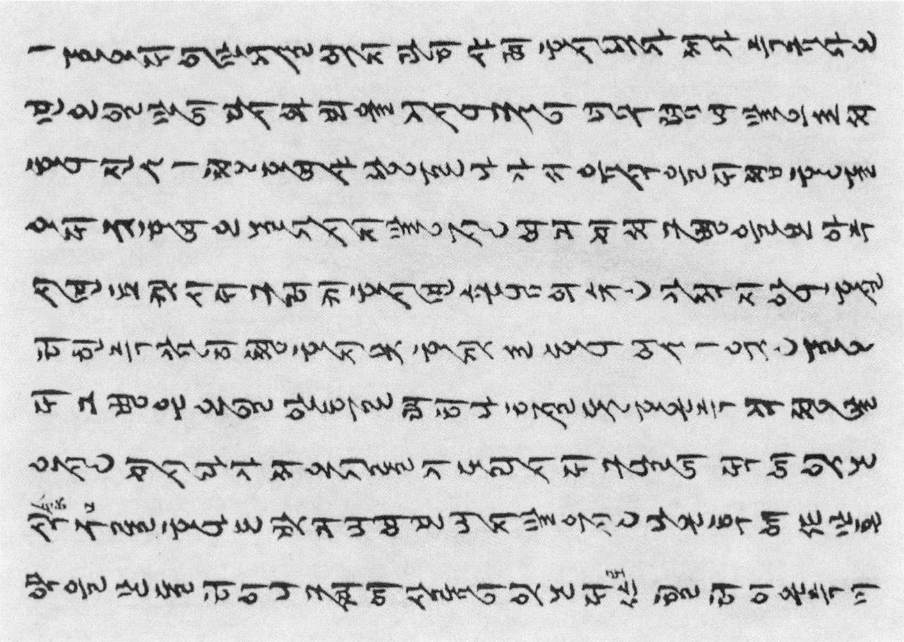

151b

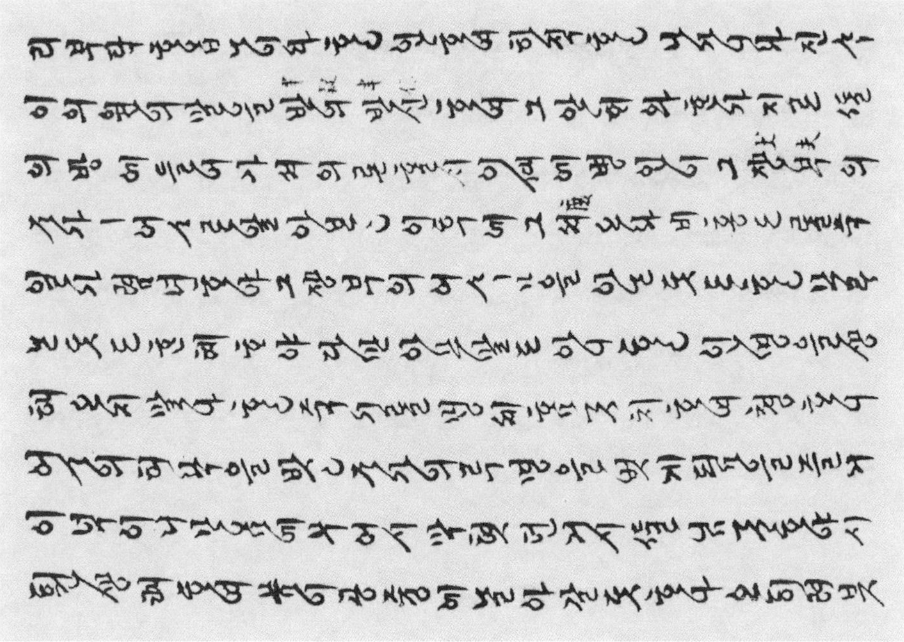

152a

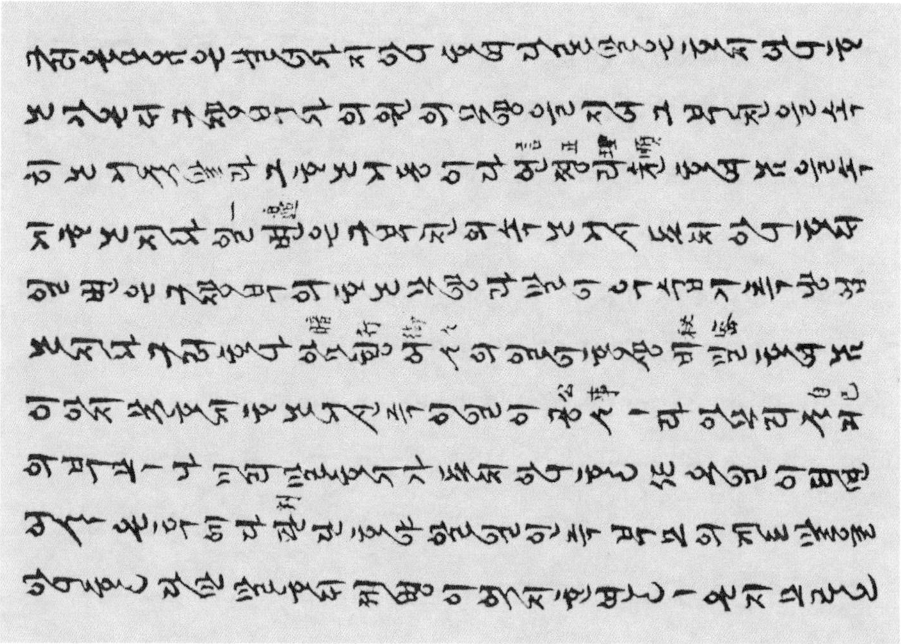

152b

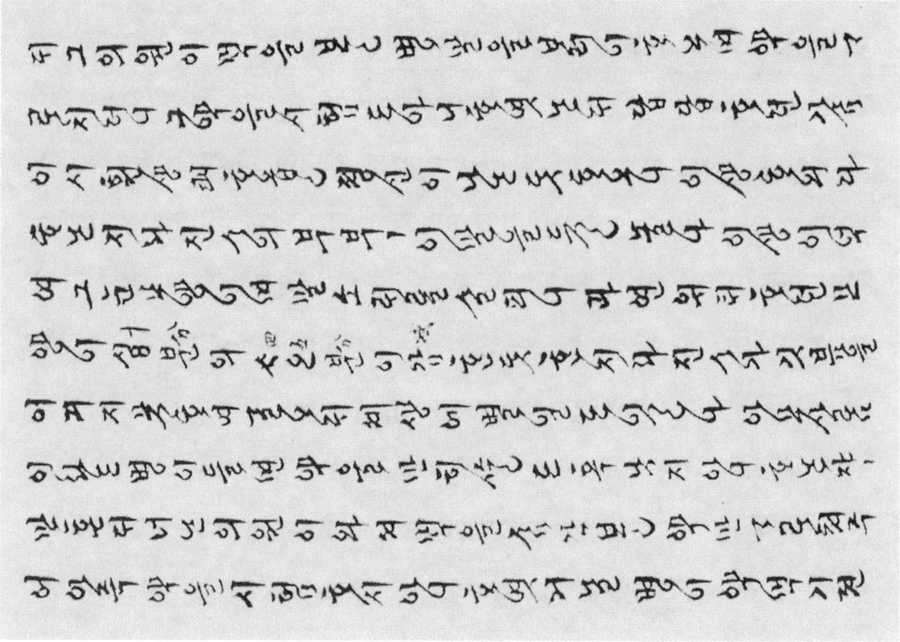

153a

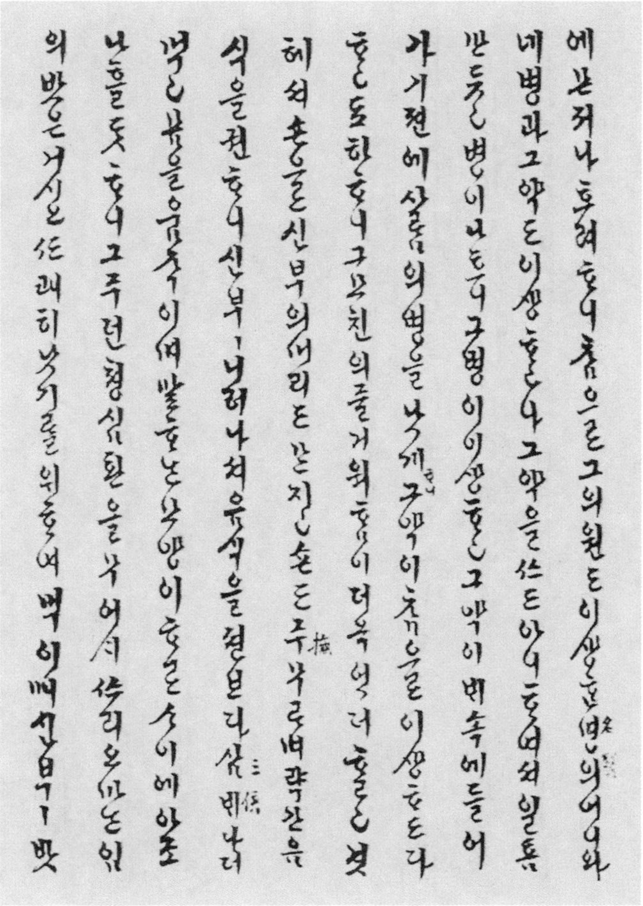
에ᄲᅡ져나혹여ᄒᆞ나춤으로그의원도이상ᄒᆞᆫ병(炙)의어미와
네병과그약도이상ᄒᆞ나그약을쓰도아니ᄒᆞ여셔일톤
바ᄃᆞᆫ병이나ᄒᆞ니구병이이상ᄒᆞᆫ그약이배속에들어
가기젼에사ᄅᆞᆷ의병을낫게ᄒᆞᆫ구약이츄을이상ᄒᆞ도다
ᄒᆞᆫ도ᄒᆞᆫᄒᆞ니구모친의즐거워ᄒᆞ니더욱여러ᄒᆞᆫ젼
히셔홍을신부의머리도ᄯᅡᆫ진손도주(摘)무ᄅᆞ며ᄉᆞᆺ갓잔을
식을권ᄒᆞ니신부ㅣ니러나셔유식을젼보다삼(三)배(倍)나더
먹ᄂᆞᆫ분을금ᄎᆞ이며발ᄒᆞᄂᆞᆫ모양이ᄒᆞᆯ도ᄉᆞ이에안ᄎᆞ
난흘듯ᄒᆞ니그주던졍신환을나어셔ᄯᅮᆯ라오ᄂᆞᆫ일
의방은거시오괴히녀기ᄅᆞᆯ위ᄒᆞ여ᄲᅧ이ᄯᅢ신부ㅣ맛

153b

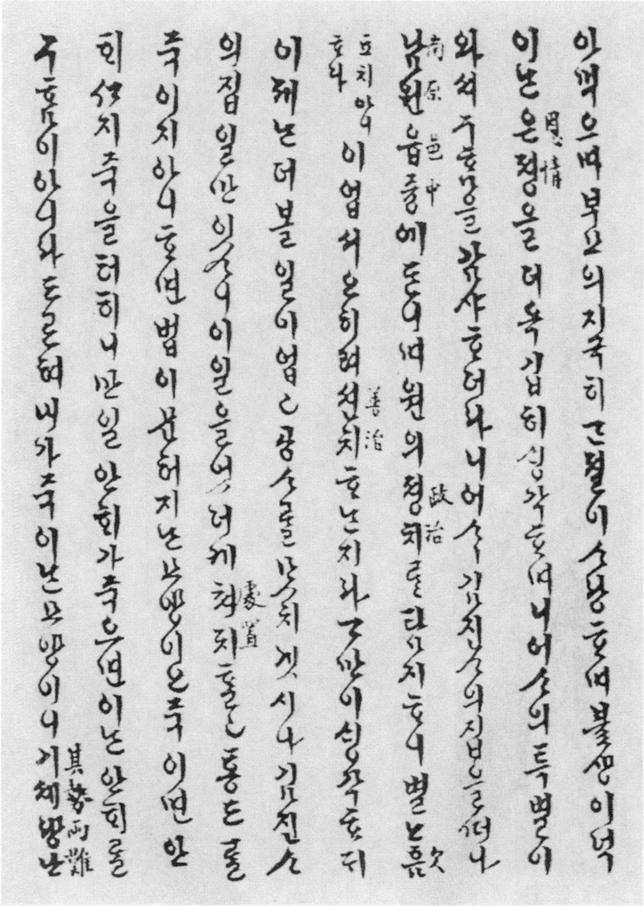
이ᄯᅢ으며부모의지극히근졀이ᄉᆞ랑ᄒᆞ며불ᄉᆡᆼ이녁
이ᄂᆞᆫ은졍(恩情)을더욱깁히ᄉᆡᆼ각ᄒᆞ며나어ᄉᆞ의특별이
와셔주ᄒᆞᆫ일을감사ᄒᆞ더니나어ᄉᆞ김진ᄉᆞ의집으로ᄯᅥ나
남원(南原)읍중(邑中)에도라와원의졍치(政治)ᄅᆞᆯ다ᄉᆞ리ᄒᆞ니별노흠(欠)
도치아니ᄒᆞ다 이업서오히려션치(善治)ᄒᆞᄂᆞᆫ지라구ᄇᆡᆨ이칭찬ᄒᆞ되
이제ᄂᆞᆫ더볼일이업ᄂᆞᆫ공ᄉᆞᄅᆞᆯ맛치깃시나김진ᄉᆞ
의집일ᄆᆞᆫ이ᄉᆞ나이일을엇더케쳐치(處置)ᄒᆞᆯᄂᆞᆫ동도ᄅᆞᆯ
죽이지아니ᄒᆞ면법이ᄉᆞᆯ허지ᄂᆞᆫ모양이오죽이면안
히ᄉᆡᆼ치죽을터히나ᄆᆞᆫ일안회가죽으면이ᄂᆞᆫ안회ᄅᆞᆯ
주ᄒᆞᆫ이아니라도로혀ᄂᆡ가죽이ᄂᆞᆫ모양이니기쳐량난(其處兩難)

154a

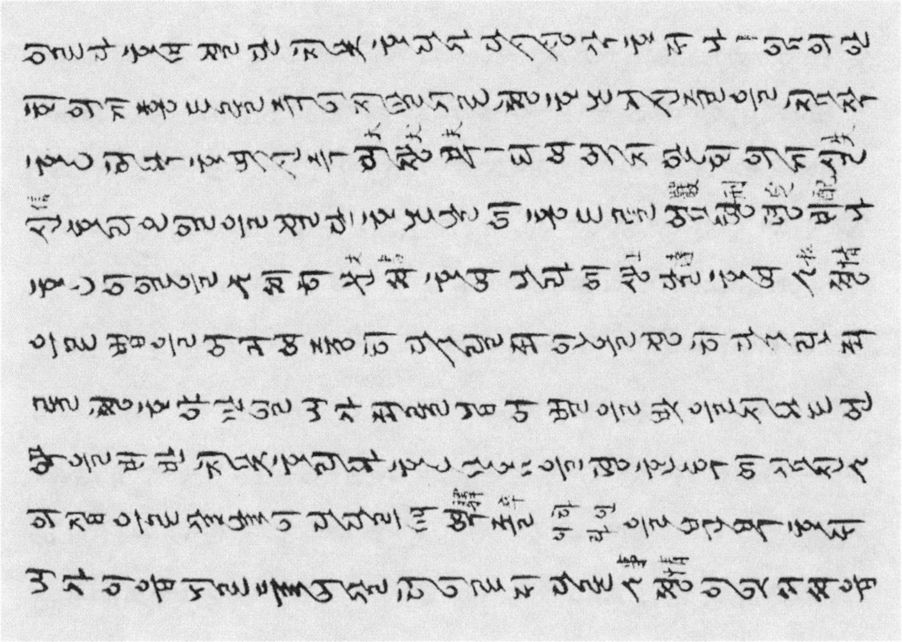

154b

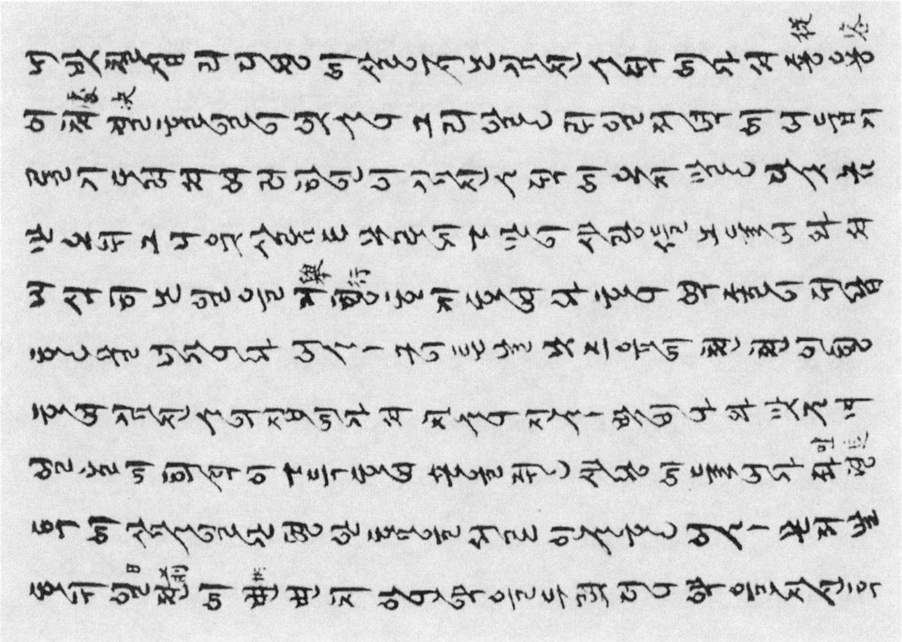

155a

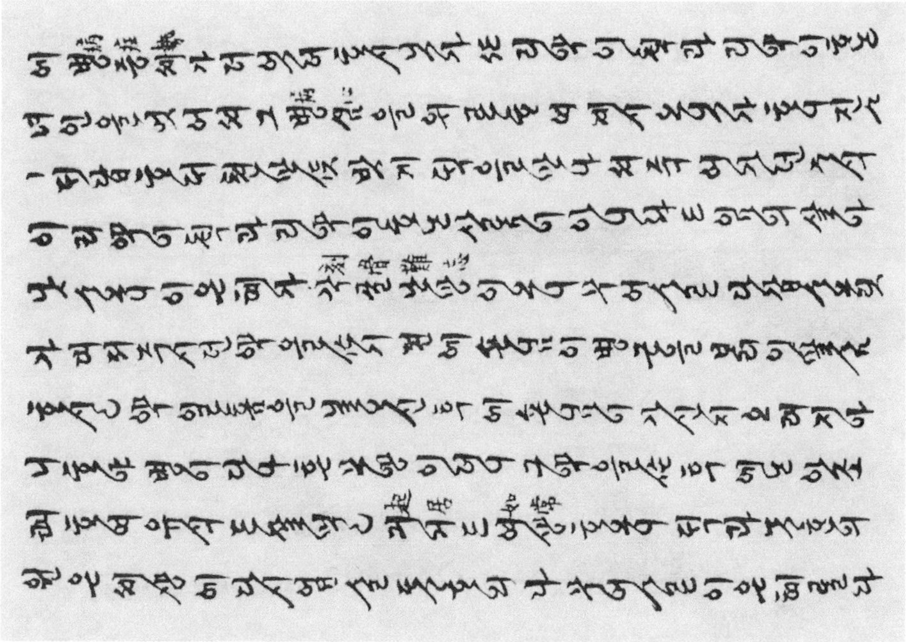

155b

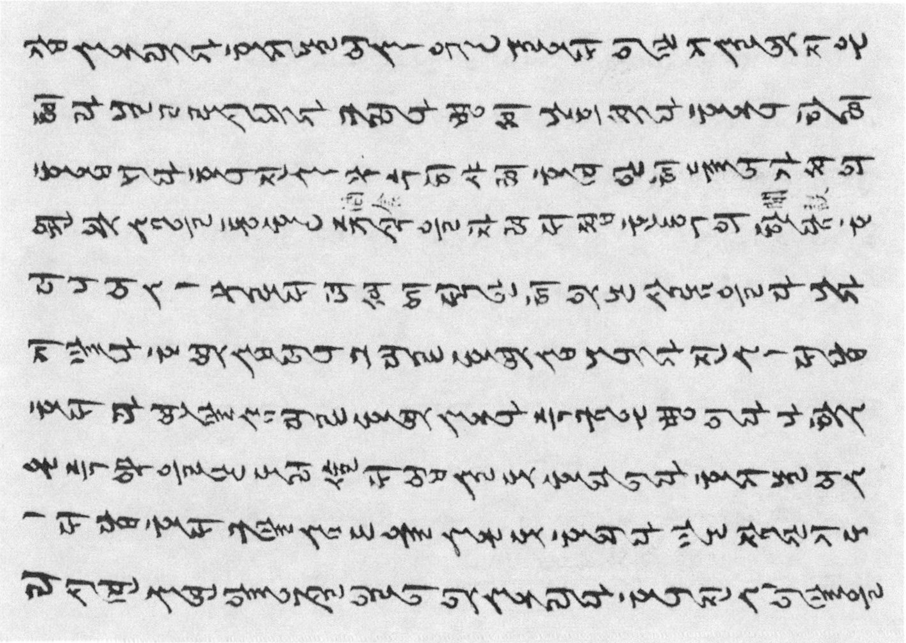

156a

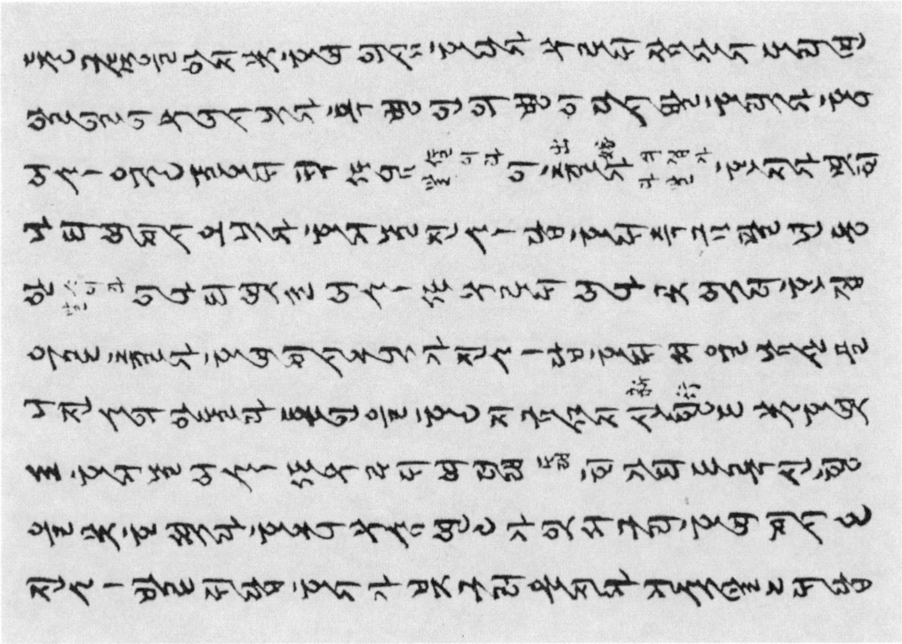

156b

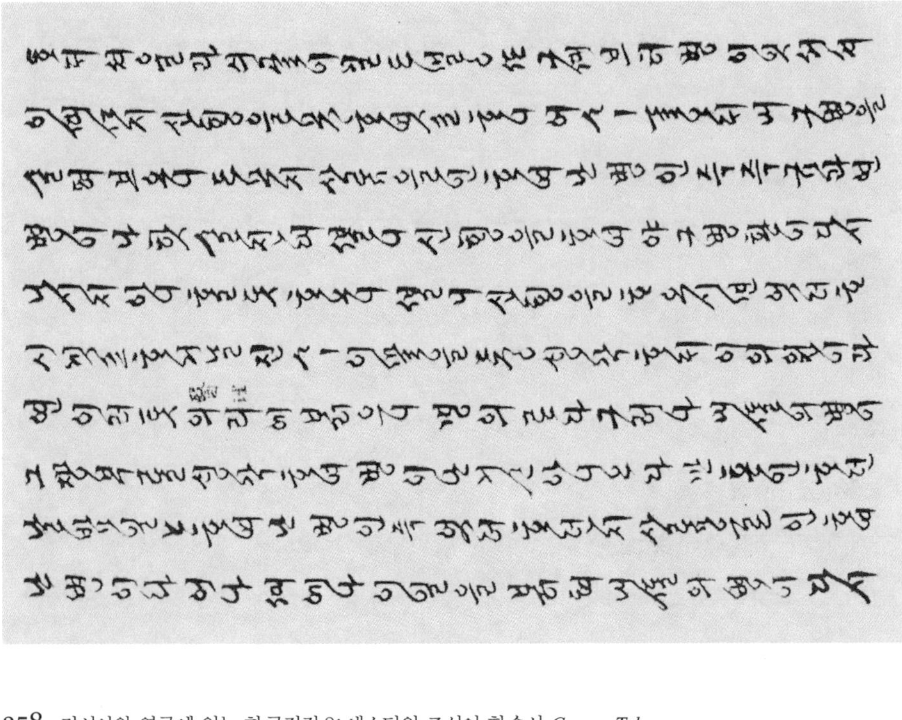

157a

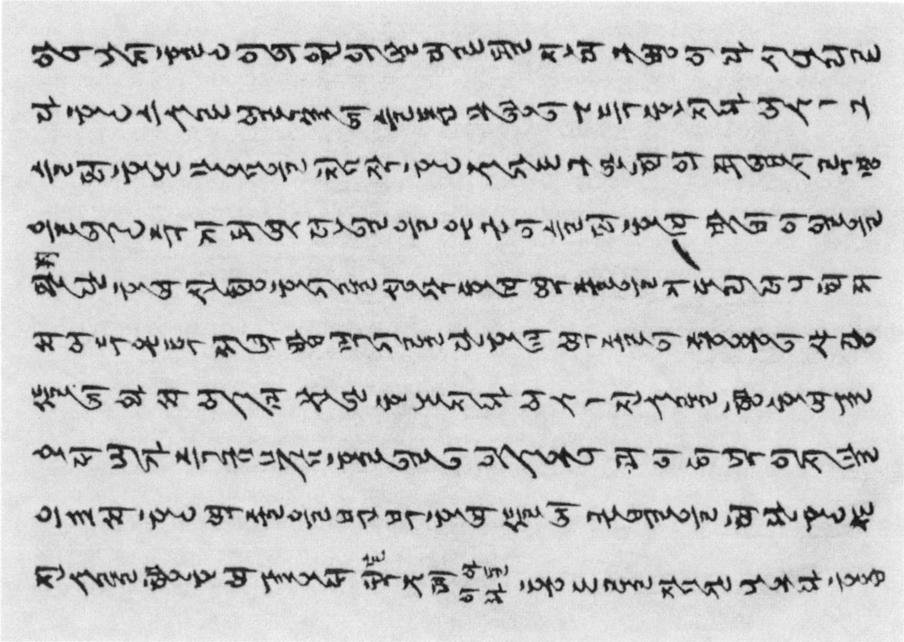

157b

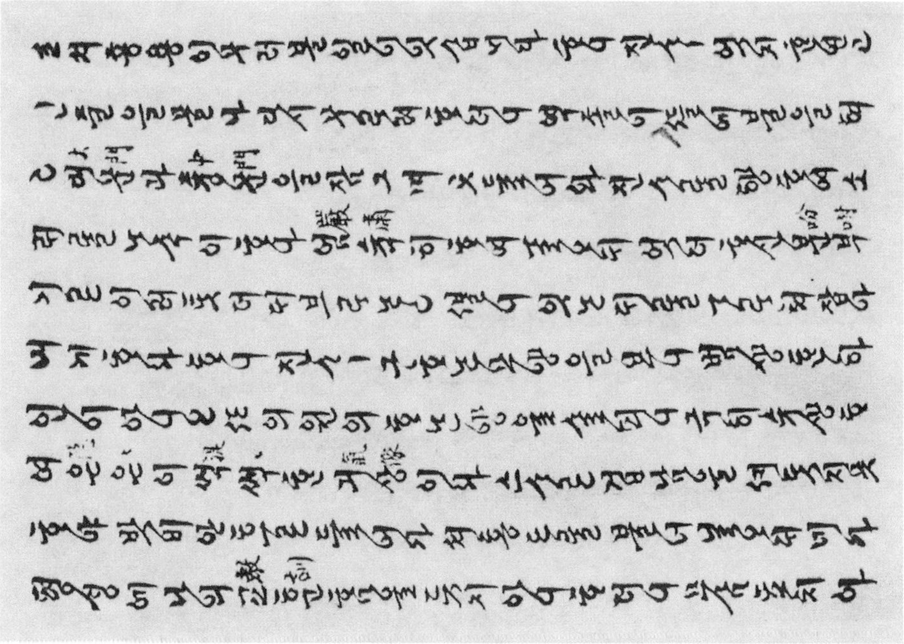

158a

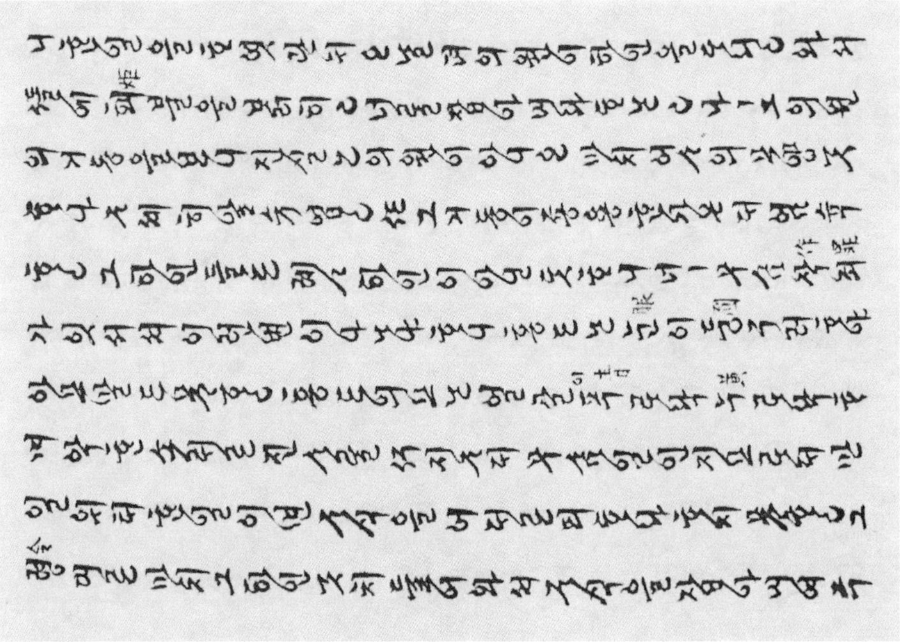

158b

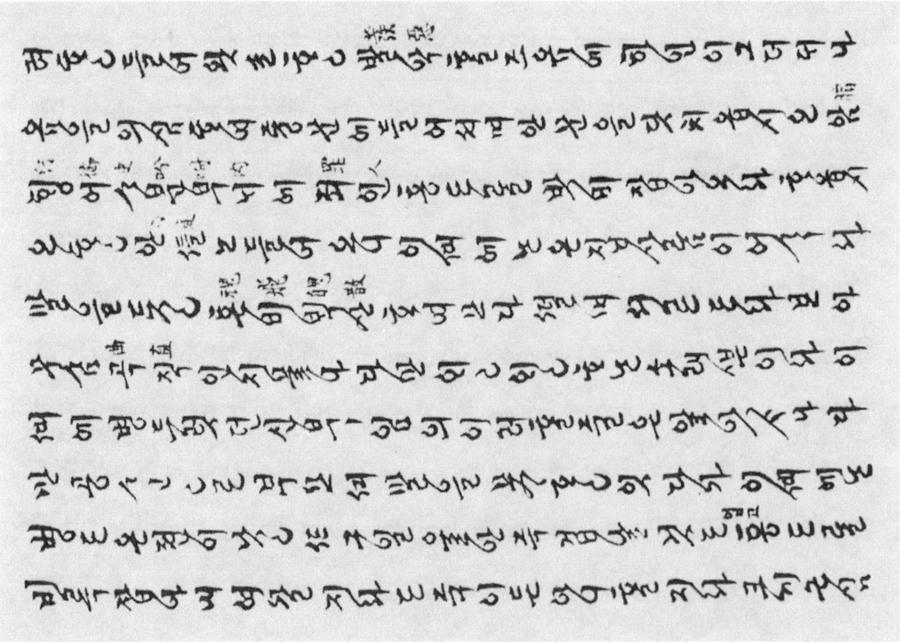

159a

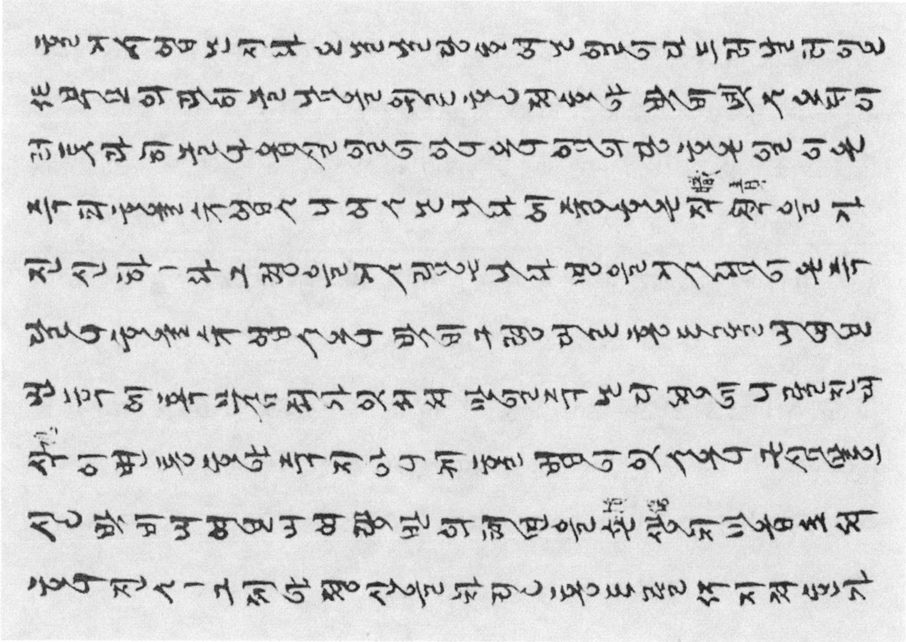

159b

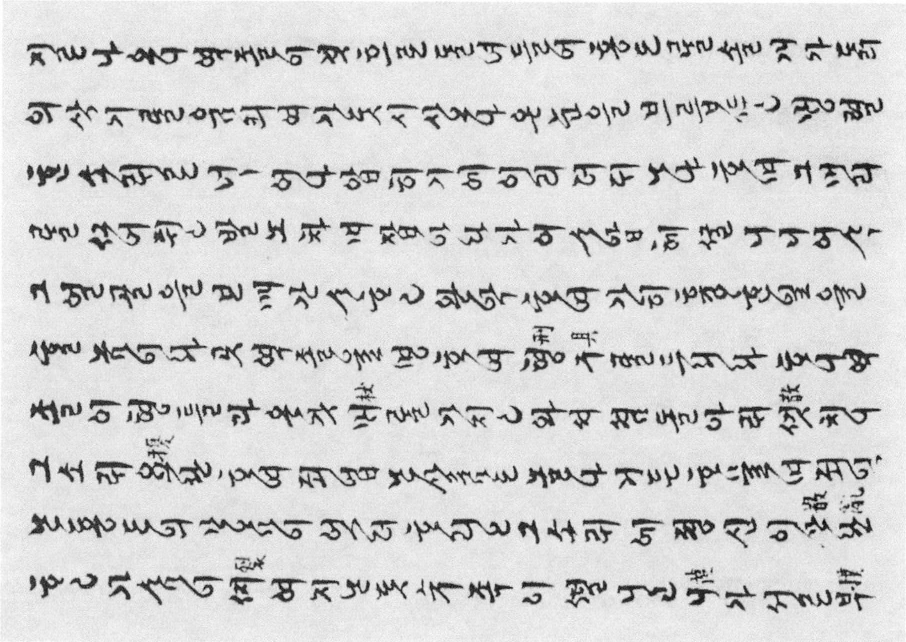

160a

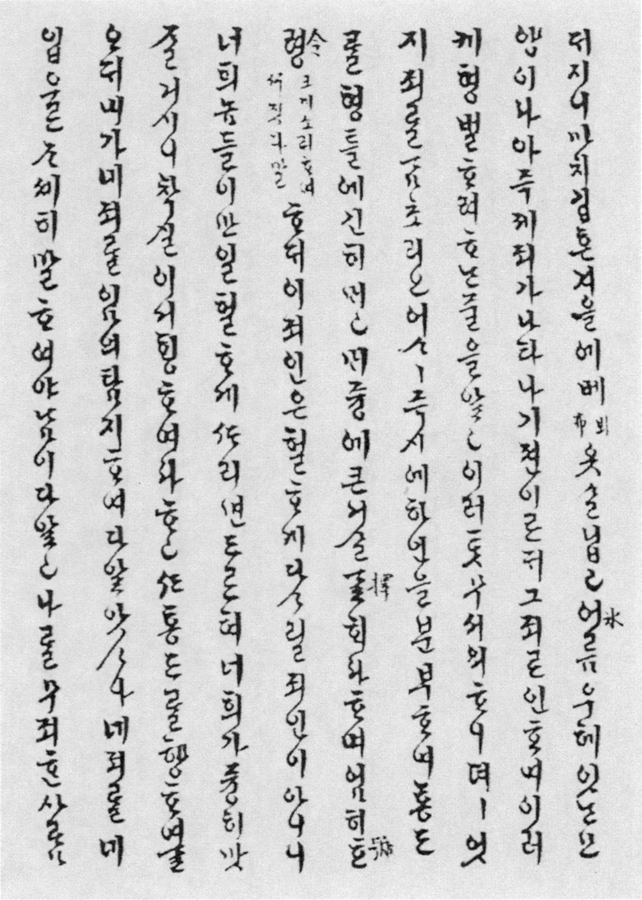
뎌지나 ᄆᆞ지감ᄒᆞᆫ 져을에 베 布 뵈 옷ᄉᆞᆯ 남ᄀ 어름 氷 우희 안ᄂᆞᆫ드
앙이나 아ᄌᆞ쥐 죄가 나타나기 젼이ᄅᆞᆫ 쥐 그 죄ᄅᆞᆯ 인ᄒᆞ여 이러
케 형벌ᄒᆞ려 ᄒᆞᄂᆞᆫ 줄을 알고 이러ᄐᆞ시 무서워ᄒᆞ니 여ᄀ 엇
지 죄ᄅᆞᆯ 죠초리오 어ᄉᆞᄀ ᄌᆞ시 ᄒᆞ여을 분부ᄒᆞ며 ᄯᅩᄃᆞ
ᄅᆞᆯ 형틀에 긴히 ᄆᆡᆫ ᄲᅩᆫ 즁에 큰 ᄆᆡ슐 擇 택ᄒᆞ라 ᄒᆞ며 엄히 ᄒᆞᆫ 嚴
령 令 크게 소리ᄒᆞ며 ᄡᅥ 치라 ᄒᆞ니 ᄒᆞ되 이 죄인은 엄ᄒᆞ게 다ᄉᆞ릴 죄인이 아니니
너희 놈들이 만일 헐ᄒᆞ게 ᄯᆞ리면 ᄯᅩᄒᆞᆫ 너희가 즁히 맛
즐거시니 착실이 시힝ᄒᆞ여라 ᄒᆞᆫ ᄯᅩ 통ᄯᅩᄅᆞᆯ 향ᄒᆞ여 ᄆᆞᆯ
ᄒᆞ되 내가 미 죄ᄅᆞᆯ 임의 탐지ᄒᆞ여 다 알앗ᄉᆞ나 네 죄ᄅᆞᆯ 미
립 우ᄅᆞᆫ 조쇄히 ᄆᆞᆯᄒᆞ여야 ᄂᆞᆷ이 다 알게ᄂᆞ ᄂᆞᄅᆞᆯ 무죄ᄒᆞᆫ 사ᄅᆞᆷ

160b

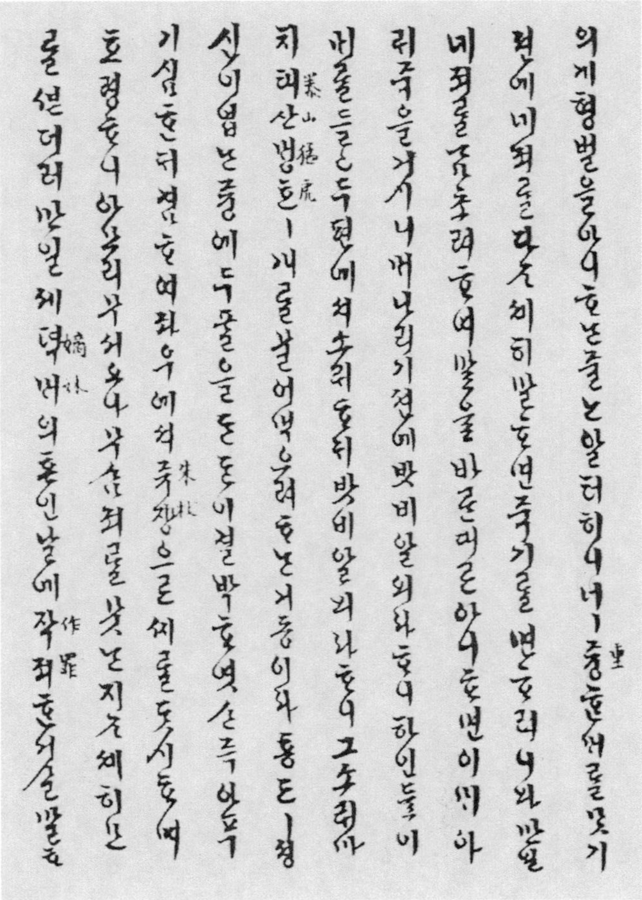
의게 형벌을 ᄒᆞᄂᆞᆫ 줄노 알러 ᄒᆞ나 너ᄀ 즁 重 ᄒᆞᆫ 셔ᄅᆞᆯ 맛기
젼에 네 죄ᄅᆞᆯ 낫낫치 ᄆᆞᆯᄒᆞ면 죽기ᄅᆞᆯ 면ᄒᆞ리라 ᄒᆞ니 ᄆᆞᆯ
네 죄ᄅᆞᆯ 죠츠려 ᄒᆞ여 ᄆᆞᆯᄒᆞᆯ 바 ᄒᆞᆫ 뎌ᄂᆞᆫ 아니ᄒᆞ면 이ᄯᅢ 아
리ᄌᆞᆨ을 거시나 내 ᄂᆞ리기 젼에 밧비 알외라 ᄒᆞ니 하인들이
미ᄉᆞᆯ들ᄂᆞᆫ 두 뎐에셔 ᄉᆞ죄ᄒᆞ되 밧비 알외라 ᄒᆞ니 그 ᄯᅡ의
치 泰山 태산 猛虎 맹호ᄀ 새ᄅᆞᆯ 물어 ᄡᅮᆫ 우려ᄒᆞᄂᆞᆫ 거동이라 통ᄃᆞᄀ 졍
신이 엽ᄂᆞᆫ 즁에 두 ᄌᆞᆯ을 ᄃᆞ 이 결박ᄒᆞ엿 ᄉᆞ즉 안뮤
기심ᄒᆞᆫ 뎌 졋ᄒᆞ여 좌우에셔 朱杖 주장으로 씨ᄅᆞᆯ ᄃᆞ시ᄒᆞ며
ᄒᆞ 평ᄒᆞ나 아ᄉᆞᆯ 이 무서온 ᄉᆞ 무ᄉᆞᆫ 죄ᄅᆞᆯ 밧ᄂᆞᆫ지 ᄌᆞ세히 ᄒᆞ고
ᄅᆞᆯ 션뎌러 만일 제 嫡 뎍녀의 흉인 날에 作罪 작죄ᄒᆞ엿ᄉᆞᆯ 말ᄒᆞᆫ

161a

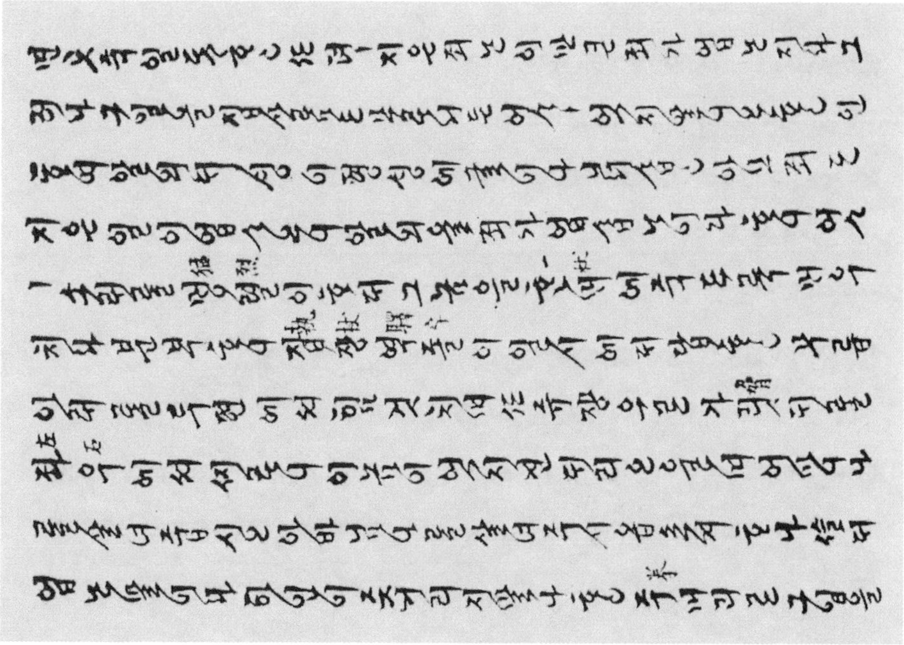

161b

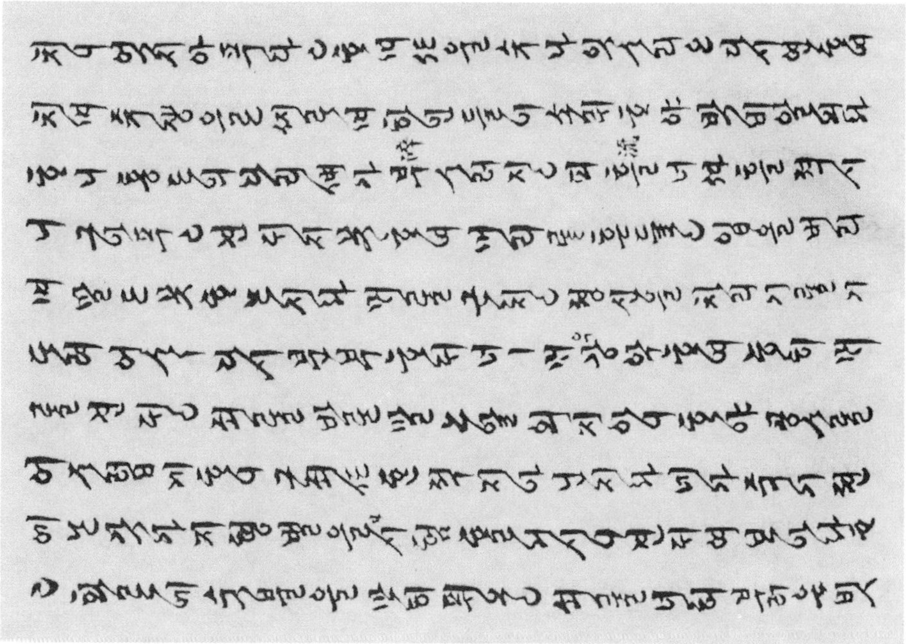

162a

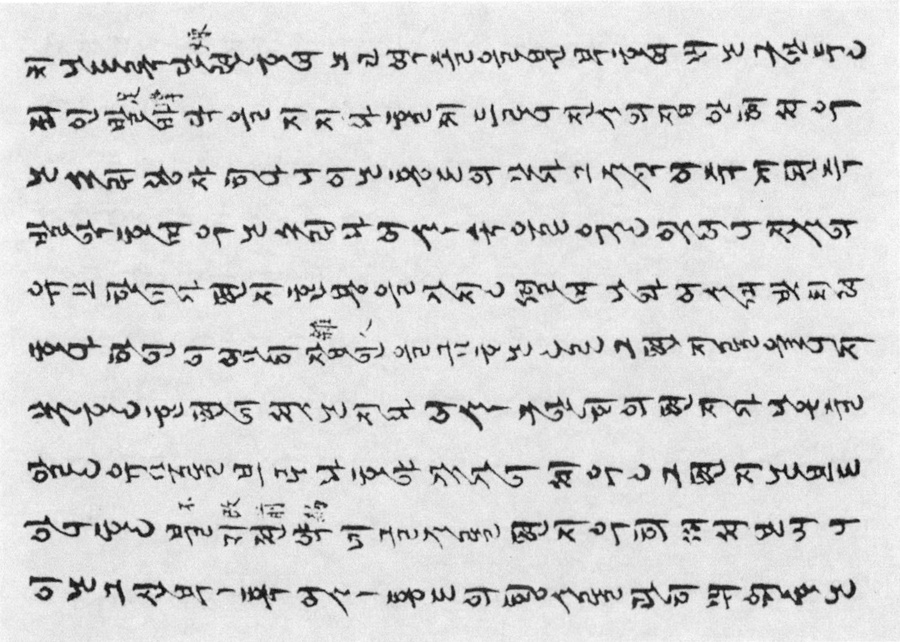

162b

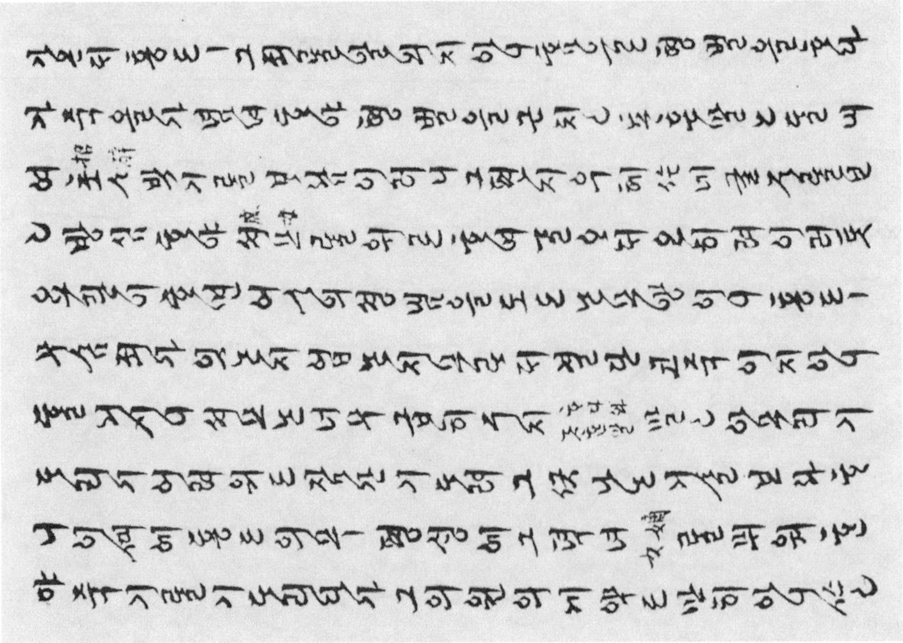

163a

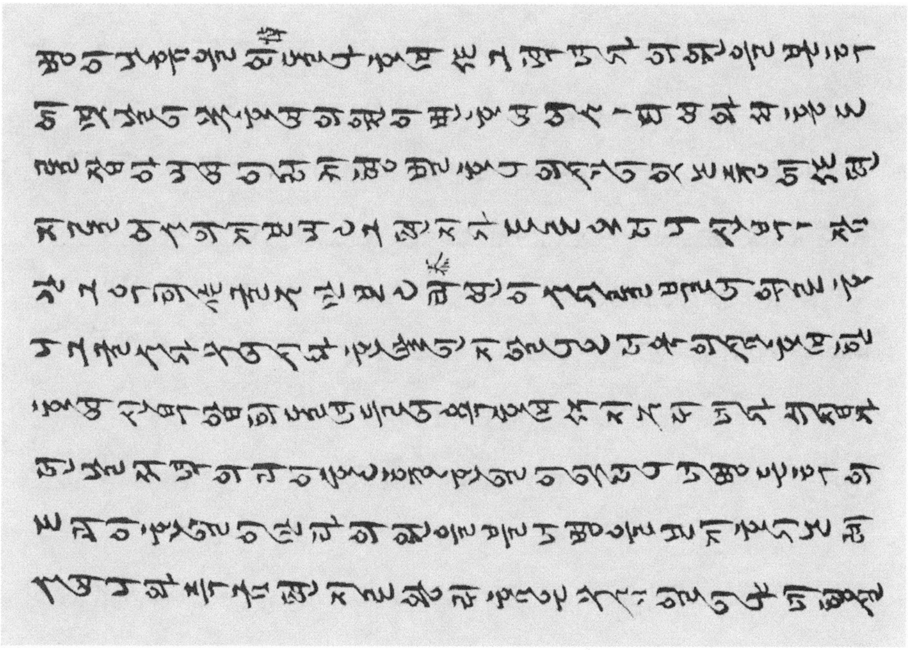

163b

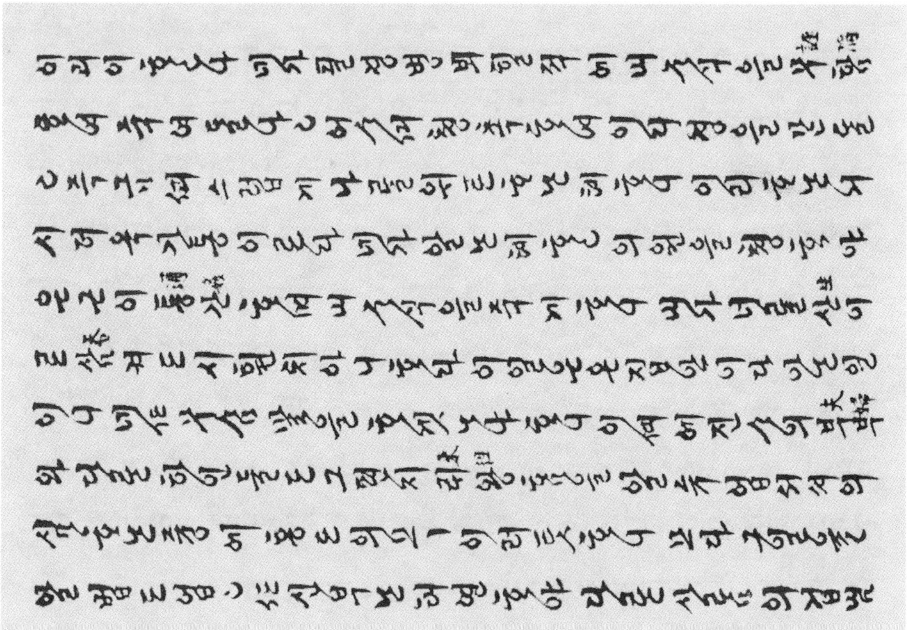

164a

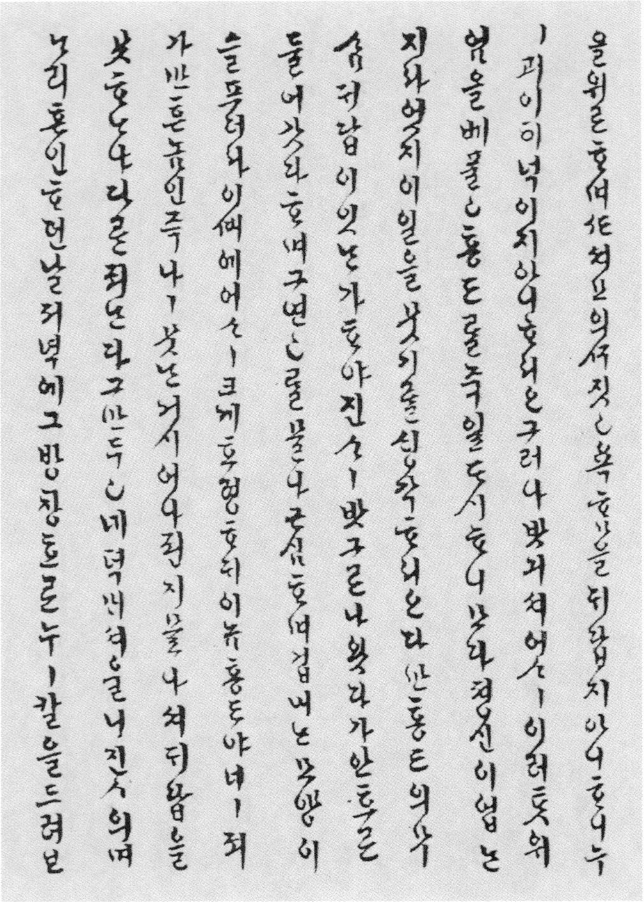
올워ᄅᆞᆫᄒᆞ며 作 쳐ᄌᆞ의ᄉᆞ직ᄂᆞᆫ욕ᄒᆞᆫ말을되ᄃᆞᆸ지아니ᄒᆞ니누
ㅣ괴이히너기지아니ᄒᆞ더니구러나빗과셔어ᄉᆞㅣ이러ᄐᆞᆺ위
엄올베물ᄂᆞᆫ홍도ᄅᆞᆯ죽일ᄃᆞ시ᄒᆞ나ᄆᆞᆺᄎᆞ졍신이업ᄂᆞᆫ
지라엇지이일을곳치ᄎᆞᆷ작ᄒᆞ리오다 산 홍도의ᄆᆞ수
슴쉬담이잇ᄂᆞᆫ가ᄒᆞ야진ᄉᆞㅣ밧구ᄅᆞᆫ나왓다가안두ᄅᆞᆫ
둘어갓다ᄒᆞ며구변ᄂᆞᆫᄅᆞᆯ뭇ᄂᆞ니곤ᄉᆞᆫᄒᆞ며겁내ᄂᆞᆫ모양이
슬ᄯᅳᆺ더라이ᄯᅢ에어ᄉᆞㅣ크게후회ᄒᆞ되이놈홍도야네ㅣ죄
가반ᄒᆞᆫ늉인즉나ㅣ곳ᄂᆞᆫ거시어니와지물나셔되ᄯᅡᆷ을
붓ᄒᆞ노니다ᄅᆞᆫ죄ᄂᆞᆫ다구만두ᄂᆞᆫ네덕ᄂᆞᆫ셔울나진ᄉᆞ의ᄯᅢ
노리홍인ᄒᆞ던날쳐녀에그방장ᄒᆞᄅᆞᆫ누ㅣ칼을드러보

164b

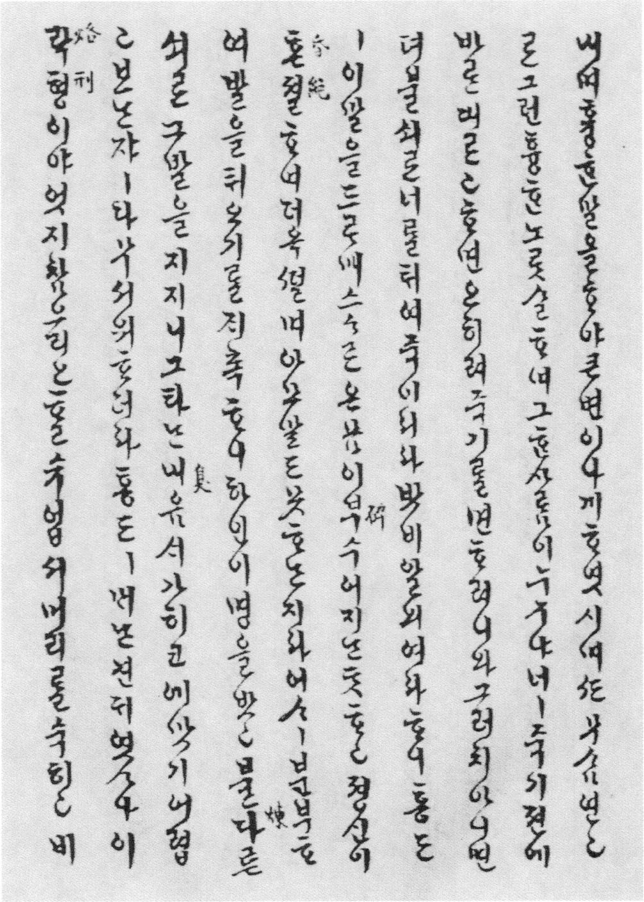
내ᄯᅥᆷᄒᆞᆫᄒᆞᆫ말을ᄒᆞ야쿠변이나게ᄒᆞ엿시며 作 부ᄉᆞᆫ보ᄂᆞᆫ
ᄅᆞᆯ그런흉ᄒᆞᆫ노ᄅᆞᆺ슬ᄒᆞ며그ᄒᆞᆫ사ᄅᆞᆷ이누ᄀᆞ냐네ㅣ죽기젼에
바ᄅᆞᆫ대로ᄂᆞᆫᄒᆞ면용셔ᄒᆞ려니와구러치아니면
더부러쇠ᄅᆞᆯ너ᄅᆞᆯ터여죽이리라방비말ᄒᆞ라ᄒᆞ니홍도
ㅣ이말을드ᄅᆞᆯᄯᅢᄉᆞ수ᄅᆞᆫ온몸이ᄇᆞᄉᆞ어지ᄂᆞᆫ듯ᄒᆞᆫ졍신이 碎
昏絶 혼졀ᄒᆞ며더욱셜ᄯᅢ아ᄆᆞᆫ말도못ᄒᆞ노지라어ᄉᆞㅣ브ᄅᆞᆸᄋᆞᆫ 煉
여빨을뒤옷기ᄅᆞᆯ진촉ᄒᆞ며하인이명을받ᄂᆞᆫ물다ᄅᆞᆫ
쇠ᄅᆞᆫ구말을지지나그타ᄂᆞᆫ내 臭 윤셔가히권에삭기너졉
ᄂᆞᆫ보ᄂᆞᆫ자ㅣ다부쉬워ᄒᆞ더라홍도ㅣ내본젼더엿ᄌᆞ오이
烙刑 락형이야엇지참ᄋᆞ리오ᄒᆞᆯ수업서내리ᄅᆞᆯ수히ᄂᆞᆫ비

165a

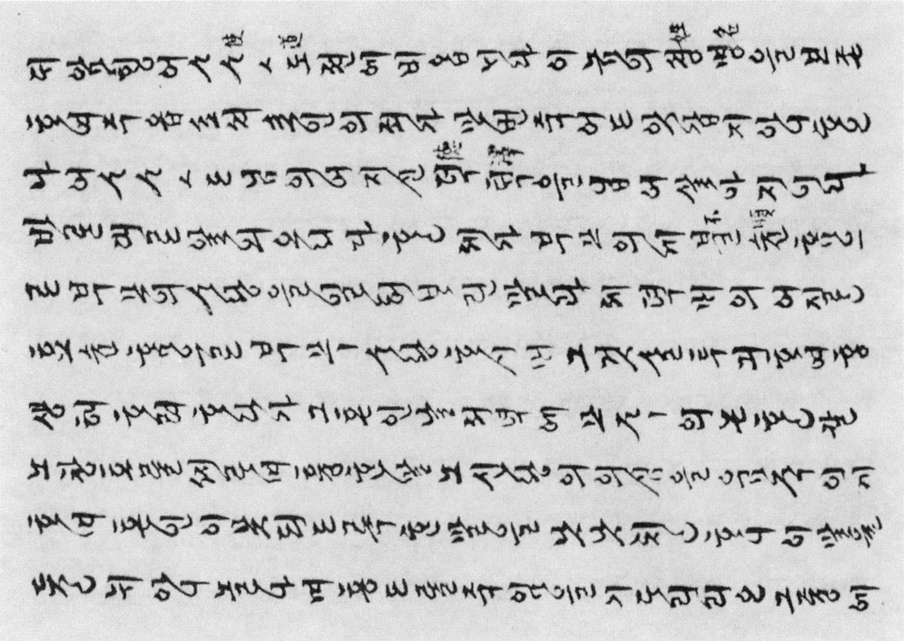

165b

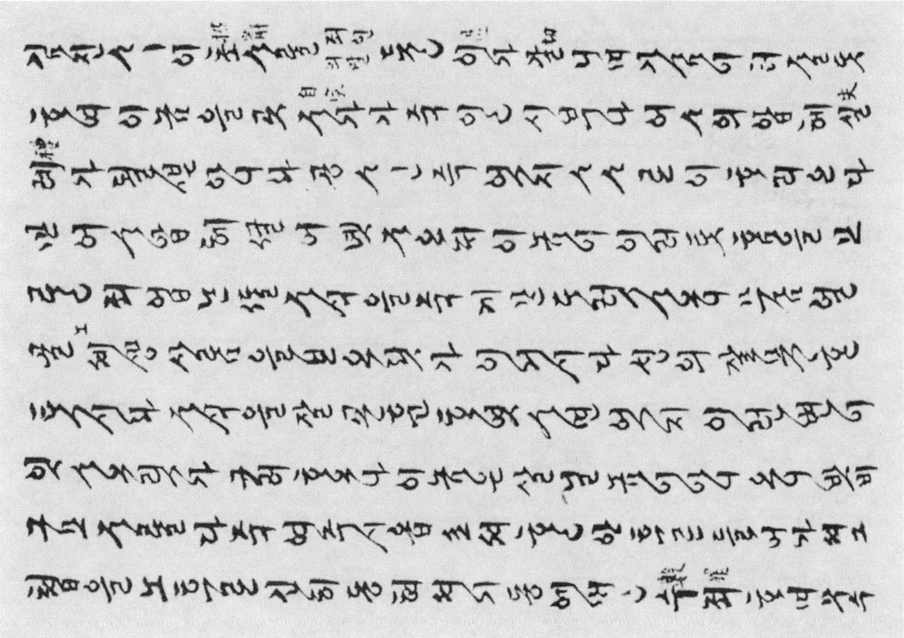

166a

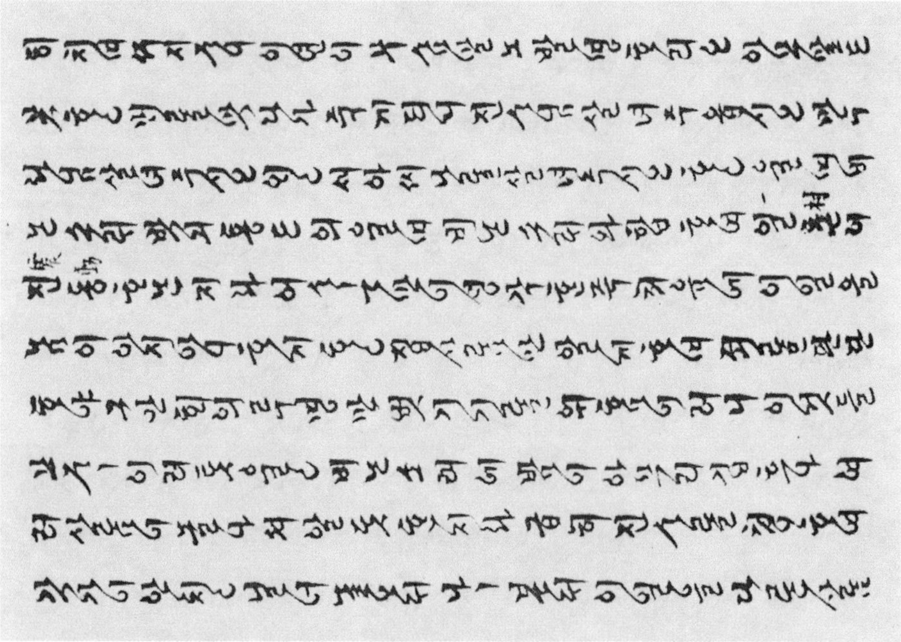

166b

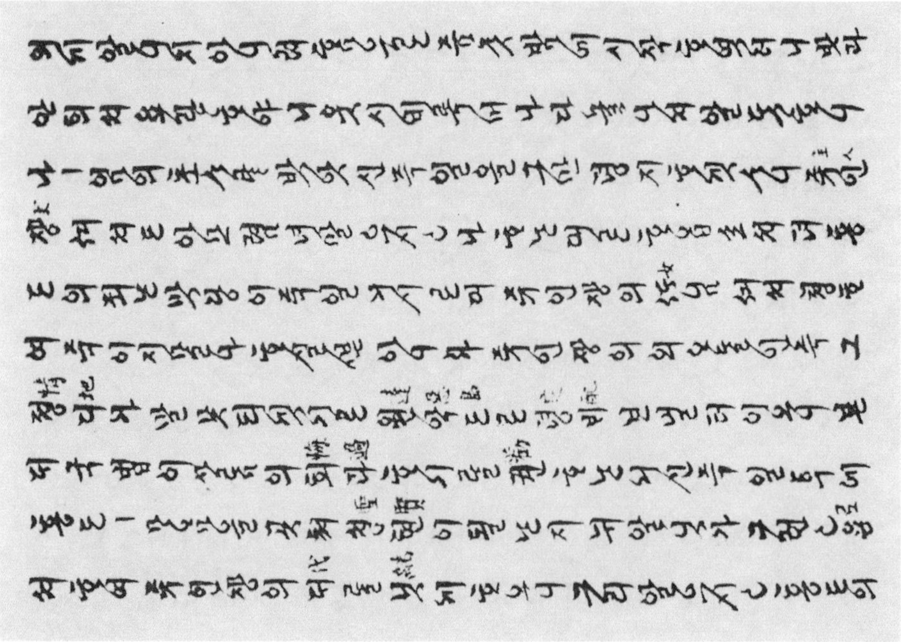

167a

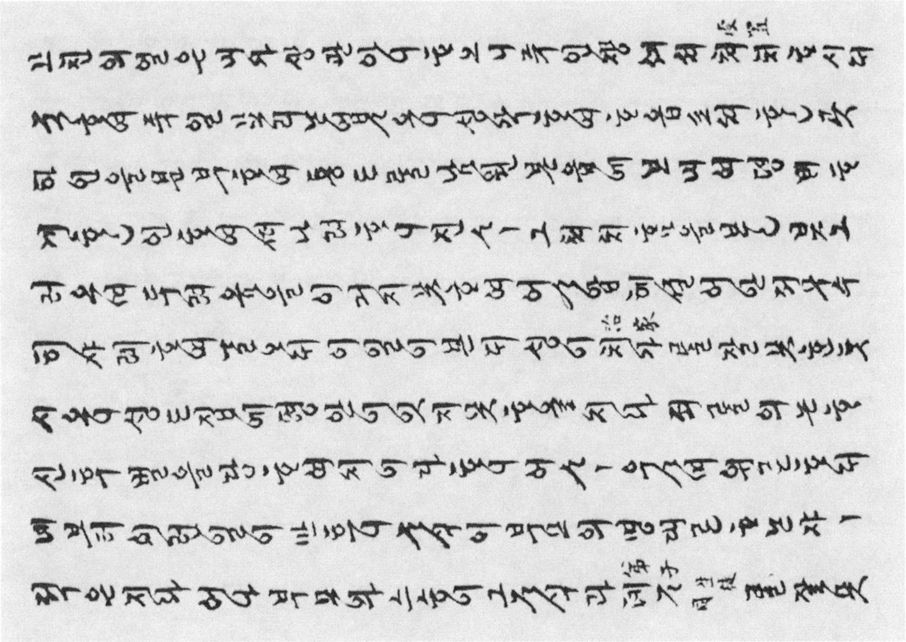

167b

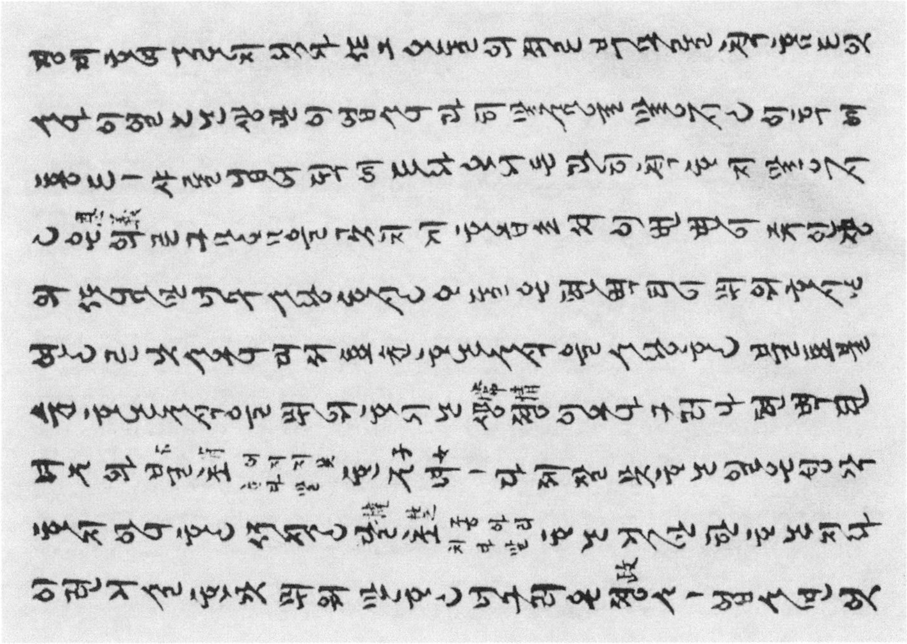

168a

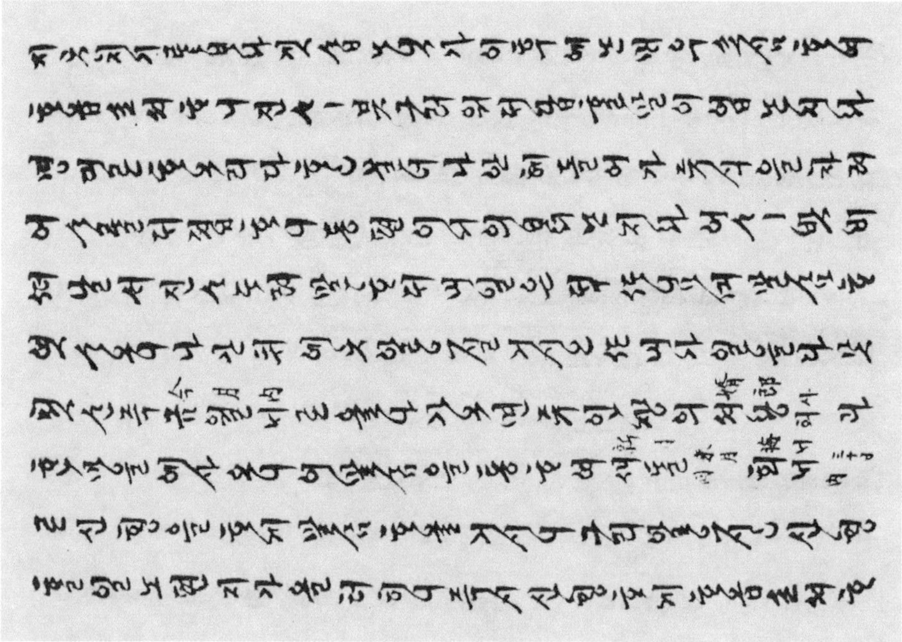

168b

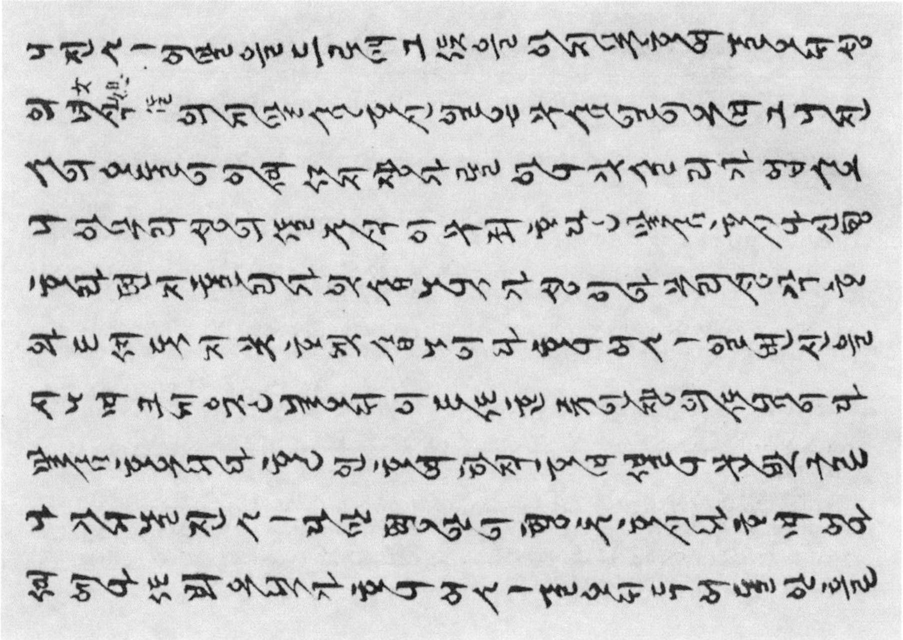

169a

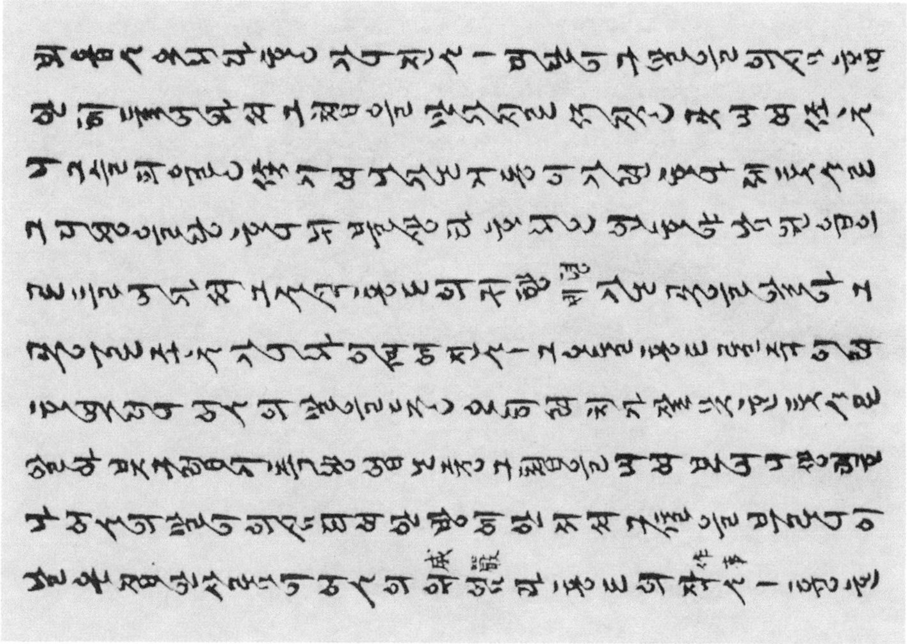

169b

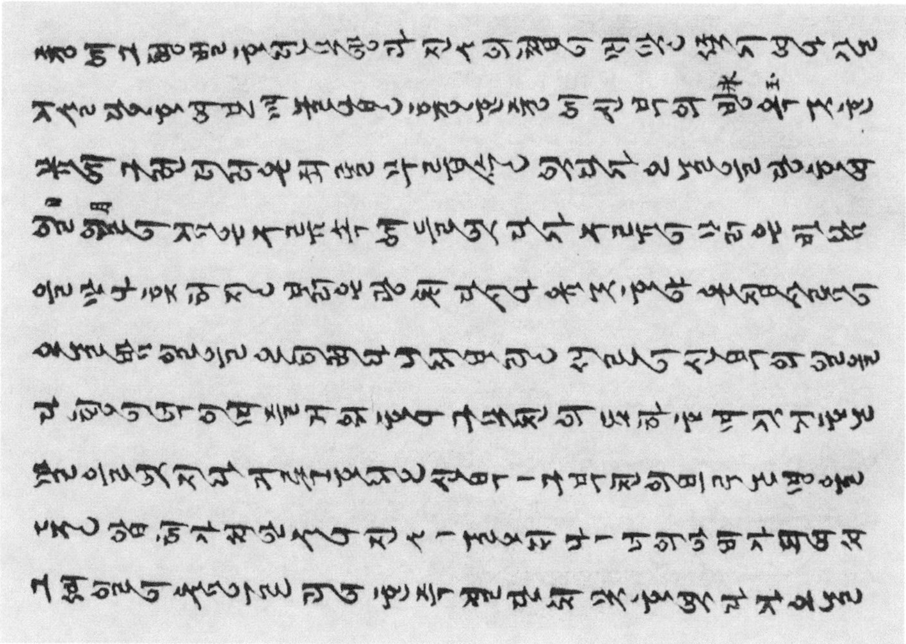

170a

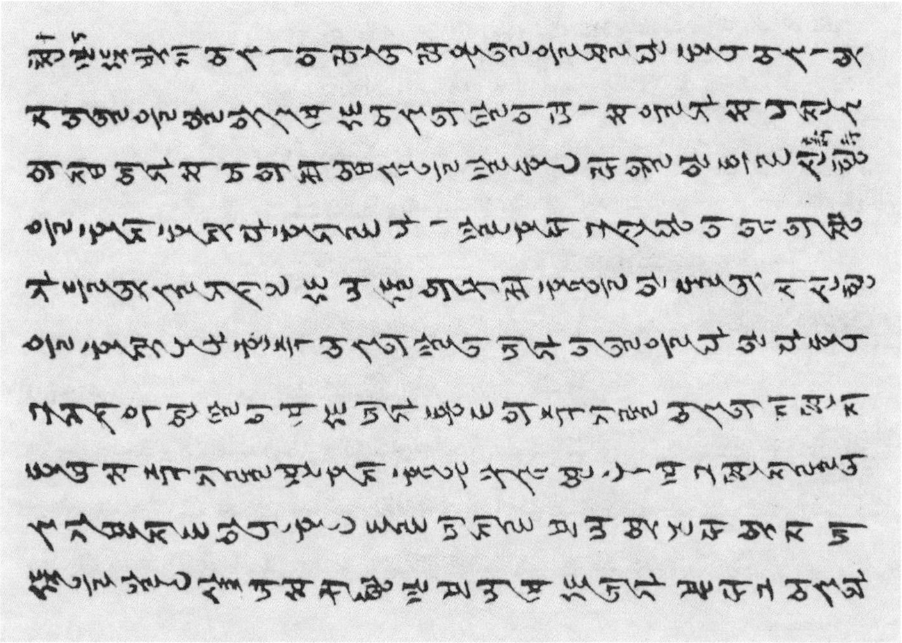

170b

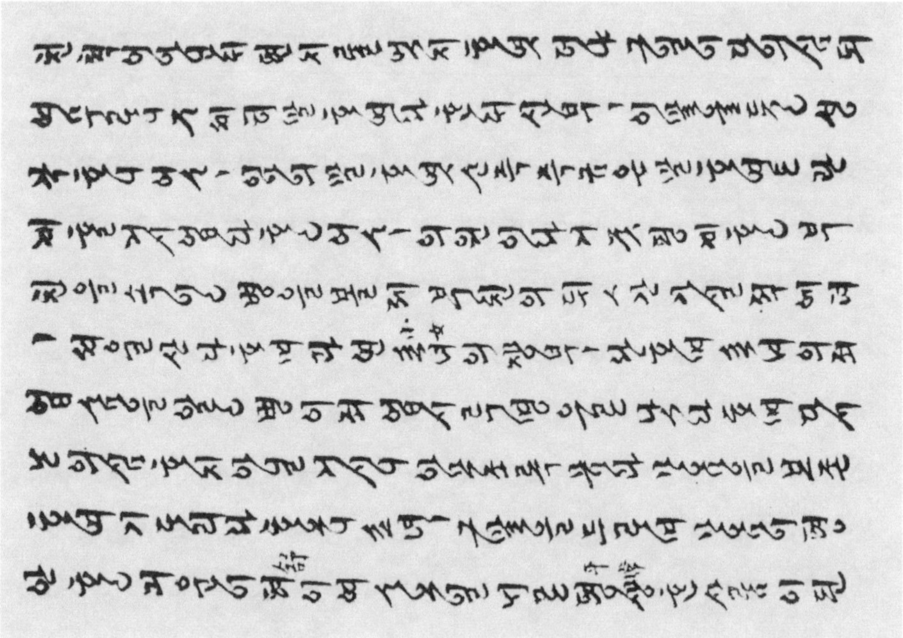

171a

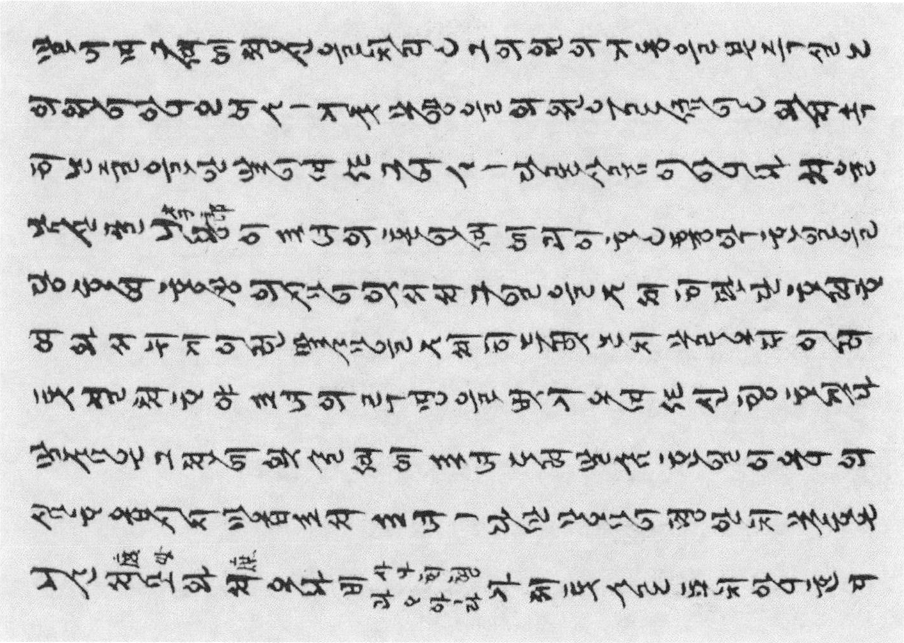

171b

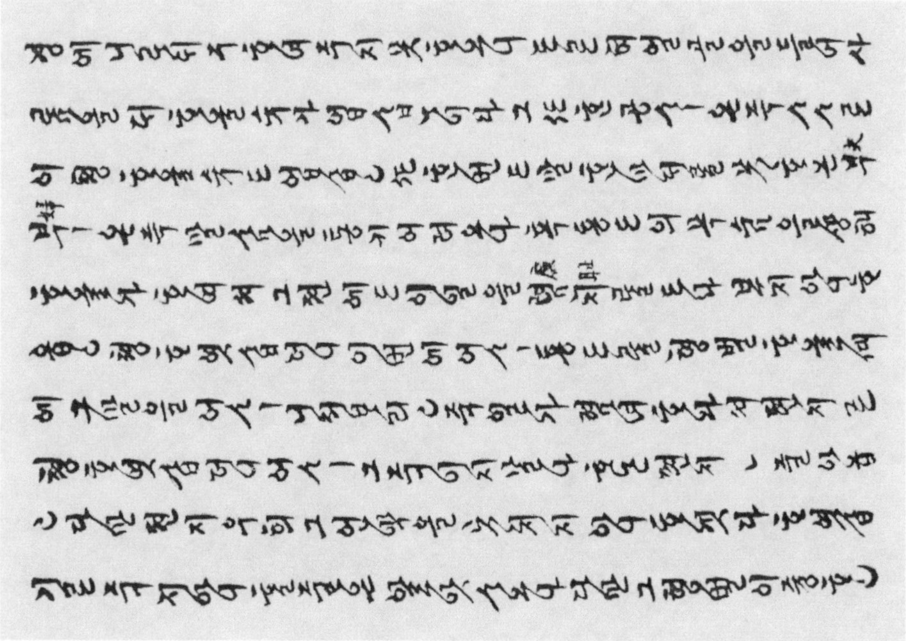

172a

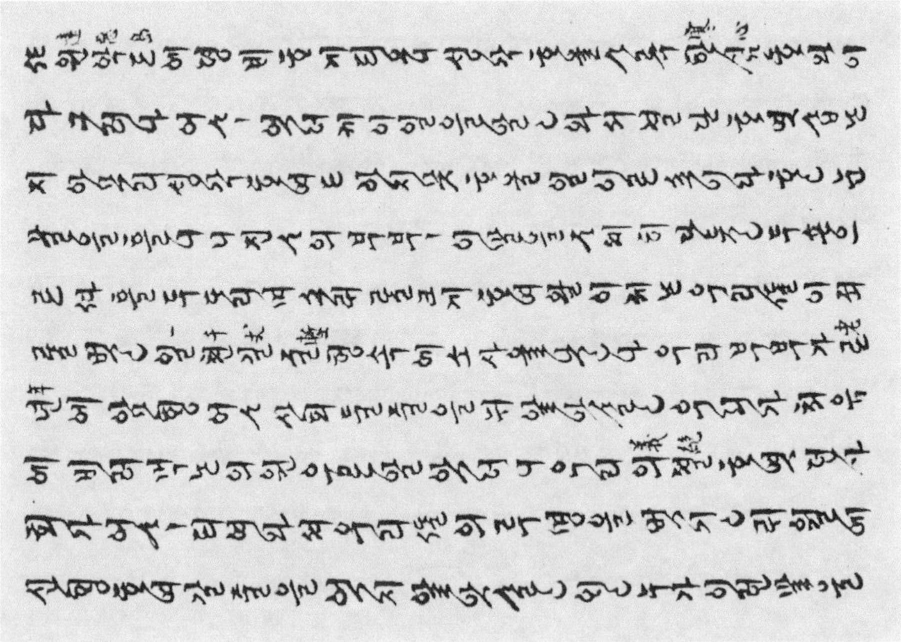

172b

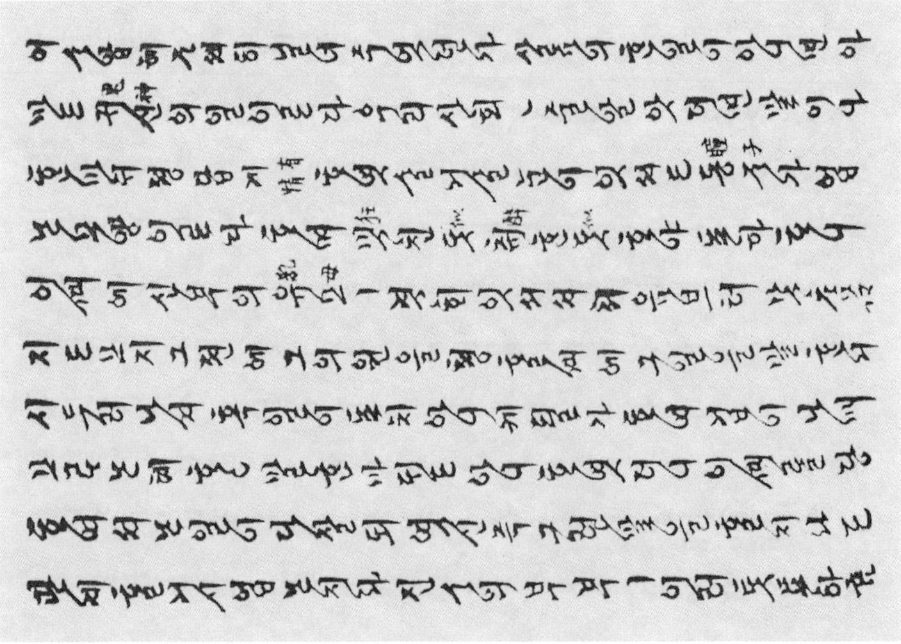

173a

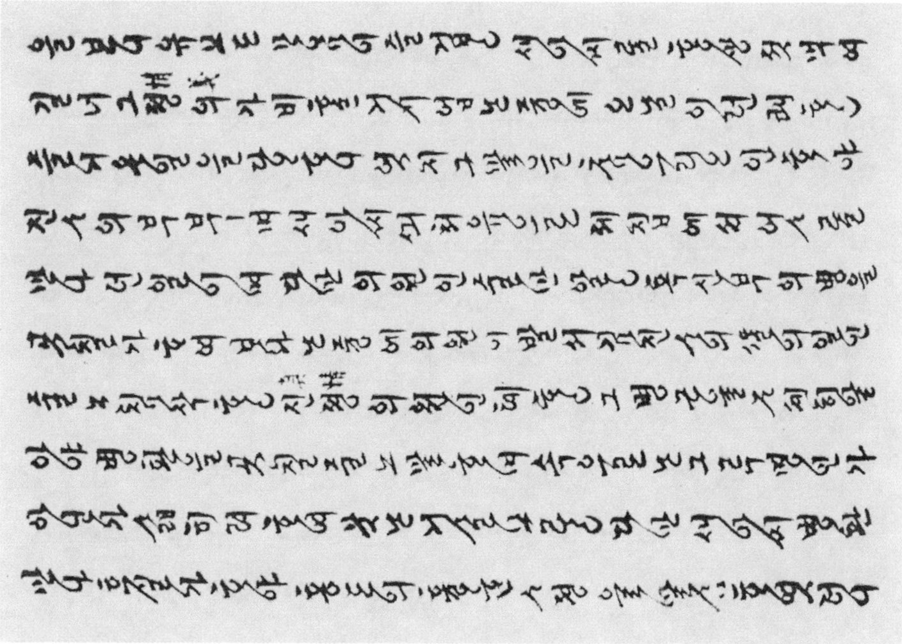

173b

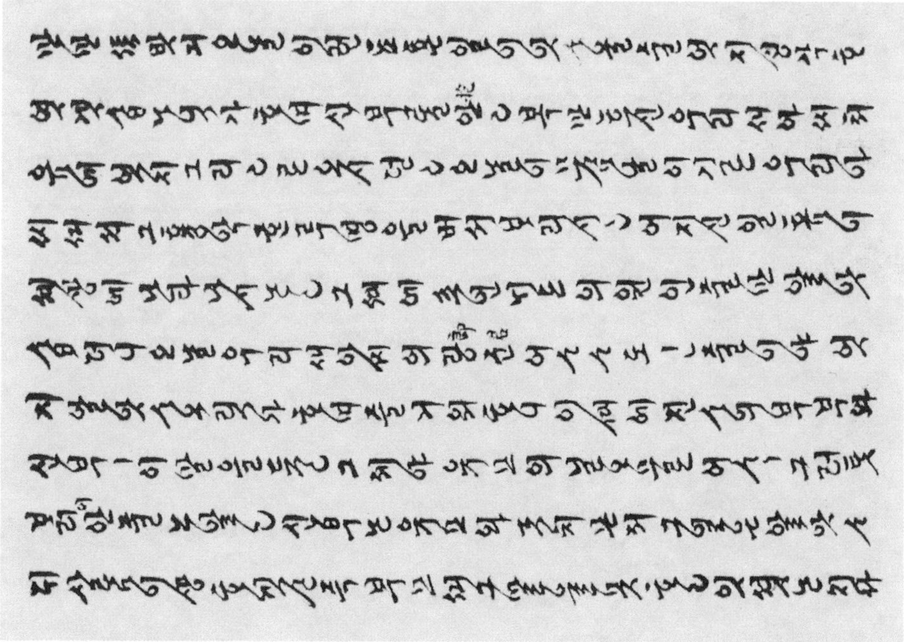

174a

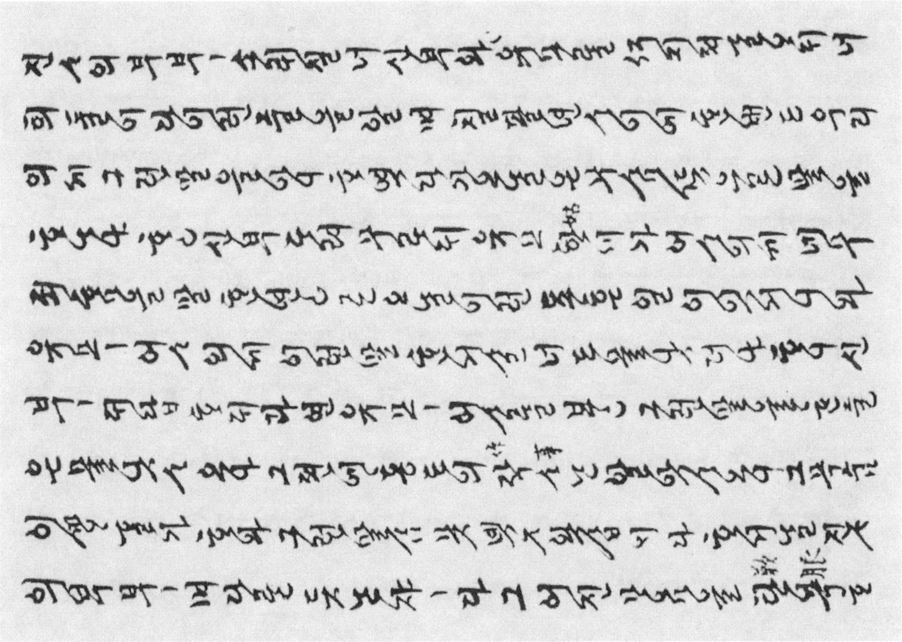

174b

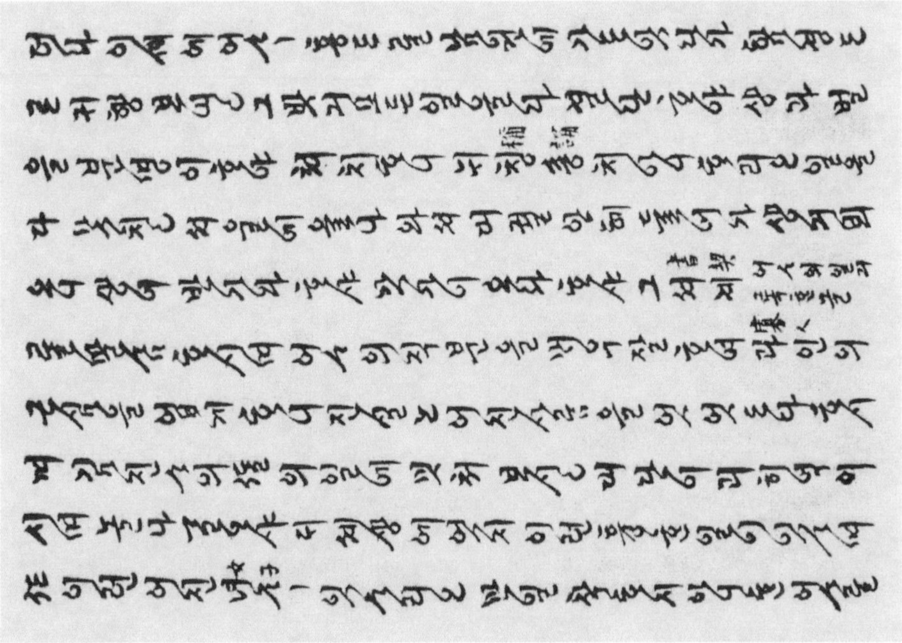

175a

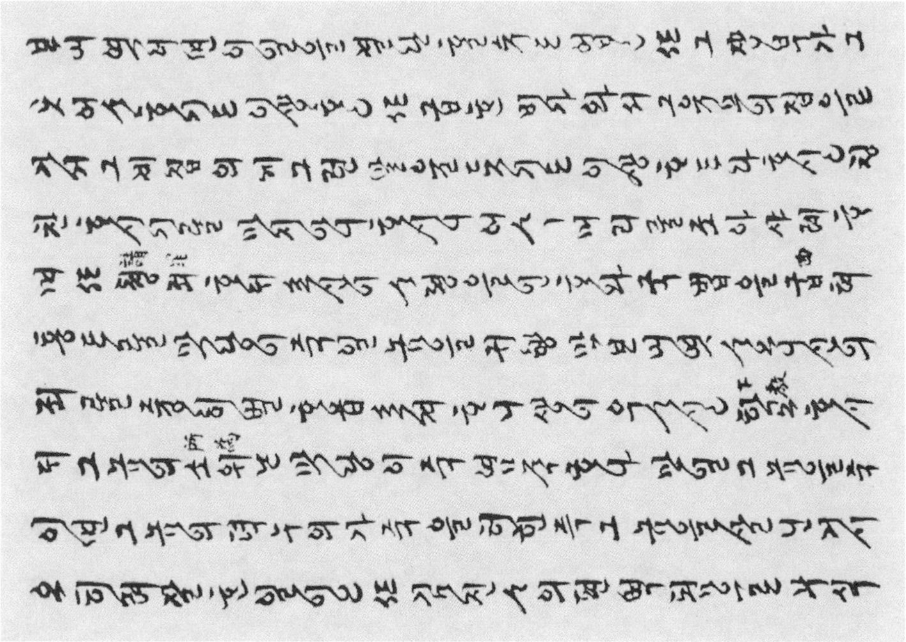

175b

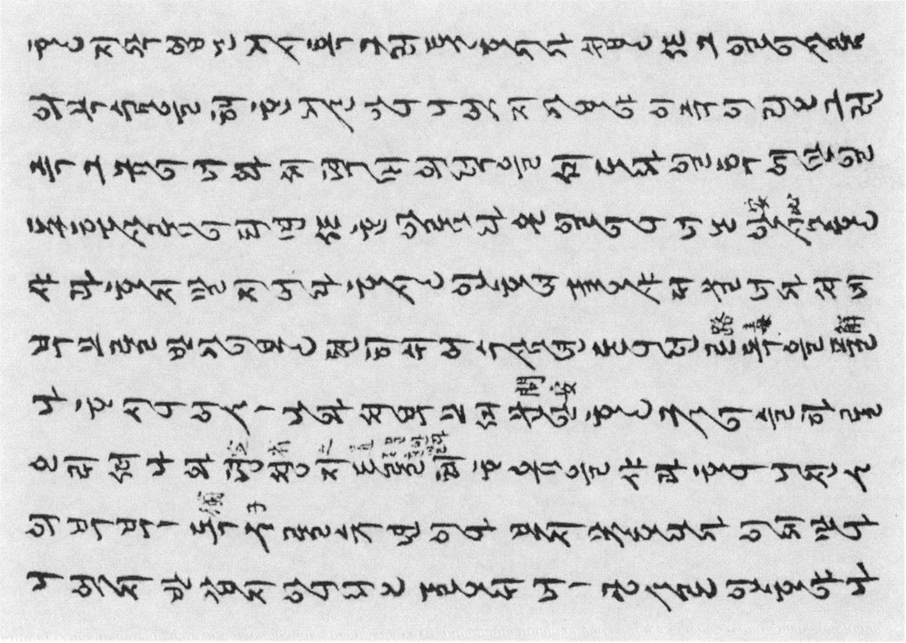

176a

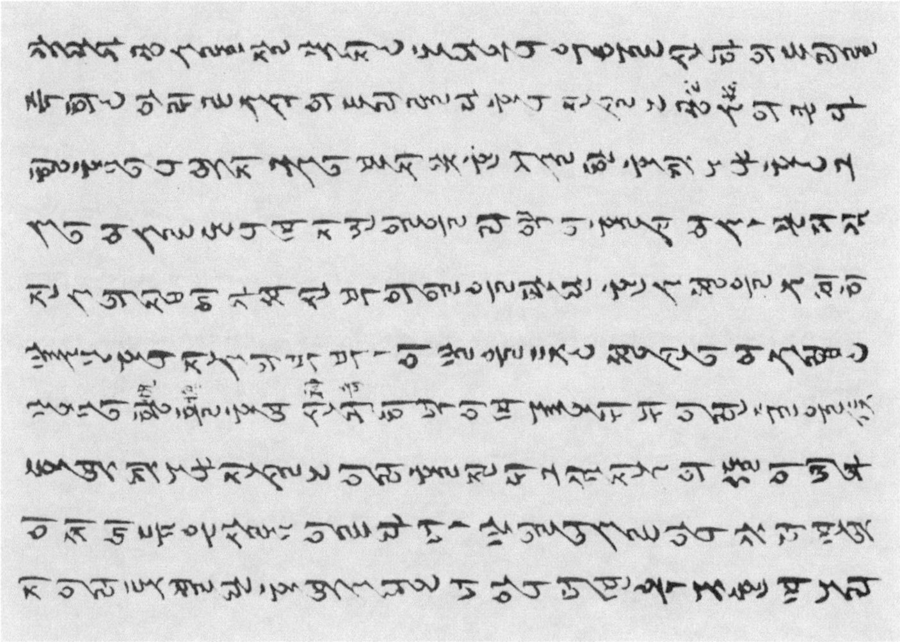

176b

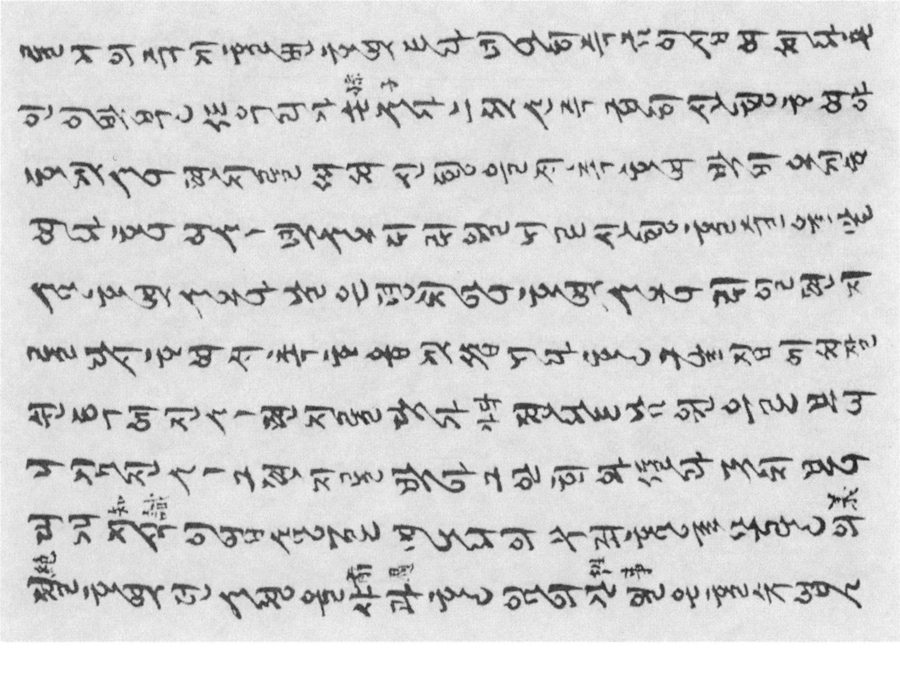

177a

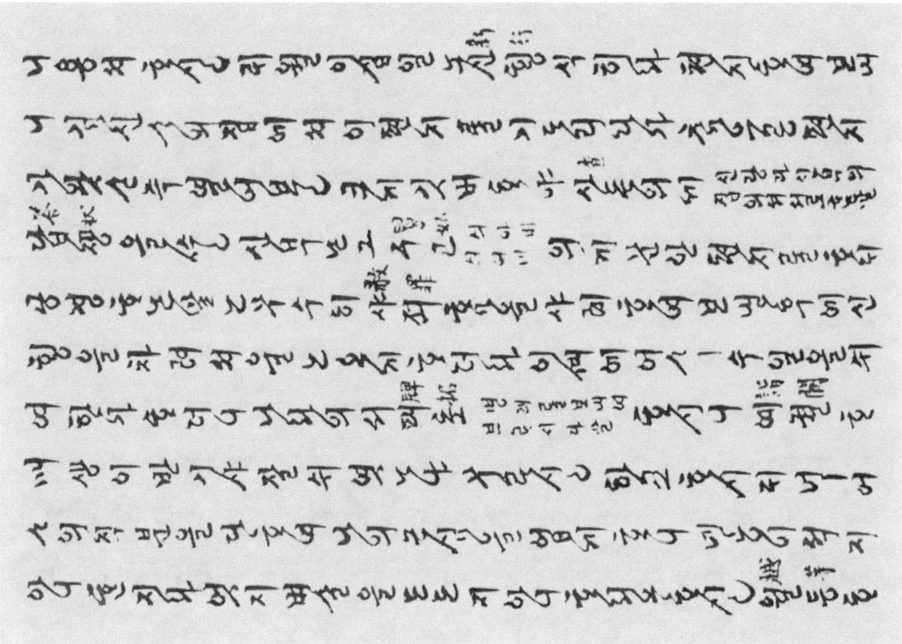

177b

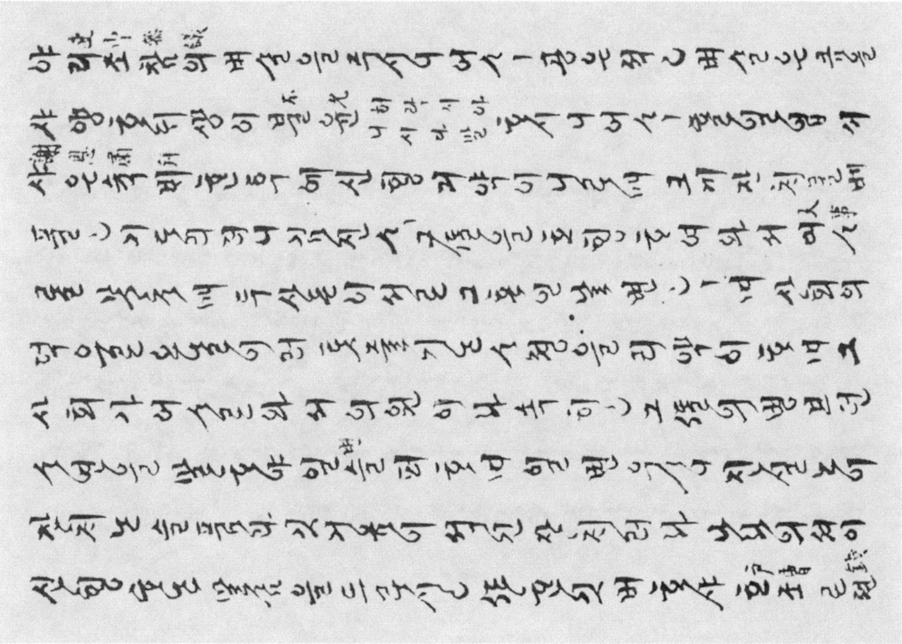

178a

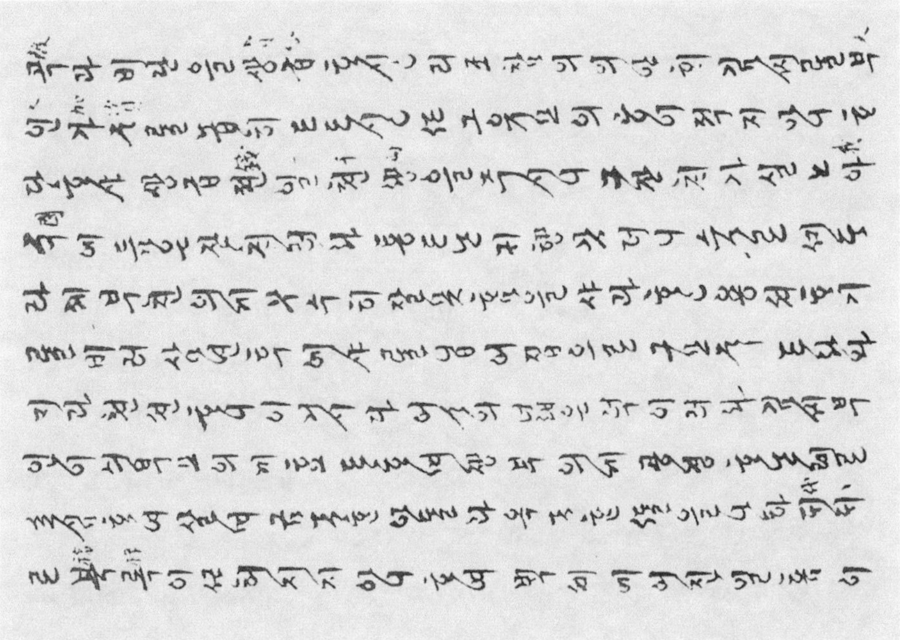

178b

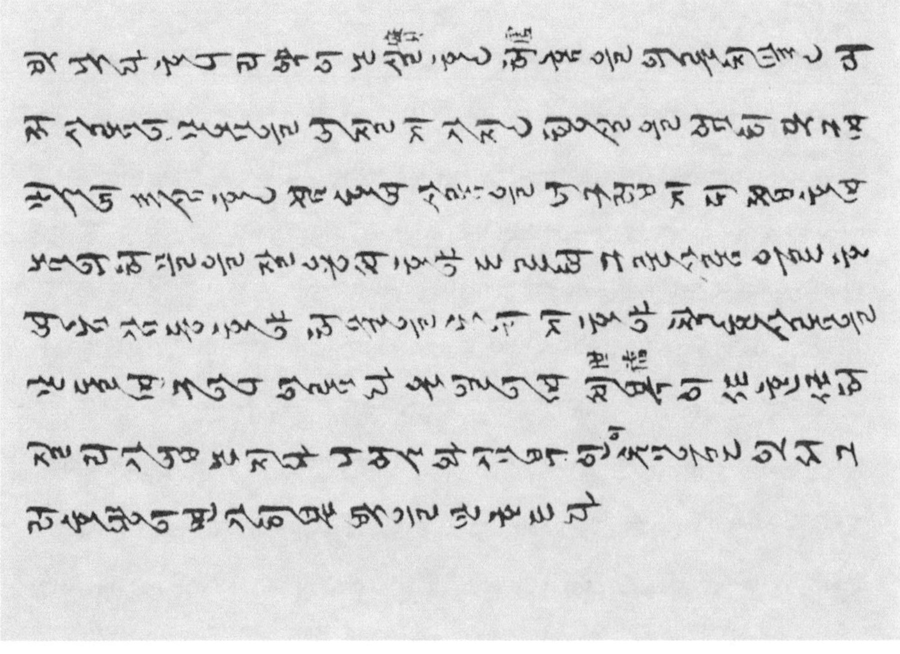

179a

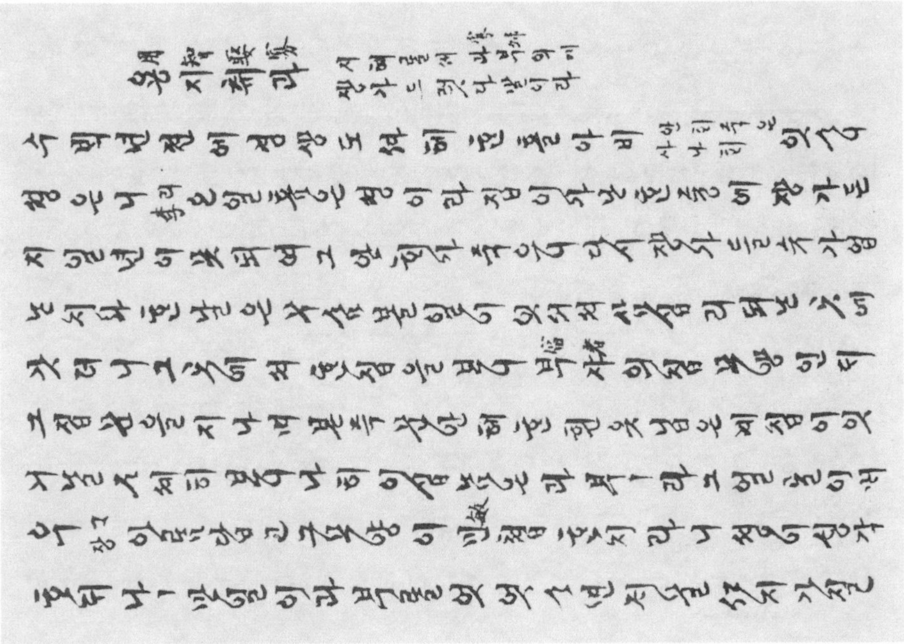

용지취과(用智娶寡) 시혜롤셔 과부의게 장가드럿다 말이라

수뵉년젼에 셩싱도셔헤 훈 홀아비 (사나히 안히 죽은) 잇스니
셩은 나온일홈은 셩이라 집이 가난훈 즁에 장가든
지 일년이 못되여 그 안희가 죽으니 다시 장가들 슈가 업
논지라 훈 날은 우숩 볼일이 잇서셔 사십 리 되는 곳에
갓더니 그곳에셔 훈 집을 보니 부자(富者)의 집 모양인디
그 집 압흘 지나며 본즉 부안헤 훈 흰옷 닙은 계집이 잇
거날 즈셰히 보니 나히 이십 남은 과부ㅣ라 그 얼골이 녀
우 아름답고 궁모양이 민쳡(敏)훈지라 나셩이 싱각
훈되 나ㅣ 팔일이 과부를 엇 엇 스연 지 가질

179b

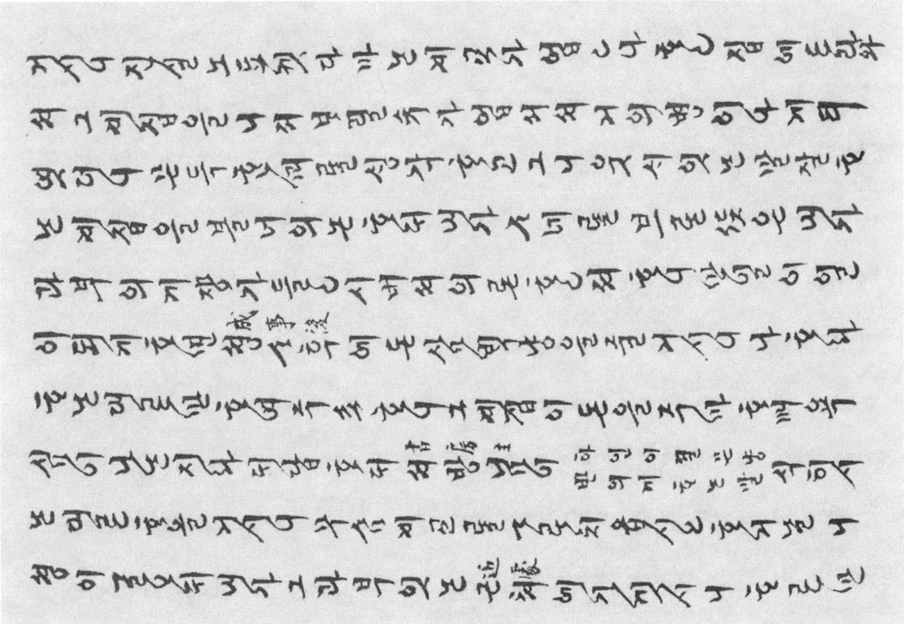

거시니 진실노 됴킷다 마는 계 곳가 업스니 홀 집에 드러와
셔 그 계집을 나 쳐 보 말 슈가 업서셔 거의 병이 나 계더
엿더니 문득 훈 쇠를 싱각호고 그 니웃셔 잇는 말잘훈
논 계집을 불너 의논훈되 내가 즈네를 브를 뜻은 내가
과부의게 장가들 시네셔 의론훈 쳐 호니 말일이 일
이 되게 호면 셩ᄉ후(成事後)에 돈 삼빅냥을 줄 거시니 나 호라
훈논 대로 만 호여 주 촉 호니 그 계집이 돈을 주마 호매 욕
심이 나는지라 되답 호되 셔방님(書房主)이 하인이 식히시
는 대로 훈 올 거시니 무숨 계고롤 구훈지 옵시오 호거날 내
셩이 골오되 내가 그 과부 잇는 근쳐(近處)에 가 계시니 훈

180a

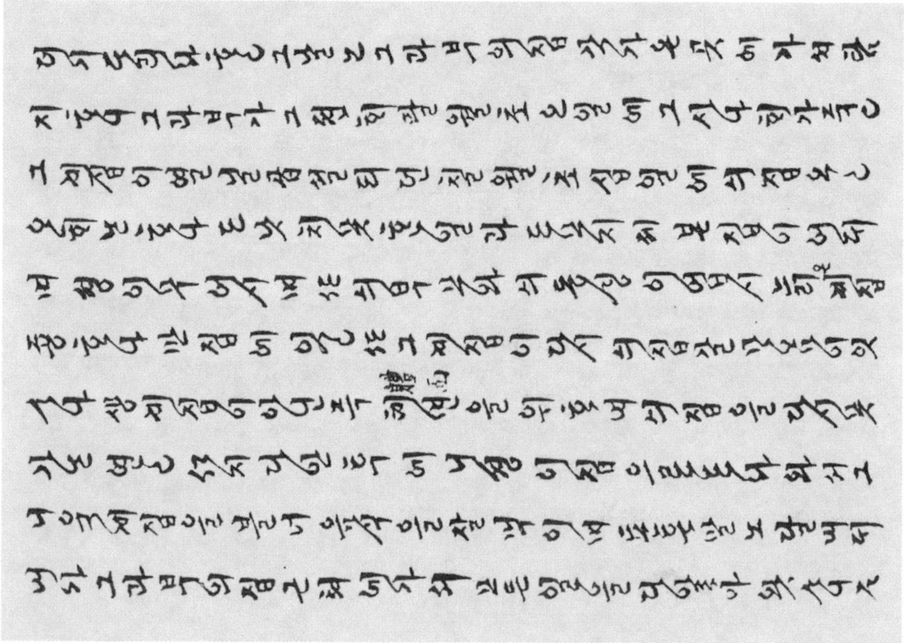

180b

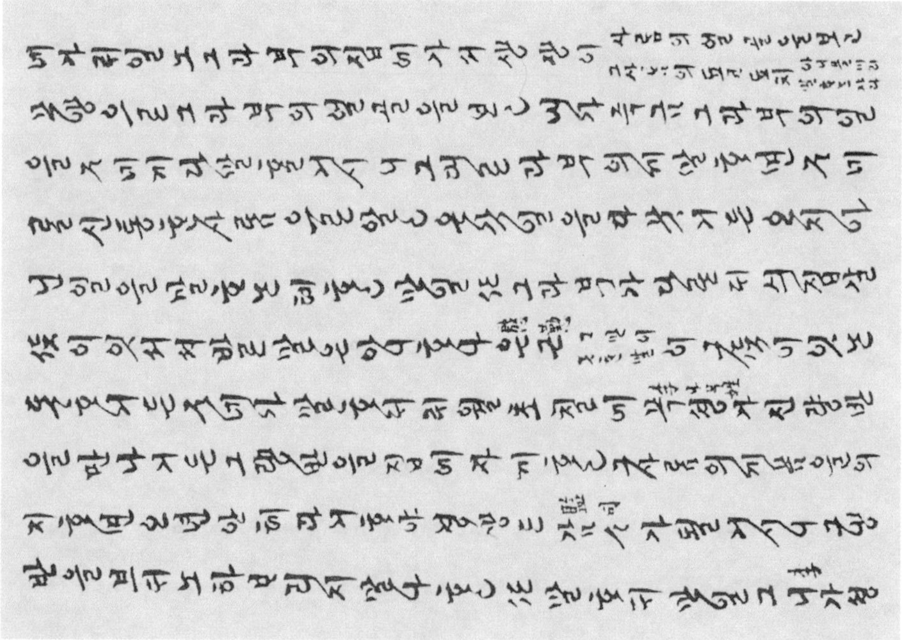

181a

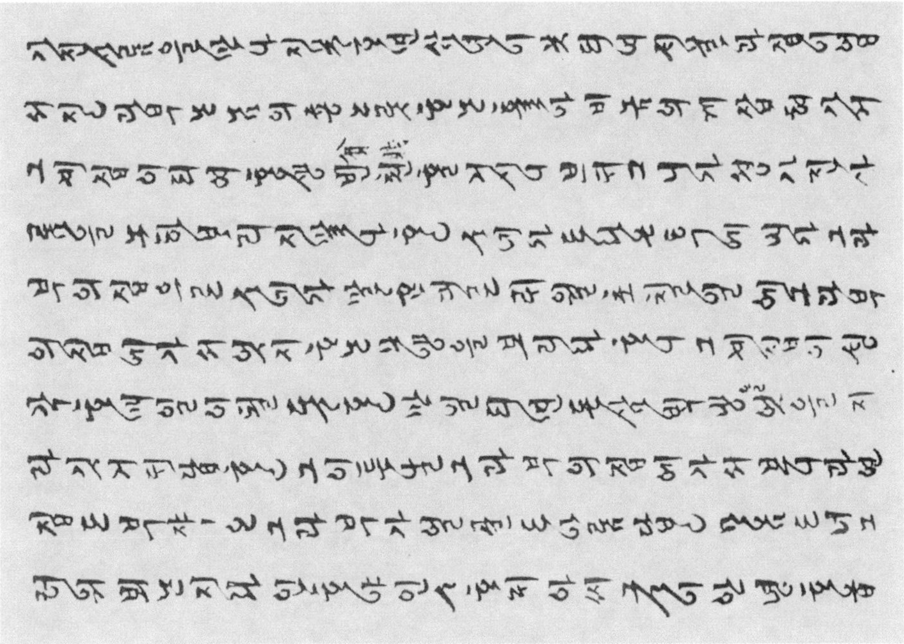

181b

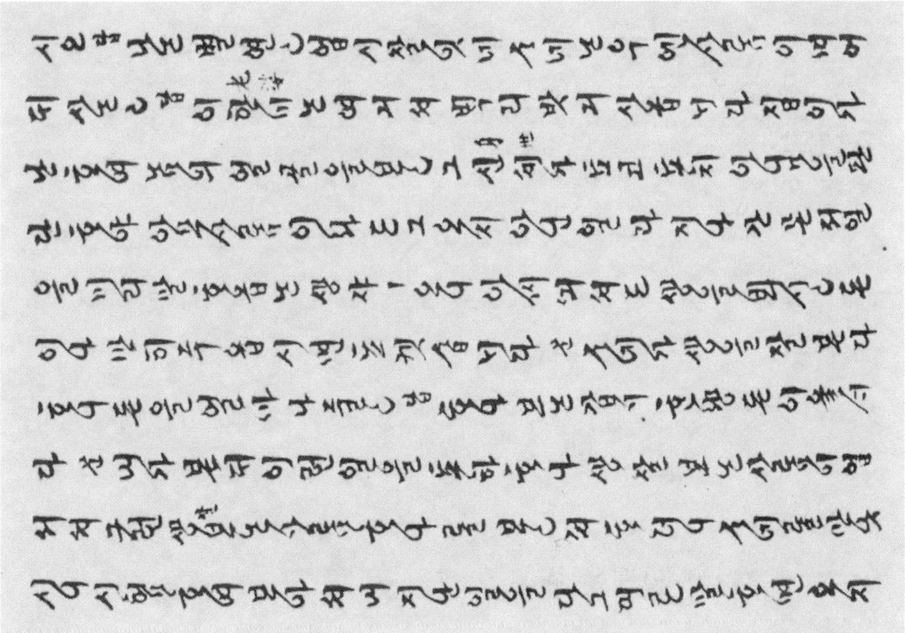

182a

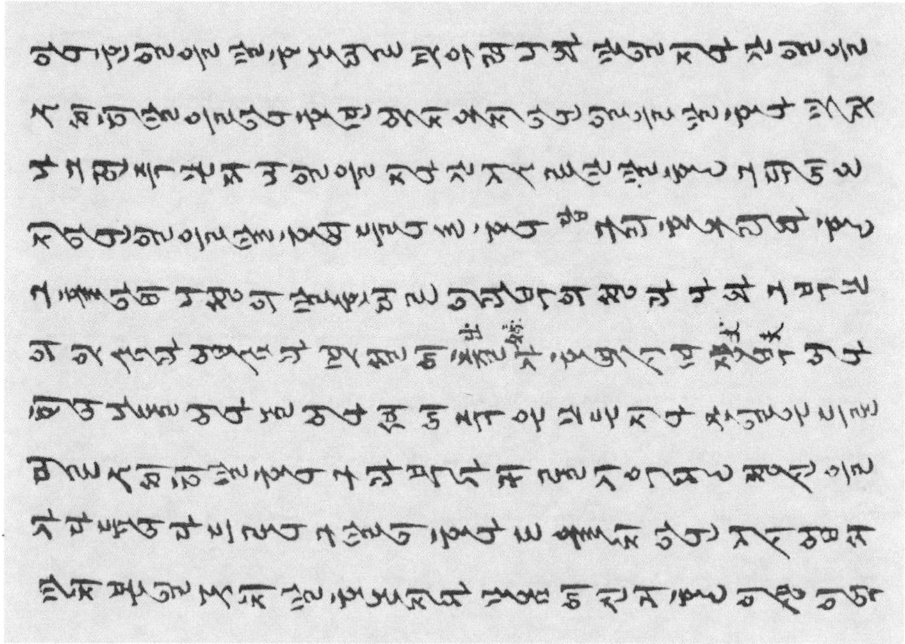

182b

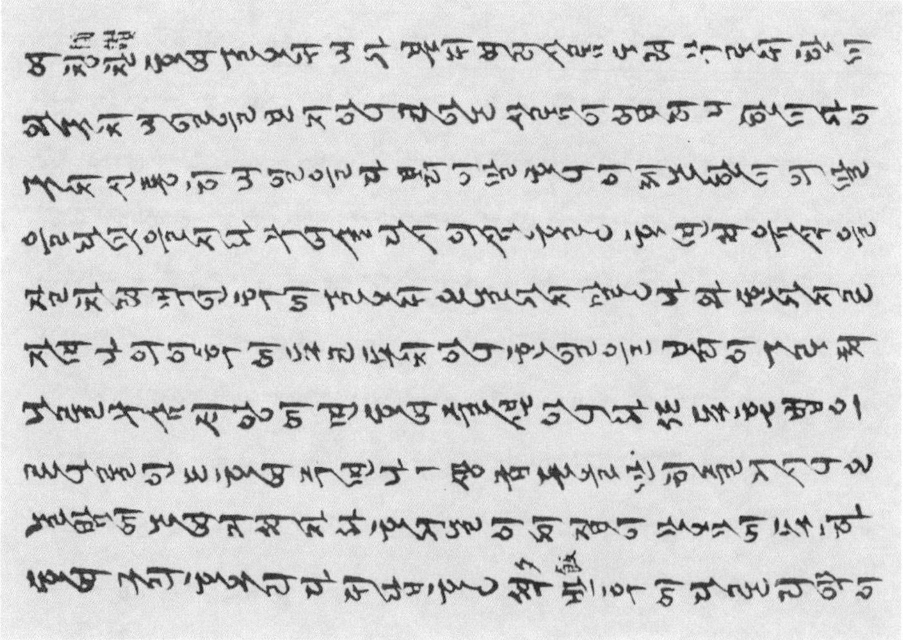

183a

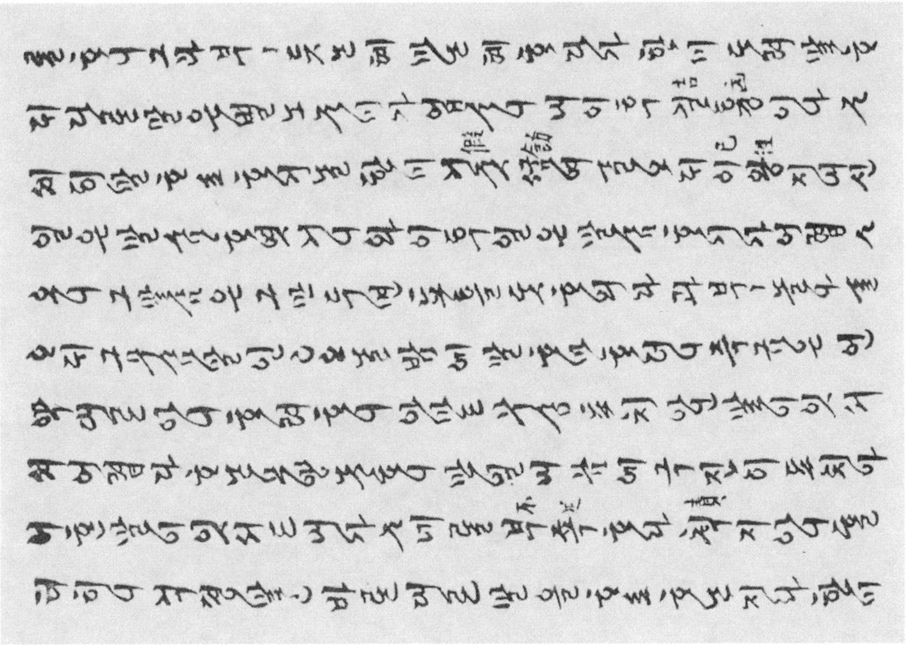

183b

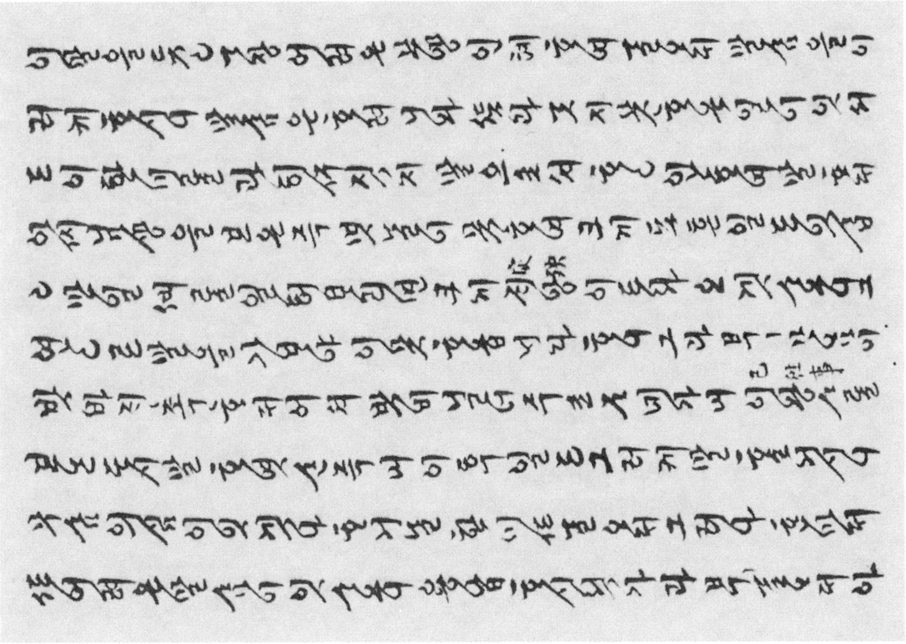

184a

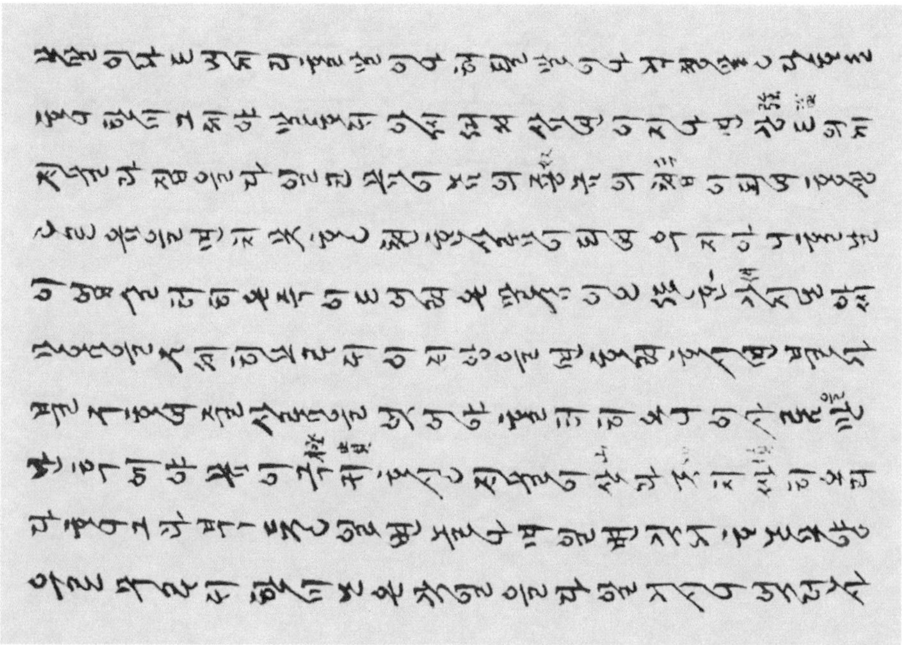

부ᄌᆞᆯ이나 도ᄉᆡᆨ기리ᄒᆞᆯ 말이나 허탄 말이나 거졋말ᄒᆞᆫ 다ᄒᆞᄂᆞᆫ
ᄒᆞ니 항시 그제야 ᄆᆞᆯᄒᆞ되 아시 쉬쳐 상변이 지나면 강도(強盜)의게
직ᄉᆞᆯ과 집을 다 일코 무ᄋᆞᆷ이 ᄂᆞᆷ의 종(奴)년의 쳡이 되여 ᄒᆡᆼ상
ᄒᆞᄂᆞᆫ 욕을 면치 못ᄒᆞᆫ 쳔ᄒᆞᆫ 사ᄅᆞᆷ이 되여 우지 아니ᄒᆞᆯ 날
이 업ᄉᆞᆯ 터히오 즉 이도 어려온 ᄆᆞᆯᄉᆞᆷ이오 ᄯᅩᄒᆞᆫ 가지 ᄆᆞᆯ 아ᄉᆡ
ᄆᆞᄋᆞᆷ을 조쳐 히ᄅᆞᄃᆡ 이리 상을 변ᄒᆞ려 ᄒᆞ시면 불ᄉᆞ
불ᄌᆞᄒᆞ여 줄 사ᄅᆞᆷ을 엇어야 ᄒᆞᆯ 터히오니 이 사ᄅᆞᆷ(을) ᄆᆞᆫ
난 후에야 ᄇᆞᆫ이 극귀(極貴)ᄒᆞ신 ᄌᆡ물이 산과 ᄀᆞᆺ치 ᄡᅡ히오리
다ᄒᆞ니 그나 부ᄀᆡ ᄃᆞᆯ 일 변 ᄂᆞᆯ나 ᄇᆡ 일 변 깃거 ᄒᆞᆫ 노ᄅᆞᆺ양
을 ᄆᆞᄅᆞ되 항시 ᄂᆞᆫ 온 ᄀᆞᆺ 일을 다 알 거시니 어려ᄂᆞ사

184b

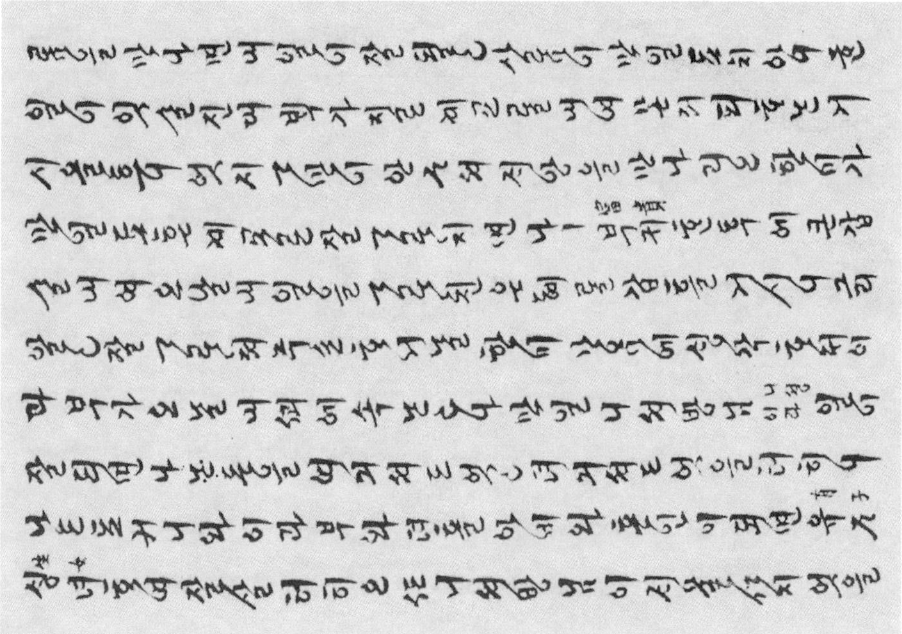

ᄅᆞᆷ을 ᄆᆞᆫ나면 ᄂᆡ 일이 잘 되ᄂᆞᆫ 사ᄅᆞᆷ이 ᄆᆞᆫ일 되지 아니ᄒᆞᆫ
일이 잇ᄉᆞᆯ진ᄃᆡ 벽가지ᄅᆞᆯ ᄶᅵᄅᆞᆯ ᄂᆡ여 ᄆᆞᆫ져 되ᄒᆞᄂᆞᆫ 거
시올ᄒᆞ니 엇지 ᄀᆞᄆᆞᆫ이 안조셔 적안을 ᄆᆞᆫ나리오 항시가
ᄆᆞᆯ일ᄃᆞ로ᄒᆞᆫ ᄶᅵ ᄀᆞᆺᄅᆞᆫ 잘 ᄀᆞᄅᆞ치면 나ᄂᆞᆫ 부귀(富貴)ᄒᆞᆫ 후에 큰 잡
ᄉᆞᆯ ᄂᆡ여 오ᄂᆞᆯ ᄂᆡ 일을 ᄀᆞᄅᆞ친 은혜ᄅᆞᆯ 갑ᄒᆞᆯ 거시니 그리
알ᄂᆞᆫ 잘 ᄀᆞᄅᆞ쳐 주소ᄒᆞ며 노ᄂᆞᆯ 항ᄉᆡ ᄀᆞᄋᆞᆷ에 싱각ᄒᆞ셔셔
라 부가 오ᄂᆞᆯ ᄂᆡ ᄉᆡ에 속 ᄇᆞᆫ ᄒᆞ나 ᄆᆞᆫ일 나셔 방 남이라(나셩) 일이
잘 되면 나ᄂᆞᆫ ᄃᆞᆫ을 벗겨셔도 엇ᄂᆞᆫ 녀 겨셔도 엇을 터히나
나도 도커니와 이과 부와 뎌ᄒᆞᆯ 아ᄃᆞᆯ와 혼인이 되면 유ᄌᆞ(有子)
싱녀(生女)ᄒᆞ며 잘 살 터히오 ᄯᅩ 나셔 방 남이 ᄌᆡ물 산치 엇을

185a

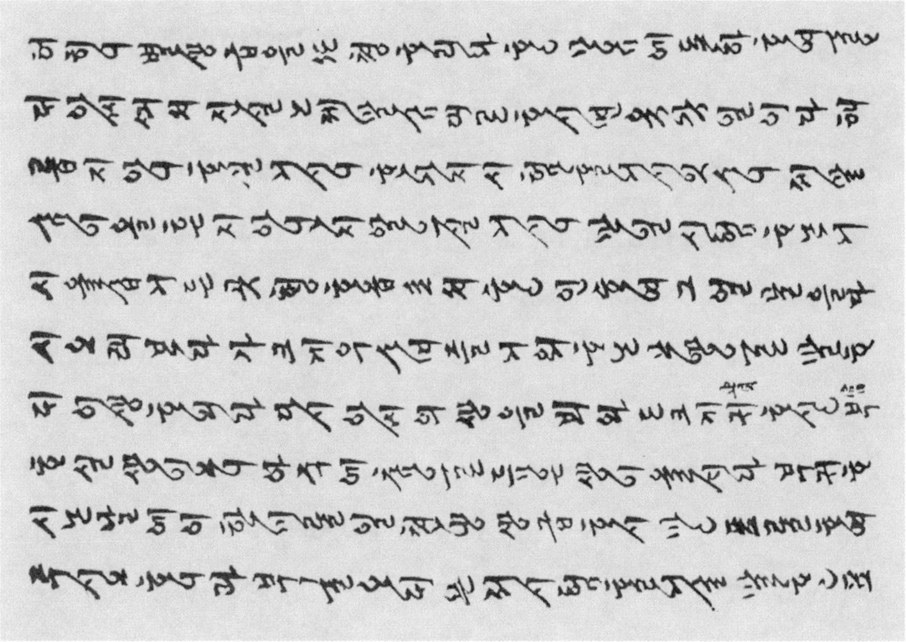

185b

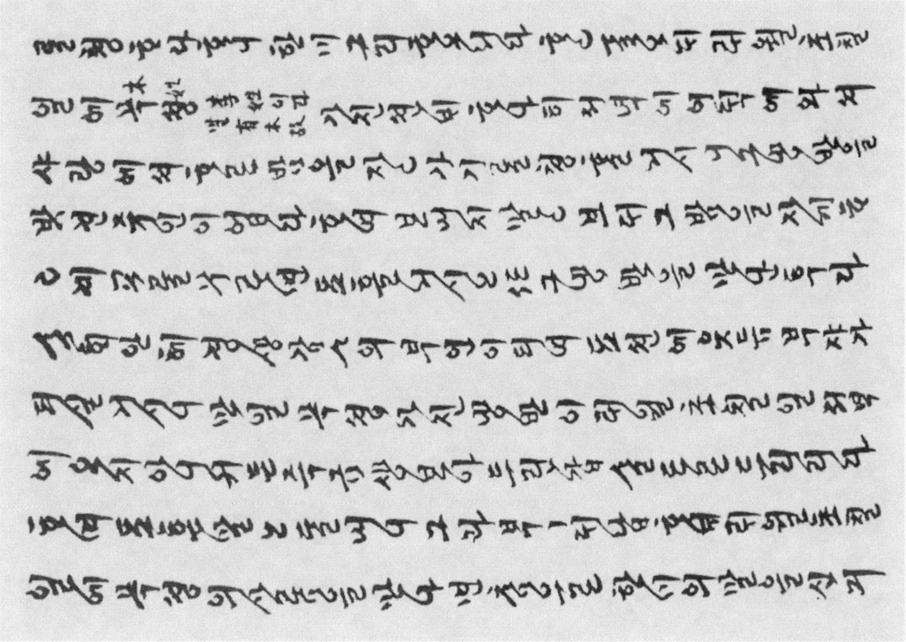

186a

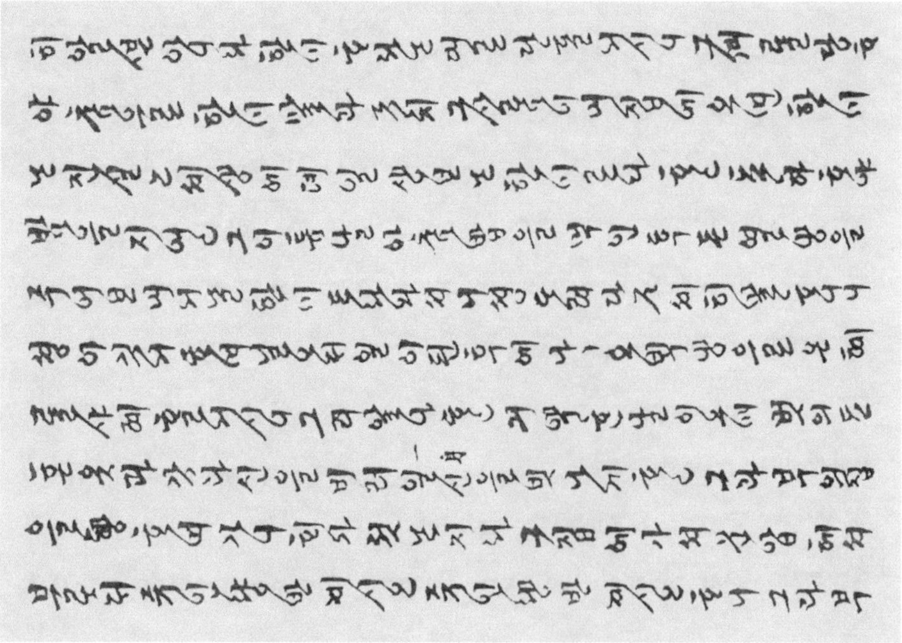

186b

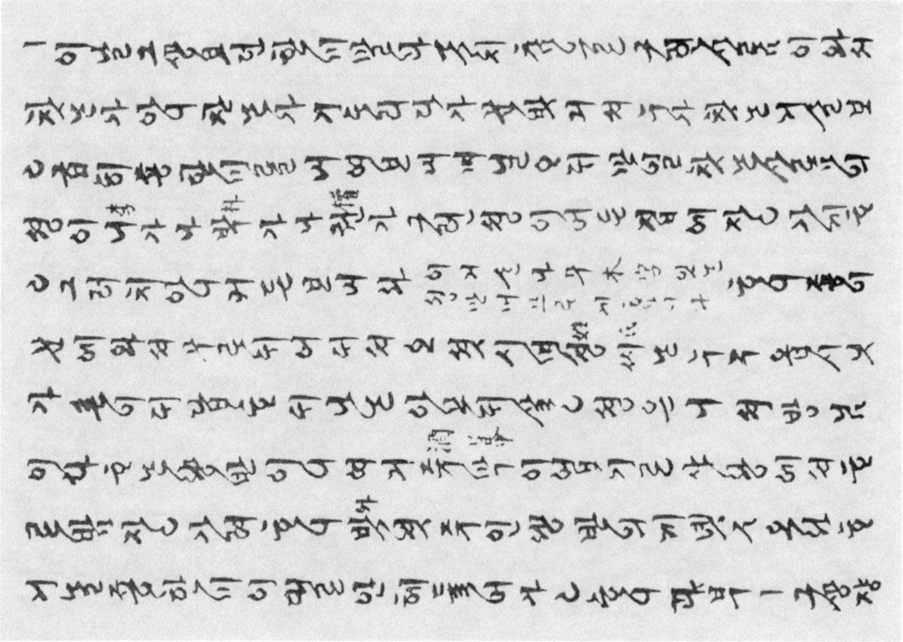

187a

이의말이을흔을신통이너여밧비생동으로구경말을
낫시라ᄒᆞᆫ슈십방동을허비ᄒᆞ야유셔을잘차려되렵
ᄒᆞ며좋은팔레을ᄉᆞ셔다가노흔샹을ᄀᆞᄅᆞᆫᄒᆞ면남이일을
알게ᄒᆞ지말나ᄒᆞᆫ밧이깁ᄒᆞ매좋흔레로나샹을쳥ᄒᆞ
여안방으로들어오시ᄂᆞᆫ보ᄂᆞᆫᄒᆞᆫ촉(燭)을보더니매조리를
ᄒᆞᆫ후에나쳥이들어온나과부ㅣ뷰울도ᄅᆞᆫ혀되ᄂᆞᆫ
혜ᄒᆞ다가다시뷰울반즈음도ᄅᆞᆫ혀안ᄂᆞᆫ고말이구졍
을숨히나업ᄂᆞᆫ놀이오죽ᄒᆞᆫ의알이선(鮮)명(明)ᄒᆞ여보기에
헌(軒)촌ᄒᆞᆫ쟝유ㅣ나말엄에깃부나군ᄉᆞᆫ창(娼)가(妓)가ᄋᆞ나
엇지붓그럽지아니뫼ᄋᆞ네라를숙이고안즈셔말이업

187b

ᄂᆞᆫ지라이때에나쳥이밧것ᄎᆞ인도업ᄂᆞᆫ새방에셔밤버ᄂᆞᆫ잇
다가그할셰의쳥ᄒᆞ야안들을인도ᄒᆞ야ᄉᆞᆯ을보ᄂᆞᆫ만심(滿心)환희(歡喜)ᄒᆞ
여방에들어와셔불을촉하(燭下)에ᄃᆞᆷ쟝(淡粧)소복(素服)ᄒᆞᆫ미인(美人)이반즈
음도ᄋᆞ안져셔머리를숙이ᄂᆞᆫ말이업ᄂᆞᆫ중그얼골과모
양을보니그젼에몃번보ᄋᆞᆫ연셰보다더욱나ᄒᆞᆫ지라ᄉᆡᆼ각
ᄒᆞ되나ㅣᄒᆞᆫ번지혜를베프러온놀이젼라부를엇으
나내지ᄌᆞ도구변(善)ᄒᆞ거니와그지집의말의ᄒᆞᆫ속ᄒᆞᄋᆞ야
나더번엇지오ᄂᆞᆯ밤에뎌런미인을좀와지ᄂᆞᆫ몰기렬
ᄒᆞᆫ각과이안지셔그손을잡을ᄲᅳᆫ뒤모ᄂᆞᆫ지나가ᄂᆞᆫ사ᄅᆞᆷ인
듸부숨볕ᄂᆞᆫ고안방으로쳥ᄒᆞ여엇시며또밧것ᄎᆞ인이잇

188a

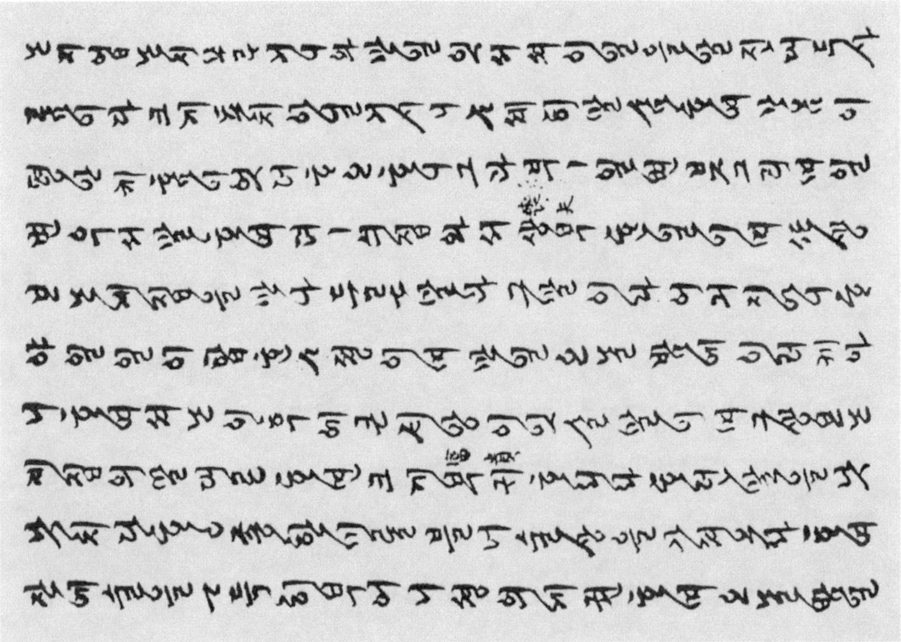

188b

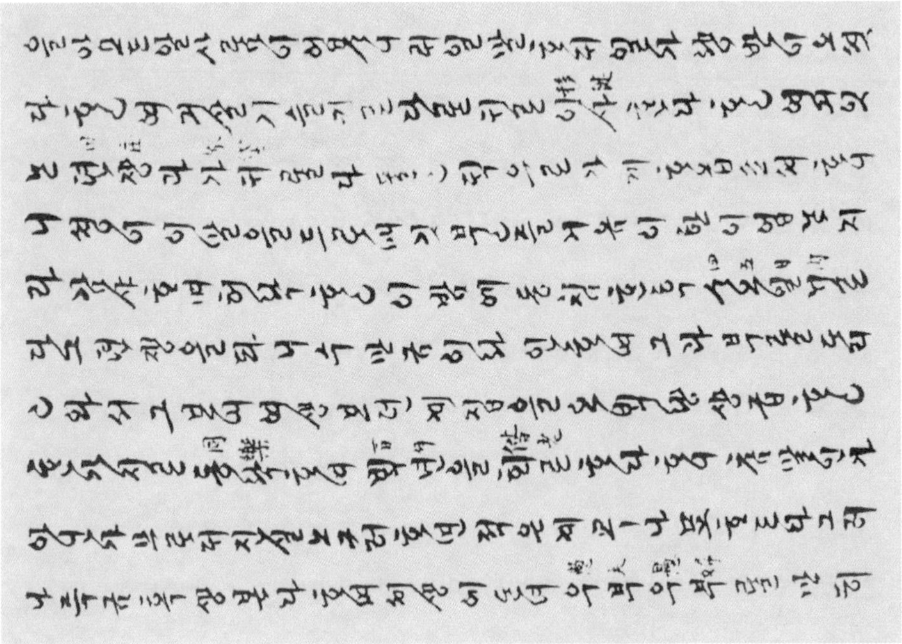

189a

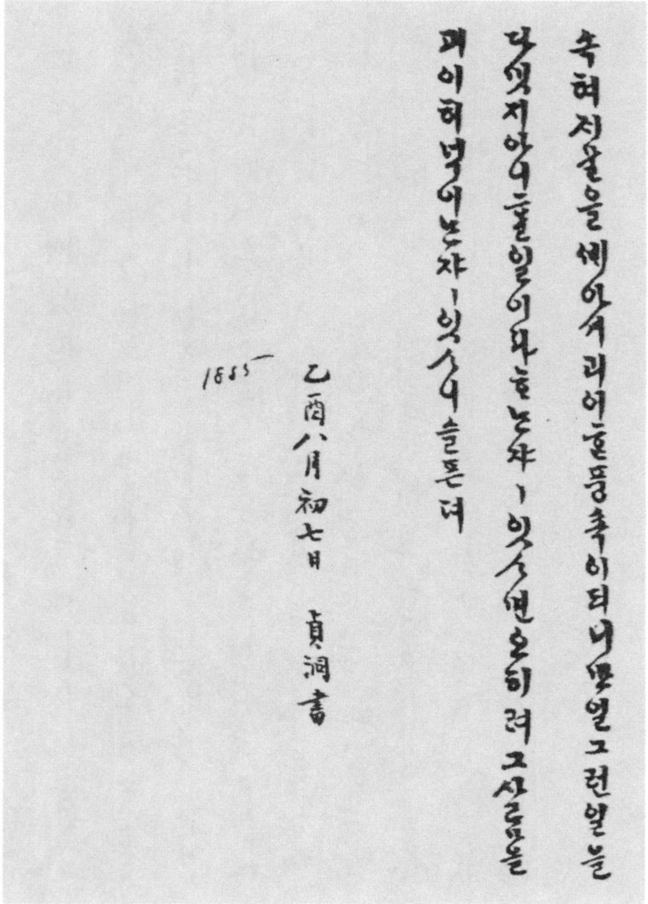

속혀지올을세어셔괴어ᄒᆞᆫ동축이되니ᄯᅳᆺ열그런열을
다엿지아니ᄒᆞᆫ일이무ᄂᆞᆫ노자ㅣ잇스면오히려그사ᄅᆞᆷ을
패이ᄒᆞ여넉여노자ㅣ잇스니슬픈뎌

乙酉八月初七日 貞洞書

1885

189b

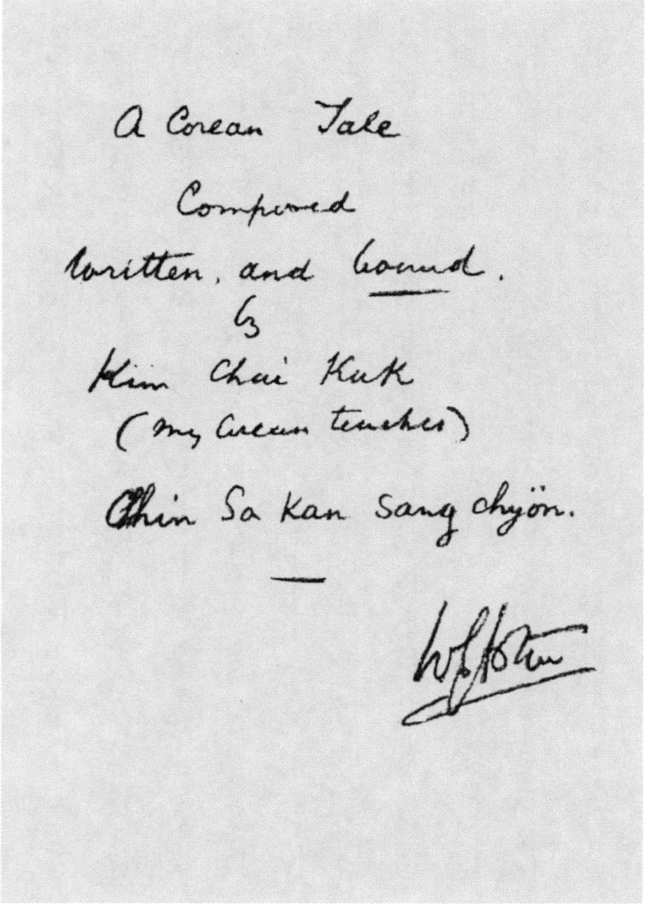

A Corean Tale
Compared
Written, and bound.
by
Kim Chai Kuk
(my Corean teacher)
Chin Sa Kan Sang chyön.
—
W. G. Aston

1a

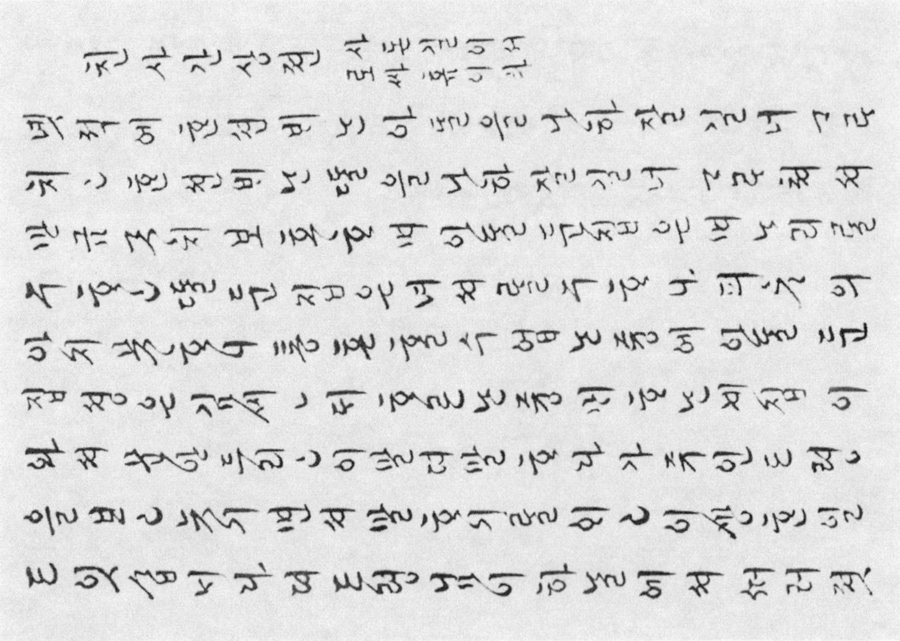

1b

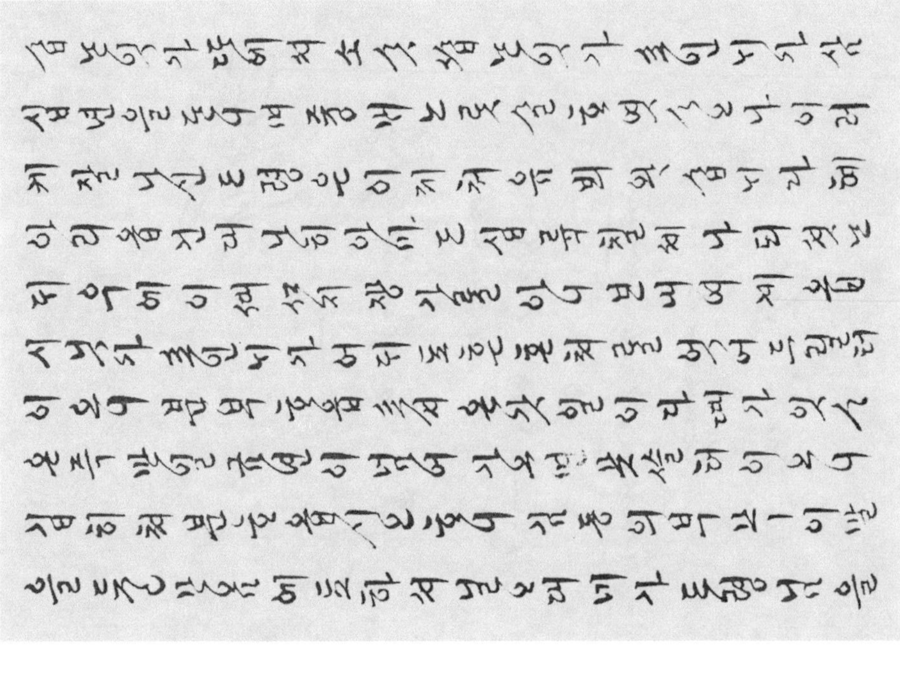

2a

보ᄂᆞᆫ 너무나히 층찬ᄒᆞ니 도로혀 안심치 아니ᄒᆞ
다ᄉᆞ려 나며 러나 너논 널니 ᄃᆞᆫ니논 사ᄅᆞᆷ이 낙가 필
연어되 도ᄒᆞᆫ 혼쳐가 잇ᄉᆞᆯ지 업ᄉᆞᆯ지 알더이다
ᄒᆞᆫ 곳을 잘 지시ᄒᆞᆫ 청혼되게 ᄒᆞ여라 답 그러
ᄒᆞᆸ지요 리일 ᄒᆞᆫ 곳에 가셔 혼셜을 통ᄒᆞ야 보
압죽ᄒᆞᆫ 뒤가 잇ᄉᆞ오니 이논 양근 골에 사ᄂᆞᆫ 최
싱원님 ᄃᆡᆨ이온ᄃᆡ 뵈옵지논 못ᄒᆞ엿ᄉᆞ오ᄃᆡ 풍편
으로 듯ᄉᆞ온즉 그 ᄃᆡᆨ에셔 ᄯᆞ님을 ᄇᆡ우 잘 두어제
시다 ᄒᆞ오니 러 일은 ᄇᆞᆫᄉᆞ롤 젓치ᄂᆞᆫ 가보올 거시오
청혼이ᄇᆞᆫ 일되옵거든 생급이오 ᄇᆞᆫ히 ᄒᆞ옵시

2b

오 답 오냐 그리ᄒᆞ여라 ᄇᆞᆫᄃᆞ시 좋은 일이 어ᄶᅵ 될논지 아
지 못ᄒᆞᆫ 너논 미리 생급이나 항하ㄱ나 ᄒᆞᆫ 토삭
분쳐 ᄒᆞ논ᄂᆞ나 ᄡᅵ 츅ᄇᆞᆯ에 즁ᄆᆡ가 잘 ᄒᆞ면 술이 ᄉᆡ
잔이오 잘 못ᄒᆞ면 ᄲᅡᆷ을 ᄉᆡ 번 맛ᄂᆞᆫ다 ᄒᆞ나니 너도 알
며니와 브ᄃᆡ 소심ᄒᆞ여 ᄒᆞᆫ 그릇치지 말어라 답
이러케 도ᄂᆞ 오며 그런ᄃᆞ 못ᄒᆞᆯ 줄 제논 돈이 나ᄉᆞᆸ
라ᄂᆞᆫ ᄒᆞ옵ᄂᆞᆫᄃᆡ ᄇᆞᆯ일 ᄒᆞ면 이 외 ᄇᆞᆫ슬 더 히오면 누
가 ᄂᆞᆷ의 일을 되도록 ᄒᆞ겟ᄉᆞᆸᄂᆞᆫ잇가 아뢰거나
신념 ᄃᆡᆨ을 위ᄒᆞ와 ᄯᅩᄒᆞᆫ 번 힘ᄡᅥ 보깃ᄉᆞᆸ니다 인
ᄒᆞ여 ᄒᆞ쥭ᄒᆞᆫ ᄀᆞ이 도ᄂᆞᆯᄂᆞᆫ 양 ᄯᅩ 호로 가셔 최 싱

3a

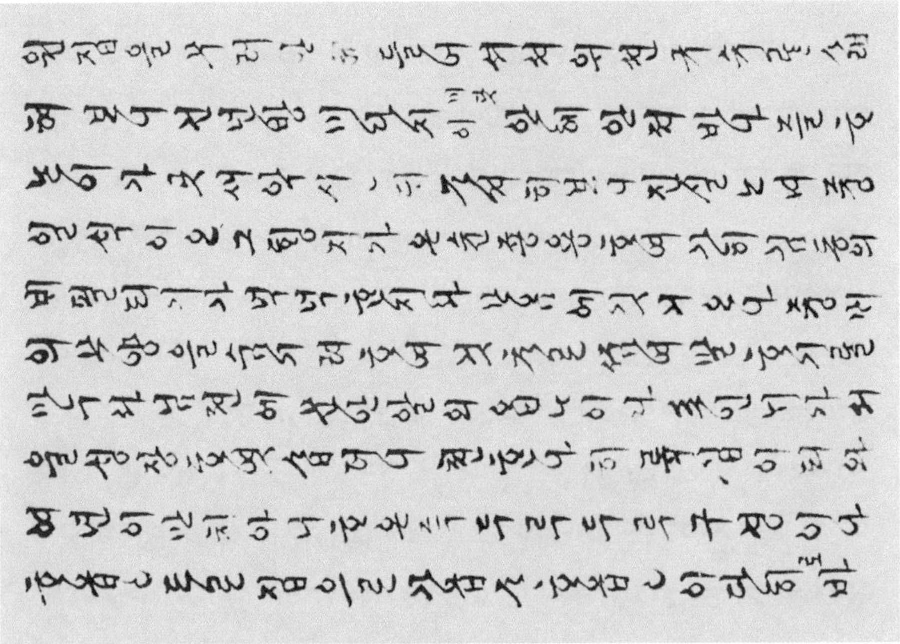

3b

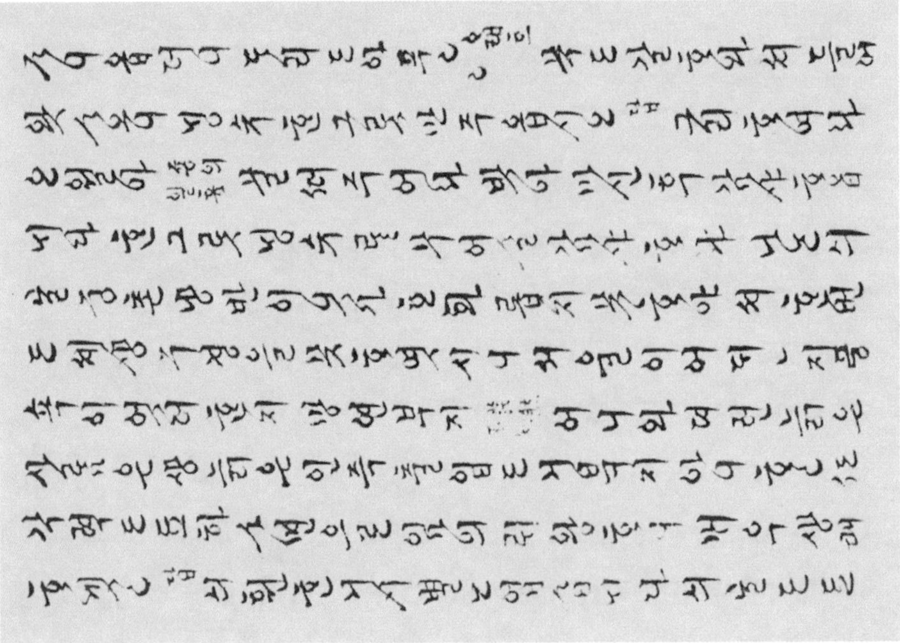

4a

ᄒᆞᆫ되가 만ᄉᆞ오나 다 셔울 만 ᄒᆞᆫ 듯ᄒᆞᆫ 도시 부요ᄒᆞᆫ 인ᄎᆞᆯ나
풍속이 ᄎᆞᆫ후ᄒᆞ오나 가사와 의복 음식 지졀의 ᄀᆞ
ᄢᅵ가 쟉은 도ᄒᆞᆫᄒᆞ니 지샹가와 부가옹의 차ᄉᆞᆸ 보뒤
가아니 은즉 아기 네를 셕기며 ᄂᆞᆫ 흔 법졀이며 남ᄅᆞᆫ
녀복의 ᄀᆡᆫ도리 드다 눈에 셔러 뵈오니 근본 ᄎᆞ인니
가쉬울 신장이 ᄎᆞ ᄀᆞ러ᄒᆞᄂᆞᆫ지 별ᄂᆞᆫ 밋ᄉᆞᆯ ᄂᆞᄅᆞᆫ 계ᄉᆞ
ᄉᆞᆸ니다 그러ᄒᆞ오나 의ᄒᆞᆫ 방반 ᄂᆞᆫ 전에 이리 알외
옵기 황송ᄒᆞ외다 용서ᄒᆞᄂᆞᆸ 쇼셔 답 샤ᄅᆞᆫ ᄒᆞᆯ려
시ᄋᆞ어신 ᄂᆞᆫ 나ᄂᆞᆫ 드ᄅᆞ니 경향이 판이ᄒᆞ다 더라 한
미의 ᄇᆞᆯᄒᆞᄂᆞᆫ 광 보니 경픔이 진실ᄒᆞ며 ᄇᆞᆯ음ᄉᆞᆯ이

4b

지아니ᄒᆞᆫ 바ᄅᆞᆫ 대로ᄒᆞ오나 ᄎᆞᆷ 밋 사ᄅᆞᆷ의 ᄆᆞᄋᆞᆷ도 가
왓ᄂᆞᆫ 시ᄭᆡ 사ᄅᆞᆷ의 고샤ᄒᆞᆫ 태도가 아조 업셔셔ᄅᆞ 약
이 홀만ᄒᆞ니 오날 다ᄅᆞᆫ 뒤ᄅᆞᆫ 가지 ᄆᆞᆯᄂᆞᆫ 쳑반이
나 ᄣᅡ ᄒᆞᆫ 그릇 ᄲᅧᆨᄂᆞᆫ 오ᄂᆞᆯ 밤에 나와 ᄒᆞᆫ 가지ᄅᆞᆯ ᄇᆞᆯ
ᄒᆞ며 쉽 시 푸리나 ᄒᆞ여 보ᄂᆞᆫ 지ᄂᆞᆫ 답 이러케 지나
가ᄂᆞᆫ 한ᄭᅵᄅᆞᆯ ᄒᆞ되ᄒᆞᆫ 시옵나 너무ᄂᆞᆫ 밥 ᄎᆞᆷ이 다
거ᄋᆞ하에 샤상을 쳐 최신원이 ᄃᆞᆯ어와 보ᄂᆞᆫ 존
이한 ᄭᅵ ᄂᆞᆫ 우에 ᄂᆞᆫ 인ᄂᆞᆫ 법졀에 셔울 사ᄅᆞᆷ 비스ᄅᆞᆷ
ᄒᆞᆫ나 답 라변 그러ᄒᆞ외다 신원님 ᄂᆞᆫ 안이 ᄲᅧᆺ더
ᄒᆞ옵시ᄂᆞᆫ가 답 ᄂᆞᆫ ᄂᆞᆫ ᄒᆞ거니와 셔울 ᄉᆞᆷ귀 사ᄅᆞᆷ

5a

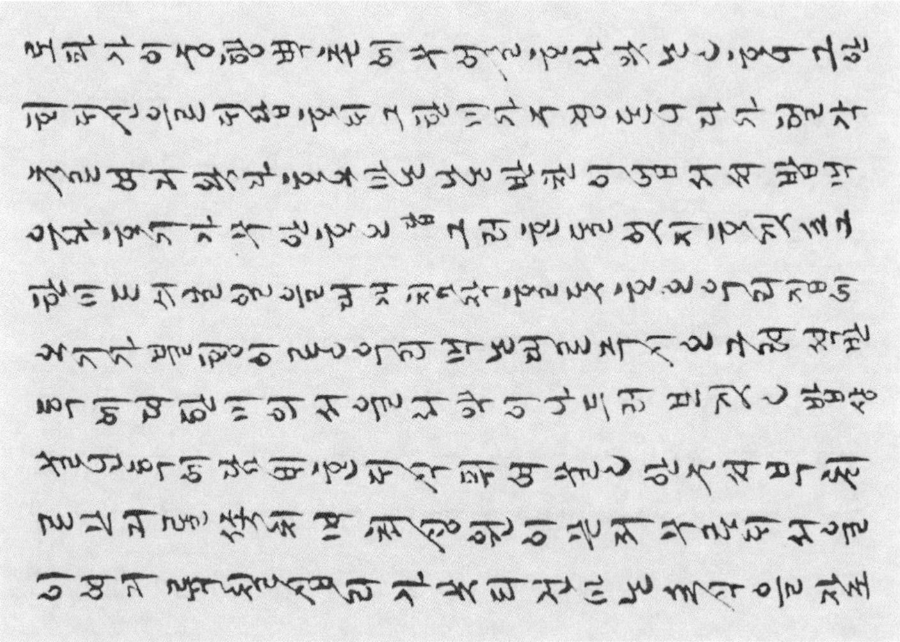

5b

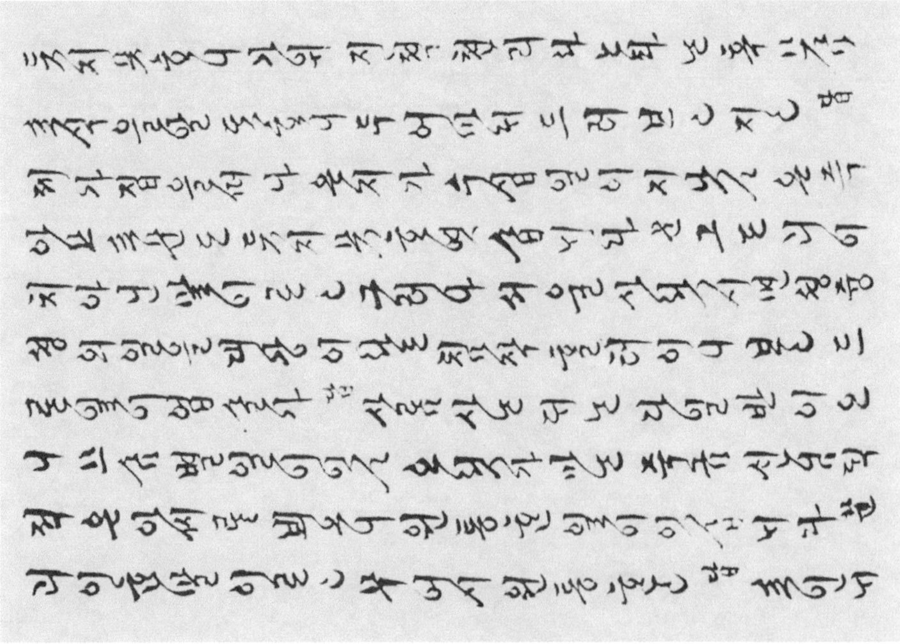

6a

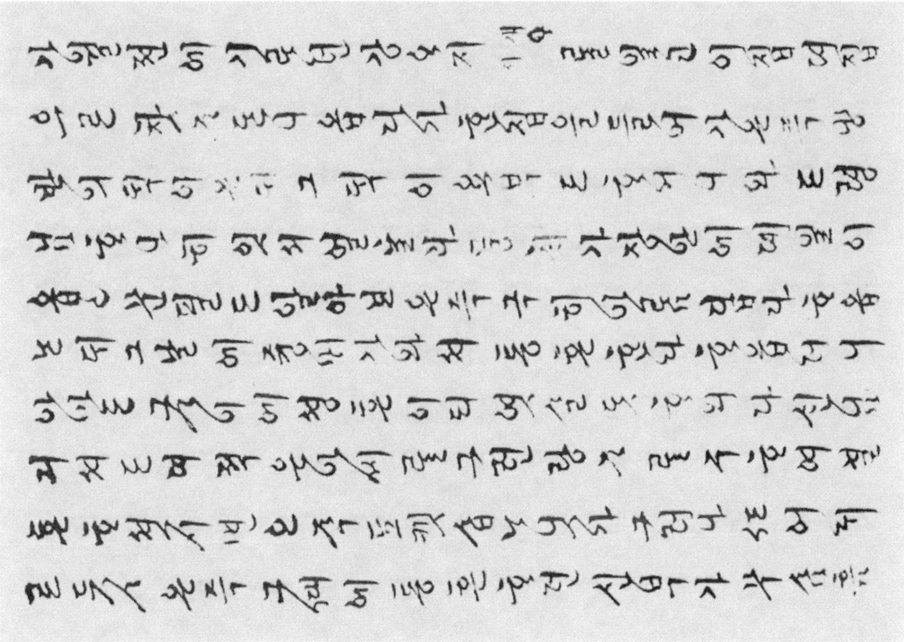

6b

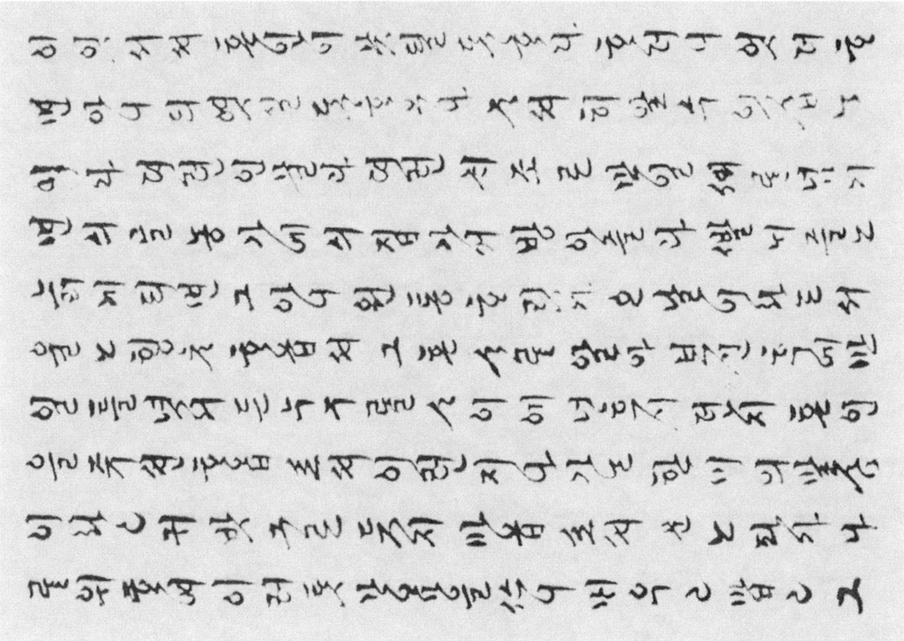

7a

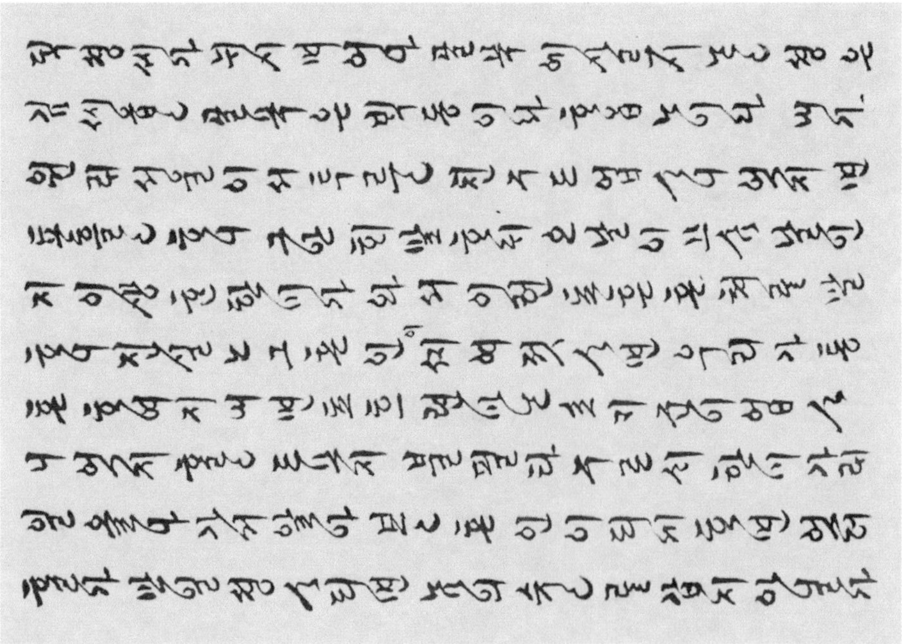

7b

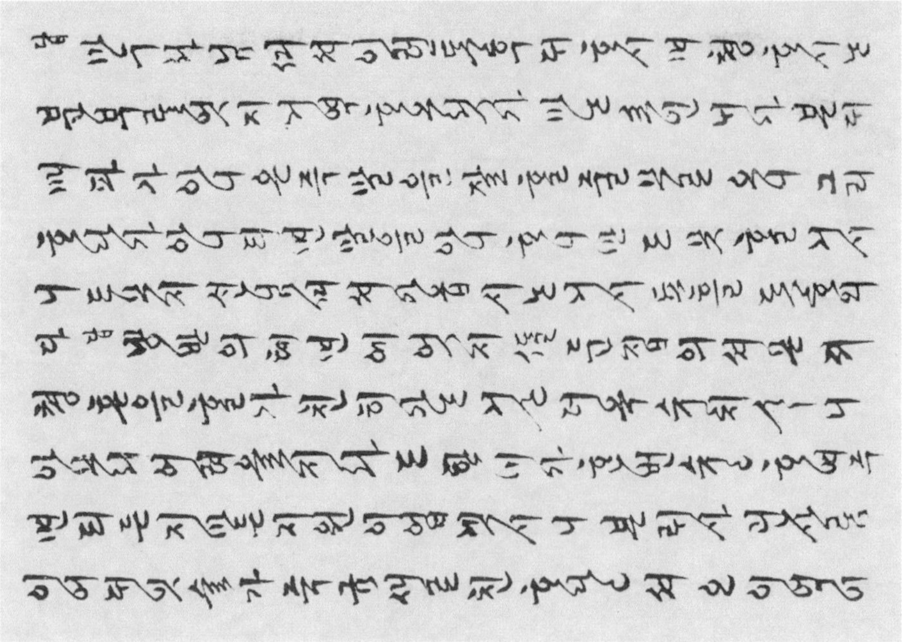

8a

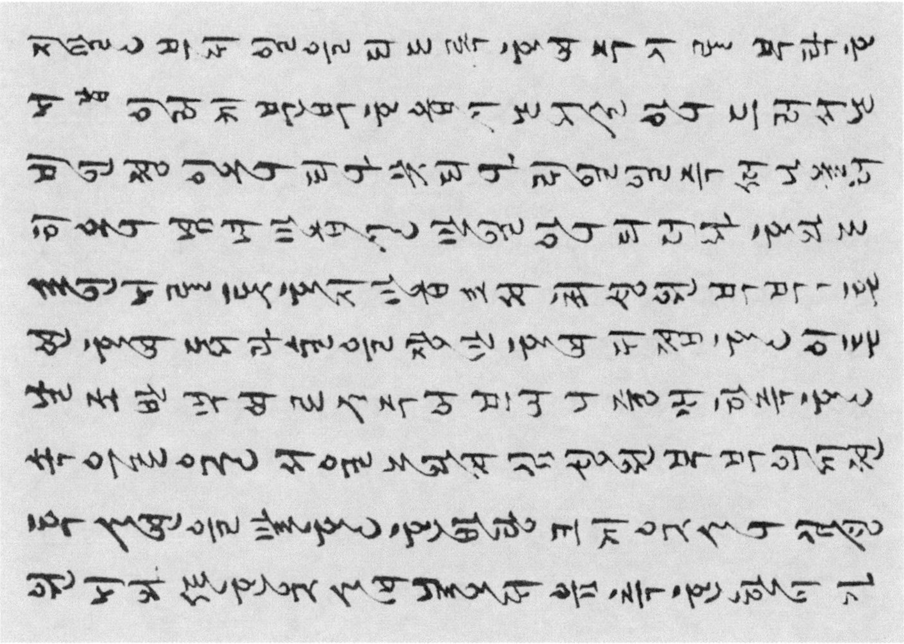
지ᄃᆞᆯᄂᆞᆫ 부ᄃᆡ 일을 되도록 ᄒᆞ여 주기를 부탁ᄒᆞ
ᄂᆡ 밤 이러케 분부ᄒᆞ옵시ᄂᆞᆫ 서ᄉᆞᆯ 아니 드러셔ᄂᆞᆫ
비인졍이옵ᄂᆞᆫ 되나 못되나 ᄂᆡ일 일즉 셔나셔더
히오ᄂᆞ 넘녀 마ᄋᆞᆸ신 말일 아니되더라 ᄒᆞ와도
홍인ᄂᆡ를 ᄆᆞᆺᄒᆞ지 마ᄋᆞᆸ쇼셔 최 ᄉᆡᆼ원 부부ㅣ ᄃᆞᆫ
연ᄒᆞ여 돈과 술을 쟝만ᄒᆞ여 ᄃᆡ졉ᄒᆞᆫ 이튼
날 조반 ᄇᆞᆰ여 ᄎᆞ려 주어 보ᄂᆡ니 줄ᄂᆡ 하즉ᄒᆞᆫ
속오ᄅᆞᆫ 울 셔울 노라셔 김 싱원 부부의게 젼
후 ᄉᆞ연을 말ᄒᆞᆫ 혼 마당 크게 웃ᄉᆞ니 김ᄉᆡᆼ
원 니와 셔ᄒᆞᆫ 웃ᄉᆞ며 불오며 유쥭ᄒᆞᆫ 한이 가

8b

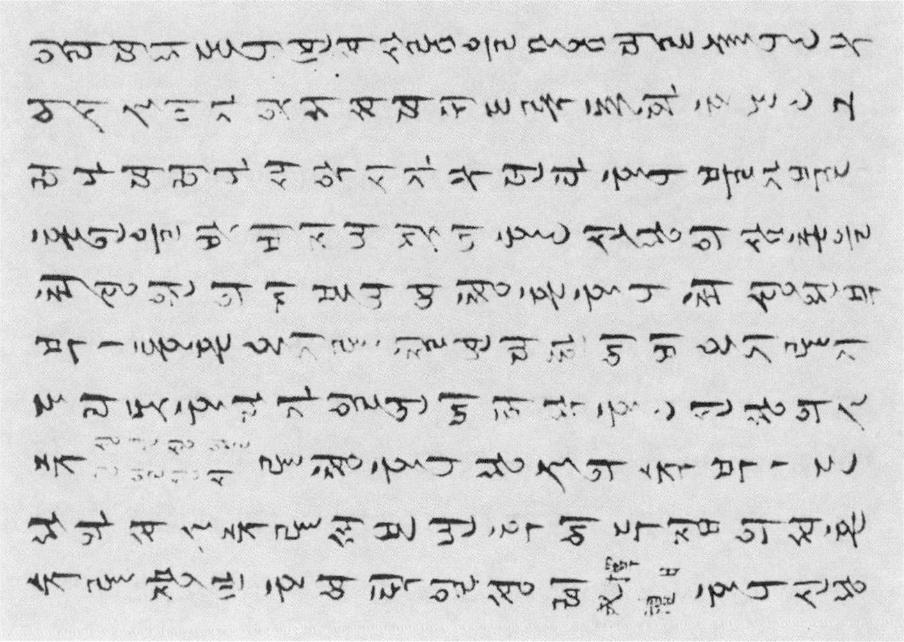
이러ᄒᆞ되 ᄯᅩᄒᆞᆫ 번셔 사ᄅᆞᆷ을 ᄆᆞᄋᆞᆷᄃᆡ로 ᄎᆞᆺᄂᆞᆫ 부
어시 ᄌᆞ미가 잇셔 ᄉᆡ여 되도록 조화ᄒᆞᄂᆞᆫ 그
러나 ᄯᅢ러ᄂᆞᆫ ᄉᆡ 악시가 부던ᄒᆞᆫ 불가불
ᄒᆞᆫ인을 바ᄃᆞ 비지ᄂᆡ 겟네 ᄒᆞᆫ 신랑의 삼촌을
최싱원의게 보ᄂᆡ여 쳥혼ᄒᆞ니 최 싱원부
부ㅣ ᄒᆞᆫ혼 오기를 칠 원 ᄃᆡ한에 비 오기를 기
ᄃᆞ리ᄃᆞᆺᄒᆞ다가 일 년에 허락ᄒᆞᆫ ᄂᆞᆫ 신랑의 ᄉᆞ
쥬 생년 월일 시 를 쳥ᄒᆞ니 샹ᄌᆞ의 ᄉᆞ쥬 부ㅣ ᄃᆞᆫ
단 ᄒᆞ와셔 ᄉᆞ쥬를 써 보낸 후에 두 집의셔 혼
슈를 쟝만ᄒᆞ여 턱일 셩례 擇日 成禮 ᄒᆞ니 신랑

9a

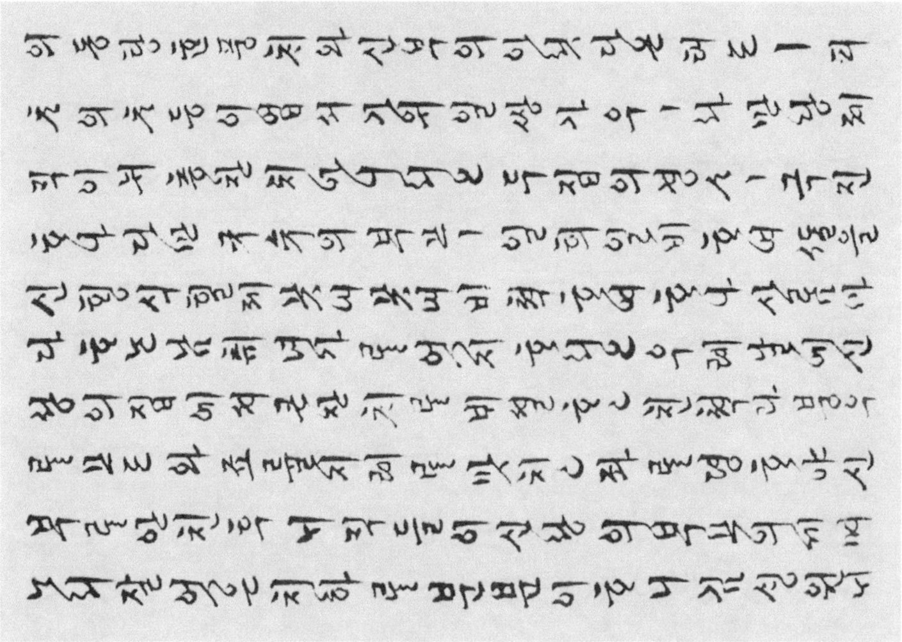

9b

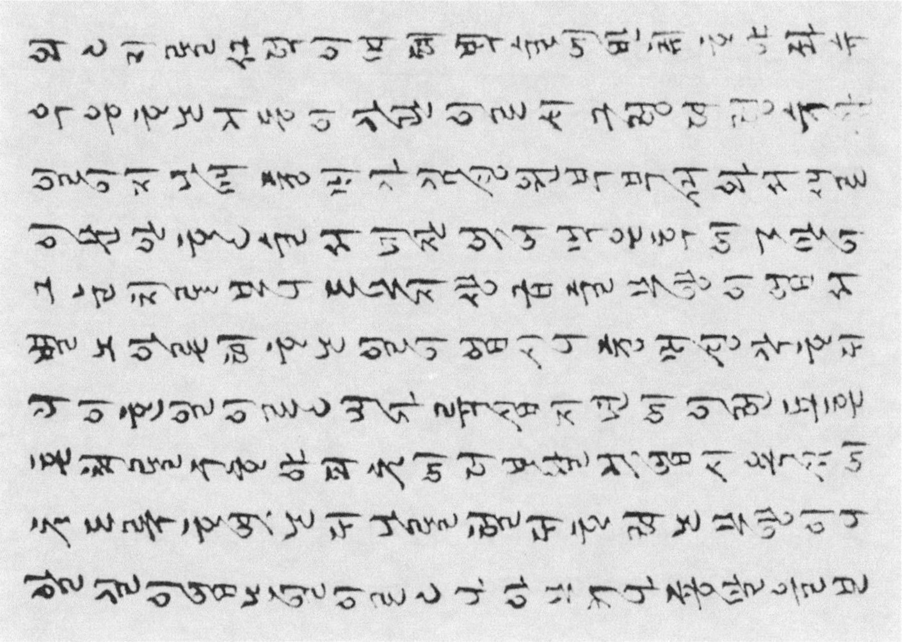

10a

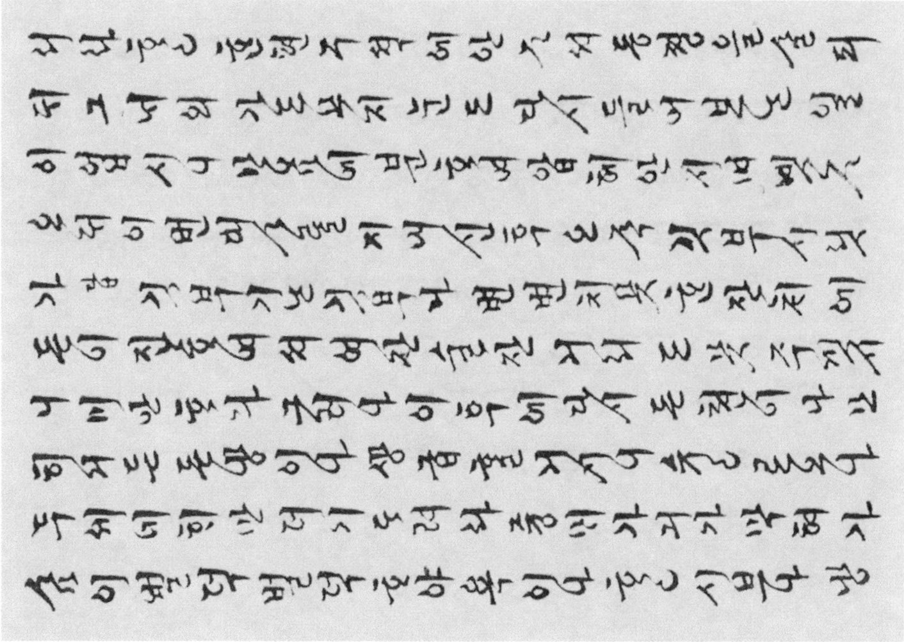

10b

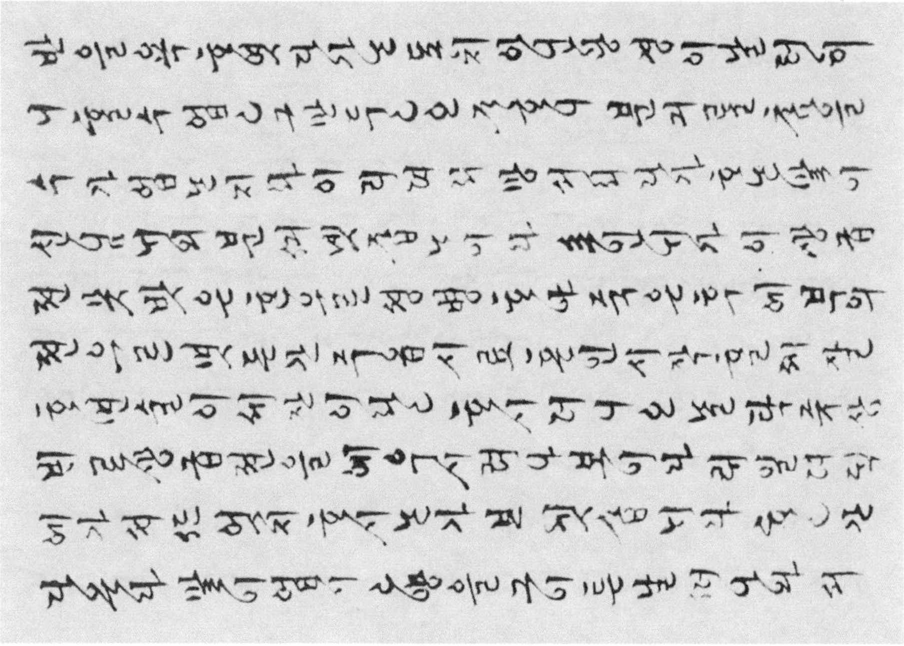

11a

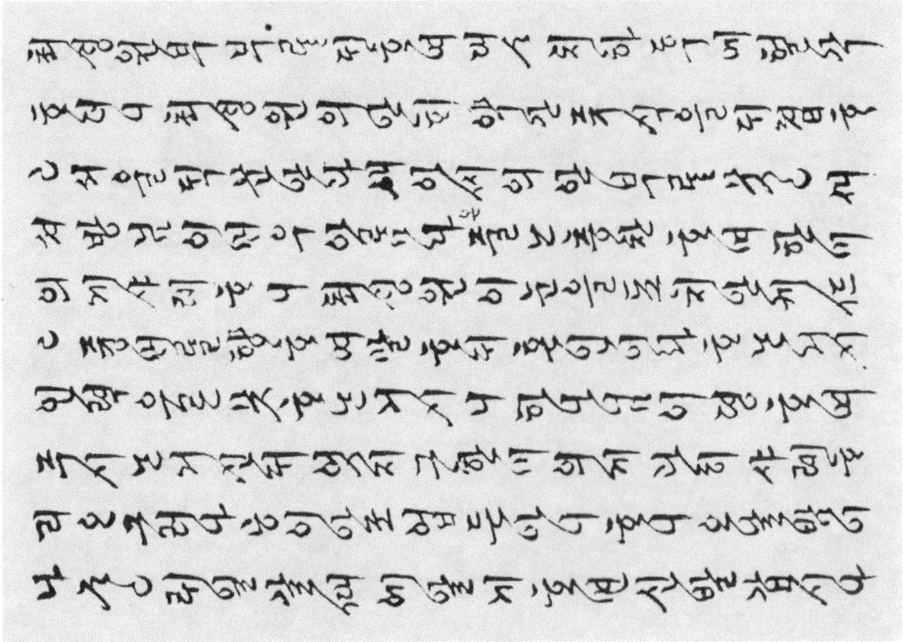

11b

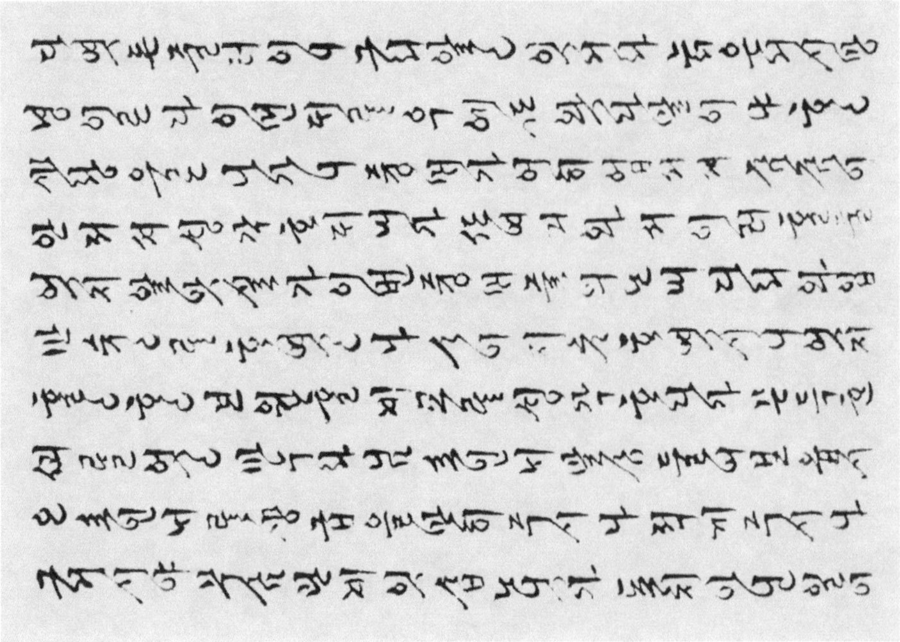

12a

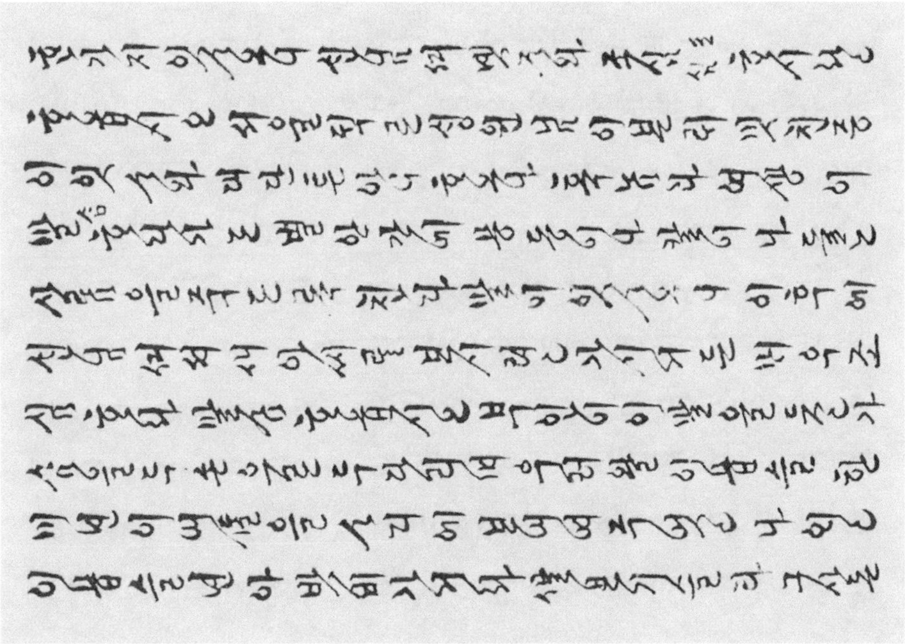

12b

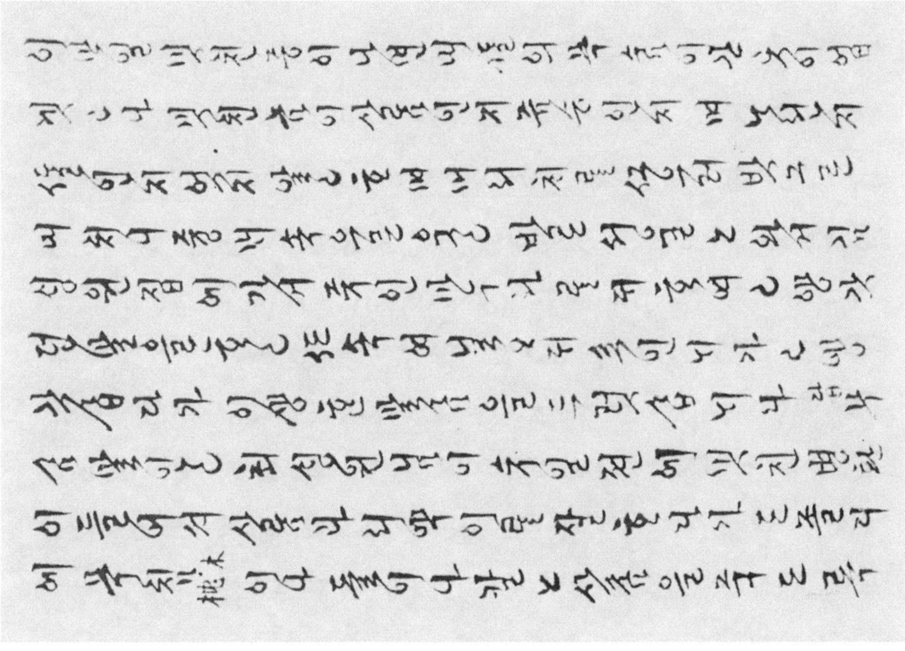

13a

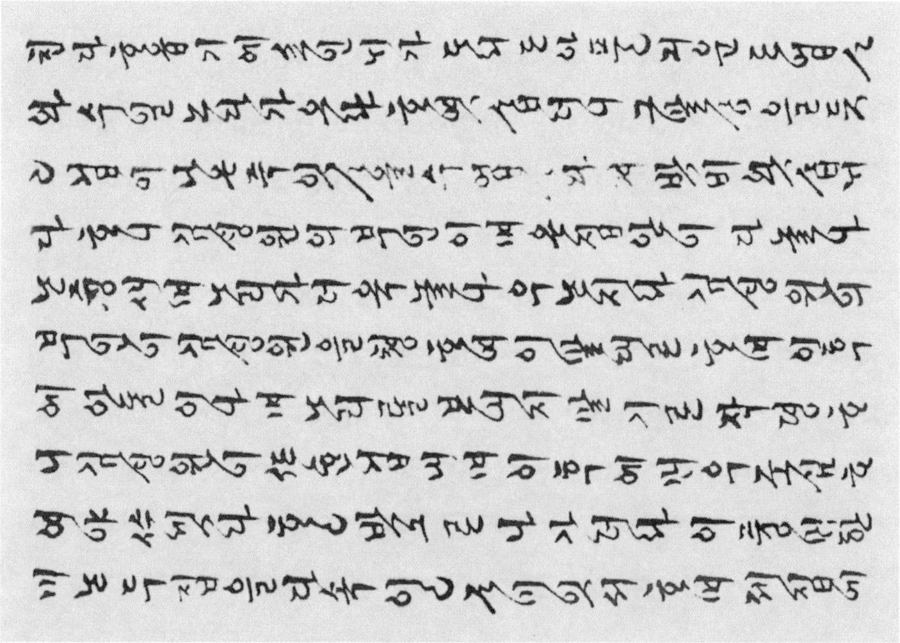

13b

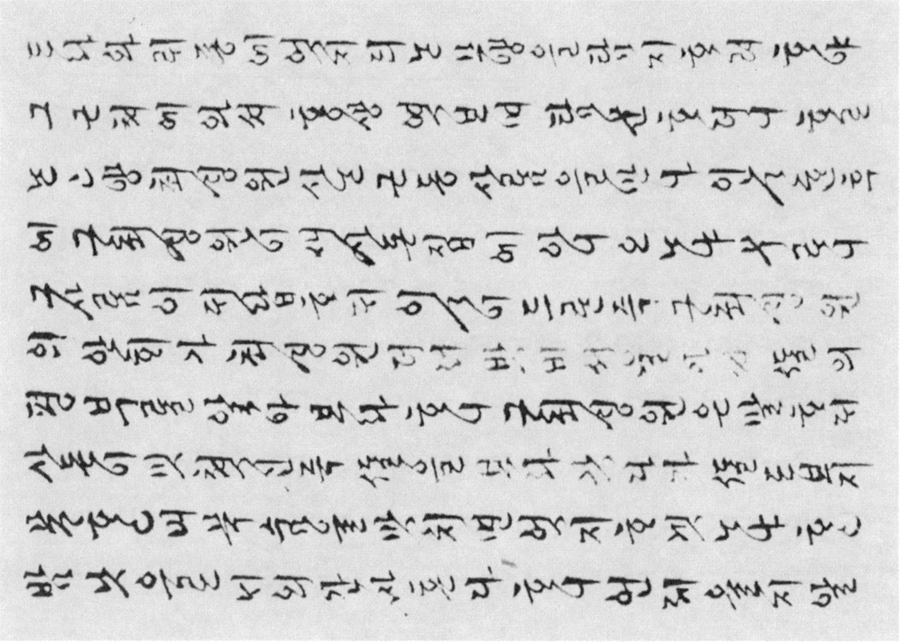

14a

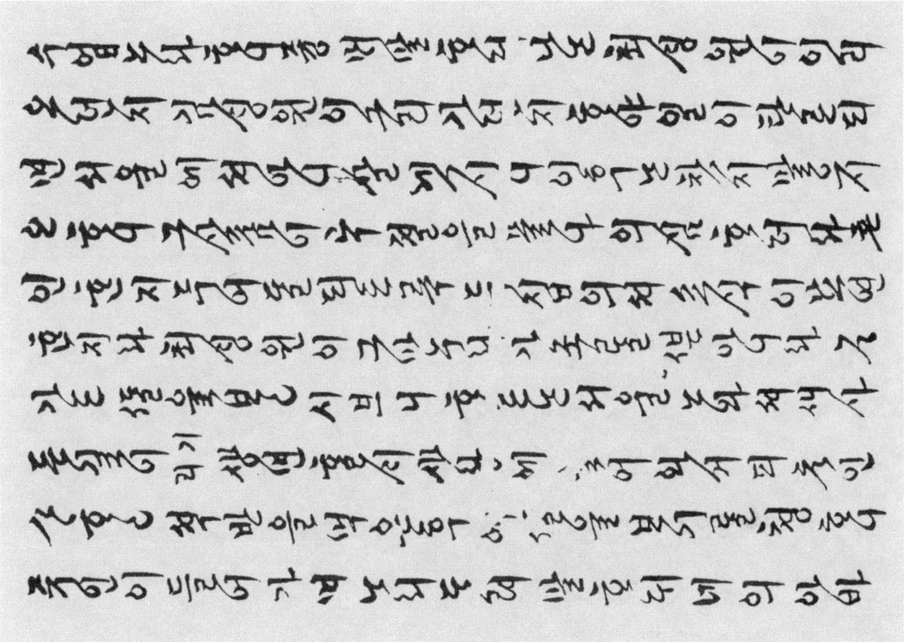
수업ᄂᆞ냐ᄒᆞ니 츔 버 말ᄒᆞ되 나ᄂᆞᆫ 최싱원이이라
오던지 김싱원이 ᄀᆞ리 가더 ᄎᆞ지ᄒᆞ야 일이 ᄃᆞᆯᄂᆞᆫ되
변서울에 셔ᄒᆞ니 ᄊᆞᆯ 세시 나 이ᄒᆞ고ᄂᆞᆫ ᄎᆞ지 ᄆᆞᆯ지
오ᄒᆞ니 구ᄉᆞ츄이 누 절을 ᄲᆞ니 의심ᄒᆞ더 와ᄒᆞᆫ
인ᄒᆞᆫ지 두어 ᄃᆞᆯ 되ᄂᆞᆫ ᄀᆞ츄 ᄃᆞ 집의셔 소식이 ᄭᅳᆫ연
ᄒᆞᆫ지라 최싱원이 ᄀᆞ만누니 가 조ᄅᆞᆯ 셥ᄂᆞᆫ 아니라 ᄀᆞ
가ᄂᆞᆫ ᄯᅩᆯ을 보ᄂᆞᆫ 시브니 ᄒᆞ ᄃᆞᆫᄂᆞᆫ 서울 노와셔 새사
ᄃᆞᆼ실이 리기 생변ᄒᆞᆯ시 새요ᄂᆞᆫ에 ᄌᆞ어와셔 ᄃᆡ 츄인
상ᄒᆞᆫ 책반을 ᄂᆞ우ᄒᆞ우 ᄋᆞ 술을 보시ᄅᆞᆯ 청ᄒᆞ니
쥬인이 들어가며 노ᄅᆡ도 ᄒᆡ 말ᄒᆞ되 네의 아바

14b

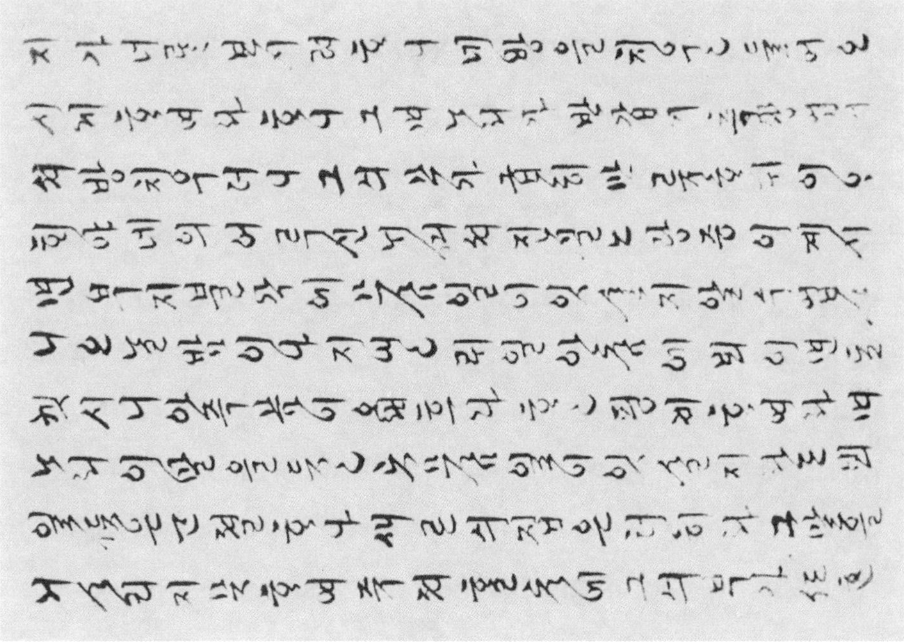
지가 너ᄅᆞᆫ 보시려 ᄒᆞᆫ니 ᄂᆡ 방을 치ᄋᆞ고 들어오
시게 ᄒᆞ여라 ᄒᆞ니 그 ᄇᆡ 노ᄅᆡ가 반갑게 츙졍 셥셔
셔방 치ᄋᆞ더니 그 셔ᄉᆞ가 죠히 ᄆᆞᆫ ᄅᆞᆫᄒᆞᆫ지 이ᄋᆞ
희야 네의 어ᄅᆞ신ᄂᆡ 의셔 진ᄇᆞᆯᄂᆞᆫ 강즁이 계시
변 부지불각에 ᄉᆞᆺ츄 일이 잇ᄉᆞ지 알 수 업ᄉᆞ
니 오ᄂᆞᆯ 밤이나 지ᄂᆞᆫ리 일 아츄에 뵈이 변ᄅᆞᆯ
ᄒᆡᆺ시니 아ᄎᆞ뷰이 ᄋᆞᆷᄒᆞ라 ᄒᆞᆫ즉 ᄆᆡᄒᆞ여 ᄂᆞ며
노ᄅᆡ 이 말을 듯ᄂᆞᆫ노 ᄉᆞᆺ츄 일이 잇ᄉᆞ지 ᄋᆞᆫᄂᆞᆫ 뵈
일ᄆᆞᆺᄂᆞᆫ 견절ᄒᆞᆫ나 새ᄅᆞᆫ의 집은 더히ᄒᆞ 구 말을
시ᄒᆞᆯ지 ᄆᆞᆺᄒᆞ여 ᄌᆞ쳐ᄒᆞᆯ ᄉᆞ에 그 셔ᄆᆞᆫ가 선ᄒᆞ

15a

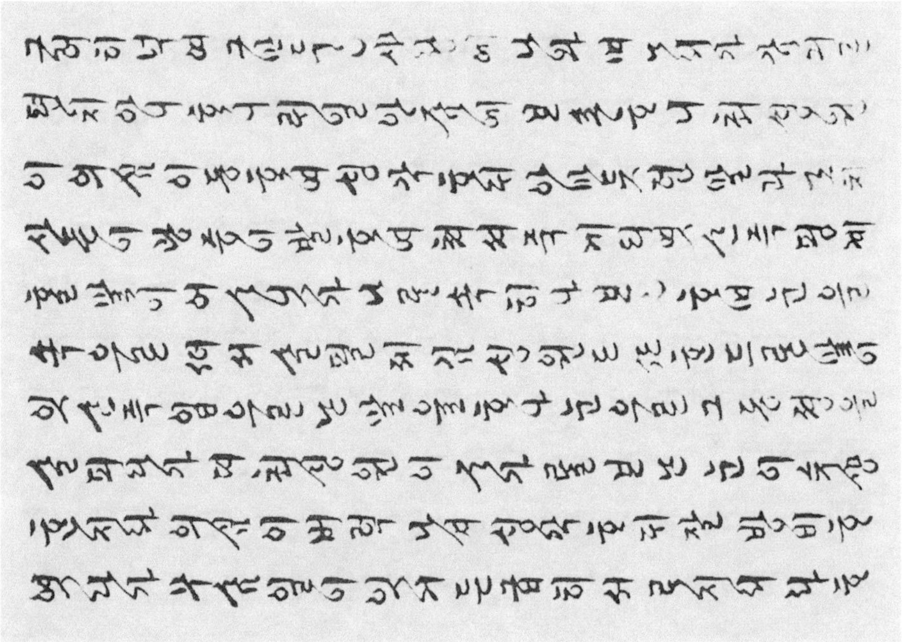

15b

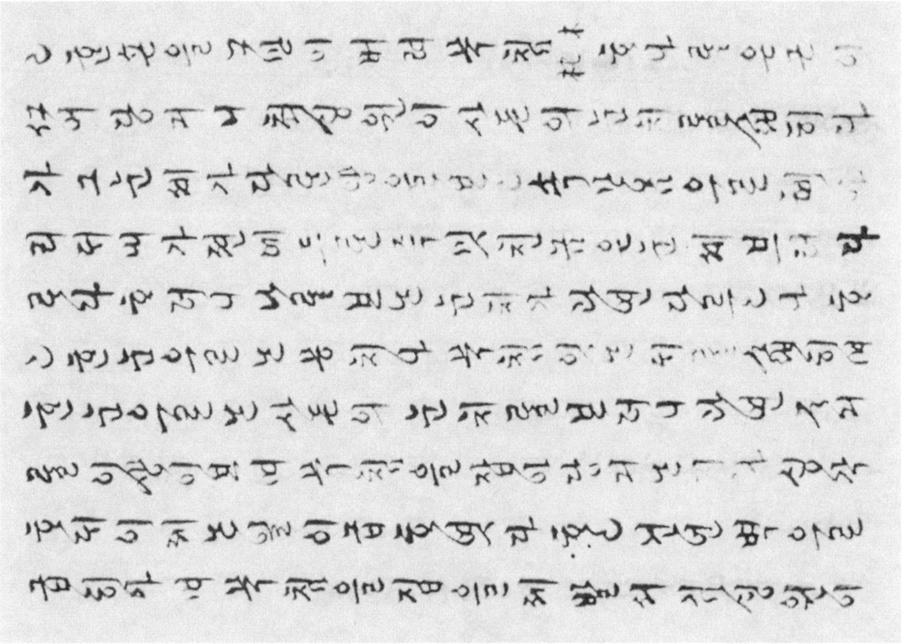

16a

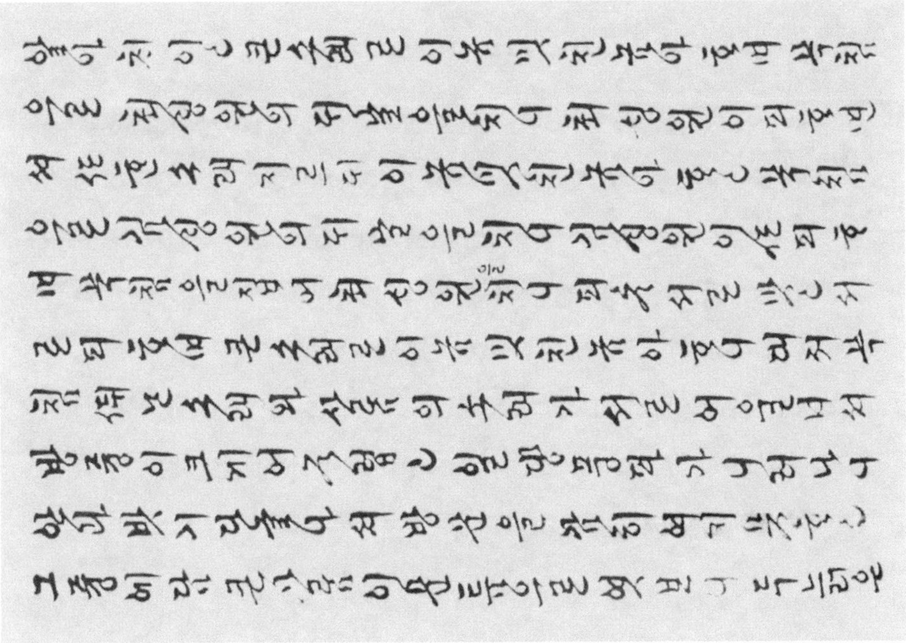

16b

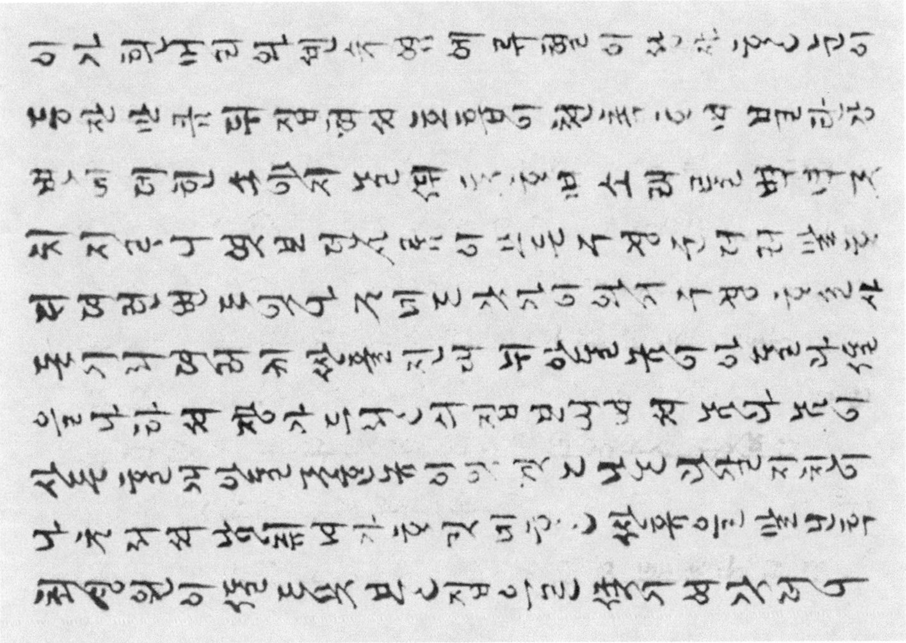

17a

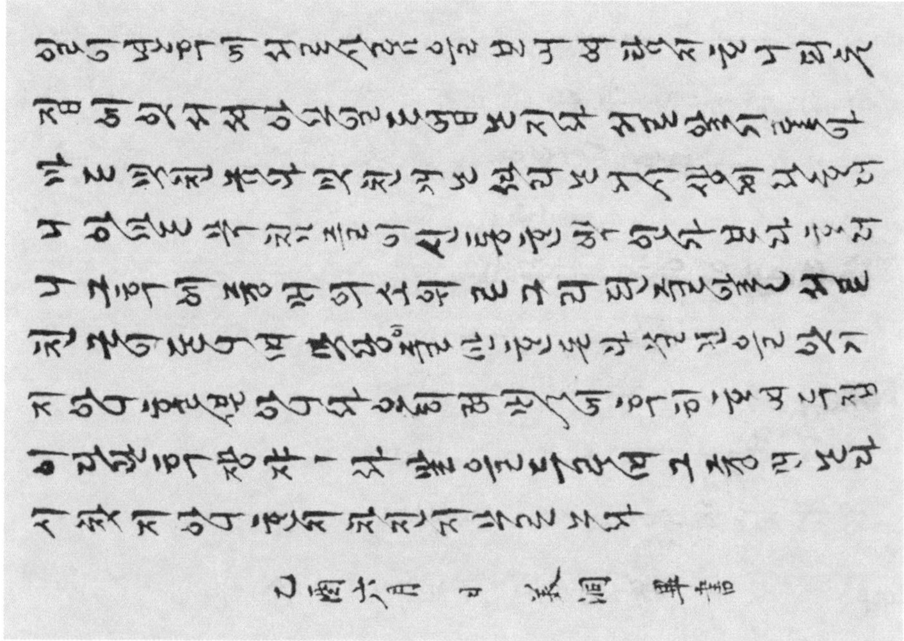
일이 년후에 서로 사ᄅᆞᆷ을 보내여 탐지ᄒᆞ니 되ᄂᆞᆫ
집에 잇서셔 아ᄋᆞᆯ도 엽ᄂᆞᆫ지라 서ᄅᆞᆯ 알기ᄒᆞ야
ᄲᅡ로 빗친 츙와 빗친 개ᄂᆞᆫ 쇠리ᄂᆞᆫ 거시 생쎄라ᄒᆞ더
니 아ᄑᆞᆯ로 부친 즐이 신통ᄒᆞᆫ 애 인가 보다 ᄒᆞ더
니 그후에 즁서의 소위로 그리 된 줄 알ᄂᆞᆫ 서ᄅᆞᆯ
친군의 도니며 맛당이 ᄎᆞᆯ 만ᄒᆞᆫ 돈과 쳘권을 앗기
지 아니ᄒᆞᆯ 분 아니라 오히려 만ᄉᆡ에 후히 ᄒᆞ며 두집
이 다ᄒᆞᆫ 후 장자ㅣ 라 ᄇᆞᆯ을 두ᄂᆞ며 그 즁 대ᄂᆞᆫ다
시 찻지 아니ᄒᆞᆫ지 차진지 ᄆᆞᄅᆞᄂᆞ니라

乙酉六月 日 義洞 畢書